Nina Blazon • Ascheherz

cbt

DIE AUTORIN

Nina Blazon, geboren 1969 in Koper bei Triest, aufgewachsen in Neu-Ulm, las schon als Jugendliche mit Begeisterung Fantasy-Literatur. Selbst zu schreiben begann sie während ihres Germanistik-Studiums – Theaterstücke und Kurzgeschichten –, bevor sie den Fantasy-Jugendroman *Im Bann des Fluchträgers* schrieb, der 2003 mit dem Wolfgang-Hohlbein-Preis und 2004 mit dem Deutschen Phantastik-Preis ausgezeichnet wurde. Seither haben Nina Blazons Bücher zahlreiche Auszeichnungen erhalten. Die erfolgreiche Jugendbuchautorin lebt in Stuttgart.

Weitere lieferbare Titel von Nina Blazon im Taschenbuch bei cbt:

Faunblut (30708)

Nina Blazon

Ascheherz

cbt

cbt

cbt ist der Jugendbuchverlag
in der Verlagsgruppe Random House

MIX
Papier aus verantwortungsvollen Quellen
FSC® C014496
FSC
www.fsc.org

Verlagsgruppe Random House FSC-DEU-0100
Das für dieses Buch verwendete
FSC®-zertifizierte Papier *München Super Extra*
liefert Arctic Paper Mochenwangen GmbH.

1. Auflage
Erstmals als cbt Taschenbuch Oktober 2012
Gesetzt nach den Regeln der Rechtschreibreform

Umschlaggestaltung: init. Büro für Gestaltung
Bielefeld
Umschlagmotiv: Shutterstock (alias)
KK · Herstellung: AnG/TK
Satz: Uhl + Massopust, Aalen
Druck und Bindung: GGP Media GmbH, Pößneck
ISBN: 978-3-570-30823-3
Printed in Germany

www.cbt-jugendbuch.de

»Und schließlich gibt es das älteste und tiefste Verlangen,
die große Flucht: dem Tod zu entrinnen.«

J. R. R. Tolkien

»Wer vor dem Tode flieht, läuft ihm nach.«

Demokrit

Inhalt

Teil I: Traum und Wirklichkeit

Teil II: Der Name des Todes

Teil III: indigo

Teil IV: loved

Teil V: schnee und asche

Teil I

traum und wirklichkeit

der blutmann

In den Nächten, die dem Blutmann gehörten, wagte Summer kein zweites Mal einzuschlafen. Je mehr sie sich fürchtete, desto öfter suchte er sie heim. Nie sah sie sein Gesicht, nur seine Hände nahm sie wahr. Allerdings konnte sie lediglich erahnen, wie kräftig sie waren. Schwarze Handschuhe, gegerbt von Blut, verbargen sie. Doch aus der Spannung der Finger, die den Schwertgriff umklammerten, sprach eine Entschlossenheit, die sie schaudern machte. Aus den Augenwinkeln nahm sie den dunklen Glanz des Schwertes wahr: schmal und scharf genug, um einen Kopf ohne viel Kraftaufwand vom Körper zu trennen. Ihr Herz schlug so schnell, dass sie das Pochen ihres Blutes in ihren zusammengepressten Lippen spüren konnte. Sie schloss kurz die Augen und ergab sich dem verstörenden Geruch nach Metall und der Erkenntnis, dass Lady Tod sie schon mit eisenkaltem Mund auf den Nacken küsste. Zart berührte die Schneide ihre Haut und hob sich dann leicht, wie Atem holend. Der Schatten der Waffe schwebte vor ihr auf dem Boden, entfernte sich, je höher der Blutmann das Schwert hob. Summer krümmte sich und spürte, wie ihre Knie sich noch fester in die feuchte, halb gefrorene Erde drückten. Weißer Atem legte einen Schleier vor ihre Augen. Erst am tiefsten Punkt ihres Atems lichtete er sich und ließ die Welt wieder grausam klar werden. Als sie blinzelte, erkannte sie, dass das gleißende schräge Winterlicht auf ihre bloßen Arme fiel. Benommen betrachtete sie die noch frischen Fesselspuren, tiefe Rillen, ein grotesker roter Schmuck, der sich um ihre Handgelenke wand.

Das war jedes Mal der Moment, in dem sie sich losriss: Sie holte keuchend Luft, kämpfte sich aus dem Schlaf hoch und floh in die schützende Dunkelheit der Wirklichkeit, floh aus dem Bett, auf bloßen Füßen durch das Zwielicht der Nacht zu dem Waschbecken neben der Tür. Erst als sie kaltes Wasser im Gesicht spürte, ließ die Angst ein wenig nach. Benommen trat sie dann auf den schmalen Balkon, der hoch über dem Ozean der Stadtlichter dahintrieb. Dort betastete sie immer und immer wieder ihre Handgelenke und vergewisserte sich, dass sie makellos waren – ohne Wunden und auch ohne alte Narben.

Niemals hatten Fesseln diese Haut berührt.

theater der nacht

Mit den Raubkatzen war in dieser Nacht nicht zu spaßen; die Dompteure hatten alle Hände voll zu tun. Ein gutes Zeichen, denn es bedeutete nicht nur, dass der Zuschauerraum voll war, sondern auch, dass vor und hinter den Kulissen eine besondere Anspannung herrschte. Es war gut für das Stück, das vor allem vom Auftritt der Tiere lebte, und gut für das Spiel der menschlichen Darsteller. Denn jetzt, in den ungewöhnlich heißen Tagen eines schläfrigen Herbstes, drohte sich auch bei der Theatertruppe eine gewisse Trägheit einzuschleichen.

»Ist er endlich da?«, flüsterte Mort Summer zu. Obwohl der alte Theaterdirektor versuchte, seine Nervosität zu verbergen, musste Summer nur auf seine vernarbten Hände schauen, um zu wissen, wie ihm zumute war: Schmerzhaft straff lag die Haut über jeder Knöchelwölbung und jeder Sehne, so fest umklammerte er die Peitsche und den Schlangenstock.

Summer wandte rasch den Blick von seinen Händen ab und trat zu dem Sichtspalt im Vorhang. Inzwischen war die Stimmung da draußen auf eine fast aggressive Art angeheizt – ein Funkenregen von Emotionen, der Summer einhüllte wie ein warmer Mantel. Die Lücke im Vorhang gab den Blick auf die mittleren Zuschauerreihen frei. Noch war die Beleuchtung hell genug, dass Summer die Besucher gut erkennen konnte – es waren viele Stadtgesichter, glatt, weißhäutig, die Männer sorgfältig rasiert, die Frauen mit hell gepuderter Haut. Der betont gleichgültige Gesichtsausdruck ließ sie einander ähnlich werden wie Geschwister. Aber es drängten sich auch viele Fremde im Theater, die in diesen Tagen zum ersten (und vielleicht zum letzten) Mal eine so große Stadt wie Maymara kennenlernen durften. Seit einigen Wochen schon überschwemmten sie die Stadt: Abenteurer, Verlorene oder einfach Leute, die sich von den Gerüchten über irgendeinen fernen Krieg hatten zur Küste locken lassen. Diese Gäste verrieten sich allein schon durch die Art, sich neugierig den Hals zu verrenken und ständig ihre Nebensitzer in die Rippen zu stoßen, um sie auf Besonderheiten aufmerksam zu machen – auf das riesenhafte Halbrund der Bühne, die von einem Sonnensymbol gekrönt wurde, und die beiden Nebenbühnen an den Seiten, deren einziger Schmuck weiße Leinwände waren. Beim Anblick der vielen offenen Münder musste Summer lächeln. Es war noch nicht lange her, da hatte sie ebenso über Maymaras Attraktionen gestaunt.

Mitten im Gedränge nahm gerade der Ehrengast dieser Nacht Platz: Bator Sel, der reichste Reeder der Stadt. Summer hatte einen kräftigen, beeindruckenden Mann erwartet, nun aber war sie etwas enttäuscht, einen schmächtigen, farblosen Alten zu sehen, dem sein teurer Mantel zu groß schien. Nur die ehrfurchtsvollen Blicke der Einheimischen und das Schiffswappen auf seiner Schulter verrieten seinen hohen Stand. Summer war noch nicht lange bei der Schauspieltruppe, aber selbst sie wusste, dass das Theater der Nacht manche Geldflaute nur deshalb überstanden hatte, weil Bator Sel das Futter für die Tiere bezahlte. Die Mehrzahl der Raubtiere gehörte ohnehin ihm, schließlich waren sie auf seinen Schiffen aus fremden Ländern gekommen, einzig und allein zu dem Zweck, hier vorgeführt zu werden. Aber es gab auch einige Chimären aus den versteckten Laboren in der Vorstadt: Missgestalten wie der zweiköpfige Fuchs, der dem Publikum besonders gefiel, und die Stute mit Tigerfell.

»Was ist jetzt?«, drängte Mort. »Ist Bator da?«

Summer trat vom Vorhangspalt zurück und nickte dem alten Mann zu. Inzwischen war ihm der Schweiß ausgebrochen, das schüttere blauschwarz gefärbte Haar klebte über seiner Halbglatze. Schweißperlen sammelten sich über gewaltigen Augenbrauen, die Mort selbst wie eine Bestie erscheinen ließen, wenn er finster dreinblickte. Doch Summer ließ sich durch seine Grobheit nicht täuschen. Er war zwar mürrisch und geizig und hätte seine Schauspieler am liebsten wie seine Tiere mit Peitsche und Stock über die Bühne getrieben. Aber um das altmodische Theater, das er vor einigen Jahren mit den Ersparnissen eines ganzen Lebens gekauft hatte, bangte er Abend für Abend wie um einen geliebten Menschen.

»Bator hat seinen Platz eingenommen«, raunte ihm Summer beruhigend zu. »Wir können anfangen.«

Als wäre ihr Flüstern ein Schlachtruf gewesen, reckte Mort die Peitsche in die Höhe. Augenblicklich wallte hinter der Bühne Bewegung auf. Bühnenarbeiter rannten zu ihren Plätzen, was die Schneekatzen zum Fauchen und die zahmen Vögel zum Flattern brachte. Helferinnen eilten zu den Kleidertruhen. Eine Leiter knarzte, während der dickliche Lichtmeister in den Bühnenboden hoch über ihren Köpfen kletterte. Und aus dem Augenwinkel sah Summer, wie Mort zu seinem Glücksbringer trat – eine Gesichtsmaske aus schwarzem Stoff, die an einem Stützbalken aufgehängt war. Als einziger Schmuck prangte auf der Stirn ein silberner Katzenkopf, der von Morts allabendlicher Berührung schon ganz blank gerieben war.

»Summer, trödel nicht herum, komm her!«, rief Spring. Aufgeregt winkte sie Summer zu. Wie immer war sie auch heute die Erste, die ihr Kostüm und sogar ihre Maske bereits trug. Aber auch tagsüber, wenn sie das Frühlingskostüm aus rosenfarbenen Schuppen, die vielleicht Blütenblätter, vielleicht auch Schlangenhaut darstellen sollten, noch nicht angelegt hatte, schien sie zu leuchten: ein etwas rundliches strohblondes Mädchen mit der marktschreierischen Schönheit einer Sirene. Im wirklichen Leben hieß Spring allerdings Ana und stammte aus Kamsí, einem kleinen Bergdorf irgendwo im Osten des Landes.

»Eine Sekunde noch!«, flüsterte Summer zurück.

Sie wandte sich wieder zum Vorhang um, schloss die Augen und stand einfach nur da. Ruhig und geborgen im Auge des Sturms konnte sie die Menge spüren, als stünde sie selbst inmitten der Schaulustigen: das Vibrieren ihrer Atemzüge, das heiser-schleifende Geräusch von Sohlen, die ungeduldig über den Boden scharrten, knarrende Stühle, ein Lachen hier und da. Das war der Augenblick, der nur ihr gehörte. Unsichtbar im Schatten zu stehen und allem doch so nahe zu sein, Haut an Haut mit Hunderten von schlagenden Herzen, Schicksalen und Träumen – auch wenn viele dieser Träume sich um Wein und Weiber drehten und keinen zweiten Blick wert sein mochten.

Einer der Panther fauchte. Der Raubtiergeruch aus den Käfigen der Nebenbühne stach Summer heute besonders deutlich in die Nase, aber da war auch der Duft von teurem Parfüm, durchsetzt vom scharfen Aroma von Schweiß und dem Branntwein, der in den Hafenkneipen ausgeschenkt wurde. Vermutlich reizte dieser Geruch die Katzen.

»Na, hast du schon Lampenfieber, Schöne?« Wie immer hatte Finn sich lautlos angepirscht. Sie spürte seine Worte als warmen Luftstrom an ihrem Hals, noch bevor seine Hände sich auf ihre Schultern legten. Bei seiner Berührung zuckte sie zusammen, doch dann musste sie doch lächeln. Behutsam entwand sie sich ihm. Im staubigen Streiflicht, das durch den Vorhangspalt fiel, zeichnete sich Finns rechte Gesichtshälfte scharf gegen den dunklen Hintergrund ab. Er war geschminkt, goldene, graue und schwarze Schattierungen gaben seinem sanften Gesicht die kantigeren Heldenzüge von Geron Sonnensohn, den er auf der Bühne verkörperte. Das glatt zurückgekämmte helle Haar verstärkte diesen Eindruck noch. Nur das Lächeln, Finns verschmitztes Lächeln, wollte nicht zu der tragischen Figur passen.

»Los! Zur Bühne!«, befahl der Lichtmeister von oben.

Finn kümmerte sich nicht darum.

»Soll Bator doch warten«, raunte er Summer verschwörerisch zu. »Für einen Kuss haben wir alle Zeit der Welt. Also?«

Als er sich vorbeugte, unterdrückte sie den Impuls, ihm auszuweichen. Sie lachte und schüttelte den Kopf. »Versuch dein Glück bei Ana oder Charisse, Geron Herzensdieb.«

Als sie flink zur Seite glitt und im Bogen an ihm vorbeieilen wollte, schloss sich seine Hand plötzlich um ihre rechte. »Kalte Hände, kaltes Herz«, flüsterte er mit der dramatischen Wehmut, die er auf der Bühne besonders gut beherrschte. Er überrumpelte sie damit, dass er ihre Hand an die Lippen zog und sie mit einer Sanftheit küsste, die Summer verharren ließ. »Eigentlich solltest du meine Wintergeliebte spielen, nicht Charisse. Dein Eis ist wenigstens echt.«

»Hier ist doch gar nichts echt, Finn«, erwiderte Summer spöttisch und entwand ihm mit einer schnellen Drehung ihre Hand.

»Das hier ist nur ein altes Rumpelkammertheater aus dem letzten Jahrhundert. Du bist kein Held und ich nicht deine Geliebte. Aber spielen wir nicht alle stets die Rolle am besten, die uns am fremdesten ist?«

»Autsch!« Er grinste. »Na, freu dich nicht zu früh, heute küsse ich dich!«

»Und hoffentlich haut Summer dir dafür eine runter«, fuhr Mort ihn an. »Mach, dass du auf die Bühne kommst oder ich treibe dich mit der Ochsenpeitsche raus!«

Auf Morts Wink wurde das Licht im Zuschauerraum dunkel. Das Publikum verstummte schlagartig und die Bühne erstrahlte im knatternden Licht des alten Filmprojektors, der einen schwarzweißen Himmel auf die Leinwände zauberte. Ein erstauntes Raunen ging durch die Menge. Über der Bühne setzte sich die hölzerne Sonne in Bewegung und sank von unsichtbaren Seilen gezogen dem Boden entgegen. Summer wusste, dass die beiden Männer, die dafür zuständig waren, die beiden Sonnenstiere auf die Bühne zu treiben, jetzt zu schwitzen begannen. Flötenmusik setzte ein, überlagerte das Stampfen der Stierklauen. Die klagende Melodie untermalte den Sonnenuntergang.

Summer wich gerade noch rechtzeitig zurück, bevor der Vorhang aufschwang, und beeilte sich, zu den anderen hinter die Kulisse zu kommen. Draußen begann der Rezitator die Geschichte von König Licht zu erzählen, der mit seiner Sonnenkrone auf dem Haupt nach einer Schlacht vom Himmel stürzte.

Charisse, die Gerons Wintergeliebte verkörperte, stand beim Schneekatzenkäfig und stimmte die Tiere auf sich ein. Sie hielt das Bündel toter Tauben weit von sich, um ihr helles Kostüm nicht mit Tierblut zu beschmutzen, und fütterte die Katzen mithilfe des Hakenstocks an – genug Futter, um die größte Gier der Raubtiere zu stillen, aber zu wenig, um sie satt und träge werden zu lassen. Als Summer in einem möglichst großen Bogen an ihr vorbeieilte, blitzte Charisse ihr ein schnelles Lächeln zu, dann war sie wieder ganz bei den Tieren. In ihrem silberweißen Kostüm wirkte sie noch heller und durchscheinender als sonst. Eine schlanke Frau mit unglaublich langen Beinen, die durch den geschlitzten Rock besonders gut zur Geltung gebracht wurden. Weißer Pelz schmiegte sich an ihr Kinn und betonte Augen in der Farbe von Lapislazuli. Natürlich war diese Farbe nicht echt – ebenso wenig wie das lichtlose Schwarz ihres Haars. Wer im Theater der Nacht arbeitete, musste bereit sein, mit Haut und Haaren jemand anderes zu werden.

»… in die Umarmung von Lady Tod sank König Licht«, fuhr der Rezitator fort. »Hinab in die Unterwelt, die darauf lauerte, das Feuer seiner Sonnenkrone auszulöschen …«

Das war das Stichwort für die fünf Panther, die nun auf die linke Nebenbühne getrieben wurden, wo sie auf die beiden Stiere treffen würden. Jeder Sprung und jeder Prankenhieb waren tausendmal geprobt, und dennoch war der Kampf zwischen den Sonnenstieren und den Raubkatzen eines der schwierigsten Dressurstücke. Das Brüllen der Raubkatzen ließ auch die Schauspieler hinter der Bühne atemlos verharren. Summer schloss die Augen und spürte dem Widerhall der rauen Katzenstimmen nach. Der Boden bebte unter dem Gewicht der Stiere. Im Publikum kam vorsichtige Unruhe auf, vermutlich überlegten die ersten Zuschauer bereits, ob es eine gute Idee gewesen war, sich die »Mitternachtsmonster« anzusehen. Doch niemand wagte es, sich zu rühren und den Theaterraum zu verlassen.

»… aber König Licht war mutig und rang mit der ewig Dunklen. Zwei Tage und drei Nächte dauerte ihr Kampf, doch weder

Licht noch Dunkelheit unterlagen. Am Morgen des dritten Tages hielten Todesfrau und Sonnenmann inne. Unbesiegt standen sie einander gegenüber, und ihnen gefiel, was sie sahen …«

Künstlicher Donner brachte die Raubtiere zum Fauchen. Die Schneekatzen hinter der Bühne stimmten mit ein und liefen im Käfig hin und her. Der Silberstaub, den Mort ihnen über das weiße Rückenfell gestreut hatte, glitzerte wie frischer Schnee, aber solange die Katzen noch im Käfig saßen, wirkte der Zauber der Illusion nicht. Hier waren sie nicht die Begleiter der Winterfrau, sondern nur alte, schlecht gelaunte Raubtiere, denen der Geruch nach Menschen auch nach so vielen Jahren noch zu schaffen machte. Oft betrachtete Summer Morts Bestien bei Tag, wie sie in ihren Käfigen schliefen, sah zuckende Pfoten und Lefzen, hörte das traumverlorene Knurren und fragte sich, ob sie vielleicht im Schlaf ihr wahres Leben führten. Ob sie jagten und rannten und dachten, das Theater sei der Albtraum, aus dem sie sich jede Nacht zu erwachen mühten?

»… und aus der Umarmung der Dunkelsten und des Hellsten entsprang … Geron, Sonnensohn!«

Finns Auftritt. Eine Trommel setzte ein und gab den ruhelosen Füßen da draußen endlich etwas zu tun. Pfiffe und Stampfen erklangen aus dem Zuschauerraum. Das war der Moment, als Summer endgültig in den Strom des Stücks gerissen wurde. Ihre Wangen glühten vor Lampenfieber und der Erwartung, sich endlich in ihre Rolle fallen zu lassen und alles andere zu vergessen.

Sie stolperte im Halbdunkel, als sie zu dem Verschlag mit den Kostümen eilte. Mia, die hagere, sommersprossige Herbstfrau, hatte sich ihr rotes Kostüm übergestreift und zurrte die Stützbandagen an den Handgelenken ungeduldig mit den Zähnen fest.

»Lass mich das machen!« Summer sprang zu ihr. Mias Hände

waren sehnig und die Handflächen voller Schwielen. Sie war die Einzige, die ihre Rolle an Seilen hängend in der Luft spielte – eine windige Herbstgeliebte, die mit den Blättern am Himmel tanzte.

Summer durfte am Boden bleiben, doch ihr Kostüm war das aufwendigste von allen: grün und prächtig wie der Sommer selbst. Blätter aus Samt schlossen sich um Schultern und Brüste, die wasserfarbene Seide des Unterkleides umfloss ihre Beine. Teurer Libellenschmuck musste in einem komplizierten Muster in ihr Haar gewunden werden. Zwei Helferinnen sprangen herbei und zupften und zerrten an Summers Haaren, kämmten die rotblonden Wellen zu glatten Strähnen und flochten und drehten, bis jedes der Metallinsekten seinen Platz gefunden hatte. Die Zeit begann zu fliegen – und während Summer noch damit beschäftigt war, die letzten Knoten an ihren Ärmeln und dem Rock zu knüpfen, war es bereits Zeit für den Auftritt von Spring, der Frühlingsgeliebten.

Ein leiser Pfiff von Mort und alles erstarrte – nur Ana öffnete den Schlangenkäfig, ging in die Hocke und trommelte mit den Fingernägeln einen schnellen Takt auf den Boden. Die riesige Sumpfviper – Symbol des in der Wärme erwachenden Frühlings – nahm züngelnd Witterung auf und glitt aus dem Käfig und an Anas Arm hinauf. Behutsam trug die junge Schauspielerin das Reptil auf Händen und Schultern, während sie zur Bühne eilte. Oben im Bühnenboden polterte es, als die kleineren Schlangen aus den Kisten gelassen wurden. Die Behälter unter der Bühne würde Mort über einen Seilzug selbst öffnen.

»Mein Vater ist König Licht, doch meine Mutter die blinde, grausame Lady Tod, die ihre eigenen Kinder verschlingt«, sprach Finn. »Mit schwarzen Klauen trachtet sie danach, all das Schöne zu zerreißen …«

»Los, los, in den Mantel!«, zischte Mia Summer zu. Das schwere Kleidungsstück bestand aus Holzstöcken und Ästen, die wie ein Kragen hinter Summers Kopf aufragten. Das Gewicht drückte sie im ersten Moment nieder, dann streckte sie die Knie durch und bemühte sich um eine aufrechte Haltung. Sie mochte den Mantel nicht, er machte sie unbeweglich, aber sie würde ihn zum Glück nicht lange tragen müssen. Helferinnen huschten um sie herum, zurrten und knoteten und führten schließlich alle dünnen Fixierleinen an Summers Handgelenken zusammen. Ein Ruck daran genügte und sie wäre wieder frei.

Pfiffe und Applaus ertönten, als draußen der Frühling zu tanzen begann. Summer spürte die Vibration von Anas Sprüngen unter ihren Sohlen und sah die Szene vor sich, als könnte sie durch die Kulisse blicken: Anas Tanz mit der Sumpfviper, der die Männer im Publikum zum Schweigen und zum Starren brachte. Manch einem brach beim Anblick dieser giftigsten aller Schlangen der Schweiß aus. Doch Männern, die sich fürchteten, erschienen Frauen besonders schön und ihre Liebe besonders kostbar. Es war sicher kein Zufall, dass gerade Ana und Charisse, die mit den gefährlichsten Tieren auftraten, von Verehrern geradezu verfolgt wurden.

Summer zählte Anas Schritte mit, bis diese aus der schnellen Drehung wieder zum Stehen kam und bewegungslos verharrte.

Das war das Zeichen.

Das Aufschnappen der Kisten, die Mort nun öffnete, hörten nur die Eingeweihten. Im selben Moment erloschen alle Lichter. Überraschte und entsetzte Schreie erklangen, als vier Dutzend Schlangen vom Bühnenboden herabfielen – im Dunkeln glomm die Zeichnung auf ihren Rücken. Sie waren Sternschnuppen auf Irrwegen, die auf Glatzen, Schultern und Schößen landeten, sich blitzschnell auf den Boden und unter Stuhlbeinen entlangschlängelten und über zurückzuckende Schuhspitzen glitten. Weitere Schlangen krochen unter der Bühne hervor. Jetzt begann der Saal zu kochen. Irgendein Mann schrie wie am Spieß. Gepolter ertönte, Stühle fielen um, schwere, flüchtende Schritte ließen den Boden beben, Türen fielen donnernd ins Schloss.

Feixend stieß Mia Summer an. Und auch Summer musste lachen, als sie das angstvolle Stöhnen der Männer hörte. Spätestens jetzt wäre jedem klar gewesen, dass der Großteil der Zuschauer aus der Fremde kam. Jeder Einwohner von Maymara wusste, dass die kleinen Sumpfvipern, die Mort ins Publikum ließ, keine Giftzähne mehr hatten.

»Es wird Nacht, Geliebter«, rezitierte Ana ungerührt. »Die Schlangen streben zum Firmament, ich folge ihrem Schein.«

Ein erneutes Aufstöhnen ging durch die Menge, als Ana mit der großen Viper von der Bühne sprang und durch das Publikum wirbelte. Das war der Moment, in dem auch Summer den Atem anhielt und hoffte, dass keiner im Publikum nach Kaninchen roch oder die riesige Schlange im falschen Augenblick erschreckte. Sie hatte als Einzige ihre Giftzähne noch.

»Geh nicht!«, rief Geron Sonnensohn seiner Geliebten Spring klagend hinterher. »Warum küsst du mich, um mich dann wieder zu verlassen? Das Herz reißt du mir aus der Brust!«

Wie immer an dieser Stelle bekam Summer eine Gänsehaut. Sie konnte nicht anders, als Finn für die Wehmut und den Schmerz in seiner Stimme tatsächlich zu lieben. Das Theaterstück war pathetisch und die Geschichte übertrieben und grell wie ein Jahrmarktsstück, die Schauspieler nur lebende Staffage für die Auftritte der Tiere. Doch Finn spielte Gerons Rolle, als gäbe es nichts anderes. Jedes Wort war echt. *Ein Edelstein inmitten von Glasschmuck*, dachte Summer. *Du bist an Mort verschwendet.*

»Was soll ich denn mit deinem Herzen?, erwiderte der Frühling mit einem spöttischen Lachen. »Behalte es, mir hat es lange genug gehört. Erkennst du mich immer noch nicht, Geron? Ich bin deine Jugend. Mich kannst du nur ein einziges Mal in deinem Leben besitzen, ein zweites Mal teile ich dein Lager nicht.«

In der Dunkelheit klopfte Mort mit dem Dressurstock sachte auf den Boden – ein komplizierter Befehl aus Morsezeichen, die nur seine Reptilien verstanden. Keine zehn Sekunden später folgte die erste Schlange aus dem Zuschauerraum diesem Ruf und glitt hinter die Kulissen – ein sich bewegendes, glimmendes Muster, das wie eine lebendig gewordene Schmuckkette in den Käfig kroch. Eine zweite und eine dritte Schlange kehrten aus dem Zuschauerraum zurück. Und dann ein weiteres Dutzend, das sich hinter den Maschen eines großen Käfigs sammelte. Schließlich schlüpfte auch Ana hinter die Bühne. »Lauter Betrunkene«, flüsterte sie atemlos und nahm die silberne Maske vom Gesicht. Die Sumpfviper, die wie die kleineren Schlangen mit Leuchtpulver eingestäubt war, ließ ihre Wangen und ihr Haar im Dunkeln leuchten. »Zwei Stühle sind zerbrochen. Und mindestens dreißig Leute sind geflüchtet.«

Musik setzte wieder ein, begleitet von Hufgeklapper auf der kleinen Nebenbühne, wohin der zweite Tierführer die Tigerstute dirigierte.

»Geld hin oder her – ich warte nur darauf, dass diese Idioten von Ausländern mir alle Schlangen zertrampeln«, knurrte Mort, während er Ana das Reptil abnahm und behutsam im Käfig verstaute.

Das Licht zuckte, als der Filmprojektor wieder zu laufen begann. Summer hörte, wie einige Zuschauer die Luft einsogen, und war sicher, dass sich so mancher an seinem Stuhl festhielt. Vor der

Leinwand tänzelte die Tigerstute mit Finn auf dem Rücken auf der Stelle, doch für das Publikum sah es vor der bewegten Kulisse so aus, als würden sie gemeinsam mit Geron mit unglaublicher Geschwindigkeit über den Himmel getragen.

Mort machte sich eilig daran, die Vögel freizulassen. Das war Summers Zeichen. Vorsichtig bewegte sie sich in ihrem Astmantel zur Bühne. Sie hatte ihre Rolle schon mehr als fünfzigmal gespielt, doch so kurz vor dem Auftritt zitterten ihr jedes Mal die Hände. *Lass die Löwen heute ruhig sein*, bat sie im Stillen. Sie wusste nicht, warum, aber weder die Raubtiere noch das Pferd mochten sie. Nur die Vögel zeigten sich ihrer Nähe nicht aggressiv oder ängstlich.

Im Spiegel, der seitlich in der Kulisse angebracht war, konnte sie in den Zuschauerraum sehen. Lange Lücken in den Sitzreihen und einzelne leere Stühle zeugten von Anas Auftritt. Auch der Stuhl links neben Bator Sel war leer.

Mort scheuchte die Zierschwalben und die Pirole aus der Voliere. Im nächsten Moment stand Summer mitten in einem Schwarm. Flügelspitzen streiften ihre Wange. Der Luftzug bauschte die Seidenbänder an ihrem Rock. Das Stakkatolicht des Projektors warf zitternde Lichtstreifen auf die Vögel und ließ ihren Flug in hundert Momentaufnahmen erstarren.

»Fünf… sechs… sieben…«, zählte Mort ihr vor. Summer setzte hastig die Schmetterlingsmaske aus Kupfer auf und atmete durch. Das war der kleine, flirrende Moment des Glücks, für den sie lebte: die Sekunde, in der sie sich selbst verlieren durfte.

»… und los!«

Umschwirrt vom federweichen Flügelschlag überschritt sie die Grenze zu einem anderen Sein. Der Sog des Flackerns nahm sie mit sich, löste Schicht um Schicht ihres Lebens, bis nichts mehr von ihr selbst zurückblieb. Sie lächelte und die Maske schmiegte sich kühl an ihre Wangen, erwärmte sich dann in Sekundenschnelle und wurde zu einem Teil von ihr.

Die Schwalben huschten dicht über den Köpfen der Zuschauer durch den Raum, als die Königin des Sommers auf die größte Lichtung des Waldes trat – ein Wald, in dem es vor Leben wimmelte: Hunderte von Vögeln, die auf jedes ihrer Zeichen reagierten, Kreise zogen und die Richtung wechselten. Auf der Bühne waren alle Sommertiere vor der Kulisse gemalter Bäume versammelt: zwei Mähnenlöwen und ein Dutzend seltener gescheckter Affen, Streifenwild von den fernen Inseln, Baumkröten und Papageien. Inmitten der Fülle wirkte Geron Sonnensohn noch einsamer. Die Sommerfrau befahl ihm mit herrischer Stimme, ihren Wald zu verlassen. In irgendeinem Winkel ihres Selbst fragte sich Summer in solchen Augenblicken verwundert, ob sie jemals jemand anderes gewesen war als jetzt und ob sie wirklich von Angst getrieben von Ort zu Ort gehetzt war.

Der Mantel drückte auf ihre Schultern, als sich mehr als fünfzig Pirole in den Ästen niederließen. Noch fünf, sechs Schritte trug sie würdevoll die Last, dann entledigte sie sich mit einem Ruck an den Reißleinen des Kleidungsstücks, ließ es stehend als Sammelplatz für die Vögel zurück und ging auf den Krieger zu. Mit einem Mal war alles leicht, jeder Schritt war wie Fliegen, jeder Atemzug wie ein Lachen. Hier zuckte sie nicht vor Berührungen zurück und der Anblick von Händen bereiteten ihr kein Unbehagen. Sie flirtete mit Geron Sonnensohn und schlüpfte ihm immer wieder aus den Armen.

»Besiege mich, wenn du kannst«, rief sie. »Doch ich warne dich: Sklaven magst du erbeuten, aber kein Sommer gehört dir für immer. Wer mich besitzt, lernt zu verlieren!«

Anfeuerungsrufe ertönten im Publikum, als der größere Löwe auf Geron zustürzte. Der Kampf mit der Bestie sah beängstigend echt aus. Die Sommerfrau lachte und die Zeit glitt weiter.

Geron und sie lebten ihre Geschichte: Es gab eine Zeit des Kämpfens und der Feindschaft, eine Zeit des Kräftemessens und eine des Respekts. Und dann einen Tanzschritt lang das erste Lächeln. Als sie schließlich zueinanderfanden, war Gerons Blick so aufrichtig, dass sie keinen Moment an seiner Liebe zweifelte.

Bis … er sie plötzlich an sich zog, sie fester in die Arme nahm, als es das Stück verlangte, und sich viel zu dicht über sie beugte.

»Was machst du, verdammt!«, zischte sie, doch selbst unter der Schminke erahnte sie Finns diebisches Grinsen.

»Die Wetten stehen eins zu zehn«, raunte er ihr für die Zuschauer unhörbar zu und … versuchte sie tatsächlich zu küssen! Der letzte Zauber verflog. Jetzt war sie nur noch ein Mädchen mit einer Maske inmitten von Bühnengerümpel und bedauernswerten Tieren. Die Wut war wie ein kalter Wasserstrahl – scharf und ernüchternd. Blitzschnell wandte sie den Kopf zur Seite und trat Finn mit aller Kraft gegen das Schienbein. Er keuchte auf und ließ sie sofort los, aber er überspielte den Schmerz gut. Summers weiter Rock hatte den Tritt verborgen. Dennoch lachte im Zuschauerraum jemand schadenfroh auf und die Affen nutzten die Gelegenheit und fingen an zu kreischen. Nun wurden die Löwen tatsächlich unruhig, als würden sie Summers Zorn spüren. Hinter der Kulisse konnte Summer Mort fluchen hören. Sie riss sich zusammen und versuchte, von der kurzen Pause abzulenken, indem sie sich von Geron entfernte und ihren Vogelschwarm herbeirief. Bevor sie in ihrem Text fortfuhr, warf sie einen Seitenblick ins Publikum. Bator lehnte mit verschränkten Armen in seinem Stuhl. Auf seinen Lippen lag ein amüsiertes Lächeln. Er musterte

Summer so interessiert, als wäre sie auch eine der Raubkatzen, für die er das Futter bezahlte. Aber das war es nicht, was ihr plötzlich das Gefühl gab, trotz Maske und Kostüm völlig nackt zu sein. Die Bühnenbeleuchtung verwandelte sich in Eislicht, das sie frösteln ließ, während sie den leeren Stuhl zu Bators Linken anstarrte.

Auf der Lehne: Handschuhe. Finger, die sich tief in das Leder des Bezugs gruben.

Reiß dich zusammen!, schalt sie sich selbst. *Es gibt immer und überall Männer, die Handschuhe tragen.* Aber heute hörte ihr Herz nicht auf ihren Kopf. Und das, was sie mehr fürchtete als alle Raubkatzen des Theaters zusammen, holte sie mit einem Wimpernschlag ein. Das Theater verblasste und die Wirklichkeit ihrer Nächte kam ihr so beängstigend nah, dass sie nach Luft schnappte. Ihr rasender Puls hämmerte ihr mit jedem Schlag das Bild ein, dem sie glaubte entflohen zu sein: *Er.*

»Summer?« Finns Flüstern an ihrem Ohr. Sein Arm lag fest um ihre Taille. Sie musste sich zur Seite bewegt haben, ein, zwei große Schritte, als wollte sie fliehen. Wann hatte sie versucht, die Bühne zu verlassen? Die Vögel umschwirrten sie immer noch, die Zuschauer begannen zu murmeln.

»Der Tod …«, zischte ihr Mia den Text aus der Kulisse zu. »Der Tod und die Liebe …«

Summer blinzelte und versuchte, den Mann zu erkennen, der die Handschuhe trug. Doch er saß im Schatten der nächsten Reihe, sie erahnte nur seinen Umriss. Ehe sie genauer hinsehen konnte, schwenkte das Licht auf sie und blendete sie.

»Der Tod …«, flüsterte Mia mit noch mehr Nachdruck.

Summer schluckte. Sie musste sich räuspern, bis sie endlich ihren Satz herausbrachte.

»Der Tod und die Liebe sind Nachbarn«, schloss sie hastig,

ohne Feuer, ohne Tiefe, so kläglich, dass eine Zuschauerin in der ersten Reihe kicherte. »Doch der … der Abschied wohnt in beiden Häusern.«

Während sie sich von Finn losriss und von der Bühne flüchtete, ohne den Rest ihres Textes zu sprechen, blickte sie ins Publikum. Keine Hände, kein Blutmann. Der Stuhl neben Bator war unberührt, und auch der Stuhl dahinter war leer.

*

Mort brüllte schon, seit der letzte Zuschauer das Theater verlassen hatte. Und Summer konnte es ihm nicht einmal verübeln. »Ausgerechnet heute so ein Patzer!«, donnerte er. »Was, wenn Bator das Stück missfallen hätte? Du hättest beinahe alles verdorben! Du …«

»Beinahe«, fiel ihm Charisse ins Wort. »Aber es hat doch niemand bemerkt.«

»*Ich* habe es gemerkt!«, brauste Mort auf und schlug sich mit der Faust auf die Brust. »Ich!«

»Schon gut, Mort«, schaltete sich nun auch Finn ein. »Aber Bator hat das Stück gefallen, er hat uns sogar Geld für Wein dagelassen. Außerdem war es meine Schuld. Ich habe den Text verändert.«

»Und die Wette verloren«, murmelte Ana, die gerade die Verschnürungen an Summers Kostüm löste. Man konnte hören, dass sie bei diesen Worten feixte.

Mort schnaubte verächtlich. »Text hin, Text her, Summer hätte reagieren müssen. Wenn ich will, dass jemand seine paar Sätze nur hilflos herunterstammelt, dann hätte ich auch irgendeine aus dem Hafenviertel auf die Bühne stellen können.«

Mia rollte genervt mit den Augen. Diesen Spruch kannten sie alle zur Genüge.

»Dann such dir eben eine aus dem Hafenviertel«, brauste Summer auf. »Immerhin hätten die betrunkenen Idioten da draußen dann etwas zu gaffen. Und nur darum geht es doch in diesem Stück, oder nicht?«

An manchen Tagen fiel es ihr leicht, ihre Rolle zu spielen: das allzu stolze Mädchen von den südlichen Inseln, das sich nichts bieten ließ. Doch heute fiel ihr sogar diese einfache Übung unendlich schwer. Viel zu verstört war sie selbst noch. *Es hat nichts zu bedeuten*, wiederholte sie wie ein Gebet. *Es war nur der Anblick der Handschuhe. Eine kurze Irritation.* Dennoch wunderte sie sich immer noch, wie sie den Rest der Vorstellung hinter sich gebracht hatte. Während der Abschlussverbeugung hatte sie die Maske nicht abgenommen und fieberhaft jede Reihe abgesucht. Doch der Mann blieb verschwunden. *Natürlich. Es war irgendein Zuschauer, der gegangen ist. Vermutlich hat er sich beim Aufstehen auf der Lehne aufgestützt, und du hattest das Pech, genau in diesem Moment hinzusehen.* Das klang gut. Vernünftig. Aber warum beruhigte es sie nicht?

»Auch noch frech werden!«, brüllte Mort. »Ich weiß überhaupt nicht, wofür ich dich bezahle! *Du* müsstest *mir* eine Entschädigung bezahlen, dafür, dass du mein Stück verschandelt hast!«

»Nimmst du auch Trinkgeld? Bei dem, was du mir bezahlst, würde die Entschädigung nämlich ziemlich gering ausfallen.«

»Wenn das alles ist, was du am Theater in Kanduran gelernt hast, dann bezahle ich dir noch viel zu viel!«

Summer schnaubte. »In Kanduran wurde jedenfalls darauf geachtet, dass keine Verrückten in der vorderen Reihe sitzen. Sag bloß, du hast den fetten rothaarigen Kerl nicht gesehen, der mich angestarrt hat wie ein Wahnsinniger? Und weißt du, was? Er hatte ein Messer unter seiner Jacke versteckt! Da würde euch auch der Text im Hals stecken bleiben!«

Ana verging das Grinsen auf der Stelle, und sogar Mort wurde blass. Finn sah so erschrocken aus, dass Summer die Augen niederschlug. *Lügen kann ich immer noch am besten*. Manchmal war es ihr ein Rätsel, wie leicht sie die Leute dazu bringen konnte, ihr Glauben zu schenken.

Sie wollte sich eine Strähne hinter das Ohr streichen, doch als sie bemerkte, wie sehr ihre Hand zitterte, ließ sie es bleiben. Stattdessen stand sie auf, zerrte sich das Überkleid von den Schultern und zupfte sich die goldenen Libellen grob aus dem Haar. »In Kanduran war ich Schauspielerin«, rief sie mit genau der richtigen Portion Gekränktheit. »Hier dagegen sind wir doch alle nur deine Marionetten, Mort – Darstellervieh und Freiwild für das sogenannte Publikum.«

Obwohl Mort knallrot anlief und schon Luft holte, um sie anzubrüllen, spürte sie, dass sie längst gewonnen hatte.

»He, es reicht jetzt wirklich!«, mischte sich Mia nun auch prompt ein. »Lasst es doch endlich gut sein. Ihr beide! Fehler passieren. Auch dir, Mort. Mir. Finn. Uns allen.«

Mort stieß einen wüsten Fluch aus und wischte sich unwillig mit dem Handrücken über die Stirn. »Nicht heute«, sagte er heiser. »Nicht heute!« Mit einem Mal sah er müde und faltig aus und Summer fragte sich, wie viel es den alten Dompteur wohl kosten mochte, Nacht für Nacht den strengen, mürrischen Direktor zu spielen. *So viel, wie es mich kostet, mich zu Tode zu fürchten und es nicht zu zeigen?*

Mort stritt nun mit Mia über die Kontrollen an der Tür herum, doch seine Wut machte langsam der Erschöpfung Platz. Die

Truppe musterte ihn aufmerksam. Sorge spiegelte sich in ihren Zügen, den zusammengezogenen Augenbrauen und gerunzelten Stirnen. In diesem Augenblick liebte Summer all diese Menschen so sehr, dass es schmerzte. Sie mochten sich streiten, sich hassen und gekränkt sein, aber in dem kleinen Kosmos ihrer verbundenen Leben ging niemand verloren. *Sie sind eine Gemeinschaft.* Noch während sie diese Worte im Kopf formte, fiel ihr auf, dass sie nicht länger *wir* dachte. Doch noch konnte und wollte sie sich nicht eingestehen, was das bedeutete.

Sie verschränkte die Arme und drückte die Fäuste in ihre Achselhöhlen, um das Zittern zu verbergen. Charisse, die diese Geste falsch deutete, legte ihr beruhigend den Arm um die Schulter. »Keine Angst, Summer. Wir sorgen dafür, dass der Kerl nicht mehr ins Theater darf!«

Es war einer der seltenen Momente, in denen Summer eine Berührung zuließ. Charisses Augen hatten wieder ihr eigenes verwaschenes Blaugrau, ihr fein gezeichnetes Gesicht war auch ohne Schminke schön, gewöhnlicher zwar, aber auch vertrauter. Und Summer hätte alles dafür gegeben, sich einfach in diese Umarmung schmiegen zu können, in das *Wir*, das bereits zu verblassen begann.

»Hört auf und lasst uns endlich feiern!«, sagte Mia.

»Ja, ja, Wein, Geld und Feiern – etwas anderes interessiert euch ja doch nicht!«, knurrte Mort.

»Ich bin müde«, murmelte Summer und entzog sich Charisse sacht. »Und mir … mir ist heute nicht nach Feiern zumute.« Sie vermied es, Finn anzusehen, obwohl er die ganze Zeit schon ihren Blick suchte, und nahm ihre Stofftasche von der Truhe. Bevor jemand auf die Idee kam, sie zurückzuhalten, sprang sie von der Bühne und durchquerte mit hoch erhobenem Kopf den Theaterraum. Sobald sie die Türschwelle überschritten hatte, begann sie zu rennen.

*

Fünf, sechs Straßen lang flogen ihre Sohlen über den Boden. Erst als sie vom schnellen Lauf Seitenstechen bekam, blieb sie an einer Straßenecke stehen und schnappte nach Luft. Ein stickiger, träger Herbst, der um jeden Preis ein Sommer sein wollte, lag über der Stadt. Aber wenn man das von Körpern aufgeheizte, mit abgestandenem Atem gefüllte Theater verließ, erschien die Nachtluft trotzdem leicht und angenehm kühl. Obwohl es schon weit nach Mitternacht war, trug der Wind Musik und Gelächter mit sich – vom Hafen, wo Reisende jede Stunde vor der Abfahrt ihres Schiffes noch auskosteten. Nur ein paar Schritte noch und Summer könnte sich in den warmen Schutzmantel aus Stimmen und Licht hüllen. Doch sie presste ihre Tasche an sich und lehnte sich an eine Hauswand. Grober Putz drückte gegen ihren Rücken. Die meisten Häuser in Maymara waren mit blassblauer Farbe gestrichen. Im Licht des Mondes, der wie eine Leichenfratze über der Stadt hing, leuchteten sie, als seien sie lediglich die Gespenster von Behausungen.

Es hat nichts zu bedeuten, wiederholte Summer immer wieder in Gedanken. *Ich werde nicht wieder von* ihm *träumen. Das liegt hinter mir!* Doch eine andere Stimme sagte ihr, dass sie sich selbst etwas vormachte. Vier Monate in trügerischer Sicherheit, ohne Träume, mit dem Gefühl, endlich das richtige Versteck gefunden zu haben: Maymara, die Stadt der Masken, wo Identitäten im Tagestakt wechselten und Touristen im ständigen Strom an- und abreisten. Und nun? *Wieder auf der Flucht? All das verlassen für eine neue Stadt und hoffen, dass er mich dort nicht einholt?* Die Antwort auf diese Frage kannte sie nur zu genau.

Ein scharrendes Geräusch riss sie jäh aus ihren Gedanken. Sie fuhr herum – und sah nur eine Katze. Eine Sekunde lang starrten sie sich an – beide in der Bewegung eingefroren, beide misstrauisch und auf der Hut. Dann floh das Tier in den Schatten und Summer hätte beinahe über sich selbst gelacht. *Eine streunende Katze, wie ich. Neun Leben und mehr.*

Aber noch war die Panik nicht da, sie hatte noch ein paar Tage, vielleicht sogar eine Woche, bevor *er* sie wieder jede Nacht heimsuchen würde.

Summer schnürte die Tasche fest um die Taille und bog in die Straße ein, die zur Altstadt am Hafen führte. Und entdeckte eine Gestalt am Ende der Straße. Natürlich wollte ihr verrücktes Herz ihr sofort weismachen, dass es der Mann mit den Handschuhen war, aber das Licht einer flackernden Laterne legte einen Streifen Glanz auf zerzaustes hellblondes Haar. Finn! Beinahe hätte sie gelächelt. Betont lässig lehnte er am Laternenpfahl.

»Was ist? Hat Charisse dich heute versetzt?«, rief sie ihm herausfordernd zu. Sie wusste sehr wohl, dass er nur so oft mit Charisse ausging, weil er hoffte, Summer würde eifersüchtig werden. Doch heute ging er nicht auf ihre Stichelei ein.

»Na ja, ich dachte, du vermisst sicher deine Schuhe«, antwortete er ohne eine Spur von Spott. Erst jetzt wurde Summer bewusst, dass sie barfuß war. Und als sie an sich heruntersah, entdeckte sie zu allem Überfluss, dass sie immer noch das seidene Unterkleid trug, das zu ihrem Kostüm gehörte. Sie war froh, dass Finn nicht erkennen konnte, wie ihr das Blut in die Wangen stieg. Wie kopflos war sie gewesen, einfach im Kostüm wegzulaufen?

Finn näherte sich ihr so vorsichtig, als fürchtete er, sie würde weglaufen, und blieb zwei Armlängen entfernt von ihr stehen. Er hatte sich hastig abgeschminkt, an seiner Schläfe schimmerte noch etwas Goldfarbe. Die Körpersprache des Helden hatte er abgelegt und seine Miene hatte wieder die sanfte, beinahe schüchterne Freundlichkeit, die Summer so an ihm mochte.

»Eigentlich wollte ich mich entschuldigen«, sagte er. »Für die Wette mit dem Kuss. Es war eine blöde Idee. Und der falscheste Zeitpunkt. Aber sag mal, der Kerl im Publikum – er hatte wirklich ein Messer?«

»Ja«, log Summer, ohne zu zögern. »Ich dachte, er würde jeden Moment auf die Bühne springen. Hast du ihn wirklich nicht gesehen?«

Finn schüttelte den Kopf. »Ist er dir vorher schon mal aufgefallen?«

»Allerdings! Er ... er scheint es auf mich abgesehen zu haben.«

Finn biss sich auf die Unterlippe. Er sah so zerknirscht aus, dass es Summer wieder einmal leidtat, ihm Märchen zu erzählen.

»Dann hättest du schon viel früher etwas sagen müssen. Dafür ist die Truppe doch da – wir beschützen einander. Mort hat uns versprochen, einen Türsteher einzustellen. Und wenn er nicht dafür sorgt, werde ich es tun.«

Es wäre einfach gewesen, ihn auszulachen und wieder das scharfzüngige Mädchen zu sein, in das Finn sich aus unerfindlichen Gründen verliebt hatte. Aber hier, im Halbdunkel der Gasse, hätte sie sich am liebsten in seine Umarmung geflüchtet.

»Du hast mir einen ganz schönen Schrecken eingejagt, Summer«, fuhr er noch leiser fort. »Ich habe dich heute auf der Bühne kaum wiedererkannt. Der Ausdruck in deinen Augen ... diese Angst ... So kenne ich dich nicht.«

»Schon gut, kein Grund, ein Drama daraus zu machen«, antwortete sie etwas zu schroff. »Aber danke, dass du mir die Schuhe gebracht hast. Und jetzt muss ich wirklich los.«

Er verstand den Wink, hakte den Beutel von seinem Gürtel los und warf ihn ihr zu. Summer fing ihn auf, holte ihre Sandalen hervor und streifte sie hastig über. Es gab Dinge, an die sie sich nie gewöhnen würde. Schuhe gehörten dazu. Sie dankte Finn mit einem knappen Nicken und wollte davoneilen. »Summer, ich habe noch etwas für dich!«

Zögernd drehte sie sich wieder zu ihm um.

Er lächelte und holte eine Handvoll Scheine und Geldstücke aus seiner Hosentasche. »Willst du dir Bators Bezahlung wirklich entgehen lassen? Und …« – seine Stimme bekam einen dunklen, lockenden Klang – »… im Hafen spielt Musik.«

Summer schüttelte den Kopf. »Ich … muss wirklich nach Hause, Finn.« *Die wievielte Lüge an diesem Tag?*

Finn verschränkte die Arme und zog die linke Augenbraue hoch. »Zu deinem Freund, den du vor mir verheimlichst? In deinen Palast, wo du in einem vergoldeten Bett schläfst, unter schwarzen Seidendecken, die schöner glänzen als das Meer bei Nacht?«

»Ja, genau in diesen Palast«, erwiderte sie ebenso ironisch. »Wo tausend Kakerlaken im Flügelfrack nur darauf warten, ihre Herrin ehrerbietig zu begrüßen.«

Finns Miene hellte sich auf. »Ich sehe, wir wohnen in der gleichen Gegend.«

Jetzt musste sie plötzlich doch lachen. Mit Finn zu reden, war wie tanzen. Ließ man sich auf den ersten Schritt ein, war man schon mitten drin in der nächsten Drehung. Und das Schlimme war: Sie liebte diesen Tanz und konnte auch jetzt kaum widerstehen. Die Sehnsucht danach, einfach nur ein Mädchen zu sein, das mit einem Mann flirtete, überkam sie so jäh, dass sie sich mit einem entschuldigenden Schulterzucken abwandte und die Straße entlanglief.

»Weißt du was? Dann bringe ich dich wenigstens nach Hause«, rief Finn ihr hinterher.

»Nein. Ich finde allein heim!«

Doch so einfach ließ er sich nicht abschütteln. Im nächsten Moment lief er schon neben ihr her. »Das weiß ich. Aber du bist ganz schön leichtsinnig, allein in den Gassen herumzulaufen. Stell dir vor, was passiert, wenn der Rothaarige mit dem Messer dir tatsächlich auf den Fersen ist. Er sollte wissen, dass ein Held an deiner Seite ist.«

»Ein Held, der nur mit dressierten Ungeheuern kämpft«, spottete sie. Doch ganz bestimmt hörte er das Lächeln in ihrer Stimme.

»Gut, wenn du mir nicht zutraust, dich zu beschützen, sollten wir wohl doch lieber unter Leute gehen. Mal sehen …« Mit der Geschicklichkeit eines Taschenspielers schnippte er im Laufen eine der Münzen hoch in die Luft und fing sie mit dem Handrücken auf. »… Kopf: Sie lässt mich stehen. Zahl: Sie tanzt mit mir.« Ohne hinzusehen, hielt er ihr die Hand hin. »Zahl, stimmt's?« In seinen Augen blitzte trotz seiner Schüchternheit wieder das Schaustellerlachen. »Komm schon, Summer! Eine Stunde deiner Zeit, vielleicht auch nur eine halbe. Eine Runde Tanzen, ein Glas Wein. Danach begleite ich dich, wohin du willst. Und wenn du sagst: Hau ab!, dann werde ich gehen.« Summer war stehen geblieben und sie waren einander so nah, dass er mit einem gestohlenen Kuss leichtes Spiel gehabt hätte. Doch hier, ohne die Maske, wahrte er den Abstand. Und Summer stellte fest, dass es ihm wirklich ernst war. »Du hast mich schon so oft versetzt, dass ich dich kein weiteres Mal fragen werde«, sagte er. »Eine halbe Stunde nur – ist das wirklich zu viel verlangt?« Als hätte ein Bühnenmeister den Einsatz gegeben, erklang eine altertümliche Flötenmelodie aus einer Kneipe. Ein paar Leute brachen in Gelächter aus und sangen die erste Strophe des ältesten Maymarer Liedes mit – ein musikalischer Ausflug in die Vergangenheit der Stadt, der Touristen jedes Mal aufs Neue begeisterte:

Mein Lieb' hat einen Karpfenmund,
'ne Nase wie ein Meereshund.
Ihr Lachen lockt die Möwen an,
doch wie die Süße küssen kann!

Finn sah sie immer noch ernst an, doch er ließ dabei ein paar Münzen leise im Takt klimpern. *Warum nicht?*, begehrte eine trotzige Stimme in ihr auf. *Warum nicht wenigstens eine Stunde lang einfach nur glücklich sein?*

Katzenleben

Maymara glich einem leichten Mädchen, das tagsüber hochgeschlossene Kleider trug und so tat, als wäre es eine brave, sparsame Kaufmannstochter. Alles in dieser Stadt erfüllte einen Zweck. Die Häuser waren schmucklos, schmal und hoch gebaut, mit winzigen Fenstern und massiven Wänden, die den Sturmfluten im Winter und den Überschwemmungen trotzten. Die Wohnhäuser der Hafenarbeiter waren mit dem billigen, hellen Blau gestrichen, das aus weggeworfenen Muschelschalen gewonnen wurde. Die Häuser der Reichen zierte dagegen die teure Steinfarbe, die sich mit der Temperatur der Luft veränderte – morgens eisblau war, mittags in der Sonnenhitze rotbraun. Geräumige Lagerhallen säumten die inneren Stadtbezirke und den buchtartigen Hafen wie gestrandete Wale.

Aber es gab auch das pulsierende, wilde Herz der Stadt, die nachts ganz anders war, als sie sich tagsüber gab: Auch heute trug das kleine Altstadtviertel am Hafen ein Festgewand aus Laternen und Bannern. Wetten liefen an jeder Ecke. An Ständen gab es geröstete Kalmare, Schnaps – und Perlmuttmasken für die Leute, die lieber nicht in diesem Viertel erkannt werden wollten. Summer und Finn traten zu einer kleinen Gruppe von Musikern, die direkt am Hafenrund unter freiem Himmel aufspielte. Frauen mit Sirenenmasken sangen lauthals und trunken mit, während die Männer den Takt klatschten. Summer sah sich ein letztes Mal beunruhigt um, doch niemand hier beachtete sie, niemand trug Handschuhe, nichts erinnerte sie mehr an ihren Traum.

Es blieb nicht bei einer halben Stunde. Und auch nicht bei einer ganzen. Sie verließen den Hafen erst, nachdem der letzte Musiker seine Gitarre eingepackt hatte. Summers Welt tanzte immer noch und der Nachgeschmack des schweren Weins ließ jeden Atemzug süß schmecken. Finn und sie hielten sich an den Händen. Und seltsamerweise war es in dieser Nacht einfach, sich in diese Vertrautheit fallen zu lassen. Hier und jetzt waren sie nur ein Paar, das durch die Gassen schlenderte – nach Hause vielleicht, oder in ein fremdes Bett, das wenig kostete.

»Wohin jetzt?«, fragte Finn. Je mehr sie sich vom Hafen entfernten, desto leiser sprachen sie, bis sie schließlich flüsterten. Summer deutete nach Süden, wo sich die schäbigen Hochhäuser des äußersten Stadtbezirks vor den Uferbergen erhoben. Finn pfiff leise durch die Zähne. »Du wohnst ja wirklich in einer Gegend, in die nicht mal Mort einen Fuß setzen würde.« Irgendwo hinter ihnen durchstöberten einige streunende Katzen offenbar die Mülleimer, doch diesmal erschrak Summer nicht. Vielleicht lag es am Wein, aber der Traum war zu einem Schatten verblasst, der Mond keine Leichenfratze mehr, eher ein müde lächelnder Mann, der mit sachtem Spott die letzten Nachtschwärmer betrachtete.

»Komm«, raunte Summer Finn zu. »Nehmen wir die Abkürzung. Da ist es sicherer als auf der großen Straße.«

Ihr Schritt war lautlos, als sie in den Schleichweg einbogen, der sie im Bogen zu ihrem Wohnviertel führen würde. Unter ihren

Sohlen spürte sie die Rillen, die die Austernkarren in den Asphalt gegraben hatten.

»Ich habe mich immer gefragt, was du gegen Schuhe hast«, flüsterte Finn ihr zu. »Ist es auf den Inseln üblich, barfuß zu gehen?«

»Auf meiner Insel schon. Meine Mutter sagte immer, wer sich in Schuhe zwängen lässt, dem kann man auch einen Maulkorb umbinden, ohne dass er sich beschwert.«

»Das erklärt jedenfalls deine scharfe Zunge. Von welcher Insel stammst du genau?«

»Tuvaló. Die südliche Ecke. Bator Sel fährt den Hafen an und kauft dort den roten Bernstein für die Schmuckmacher.«

»Roter Bernstein.« Sein Tonfall bekam etwas Versonnenes. »Ein bisschen wie dein Haar, aber deine Augen erinnern eher an Rauchquarz.«

»Das Haar von meiner Mutter, die Augen von meinem Vater, dem Fischhändler.« Obwohl der Wein ihre Gedanken schwer und wolkig werden ließ, musste sie keine Sekunde über die richtigen Antworten nachdenken. So betrunken konnte sie überhaupt nicht sein, dass sie die Details ihrer eigenen Lügen vergaß. Viel zu sehr wünschte sie sich, sie wären wahr.

»Wirklich? Dein Vater ist nur ein einfacher Fischverkäufer? Und ich hätte schwören können, du stammst aus einer reichen Familie.«

»Wie kommst du denn darauf?«

Aus den Augenwinkeln erahnte sie ein schattiges Schulterzucken. »Naja, du hast manchmal eine etwas ... direkte Art, mit Leuten zu reden. So, als seist du gewohnt zu befehlen. Außerdem: Es gibt wenige Menschen, die stolz darauf sind, Schauspieler zu sein, so wie du. Die, die es aus Armut werden müssen, beschweren sich darüber. Nur diejenigen, die sich aus freien Stücken dafür entscheiden, lieben es. Und die kommen normalerweise aus reichem Haus und denken, sie hätten nun die Freiheit gefunden.«

Summer lächelte. Es war das einfachste Spiel, die Bilder zu nehmen, die ihr Gegenüber ihr anbot, und daraus ein Ich zu formen.

»Wer sagt, dass Fischverkäufer arm sein müssen?«, flüsterte sie. »Meine Eltern beschäftigen in der Fischhalle dreißig Arbeiter.«

»Dann habe ich also recht und du bist ein reiches Mädchen?«

»Zumindest war ich es. Geboren in einem Marmorhaus. Ich hätte das Leben einer Vorstadtprinzessin führen können, aber ich liebte schon als Kind das Theater. Also ging ich nach Kanduran, obwohl meine Familie dagegen war.«

Die Gestalt, die sie da beschrieb, schien im Gleichtakt mit ihr den Weg entlangzugehen, in Gesellschaft der vielen anderen Mädchen, die sie ebenfalls schon gewesen war. Nur schemenhaft und kaum vorhanden erkannte sie inmitten dieser Fantasiegeschöpfe sich selbst: die Unbekannte, die ihr völlig fremd war. Blutend, mit Schürfwunden und leerem Blick, mit dieser Furcht im Herzen, die sie von Stadt zu Stadt trieb.

»Wie alt warst du, als du Tuvaló verlassen hast?«, wollte Finn nun wissen.

Summer verlangsamte ihre Schritte. Wenn es um Zahlen ging, hieß es, vorsichtig zu sein. »Warum willst du das wissen?«

»Mort hat dir tatsächlich abgekauft, dass du fünfundzwanzig bist. Aber ich …«

»So! Du hältst mich also für eine Lügnerin?«

»Psst! Willst du das Ungeziefer anlocken? Nein, aber du bist jemand, der sehr genau weiß, was er will und wie er es bekommt. Das gefällt mir ja so an dir.«

Summer zuckte mit den Schultern. »Mort wollte eine Schauspielerin in Mias Alter. Und ich wollte die Rolle unbedingt haben. Was hättest du getan?«

Finns Hand schmiegte sich fester um ihre, so als hätten sie eben einen Pakt geschlossen. Auch das war etwas, was sie immer wieder von Neuem erstaunte: Dass manchmal das Geständnis einer Lüge besser dazu diente, ihre Glaubwürdigkeit zu untermauern, als wenn sie empört auf ihrer Version bestanden hätte.

»Und … wie alt bist du wirklich?«, fragte er nach einer Weile.

Ein Jahr und vier Monate, Finn. Fünfhundertelf Tage Katzenleben.

»Siebzehn«, antwortete sie. Und vielleicht stimmte das sogar?

»Ja, das passt besser zu dir«, erwiderte er mit einem Lächeln in der Stimme. »Ein Jahr jünger als ich, und ich bin schon sehr früh zur Bühne gegangen. Na ja, meine Familie war so arm, dass sie mich sobald wie möglich wegschicken musste …«

Mit der bedeutungsvollen Pause, die nun folgte, öffnete er ihr die Tür zu seinem Leben. Natürlich erwartete er, dass sie über die Schwelle trat und sich umsah, doch Summer biss sich auf die Unterlippe und schwieg. Jede Frage und jede Antwort schufen ein neues Band und eine Zukunft, die es nicht geben würde. Schon jetzt zählte sie die Schritte, die ihnen noch blieben, bevor sie allein weitergehen würde. Unmerklich wurde sie langsamer, kostete jeden Atemzug seiner Gegenwart aus und kam sich dabei vor wie eine Diebin.

»Und … hast du Mort auch dazu gebracht, zu glauben, dass du wirklich Summer heißt?«, fuhr Finn nach einer Weile fort.

»Ich heiße so! Ich trage immer den Namen meiner Rolle. Das …«

»Aber wie ist dein richtiger Name? Der, den deine Eltern dir gegeben haben?«

Die letzte Wärme des Weins verflog. Es war immer dasselbe. Für einige Wochen vergaß sie ihre Einsamkeit und sogar die Tatsache, dass sie niemand war. Wochen, in denen sie zu jemandem wurde, in denen sie »wir« sagte, als wäre es nichts Besonderes. Bis sie begannen, Fragen zu stellen. Und Fragen stellten sie immer.

»Was ist mit dir? Heißt du wirklich Finn, oder ist das dein Schauspielername?«

Abrupt blieb er stehen und hielt sie zurück. Am Kreuzungspunkt zwischen Gasse und Querstraße verharrten sie.

»Siehst du? So geht es immer.« Plötzlich schwangen Ungeduld und Ärger in seinem Tonfall mit, Regungen, die sie an ihm nicht kannte. »Früher oder später lenkst du ab und bringst die Leute zum Reden, bis sie vergessen, was sie von dir wissen wollten.«

Sie lachte leise. »Die Leute reden nun mal am liebsten über sich.«

»Ich nicht! Wenn ich eine Frage stelle, dann meine ich es ernst. Und bei dir meine ich es ernster als bei allen anderen. Immerhin weiß ich, dass du Wein trinkst, als hättest du ihn noch nie gekostet, und so vorsichtig tanzt, als würdest du nicht wagen, glücklich zu sein. Und ich weiß, dass du Leute wie Mort mehr magst, als du jemals zugeben würdest, auch wenn du dich über alles und jeden lustig machst. Aber deinen Namen weiß ich nicht. Ich meine die Frage also völlig ernst: Wie heißt du?«

»Er klingt ganz ähnlich wie mein … mein Bühnenname.«

»Sunija? Sumal? Sag schon!«

»Sulamar«, antwortete sie auf gut Glück. *Ist das überhaupt ein Inselname?*

Doch Finn schien ihr zu glauben. »Sulamar aus Tuvaló also. Und … was ist dir zugestoßen, Sulamar? Warum hast du das berühmte Theater verlassen, um ausgerechnet nach Maymara zu gehen?«

Sie wollte ihm ihre Hände entziehen, doch er hielt sie fest – sanft, aber mit Nachdruck. Seine Augen konnte sie nur erahnen: ein nächtliches Meer, unter dessen glatter Oberfläche glänzende Fische schwammen.

»Ich weiß nicht, was du meinst«, fuhr sie ihn an. »Soll das ein Verhör werden? Vielleicht war es nur die Sehnsucht nach einem Abenteuer. Ich konnte ja nicht ahnen, dass ich ausgerechnet bei Mort …«

»*Du* bist eine Abenteurerin?« Jetzt war es an Finn, spöttisch zu klingen. »Ich sehe etwas anderes, wenn ich dich beobachte: eine junge Frau, die sich häufig umblickt und es selbst nicht bemerkt. Sie scheint ständig auf der Hut zu sein. Sie lässt sich nicht gern berühren und sie hatte heute Angst vor einem Mann mit einem Messer. Ist sie von der Insel geflohen? Vor einem Geliebten? Einem Bräutigam? Einem Mörder?«

Die letzte Schicht der Lüge, an die sie selbst am innigsten glauben wollte, löste sich auf.

»Vielleicht«, sagte sie zögernd. »Vielleicht ist es, wie du sagst, und vielleicht auch ganz anders.« *Und ob du es glaubst oder nicht, Finn, das ist zur Abwechslung mal die Wahrheit.*

»Sulamar«, flüsterte Finn mit einer Zärtlichkeit, die ihr die Kehle zuschnürte. »Was auch immer dir zugestoßen ist – du sollst wissen, dass du mir vertrauen kannst.«

Bisher hatte Summer sich noch eingeredet, dass sie Zeit haben würde, sich zu verabschieden. Aber nun erkannte sie, dass sie längst zu weit gegangen war. Sie konnte nicht bleiben. Keine Woche mehr und auch keinen Tag. Die Zeit bei Mort endete für sie hier und heute. Die Einsamkeit unzähliger Nächte und Tage fiel auf sie zurück. Jeder Abschied, jede Minute, in der ihr bewusst geworden war, dass sie verloren war, lebendes Treibgut der Städte. Es war so leicht, jemand zu werden, und so schwer, jemand zu bleiben. Früher oder später zerrannen ihr die eigenen Gestalten zwischen den Fingern. Und zurück blieben Rauch und die Asche einer verbrannten Existenz.

Die Gasse schien dunkler geworden zu sein, schäbiger, die Geräusche nackter. Aber noch hing das Glück der letzten Stunden in der Gasse wie Rauch, kurz davor, zu vergehen. Die letzten Sekunden, in denen sie tatsächlich ein Mädchen aus Tuvaló war, das ins Abenteuer aufgebrochen war und sich hier in einen sanften, aufrichtigen Mann verliebt hatte. *Es gehört mir!*, begehrte sie mit einem wütenden Trotz auf. *Dieser Moment noch!*

»Ist … habe ich etwas Falsches gesagt?«, fragte er zaghaft. »Bist du traurig? Willst du …«

»Hör endlich auf zu fragen«, flüsterte sie. Sie trat an ihn heran und legte die Hände um sein Gesicht. Finn holte überrascht Luft, doch er umarmte sie nicht und er drängte sie auch nicht, als sich ihre Lippen seinem Mund näherten. Er war zwar hoch gewachsen, doch er musste sich nicht zu ihr herunterbeugen, damit sie ihn küssen konnte. Der staubige Duft nach Theaterpuder hing immer noch in seinen Haaren. Sein Atem traf auf ihre Lippen, warm und verlockend, und ihr ganzer Körper sehnte sich nach diesem Kuss. Doch sie konnte nicht anders, als innezuhalten, unfähig, die letzte Distanz zu überbrücken. *Aber ich bin doch in ihn verliebt*, dachte sie irritiert. *Oder nicht?*

Mit jeder Faser ihres Körpers wusste sie, dass sie in ihrem Leben schon jemanden (oder vielleicht auch viele?) geküsst hatte. Es war nichts Neues, nichts, wovor sie sich fürchtete, aber warum stolperte ihr Herz dann, als würde die Angst nach ihr greifen?

Und warum war ihr plötzlich kalt? Sie konnte Finns Anspannung fühlen, seine Sehnsucht, eine Aura von Wärme und Erwartung. Jeder Herzschlag ein Ruf nach ihr, der in ihrem Körper einen Widerhall fand.

Summer blinzelte. Und in der nächsten Sekunde wusste sie, warum sie zögerte. In der Ruhepause zwischen zwei Herzschlägen stand die Zeit plötzlich still, und in dieser Leere entfaltete sich eine Blüte aus Schatten und ... Erinnerung! Angestrengt tastete sie danach. Doch es war ein Wiedererkennen ohne Bilder, ein Splitter nur, ohne Anhaltspunkt, wozu er gehörte. Sie fühlte fremde Lippen auf den ihren, obwohl sie Finns Mund noch gar nicht berührt hatte. Vor langer Zeit (wie lange?) hatte sie einen Mann geküsst! Aber es war keine romantische Erinnerung. Es war ...

Erschrocken zuckte sie zurück und riss die Augen auf. Der Kuss aus der Vergangenheit brannte immer noch auf ihrem Mund. Er schmeckte nach Hitze, nach Rauch und ... nach Verlust.

Ein weiterer Eindruck zwischen zwei Herzschlägen: Finns Enttäuschung, die Frage, die sich schon in seinen Gedanken formte.

Fieberhaft suchte sie nach einer Erklärung, die ihn nicht verletzen würde, während ihr Puls raste und ihre Knie nachzugeben drohten. Sie öffnete den Mund, um etwas zu sagen ...

Und dann zersplitterte jeder Gedanke.

Finns Gestalt zersprang in Lichtblitze, und zurück blieb grelles, schmerzhaftes Rot. Es blieb ihr nicht einmal Zeit, aufzuschreien. Fast verwundert nahm sie wahr, wie ihr Kopf jäh zur Seite gerissen wurde, ihre Zähne durch die Wucht eines Aufpralls gegeneinanderschlugen. Im Fallen erst blitzte ein stechender Schmerz an ihrer Schläfe auf. *Jemand hat mich erschossen!*, schrie es in ihrem Kopf. Finns erschrockener Ruf gellte in ihren Ohren, während sie stürzte. Hart kam sie auf der Straße auf, ihre Handflächen rieben über den Asphalt.

»Sulamar!« Schon war Finn bei ihr, richtete sie auf und zog sie an sich. Ein grelles Brennen pochte in ihrer Schläfe und etwas Warmes rann über ihr Jochbein. Ein Stein rollte vor ihnen auf der Straße aus, schaukelte einmal und blieb liegen. Benommen tastete sie nach ihrer Stirn und fand nur eine kleine Platzwunde. Es war also kein Schuss aus einer Waffe gewesen. Aber jemand hatte sehr genau gezielt und mit dem Stein gut getroffen. Ganz bestimmt war ihnen der Angreifer schon vom Hafen aus gefolgt: der Frau im festlichen Seidenkleid und dem Mann, der blind vor Verliebtheit und trunken vom Wein war – leichte Beute für jeden, der Geld brauchte und nichts zu verlieren hatte.

Finn legte den Arm um ihre Taille und riss sie hoch, mühsam kam sie auf die Beine. Etwas schepperte, und diesmal waren es keine streunenden Tiere, die Lärm machten. Im Dunkel bewegte sich etwas, eine Gestalt – oder zwei? *Und wir sind unbewaffnet!*

»Verschwindet!«, brüllte Finn, doch sehr überzeugend klang es nicht. Nun schnappte er sich den Stein vom Boden und schleuderte ihn in die Schatten. Eine Scheibe zerbrach – und ein paar Straßen weiter begann ein Hund zu bellen. Fenster hätten nun aufgehen sollen, Menschen aus den Häusern stürzen, aber dafür war es offenbar der falsche Teil der Stadt.

Finn packte Summer am Arm. »Weg hier!«

Im nächsten Augenblick rannten sie die größere Querstraße entlang. Blitzartig überschlug Summer die Möglichkeiten. Die Leute, die in der Straße wohnten, hielten sich offenbar lieber raus, aber ganz in der Nähe war ein Hotel, das einen bewaffneten Wachmann bezahlte. Sie verlor fast das Gleichgewicht, als sie um die Ecke fegte. Ihr Keuchen hallte in der Gasse wider, aber niemand folgte ihnen, zumindest hörte sie keine anderen Schritte. Doch dann schrie Finn leise auf, etwas Hartes (ein Stock?) traf mit einem unschönen Geräusch auf Haut. Summer warf einen Blick über die Schulter. Zwei Schatten rangen miteinander. Finn und jemand, den sie nicht erkennen konnte. Sie erahnte nur, dass er ein Stück größer als Finn war. Und um ein Vielfaches schneller. »Lass … das Mädchen in Ruhe!«, brachte Finn hervor. »Summer, verdammt, lauf!« Dann traf ihn ein Fausthieb. Das Begreifen lähmte Summer. *Finn hält den Kerl zurück! Aber er hat es auf mich abgesehen!* Und dabei ging es ganz bestimmt nicht um Geld.

Finn stöhnte auf und sackte unter einem weiteren Schlag zusammen. Die schattige Gestalt richtete sich auf. Und glitt geschmeidig wie eine Raubkatze auf Summer zu. Im Mondlicht leuchtete eine Messerklinge auf. Ein silberner, tödlicher Fisch, der durch die Nacht tauchte – genau auf ihre Kehle zu! Endlich gehorchten ihr die Beine. Sie dachte nicht mehr nach, ihr Körper handelte von selbst: Blitzartig warf sie sich zur Seite. Metall streifte ihre Schulter, dann schabte die Klinge über den Stein der Hauswand hinter ihr. Der Geruch von Leder und Branntwein jagte ihr den nächsten Panikschauer über den Körper.

Sie stieß einen Schrei aus und stürmte los. Zwei, drei Sekunden lang glaubte sie einen Vorsprung zu haben. Doch ein schmerzhafter Ruck an ihrer Kopfhaut belehrte sie eines Besseren. Eine Hand krallte sich in ihr Haar. Noch während sie strauchelte, brachte ein Tritt gegen ihre linke Kniekehle sie endgültig zu Fall. Sie hörte nur noch ihren Schrei, kehlig und rau diesmal, aus ihrem tiefsten Inneren kommend, dann schnurrte die Welt zu einem wirbelnden Sog zusammen. Und während sie um sich trat und sich mit Zähnen und Nägeln dagegen wehrte, dass ein Arm gegen ihre Kehle drückte, schnippte ihr Bewusstsein ohne Vorwarnung davon.

Mitten in das Bild einer anderen Wirklichkeit.

Es war schlimmer als vor wenigen Stunden auf der Bühne, und viel schlimmer als in den Nächten:

Sie war nicht länger in der Gasse in Maymara. Es war Tag. Und sie wand sich nicht auf Straßenpflaster, sondern auf dem halb gefrorenen Boden einer Wiese. Der Richtplatz! Ihre Handgelenke waren gefesselt. Schnee wehte ihr ins Gesicht und schmolz in ihrem Mund. Eiswind ließ ihre Zähne kalt werden. Diesmal berührte die Schneide des Schwertes ihre Kehle. Noch war es ein kleiner Schmerz, als würde die Klinge ihre Haut erst vorsichtig kosten wollen. Der Atem des Blutmanns strömte stoßweise durch zusammengebissene Zähne. Verzweifelt verdrehte sie die Augen, versuchte einen Blick auf das Gesicht zu erhaschen, aber eine (schwankende?) Sonne blendete sie. Doch als sie blinzelte, trafen sich in diesem seltsam matten Streiflicht ihre Blicke. Vielleicht hatte sie erwartet, ein Ungeheuer zu sehen, jedenfalls überraschte es sie maßlos, dass er das Gesicht eines Menschen hatte. Allerdings konnte sie ihn nur unscharf erkennen, viel zu nah waren sie sich. Sie erahnte, dass er jung war. Deutlich erkannte sie nur die geraden, klar gezeichneten Brauen, an denen Schneeflocken hafteten, und helle Augen. Graugrün waren sie, schmal vor Hass und lodernd vor Zorn.

Ein ohrenbetäubender Lärm schleuderte sie zurück in die Wirklichkeit. Die Hand löste sich aus ihrem Haar und Summer verlor das Gleichgewicht, prallte gegen die Hauswand und ging zu Boden. Irgendwo ein scharfer Ruf, das Bellen eines Hundes. Nur langsam begriff Summer, dass der Lärm ein Schuss gewesen war. Ein tiefes Bellen erklang nun ganz in ihrer Nähe. Schritte schlugen auf der Gasse, dann war es ruhig.

»He, bist du verletzt?«, sagte eine dunkle … *Frauenstimme?* Als Summer vorsichtig die Augen öffnete, erkannte sie direkt vor sich schmale Hosenbeine und schwarze Lederstiefel mit Metallkappen. »Hallo! Hörst du mich? Na los, schau mich an! Geht's dir gut?«

Hechelnder Atem streifte ihr Gesicht. Summer wandte den Kopf und fand sich Auge in Auge mit einem struppigen Ungetüm von einem Jagdhund wieder. Erschrocken schrie sie auf und kroch zurück, bis die Hauswand sie bremste.

»Zurück, Jola«, sagte die Fremde ruhig und der Hund gehorchte auf der Stelle. Die Frau beugte sich herunter, packte Summer kurzerhand am Oberarm und zog sie auf die Beine. Summer erkannte ein Gesicht mit hohen Wangenknochen, kühle graue Augen und straff zurückgekämmtes Haar. Die Frau war höchstens dreißig Jahre alt, eher jünger. Noch während Summer sich wunderte, dass sie all diese Details im Dunkeln erkennen konnte, fiel ihr die Taschenlampe in der Hand der Frau auf. Ihr Licht reflektierte an der Hauswand und tauchte die Gasse in einen geisterhaften Schein.

»Beruhige dich, Mädchen. Ich tu dir nichts«, sagte die Fremde nun etwas freundlicher. »Atme mal tief durch. Kannst du allein stehen?«

Benommen nickte Summer und die Frau ließ sie los, trat einen Schritt zurück und musterte sie aus zusammengekniffenen Augen. Summers Knie waren so weich, dass sie sich gegen die Hausmauer lehnen musste. Fetzen von Erinnerungen vermengten sich mit der Realität, und sie wusste nicht, was schlimmer war. *Ich muss weg von hier! Weg von der Straße. Sofort!*

Das Licht der Taschenlampe sprang erst in ihr Gesicht und glitt dann hinunter zu ihrem Kleid. Teure Seide schimmerte zwischen Asphaltflecken und Schmutz.

»Eindeutig das falsche Viertel, um im Ballkleid spazieren zu gehen, Prinzessin«, bemerkte die Frau trocken. Jetzt erst fiel Summer auf, dass ihr Gegenüber bewaffnet war. Eine Pistole steckte in einer ledernen Halterung am Gürtel der Frau. Und ihre ärmellose, schmale Jacke erinnerte im Schnitt an Uniformkleidung. Ungewöhnlich war nur das Muster. Helle und dunkle Lederquadrate waren so aneinandergenäht, dass ein Schachbrettmuster entstand.

Stadtpolizei? Für einige Augenblicke löschte dieser neue Schreck das Entsetzen über den Angriff aus.

Die Frau wandte sich ab und verfolgte mit dem Lichtkegel eine Spur von Blutstropfen, die sich in der nächsten Gasse verlor. Beim Anblick der glänzenden Flecken wurde Summer so übel, dass sie ein Würgen unterdrücken musste. *Er ist hier! Er hat ein Gesicht – und er verfolgt mich tatsächlich!*, schrie eine Stimme in ihrem Kopf.

Ein Traumbild blutet aber nicht, versuchte sie sich gut zuzureden. *Der Angreifer hat mit dem Blutmann bestimmt nichts zu tun.*

»Hab ihn erwischt«, sagte die Frau mit kühlem Stolz. »Leider nur am Arm, sonst hätte ich dich treffen können. Aber ich wette, der vergreift sich trotzdem so schnell an keiner Frau mehr.«

Das Licht glitt bei ihren Worten weiter und erreichte Finn. Er lehnte an der Wand wie eine Marionette, deren Fäden abgeschnitten worden waren. Eine Haarsträhne hatte sich am rauen Putz verfangen. Summer vergaß den Hund und die Pistole, stürzte an der Frau vorbei und fiel neben ihm auf die Knie. Durch ihre Berührung verlor der Körper seine fragile Balance. Schwer sackte er zur Seite und Summer umfing ihn und ließ ihn behutsam zu Boden gleiten. Als sie die Hand auf Finns Brust legte, spürte sie zu ihrer Erleichterung einen kräftigen Herzschlag. Behutsam suchte sie nach Stichwunden und Schnitten, doch sie fand keine.

Die fremde Frau trat zu ihnen, beugte sich herunter und hob Finns rechtes Augenlid an. Als sie ihm mitten ins Gesicht leuchtete, stöhnte er auf. Offenbar würde er bald wieder zu sich kommen.

»Nur bewusstlos, nicht tot«, meinte die Frau. »Keine Verletzungen, soweit ich sehe. Ich schätze, wenn er aufwacht, wird er denken, eine Dachschindel sei auf seinem Schädel gelandet. Ist er dein Freund?«

Summer hielt den Atem an. Schon jetzt war sie in Schwierigkeiten. Niemand schoss in Maymara ungestraft jemanden an – selbst aus Notwehr nicht. Die Frau schien sich darüber keine weiteren Gedanken zu machen, was entweder bedeutete, dass sie keine Ahnung von den Gesetzen Maymaras hatte – oder aber, dass ihre Stellung ihr Privilegien dieser Art gab. Auf Letzteres deuteten die Waffe, die teure Taschenlampe und die seltsame Uniformjacke hin. Aber was auch immer zutraf, die Stadtpolizei würde Summer Fragen stellen.

Am liebsten wäre sie auf der Stelle geflohen. Aber der Hund beobachtete sie so lauernd, als würde er genau darauf warten. Sein Nackenfell war gesträubt, die Aggression konnte Summer beinahe als dunkle Aura sehen. Nun, aber warum sollte ausgerechnet dieser Hund anders reagieren als die anderen Tiere?

»Was ist los? Zunge verschluckt?« Ungeduld vibrierte in der sachlichen Stimme. »Sag schon, Mädchen! Dein Kerl hier?«

Summer nickte, weil es die Antwort war, die am wenigsten Erklärungen forderte.

»Aha. Und konntest du den Angreifer erkennen? Oder weißt du

vielleicht sogar, wer er ist? Meine Güte, seid ihr hier in Maymara alle stumme Fische?«

Summer würgte an einem Räuspern. »Nein«, brachte sie endlich heraus.

»Sieh an, du kannst also doch sprechen! Wohnst du hier in der Nähe?« Alles in Summer spannte sich an. Sie senkte den Kopf, bis ihr langes Haar das Gesicht verbarg. Nicht dass es noch einen Sinn gehabt hätte, sich zu verstecken. »Ich … nein. Ich bin nur auf der Durchreise.«

Der Hund schien Unaufrichtigkeit wittern zu können, er knurrte warnend, feindselig bis in die Spitzen seines Nackenfells. Ob die Frau ihr glaubte, konnte sie nicht erkennen. Doch ihr argwöhnischer Blick ließ nichts Gutes ahnen. »Na, dann sitzen wir ja buchstäblich im selben Boot«, meinte sie schließlich. »Ich mache hier auch nur Station. Ihr hattet Glück, dass ich heute so früh zum Hafen aufbrechen wollte. Na ja, jetzt kann ich mir den Weg wohl erst einmal sparen.« Das klang nicht gerade begeistert. Nun trat sie zur nächsten Tür und hämmerte mit dem Ende der Taschenlampe gegen das Holz. »He! Aufmachen! Ein Verletzter braucht Hilfe!«

Doch nichts rührte sich hinter den Fenstern und Türen, nur ein paar Häuser weiter öffnete sich eine Ladenklappe einen Spalt und eine raue Männerstimme bellte: »Schert euch weg!«

»Was für eine gastfreundliche Stadt«, knurrte die Frau.

Finn stöhnte wieder und begann sich in Summers Armen zu regen. Der Hund gab wieder ein dumpfes Grollen von sich. Vielleicht war es das, was Summer endgültig wieder zur Besinnung brachte. Sie musste weg. Doch dazu musste sie erst den Hund loswerden.

»Warum stehen wir hier herum?«, rief sie der Frau zu. »Die

Leute werden uns nicht helfen. Aber der Kerl kann noch nicht weit sein. Er ist verletzt. Warum hetzen Sie ihm den Hund nicht hinterher?«

Die Fremde schnaubte mit kaum verhohlener Verachtung. »Ich soll das Leben meines Hundes riskieren, um irgendeinen bewaffneten Idioten zu verfolgen, für den die Stadtpolizei zuständig ist? Nein, ich habe verhindert, dass er dir an die Gurgel geht, das muss fürs Erste genügen. Jola jage ich ganz bestimmt nicht einem Mann im Dunkeln hinterher, von dem ich nicht weiß, welche Waffen er noch bei sich trägt.« Summers verzweifelten Gesichtsausdruck falsch deutend, fügte sie hinzu: »Keine Sorge, wer angeschossen wurde, kann sich nicht lange verstecken. Selbst in Maymara nicht. Die Polizei wird den Kerl aufspüren.«

Sie hatte also tatsächlich vor, die Polizei einzuschalten. Das bedeutete, sie würden Summer ausfragen. Und vielleicht sogar auf die Wache mitnehmen. Sie würden in ihrer Vergangenheit wühlen und feststellen, dass es keine Sulamar aus Tuvaló gab. Und was, wenn sie sie dann einsperren würden? *Was, wenn er mich findet und ich dann nicht fliehen kann?* Beim Gedanken daran brach ihr der Schweiß aus.

»Finn braucht Hilfe!«, fuhr sie die Frau an. »Zwei Straßen von hier ist ein Hotel. Ich gehe dorthin und hole …«

»Du gehst nirgendwohin, Tanzmädchen! Schau dich an! Du bist so weiß wie Salz. Womöglich fällst du mir im Schock an der nächsten Straßenecke um.« Verärgert pfiff die Frau ihren Hund herbei und warf Summer ohne Vorwarnung die Taschenlampe zu. »Ich kenne das Hotel, das du meinst. Und auch den Blutsauger von Wirt, denn zufällig habe ich heute dort übernachtet. Also rühr dich nicht vom Fleck und vergiss nicht zu atmen, weißes Laken. Ich bin in fünf Minuten zurück!«

Ihre Erleichterung über diesen Befehl brauchte Summer nicht zu spielen. Sie nickte hastig und kauerte sich gehorsam neben Finn. Die Frau und der Hund rannten gleichzeitig los. Die Fremde bewegte sich geschmeidig wie jemand, der es gewohnt ist, lange und schnell zu laufen. Im nächsten Moment war sie mit den Schatten verschmolzen.

Summer lehnte sich zurück und atmete auf. Ihr Herz hämmerte nun mit dem Kopfschmerz um die Wette. Ein jäher Schwindel gaukelte ihr vor, wieder das Gleichgewicht zu verlieren. So als warte die Realität des Albtraums nur darauf, sie wieder anzuspringen.

Während sie Finns Kopf vorsichtig auf den Boden bettete und aufstand, kämpfte sie gegen die Tränen an. Sulamar hätte ihn niemals im Stich gelassen. Sie hätte ihn geküsst, aus ganzem Herzen geliebt und bis zum Letzten für ihn gekämpft, statt feige wegzulaufen.

Aber sie war nicht Sulamar. Sie hatte sich eingeredet, in ihn verliebt zu sein, doch in Wirklichkeit war sie es nicht, das erkannte sie nun mit schmerzhafter Klarheit. Ihr Lachen war niemals ganz echt. Und sie war weder mutig noch stark, sondern nur das namenlose Mädchen ohne Gedächtnis, das sich wie ein Dieb in anderer Leute Leben stahl und nur daran dachte, seine eigene Haut zu retten.

Sie legte die Lampe in Finns Hand und schloss behutsam seine Finger darum. »Es tut mir so leid«, sagte sie mit erstickter Stimme. »Ich wünschte so sehr, ich würde dich lieben. Aber es wäre eine Lüge. Wie alles andere auch. Gleich kommt Hilfe. Und du wirst mich vergessen. Bitte vergiss mich!«

*

Das Wohnviertel am Berghang Maymaras hätte auch »Stätte der Namenlosen« heißen können. In den schäbigen Hochhäusern, die im Schatten der Bergwand aufragten, hausten die Tagelöhner und Saisonarbeiter, die im Frühjahr auftauchten und im Herbst wieder verschwanden. Kleine, schalenartige Balkone aus einer reicheren Zeit klebten wie Muschelwuchs an den Mauern. Die Wohnungen waren billig und wurden stets im Voraus bezahlt. Niemand fragte nach Namen, und die Toten, die einsam in diesen Zimmern starben, fand man erst, wenn einer der Verwalter die Tür aufbrach, weil die Wochenmiete ausgeblieben war.

An jedem anderen Tag hatte Summer ihr Wohnhaus mit dem unguten Gefühl betreten, sich aus der Sicherheit menschlicher Gesellschaft zu lösen und sich in der Einsamkeit ihrer Kammer den Träumen vom Blutmann schutzlos auszuliefern. Heute jedoch war ihre Wirklichkeit wie in einem Zerrspiegel auf den Kopf gestellt: Nun lauerte die Bedrohung draußen und Summer hetzte keuchend die sechs Stockwerke hoch, rannte in ihr Zimmer und schob beide Riegel vor. Zitternd und nach Luft schnappend stand sie dann in der Kammer, in der nicht viel mehr als eine durchgelegene Matratze Platz fand.

Die Stille im Haus brüllte in ihren Ohren. Es dauerte eine Ewigkeit, bis es Summer in der Dunkelheit gelang, das Licht in der zerbrochenen Öllampe neben dem Bett zu entzünden. Hastig zerrte sie sich dann Gürtel und Tasche vom Leib und zog sich das verschmutzte Seidenkleid über den Kopf. Angewidert schleuderte sie es zu Boden und untersuchte ihren Körper auf Verletzungen. Sie hatte Abschürfungen an der Hüfte, an den Knien und Händen. Doch sie suchte reflexartig auch nach den Fesselrillen an ihren Handgelenken. Natürlich war nichts zu sehen.

Zögernd trat sie zu dem kleinen Waschbecken neben dem

Bett. Ein altersblinder Spiegel reflektierte ein nebliges Bild. Ein schmales Gesicht mit einem ernsten Mund. Rauchbraune Augen. Lange, wirre Haare, die in diesem Licht rötlich wie Flammen schimmerten.

»Zeit für ein neues Leben!«, flüsterte sie dem traurigen Mädchen im Spiegel zu. »Du schläfst ein paar Stunden. Und morgen tauchst du unter und siehst zu, dass du weiterkommst. Westwärts zum Bahnhof und dann mit einem der Güterzüge raus aus der Stadt. Nicht zum Hafen, du darfst der Frau mit dem Hund nicht begegnen. Und keinem vom Theater.« Es war, als würde eine klügere, ruhigere Summer neben ihr stehen und ihr Anweisungen geben: Den Schmutz vom Körper waschen. Die verkrustete Platzwunde an der Schläfe vorsichtig reinigen. Die wenigen Kleidungsstücke, die sie noch besaß, anziehen – ein Hemd und eine braune Weste, wie die Arbeiter am Hafen sie trugen, dazu farblose, weite Stoffhosen. Und schließlich: Das kleine Klappmesser, das sie zum Öffnen von Muschelschalen verwendete, aus dem Beutel holen und damit das hüftlange Haar abschneiden.

Sie redete sich ein, dass sie es nur tat, weil die Farbe und die Länge zu auffällig waren. Aber in Wirklichkeit wollte sie die Erinnerung an die Hand in ihrem Haar loswerden. Der Blutmann war ihr so nahe gekommen wie noch nie zuvor. Und schlimmer noch – nun hatte er ein Gesicht, graugrüne Augen, und er roch nach Leder, Branntwein und Hass. Etwas Fremdes hatte sie berührt und berührte sie immer noch. Erinnerungen? Ein vergangener Schrecken, den sie mühsam vergessen hatte? Sie schauderte und kämpfte gegen die Panik an.

Strähne um Strähne fiel in das Waschbecken. Als sie das letzte Mal das Messer ansetzte und danach aufblickte, hatte sie sich in ein erwachseneres, ernsteres Mädchen mit kurzem Haar verwandelt, dessen Spitzen noch nicht von der Sonne ausgebleicht waren und daher einen dunkleren, karneolfarbenen Ton hatten. Das Gesicht war plötzlich schärfer gezeichnet. Mit größeren Augen und einer deutlicheren Kinnlinie. Nichts Weiches, nichts Verspieltes spiegelte sich mehr in den Zügen wider. Schon jetzt fühlte sich jede Bewegung anders an, kantiger, direkter. Als wäre eine andere Person dabei, in ihre Haut zu schlüpfen. Das war der Verschwindetrick, den sie am besten beherrschte. Nur ihren Namen konnte sie nicht loslassen.

Noch nicht.

Jetzt musste sie nur noch für den Rest der Nacht einen neuen Unterschlupf finden. Vielleicht im obersten Stockwerk, wo sich die Wohnungen mit eigenem Bad befanden, die selten gemietet wurden und jetzt bereits leer standen. Das lernte man, wenn man ständig auf der Flucht war: Stets einen Ausweichplan zu haben. Und das Erste, was sie in jeder neuen Bleibe tat, war, sich Schlupfwinkel und Fluchtmöglichkeiten einzuprägen.

Hastig raffte sie das abgeschnittene Haar zusammen und stopfte das Strähnenbündel in ihre Tasche. In einer anderen Stadt würde ein Perückenmacher gutes Geld dafür bezahlen.

Als sie die Treppen zum obersten Stockwerk hinaufhetzte, war sie sicher, dass *er* ihr folgte. Und sie rannte umso schneller, bis sie endlich im achten Stock angekommen war und das Vorhängeschloss an einer der Türklinken ertastete. Das war das Zeichen, dass die Wohnung für dieses Jahr endgültig geräumt worden war und vor dem Frühjahr niemand die Räume betreten würde. Nun, niemand außer Summer. Sie wusste nicht viel, aber sie wusste, wie man einbrach.

Als könnte ich einem Traum davonlaufen, dachte sie müde und tastete sich an der Wand entlang bis zu der Nische, die zu einer schmalen Abstellkammer führte. Zerbrochene Stühle lagen darin, staubiger Hausrat und ein Haufen Lumpen und alte Kleidung. Dinge, die den Toten gehört hatten oder die die Lebenden vergessen hatten. Inmitten des Gerümpels, halb versteckt neben einem Regal, befand sich ein kleines Fenster, das zum Badezimmer der daneben liegenden Wohnung gehörte. Der Rahmen war morsch und von Feuchtigkeit verzogen. Summer verbarrikadierte die Tür der Kammer von innen und kramte blind zwischen ein paar Möbeltrümmern herum, bis sie das passende Werkzeug fand, ein abgebrochenes Stuhlbein. Damit drückte sie das Fenster zur Wohnung ein. Morsches Holz knirschte und splitterte dann. Rasch zog sie sich hinauf, zwängte sich durch das Fenster und ließ sich in einen schimmelig riechenden Raum gleiten. Von innen drückte sie den schiefen Rahmen wieder an. Unter ihren Füßen: verkrustete, raue Fliesen, Steinbrocken, scharfkantiger Schutt. Für einen Augenblick fürchtete sie, dass das Bad von außen verschlossen sein könnte, doch die Tür gab nach. Summer atmete auf und trat in das Zimmer, das nach Verlassenheit und verstaubten Träumen roch. Natürlich machte sie kein Licht. Sie wusste auch im Dunkeln, auf welcher Seite des Zimmers der Balkon war. Schritt für Schritt tastete sie sich vor und öffnete die Holztür nur einen Spaltbreit. Betäubend frische Nachtluft strömte herein und machte sie schwindelig und müde. Nach einer Weile verschloss sie die Tür wieder und ging zur Wohnungstür, wo sie die Riegel vorschob. So würde auch ein Verwalter, der den Schlüssel hatte, nicht hereinkommen können. Anschließend verbarrikadierte sie noch das Bad mit einem Stuhl unter der Klinke. Erst als sie fertig war, ließ die Furcht von ihr ab. Im Augenblick war das hier der sicherste Ort, an dem sie sein konnte.

Die Matratze war kalt und nackt, und Summer legte das Stuhlbein als Waffe neben sich, rollte sich erschöpft zusammen und starrte so lange auf die Balkontür, bis die blaue Stunde zwischen Nacht und Morgen durch die Ritzen der Holzläden zu schimmern begann.

Staub und Malachit

In den guten Nächten umgab sie stets nur traumloses Nichtsein; in den schlimmen Nächten begegnete sie *ihm*. Doch offenbar war etwas Unerklärliches mit ihr geschehen, denn in dieser Nacht träumte sie!

Sie lag in einem Schwanenbett aus Elfenbein. Noch hatte sie die Augen geschlossen, aber unter ihren Fingern spürte sie die kühle, polierte Glätte. Seide streifte ihre Stirn und wehte im Wind. Verwundert blinzelte Summer und blickte in ein sonnendurchflutetes Zimmer, in dem der Staub tanzte. Im ersten Moment war sie sicher, erwacht zu sein, aber dann erkannte sie, dass sie immer noch träumte. Denn um sie herum, an den Wänden des Zimmers, entdeckte sie eine fließende Bewegung. Türkisfarbene, fingerlange Raupen mit goldenen und schwarzen Tupfen. Ihr Anblick war nicht verstörend, dafür waren die Raupen zu fremdartig – und zu schön. *Sie würden Mort sicher gefallen.* Summer musste lächeln und schloss die Augen wieder. Eine schwebende Weile lauschte sie ihrem eigenen Atem. Nur langsam wurde sie sich der unangenehmen Empfindungen bewusst. Vor Durst fühlte sich ihr Mund trocken an und die Zunge geschwollen. Ihre rechte Schläfe drückte gegen die Matratze, was ein brennendes Pochen an der Stelle hervorrief. Verwundert rollte sie sich auf den Rücken und tastete nach der schmerzenden Stelle. Aus Gewohnheit wollte sie sich das lange Haar aus der Stirn streichen – und erschrak, als sie entdeckte, dass da nur noch kurze Strähnen waren.

Mit einem Mal war sie hellwach und riss die Augen auf. Schlagartig fiel ihr alles wieder ein – das Theater, Finn, der Ledergeruch. Das Messer und … die Augen. *Seine* Augen!

Und sie selbst lag nun auf einer muffig riechenden Matratze in einer Arbeiterwohnung. Das Trugbild der Raupen war verschwunden. Um sie herum waren nur kahle Wände mit schäbigen Tapeten, die einmal blau gewesen sein mochten. Das Sonnenlicht schien gelbgolden in den Raum und ließ die ausgebleichten Wände grünlich wirken. Sie stutzte.

Sonnenlicht?

Jetzt schoss sie hoch, was ihre gezerrten Muskeln mit einem empörten Reißen quittierten. *Die Balkontüren sind doch fest verschlossen!*

Aber die Tür stand weit offen. Und draußen, auf dem Boden des Balkons, saß jemand. Es war eine schlanke Gestalt, halb von ihr abgewandt. Eindeutig ein Mann.

Der Schreck rieselte ihr glutheiß bis auf die Knochen, als bestünde ihr Fleisch aus Schnee. Sie unterdrückte ein Keuchen und tastete nach dem Klappmesser.

Der Fremde hatte die Ellenbogen locker auf den Knien abgestützt und betrachtete durch die halb zerfallene Balkonbrüstung die Nachbarhäuser.

Summer schielte zur Wohnungstür. Die Riegel waren immer noch vorgeschoben und auch die Tür zum Badezimmer war verbarrikadiert. Keine Möglichkeit also, sich unbemerkt aus dem Staub zu machen. Aber wie war der Kerl ins Zimmer gekommen? Von außen auf den Balkon geklettert? Oder war er etwa die ganze Zeit über hier gewesen? Die Vorstellung, dass sie ihm im Schlaf schutzlos ausgeliefert gewesen war, jagte ihr einen Schauer über den Rücken. Der Mann war offensichtlich jung. Er trug seltsame Kleidung. Sie war von einem schmutzigen Grau; der raue Stoff lag am Körper an wie eine zweite Haut, nur am Rücken warf er einige seltsame schräge Falten. Dennoch konnte sie jeden Rückenwirbel und jeden Muskel erkennen. Doch noch ungewöhnlicher war das lockige Haar, das ihm bis auf die Schultern fiel. Es war ebenfalls grau.

Unendlich vorsichtig hob Summer auch noch das Stuhlbein auf. Unbegreiflich, dass er diese Waffe in ihrer Reichweite hatte liegen lassen. Die vernünftige Stimme riet ihr dazu, ihn niederzuschlagen, bevor er merkte, dass sie wach war. Aber sie hatte noch nie jemanden angegriffen, sie wusste nicht einmal, wie fest sie zuschlagen müsste, und alles in ihr sperrte sich dagegen, jemanden zu verletzen. Ein, zwei ratlose Sekunden huschten vorbei, Zeit genug für tausend Möglichkeiten, die durch ihre Gedanken blitzten wie flackerndes Projektorlicht. Vielleicht lebte der Mann hier und sie war in sein heimliches Quartier eingedrungen? Möglicherweise kletterte er jede Nacht von einem Nebenbalkon oder vom Dach aus in diese Wohnung. In diesem Fall konnte sie vermutlich froh sein, dass er nicht *sie* niedergeschlagen hatte. Wenn er sich hier versteckte, war es allerdings dumm von ihm, die Balkontür offen stehen zu lassen.

Lautlos erhob sie sich und zog sich im Bogen zur Badezimmertür zurück. Wenn sie schnell war, konnte sie die Tür freimachen und ins Bad schlüpfen, bevor er auch nur aufspringen konnte. Doch dazu musste sie eine Waffe loslassen, um eine Hand freizuhaben. Sie entschied sich dafür, das Messer zu behalten, und legte das Stuhlbein behutsam auf dem Boden ab, bevor sie auf Zehenspitzen weiterschlich.

Er rührte sich immer noch nicht, und für einen surrealen Moment fragte sie sich, ob er überhaupt lebte oder ob sie lediglich auf die Statue eines sitzenden Menschen blickte.

Genau da wandte er ohne besondere Hast den Kopf. Ihr wurde klar, dass er schon eine ganze Weile geduldig darauf wartete, dass sie aufwachte. Malachitgrüne Augen blickten sie aus einem staubverkrusteten Gesicht an. Eine Traurigkeit spiegelte sich darin, die sie gegen ihren Willen anrührte.

Mit einer fließenden Bewegung stand er auf und drehte sich dabei zu ihr um. Und zu ihrer Überraschung hob er nun die Hände, als wollte er sie beruhigen. Jetzt hätte sie vielleicht noch ins Bad entkommen können, doch auch diese Gelegenheit verstrich. Stattdessen umklammerte sie nur das Messer und starrte ihn an wie einen Geist.

In ihrem Zwerchfell war ein Gefühl, als würde sie fallen. Die Wirklichkeit drohte ihr zu entgleiten wie am Abend zuvor. Ihre Augen sahen immer noch einen Mann, doch im selben Atemzug entfaltete sich etwas anderes, eine Überlagerung, ein Schleier, etwas Schillerndes am Rande des Sichtfeldes. Ein Blick durch den Vorhangspalt ihrer Traumwelt. Sie bildete sich tatsächlich ein, aus den Augenwinkeln die Bewegung der Raupen an den Wänden wahrzunehmen. *Was ist gestern nur passiert? Alles ist anders …*

Dann holte der Anblick des Fremden sie wieder zurück: Seine Hände mit den langgliedrigen, schlanken Fingern. Selbst in Handschuhen hätten sie keinerlei Ähnlichkeit mit den Händen des Blutmannes gehabt. Und Summer staunte selbst, wie erleichtert sie darüber war. Sein Mund wirkte sanft und schien lächeln zu wollen, aber die Lippen waren verkrustet von Staub. Und – er trug überhaupt keine Kleidung! Das, was sie für groben grauen Stoff gehalten hatte, war ebenfalls eine Schmutzschicht. Sein ganzer Körper und auch das Haar waren davon bedeckt. Ihr Blick wanderte unwillkürlich nach unten. Er war tatsächlich nackt. Und als sei er sich dessen nicht bewusst, trat er jetzt über die Türschwelle in das Zimmer.

»Halt!«, rief sie und riss das Messer hoch. Sie schielte zu dem Stuhlbein, doch es lag zu weit weg. *Bitte bleib stehen! Ich will dich nicht verletzen! Was soll ich machen, wenn du näher kommst?*

»Bleib, wo du bist!«, fauchte sie. »Wer bist du? Was hast du hier verloren?« Heute war sie nicht überzeugend. Es klang genau nach dem, was es war: schlecht improvisierter Theatertext.

Zögernd blieb der Fremde stehen und betrachtete sie mit einem fragenden Interesse. Er neigte den Kopf, als würde er einem noch nie gehörten Klang nachlauschen. Dann seufzte er und wischte sich nachdenklich mit dem Handrücken über die Stirn. Doch schließlich teilten sich seine Lippen zu einem zaghaften Lächeln. Staub knirschte und rieselte.

»Tjamad?«, fragte er. »Ni lanja sur!«

Seine Stimme hatte einen dunklen Klang und die Sprache eine weiche Melodie, die etwas in ihr zum Klingen brachte. Kannte sie diese Sprache? Doch wie immer blieb das Tor zur Festung ihrer Erinnerungen verschlossen.

Summer schluckte. »Du … verstehst mich also gar nicht?«

Sein Schulterzucken war wohl eher eine Reaktion auf ihren fragenden Tonfall. Ratlos betrachteten sie einander eine Weile. Sein Mienenspiel wechselte abrupt zu Bestürzung, als er ihre Wunde entdeckte.

Er wäre jedenfalls kein guter Schauspieler, dachte Summer. *Er kann sich nicht besonders gut verstellen. Oder verstellt er sich viel zu gut?*

Ohne auf das Messer in ihrer Hand zu achten, trat er auf Summer zu, vier Schritte, fünf, und sie wich zurück, völlig irritiert und auf eine Weise entwaffnet, die sie einschüchterte. *Wehr dich! Schrei ihn an! Treib ihn zurück!*

Dann stieß sie mit dem Rücken schon gegen die Wand und der Fremde stand kaum eine halbe Armlänge entfernt vor ihr. Sie musste das Kinn heben, um ihm in die Augen sehen zu können. Ihre Knie waren so weich, dass sie fürchtete, einfach an der Wand nach unten zu rutschen. Der Messergriff drückte gegen ihren Daumenballen, und auch ohne hinzusehen, wusste sie, dass sie die Spitze des Messers direkt an die weiche Stelle unter seinem Brustbein hielt. Eine unachtsame Bewegung, und sie würde ihn verletzen. Doch seltsamerweise schien sie sich weitaus mehr davor zu fürchten als er.

Der Fremde betrachtete sie offenbar nicht als Gefahr, sonst hätte er nun sicher nicht die Hand nach Summer ausgestreckt. Die Behutsamkeit der Geste überrumpelte sie so sehr, dass sie sich nicht wehrte, als seine Fingerspitzen ihr Gesicht berührten. Schwindel erfasste sie. Die Zeit lief plötzlich langsamer und schneller zugleich. Sie biss die Zähne zusammen und hoffte, sie würde nicht wieder die Wirklichkeit verlieren, nicht hier. *Warum lasse ich das zu?* Aber sie spürte dem Gefühl nach, das die Berührung in ihr wachrief: ein wehmütiges Ziehen, und gleichzeitig diese schreckliche Leere. Und mit einem Mal verstand sie, warum sie sich so einfach hatte einreden können, in Finn verliebt zu sein. Dieses Schweben in ihrer Brust, die Sehnsucht, all das fühlte sie tatsächlich. Nur dass diese Überreste einer Regung aus ihrer Vergangenheit stammten und gar nicht zu Finn gehörten. So als wäre sie irgendwann einmal verliebt gewesen, aber sie hatte vergessen, in wen. Der letzte Rest ihrer Angst wich und machte einer verzweifelten Hoffnung Platz.

»Kennst du mich?«, fragte sie mit zitternder Stimme. »Bist du … sind wir uns schon einmal begegnet?«

»Telen ja liman?«, erwiderte der staubige Mann bekümmert. Seine Fingerspitzen, die immer noch ihre Schläfe berührten, waren kühl. Ganz offensichtlich wollte er nur wissen, woher die Verletzung stammte. Summer unterdrückte die aufsteigenden Tränen mit aller Kraft. *Idiotin! Niemand kennt dich! Sieh es endlich ein.* Eine Sekunde war sie versucht, ihre Enttäuschung an dem Fremden auszulassen, aber dann wehrte sie nur mit der Linken seine Hand ab und stieß ihn zurück.

»Es geht dich gar nichts an, was mit mir passiert ist. Und fass mich nicht noch einmal an, verstanden?«

In ihren eigenen Ohren hörte sie sich unnötig laut an, grob. Das Unbegreiflichste an dieser Situation war, dass sie seine Nähe trotz allem nicht länger als Bedrohung empfand. Im Gegenteil. Dafür war ihr seine Verletzlichkeit viel zu vertraut.

Er wirkte enttäuscht, fast gekränkt. Genau dort, wo ihre Hand auf seiner Brust gelegen hatte, löste sich ein Fetzen von verkrustetem Staub. Helle Haut kam zum Vorschein, die sicher lange keine Sonne mehr gesehen hatte.

Endlich gewann Summers vernünftige Stimme wieder die Oberhand. War er ein Minenarbeiter? Oder ein Sträfling aus dem Steinbruch? Vielleicht war er aus den Bergen geflohen. Das würde zumindest den Staub erklären. Ana hatte ihr erzählt, dass Gefangene – meist säumige Schuldner – ihre Strafe dort abarbeiten mussten. Mühsam schluckte sie den Kloß in ihrem Hals hinunter und zwang sich zu einem sachlichen Tonfall.

»Wenn du dich hier verstecken willst, solltest du wenigstens darauf achten, immer die Läden zu schließen«, erklärte sie nicht besonders freundlich. »Die Verwalter sind nicht blind.« Sie deutete auf die Balkontüren und er schien zu verstehen, denn er schritt durch das Zimmer und zog sie zu. Summer steckte das Messer ein und schnappte sich ihre Tasche. Dann trat sie zur Badtür und stellte den Stuhl beiseite. Der schimmelige Geruch, der ihr entgegenschlug, als sie die Tür aufriss, stach ihr in die Nase. Es überraschte sie, dass Tageslicht in das Bad fiel. Über ihrem Kopf befand sich ein winziges, verschmiertes Oberlicht. In der diffusen Helligkeit erkannte sie ein Waschbecken und einen zerbrochenen Spiegel. Früher hatte das Bad wohl noch eine Wanne gehabt, aber jetzt lag nur noch Schutt in der Ecke. Der Anblick des Waschbeckens rief ihr ins Gedächtnis, wie durstig sie war. Auf gut Glück drehte sie den Wasserhahn auf. Er funktionierte tatsächlich noch. Es gurgelte, dann schoss rötliches Wasser aus dem Hahn, das nach und nach etwas klarer wurde. Summer schöpfte mit beiden Händen und trank gierig, so schnell und so viel sie konnte. Das Wasser war lauwarm und schmeckte nach abgestandenem Sud aus Muschelschalen, aber ihr Durst verschwand und sie fühlte sich zum ersten Mal an diesem Morgen etwas besser. Obwohl sie wusste, dass es nur der Fremde sein konnte, schreckte eine Bewegung neben ihr sie auf. Er stand an der Tür und starrte den Wasserhahn so verblüfft an, als hätte er noch nie einen gesehen. Als sie das Wasser zudrehte, stieß er einen erstaunten Laut aus. Sein ehrliches Erstaunen hätte Summer beinahe zum Lächeln gebracht. »Keine Wasserleitungen in deinem Bergwerk?«, fragte sie. Einem Impuls folgend, drehte sie das Wasser wieder auf und der Mann trat neben sie und hielt eine Hand unter den Strahl. Seine Nähe irritierte sie – nicht weil sie so fremd war, sondern weil sie diese so selbstverständlich zuließ. So als hätte sie in seiner Gegenwart keine Grenzen mehr, keine eigenen Gedanken, nicht einmal Worte. Schimmelgestank vermengte sich mit dem schlammigen Modergeruch von nassem Staub. Die Kruste auf seiner Haut färbte sich dunkel und schmolz im Wasser zu Sand und Schmutz. Zum Vorschein kamen eine Hand mit bläulichen Fingernägeln und ein Unterarm, unter dessen heller Haut sich die Adern und Muskeln deutlich abzeichneten. Der Mann beugte sich fasziniert über das Waschbecken, um den Hahn genau zu studieren.

»Du bist wirklich fremd hier«, murmelte Summer verwundert. »Wie neu geboren und gestrandet, nicht wahr?« *Und so verloren wie ich,* setzte sie in Gedanken hinzu.

Beim Klang ihrer Stimme richtete er sich auf und lächelte sie strahlend an. Was auch immer er glaubte verstanden zu haben, offenbar war er der Meinung, ihr antworten zu müssen.

»Anzej«, beantwortete er die Frage, die sie ihm gar nicht gestellt hatte. Summer biss sich auf die Unterlippe. Jetzt hatte er auch noch einen Namen! Und er wartete darauf, dass sie ihm auch ihren verriet.

»Summer«, erwiderte sie nach einigem Zögern. »So heiße ich zwar nicht, aber das spielt keine Rolle. Weil ich meinen richtigen Namen gar nicht kenne. Und weil wir uns ohnehin nie wiedersehen.«

Mit einem Mal wurde ihr die ganze Absurdität der Situation bewusst. Hier stand sie, schon mit einem Bein auf der Flucht, äußerlich bereits ein neues Ich, und sprach mit einem Wildfremden, der erstens nackt war, sie zweitens nichts anging und drittens ihre Sprache gar nicht verstand. Doch dann machte er ihren ganzen Widerstand mit einem Wort zunichte.

»Summer«, wiederholte er leise. Und plötzlich war das alte Badezimmer kein schimmeliges Loch mehr, die Wirklichkeit begann zu fließen. Bilder trennten sich zitternd und überlagerten sich wieder. Ihr altes Ich schimmerte im Raum, der Duft von Theaterschminke, der Flügelschlag der zahmen Pirole und Anas Lachen.

Für einen irrealen Moment kämpfte sie gegen den Impuls an, Anzejs Hand zu nehmen und ihm alles zu erzählen. Sie brauchte ihre ganze Willenskraft, um sich von ihm abzuwenden.

»Ich muss gehen. Viel Glück!« Sie stemmte das Fenster auf, warf die Tasche in die Rumpelkammer und wollte hinterherklettern. Doch natürlich versuchte er, sie zurückzuhalten. Sie wusste nicht, woher sie die Gewissheit nahm, dass er sie begleiten wollte. *Vielleicht, weil ich mir so sehr wünsche, nicht mehr einsam zu sein?* Kühl lag seine nasse Hand auf ihrer Schulter, doch sie schüttelte sie ab.

»Nein, ich gehe allein!«, fuhr sie an ihn. »Ja, ich weiß, du bist auch allein. Aber ich kann dir nicht helfen!« Er sagte nichts, betrachtete sie nur, und diesmal konnte sie in seinen Augen nicht lesen. »Ich weiß ja nicht einmal, wer ich bin!«, fuhr sie hitziger fort. »Und außerdem … wäre ich heute Nacht beinahe ermordet worden. Wenn du mit mir gehst, bist du vielleicht der Nächste, willst du das? Ich kann dich nicht brauchen, du würdest mir nur Ärger machen. Wasch dir den Staub ab und such dir ein paar Kleidungsstücke. Und dann musst du schon selbst sehen, wo du bleibst.«

Sie vermied es, ihn anzusehen, während sie durch das Fenster kletterte. Er folgte ihr nicht, nur das Wasserrauschen begleitete sie auf ihrem Weg nach draußen. Sie konnte sich nicht erklären, warum, aber während sie die Treppen hinuntereilte, brach das Schluchzen aus ihr heraus – und mit dem Schluchzen alle Tränen, die sie in ihrem Katzenleben nicht geweint hatte.

*

»He, brauchst du Trost, graue Maus?«, rief ihr irgendein abgerissener Kerl hinterher. Summer antwortete ihm nicht. Natürlich fiel ein Mädchen auf, das in Tränen aufgelöst durch die Straßen eilte, aber sie konnte nicht anders, als hemmungslos zu heulen. Schließlich drückte sie sich in einen Türeingang und wartete, bis sie ruhiger wurde. Die Tränen ließen sich schließlich abwischen, nicht aber das Gefühl, nicht nur Finn, sondern auch diesen Anzej im Stich gelassen zu haben. Und dennoch: Hier, im Tageslicht und inmitten von Menschen, deren Sprache sie verstand, kam es ihr vor, als sei der Fremde in der Kammer gar nicht real gewesen. Einen Moment zweifelte sie tatsächlich daran, ob er nicht nur ein weiteres Bild aus ihrem Traum gewesen war – *ein Schwanenbett, wunderschöne Raupen und ein nackter Fremder, dessen Berührung mich nicht in die Flucht schlägt.*

Sie griff in ihre Tasche und zuckte zusammen, als sie ihre abgeschnittenen Haare zwischen den Fingern spürte. Doch dann fand sie, was sie suchte, ein schlichtes Tuch, unter dem sie hastig ihr kurzes Haar und die Platzwunde verbarg. Jetzt entsprach sie dem Bild einer Saisonarbeiterin vom Hafen vollkommen. Sogar die Tatsache, dass sie barfuß lief, passte dazu. *Zeit für dein neues Leben. Hör endlich auf zu heulen und geh!*

Unwillig wischte sie sich mit dem Ärmel über die Nase und setzte sich in Bewegung – in Richtung Westen, zum alten Verladebahnhof. Während sie lief, suchte sie nach einem Gang, der ihrer neuen Rolle entsprach, feste, raumgreifende Schritte, der Oberkörper leicht nach vorne gebeugt, der Blick zu Boden gewandt, so als würde sie jeden Tag Lasten tragen und müsste mit ihren Kräften ebenso sparsam umgehen wie mit ihrem Stolz. Jetzt brauchte sie nur noch einen neuen Namen. Taja? Ja, das klang unauffällig genug. Der Wind, der von der Seeseite kam, riss an ihrem Kopftuch. Er roch heute sehr unangenehm, nach öligem Rauch und verkohltem Holz. Summer hasste Rauchgeruch, aber dennoch musste sie den Wunsch unterdrücken, noch einmal in Richtung Hafen zu laufen, um einen letzten Blick auf Morts Theater zu werfen und das Bild als kostbare Erinnerung mitzunehmen.

*

Sie hatte Glück. Nicht an jedem Morgen machte in Maymara einer der schwer beladenen Transportzüge aus dem Westen Halt. Heute aber sah sie schon von Weitem den Dampf einer Lok. Der Zug war gerade eingefahren und würde noch eine Weile zum Entladen vor Ort sein. Menschen lagerten in Trauben vor dem Gebäude und kamen nun langsam in Bewegung. Karren mit Transportgütern, Kisten und Fässer voller Fisch warteten darauf, verladen und in andere Städte gebracht zu werden – vielleicht nach Mulara, das ein Stück im Landesinneren lag. Aufatmend tauchte Summer in die Masse der Reisenden ein und wurde endgültig unsichtbar. Der Bahnhof unterschied sich kaum von einer Lagerhalle oder einem der schmucklosen Kontore. Wer nur das schöne Herz des Hafens kannte, wäre von dieser Gegend sicher enttäuscht. Hier machten nur die weniger ansehnlichen Leute Geschäfte, statt Perlmuttmasken sah man verlebte Fratzen und vernarbte Gesichter. Und statt Barmusik hallte hier nur das Schrillen von Trillerpfeifen.

Summer eilte zu den Wagen in der Mitte, dorthin, wo bereits eine Gruppe von Saisonarbeitern darauf wartete, einen Platz für die Reise nach Hause kaufen zu können. So sehr sie es hasste, mit so vielen Menschen auf engem Raum zu sein, es war ihre einzige Chance, schnell aus der Stadt zu kommen.

»Stell dich gefälligst hinten an«, knurrte ihr ein alter Hafenarbeiter zu.

»Blaff du mich gefälligst nicht so an«, gab Summer in bester Manier ihrer neuen Rolle zurück. Leute drehten sich nach ihr um, aber ihre Blicke glitten sofort ohne weiteres Interesse wieder von ihr ab. Verstohlen musterte Summer die ausgewaschenen Gesichter und ließ den Blick dann über die Menge schweifen. Nur kurz beschleunigte ihr Herzschlag, als sie einen Mann mit dunklem Haar entdeckte, der sich entschlossen durch die Menge schob, als würde er nach jemandem suchen. Aber schon hatte sie ihn wieder aus den Augen verloren. Das rasselnde Husten, der Schweißgeruch und vor allem die unerträgliche Nähe so vieler Leute zerrten an ihren Nerven. Eingekeilt zwischen den Körpern wartete sie und versuchte, nicht an den Blutmann zu denken. Unbarmherzig langsam krochen die Minuten dahin. Endlich – fast eine halbe Stunde später – schnappte ein Schloss und die Waggontür wurde aufgestoßen. Sofort setzte das Geschiebe ein.

»Warum geht es denn nicht voran?«, maulte der alte Arbeiter. Er riss den Mund auf, um noch etwas zu sagen, aber jedes weitere Wort wurde von einem Schuss zerrissen. Summer zuckte zurück und prallte mit dem Rücken gegen eine Wand aus Körpern und gezischten Flüchen.

»Vorsicht! Macht Platz!«, befahl eine donnernde Stimme. Jetzt kam die ganze Traube ins Stolpern, fluchend und sich gegenseitig auf die Füße tretend gehorchten die Leute und wichen vom Waggon zurück.

»Runter!«, kam ein weiterer Befehl. Es wirkte wie ein bizarres Ballett, als die Leute die Köpfe mit den Armen schützten und sich tatsächlich duckten – gerade noch rechtzeitig, bevor ein weiterer Schuss fiel. Irgendwo weit über ihren Köpfen zersprang klirrend eine Scheibe. Wenige Sekunden später zerplatzten Scherben auf dem Waggondach.

Summer, die inzwischen auf den Knien kauerte, wagte einen vorsichtigen Blick nach oben. Sie war nicht die Einzige. Ungläubiges Lachen ertönte, dann Anfeuerungsrufe.

»Da oben ist sie! Unter dem Dach!«

Im Sonnenlicht, das schräg durch das zerschossene Fenster fiel, schimmerten Silber und Weiß. Silberstaub auf weißem Fell. Eine von Morts Schneekatzen! Sie balancierte auf einer schmalen Verstrebung des Dachs, ein leichtes Ziel für die Leute der Stadtpolizei, die im Bahnhof Posten bezogen hatten.

Summer keuchte auf, als ein weiterer Schuss fiel – und das Tier wieder verfehlte. Wie war die Katze aus dem Käfig entkommen?

»Brauchst keine Angst zu haben«, kam es von rechts. Summer fuhr herum und blickte über kauernde Gestalten hinweg in das Gesicht einer Bettlerin, die mit überkreuzten Beinen auf einer Kiste hockte. »Die werden sie auch bald erwischen. Die jagen die ganzen Tiere schon seit heute Morgen.«

»Die ganzen Tiere? Du meinst mehrere? Frei in der Stadt?«, fragte Summer mit schwacher Stimme.

Die Frau spuckte aus und grinste. »Hast wohl die Neuigkeiten verschlafen, was? Jemand ist im Bestientheater beim Hafen eingebrochen. Komplett verwüstet und niedergebrannt. Und das Feuer hat auf fünf weitere Häuser übergegriffen.«

»Niedergebrannt?« Summer kam mit einem Satz auf die Beine und schob sich geduckt näher an die Frau heran, ohne das Geschimpfe der anderen Reisenden zu beachten.

Die Alte nickte gewichtig. »Ein Haufen verkohltes Holz«, erklärte sie beinahe stolz. »Sieht ganz so aus, als hätte da jemand wirklich ordentlich nachgeholfen. War bestimmt eine der Banden.

Und nicht nur das, die Feuerteufel haben auch noch die ganzen Viecher auf die Straße gelassen. Fünf Leute wurden schon angefallen. Und das Viertel um das Theater herum ist jetzt abgeriegelt, wegen der großen Schlange und den anderen Monstern. Die ganze Stadtpolizei ist auf den Beinen.«

Summer spürte, wie blass sie wurde. Es gelang ihr nicht ganz, ihre Stimme ruhig klingen zu lassen. »Aber es ist doch niemandem etwas passiert? Von der Truppe, meine ich? Oder dem Direktor? Weißt du, ob jemand verletzt wurde? Na los, rede schon!«

Die Frau warf ihr einen scharfen Blick zu, in den sich bereits Misstrauen mischte. »Das weiß ich doch nicht!«, keifte sie zurück. »Ich weiß nur, dass der Brand heut Nacht gelegt wurde. Lange nach der Mitternachtsvorstellung.«

Auf der Stelle wurde Summer glühend heiß. Ein weiterer Schuss gab ihr ein paar Sekunden Zeit, sich wieder zu ducken und mit der aufsteigenden Panik fertig zu werden. Bisher war es nur die Ahnung von Bedrohung gewesen, doch nun fügten sich alle Zufälle der letzten Nacht ineinander, ergaben ein Muster: der Zuschauer im Theater, der Überfall … und jetzt das. Es war ganz sicher keine Bande gewesen, die Feuer im Theater gelegt hatte. Und der Eindringling hatte nicht nach Geld gesucht. Sondern nach Summer. Aber wie konnte er mit einer solchen Verwundung am Arm noch einbrechen? Gänsehaut auf ihren Armen und ihrer Seele. *Er ist tatsächlich real! Er zurückgekommen, er ist mir auf der Spur und er holt auf!*

»Ach ja, und eine von der Truppe wird gesucht«, fuhr die Frau fort. »'n Mädchen. Hat sich aus dem Staub gemacht. Irgend so 'ne Militärfrau aus dem Ausland hat sie nachts in der Gasse gestellt, aber sie konnte abhauen. Und kurz darauf brannte es. Na ja, die wusste schon, warum sie weggelaufen ist – hat bestimmt was mit den Brandstiftern zu tun, wenn sie's nicht sogar selbst war. Jetzt sucht die Polizei nach ihr.«

Summer musste ihre ganze Willenskraft aufbieten, um sich nicht zu auffällig umzusehen.

»Warum schießen die auf die Katze?«, wechselte sie das Thema. »Es sind doch alles dressierte Tiere. Warum holt man nicht die Dompteure, um sie wieder einzufangen?«

»Weil die sich aus dem Staub gemacht haben. Würde ich an ihrer Stelle auch tun. Bator Sel ist stinksauer«, knurrte die Alte und setzte sich ächzend zurecht. Als sie wieder zu Summer aufblickte, hatte sich der misstrauische Zug um ihren Mund vertieft. »Dafür, dass du hier nur dumm rumstehst und mich ausfragst, weißt du ja ziemlich viel über die Leute im Theater.«

Summer spuckte aus. »Und dafür, dass du so weit vom Hafen weg nur im Dreck sitzt, weißt du auch nicht gerade wenig, alte Hexe. Ich wette, du weißt mehr über die Bande, als du sagst, stimmt's? Steckst du mit denen am Ende unter einer Decke?«

Die Bettlerin war nur einen Moment lang verblüfft, dann lachte sie krächzend. »Schön wär's«, erwiderte sie ungerührt. »Aber nä! Straßen haben Ohren, Beine und tausend Münder und …«

Empörte Rufe, schadenfrohes Lachen und ironischer Applaus. Einige Zuschauer hatten sich auf die Seite der gejagten Schneekatze gestellt, die gerade wie ein Kometenschweif aus Silber durch ein zerschossenes Fenster nach draußen verschwand. Summer atmete insgeheim auf. *Lauf!*, dachte sie. *Klettere vom Dach, flieh in die Berge!* Und dann, ganz unvermittelt: *Ob Mort noch lebt?* Beim Gedanken an ihn krampfte sich ihr Herz zusammen. Sie schluckte und versuchte sich einzureden, dass es ihm gut ging. Es half nichts: Sie konnte jetzt nur noch zusehen, dass sie so schnell wie möglich aus der Stadt kam.

Als wollten sie die Verzögerung wettmachen, sprangen die Wartenden sofort wieder auf die Beine und beeilten sich, zu den Waggons zu kommen. Weiter vorne im Zug fielen bereits die ersten Türen zu. Rauch stieg auf, Wasserdampf zischte, Ventile schlugen laut wie Schüsse. Summer unterdrückte ihren Widerwillen gegen das Gedränge und warf sich mit Ellenbogen und Knien in die Menge »He!«, brüllte ein Reisender empört und stieß ihr den Ellenbogen in die Rippen. »Warte gefälligst!«

Aber Summer schob sich rücksichtslos weiter, boxte und trat, bis sie schwer atmend vor dem bulligen, finster blickenden Mann stand, der wie der Türhüter zum Jenseits vor der Waggontür wachte.

»Eine Karte nach Tenar!«, rief sie ihm zu und streckte ihm eine Handvoll Geldscheine hin. Dann erst fiel ihr auf, dass nicht weit von der Waggontür zwei Leute von der Stadtpolizei stehen geblieben waren und sie missbilligend beobachteten. Ein Mann und eine Frau. Die Frau – älter, aber zweifellos sehr schnell, wenn es darauf ankam – musterte Summer mit einem sachlichen Interesse. Und jetzt kam sie tatsächlich direkt auf den Waggon zu!

»So eilig?«, rief sie Summer zu. »Bist du auf der Flucht, oder warum drängelst du dich hier so unverschämt vor?«

Die Leute starrten Summer an. Vorübergehende verlangsamten ihre Schritte und sahen neugierig zu ihr herüber. Blitzschnell versuchte sie, die Frau, die nun vor ihr stehen blieb, einzuschätzen. Sie sprach laut und legte offenbar Wert darauf, sich in ihrer Überlegenheit zu sonnen. Instinktiv verkroch sich Summer in ihrer neuen Hülle, zog die Mundwinkel etwas nach unten, ein verzagter, harter Gesichtsausdruck, der sie älter wirken ließ. Dann schlug sie verschüchtert die Augen nieder.

»Ich wollt nich drängeln, aber ich ... ich muss heim«, murmelte sie entschuldigend. »Meine Saison ist vorbei. Meine Mutter is krank und wartet auf Geld. Ich hatte Angst, dass ich kein Platz mehr kriege.«

»Aha. Und wo hast du gearbeitet?«

»Am Hafen, Fischkontor Nord.«

»Sprich lauter! Und sieh mich an, Mädchen.«

»Fischkontor. Nord.«

»Ziemlich saubere Fingernägel für eine Arbeit im Hafen.«

»Is so, wenn man den ganzen Tag Fische ausnimmt«, nuschelte Summer. »Viel Wasser.«

Die Frau zeigte ein überhebliches Lächeln und wechselte mit dem Mann einen müden Blick. Er schnupperte in Summers Richtung. »Riechst ja gar nicht nach Fisch.«

»Nich mehr, zum Glück«, erwiderte Summer mit einem verlegenen Lächeln und wischte sich mit dem Ärmel über die Nase.

Der starrende Blick der Frau machte sie nervöser als die Fragen.

»Die Kleider gehören nicht dir«, meinte die Frau nun. »Sie sind zu groß.«

»Sind die von mein' Bruder.« Sie senkte ihre Stimme noch mehr, als wäre ihr die Armut unendlich peinlich. »Da wo ich herkomme, wird das so gemacht.«

»So, so. Und wo kommst du her?«

»Kamsí, ein Dorf im Osten. Ich fahr bis Tenar. Und von da sind's noch drei Tage Fußmarsch in die Berge.«

»Geht's jetzt bald weiter?«, schrie jemand von hinten. »Der Zug wartet nicht!«

»Sie ist es nicht«, sagte der Mann. »Reine Zeitverschwendung.«

Sie? Summer fröstelte. Sie kontrollierten also die Fahrgäste.

Im Stillen flehte sie darum, dass die Frau auf ihren Partner hören und sie gehen lassen sollte. Aber die Polizistin schüttelte den Kopf und winkte Summer aus der Reihe zur Seite. Summer biss sich auf die Unterlippe. Mit weichen Knien gehorchte sie, doch sie sah sich bereits aus den Augenwinkeln nach einem Fluchtweg um. Schlechte Karten. Und viel zu viele glotzende Gesichter. Sie wusste nicht, wovor sie sich mehr fürchtete, vor den Polizisten oder davor, in der Menschenmenge die hasserfüllten Augen aus ihrem Traum zu entdecken. Jetzt brach ihr endgültig der Schweiß aus.

»Was hast du in deiner Tasche?«, wollte die Frau nun wissen. Siedend heiß fielen Summer die abgeschnittenen Haare ein. »Da ist nur Essen drin – für die Reise.«

»Na komm, zeig schon her!«

Im Rücken spürte sie die verächtlichen Blicke der anderen Wartenden. Langsam schüttelte sie den Kopf. »Kann ich wirklich nich machen«, erwiderte sie den Tränen nahe. »Wenn die anderen es sehen, klauen sie's mir im Zug.« Geräuschvoll zog sie die Luft durch die Nase hoch.

Die Bewaffnete kniff die Augen zusammen. Ihre Hand lag locker an ihrer Waffe.

»Lass sie schon, Khadra«, knurrte der zweite Polizist voller Ungeduld. »Sie ist es garantiert nicht. Die Beschreibung passt nicht mal annähernd auf sie. Langes rotblondes Haar, Schauspielerin, hübsch soll sie auch sein. Das hier ist nur ein gerupftes Huhn.«

»Aber sie reist allein. Sie hat es verdammt eilig, das Alter passt, und …« – die Frau deutete auf Summers Stirn – »… rotes Haar hat sie auch.«

Summer griff nach ihrem Kopftuch. Tatsächlich, es war im Gewühl ein wenig verrutscht. Zum Glück verbarg es noch die Schläfenwunde, aber ein paar kurze Strähnen lugten hervor. Die Sekunde zwischen Freiheit und Verderben schwebte zwischen ihr und ihren Richtern.

»Ja, ich weiß, das rote Haar is hässlich. Sagt meine Mutter auch«, murmelte sie und zupfte sich das Kopftuch hastig wieder zurecht. Dabei nutzte sie die Kopfbewegung für einen Seitenblick. Keine Chance für eine schnelle Flucht. Die Kisten waren inzwischen verladen worden und boten keine Deckung mehr. Und überall Bewaffnete, die den beiden auf Zuruf zu Hilfe kommen würden, wenn sie weglief. Verdammt, sie saß fest! Den Platz im Zug hatte sie vermutlich schon verwirkt, jetzt hieß es nur noch, irgendwie aus dem Bahnhof zu kommen. Ihre überreizten Nerven gaukelten ihr den Geruch von Leder und Hass vor, der sie frösteln ließ. *Er ist nicht hier*, beruhigte sie sich, aber es nützte nichts.

Mit einem Mal erstarrte sie. Aber es war nicht der Blutmann, wie sie im ersten Schreck befürchtete. Dieser Mann dort hatte kein dunkles Haar. Die Locken, die mit einem Stofffetzen im Nacken zusammengebunden waren, waren nass, und trotzdem konnte man erkennen, dass das Haar so blond wie das von Finn war. Anzej trug die Kleidung eines Tagelöhners, die er wohl in der Rumpelkammer gefunden hatte, und einen Beutel am Gürtel. Die Staubkruste war verschwunden. Was machte er ausgerechnet am Bahnhof? Aber dann formte sich im Bruchteil einer Sekunde ein verzweifelter Plan. Die einzige Chance, um einer Verhaftung zu entgehen: Sie musste die Aufmerksamkeit der Polizisten zu Anzej lotsen. Seine unbeholfene Art, seine Unwissenheit – all das würde sie misstrauisch machen und lange genug ablenken. Wenn es stimmte, was sie vermutete, war er ebenfalls auf der Flucht und würde die Polizei fürchten. Wenn sie Glück hatte, würde er sogar versuchen, vor ihnen wegzulaufen. Zeit genug für Summer, sich aus dem Staub zu machen. Die Aufwallung des schlechten

Gewissens unterdrückte sie. Dort, wo er gerade war, hatte er immerhin eine gute Chance, zum nächsten Ausgang zu entkommen. *Jedenfalls eine bessere Chance als du ohne ihn*, sagte die nüchterne Stimme der neun Leben.

»Ich weiß nich, wovon ihr sonst redet«, wandte sie sich wieder den beiden Bewaffneten zu. »Schauspieler kenn ich nich – und ich reise auch gar nich allein. Ich warte auf mein Bruder.«

Als würde sie jetzt erst nach ihm Ausschau halten, sah sie sich um und winkte dann über die Menge. »Anzej!«, rief sie. »Hier bin ich!«

Er blieb ruckartig stehen und wandte sich ihr zu. Seltsamerweise schien er nicht erstaunt zu sein, ihre Stimme zu hören. Aber sobald er sie entdeckte, ließ ein Lächeln sein Gesicht erstrahlen, das in Summer das Schuldgefühl wieder zum Aufflackern brachte.

Ohne die Staubkruste schien seine Haut zu leuchten und sein Gesicht … Einige Frauen vergaßen weiterzugehen und drehten sich nach ihm um. Gleich würde er die beiden Polizeileute entdecken und fliehen. Sie machte sich bereit, die Muskeln angespannt, ihr Puls ein singender Wirbel. Verstohlen drückte sie ihre Tasche an sich und schielte kurz zur Seite. Der Türwächter war dabei, das Geld von den letzten Mitreisenden zu kassieren. Das Geldzählen nahm ihn völlig in Anspruch. Die letzte Chance für sie. Sobald die beiden Bewaffneten für einen Moment wegblickten, musste sie unbemerkt die zwei Meter zum Ende des Triebwagens überbrücken – und dort auf die Gleise springen und unter der Kupplung hindurchtauchen. Wenn sie schnell war, würde es aussehen, als sei sie einfach von der Bildfläche verschwunden. Und vielleicht würde keiner darauf kommen, dass sie nur auf die andere Seite der Gleise entwischt war.

»Summer!«, rief Anzej und steuerte direkt auf sie zu. Sie erschrak darüber, dass er ihren Namen rief, aber in seiner Aussprache klang es fremdartig, eher wie »Samaa«.

Jetzt war es zu spät, ihm noch ein warnendes Zeichen zu geben. Und zu allem Überfluss konzentrierte sich die Frau nun wieder auf sie. Jetzt half nur noch, weiter zu improvisieren.

»Das da is mein Bruder«, erklärte sie hastig. Und fügte sicherheitshalber hinzu: »Er … hat im Kontorkeller gearbeitet.« Das erklärte seine gänzlich ungebräunte Haut, denn die Leute, die im Frühjahr in diesen Katakomben verschwanden, sahen bis zum Herbst kaum Sonne. Anzej sah die Polizisten, zögerte kurz – und steuerte trotzdem direkt auf sie zu. Verdammt, es ging alles schief! Dann war Anzej bei ihr, und ihr wurde leicht schwindelig. Die Härchen an ihrem Unterarm sträubten sich, als sie ihn in ihrer Nähe spürte. Ein schriller Pfiff durchschnitt die Luft. Die letzten Reisenden kletterten in den Waggon.

»Lasst doch wenigstens mein Bruder in den Zug. Bitte!«, spielte sie ihre Rolle weiter. »Unsere Mutter liegt im Sterben.« Kummer schwang in ihrer zitternden Stimme mit.

In diesem Moment lernte sie so einiges über den Fremden. Er mochte so ahnungslos sein, dass er keine Wasserhähne kannte, aber er wusste ganz genau, was sie hier spielte. Als würde er auf ihren Schmerz reagieren, legte er rasch den Arm um ihre Schultern und zog sie näher zu sich heran. Gleichzeitig schlossen sich die Finger seiner anderen Hand blitzartig um ihr Handgelenk. Summer erstarrte vor Überraschung. Der Griff war sanft, aber Anzejs Botschaft war unmissverständlich: *Ich weiß, was du vorhast. Aber entweder wir beide oder keiner.*

»Was ist jetzt, Khadra?«, meinte der Polizist gönnerhaft. Und tatsächlich – Summer traute ihren Augen nicht – nickte die Frau. »Na gut, verschwindet«, knurrte sie und wandte sich ab. Ihr Begleiter folgte ihr, als sie ihren Kontrollgang durch den Bahnhof fortsetzte. Es war wie Hexerei. Und als hätte derselbe Magier für Summer noch einen weiteren Trumpf aus dem Hut gezaubert, erkannte sie, dass sie plötzlich doch noch eine Chance auf einen Platz im Zug hatte. Sie wartete nur ein paar Sekunden, bis die beiden weit genug entfernt waren, dann schüttelte sie Anzejs Arm energisch ab. »Das reicht jetzt«, zischte sie ihm zu. »Tolle Vorstellung, danke. Und jetzt leb wohl.«

Sie rannte zum Waggon und erwischte den Türwächter im letzten Moment, bevor er das Trittbrett hochziehen und die Waggontür schließen konnte. Atemlos hielt sie ihm Geld hin.

»Bitte!«, sagte sie aus vollem Herzen.

Stirnrunzelnd betrachtete er die Scheine. »Das reicht nicht für zwei Plätze«, meinte er dann mit einem Blick in Richtung Anzej.

»Ich brauch doch auch nur einen Platz. Mein … Bruder bleibt hier. Er hat sich nur verabschiedet! Bitte, ich muss …«

Ein Trillerpfeifenkonzert setzte entlang des Zuges ein, das Zeichen zum Aufbruch. Summer fasste nach dem Griff neben der Tür, sprang aufs Trittbrett und zog sich hoch. »Kein Platz mehr frei für Leute, die Ärger mit der Polizei haben«, knurrte der Mann und gab ihr mit dem Fuß einen Stoß gegen die Brust. Sie konnte nicht einmal empört aufschreien. Der Tritt nahm ihr alle Luft, ihre Finger rutschten von der Eisenhalterung ab – und sie fiel rücklings … in zwei Arme, die sie sicher auffingen. Nasses Haar streifte ihre Wange. Mit Schwung zog Anzej sie wieder in eine stehende Position und schnellte an ihr vorbei auf den Zugwächter zu. »Milay!«, schrie er den Mann an. Es hörte sich an wie eine wüste Beschimpfung. Summer zuckte zusammen. Mühsam nach Luft ringend, konnte sie nur noch entsetzt beobachten, wie der Zugwächter sich erschrocken in Sicherheit brachte, während Anzej auf das Trittbrett des Zuges sprang und mit geballten Fäusten auf ihn losging. Köpfe flogen herum, und mit einem Mal standen sie im Zentrum der Aufmerksamkeit. Summer wollte Anzej zurufen, dass er aufhören solle, doch sie brachte kein Wort heraus. Die Luft schien zu flackern, ihr Schlüsselbein brannte noch von dem Tritt. Aber da war noch etwas: das kribbelnde Gefühl, beobachtet zu werden. Im Meer der Gesichter konnte sie nichts entdecken, aber dennoch nahm ihr die Panik den Atem.

Leute lehnten sich aus den Zugfenstern und riefen nach den Polizisten, und Anzej fluchte in seiner fremden Sprache. Der Türwächter kreischte wie am Spieß, bis ein Schlag ihn verstummen ließ. »He!«, brüllte ein Polizist. Doch dann ging jedes weitere Wort im Zischen der Lok unter.

Summer stolperte zur Seite.

Und als ihr Kopf herumfuhr, erhaschte sie einen Blick auf einen Mann mit dunkelbraunem Haar. Sein Gesicht sah sie nicht, er schaute in die andere Richtung, und zu viele Leute verstellten ihr den Blick auf ihn. Aber den Verband um seinen linken Arm erkannte sie mit einer Deutlichkeit, die alles andere verblassen ließ. Und auch den frischen Blutfleck auf dem Stoff. *Er sucht mich!* Gleich würde er den Kopf wenden und sie entdecken.

Ein Fauchen und Rauschen wallte auf, Ventile schlugen, eine Wolke von Wasserdampf legte sich um sie. Summer dachte keinen Augenblick länger nach. Wie ein gejagtes Tier, das instinktiv jede Deckung nutzt, schnellte sie zum Ende des Triebwagens und sprang auf die Gleise. Räder knirschten bereits auf Eisen, während sie unter der Kupplung hindurchschlüpfte und gerade noch rechtzeitig, bevor die Lok losschnaufte, auf die andere Seite kam, wo sie sich keuchend auf den Bahnsteig hochzog. Dann rannte sie – mit der Lok um die Wette, sie überholend – zum Ende der

Halle, sprang vom Bahnsteig und rannte auf Kies und vertrockneter Erde weiter, ohne sich umzusehen. Als sie ins Freie stürzte, riss ein Windstoß ihr fast das Kopftuch herunter. Sie wagte nicht, sich umzusehen. Hinter ihr bremste die Lok noch einmal kreischend ab, vielleicht hatte die Polizei den Befehl dazu gegeben. Summer biss die Zähne zusammen, verdoppelte ihre Anstrengung und erreichte endlich das Strauchwerk neben den Gleisen, das ihr wenigstens Sichtschutz geben würde. Mit einem Sprung brachte sie sich hinter einem Busch in Sicherheit und blickte sich gehetzt um. Durch die Zweige konnte sie keinen Verfolger entdecken. *Noch nicht.* Hinter ihr: Lagerschuppen. Vielleicht konnte sie sich dort verbergen? Oder war es besser, das Risiko auf sich zu nehmen und einfach weiterzulaufen? Sie musste aus der Stadt, wenn es sein musste, zu Fuß.

Rumpeln und Surren von Eisen schwoll an. Ein neuer Pfiff, dann brach die Lok fauchend aus der Halle und nahm Fahrt auf. *Könnte ich doch nur aufspringen*, dachte sie verzweifelt. Aber die Güter waren wertvoll, und deshalb saß in jedem Waggon ein Aufpasser mit einer Waffe. Außerdem fehlte ihr der Mut für einen so gefährlichen Sprung in der Nähe der Räder. Noch jetzt sträubten sich ihr vor Entsetzen die Nackenhaare, wenn sie daran dachte, was sie eben gewagt hatte.

Der Zug rollte heran, ein fauchendes, grimmiges Eisengesicht, umwallt von Rauchlocken, die über seinen Rücken geweht wurden. Das Stampfen der Maschinen vibrierte durch Summers Knie und die Handflächen, die sich in den kargen, trockenen Boden drückten. Sie duckte sich noch tiefer hinter den Strauch, als der Koloss an ihr vorbeizog. Noch war er nicht zu schnell, da die Strecke eine leichte Steigung aufwies. Ein Fallwind drückte den Rauch nach unten, der Büsche und Gleise einhüllte. Für einige

Sekunden roch es nach Herbstnebel und Regen, bis der Dampf verwehte und den Blick wieder freigab. Eine Bewegung links von ihr schreckte Summer auf. Kaum zwanzig Schritte entfernt von ihr, neben den Gleisen, lag eine Gestalt, die sich krümmte und wand. Ein kräftiger Mann mit einer blauen Weste, der sich den Kopf hielt, als hätte er einen Schlag erhalten. Er verzog das Gesicht vor Schmerz und bemühte sich trotzdem, sofort wieder auf die Beine zu kommen. Noch hatte er Summer nicht entdeckt, er war vollauf damit beschäftigt, seine Orientierung wiederzufinden. Summer kroch auf allen vieren zurück, während sie entsetzt zusah, wie der Mann schwankend und ganz offensichtlich fluchend vor Wut einen Schlagstock aufhob, der nicht weit von ihm auf dem Boden lag. Der letzte Triebwagen zog an Summer vorbei und ließ den Waggonwächter unwiederbringlich zurück. *Wohin jetzt? Wenn er mich entdeckt …*

Ein Pfiff, der das Stampfen der Bahn übertönte, riss sie aus ihrer Erstarrung. Sie sprang auf die Beine, fuhr herum – und entdeckte Anzej. Er kauerte in der offenen Tür des letzten Waggons. »Summer«, rief er. Seine Lumpen flatterten, als er sich viel zu weit aus dem Waggon lehnte und ihr die Hand entgegenstreckte. Seltsamerweise war sie einen Moment lang einfach nur froh und erleichtert, dass Anzej nicht verhaftet worden war.

Bei einem kurzen Blick über die Schulter konnte sie erkennen, wie der Waggonwächter losrannte und dabei den Stock schwenkte. Er brüllte aus voller Kehle.

Keine Zeit mehr für Verblüffung, Gedanken und Zweifel.

»Taljai!«, rief Anzej, während der Waggon ihn unaufhaltsam in die Ferne trug.

Summer sprintete los und rannte, wie sie noch nie im Leben gerannt war. Ihr Atem brannte in ihrer Lunge, sie stolperte und verletzte sich die Füße an scharfkantigen Steinen, aber sie ließ nicht zu, dass der Waggon ihr entglitt. Meter für Meter holte sie zum Zug auf. Viel Zeit hatte sie nicht mehr. Sobald die Lok die Kuppe erreicht hätte, würde der Zug richtig beschleunigen. Anzej ging noch weiter in die Knie und streckte seine Hand zu ihr hin, schwebend hing sie schräg über ihr und Summer hatte den wahnwitzigen Gedanken, dass er sie wegziehen würde in dem Moment, in dem sie nach ihr griff. Als hätte Maymaras Windgott Erbarmen mit den Fliehenden, gab ihr ein Windstoß im Rücken Antrieb und schob sie den letzten Zentimeter zu Anzejs Hand. Er zog sie nicht weg, im Gegenteil, er packte ihr Handgelenk so fest, dass es schmerzte. *Dafür wird man uns beide erschießen,* dachte sie noch, dann packte sie ebenfalls zu. Ihre Beine wurden zu Marionettengliedern, jedes eigenen Antriebs beraubt, gezogen nur von dem eisernen Ungetüm. Ihr Kopftuch flatterte davon.

»Tall!«, brüllte Anzej und sie verstand auch ohne ihre eigenen Worte, dass es »Spring!« bedeutete. Seine Finger gruben sich in ihren Unterarm. Sie heulte vor Angst, aber trotzdem stieß sie sich mit aller Kraft ab, während der Ruck in ihrem Schultergelenk sie nach oben riss, über die surrenden Räder hinweg – direkt in Anzejs Arme. Dann fielen sie gemeinsam auf den Holzboden und prallten gegen ein Fass. Dort blieben sie liegen wie zwei Gestrandete, eng umschlungen, getragen vom mechanischen Puls des Zuges. Benommen sah Summer sich um. Es roch nach Fisch und Salzwasser. Sie lagen zwischen Fässern, in denen es bei jedem Ruckeln des Zuges schwappte.

Sie rang nach Luft, jeder Atemzug schmerzte, als hätte sie Staub geatmet. Die Wahrnehmung spielte ihr einen Streich. Am Rand ihres Sichtfelds glaubte sie die Bewegung der Geisterraupen zu sehen. Sie spürte Sonne auf dem Gesicht und hörte ein

Flüstern an ihrem Ohr. Im Rhythmus der Radschläge und dem Gluckern formten sich in ihrem Kopf eine Melodie und Bruchteile von Strophen, die keinen Zusammenhang ergaben: ... *im Kartenhaus, kann keiner hinein ... keiner hinaus ...*

Es war ein fröhliches, schnelles Lied, das ihr vertraut schien, eine Erinnerung, die sie streifte und sofort wieder verschwand, als Anzej sie fester in die Arme nahm.

Anzej lachte, dann ballte er die rechte Hand zur Faust, reckte sie in die Luft und stieß einen Triumphschrei aus, der in Summers Körper widerhallte. Alles in ihr ermahnte sie, sofort – SOFORT! – auf Abstand zu gehen, aber ihr Körper gehorchte nicht. Im Gegenteil, er tat etwas Unbegreifliches. Sie konnte gar nicht anders, als Anzejs Lachen zu erwidern. Es war verrückt und nicht zu erklären. Sie lag in den Armen eines Fremden, den sie verraten und der ihr trotzdem geholfen hatte. Und mit jeder Umdrehung der Räder entfernte sie sich schneller von ihrem Verfolger. Mit einem Mal war sie einfach nur glücklich: Darüber, *ihm* entkommen zu sein. Und glücklich darüber, dass Anzej sie gerettet hatte und bei ihr war.

Sie lachten, bis sie nicht mehr konnten und ihnen die Tränen über die Wangen liefen. Sie setzten sich auf, wischten sich die Gesichter mit Ärmeln und Lumpenfetzen ab und betrachteten die vorbeiziehende Landschaft, bis Anzej schließlich aufstand und die Tür ein Stück zuzog. Mit diesem diebischen Grinsen, das sie gerade erst kennenlernte, kehrte er zu Summer zurück und setzte sich direkt neben sie. Immer noch sträubten sich die Härchen an ihrem Arm wegen der ungewohnten Nähe, aber sie rückte nicht von ihm ab.

»Danke«, sagte sie. »Das war ... ich weiß nicht, wie ich dir danken soll. Ich hätte dich zurückgelassen, weißt du? Und deshalb ist es besser, du lässt die Finger von mir.«

Auch wenn er die Worte nicht verstand, begriff er sehr wohl den Tonfall. Er hörte auf zu lächeln. »Ich bin keine Reisende, ich bin auf der Flucht«, fuhr Summer fort. »Und ich bin nicht wie du. Ich stehe für niemanden ein, wenn es sein muss, verrate ich sogar meine Freunde.«

»Auf der Flucht«, wiederholte Anzej mit seinem weichen Akzent.

»Du verstehst nicht«, beharrte Summer leise. »Es ist gefährlich, bei mir zu bleiben. Ich bringe Unglück!«

Anzej wandte sich ihr zu und legte die Hände um ihr Gesicht. Die Geste war so selbstverständlich, als hätten sie bereits tausend Tage und Nächte gemeinsam auf den schaukelnden Holzplanken eines dahinratternden Zuges verbracht. Im Fahrtwind hatten sich einige Strähnen seines Haars aus dem Zopf gelöst und waren getrocknet. Sie waren tatsächlich blond wie Finns Haar, aber Anzej unterschied sich von dem Schauspieler wie die Nacht vom Tag. *Du spielst nicht den Helden*, dachte Summer. *Deine Wut ist echt und direkt, du magst mich, aber du brauchst mich nicht, und du bist so furchtlos, als hättest du nichts zu verlieren.*

Anzej schenkte ihr ein neues, ernsteres Lächeln. Dann schloss er die Augen – und küsste sie zart und unendlich behutsam auf die Lippen.

Teil II

der name des todes

EISENKUSS

Wie hart und endgültig ein Schnitt zwischen Vergangenheit und Zukunft sein konnte, hatte sie schmerzhaft vor einhundertsechzehn Tagen erfahren. Es war ein Sturz in bodenloses Vergessen gewesen, von dem sie sich nie erholen würde. Dieser neue Schnitt zwischen dem Gestern und dem Jetzt war ebenso endgültig. Aber diesmal nahm sie verwundert zur Kenntnis, wie einfach es auch sein konnte.

Seit Anzej sie geküsst hatte, fühlte sie sich, als würde sie durch einen warmen Nebel laufen. Der erste Schock war gewesen, dass Anzejs Kuss sie nicht zurückschrecken ließ. Fieberhaft hatte sie nach der Bedrohung gesucht, der Warnung, die sie erschauern ließ – das, was sie auch bei Finn empfunden hatte. Aber bei Anzej fand sie nichts davon wieder. Und als sie aus diesem Kuss auftauchte und Anzejs Lächeln sah, war alles neu. Dieses Mädchen, die sich von einem Fremden küssen ließ, kannte sie nicht mehr.

Sie fuhren nicht bis nach Tenar, sondern stahlen so viele Fische, wie sie mitnehmen konnten, aus den Fässern und sprangen kurz vor einer Kleinstadt im Niemandsland ab. Nieselregen empfing sie. Hier, nur einen halben Tag Zugfahrt von Maymaras Wärme entfernt, war kein sanfter, verspielter Herbst zu Hause, sondern einer, der bereits mit groben Händen die Blätter von den Bäumen rupfte und alles in fahle Farben hüllte.

Sie hatten Glück: Bei den Fischen handelte es sich um seltene Hornbrassen, deren Lebern für Liebeszauber verwendet wurden. Das Pulver, das daraus gewonnen wurde, kostete ein kleines Vermögen. Das Diebesgut war ein letzter Gruß aus Maymara, den Summer in der Vorstadt sofort zu Geld machte. Sie kaufte neue, wärmere Kleidung für beide. Anzej wunderte sich über die Schuhe und den schwarzen Hut, aber er vertraute sich ihr ohne zu fragen an. Im Schutz eines Hinterhofs zogen sie sich um, warfen die Lumpen aus Maymara weg und reisten sofort weiter – in stummer Übereinkunft, im Gleichtakt ihrer Schritte, wie Leute, die sich auf einen langen Weg begeben und beschlossen haben, ihn gemeinsam zu gehen.

*

Dieser Weg führte sie von der Eisenbahnlinie weg, nicht in die Berge, sondern nordwärts in eine schmucklose, verregnete Gegend, von der Summer annahm, sie würde sich am besten dazu eignen, ihre Spur zu verwischen. Die Regenwolken hingen über dem Niemandsland zwischen zwei verschlafenen Städtchen – zu weit fort von den Bergen und zu weit vom Meer entfernt, um viele Reisende anzulocken. Erst bei Anbruch der Nacht, als sie sich schon damit abgefunden hatten, in irgendeiner Scheune übernachten zu müssen, kamen sie nach endlos langem Fußmarsch völlig durchnässt in einem Dorf an. Die Leute waren ähnlich kühl wie das Wetter, aber keiner stellte Fragen, was ein städtisch gekleidetes Paar in dieser Gegend zu suchen hatte. Ein Gasthaus gab es nicht. Stattdessen deutete ein Mann, dessen mürrisches

Gesicht an eine Kartoffel erinnerte, auf ein Häuschen am Rand des Dorfes.

Es entpuppte sich als Bäckerei. Die Besitzerin studierte misstrauisch das Geld, das Summer ihr gab, und führte sie und Anzej dann eine schmale Stiege hinauf. Immerhin lag die Kammer direkt über den Backräumen und war warm, der Duft von Brot lag in der Luft. Staub rieselte von der Decke, als die durchgebogenen Holzbohlen unter ihren Schritten zu schwingen begannen. Ein riesiges Bett füllte den Raum beinahe von Wand zu Wand aus. Die Überdecke aus zusammengenähten Lederflicken erinnerte Summer an die Uniformweste der bewaffneten Frau, die ihr in Maymara zu Hilfe gekommen war. Unbehaglich zog sie die Schultern hoch.

»Da, Laken zum Abtrocknen und eine Kerze«, brummte die Bäckerin und drückte Summer das Bündel in die Hand. »Das Licht ist kaputt. Aber passt mit dem Feuer auf. Und tropft mir die Lederdecke nicht nass!«

Als sie die Tür zuschlug, standen sie im Dunkeln. Summer drückte die fadenscheinigen Laken an sich und trat zum hellen Rechteck des Fensters. Die Straße war leer, und dennoch kämpfte Summer gegen die Vorstellung an, dass *er* ihr gefolgt war und längst wusste, wo sie sich befand. Dass die Wände für ihn durchsichtig waren und er sie von draußen betrachtete.

»Unsinn. Hier ist es erst einmal sicher«, sagte sie laut zu sich selbst. *Zumindest heute*, setzte sie in Gedanken hinzu.

Lautlos trat Anzej an sie heran. Und auch diesmal zuckte sie nicht vor ihm zurück. Sein Atem streifte ihre linke Wange, während sie gemeinsam die sturmgepeitschten Bäume an der schlammigen Straße betrachteten. Ein zu langes Schweigen mit Finn oder mit anderen Menschen war stets unangenehm geworden.

Meistens war es der Anfang der Fragen gewesen. Aber Anzej hatte den ganzen Tag mit ihr geschwiegen und würde sie auch jetzt nicht fragen.

Nach einer Weile streckte er die Hand aus und deutete auf einen Haufen grob behauener Steine neben der Straße, die vielleicht einmal ein Pflaster werden sollten.

»Lim«, sagte er mit seltsam belegter Stimme. Dann seufzte er und entfernte sich. Dielen knarzten. Als Summer sich nach ihm umdrehte, war er bereits dabei, sich die nasse Kleidung vom Körper zu streifen. Im Dunkeln erahnte sie seinen Körper nur – ein fahler Glanz der hellen Haut. Er schien sich keine Gedanken darüber zu machen, dass sie sich immer noch fremd waren. Summer wurde rot. *Warum so schüchtern? Immerhin haben wir uns geküsst, oder nicht?*

»Hier«, sagte sie und zog eines der Laken aus dem Bündel. Er verstand und fing es auf. Auch ohne sein Gesicht zu sehen, spürte sie, dass er sich darüber amüsierte. Aber er fügte sich ihrem Wunsch und schlang sich das Leintuch um den Körper.

Später saßen sie beide in Laken gewickelt auf dem Bett, an dessen Pfosten ihre nassen Kleidungsstücke trockneten. Summer hatte die Vorhänge zugezogen und die Kerze entzündet – Gelegenheit für Anzej, sich maßlos über das Feuerzeug zu wundern. Das war der Moment, in dem ihr wieder klar wurde, dass sie rein gar nichts über ihn wusste. Nicht nur Wasserhähne und Feuerzeuge waren etwas Neues für ihn, auch Geld aus Papier, Schuhe, die man schnüren konnte, Fahrkarten und beleuchtete Schilder. Sie studierte sein Profil mit der geraden Nase, während er das Feuerzeug fasziniert in den Fingern drehte, es auf- und zuschnappen ließ. Im Schein der Flamme wirkte er noch mehr wie eine Statue. Beinahe beängstigend schön, makellos. Und dennoch umgab ihn etwas, das

Summer an Schatten und verlassene Keller denken ließ. Wenn sie ihn ansah, glaubte sie eine Unschärfe am Rand des Blickfeldes zu bemerken, genau dort, wo die Kontraste aufeinandertrafen. Ein Flirren, das sie blinzeln ließ. Im nächsten Moment war es wieder verschwunden. *Gespenster*, dachte sie. *Erst Raupen, dann das Flirren, vielleicht werde ich wirklich verrückt?*

Sie wusste, wie sehr sie es selbst hasste, ausgefragt zu werden, nun aber ertappte sie sich zum ersten Mal in ihrem Leben selbst dabei, dass sie ihre Neugier nicht mehr bezähmen konnte.

»Was bedeutet ›Lim‹ in deiner Sprache? Stein? Meintest du das vorhin?«

Anzej ließ das Feuerzeug sinken. Nach einer Weile nickte er. »Stein«, wiederholte er und tat so, als würde er einen unsichtbaren Brocken in der Hand wiegen und dann werfen.

»Habe ich dann gestern richtig geraten? Warst du tatsächlich in einem Steinbruch? In ...«, mühsam suchte sie nach den Namen, die sie aus Maymara kannte, »... Taklar, Kelling ... oder ...«, sie erinnerte sich daran, dass Ana ihr von einer Mine erzählt hatte, aus der die besten Rohkristalle für Ferngläser und Linsen stammten, »... Sinter?«

Er zuckte kaum merklich zusammen, Kummer huschte über sein Gesicht. Er zögerte lange, als würde er mit sich ringen, ob er ihr mehr über sich verraten sollte, doch schließlich seufzte er und nickte. »Sinter«, bestätigte er. *Deshalb diese Haut. Er hat unterirdisch gearbeitet. Wer weiß, wie lange schon?*

Eine ganze Weile starrte er gedankenverloren mit gerunzelter Stirn an Summer vorbei zum Fenster, dann fiel sein Blick auf die Überdecke aus Leder. Seine Finger hatten glatte Spuren auf der aufgerauten Struktur hinterlassen, die er nun wieder verwischte, um Platz für eine Zeichnung zu schaffen.

»Stein«, wiederholte er – und begann mit dem Zeigefinger zu zeichnen. Eine Skizze entstand auf dem Leder: Berge, Menschen mit Meißeln und Hämmern. Und ein Mann, der sich unter den Prügeln eines anderen duckte. Anzej hielt inne und kreuzte die Handgelenke.

Summer schluckte.

»Gefangener«, sagte sie. »Und woher kommst du? Wo bist du zu Hause?« Sie hoffte, er würde ihre fragende Geste verstehen.

»Gefangener«, wiederholte er. »Iz Toljan.«

»Toljan? Ist das eine Stadt oder ein Land?« Sie hasste sich dafür, dass sie so dumm klang und kaum mehr wusste als er. Städtenamen sagten ihr erst etwas, wenn sie dort gewesen war oder wenn andere von ihnen erzählten.

Anzej begann zu sprechen, seine Worte hallten in ihrem Kopf wider, und sie versuchte, sich einen Reim auf seine Zeichnungen zu machen: Türme an einer Küste, umgeben von einer Art Wall. Und offenbar war die Gegend karg und abgeschieden. Und dahinter Wellen. Ein Meer? Nun, das würde vielleicht erklären, warum er nichts von dem kannte, was für einen Stadtbewohner selbstverständlich war. Die nächste Zeichnung passte dazu: ein Mann, der gefesselt auf ein Schiff geführt wurde. Nach einer Weile bemerkte Summer kaum noch, dass sie Anzejs Worte nicht verstand. Vor ihren Augen erstand seine Geschichte. *»Ich wurde über das Meer nach Maymara gebracht. Vom Hafen aus musste ich zu Fuß gehen«*, erzählten seine Hände und die fremden Worte. *»Ich und viele andere. Wir wanderten in die Berge – einer an den anderen gekettet, damit wir nicht flohen. Und dort oben angekommen, mussten wir arbeiten. Sie bewachten uns gut, manche stürzten oder wurden von Steinen erschlagen, andere starben an Krankheiten. Es kamen neue. Und wieder neue.«*

Er schluckte und hielt inne. Summer widerstand dem Impuls, an ihn heranzurücken und ihn zu berühren. Mit einem Mal erschien er ihr wie brüchiges Glas: äußerlich unversehrt, aber im Licht betrachtet mit feinen Rissen an so vielen Stellen.

Wie ähnlich wir uns darin sind, dachte sie. Es machte sie trauriger, als sie sich eingestehen wollte.

Und dennoch war da immer noch ihre wachsame Stimme. Summer kreuzte die Handgelenke und tat so, als würde sie sich von Fesseln befreien. »Du … hast gar keine Fesselspuren.«

Anzej zeigte ein bitteres Lächeln. *»Wer gefesselt ist, stürzt zu leicht«*, war seine Antwort. Sie wusste nicht, ob sie diese Worte aus seinem Mund verstanden hatte oder ob sie nur die Zeichnung auf Anhieb begriff. *»Und um uns zu strafen, hatten sie andere Möglichkeiten.«*

Er hielt inne. Seine rechte Hand, die über dem Leder schwebte, zitterte leicht, dann wurde sie zu einer Faust. Summer zuckte zusammen und musste wegschauen.

Langsam, als müsste er seinen Mut zusammennehmen, drehte er sich von Summer weg und wandte ihr den Rücken zu. Dann holte er Luft und ließ das Laken über die Schultern ein Stück in Richtung Hüfte gleiten. Summer schlug die Hand vor den Mund. Auch wenn er ihr nichts erzählt hätte, nun hätte sie seine Geschichte erraten können, zumindest den schlimmsten Teil. Über seinen Rücken zog sich ein bizarres Muster, gebogene Zweige mit Blüten aus vernarbter Haut: verheilte Wunden. Die Striemen stammten von einer dünnen Peitsche. Mit einem Schaudern erinnerte sich Summer daran, dass sie diese Narben bereits gesehen hatte. Doch unter der Staubkruste hatte sie sie am Morgen ihrer ersten Begegnung mit Anzej für die Falten eines Kleidungsstücks gehalten.

»Sie werden dich suchen, nicht wahr? Und wenn sie dich finden …«

»Dann töten sie mich.« Diese Geste war unmissverständlich. Summer senkte den Kopf. Die Scham schmeckte bitter – Scham darüber, dass sie ihn heute Morgen noch ohne zu zögern den Polizisten ausgeliefert hätte, um sich selbst zu retten.

»Es tut mir leid«, flüsterte sie ihm zu. »Aber sie werden dich nicht bekommen. Niemand wird uns finden.«

Uns. Sie zuckte vor diesem Wort zusammen. Es klang wie ein Versprechen, ein Pakt zwischen zwei Menschen, die nichts zu verlieren und ein gemeinsames Ziel hatten: Flucht.

Die Kerzenflamme flackerte. Anzej schwieg, aber er wandte sich Summer zu, ohne das Laken wieder über die Schultern zu ziehen. Seine Brust trug keine Narben. Als hätte er Summer verstanden, nickte er.

»Nicht mehr schlimm«, bedeutete er ihr nach einer Weile mit einer nachlässigen Geste. Und dann überraschte er sie mit einem verschmitzten Lächeln. »Mala tai!«, forderte er sie auf und deutete auf ihr Laken. *»Jetzt ziehst du dich aus!«*

Summer klappte die Kinnlade nach unten. Als Anzej ihr verdutztes Gesicht sah, brach er in Gelächter aus.

»Träum weiter!«, sagte sie unwillig und zog ihr Laken enger um die Schultern. »Warum bist du überhaupt in die Mine gekommen? Wurdest du verschleppt? Hat deine Familie dich wegen Schulden verkauft? Oder bist du an einen Menschenhändler geraten?«

Diesmal hatte er sie genau verstanden, das sah sie ihm an. Er seufzte, dann zeichnete er ein paar Figuren. Eine Frau, zwei Männer. Und einige Pfeile. Summer brauchte einige Sekunden, bis sie verstand. »Du … hast die Frau eines anderen verführt?«

»Eine?«, fragte Anzej zurück. Mit ernstem Gesicht fächerte er alle zehn Finger vor ihr auf.

Für einen Moment war sie sprachlos. »Du nimmst mich auf den Arm! Und selbst wenn es stimmen würde – dafür wird man nicht in eine Mine geschickt. Sag mir gefälligst die Wahrheit!«

Anzej zuckte mit den Schultern und grinste. Dann gab er sich geschlagen. Er tat so, als schnappte er sich etwas, und steckte es ein.

Ein Dieb. Auf eine unbehagliche Art war Summer enttäuscht. Aber andererseits: Was hatte sie erwartet? Die tragische Geschichte eines Unschuldigen, der zu Unrecht bestraft worden war?

»Und was hast du gestohlen? Geld? Schmuck? Oder hast du … jemanden ausgeraubt?«

Das spöttische Funkeln verschwand aus seinen Augen. Etwas Seltsames geschah. Die eben noch fröhliche Stimmung verflog auf der Stelle. Die Dunkelheit schien sich um Anzej zu verdichten, als würde ein Schatten auf ihn fallen. Er wandte den Kopf und starrte zum Fenster, plötzlich hundert Meilen weit weg von ihr, umgeben von einer Mauer, die keinen Blick in sein Inneres zuließ. Selbst wenn Summer vorgehabt hätte, ihn zu berühren – nun hätte sie es nicht gewagt. Sein Blick hatte plötzlich eine Härte, die alles Weiche aus seiner Miene vertrieb. Und das Geheimnis, das Anzej ihr nicht verraten würde, lag zwischen ihnen wie ein schlafender Hund, den man besser nicht weckte. Sie bekam eine Ahnung davon, wie Finn sich gefühlt haben musste, wenn er versuchte, ihre Geheimnisse zu ergründen. *Jeder hat seine Geschichte*, dachte sie. *Und vielleicht ist seine ähnlich beängstigend wie meine?*

Sie erinnerte sich an das Messer an ihrer Kehle und fröstelte. Plötzlich sehnte sie sich nach Anzejs Lächeln, nach der Unbeschwertheit, die sie eben noch verbunden hatte.

»Na gut, dann bist du also ein Dieb«, sagte sie.

Anzejs Lächeln flammte wieder auf. Er schnalzte verächtlich mit der Zunge und umriss mit zwei flinken Strichen die Kontur eines Fisches auf dem Leder. Dann deutete er auf Summer.

»Du doch auch!«, sagte die Geste. »Summer ist ein Dieb«, fügte er klar und deutlich hinzu – wenn auch mit diesem Akzent, den sie nicht einordnen konnte.

Sie war so überrumpelt, dass sie sich nicht wehrte, als er sie sacht an sich zog. Vergeblich suchte sie auch diesmal nach der Furcht vor diesem dunklen, lange vergangenen Kuss. Doch das hier war nur Anzej. Ein Teil dieses neuen »Wir«, das ihr bereits vertraut war. Jetzt konnte sie sich ein Lächeln doch nicht verkneifen. Nun, zumindest etwas hatte er über sich verraten: Er war überhaupt nicht so hilflos, wie sie sich einredete. *Eine Lügnerin und ein Dieb,* dachte sie. *Beide auf der Flucht vor etwas Unaussprechlichem.*

»Du lernst wirklich erstaunlich schnell«, sagte sie.

Behutsam schlang sie die Arme um Anzejs Hals, darauf bedacht, seine Narben nicht zu berühren. Diesmal war sie es, die ihn küsste. *Vielleicht ist es richtig so – nur wir beide und unsere Geheimnisse.* Noch im Kuss musste sie lächeln.

Dieses Mädchen, das einen Fremden küsste, als wäre es das Selbstverständlichste der Welt, kannte sie immer noch nicht. Aber diesen Körper, der sich dabei an etwas anderes zu erinnern schien – an lang vergangene Liebesnächte und Leidenschaft, an die ihr Kopf keine Erinnerungen hatte, kannte sie noch viel weniger. Nur etwas irritierte sie noch mehr: Wie ein ungebetener Gast trieb eine Melodie durch ihre Gedanken. Sie hatte sie schon einmal erahnt, doch jetzt erst hörte sie sie deutlich, und mit ihr Worte, die sich zur ersten Strophe eines Liedes formten. Summers Herz schlug schneller, doch dann zog Anzej sie dichter an sich, und auch dieser Schatten verschwand.

*

In dieser Nacht blieb *er* ihr fern, dafür *sah sie Mort weinen. In den Trümmern seines Theaters wanderte er umher wie ein Geist, halb durchsichtig, ohne Hoffnung und Zukunft. Es schnitt ihr ins Herz, den alten Direktor so verzweifelt zu sehen.* Es ist meine Schuld!, *dachte sie niedergeschlagen. Charisse und Finn versuchten ihn zu trösten, und als Summer zu ihnen trat, sahen sie durch sie hindurch, ohne sie wahrzunehmen. Nur Ana, die eine Maske aus Metall trug, die ihr ganzes Gesicht verdeckte, kam auf sie zu, umarmte sie und tanzte mit ihr zusammen durch den Rauch, über die verkohlte Bühne, die unter ihren Schritten zu Asche zerfiel.*

»Tanze, Summer«, raunte Ana ihr zu. »Du hast Lady Tod eingeladen. Jetzt wartet sie darauf, dich in die Arme zu schließen.« Summer wollte aufschreien, aber Ana wirbelte sie unbarmherzig herum. Asche stob in großen Flocken auf und wurde zu Schnee, sobald sie Summers Haut berührte. Ihre Füße waren wie Eis, und die Kälte lähmte sie bei jedem Schritt mehr. Währenddessen tanzte Ana mit ihr weiter wie mit einer hölzernen Puppe – und sang mit einer Stimme, die trotz der strengen Eisenmaske klar und fröhlich klang:

Ich und du im Kartenhaus,
kann keiner hinein, kann keiner hinaus,
hier lachen wir beide im Auge der Nacht,
im Bett, das die Herzdame uns gemacht.
Die Ewigkeit schmeckt nach Lack und Papier,

doch du und ich, wir lieben uns hier.
Ein Niesen nur und das Kartenhaus bricht.
Küsse sind ewig – die Liebe nicht.
Neu misch ich die Karten und teile sie aus,
und denke an uns im Kartenhaus.

Es war ein lustiges Lied, und mit jeder Faser wusste sie, dass sie es oft gesungen hatte, lachend und voller Übermut. Doch nun stimmte es sie so traurig, dass sie zu weinen begann.

Sie erwachte mit rasendem Herzen, trauernd um das Theater und voller Sorge um Mort, Finn und die Truppe. Die Tränen hinterließen erstaunlich kühle Spuren auf ihrem Gesicht.

Sie war noch im Halbschlaf, obwohl sie die Kammer wahrnahm und Anzejs Herzschlag hörte, weil ihr Kopf an seiner Schulter lag. Dort, wo sich ihre Hand um die Wölbung von Anzejs Schulter schloss, fühlte sie unter ihren Fingerspitzen den letzten Ausläufer einer langen, dünnen Narbe. Das Seltsame war, dass allein schon der Gedanke an die Misshandlung ein Echo auf ihrer eigenen Haut hervorzurufen schien. Als trüge sie selbst die Wunden, verspürte sie die Ahnung eines Brennens auf ihrem Rücken, eiskalt und heiß zugleich. In ihrer Nase fing sich der Geruch von Eisen. Und eine Verschiebung in der schattigen Dunkelheit über ihr ließ sie genauer hinsehen. Jetzt wurde ihr klar, dass sie noch nicht wach sein konnte:

Über ihr wallte ein Traumbild, das sie bisher noch nie gesehen hatte und das sie im ersten Moment eher faszinierte als erschreckte: eine Frau in Schwarz. Sie schwebte direkt über dem Bett, als würde sie auf der Luft liegen, nur eine Umarmung entfernt. Dichte kupferfarbene Locken verdeckten ihr Gesicht, schwarze Taftseide umwehte sie. Summer bildete sich ein, den Luftzug zu spüren, und fröstelte. Lady Tod?, *dachte sie.* Hat Ana das gemeint? Ist mir der Blutmann schon so nahe? *Ein Fenster klapperte und ein Windstoß wehte das Haar aus dem Gesicht der Erscheinung, als sei es ein Theatervorhang. Summer hätte vor Schreck aufschreien müssen, aber sie lag nur mit einem kalten Erstaunen reglos da und blickte in die schattigen Augenhöhlen eines Totenschädels. »Du weißt, ich töte dich, wenn du versagst«, raunte die Gestalt.*

Im nächsten Augenblick verwehte das Traumbild, zum Abschied spürte Summer nur einen scharfen Kuss auf der Stirn, eisig und hart wie die Berührung einer Doppelklinge. Anzej stöhnte im Schlaf so qualvoll auf, als hätte auch er den Kuss des Todes gespürt.

Summer rang nach Luft und fuhr hoch. Das Zimmer war leer. Doch erst als ein Windstoß ihr wie eine Knochenhand durch das Haar strich, erkannte sie, dass sie zumindest den Wind nicht geträumt hatte. Das Fenster stand weit offen, die Vorhänge bauschten sich.

»Anzej!« Sie rüttelte ihn an den Schultern, bis er schlaftrunken hochfuhr. »Hast du das Fenster geöffnet?«

»Nein«, antwortete er zu Summers Erstaunen in ihrer Sprache. Er wollte noch etwas sagen, doch Summer legte ihm warnend die Fingerspitzen auf die Lippen und lauschte.

Regen patschte draußen in den schlammigen Pfützen. Er hatte etwas Regelmäßiges, aber dazwischen – in der Ferne – störte ein anderer Takt diesen prasselnden Gleichklang. Summer horchte noch atemloser. Dieses Geräusch hatte sie erst einmal in ihrem Leben gehört, als sie Morts Tigerstute auf der Bühne zu nahe gekommen war. Das Tier hatte gescheut und einige polternde Sätze in Richtung Tür gemacht. Das, was sie hörte, war Galoppschlag. Der Klang einer anderen Zeit. Natürlich musste es nichts bedeuten. Hier im Niemandsland gab es möglicherweise noch Pferde, vielleicht war es für Reisende die beste Möglichkeit, vorwärtszukommen. Und dennoch schwangen Eisen und der Geschmack von bitterem Schnee in diesem Hufschlag mit.

Sie glitt aus dem Bett, schnappte sich in der Dunkelheit die Kleider von den Pfosten und begann sich anzuziehen. »Wir müssen weiter«, flüsterte sie Anzej zu.

Falls er sich fragte, ob sie nun endgültig verrückt geworden war, verbarg er es gut. Er suchte wortlos seine Kleider zusammen und zog sich rasch an, während sie in fliegender Hast das Feuerzeug und die Kerze einsteckte und zur Tür stürzte. Nur um festzustellen, dass sie von außen verschlossen war.

»Verdammt! Diese Hexe hat uns eingesperrt!«

Als sie ein Platschen hörte, fuhr sie erschrocken zum Fenster herum, gerade noch rechtzeitig, um zu sehen, wie Anzej sich einfach auf das Fensterbrett schwang – und sprang! Bevor sie Zeit hatte, Angst um ihn zu haben, erklang schon ein weiteres, lauteres Platschen, als er ein Stockwerk tiefer in der schlammigen Pfütze landete. Summer stürzte zum Fenster. Unter ihr hob Anzej gerade die Tasche und seinen Beutel, die er vorausgeworfen hatte, vom Boden auf und hängte sie sich um.

»Spring!«, kam es flüsternd von unten.

Er breitete die Arme aus, eine schattige Gestalt, bereit, sie aufzufangen – ohne Fragen und ohne Rücksicht darauf, ob er sich dabei die Knochen brechen würde.

Sie wusste nicht, warum ihr in diesem Moment die Tränen in die Augen stiegen. Oder vielleicht wusste sie es doch. Anzej war hier, er scherte sich nicht um Erklärungen und Zweifel, und sie wusste plötzlich, dass er sie niemals im Stich lassen würde. Und obwohl sich alles in ihr zusammenkrampfte und gegen den Sprung sträubte, kletterte sie aufs Fensterbrett, schwang die Beine nach draußen und ließ sich fallen.

Der Boden war weich, dennoch erschütterte der Aufprall sie beide bis in den letzten Knochen. Schlamm spritzte hoch und traf ihre Lippe, Geschmack von Erde und Pfützenwasser. Dann hatten sie sich wieder aufgerappelt und liefen durch die Ahnung des ersten Zwielichts durch nasses Gras. Sie sahen sich nicht um, bis sie eine Gruppe von Sträuchern erreicht hatten, die ihnen Deckung gab. Der Galoppschlag war nun deutlicher, und wenn Summer durch die Zweige spähte und die Augen zusammenkniff, erkannte sie tatsächlich die Silhouette eines Reiters – im Westen, wo er die Nacht noch im Rücken hatte. Es stimmte also. *Er* folgte ihr.

»Wenn wir jetzt losrennen, sieht er uns«, flüsterte sie Anzej zu. »Wir warten, bis er im Dorf ist, dann laufen wir.«

Anzejs Gesicht war grau und so angespannt, als hätte er ebenso schlimm geträumt wie sie. Ihre Blicke begegneten sich. Summer hatte am ganzen Körper Gänsehaut, und auch das Kribbeln summte immer noch zwischen ihren Schulterblättern, dieser Echoschmerz aus dem Traum, der nicht verschwinden wollte. Anzej legte ihr beruhigend die Hand auf den Unterarm. Er stellte ihr keine Fragen, aber Summer wusste, dass sie ihm diesmal tatsächlich eine Antwort schuldete.

»Du hältst mich bestimmt für verrückt, und du hast recht«, flüsterte sie ihm zu. »Ich … habe auch ein Geheimnis.« Sie schluckte, dann hob sie ein Stöckchen auf und kratzte hastig eine Zeichnung in die kahle, schlammige Stelle neben dem Gebüsch. »Das …«, sie deutete auf die grobe Zeichnung der gefesselten, knienden Gestalt, »… bin ich. Und das …«, das Stöckchen zitterte leicht, als sie den Mann skizzierte und das Schwert, das er hoch erhoben über der kauernden, todgeweihten Gestalt hielt, »… ist *er*.«

Mit einem fragenden Kinnrucken zeigte Anzej in Richtung des Reiters, und Summer nickte heftig. »Ich glaube, er ist es«, wisperte sie. »Lady Tod hat mich gewarnt. Bis gestern hielt ich ihn noch für ein Gespenst. In meinen Träumen trägt er ein Schwert wie ein Krieger aus einer längst vergangenen Zeit. Aber in Wirklichkeit hat er ein Messer. Er hat mich auch am Bahnhof gesucht. Er will mich töten. Ich weiß nur nicht, warum.«

Selbst im Halbdunkel konnte sie erkennen, dass Anzej noch blasser geworden war. Der Hufschlag war nun lauter, sie hörten sogar das Schnauben des Pferdes. Atemlos und geduckt lauschten sie. Der Wind trug ihnen die Geräusche zu. Der Galopp wurde zu Trab und der Trab hörte bald darauf auf. Dann sprang der Reiter vom Pferd. Schritte knirschten, dann hämmerte eine Faust mit aller Kraft gegen eine Tür.

»Jetzt ist er hinter dem Haus und sieht uns nicht!«, zischte Summer Anzej zu. »Los! In Richtung Wald!« Sie wollte hochschnellen, aber Anzej packte ihr Handgelenk und hielt sie zurück.

»Nein. Dorthin!«

»Nach Norden? Bist du verrückt? Dazu müssen wir zurück und an den Häusern vorbei!«

»Lanmah!«, gab Anzej unbarmherzig zurück. »Los!«

Sie versuchte sich ihm zu entwinden, doch er ließ sie nicht los.

Die Faust hämmerte noch einmal gegen die Tür, dann rumpelte es und eine Frauenstimme begann zu zetern. Fenster und Türen klappten, andere Stimmen mischten sich ein, offenbar hatte der Reiter das halbe Dorf aufgeweckt.

»Keine Zeit!«, fuhr Anzej sie an. »Los!«

»Verdammt noch mal, nein! Willst du, dass wir ins Messer laufen?« Anzej fluchte in seiner fremden Sprache, das Funkeln in seinen Augen verriet Wut und Ungeduld. »Jaljnara tolu kaaa!«, stieß er hervor. Und diesmal ließ sein Tonfall keinen Zweifel daran, dass er eher Schlamm schlucken als Summer nach Osten laufen lassen würde.

Er schnellte los und überrumpelte sie, indem er sie einfach mit sich zog. Er war stark, viel stärker als sie. Sie stolperte und fluchte im Stillen, doch dann waren sie schon auf der Wiese und es blieb ihr nichts weiter übrig, als die Flucht nach vorn anzutreten. Gemeinsam sprangen sie über einen Pfützengraben und huschten geduckt weiter, im Bogen um die Häuser herum. Inzwischen brannte in mehreren Fenstern Licht. Und als Summer aus den Augenwinkeln einen Blick zum Dorf warf, sah sie ein schaumbedecktes dunkles Pferd, das mit hängenden Zügeln im Regen stand. Irgendwo hinter dem Haus, nur wenige Meter entfernt… musste *er* sein. Summer duckte sich noch tiefer und bemühte sich, lautlos zu schleichen.

Sie hatten Glück: Niemand kam hinter dem Haus hervor, nur das Pferd blickte beunruhigt zu ihnen herüber, als sie gefährlich nah am Haus vorbeihuschten, im Sichtschutz eines Lattenzauns weiterrannten und das Dorf endlich hinter sich ließen.

Hier wurde das Gelände schnell steiniger und lud zum Stolpern ein. Das Gras wich Buschwerk und kleineren Gruppen von Bäumen. Erst als Summer schon Seitenstechen hatte und nach Luft rang, verschnauften sie kurz im Sichtschutz einiger Erdhügel und Felsbrocken. Endlich ließ Anzej sie los. Er keuchte ebenfalls vom schnellen Lauf, doch er war ganz und gar Konzentration. Vorsichtig spähte er zum Dorf hinüber. Mit einem flauen Gefühl betrachtete Summer ihn von der Seite. *Ist er dumm oder sehr schlau?*, fragte sie sich und rieb sich das Handgelenk. Das seltsame Kribbeln an ihrem Rücken, das die Berührung von Anzejs Narben hervorgerufen hatte, war verschwunden.

»Wir müssen weiter«, wisperte sie Anzej zu.

Doch er winkte nur ab und verharrte. Vielleicht lag es am Wind, dass die Stimmen sich immer mehr zu entfernen schienen? Nein, sie wurden tatsächlich leiser. Die Leute gingen nach Osten – genau in die Richtung, in die Summer gelaufen wäre.

»Sie … jelankaj … suchen uns«, flüsterte ihr Anzej zu und schenkte ihr ein triumphierendes Lächeln. »Nicht hier. Dort!«

»Na schön, Glück gehabt«, wisperte sie ihm zu. »Und was jetzt? Wo sollen wir hin?«

Im Dämmerlicht des nahenden Morgens glänzten seine Augen dunkel. Seine Anspannung kehrte zurück, als er nachdachte. Er kaute auf seiner Unterlippe. Offenbar traf er gerade eine Entscheidung, die ihm ganz und gar nicht leichtfiel. Schließlich seufzte er und nickte, als wären die Stimmen, die sich in ihm stritten, widerwillig zu einer Einigung gekommen.

»Toljan«, antwortete er entschlossen.

»Dort, wo du herkommst?«

Anzej legte warnend den Zeigefinger an die Lippen und Summer senkte sofort wieder die Stimme. »Ist das dein Ernst?« Sie kreuzte die Handgelenke. »Dort, wo sie dich gefangen genommen haben, dorthin willst du zurück? Mit mir?«

Er nickte ernst und suchte so lange nach den richtigen Worten, dass Summer ihn am liebsten geschüttelt hätte.

»Wir sind sicher … dort«, antwortete er schließlich. »Du und ich. Wir.«

Wir. Summer schluckte. An seinem Blick erkannte sie, wie ernst es ihm war. Er nickte noch einmal und streckte ihr die Hand hin. Diesmal war diese Geste keine Bitte. Es war ein Versprechen.

das Gegenteil von Einsamkeit

Es gab kaum einen Tag auf dieser Flucht, an dem Summer nicht glaubte, *ihn* irgendwo entdeckt zu haben.

Und selten hielt sie es länger als ein paar Stunden am selben Ort aus. Als das Geld zur Neige ging, verkaufte sie ihr abgeschnittenes Haar an einen Friseur und tauschte ihre Kleider wieder einmal gegen eine neue Verkleidung ein. So reisten sie im Wechsel als Landstreicher, als Kaufleute oder Scherenschleifer, mal als Geschwister, mal als Liebespaar oder als Geschäftspartner. Von Ort zu Ort verwandelten sie sich wie Schlangen, die ihre Häute abstreiften.

Anzej kannte die Namen der Städte und Dörfer ebenso wenig wie sie, aber instinktiv wie ein Zugvogel fand er den Weg in Richtung Norden, dem Meer entgegen. Summer kannte Anzej inzwischen bereits als Fliehenden, als Verbündeten und Freund. Nun lernte sie eine weitere Seite an ihm kennen: Seine Stimmungen wechselten manchmal so schnell wie das Wetter. Er konnte launisch sein und seine Ungeduld ließ auch Summer kaum zur Ruhe kommen. Dann gab es wieder Stunden, in denen er düster und unnahbar wirkte. An solchen Tagen stritten sie sich über Nichtigkeiten. Sie drohte ihm damit, alleine weiterzuziehen, und er konterte mit einem spöttischen Lachen, das Summer zum Fluchen brachte.

Nachts aber hielten sie sich so behutsam umfangen, als seien sie aus Glas und könnten in den Armen des anderen zerbrechen. Anzej drängte sie niemals zu mehr als einem Kuss, und sie spürte der Sehnsucht nach, ihn ganz zu umarmen. Doch obwohl sie sich mit jeder Faser ihres Körpers danach sehnte, wagte sie niemals, über diese Grenze hinauszugehen. Warum, konnte sie selbst nicht sagen – und Anzej, der ihr ohnehin niemals Fragen stellte, nahm es einfach hin.

Während der geflüsterten Unterhaltungen in der Nacht versuchte Summer, Wörter und Sätze seiner Sprache zu lernen, doch aus irgendeinem Grund war es ihr unmöglich, sie zu behalten, ganz so, als läge ein Schleier über ihren Gedanken. Anzej dagegen lernte ihre Sprache so schnell, dass es unheimlich war, aber niemals verwendete er sie dazu, um ihr Dinge zu entreißen. Auch das war eine neue Erfahrung, die sie staunend zur Kenntnis nahm: Mit Anzej zu reden, war niemals ein Tauschgeschäft.

Die fremden Lippen aus den nebelhaften Räumen ihrer Vergangenheit blieben verschwunden – ebenso wie der Blutmann, der ihre Träume verlassen hatte, um sie stattdessen in der realen Welt zu verfolgen. An seine Stelle traten schattenhafte Erinnerungen: Gesichter, die ihr bekannt vorkamen, Lieder, die sie erkannte – und immer wieder die Todesfrau als neues Gespenst ihrer Nächte.

»Lady Tod ist bei mir«, murmelte sie Anzej nach einem dieser Träume zu. »Es ist, als hätte sie *seinen* Platz in meinen Träumen eingenommen. Sie wartet auf mich in einer goldenen Barke. Irgendein Mädchen nenne ich Beljén – und einen Mann Indigo. Ein seltsamer Name, oder? Aber da sind auch … andere. Sie sind wütend auf mich und sie tragen lange Mäntel. Ich kann Staub riechen – und Asche.«

Anzej spürte ihre Gänsehaut und zog sie an sich. »Denk nicht daran!« Zärtlich streifte er mit den Lippen über ihre Augenlider – und seltsamerweise verblassten die beängstigenden Bilder, verloren an Farbe und Wirklichkeit. »Es zählt nicht, was war«, fuhr Anzej fort. »Es zählt nur, was sein wird. Und bald sind wir in Toljan.«

In jeder anderen Nacht hätte Summer sich bereitwillig in die Sicherheit des Vergessens geflüchtet, das Anzejs Gegenwart ihr schenkte, aber diesmal widerstrebte es ihr, die eben gefundenen Bilder wieder zu verlieren.

»Du willst vielleicht vergessen, aber ich will mich erinnern!«, erwiderte sie unwillig. »Mir geht auch ein Lied nicht aus dem Kopf. Vielleicht kennst du es? Es reimt sich nicht, vielleicht ist es gar kein Lied, sondern ein Gedicht. Jedenfalls … Ich höre es im Schlaf. Hör zu!« Es war seltsam, das Lampenfieber an diesem Ort zu spüren, sie musste sich räuspern, bevor sie sich traute, das Liedgedicht zu singen. Leise, mit zitternder Stimme und klopfendem Herzen begann sie:

Kalter Atemhauch
der Realität
löscht
die Illusion –
ewiglich
glimmt unsichtbar
unter der Asche
der Traum.

Sommerblätter
abendschwarz
trinken
Gedanken –
in ihren Venen kreisend,
mein wahres Sein.

Die schmelzende Melodie schien in der Luft nachzuzittern. Summer musste lächeln, doch sie wusste nicht, warum.

»Die Worte klingen zwar traurig, aber trotzdem will ich lachen, wenn ich sie höre. Kennst du das Lied?«

»Es klingt hübsch. Aber nein, ich kenne es nicht«, antwortete Anzej mit einem Gähnen. »Was kein Wunder ist. Ich kenne kein Lied.«

»Überhaupt keines?«

Er schüttelte den Kopf. Sein Haar streifte über ihren Hals und kitzelte sie. »In Toljan brauchen die Menschen keine Lieder«, erwiderte er mit einem Lächeln. »Dort singen nur Wölfe. Für uns sind die Lieder … wie heißt das Wort? … nutzlos.«

»Nutzlos?« Wieder einmal stellte Summer fest, dass er sie immer noch überraschte. In Augenblicken wie diesen wusste sie nicht, ob sie entsetzt sein oder lachen sollte. »Wie kann ein Lied denn nutzlos sein?«

»Es setzt dir nur Bilder in den Kopf. Dann lachst du über erfundene Geschichten. Oder du klatschst sinnlos im Takt wie ein Idiot. Das nützt dir alles nichts, wenn du kein Abendessen hast oder nicht weißt, wo du schlafen sollst. Vieles, was die Städter mögen, ist nutzlos in Toljan. Küsse zum Beispiel. Oder Wein, Tanz. Das führt nur zu Liebeskummer, einem schweren Kopf und schmerzenden Füßen.«

»Küsse auch? Dann bin ich nicht so sicher, ob ich dorthin will.«

»Oh, doch«, erwiderte Anzej eine Spur zu ernsthaft. »Du wirst es schön finden. Wir tragen alle Masken und scheren uns das Haar, um völlig gleich auszusehen. Wir verschwenden die Zeit nicht mit Angst oder Zweifel. Das Leben ist ruhig und Träumen ist verboten. Wir haben sogar Wächter, die nur dafür da sind, Albträume von den Türen fernzuhalten. Und morgens kehren wir die erdolchten Träume mit schwarzen Besen von den Schwellen.«

Heute stritt sie nicht mit ihm um die Wahrheit. Viel zu einfach war es, mit Anzej zu lachen, und ebenso einfach, die Angst zu vergessen. Nur die Melodien ihres Liedes wollten sich nicht verscheuchen lassen.

»Das Lied geht mir nicht mehr aus dem Kopf. Es klingt nach einem Verlust – und irgendwie nach mir. *Mein wahres Sein* ... Vielleicht habe ich das Lied geschrieben? Vielleicht war ich Sängerin? Oder ich war in einen Sänger verliebt?«

Anzej lachte. »Du *bist* verliebt«, antwortete er mit der spöttischen Stimme. »In mich.«

Das war der Moment, in dem die Fröhlichkeit ihr mit einem Wimpernschlag abhanden kam. Sie richtete sich auf und schüttelte den Kopf. »Sei nicht so arrogant, Anzej«, sagte sie verärgert. »Wen ich liebe, entscheide immer noch ich.«

»Ach komm, Summer! Gib es zu, ich bin ein guter Dieb. Ich habe dein Herz gestohlen. Und du hast es nicht einmal gemerkt.«

»Woher willst du das wissen? Nur weil wir uns geküsst haben? Bilde dir nur nicht zu viel darauf ein!«

»Ich weiß es einfach«, antwortete er schlicht. »Und außerdem verrätst du dich jede Nacht. Du suchst nach meiner Hand, wenn du schlecht träumst.«

Seine Stimme hatte einen sanften Klang angenommen, dem Summer sich nicht entziehen konnte. Sie wollte widersprechen, doch eine plötzliche Unsicherheit ließ sie zögern. *Was, wenn er recht hat? Was, wenn ich überhaupt nicht weiß, dass ich mich in ihn verliebt habe, weil ich gar nicht weiß, wie Liebe sich anfühlt?*

Anzej setzte sich auf, sodass sie einander direkt in die Augen sehen konnten. Natürlich gefiel er ihr. Alles an ihm war ihr vertraut, und allein die Vorstellung, von ihm getrennt zu sein, versetzte ihr einen Stich.

»Küss mich, Summer!«, bat er sie. Als ihre Lippen seinen Mund berührten, schloss sie die Augen. Anzej zu küssen, war wie in einem warmen See zu versinken. Sie hätte Angst haben müssen, zu ertrinken, doch das Wasser schmeckte nach Luft und Honig und hüllte sie in einen Kokon von Wärme und Geborgenheit.

Vielleicht ist das ja tatsächlich Verliebtheit?, dachte sie. *Das Gegenteil von Einsamkeit. Ohne den Ballast von Erklärungen und Schwüren.*

Und während sie sich noch tiefer in den Kuss hineinfallen ließ, strich sie mit der Hand über Anzejs Schulter, seine Rippen und fuhr den Schwung des Schlüsselbeins mit den Fingerspitzen nach. Wie immer war es, als würde die Berührung ein Echo auf ihrer eigenen Haut hervorrufen, ein angenehmer Schauer, der sie tiefer in dieses Dickicht aus Empfindung und Nähe lockte.

Und dennoch – irgendwo, tief vergraben in ihrer Brust – pochte eine leere Stelle. Etwas, das gefangen war und sich flatternd zu befreien suchte. Ihre Finger, ihre Hände und ihre Haut erinnerten sich an eine andere Form der Schultern, an Muskeln, die auf andere Art dem Druck ihrer Fingerspitzen nachgaben und ein anderes Echo wachriefen. Und an eine Haut, die rauer war, dunkler und nicht den flüchtigen Hauch von Wind und Goldstaub trug, sondern einen würzigeren Duft – vielleicht Zedernrauch?

*

Den Namen der Stadt, die sie an einem windigen Oktobertag erreichten, erfuhr Summer erst, als sie ein schmales Zolltor auf einer felsigen Anhöhe durchschritten: Anakand. Steile Treppen führten durch eine bizarre Landschaft heller Kreidefelsen zu einer Landzunge, auf der die Stadt ins Meer hineinragte. Schmucklos lag sie da, bewehrt mit einem Zahnkranz von Piers, an denen Boote und Schiffe vor Anker lagen. Dieses Meer glich nicht im Entferntesten dem glatten Spiegel in Maymaras Hafen. Es war wogendes Grau mit Zähnen aus weißen Wellenkronen, die grimmig in die Landzunge bissen. Im Schein einer blutleeren Abendsonne gleißten die Häuser im selben kalten Grauweiß wie die Klippen. An Felsen und Hauswänden brach sich das Motorengeräusch der kleineren Boote. Summer staunte über die vielen Reisenden, die die Stadt betreten wollten und sich nun vor dem kleinen Zolltor sammelten. Sie wurde unruhig, als sie sich ihnen näherten, aber Anzej zog sie entschlossen weiter. Ihre leichtere Städterkleidung hatten sie an ihrer letzten Station gegen dunkelblaue Mäntel mit Regenkapuzen eingetauscht. Zerschlissene Hosen aus demselben festen Stoff steckten in eng geschnürten Stiefeln, die Summer für wenig Geld erstanden hatte.

»Seeleute?«, fragte der Zollbeamte.

»Reisende«, antwortete sie. Diesmal ließ sie es zu, dass der Zöllner die Tasche durchsuchte. Viel war nicht mehr darin und auch in Anzejs Beutel fand er offenbar nichts, was seiner Beachtung wert war. Schließlich winkte er sie beide missmutig durch. Offenbar verdienten Leute, die nichts zu verzollen hatten, keine Höflichkeit. »Beeilung!«, raunzte er sie an.

Anzej zog seine Regenkapuze tiefer ins Gesicht, dann reihten sie sich in die Schlange der Leute ein, die das Tor passierten und hintereinander die Stufen zur Stadt hinunterstiegen. Ein Händedruck von Anzej erinnerte Summer daran, nicht zu auffällig in fremden Gesichtern zu forschen.

Die in die Kreidefelsen geschlagene Treppe war so steil, dass vielen Reisenden schwindelig wurde. An das zu niedrige Eisengeländer gelehnt, blieben sie stehen und schnappten bleich und verschwitzt nach Luft, während sich die Nachrückenden fluchend an ihnen vorbeischoben. Nur mit Unbehagen ertrug Summer die Nähe der fremden Menschen und beeilte sich umso mehr. Wind pfiff mit hohlen Seufzern um die Klippen. Der Duft von gischtgetränktem Regen lag in der Luft. Völlig außer Atem kamen Anzej und sie mit schmerzenden Muskeln und weichen Knien in der Stadt an. Hier zerstreuten sich die Reisenden schnell, wurden von Gassen und Straßenecken verschluckt.

Strebte Maymara mit ihren Hochhäusern in den Himmel, glich diese Stadt einer Ansammlung gedrungener Quader, die sich auf der Landzunge vor dem Wind duckten. Die Dächer waren flach, kaum ein Gebäude hatte mehr als zwei Stockwerke. Nur auf der Spitze der Landzunge erhob sich ein hoher, schlanker Leuchtturm, dessen Licht in der beginnenden Dämmerung einem Wetterleuchten vor dem Sturm glich. Ein Windstoß riss Anzej die Kapuze vom Kopf und verwirbelte sein Haar – ein warmer Glanz von Gold vor all dem Grau.

»Wohin jetzt?«, fragte Summer, die Frage, die ihr inzwischen so selbstverständlich war wie das Atmen. Anzej lächelte ihr strahlend zu und deutete zum Leuchtturm.

»Auf ein Schiff in Richtung Norden. Toljan liegt auf der anderen Seite des Graumeers.«

Summer zog ihren Mantel enger um die Schultern. *Du hast es doch gewusst. Er hat ein Schiff gezeichnet, und du weißt, wo das Nordland liegt. Also warum fürchtest du dich jetzt vor dem Meer wie ein kleines Kind?*

»Stimmt etwas nicht?«, fragte Anzej. »Ich hatte dir doch gesagt, dass wir übers Meer müssen.«

»Ich weiß. Aber es ist nur … ich mag es nicht. Ich sehe es mir gerne an, aber die Vorstellung, auf ein Schiff zu gehen … Außerdem kann ich nicht schwimmen.« *Woher weiß ich das? Ich habe es noch nie probiert.*

»Glaubst du etwa, ich?«, erwiderte Anzej leichthin. »Aber es ist der einzige Weg nach Toljan und die Überfahrt dauert nur zwei Tage. Ich denke allerdings nicht, dass die Schiffe hier auch nachts ablegen. Also suchen wir uns ohnehin erst einmal eine Unterkunft.«

Was ein vergebliches Unterfangen war. Sie klopften an unzählige Türen, aber offenbar war jeder einzelne Platz in dieser Stadt bereits vergeben.

»Fragt mal direkt am Hafen nach«, bekamen sie schließlich spät in der Nacht von einer Wirtin zu hören. »Da gibt es in den Netzlagern provisorische Schlafplätze für die verkauften Seelen.«

»Verkaufte Seelen?«, fragte Summer.

Dic Frau sah sie schief an und verschränkte die Arme. »Na, ihr gehört doch auch zu denen, oder? Die Stadt ist seit einer Woche voll von ihnen – weit und breit findet sich kein freies Bett mehr. Na ja, gewöhnt euch schon mal daran, im Nordland werdet ihr ja auch nicht auf Daunen schlafen.«

Mit diesen Worten schlug sie ihnen die Tür vor der Nase zu.

»Weißt du, wovon sie redet?«, fragte Summer.

»Offenbar sind wir nicht die Einzigen, die über das Meer wollen«, meinte Anzej nur.

Es war schon nach Mitternacht, als sie ganz am Rand der Stadt eine winzige Kneipe fanden, die halb in einen Felsen versenkt war. Durch verrußte Scheiben fiel Geisterlicht auf die schmale Gasse. Doch auch im Inneren der Kaschemme war das Licht nicht viel heller. In den niedrigen und erstaunlich verwinkelten Räumen roch es nach Keller, Fischsuppe und nasser Kleidung. Die meisten Tische waren leer, nur an einem spielten drei Männer mit einem Satz speckiger Karten um einen Berg zerknitterter Geldscheine. Ein lungenkrankes Feuer röchelte in einem Kamin vor sich hin, ohne Wärme zu spenden. Aber immerhin war die Fischsuppe heiß genug, um sich die Hände an der Schale zu wärmen. Summer verzog nach dem ersten Schluck den Mund. Die Brühe schmeckte salzig und zu sehr nach altem Fett, aber sie war so hungrig, dass sie sie sofort austrank. Als sie die Schale wieder senkte, hätte sie sie beinahe fallen gelassen. Handschuhe! Fast vor ihrer Nase. Aus braunem Leder waren sie – und voller Wasserflecken.

Anzej legte ihr unter dem Tisch beruhigend die Hand auf den Oberschenkel, und Summer zwang sich, die Schale ruhig und unbeteiligt abzustellen, obwohl der Schreck noch in ihrem Bauch flatterte wie ein gefangener Falter.

Die Handschuhe gehörten einer älteren Frau mit graubraunem Haar. Sie stand am Tisch und starrte die beiden Neuankömmlinge an, als seien sie Auslagen in einem Schmuckladen, deren genauen Wert sie schätzte. Als sie von Anzej zu Summer blickte, erkannte Summer, dass ihr rechtes Auge aus Glas bestand. Die Farbe passte nicht, offenbar hatte es vorher jemand anderem gehört.

»Ausländer, was?«, sagte die Frau, ohne sich vorzustellen. Und ohne um Erlaubnis zu fragen, setzte sie sich mit einer wieselflinken Bewegung an den Tisch. Anzej schwieg, wie immer, und überließ Summer das Reden.

»Lass uns in Ruhe«, sagte Summer unwillig. »Wir essen.«

»So schlecht gelaunt? Lass mich raten, was dir die Laune verhagelt hat. Keine Unterkunft gefunden?« Die Frau grinste wie eine Fledermaus und lehnte sich zurück. Ohne Hast schälte sie sich aus ihrer Jacke und zupfte sich mit gezierter Geste die Handschuhe von den Fingern. Summer schaute krampfhaft weg – zu den Männern und ihren Karten. Eben knallte einer von ihnen eine Herzdame auf den Tisch – irgendein Witzbold hatte der Spielfigur mit schwarzer Tinte einen Schnurrbart aufgemalt.

»Tja, also ich könnte euch ja eine Unterkunft besorgen. Und stellt euch vor, es kostet euch nicht einmal so viel.« Die Frau schnippte mit den Fingern.

»Wer sagt, dass wir so lange bleiben wollen?«, entgegnete Summer kühl. »Wir sind nur auf der Durchreise. Und ich kann mich nicht erinnern, dich an unseren Tisch eingeladen zu haben.«

Schon jetzt bereute sie es, unter Menschen gegangen zu sein, statt sich mit Anzej irgendeinen regengeschützten Unterschlupf im Freien zu suchen. Und zu allem Überfluss wurden nun die Spieler auf das Gespräch aufmerksam. Summer spürte ihre neugierigen Seitenblicke wie feine Nadelstiche. *Jeder von ihnen vielleicht ein Verräter*, dachte sie und wandte sich wie beiläufig von ihnen ab, damit sie ihr Gesicht nicht sahen. Direkt vor ihr auf dem Tisch lagen die Lederhandschuhe, eine Mahnung, so schnell wie möglich weiterzuziehen.

»Na, nun mach mal nicht so 'n Wind, du Zugvogel«, erwiderte die Frau ohne Groll. »Das hier ist nämlich immer noch mein

Stammplatz. Aber wenn du und dein stummer Freund nicht mit mir am selben Tisch sitzen wollt, bitteschön! Es steht euch frei, euch einen anderen zu suchen.« Sie senkte die Stimme und beugte sich vertraulich vor. »Aber lass uns doch einfach die Karten auf den Tisch legen. Ich weiß genau, wohin ihr wollt. Ihr wollt euer Glück machen. Im Krieg, wie alle, die hierherkommen.«

Krieg. Das Wort brachte in Summer etwas Unangenehmes zum Schwingen, eine Ahnung – nein, noch war es nur die Ahnung von Furcht. *Im Nordland?*

Abschätzend glitt der Blick der Frau über Summers zerschlissenen Pullover und die Hosen, die auch schon bessere Tage gesehen hatten. »Reiche Schätze liegen in der Zitadelle. Für arme Schlucker wie euch das reinste Paradies.«

»Ich weiß nicht, was du meinst.«

»Ach, sag bloß, du weißt nichts vom Krieg?«, setzte Glasauge triumphierend nach. »Na, dann habt ihr ja Glück, dass ihr mich getroffen habt!« Wie hervorgezaubert erschien plötzlich ein wasserfleckiges Stück Papier in ihrer Hand, das sie mit großer Geste auf den Tisch legte. Die Druckerschwärze war an einigen Stellen verwischt, aber Summer erkannte sofort, dass es ein Vertrag war.

»Na, wie sieht's aus, meine hübschen jungen Hungerleider? Vier Monate Kriegsdienst, und ihr seid reich! Hier, unterschreibt, und ihr bekommt den ersten Sold sofort bar auf die Hand, auf der Stelle, von mir! Na? Ist doch viel besser, als von einem Seelenverkäufer niedergeschlagen und bewusstlos aufs nächste Schiff geschleppt zu werden. Und das Beste: Ich gebe euch gratis ein schönes, weiches Bett und eine Passage auf einem der Rekrutenschiffe dazu! Alles, was ihr wissen müsst, lernt ihr, wenn ihr angekommen seid. Und wenn es euch gelingt, die weiße Zitadelle zu erobern, dann gehört ein Teil der Beute euch. Riesige Schatzkammern warten darauf, geplündert zu werden. Ihr könnt reich werden!«

Zu Summers Überraschung kam Anzej ihr mit der Antwort zuvor.

»Kein Interesse am Kriegsdienst. Das geht uns nichts an.«

»Ah, der Stumme kann also auch sprechen!« Ohne mit der Wimper zu zucken, grapschte die Frau nach dem Vertrag und steckte ihn wieder ein. »Geht uns nichts an, ja?«, sagte sie und lachte heiser. »Na, da täusch dich mal nicht, Grünauge. Wenn diese mordlüsterne Lady nicht bald besiegt wird, dauert es nicht lange und der Krieg schwappt von Toljan aus übers Meer bis zu uns. Und dann kannst du an den Fingern abzählen, wie lange du noch frei oder am Leben bist.«

»Toljan?«, rief Summer. »Der Krieg ist *dort*?«

Der Wirt, der am Tresen stand, blickte kurz zu ihr herüber und fuhr dann damit fort, die Gläser zu putzen.

»Nicht nur Krieg, Hübsche«, sagte die Frau, nun plötzlich ernst geworden. »Der Krieg der Kriege, wenn es so weitergeht. Aus welchem Adlernest in den Bergen seid ihr herausgekrochen, dass ihr nichts davon wisst?«

Summer schluckte und tauschte einen schnellen Blick mit Anzej. Er war blass, aber natürlich zeigte er gegenüber der Frau keine Regung.

»Na, dann erzähl du es uns doch!«, sagte Summer trocken. »In Toljan gibt es eine Zitadelle? Und um die wird gekämpft?«

Die Frau kratzte sich in ihrem Haargestrüpp und kniff die Augen zusammen, als müsste sie darüber nachdenken, ob Summer sich über sie lustig machte.

»Du hast wirklich noch nichts von König Beras und der Raubfürstin gehört? Gab ein Riesenblutbad, als sie in einem Überraschungsangriff aus dem Nichts seine Zitadelle stürmte. Eine Festung, die als uneinnehmbar galt! Das kann nicht mit rechten Dingen zugegangen sein. Manche sagen, sie sei der böse Geist des Krieges. Jung soll sie sein, und so schön, dass die Lords ihr gerne dienen. Kein Mensch weiß, was sie ihren Verbündeten als Lohn verspricht, aber sie kämpfen bis auf den Tod für sie. Und nun sitzt sie seit über einem Jahr dort oben in der weißen Festung von Toljan wie ein Krake und brütet was aus.«

»Sind doch alles nur Märchen und Gerüchte, Alma!«, brummte der Wirt hinter der Theke. »Keiner hat diese Fürstin gesehen – zumindest nicht, seit sie angeblich in König Beras' Zitadelle sitzt. Manche sagen, sie sei ein Gespenst, das es gar nicht gibt, eine Erfindung der Lords, um ihren wahren Herrscher zu verschleiern und damit unangreifbar zu machen. Und wenn du mich fragst, genau das glaube ich auch.«

Glasauge ließ ihre Hand auf den Tisch niedersausen, dass die Schüsseln klirrten, und fuhr zum Wirt herum.

»Glaub doch, was du willst, Jekel! Ich sage euch, es gibt sie. Aber sie ist ein Dämon und verhext ihre Verbündeten. Habt ihr nicht die vielen Verkäufer gesehen, die Amulette gegen das Böse anbieten?«

In der Kneipe schien es stiller geworden zu sein. Summer versuchte, sich eine junge Raubfürstin vorzustellen, die so viel Angst verbreitete, doch es gelang ihr nicht. Sie fand kein Gesicht dazu. »Was will sie?«, fragte sie nach einer Weile.

»Tja, sie hat es uns nicht erzählt. Aber lass mich raten, Krieg wird nie um Recht und Unrecht geführt – sondern um Reichtümer, um Länder und um Macht. Nun ja, im Prinzip kann es uns völlig gleichgültig sein, wer sich drüben im Nordland den Schädel einschlägt. Vielleicht kann uns sogar egal sein, ob sie ein Phantom ist oder wirklich existiert. Aber wer König Beras' Zitadelle mir nichts, dir nichts einnehmen kann, der streckt seinen Arm auch bald übers Meer. Und was findet man hier? Reiche Küstenstädte – da gibt es etwas zu holen. Wer die Meere beherrscht, beherrscht auch bald die Länder. Und dann Gnade uns! So sieht es aus, meine Lieben! Die Lords und Stadtherren auf unserer Seite des Meeres sind nicht umsonst besorgt. Deshalb gibt es gutes Geld aus den Stadtkassen für jeden, der kämpfen will. Wir brauchen jeden Mann und jede Frau. Und wenn ihr weiter freie Leute bleiben wollt, dann ist es sogar eure Pflicht, meinen Söldnervertrag zu unterschreiben.«

Summer biss sich auf die Unterlippe und schwieg. Jetzt ergab es ein Bild – die Gerüchte über einen fernen Krieg, die bereits bis nach Maymara gedrungen waren. Und dieser Krieg tobte nun ausgerechnet in Toljan. *Es spielt keine Rolle,* beruhigte sie sich. *Dann müssen wir unsere Route eben ändern. Vielleicht gehen wir nach Westen?*

Glasauge schien ihre düstere Miene falsch zu deuten.

»Na ja, ihr müsst ja nicht gleich den Vertrag unterschreiben«, lenkte sie ein. »Kann euch keiner verdenken, dass ihr noch zögert, nicht jeder hat genug Mut für dieses Geschäft. Aber vielleicht wäre euch ja fürs Erste auch mit einer billigen Passage gedient? Zwei Tage und zwei Nächte mit dem schnellsten Schiff direkt zum Kreidehafen auf der anderen Seite des Graumeers.« Diesmal erschien wie von Zauberhand ein Facher von abgestempelten und mit Datum versehenen Fahrkarten in ihrer Hand. »Hier, Karten von Leuten, die ins Nordland wollten und es sich heute anders überlegt haben. Solche gibt es leider immer wieder. Eben noch wollen sie Söldner sein. Dann schnuppern sie am Hafen den ersten Hauch von Schießpulver und machen sich vor Angst in die

Hosen. Na ja, euer Glück! Ich kann euch die Plätze dieser Feiglinge verkaufen – nur noch morgen gültig, halber Preis! Und falls ihr doch noch angeheuert werdet, erzähle ich eurem neuen Herrn, dass ihr den vollen Preis bezahlt habt, und wir teilen uns den Gewinn, was haltet ihr davon?«

»Bist du taub?«, fuhr Summer sie an. »Wir sind nur auf der Durchreise. Und wir fahren ganz bestimmt nicht nach Toljan!«

Sie wollte schon aufspringen, aber Anzej hielt sie am Handgelenk zurück.

»Wie viel?«, fragte er die Werberin. »Für zwei Fahrkarten?«

Im ersten Moment war Summer sicher, sich verhört zu haben. Mit offenem Mund starrte sie Anzej an. Aber er sah nicht so aus, als hätte seine neue Sprache ihn im Stich gelassen. Im Gegenteil, er wirkte kühl und entschlossen, wie ein Spieler, der seinen Einsatz ganz genau kennt.

»Was soll das?«, zischte Summer ihm zu.

Ohne sie anzusehen, wiederholte er ganz ruhig die Frage: »Wie viel?«

»Aha!«, rief die Frau triumphierend. Summer bildete sich ein, auch das gläserne Auge gierig aufleuchten zu sehen. »Endlich ein vernünftiges Wort! Dein Freund hier hat Mut und Schneid für euch beide, was? Wir kommen also ins Geschäft?«

»Das kommt auf den Preis an«, erwiderte Anzej.

»Nein, kommt es nicht!«, fuhr Summer dazwischen. »Wir reisen weiter. Noch heute!«

Anzej warf ihr einen Blick zu, der Glas hätte schneiden können. Für einen Moment starrten sie sich nur an, Summer fassungslos und empört, Anzej so grimmig, dass sie erschrak. Etwas Hartes lag in seinem Blick, das sie an ihm nicht kannte und das sie irritierte. Etwas Kaltes, Schattiges, das ihn einen Lidschlag lang wie einen

Fremden wirken ließ. *Als wäre das, was ich sehe, gar nicht seine richtige Gestalt.* Aber das war natürlich absurd.

Glasauge lachte. »So wie sie dich rumkommandiert, ist die Schöne da bestimmt deine Frau«, wandte sie an Anzej.

»Schwester«, log er ungerührt. »Wie viel?«

»Dreißig für eine Karte, falls deine Schwester nicht will. Für euch beide fünfzig.«

»Vierzig.« Anzej griff nach Summers Tasche, in der sich ihr Geld befand. Das reichte!

»Wage es nicht, das Geld auch nur anzurühren«, fauchte sie ihn an. Sie riss die Tasche an sich und sprang auf. Aus dem Augenwinkel sah sie, wie die Kartenspieler sich nach ihr umdrehten.

Hastig zog sie sich die Kapuze tiefer ins Gesicht und verließ die Kneipe. Erst draußen löste sich der heiße, feste Knoten der Wut in ihrem Bauch ein wenig. Vor ihr lag die Gasse, außerhalb des Lichtscheins, der durch die Fenster drang, schien die Welt aufzuhören. Unwillkürlich glitt sie zur Seite, dorthin, wo ihr ein Felsvorsprung etwas Sichtschutz gab. Die Wirtshaustür klappte, und Anzej trat mit seinem lautlosen Schritt an sie heran. Erst als er sie berührte, fuhr sie zu ihm herum.

»Was sollte das eben?«, platzte sie flüsternd heraus. »Du hättest ihr tatsächlich das ganze Geld gegeben, das wir noch haben! Seit wann triffst du Entscheidungen, ohne mich zu fragen?«

»Wenn hier jemand Entscheidungen trifft, ohne zu fragen, dann bist du es.« Er klang nicht weniger verärgert als sie. »Wie kommst du dazu, einfach zu bestimmen, dass wir keine Passage brauchen? Wir wollen doch nach Toljan! Und eine günstigere Überfahrt werden wir kaum bekommen.«

»Hast du denn nicht gehört, was die Frau erzählt hat? In deiner Heimat herrscht Krieg! Wir können nicht dorthin!«

»Warum nicht?« Es klang aufrichtig erstaunt, und ihr wurde wieder einmal klar, wie unterschiedlich ihre Welten trotz allem waren.

»*Warum?*«, wiederholte sie fassungslos. »Wo lebst du eigentlich, über den Wolken? Hm, lass mich überlegen. Weil es gefährlich ist, in ein Kriegsgebiet zu reisen? Weil wir sterben können?«

Anzej schien einen Moment ernsthaft darüber nachzudenken, aber dann zuckte er nur mit den Schultern. »Wenn es stimmt, was du über deinen Verfolger erzählst, stirbst du auf jeden Fall, falls er dich findet.«

Summer fuhr zusammen. Jedem anderen hätte sie diesen Satz übel genommen, aber das hier war Anzej mit seiner entwaffnend ehrlichen Art, die keine Umwege kannte.

»Danke, dass du mich daran erinnerst«, murmelte sie niedergeschlagen. »Aber hier geht es nicht darum, zwischen zwei Toden zu wählen, verstehst du das?«

Er antwortete nicht. Und Summer lernte in diesem Moment, dass Schweigen sehr viele Sätze enthalten konnte.

»Du hast doch nicht etwa davon gewusst, dass in deiner Heimat Krieg ist?«, fragte sie. »Setzt du unser Leben einfach so aufs Spiel?«

»Was willst du jetzt von mir hören?«, sagte er mit harter Stimme. »Ich war gefangen, Summer! Viele Jahre lang! Glaubst du, im Bergwerk hat uns irgendjemand Nachrichten gebracht?« Und leiser fügte er hinzu: »Was denkst du wohl, wie es mir gerade geht? Glaubst du, ich bange um niemanden? Glaubst du, ich frage mich nicht, was aus den Menschen wird, die ich in meiner Heimat kannte?« Er schluckte schwer und sagte mit heiserer Stimme: »Du bist nicht die Einzige, die auf der Flucht ist. Ich muss fort von hier, Summer.«

Der Dämon, den sie nur manchmal über seine gequälten Züge huschen sah, ließ ihn verloren aussehen. Noch verlorener als sie – und vielleicht war es das, was ihr am meisten Angst einjagte. »Hör auf zu träumen und komm endlich in der Wirklichkeit an, Anzej! Die Menschen, die du dort kanntest, haben dich als Sklaven in die Fremde verkauft! Willst du wirklich, dass wir ins Verderben laufen?«

Er schüttelte den Kopf und legte die Hände auf ihre Schultern. »Du musst keine Angst haben. Es ist meine Heimat. Nur dort kenne ich mich aus und nur dort kann ich dich beschützen.«

»Ich brauche keinen Beschützer!«

»Aber jemanden, der dein Leben rettet«, antwortete Anzej ernst. »Und jemanden, der an deiner Seite ist.«

Summer schluckte. *Und wenn er recht hat? Wenn das tatsächlich alles ist, was ich verlangen kann – die Wahl zwischen zwei Gefahren zu haben?* Wieder einmal erschien es ihr so verlockend einfach: nachgeben, sich ganz auf Anzej verlassen.

»Das Nordland ist groß«, fuhr er fort. »Wir müssen nicht nach Toljan gehen. Im Norden gibt so viele andere Orte, an denen wir sicher sind. Wälder, die so undurchdringlich sind, dass dort nur Tiere und Gespenster leben. Es gibt magische Wasserfälle und Dörfer, die an den Klippen der Fjorde hängen wie Vogelnester. Es gibt verlassene Schlösser aus einer lange vergangenen Zeit. Dort findet uns niemand. Niemand!« Sein Tonfall hatte etwas Beschwörendes bekommen, doch sie hörte nur zu gut heraus, wie ungeduldig er war, sie zum Mitkommen zu bewegen.

Vielleicht lag es an der schlechten Beleuchtung in der Gasse, aber sie schrak zusammen, als sie wieder die Veränderung in Anzejs Gesicht wahrzunehmen glaubte. Als würde ein Schatten auf ihn fallen. Beim nächsten Blinzeln war die Täuschung verschwunden.

»Wir bleiben dem Krieg fern, Summer. Wir weichen ihm aus und werden …«

»… unsichtbar? Wenn das so gut funktioniert wie eben in der Kneipe, können wir uns gleich auf den Marktplatz stellen und nach dem Blutmann schreien. Nein, wenn du unbedingt nach Hause willst, dann trennen sich unsere Wege hier und heute.«

Sie erschrak selbst über diese Worte, vielleicht, weil sie hier ganz anders klangen als bei ihren sonstigen Streitereien. Hier, in einer Gasse im Nirgendwo, hatte ihre leicht dahingesagte Drohung, die sie schon oft ausgesprochen hatte, plötzlich ein viel zu schweres Gewicht. Diesmal lachte Anzej nicht und zog sie nicht auf. Er schwieg nur viel zu lange, und seine Augen glänzten in einem kalten Licht.

»Anzej, es … es tut mir leid«, sagte sie nach einer Weile leise. »Ich will mich nicht mit dir streiten. Aber ich verstehe dich nicht. Und so kenne ich dich nicht.«

»Manchmal kenne ich mich auch nicht«, erwiderte er. »Aber vielleicht hast du ja recht?«

Sie war zu stolz, um zu ihm zu gehen und ihn zu umarmen. Er wollte ihr die Hand auf die Wange legen, doch sie trat zurück. Anzej zögerte, doch dann folgte er ihr und legte so behutsam wie in den Nächten die Arme um sie. Und für einige Augenblicke war alles gut.

»Weißt du, wie viele Tage ich im Steinbruch davon geträumt habe, dorthin zurückzukehren?«, murmelte er in ihr Haar. »Weißt du, was das ist, Heimweh?«

Es war, als würde sich eine unsichtbare Hand um ihre Kehle schließen. *Das hier ist die einzige Heimat, die ich kenne*, dachte sie bitter. *Nicht allein zu sein. Und der einzige vertraute Ort, den ich habe, sind deine Arme, Anzej.*

»Nein«, erwiderte sie leise. »Du weißt ganz genau, dass ich keine Erinnerung an eine Heimat habe.«

Als hätte sie unvermittelt in einen unendlich tiefen Abgrund geblickt, wurde ihr schwindelig. *Geh mit ihm!*, riet ihr eine schmeichelnde Stimme. *Du hast doch nichts zu verlieren.*

Und als sie die Augen schloss, trieben Teile eines fröhlichen Liedes durch ihre wirren Gedanken: »... liebte dich körperlos – dein Lachen – dein Haar, liebe dich grundlos und immerdar.«

Ein Bild flackerte grell wie ein Blitz auf, *rotes Frauenhaar, das verwehte und ein knochiges Grinsen freigab. Lady Tod, die die Arme nach ihr ausstreckte.*

Sie zuckte erschrocken zurück und machte sich von Anzej los.

»Nein«, sagte sie. »Ich gehe nicht nach Norden. Ich kann nicht, Anzej. Wir ... wir müssen einen anderen Weg finden.«

Seine Stimme klang tonlos. »Und wohin willst du dann?«

»Ich weiß nicht. Vielleicht nach Westen. Ich ... muss nachdenken.« Plötzlich war ihr selbst das spärliche Licht, das auf die Gasse fiel, noch zu hell. *Wir stehen hier und reden, als könnten wir nicht beobachtet werden!*

Sie drückte die Tasche an sich, wandte sich von Anzej ab und ging ein paar Meter weiter am Fels entlang.

»Summer?« Anzejs leiser Ruf ließ sie innehalten und sie erkannte, dass er ihr diesmal nicht gefolgt war. Und, schlimmer noch, dass er es offenbar auch nicht vorhatte.

»Ich werde dich nicht zu etwas überreden, was du nicht tun willst. Aber ich fahre morgen früh mit dem Schiff ins Nordland. Mit dir. Oder ... ohne dich.«

Es gab Worte, die nur wie Ohrfeigen trafen. Und solche, die sich anfühlten, als würde ein kantiger Klumpen in der Magengrube gefrieren. Summer holte tief Luft und hob das Kinn. *Nicht heulen!*, befahl sie sich, während sie sich zu ihm umdrehte.

»Eine wirklich faire Wahl, die du mir da lässt.« Es hatte spöttisch klingen sollen, stattdessen schmeckte jedes Wort nach Enttäuschung.

»Ich kann dich nicht vor deinem Verfolger beschützen«, erklärte Anzej. »Nicht hier, wo ich selbst noch fremder bin als du.«

»Tja, so viel zu deinem Versprechen, mich nicht alleine zu lassen.«

»Nun, zumindest darin sind wir uns wohl ähnlich«, antwortete Anzej kühl. »Manchmal lügen wir. Und manchmal lassen wir unser Herz im Stich, um unseren Kopf zu retten.«

Einen Moment lang wusste sie nicht mehr, ob sie ihn hasste oder liebte.

»Dann viel Glück dabei, dein Leben für eine Schiffspassage zu verkaufen«, schleuderte sie ihm entgegen.

Anzej zuckte in echtem Bedauern die Schultern. »Viel Glück damit, westwärts zu fliehen, Summer. Und falls du es dir noch anders überlegst, weißt du ja, wo du mich morgen findest.«

Graumeer

Möwenschreie weckten sie aus einem wirren Traum, in dem Anzej hilflos an eine Planke geklammert in einem steingrauen Meer dahintrieb. Der Regen, der wie ein Trommeltakt die Melodie des Meeres begleitet hatte, war verstummt, und der Himmel zwischen den Hausdächern über ihr war nicht mehr dunkel, sondern pfirsichfarben und viel zu grell. Ihr war schwindelig vor Hunger und ihr Kopf schmerzte, als hätten ihre Träume einen Stampftanz mit Nagelschuhen darin aufgeführt. Benommen rieb sie sich die Augen. Sie konnte sich nicht erinnern, wie lange sie allein und voller Wut durch die Gassen Anakands gewandert war. Wieder eine Lektion, die sie in ihrem Katzenleben lernen musste: Sie hatte nicht gewusst, wie schnell ein Mensch sich an einen anderen gewöhnen konnte. Anfangs war es leichter gewesen, wütend auf Anzej zu sein, als ihn zu vermissen und sich verlassen zu fühlen. *Dann eben wieder allein.* Doch so einfach war es natürlich nicht.

Nach einigen Stunden hatte sie sich dabei ertappt, dass ihr Weg sie wieder zu der Kneipe zurückgeführt hatte. Doch dort waren die Fenster dunkel, die Tür verschlossen – und Anzej war fort. Als ein Platzregen sie überraschte, war Summer schließlich auf einen steinernen Bogen geklettert, der sich zwischen zwei Häusern über die Straße spannte. Irgendwann zwischen dem dritten Anfall von

Selbstmitleid und dem fünfzigsten Gedanken an Anzej musste sie wohl doch eingenickt sein.

Und hier kauerte sie noch immer, direkt unter einem wuchtigen Fenstererker, mit tauben Muskeln und steifen Gelenken. Kleine braune Asseln krabbelten eilig über ihre Hosenbeine, als sie sich vorsichtig regte. Wie spät mochte es sein? Eindeutig zu früh für das Alltagsleben. Die Fensterläden waren noch geschlossen, nur aus der Richtung des Hafens kamen bereits Zeichen von Leben. Möwen glitten über den Himmel und stürzten sich mit heiseren Schreien in den Hafen – wo vermutlich der erste Fang aus den Fischerbooten ausgeladen wurde. Siedend heiß fielen Summer die Rekrutenschiffe ein, doch als sie hochschoss, tanzten Sterne vor ihren Augen und sie musste sich zur Ruhe zwingen, wenn sie nicht das Gleichgewicht verlieren und vom Torbogen fallen wollte. *Nein, es ist noch zu früh*, beruhigte sie sich. *Sie haben bestimmt noch nicht abgelegt*. Während sie mit wackeligen Knien in Richtung Straße kletterte, versuchte sie sich vorzustellen, dass Anzej den Vertrag der Kriegswerberin unterschrieben hatte, um eine Passage zu bekommen. Nein, es passte nicht zu ihm. Ganz sicher würde er sich nicht freiwillig in die nächste Gefangenschaft begeben. Doch wie sollte er die Überfahrt dann bezahlen? Das Geld hatte immer noch Summer. Zumindest das beruhigte sie. Anzej war ganz sicher zur Vernunft gekommen. Er hatte es sich anders überlegt und wartete am Hafen auf sie. *Und was, wenn irgendeiner dieser Seelenverkäufer ihn niedergeschlagen und auf das Schiff verschleppt hat?*

Jetzt raste ihr Herz doch und ihr wurde schwindelig. *Hol erst mal Luft!* Sie stützte sich an der Hausmauer ab. Es tat gut, den feuchten Stein unter der Handfläche zu spüren. Wo der Hafen war, konnte sie mühelos erraten. Über den Hausdächern ragte der

Leuchtturm weit in den Himmel. Die kühle Luft vertrieb die trüben Gedanken, und sie stellte überrascht fest, dass sie sich noch nie so klar gefühlt hatte wie in diesem Augenblick. *Als hätte ich ein Fieber überstanden*, dachte sie verwundert. *Oder eine tiefe Trunkenheit.* Anzejs Küsse schienen lange vergangen zu sein. Und auch der angenehme, weiche Nebel, der in den letzten Tagen und Wochen über ihren Gedanken gelegen hatte, hatte sich aufgelöst. Noch einmal ließ sie jeden Tag mit Anzej und jeden Satz ihres Streits Revue passieren. Noch gestern hätte sie geschworen, dass sie inzwischen wusste, was in ihm vorging. Nun aber musste sie sich eingestehen, dass das Gegenteil von Einsamkeit noch lange nicht bedeutete, auch nur einen einzigen Dämon im Leben eines anderen zu kennen. Wen hatte er zurückgelassen? Um wen bangte er nun so sehr, dass er um jeden Preis in das Nordland zurückkehren wollte?

Das unbehagliche Gefühl ließ sie nicht los, als sie ihre Tasche, die sie sich gestern Nacht zur Sicherheit unter den Mantel gestopft hatte, hervorholte und sich wieder umhängte. Dann bückte sie sich, um Schmutz und Asseln von den Hosenbeinen zu klopfen. Als sie sich wieder aufrichtete, fiel ihr Blick in den Torschatten.

Ihre Sinne glühten auf wie Lampen und ihre Muskeln spannten sich, noch bevor ihr Verstand endgültig erfasst hatte, dass sie in Schwierigkeiten steckte.

An der gegenüberliegenden Wand lehnte ein kahl geschorener Mann, einen Fuß lässig an der Hausmauer aufgestützt. Ebenso lässig ließ er einen Schlagstock, den er mit einer ledernen Schlinge an seinem Handgelenk befestigt hatte, an seiner Seite herabbaumeln.

»Na, ausgeschlafen?«, fragte er.

Mit einem Blick erfasste Summer seine ganze Erscheinung:

Dass er braune Augen hatte und leicht schielte. Dass er eine Lederjacke trug und gebogene Beine hatte, so als hätte er sein ganzes Leben lang Lasten getragen. Sie hörte das leise Klacken des Stocks, der nun gegen die Wand schwang, und irgendwo ein Pfeifen. Jemand gab ein Lied zum Besten. Blitzschnell überschlug Summer ihre Möglichkeiten. Immerhin – sie war mitten in der Stadt. Vermutlich hatte er es nur auf ihr Geld abgesehen. Nun, es wäre nicht das erste Mal, dass sie einem Wegelagerer begegnete. Jetzt hieß es einen kühlen Kopf bewahren. Und nicht zu viel Angst zeigen.

»Tja, da hast du dir den falschen Fisch ausgesucht«, sagte sie mit fester Stimme. »Bei mir gibt es nichts zu holen.«

Sie unterstrich ihre Worte mit einer unwirschen, ausholenden Geste ihrer linken Hand, die von der Bewegung ihrer rechten ablenkte. Der Kerl war auf die Tasche aus. Die konnte er bekommen, wenn es ihr einen Vorsprung verschaffte. Nur würde die Tasche dann leer sein. »Überleg mal, hätte ich Geld, müsste ich wohl kaum hier draußen im Regen schlafen«, fuhr sie fort. Blitzschnell griff sie währenddessen in die Tasche, um den Geldbeutel und das Messer zu greifen und in Sicherheit zu bringen. Dann blieb ihr jedes weitere Wort im Hals stecken. Ihr Klappmesser fand sie in der Tasche. Aber das Geld … war weg!

Anzej?

Die Erkenntnis traf sie wie ein Eimer Spülwasser mitten ins Gesicht. Wie in einer Theaterszene sah sie sich selbst mit ihm vor der Kneipe stehen. Sah, wie er sie umarmte. Hörte, wie er vom Nordland sprach und von Heimweh – und wie sie ihm völlig gebannt zuhörte und nicht merkte, wie seine Hand in ihre Tasche glitt. Am liebsten hätte sie geflucht.

Der Kahlköpfige spuckte aus und lachte. »Och, keine Umstände. Mein Geld für dich habe ich schon längst bekommen«, sagte er mit einem tabakbraunen Grinsen. »Und ich kriege noch mal so viel, wenn ich dich abgeliefert habe.«

In dem Moment, in dem er seinen Stock hochschnellen ließ und mit routiniertem Griff aus der Luft fischte, reagierte Summer instinktiv. Hunger und Schwäche waren vergessen, jetzt zählte nur noch, schneller zu sein als er. Der Kerl mochte kräftig sein, aber ein guter Läufer war er nicht.

Sie hätte mehr Angst haben sollen, aber seltsamerweise nahm sie die Gefahr wie durch einen zornroten Schleier wahr. *Du bekommst mich nicht, Krummbein!*, dachte sie grimmig. Und gleichzeitig ertappte sie sich bei dem gemeinen Wunsch, dass Anzej einem dieser Seelenhändler in die Arme laufen sollte. Verlassen zu werden, war eine Sache, das lernte sie nun. Verlassen und bestohlen aber eine ganz andere.

Mühelos brachte sie einen Abstand zwischen sich und ihren Verfolger. Hinter der nächsten Hausecke glitt sie in die schmale Flucht zwischen zwei Häusern, die sie für eine Querstraße hielt – doch sie führte in einen Hinterhof. Ein Haufen mit Pflastersteinen türmte sich in der Mitte, ein Mörteleimer daneben wartete auf Handwerker. Summer blieb keuchend stehen, sah sich um – und atmete auf. Vorne gab es gleich zwei Durchgänge zu den Nebenstraßen. Gut! Selbst wenn ihr Verfolger ihre Spur noch nicht verloren hatte, standen die Chancen fünfzig zu fünfzig, dass er den falschen Weg wählte. Sie wandte sich nach rechts und rannte auf den Durchgang zu.

Den Mann, der unter dem Bogen stand, sah sie erst, als sie bereits auf ihn zustürzte. Im ersten Augenblick war sie erleichtert und wollte ihm schon zurufen, dass sie verfolgt wurde. Doch dann begriff sie, dass er es längst wusste. Denn auch er hatte einen

Stock in der Hand. Und offenbar hatte er seelenruhig auf sie gewartet. Schotter kratzte unter ihren Sohlen, als sie abbremste und schlitternd zum Stehen kam.

Sie musste sich gar nicht erst umdrehen und zum linken Durchgang rennen, um zu verstehen, dass sie wie eine Maus in die Falle gelaufen war. Erst jetzt kam die Angst.

»Hilfe!«, brüllte sie zu den geschlossenen Fenstern hoch. »Überfall! Menschenraub!«

Der Mann im rechten Durchgang lachte und trat auf den Hof. Er war gedrungen, ein Riese mit Armen wie Keulen.

»Hat kein' Zweck«, nuschelte er. »Die Häuser stehen leer. Du sitzt in der Falle.« Und zu ihrer maßlosen Überraschung begann er zu singen: »Ich und du im Kartenhaus – kann keiner hinein, kann keiner hinaus …«

Als er sah, wie ihr das Blut aus den Wangen wich, grinste er noch breiter. Und dann geschah alles gleichzeitig. Hinter sich hörte sie, wie der erste Wegelagerer keuchend den Innenhof erreichte. Und im Durchgang links von ihr knirschten die bedächtigen Schritte des dritten Mannes. Dann war ihre Brust mit einem Mal zu eng zum Atmen.

Es war seltsam, *ihn* bei Tageslicht zu sehen, ganz und gar in der Wirklichkeit. Er war groß und kräftig. Ein Eindruck, der durch den altertümlichen bodenlangen Mantel noch verstärkt wurde. Sie wusste nicht, was sie mehr entsetzte: Die Tatsache, dass er eine schwarze Maske trug, die aus Morts Theater hätte stammen können, oder das Schwert in seiner Rechten, dessen Spitze nun provozierend langsam und unheilvoll über die Pflastersteine kratzte. Seine Hände steckten in fleckigen Handschuhen.

»Warum verfolgst du mich?«, stammelte Summer. »Wer …?«

»Wer ich bin? Dein Albtraum«, antwortete er mir einer rauen, tiefen Stimme, die ihren Puls zum Rasen brachte. »Jemand, der dich schon viel zu lange sucht.«

Das Phantom starrte sie an und Summer spürte sein Lächeln hinter der Maske. »Nenn mich Henker. Oder Blutmann. Ganz wie du willst.« Ein kaum merkliches Kopfrucken in Richtung der beiden Männer. »Los, fangt sie schon ein!«

Noch nie hatte Summer bewusst erlebt, aus wie vielen Personen sie tatsächlich bestand. Und auch nicht, wie es war, wenn alle zur gleichen Zeit zu einer einzigen zusammenflossen. Allen voran die wütende Summer, die von Anzej verraten worden war; die Hafenarbeiterin, die sich so gut verstellen konnte; und das Mädchen aus Maymara, das ein Messer an der Kehle fühlte und beschloss, auch diesmal nicht zu sterben.

Sie wirbelte herum und war mit einem Satz bei dem Haufen Pflastersteine. So schnell, dass sie selbst die Bewegungen kaum wahrnahm, warf sie zwei Steine in ihre Tasche, um sie in eine Waffe zu verwandeln. Noch nie hatte sie einen Menschen verletzt, aber nun machte sie im Schwung auf dem Absatz kehrt und rannte – direkt auf Nummer eins zu. In Zeitlupe sah sie, wie er begriff und viel zu langsam reagierte. Völlig überrascht versuchte er noch den Stock hochzureißen, doch da krachten die Steine schon mit voller Wucht gegen seine Schulter und fällten ihn wie einen Baum. Summers Weg zurück war frei.

Sie musste aus vollem Hals geschrien haben, denn nun, als sie auf die Straße stürzte, flogen die Fenster auf, verschlafene Gesichter erschienen.

»Mord!«, brüllte der zweite Kerl hinter ihr aus vollem Hals. »Überfall! Sie wollte meinen Herrn töten! Haltet sie!«

Ein Mann, der eben mit einem Besen vor die Tür trat, nahm den Rufer beim Wort und stellte sich Summer in den Weg. Die

Gaffer an den Fenstern schrien entsetzt auf, als Summer ihm die Tasche mit den Steinen mit aller Kraft gegen die Brust schleuderte und der Mann zu Boden ging. Sie sprang über den Liegenden und raste weiter. Ohne das Gewicht der steingefüllten Tasche war sie schneller – und schon nach wenigen Straßen schienen ihre Verfolger sie aus den Augen verloren zu haben. Zumindest für den Moment. Kopflos bog sie nach rechts ab, nur um sich in einem weiteren Hof wiederzufinden, diesmal wirklich eine Sackgasse. Kurz entschlossen riss sie sich den Mantel von den Schultern, um mehr Bewegungsfreiheit zu haben, stieg blitzschnell auf die Mülleimer, kletterte über die Mauer und sprang. Mit aufgeschürften Knien und Händen landete sie atemlos auf der anderen Seite. Möwenkreischen gellte in ihren Ohren. Seewind kühlte ihre glühenden Wangen. Doch sie brauchte ein, zwei Sekunden, um noch im Laufen zu begreifen, wo sie sich befand.

Der Hafen war voller, als sie vermutet hatte. Hunderte von Menschen, die sich am Kai drängten. Und an den Piers vier Rekrutenschiffe, bauchige, schwarz gestrichene Frachter mit drei Masten. Das erste Schiff hatte bereits abgelegt und nahm Kurs auf den Horizont.

Summer hielt sich links dicht bei der Mauer. Verzweifelt hielt sie Ausschau nach einer Möglichkeit, unsichtbar zu werden. Mit etwas Glück würde sie zwischen den Schaulustigen, die sich hinter den Absperrungen ballten, untertauchen können. *Und was dann? Genau auf diese Idee würde jeder kommen!*

Das Scheppern eines zu Boden fallenden Mülleimerdeckels erschreckte sie halb zu Tode. Ein Blick über die Schulter bestätigte ihre Befürchtung. Der untersetzte Mann mit dem Stock sprang gerade ebenfalls über die Mauer, entdeckte Summer und nahm die Verfolgung auf. *Dann ist auch der Blutmann nicht weit.*

Schneidet er mir den Weg ab? Der Gedanke peitschte neue Energien in ihr auf. Sie duckte sich und warf sich nach links in die Gasse zwischen zwei Häusern. Ihre einzige Chance: Im Labyrinth zu verschwinden. Dummerweise gab es keine Abzweigung. Diese Gasse war kaum breiter als ein Arm lang, sie konnte nur beten, dass ihr jetzt niemand in die Quere kam. Hinter sich hörte sie wieder Schritte. Verdammt! Er war hinter ihr!

Zu allem Überfluss spürte sie nun, wie die Schwäche ihre Beine schwer machte. Lange würde sie diese Treibjagd nicht mehr durchhalten.

Endlich tauchte eine Quergasse auf. Keuchend bog sie ab – und hörte im selben Moment einen Schrei, einen gebrüllten Fluch – und ein hässliches Geräusch, als wäre jemand niedergeschlagen worden. Der Schwindel ließ sie straucheln. Sie hielt an und presste sich mit dem Rücken gegen die Mauer. Jetzt erst spürte sie, dass sie ihr kleines Klappmesser immer noch bei sich hatte: Es steckte in der hinteren Hosentasche. Sie musste es ohne nachzudenken dort verstaut haben. Hastig holte sie es hervor und versuchte mit zitternden Fingern die Lederhülle herunterzuziehen, während eine andere Summer in ihr sie verhöhnte. *Einen Mörder mit einem Muschelmesser erledigen? Na, viel Glück!* Dann knickten ihre Knie ein und sie rutschte an der Hausmauer nach unten.

Lauf weiter! Er holt auf, er …

Doch niemand kam, nur die Stille rauschte in ihren Ohren mit dem Meer um die Wette. Dann hörte sie ein Flüstern.

»Summer? Wo bist du?«

Es musste eine ihrer Einbildungen sein. Blinzelnd sah sie nach links – und da war Anzej! Er war kein Trugbild, seine Augen glühten in seinem blassen Gesicht und er wischte sich mit dem Ärmel über die blutende Nase. In der Hand hielt er den Stock, den eben noch ihr Verfolger gehabt hatte. Als er Summer entdeckte, ließ er die Waffe einfach fallen und rannte zu ihr.

»Ich habe die halbe Nacht nach dir gesucht«, stieß er hervor. »Und dann stehe ich am Hafen und sehe, wie dich ein Kerl mit einem Stock jagt. Geht's dir gut?«

Sie wusste nicht, warum, aber im ersten Reflex brach einfach ein Lachen aus ihr heraus. Er sah sie an, als sei sie verrückt geworden.

»Es geht mir nicht gut«, flüsterte sie. »Überhaupt nicht! *Er* hat mich gefunden!«

Anzej klappte die Kinnlade nach unten. Mit dem Daumen deutete er hinter sich. »Der dicke Kerl, dem ich gerade eins übergezogen habe? *Das* soll der Blutmann sein? Aber …«

Summer packte Anzej grob am Kragen und zog ihn zu sich heran. »Das ist nur sein Helfer!«, wisperte sie. »*Er* sieht aus wie in meinem Traum. Er … hat ein Schwert. Und er ist hier ganz in der Nähe!«

Anzej leckte sich nervös über die Lippen und warf einen Blick über die Schulter.

»Gut, das reicht«, stieß er hervor. »Komm, steh auf! Mit etwas Glück erwischen wir noch das Schiff.«

Das Erschreckendste war, wie plötzlich die Bilder da waren:

Schäumende Wogen, schwarz und bedrohlich, ein Sog, der sie ins Nichts zog. Vier Sekunden Wahnsinn, in denen die Vergangenheit über ihr zusammenschlug. Ein Mädchen mit kastanienbraunen, dichten Locken und einem herzförmigen Gesicht lachte sie an. Ein weißes Pferd scheute vor ihr und galoppierte durch den Schnee davon. Und jemand spielte auf einer Gitarre. »Komm!«, flüsterte die Stimme eines jungen Mannes ihr ins Ohr. »Er darf uns nicht sehen!«

»Summer!«, zischte Anzej. Offenbar deutete er ihr Zögern falsch. Er ließ sich vor ihr auf die Knie fallen, legte ihr die Hände um das Gesicht und sah ihr direkt in die Augen. Wie immer wirkte seine Berührung wie eine rettende Insel, auf die sie sich auch jetzt flüchtete. Das Malachitgrün seiner Iris vertrieb die Bilder, sog sie ein wie ein grüner See, in dem sie untergingen.

»Ich lasse dich nicht zurück und ich fahre auf keinen Fall ohne dich!«, fuhr er sie an. »Wenn du jetzt sagst, dass du trotz allem hierbleiben willst, dann bleiben wir – auch wenn es uns den Kopf kostet. Aber wenn du dein Leben – und meines – nur ein wenig liebst, dann – *bitte!* – komm jetzt mit mir auf dieses verdammte Schiff!«

Nicht weit von ihnen regte sich ihr Verfolger, stöhnte. Ein Scharren deutete darauf hin, dass er eben wieder auf die Beine kam.

»Also, was ist?«, drängte Anzej. »Sterben oder leben wir?«

»Okay«, flüsterte Summer. »Ich komme mit.«

*

Anzejs Hand war wie ein Anker, an dem sie sich festklammerte, um nicht in der Menge der Wartenden davonzutreiben. Geduckt und immer mit der Angst im Nacken, entdeckt zu werden, hatten sie sich zu den Piers nach vorne gedrängt. Inmitten der Menschen roch es nach Kautabak und feuchten Mänteln. Obwohl immer noch Hunderte an den Anlegestellen standen, herrschte eine erstaunliche Ruhe. Niemand, der in den Krieg zog, schien Lust auf eine Unterhaltung zu haben. Nur die Möwen kreischten ihr Hohngelächter und flogen zu dicht über den Köpfen der Leute dahin, in der Hoffnung, ihnen Proviant aus dem Gepäck stehlen zu können. Summer senkte den Blick und versuchte, unsichtbar zu werden.

»Da rüber!«, rief Anzej und steuerte auf den Durchgang der Absperrung zu. Dahinter legte gerade das dritte Schiff ab. Leinen wurden bereits losgemacht, und ein paar Leute machten sich an der aufgestützten Leiter, die zur Einstiegsluke führte, zu schaffen. Anzej drängte sich zu dem Mann durch, der eben den Durchgang mit einer Kette verriegeln wollte, und hielt ihm außer Atem zwei Passierscheine unter die Nase. »Unser Schiff! Wir müssen durch.«

»Bisschen spät, Junge.«

»Keine Zeit für Diskussionen. Wir haben bezahlt«, beharrte Anzej. »Kein Gepäck, wir müssen nur auf das Schiff!«

Der Mann knurrte etwas, doch dann hakte er die Eisenkette wieder los und winkte sie unwillig durch.

Summer zog den Kopf zwischen die Schultern, im Nacken die kribbelnde Furcht, dass die Verfolger sie genau in diesem Augenblick entdeckten. Umzusehen wagte sie sich nicht mehr, aber auch das, was sich vor ihr auftat, war ein erschreckender Anblick.

Aus der Nähe erschien das Schiff noch viel bedrohlicher. Groß wie drei Häuser, schwarz gestrichen, und seine dunkelroten Segel verdeckten den halben Himmel. Der Name – *Nymphea* – prangte in eckigen Lettern auf dem Schiffsrumpf.

Und hinter dem Schiff: das endlose Meer. Obwohl sich der Pfirsichhimmel darin spiegelte, erschien es immer noch grau.

»Luke auf! Da kommen noch zwei«, brüllte jemand oben an Bord.

Dann lagen Summers Hände schon auf dem hölzernen Lauf der Leiter. Jeder Muskel brannte, als sie Stiege um Stiege hochhetzte und sich dabei wie eine lebendige Zielscheibe fühlte. Es war nur das Bild des Blutmanns, das sie dazu brachte, über den Spalt zwischen Leiterplattform und Luke zu springen. Dann landete sie auf dem Schiff, dicht gefolgt von Anzej. Einige Passagiere applaudierten spöttisch. Summer drehte sich um und spähte im Schutz des Lukenschattens zum Hafen. Das Schiff drehte bereits leicht, ein Stück des Kais kam in Sicht. Summer erstarrte, als sie die Männer entdeckte. Ihr Verfolger von eben. Und neben ihm der Blutmann. Sein langer Mantel bauschte sich im Wind. Und immer noch hielt er das Schwert in der Rechten fest umklammert. Die beiden standen mit dem Rücken zum Pier und suchten die Häuserreihen ab. Nach dem Schiff sahen sie sich kein einziges Mal um. Dann gingen sie mit schnellen Schritten in Richtung Stadt.

»Er hat uns nicht gesehen«, stieß Summer atemlos hervor. Sie hätte unendlich erleichtert sein müssen, stattdessen spürte sie nur mit einem Mal ihre ganze Schwäche, ihren Hunger und jeden verspannten Muskel.

»Das war knapp«, sagte Anzej und legte ihr den Arm um die Schultern. Sie wusste nicht, warum, aber heute versteifte sie sich bei seiner Berührung. Vorsichtig entwand sie sich ihm. Natürlich hätte sie sich nun für ihre Rettung bedanken müssen. Aber alles, was ihr einfiel, war die Frage: »Warum … hattest du zwei Karten?«

Anzej lachte, aber es klang nervös. »Ich … hatte einfach gehofft, dass du es dir anders überlegst. Ich wollte dich nicht zurücklassen. Ich weiß, gestern habe ich noch ganz anders geklungen. Große Worte und nichts dahinter.«

»Du hast mich bestohlen!«

Er zeigte ihr ein schiefes Lächeln und verschränkte die Arme. »Tja, so sieht es wohl aus. Aber immerhin sind wir dafür nun in Sicherheit. Und schließlich habe ich dir nie verschwiegen, dass ich ein Dieb bin.«

Gefängnis aus Holz

Das Schiff war eine Welt für sich – und zwar eine, die Summer lieber nicht kennengelernt hätte, ein knarrendes hölzernes Gefängnis, das über Untiefen dahintrieb, die sie schwindelig machten. Anzej und sie waren nicht in den Lagerräumen der Zwischendecks untergebracht, in denen die Söldner in langen Reihen auf dem Boden schliefen. Ihre Schlafstatt war ein fensterloser Stauraum im Unterdeck des vorderen Schiffsteils. Er lag noch unter den Mannschaftsunterkünften. Lediglich zwei übereinanderliegende Kojen fanden hier Platz. Den restlichen Raum beanspruchten aufeinandergestapelte Transportkisten, die leicht nach Waffenöl und seltsamerweise nach Lavendel rochen.

»Warum müssen wir nicht bei den anderen im Zwischendeck schlafen?«, fragte Summer.

Anzej zuckte mit den Schultern. »Weil wir Glück gehabt und zufällig die Passage mit einer Einzelkabine bekommen haben. Häng es nicht an die große Glocke, hier gibt es viele, die uns sogar um dieses Loch hier beneiden würden. Manche Passagiere müssen oben auf dem Deck unter freiem Himmel übernachten.«

Summer blickte sich zweifelnd um. Der Raum war stickig und roch nach feuchtem Holz und Teer. Das Bettzeug – grobe Decken aus Segeltuch – fühlte sich klamm an.

»Erhol dich von dem Schreck und wärm dich auf«, schlug Anzej vor. »Ich schaue mich an Deck um und sehe zu, dass ich etwas zu essen für uns finde. Du brauchst wieder einen Mantel. Und dort, wo wir hingehen, werden wir noch mehr warme Sachen benötigen.«

Und von welchem Geld willst du sie kaufen?, wollte Summer fragen. Doch sie nickte nur. Anzej zückte das Feuerzeug, das er seit ihrem ersten gemeinsamen Abend verwahrte, und entzündete auch die zweite kleine Lampe, die von einem Haken an der niedrigen Decke baumelte. Die aufzuckende Flamme ließ seine Augen in einem besonders intensiven Grünton aufleuchten. Summer, die auf der unteren Koje saß, zog die Beine an den Körper und schlang die Arme darum. Sicher fröstelte sie nur, weil sie fiebrig und erschöpft war. Der Schock saß ihr immer noch in den Knochen. Aber da war noch etwas anderes. Ein kalter Hauch zwischen Anzej und ihr, eine Distanz. Als würde die Klarheit, die sie seit der Nacht im Freien verspürte, ihr den Freund in einem härteren Licht zeigen.

»Anzej?«

»Mhm?«, fragte er, ohne den Blick von der Lampe zu wenden.

»Was willst du wirklich im Nordland?«

Als er sich zu ihr umwandte und überrascht lächelte, war er wieder ganz Anzej – der Mann, der sie zum Lachen und Streiten brachte und jederzeit sein Leben für sie aufs Spiel setzte. Für einen Moment schämte sie sich für ihr Misstrauen, aber dennoch spürte sie immer noch den feinen Missklang zwischen ihm und ihr. *Du bist ein Dieb, der sogar mich bestiehlt. Wozu wärst du noch in der Lage?*

»Die Striemen auf deinem Rücken … Wer hat dir das angetan?

Die Wunden stammen nicht aus dem Steinbruch, nicht wahr? Willst du deshalb zurückkehren?«

Er wurde ernst, doch aus seiner Miene konnte sie nicht herauslesen, ob ihre Worte zutrafen oder nicht. Eine Weile sahen sie sich nur an, dann richtete Anzej sich ganz auf und verschränkte die Arme.

»Willst du damit sagen, du traust mir nicht mehr? Nur weil ich dir ein paar Münzen gestohlen habe? Was soll das, Summer? Du hättest genau dasselbe getan!«

»Du weißt genau, dass es nicht um ein paar Münzen geht.«

»Aber um die Frage, ob du mir vertraust.«

Summer schluckte und wich seinem Blick aus. »Sag du es mir. Kann ich jemandem trauen, der mir etwas Wichtiges verschweigt, Anzej?«

»Ich verschweige dir nichts«, erwiderte er und lächelte. »Außer vielleicht der Tatsache, dass ich auch dich an die Werberin verkauft habe, um diese schöne Einzelkabine für uns zu bekommen. Tja, genieße den Luxus, denn in den nächsten Monaten werden wir leider in Feldzelten leben.«

Als sie auf seinen Scherz nicht einging, kam er zu ihr und setzte sich neben sie. Seine Schultern sanken nach vorn, er stützte die Ellbogen auf die Knie, fuhr sich durch das Haar. Mit einem Mal sah er nur noch erschöpft aus. Zwischen zwei Haarsträhnen hob sich auf seinem Nacken der Ausläufer einer Narbe ab und Summer streckte zögernd die Hand aus. An jedem anderen Tag hätte sie ihre Hand auf die verheilte Wunde gelegt – tröstend und voller Mitgefühl. Doch heute verharrte sie kurz vor der Berührung – und zog die Hand schließlich wieder zurück.

»Du bist immer noch wütend, weil ich dein Geld gestohlen habe«, sagte Anzej nach einer Weile. »Und ja, du hast allen Grund dazu. Aber bitte glaube mir, wenn ich sage, dass ich dir nie schaden wollte. Vielleicht … hatte ich einfach Angst, du nimmst das Geld und verschwindest noch in derselben Nacht aus der Stadt.«

»Das ist nicht die Antwort auf meine Frage. Ich will wissen, worum es dir wirklich geht. Was suchst du im Nordland? Du hast gesagt, du bangst um jemanden. Wer ist es?«

Anzej schwieg zu lange. *Nun, das ist auch eine Antwort*, dachte Summer verärgert. »Du verbirgst sehr wohl etwas! Du kennst meine Träume und meinen schlimmsten Feind. Du erzählst mir zwar alles Mögliche über das Nordland – Geschichten, die wahr sein können oder auch nicht. Aber sobald es um dich selbst geht …«

Er sprang so abrupt auf, dass er mit der Schulter gegen die Lampe stieß. Im schaukelnden Licht stand er da, die Hände zu Fäusten geballt, mit zusammengepressten Lippen.

»Kannst du es nicht begreifen oder willst du es nicht?«, brach es aus ihm heraus. »Ich habe so vieles in meinem Herzen einschließen müssen, um in der Sklaverei zu überleben. Ich will nicht einmal mehr daran denken! Ich will nur eines, nach Hause. Mit dir. Wo wir beide sicher sind.«

Sonst hatte dieses »Wir« Summer stets eingehüllt wie ein wärmender Mantel. Doch heute ließ sie seine Worte in sich nachklingen. Und ihr war zum Heulen zumute, weil sie immer noch einen schrägen Ton hatten.

Anzej seufzte. »Alles hat seine Zeit, Summer«, sagte er müde. »Ich werde dir alles erzählen – jedes Geheimnis meiner Seele, wenn du willst. Aber nicht heute. Und auch nicht morgen.«

*

Im vergeblichen Bemühen, sich zumindest ein Stück vom tiefsten Wasser zu entfernen, hatte Summer sich in die obere Koje verkrochen. Ihre Augen brannten inzwischen vor Fieber, doch sobald sie sie schloss, fand sie sich in dem Hinterhof wieder – mit einem Pflasterstein in der Hand. Und dem Geräusch des Schwertes, das über Stein scharrte. Schon die Erinnerung an diesen Laut fuhr ihr wie ein Frostschauer durch die Knochen. Und dennoch rief sie sich wieder und wieder den Anblick des Blutmannes ins Gedächtnis: den Mantel, die Maske, das Schwert. Sie wusste nicht, warum, aber irgendetwas irritierte sie an diesem Bild, ohne dass sie ergründen konnte, was es genau war.

Sie musste wohl doch eingenickt sein, denn sie erwachte davon, dass Anzejs Hand ihr sanft über das Haar strich.

»Ich habe uns beiden Kleidung besorgt. Nichts, womit man tanzen gehen kann. Aber zumindest sind die Sachen wetterfest und warm. Hier, iss etwas!«

Er hielt ihr eine Schüssel hin, in der dampfende glasige Fleischbrocken in einer dichten Brühe dümpelten. Ein seltsam stechender Geruch ging davon aus.

»Alte Fischsuppe?«, murmelte Summer und rümpfte die Nase.

»Nein, Haifleisch riecht immer so.«

»Haie? Im Graumeer?«

Anzej nickte. »Der hier wurde gestern gefangen. Dem Schiff folgt eine ganze Gruppe von ihnen. Vorhin haben sie wieder einen mit einem Köder angelockt. Hängt jetzt oben an Deck und wird gerade zerlegt, ist mindestens vier Meter lang. Die Angelleine war so dick wie ein Seil – und trotzdem haben sie es kaum geschafft, das Monster aus dem Wasser zu ziehen.«

Summer starrte die Brocken in der Schüssel an, als könnten sie ihr jeden Moment ins Gesicht springen.

»Keine Angst«, sagte Anzej beruhigend. »Hier unten in der Kabine sind wir sicher. Am besten, wir bleiben hier und lassen uns nicht an Bord blicken.«

Summer schwieg. Sie wusste nicht, wann es genau geschehen war, aber irgendwann zwischen Gestern und Heute hatte das fragile Gebäude ihrer Freundschaft einen Riss bekommen. Während sie von den Fleischbrocken kostete, die überraschenderweise würzig und zart waren, ertappte sie sich dabei, wie sie Anzejs Bericht über das Treiben an Deck zwar lauschte, ihn dabei jedoch verstohlen beobachtete. *Wie sehr du dich verändert hast*, dachte sie. Nichts erinnerte mehr an den unbeholfenen Mann, den sie im Hochhaus getroffen hatte.

Als hätte er ihr Misstrauen gespürt, hielt er im Erzählen inne und musterte sie besorgt. Sanft strich er ihr mit der rechten Hand über die Stirn. Summer schloss die Augen und spürte die kühlen Finger auf ihrer Haut. Die Sehnsucht danach, dass alles wieder so wäre wie zuvor, dass sie ihm bedingungslos vertraute und sie zueinander gehörten, gab ihr einen kleinen, heißen Stich. Seine Hand verharrte.

»Du … fieberst ja!«, sagte er verwundert.

*

Kein Traumbild verfolgte sie, und der Übergang vom Schlaf zum Wachen war abrupt wie ein Sprung von einer Schwärze in eine andere. Die Lampen waren erloschen, und einen schreckerfüllten Augenblick war Summer überzeugt, dass sie in einem Sarg auf dem Grund des Meeres lag – für immer das ganze Gewicht des Ozeans auf ihrer Brust. Doch dann hörte sie Anzejs tiefen Atem neben sich und spürte seinen Arm, der quer über ihrer Taille lag.

Gemeinsam lagen sie in der oberen Koje. Wie lange hatten sie geschlafen? Und wann genau war sie eingeschlafen? Das Letzte, woran sie sich erinnerte, war die kühle Berührung an ihrer Stirn und an Hitzeschauer wie von Schüttelfrost.

Jetzt war sie hellwach, das Fieber war verschwunden, und dennoch fühlte sie an Schultern und Rücken immer noch so etwas wie Fieberhitze. Das Schlimmste aber war das Geräusch des Wassers. Das Meer war unruhiger, das Schiff hob und senkte sich stärker. Und da die Kabine unter der Wasserlinie tief in den Eingeweiden des Schiffes lag, drang ein Gurgeln und Rauschen durch das Holz, das an den Wasseratem von Meeresungeheuern erinnerte. Summer sah sie unwillkürlich vor sich: gewaltige Fische, Chimären wie aus Morts Menagerie, halb Hai, halb Muräne, die dem Schiff in Scharen folgten und am Kiel entlangstrichen, Kraken, deren Tentakel suchend über den Schiffsrumpf tasteten.

Sie schnappte nach Luft und setzte sich auf. Angespannt tastete sie in der Dunkelheit nach Bildern, eine Erinnerung war ganz nah, aber sie fand den Zugang nicht. Alles, was sie spürte, war das Wissen um einen fernen Schrecken. Angst und Wut, die sie irgendwann einmal empfunden hatte.

Anzej seufzte und murmelte etwas, sein Arm zuckte im Traum. Die Verlockung, ihn zu berühren, ihre Stirn in seine Halsbeuge zu schmiegen und sich in diesen Nebel der Geborgenheit fallen zu lassen, war groß. Doch ihr widerspenstiges Herz begann schneller zu schlagen, als sie die Hand auf Anzejs Hand legen wollte. Sie verharrte.

»Er darf uns nicht sehen!«

Summer zuckte zusammen. Das Flüstern war direkt an ihrem Ohr. Doch es war nicht Anzej, es war eine Stimme aus der Vergangenheit. Das Flüstern, das sie in der Gasse gehört hatte! Und plötzlich raste ihr Herz, als müsste sie ersticken, die Kammer war wirklich ein schwimmender Sarg. Und Anzejs Arm die Fessel, die sie unter Wasser hielt. *Ich muss weg hier! Nachdenken ... einen klaren Kopf bekommen ...* So vorsichtig, dass Anzej nicht erwachte, schob sie den Arm weg. Dann kletterte sie, so schnell sie konnte, aus der Koje.

*

Die ersten Schritte auf dem schwankenden Boden kosteten sie Überwindung. Ihre Sohlen kribbelten, so als müsste sie über die Haut eines lebendigen Wesens laufen, das sie jederzeit bemerken und nach ihr schnappen könnte.

Sie war darauf vorbereitet gewesen, ein in der Nacht schlafendes Deck vorzufinden, stattdessen hörte sie über ihrem Kopf eilige Schritte und Stimmen. War es bereits Morgen? Endlich erreichte sie den Aufgang, der vom Zwischendeck aus ins Freie führte, packte den Handlauf und kletterte nach oben.

Der erste Windstoß wirkte wie ein berauschendes Getränk. Sie klammerte sich an den Rand der aufgestellten Luke und atmete die salzige Meeresluft tief ein. Die Kälte brachte sie zur Besinnung, vertrieb die Angst und ließ ihr endlich Raum für einen klaren Gedanken. Über ihr bauschten sich die Segel vor einem Himmel, der nicht mehr ganz Nacht und noch nicht Morgen war. Taue und Seile spannten sich über ächzendem Holz. Und ringsherum wogte – wie eine Kulisse aus grauschwarzem Glanzstoff – das Meer!

An Deck beleuchtete eine Vielzahl von Laternen eine bizarre Szenerie. Wäre der Seegang nicht gewesen, Summer hätte geschworen, auf einen belebten Platz am Hafen zu blicken. Etwa hundert Rekruten hatten sich auf dem Deck im Zwischenschiff versammelt. In Trauben standen sie um einzelne Männer und Frauen herum, doch Summer konnte auf den ersten Blick nicht erkennen, was sie dort genau taten. Doch da war noch etwas, was sie sofort gefangen nahm. Irgendwo weiter vorne auf dem Schiff spielte jemand auf einem Instrument, das Summer noch nie zuvor gehört hatte. Ein Streichinstrument, ähnlich einer Geige, nur klang es rauer und lebendiger – fast wie eine menschliche Stimme. Obwohl der Trubel sie einschüchterte, konnte Summer nicht anders, als sich dem Klang zuzuwenden. Ein weiterer Windstoß strich wie kalte Seide über ihr Gesicht – und mit einem Mal war es ihr, als sei sie endgültig entkommen – aus dem Dunkel, aus Lady Tods Armen. Das Glücksgefühl wallte so überraschend in ihr auf, dass sie lächeln musste. Sie schloss die Augen und lauschte der Musik. Sogar Lachen hörte sie – ganz so, als hätten die Rekruten ihre bedrückte Schweigsamkeit am Pier zurückgelassen. *So wie ich den Blutmann. Hier, inmitten von Haien und Wasser, bin ich zum ersten Mal sicher!*

Sie lachte auf, fühlte die rauen, nassen Planken und schmeckte Gischt. Irgendwo zwischen Schlüsselbein und Zwerchfell stieg ein vergessenes Bild auf und zerfloss zu Tönen und Farben. Diesmal war es die Ahnung einer schönen Erinnerung – und Summer streckte alle Sinne danach aus, tastete danach und hätte am liebsten aufgeschrien, als sie tatsächlich etwas fand:

Sie war nicht in Gefahr, sie roch Zedernrauch und spürte die Ahnung eines rauen Kusses, der sie völlig gefangen nahm. Unter ihren Fingerspitzen: Haut. Und Schnee. »Gibst du auf?«, rief ein Mann ihr lachend zu.

»Was ist los mit dir? Hast du zu viel Wein getrunken?«

Verärgert öffnete sie die Augen. Vor ihr stand ein kräftiges Mädchen, das ein wenig an Ana erinnerte. Nur das kurz geschnittene, störrische Haar passte nicht ins Bild.

»Nein, habe ich nicht«, erwiderte Summer unwillig.

Die Fremde war sicher nicht älter als sechzehn, auch wenn sie sich erwachsener gab. Ihre Wangen waren gerötet – ob vom Wind oder vom Wein, konnte Summer nicht sagen.

»Hast du dein Zeichen schon?«, fragte sie nun weiter.

»Welches Zeichen?«

Das Mädchen streckte Summer den rechten Arm hin. Ihr Ärmel war aufgekrempelt, nun schob sie ihn noch ein Stück weiter hoch und enthüllte ein frisches Tattoo auf der Innenseite des Unterarms. Die schwarzen Linien hoben sich leicht geschwollen von der übrigen Haut ab und wirkten noch wie mit einem roten Stift umrandet.

»Unser Truppenzeichen. Das Lindenblatt steht für Lord Teremes«, erklärte das Mädchen. »Teremes, der Nordländer! Er bezahlt den Sold der Freiwilligen auf diesem Schiff. Hier – das ist meine Nummer – und darunter der Code für meine Einheit. Du gehörst doch auch zu uns, oder?«

»Nein. Ganz bestimmt nicht!«

»Wirklich nicht? Ich dachte – weil dein Haar so kurz ist. Sie schneiden uns allen die Haare, bevor wir das Zeichen bekommen.«

Summer sah sich um. Jetzt bekam der Auflauf an Deck einen Sinn. Den Rekruten, die in Gruppen warteten, wurden einem nach dem anderen erst die Haare geschnitten, bevor sie zu den Männern traten, die mit Nadeln und Rußfarbe jedem Neuling das Zeichen in die Haut stachen.

Das Mädchen deutete auf Summers Jacke. »Ach so, dann bist du eine vom Schiff! Hätte ich mir ja denken können.«

Summer blickte an sich hinab. In der dunklen Kabine hatte sie nur in aller Eile die Kleidungsstücke ertastet, die Anzej mitgebracht hatte. Wahllos hatte sie einen grob gestrickten Pullover aus dem Stapel gezerrt, Hosen – und eine hüftlange Jacke.

Jetzt sah sie die neue Kleidung bei Licht. Man hätte sie tatsächlich für einen Matrosen halten können. An der blauen Jacke aus gewachstem Stoff waren viele Verschlüsse und Taschen angebracht. Aus einer davon ragte ein Wollzipfel, und als sie daran zog, entpuppte er sich als hellblaue Mütze.

Das Mädchen musterte Summer immer noch so interessiert, als würde es auf eine Antwort warten. Es hatte wasserblaue Augen, die so klar waren, als hätten sie noch nie im Leben Leid oder Schrecken gesehen. Und dennoch spiegelte sich darin auch Härte. *Was hast du erlebt, dass du dich nun an einen Krieg verkaufst?*, hätte Summer sie am liebsten gefragt. *Weißt du, was du tust? Weißt du, wie es ist, grausam zu sein, zu leiden und zu sterben?*

»Du stammst aus meiner Gegend, nicht wahr?«, sagte das Mädchen.

»Wie kommst du denn darauf?«

»Hört man doch. Südländer bleibt Südländer. Uns hat es beide ganz schön weit weg von zu Hause verschlagen.«

Südland? Summer versteifte sich. Was, wenn sie recht hatte? Doch dann machte sie sich bewusst, dass sie in jedem Gespräch ganz ohne nachzudenken die Sprachmelodie und Aussprache ihres Gegenübers annahm. *Bis auf Anzej*, dachte sie. *Da ist es umgekehrt.* Und aus irgendeinem Grund behagte ihr dieser Gedanke heute gar nicht.

»Sag, bist du aus Beleter?«, bohrte das Mädchen weiter. »Oder aus einem der anderen Dörfer am Her-Pass?«

»Blissa Tomlin!«, rief jemand, und das Mädchen zuckte zusammen und warf einen gehetzten Blick über die Schulter.

»Hier!«, rief sie. »Ich muss wieder zu den anderen«, flüsterte sie dann Summer verschwörerisch zu. »Schön, dich getroffen zu haben. Vielleicht sehen wir uns ja noch. Und wenn nicht, viel Glück bei allem, was du tust!«

Das kam so offen und von Herzen, dass Summer sprachlos war. Plötzlich spürte sie, wie sehr sie das in den vergangenen Wochen vermisst hatte: Sich nicht vor den Menschen zu verbergen, sondern inmitten von ihnen zu sein, mit ihnen zu reden, ihre Leben zu spüren, ihren Herzschlag, sogar ihre Dummheiten.

»Blissa?«, rief sie leise, und das Mädchen, das schon weitergeeilt war, blieb stehen und drehte sich noch einmal zu ihr um. »Warum tust du das?«

Blissa runzelte verwundert die Stirn, aber dann glitt ein Lächeln des Verstehens über ihr Gesicht. »Ach so, du meinst das Zeichen?«, meinte sie und hob den Arm. Und noch bevor Summer ihr erklären konnte, dass sie ganz sicher nicht die Tätowierung gemeint hatte, erklärte sie: »Die Soldaten der schwarzen Fürstin haben auch eines. Eine Lilie aus weißer Asche. Sie besitzt Zauberkräfte. Jeder, der sie trägt, kann nur noch dem Willen der Fürstin gehorchen. Lord Teremes' Zeichen schützt uns vor ihrer Magie.«

Dann war sie schon in der Menge verschwunden. Summer blickte ihr mit einem flauen Gefühl nach. *Ein Lilienbild mit Zauberkraft?*

Plötzlich war der Krieg ihr viel zu nah und drohte ihre Erinnerung zu verdrängen. Doch immer noch erklang vom vorderen Teil des Schiffes diese fremdartige, windverwehte Musik, die sie unwiderstehlich anzog wie ein helles Licht einen Nachtfalter.

Sie setzte sich die Mütze auf und machte sich mit unsicheren

Schritten auf den Weg. Viele Möglichkeiten gab es nicht: Der einzige Weg zwischen Heck und Bug führte am Rand des Decks erschreckend nah am Wasser vorbei. Hier, im mittleren Teil des Schiffes, trennten nur Sicherungsseile diesen Gang vom Meer. Erst viel weiter vorne säumte eine hölzerne Reling das Vorderdeck. Summer hangelte sich weiter und vermied es, aufs Wasser zu schauen. Sie unterdrückte einen erschrockenen Aufschrei, als das Schiff in ein Wellental absackte, und erreichte mit dem hohlen Gefühl des Fallens im Magen das Vorderdeck. Dort drückte sie sich mit dem Rücken an die hölzerne Wand eines Aufbaus. Die Musik war nun ganz nah, sie konnte Stimmen hören und spürte schon die raue Fröhlichkeit. Ein Lied drängte sich in ihre Gedanken. Töne, die etwas mit ihr zu tun hatten: *Liebte dich körperlos, dein Lachen, dein Haar …*

Und diesmal wusste sie, dass sie diese Strophen nie wieder verlieren würde. *Das Lied wurde für mich gesungen!*, dachte sie. *Ich muss Anzej erzählen …*

Doch da wurde ihr plötzlich klar, warum sie alleine hier draußen stand. Weil ihre Erinnerungen ihr gehörten. Weil sie ein Schatz waren, den sie hüten musste. *Weil Anzej ihn mir sonst stiehlt?*

»Na, ein guter Matrose kannst du ja nicht sein, wenn du dich bei den paar Wellen schon ins Holz krallst wie eine Katze.« Die Männerstimme ertönte links von ihr und ließ sie überrascht zusammenfahren. Doch in der nächsten Sekunde fand sie sich schon in ihrer Rolle ein.

»Ich bin keine vom Schiff. Ich sehe nur so aus. In meinen eigenen Sachen würde ich hier erfrieren, also habe ich ein paar Münzen für Jacke und Mütze springen lassen.«

»Hm, vielleicht hättest du noch ein paar weitere für Schuhe ausgeben sollen.«

Summer überwand sich dazu, den Blick vom Boden zu heben.

Im Licht einer Laterne erkannte sie einen riesenhaften Soldaten, der sich mit einer Hand an einem straff gespannten Seil abstützte, um die Bewegungen des Schiffes auszubalancieren. Erinnerte Anzej an eine fein gearbeitete Skulptur, erschien dieser Mann hier wie mit der Axt aus Holz gehauen. Nicht, dass er hässlich gewesen wäre. Im Gegenteil. Er hatte hohe Wangenknochen, kurzes, glattes Haar, so dicht, dass es an Pantherfell erinnerte, und dunkle, leicht schräge Drachenaugen, deren scharfer Blick fast auf der Haut brannte. Rasch erfasste Summer auch den Rest seiner Erscheinung: eine Uniformweste aus braunem Leder – und die Tatsache, dass er trotz des schneidenden Windes weder Hemd noch Mantel trug und dennoch nicht zu frieren schien. Seine Arme trugen alte Narben und auf seinem rechten Unterarm prangte das Lindenblatt. Seiner Haltung nach zu urteilen war er jedoch kein einfacher Soldat. Da er höchstens Mitte zwanzig sein konnte, die Tätowierung aber bereits verblasste, war er offenbar schon in sehr jungen Jahren zu Lord Teremes' Armee gekommen.

»Bist du einer der Freiwilligen?«, wollte er nun von Summer wissen. »Die haben hier vorne nämlich nichts verloren.«

Es klang nicht unfreundlich, Summer hatte eher den Eindruck, dass sie ihn neugierig machte. Sie hob die Hand und zeigte ihm ihren unversehrten Unterarm. »Passagier«, erwiderte sie knapp. »Und zwar einer, der jetzt tausendmal lieber an Land wäre.«

Der Soldat überbrückte die Distanz zur Reling mit einem einzigen langen Schritt und blickte zu den anderen Schiffen hinüber. »Kann ich verdammt gut verstehen«, sagte er aus vollem Herzen zu den Wellen. »Ist kein Spaß hier. Ein kleiner Sturm genügt und das Meer wird zu einer Wasserfaust, die das Schiff zerquetschen kann. Wie heißt du?«

Summer drückte sich fester gegen die Wand. »Taja«, erwiderte sie mit schwacher Stimme und versuchte dabei, nicht darüber nachzudenken, ob die Wolken auf Sturm hindeuteten. Der in Fetzen zerrissene Wolkenhimmel bildete die Kulisse für ein besonderes Schauspiel. Wie Geisterschiffe glitten die Frachter durch das Wasser. Alle vier fuhren in lockerer Formation. Das Leuchten der Laternen setzte Kronen aus Licht auf die Wellen. Als der Wind leicht drehte, trieben Rufe von den anderen Schiffen herüber und vermischten sich mit dem Wellenschlag und dem Wind zu einem vielstimmigen Sirenengesang.

»Und woher kommst du?«, fragte der Soldat, ohne sich nach ihr umzusehen.

»Hört man das nicht? Südland. Genauer gesagt aus Beleter. Ist eines der Dörfer am Her-Pass.« Sie bemühte sich, Blissas Tonfall und Aussprache genau zu imitieren.

Der Riese pfiff leise durch die Zähne. »Ganz schönes Stück von hier. Was treibt dich so weit weg von zu Hause, Taja?«

»Wenn ich sage, eine verlorene Wette, glaubst du mir nicht, stimmt's? Aber hör mal, ich bin keiner deiner Söldner, der dir Rede und Antwort stehen muss. Ich habe dir gesagt, wer ich bin. Jetzt bist du an der Reihe.«

Das Schnauben konnte so etwas wie ein Lachen sein. »Farrin Okland«, antwortete er. »Für dich natürlich nur Farrin.«

»Und woher kommst du?«

»Hört man das nicht?«, sagte er mit demselben herausfordernden Tonfall wie sie. »Du nimmst mich auf den Arm, nicht wahr?« Er drehte sich zu ihr um und stand nun scheinbar lässig mit dem Rücken an die hölzerne Reling gelehnt da, doch Summer bemerkte sehr wohl, wie angespannt er war. Einen Moment lang war sie verunsichert. Sollte sie raten, woher er kam? Seltsam, in

Maymara und in anderen Städten hatte sie die Dialekte der Menschen meistens gut erkannt. Bei ihm dagegen hörte sie nichts Ungewöhnliches heraus. »So wie du mein Truppenzeichen anstarrst, weißt du längst, dass ich zu Lord Teremes' Armee gehöre«, fügte er hinzu.

Nordländer also!

»Und als Nordländer bist du nicht gerne auf dem Meer?«, fragte sie auf gut Glück. »So wie du die Reling umklammerst, könnte man meinen, du hättest Angst, dass dir jeden Moment ein Fisch in den Kragen springt.«

Wieder blitzten die Drachenaugen amüsiert auf, obwohl sein ernstes Gesicht keine Regung zeigte.

»So scharfe Augen, ja? Aber wenn einer von uns beiden gerade in Gefahr ist, ein paar Haizähne in den Nacken zu bekommen, dann bist das eindeutig du.«

Es kostete ihn offensichtlich Überwindung, eine Hand von der Reling zu lösen. Dann zeigte er auf eine Stelle über Summers Kopf. Sie blickte hoch – und keuchte auf. In einer Sekunde blickte sie noch auf die Reihen scharfer, dreieckiger Zähne, in der nächsten stand sie mit weichen Knien an der Reling und starrte auf den riesigen Haikopf. Er war wie eine Trophäe an die Holzwand genagelt worden und schien hämisch zu grinsen. Jetzt erst erfasste sie die ganze Szenerie: Genau an dieser Stelle hatte man den Raubfisch, der heute gefangen worden war, zerteilt. In zwei gut befestigten Fässern dümpelten Fleischstücke in einer schwappenden Brühe, damit sie genießbar wurden. Aus einem Fass ragte die Spitze einer Schwanzflosse und bewegte sich bei jedem Rollen des Schiffes hin und her, als sei noch Leben in ihr. Dieser Anblick schlug Summer endgültig auf den Magen.

»Du bist wirklich kein Matrose«, stellte Farrin beim Blick auf ihr kreidebleiches Gesicht fest. »Einen Augenblick dachte ich ja, du erzählst mir Geschichten.«

»Einen Augenblick dachte ich, du seist nett!«

Er überraschte sie damit, dass er plötzlich in Gelächter ausbrach – es war ein ungestümes, tiefes Lachen, das ansteckend wirkte. »Du siehst aus, als könntest du einen Wein vertragen«, meinte er versöhnlich. »Das bin ich dir auf den Schreck wohl schuldig. Komm mit!«

*

Das erhöhte Vorderdeck gehörte den Matrosen, doch in einem kleinen abgeteilten Bereich logierten zwischen Tauwinden und einer hölzernen Plattform auch einige Offiziere und ganz gewöhnliche Passagiere. Kaufleute vielleicht oder Reisende, die in ihre Heimat zurückkehrten. Ein Matrose, der sich an einem Tau zu schaffen machte, stutzte kurz, als er Summers Kleidung sah, arbeitete dann jedoch schweigend weiter. Farrin steuerte auf eine Gruppe von Offizieren zu, die auf dem Boden sitzend Karten spielten. Summer suchte sofort nach dem Musikanten und entdeckte ihn in der Nähe der Reling, wo er auf einem geschnürten Bündel saß, das vermutlich sein ganzes Gepäck darstellte. Es war ein alter Mann mit schneeweißem Haar und einer Haut so dunkel wie Wurzelholz. Staunend sah Summer, dass sein Instrument nichts weiter war als ein länglicher Kasten, über den vier Saiten gespannt waren. Sie endeten im hölzernen Maul eines geschnitzten Pferdekopfes. Wie konnte er daraus diese klaren Töne hervorlocken? Zu ihrer maßlosen Enttäuschung hörte er in diesem Moment auf zu spielen und blickte aufs Meer hinaus.

»Was will die denn hier?«, brummte eine Kartenspielerin, ohne aufzublicken. Die Tätowierung an ihrem Arm zeigte kein Lindenblatt, sondern eine Schlange, die sich um einen Sichelmond wand.

»Passagier«, sagte Farrin knapp. »Gehört zu mir.«

Die Frau schnaubte verächtlich und warf eine Karte in die Mitte. Schon war sie wieder ins Spiel versunken.

Farrin beugte sich zu ihr – gerade weit genug, dass Summer sich nicht unbehaglich fühlte.

»Nimm's nicht persönlich«, raunte er ihr zu. »Geschlossene Gesellschaft unter uns Offizieren.«

»Weil keiner mitbekommen soll, dass ihr auch nur Karten spielt wie alle anderen?«

Farrin grinste und holte eine dickbauchige Flasche. Im Schein der Laternen glomm die Flüssigkeit darin wie ein rotes Juwel. Farrin drückte Summer einen Becher in die Hand und schenkte ein.

»Nun, dann trinken wir wohl auf das Meer.« Er hob den Becher. »Und darauf, dass wir beide bald wieder auf festem Boden stehen.«

»Ich trinke auf das geheimnisvolle Nordland«, ergänzte Summer. »Das Land, in dem das Träumen verboten ist.«

»Wirklich? Na, das muss ein anderes Nordland sein«, sagte Farrin und nahm einen tiefen Schluck. Summer hob ebenfalls den Becher an die Lippen. Sie wusste nicht, ob es an der Kälte lag oder daran, dass der Tod ihr noch gestern so nahe gewesen war, aber der Wein schmeckte wie das Leben selbst – süß und schäumend, nach dunklen Beeren und Zimt, eine wärmende Glut in ihrer Kehle. »Aber du hast mir immer noch nicht gesagt, was du bei uns im Norden willst?«, sagte Farrin nun.

»Einen großen Bogen um Toljan und den Krieg machen. Und du? Bist du auf dem Schiff für die Söldner zuständig?«

An der Art, wie er die Stirn runzelte, erkannte sie, dass es bei ihm nicht so einfach sein würde, ihn von seinen Fragen abzubringen. *Du wirst unvorsichtig*, warnte ihre Katzenstimme sie.

»Nein, mit den Söldnern habe ich nichts zu tun«, antwortete Farrin gedehnt. »Die Freiwilligen werden zum Kreidehafen gebracht – und von dort aus in ein Lager, in dem sie ausgebildet werden. Wir dagegen booten schon früher aus. Wir sind die Eskorte für eine Delegation. Lord Teremes hat einige Berater angefordert.«

Er ruckte mit dem Kinn in Richtung Bug und Summer warf einen Blick dorthin. Sie entdeckte zwei Leute, die mit dem Rücken zu ihnen ganz vorne am Schiff standen. Sie trugen lange Regenmäntel und hatten sich die Kapuze über den Kopf gezogen, um sich vor dem Seitenwind zu schützen. Summer glaubte zu sehen, dass sie gemeinsam einen Plan studierten. Vielleicht eine Landkarte?

»Scheint eine wichtige Delegation zu sein, wenn sie so gut beschützt werden muss«, sagte sie.

Er nickte ernst.

Summer nahm hastig noch einen Schluck, um das nun einsetzende Schweigen zu überbrücken. Doch Farrin blickte sie unverwandt an und wartete immer noch auf die Antwort auf seine ursprüngliche Frage. Jetzt gab es kein Zurück. *Selbst schuld*, dachte sie verärgert. *Jetzt lass dir etwas einfallen.* Nun, immerhin war es eine Chance, etwas über das Nordland herauszufinden. Und außerdem – auch wenn sie es nie zugegeben hätte, sie mochte Farrin. Nach all der Zeit, in der sie Tag und Nacht mit Anzej zusammen gewesen war, tat es unendlich gut, ein paar Minuten allein zu sein und mit anderen Menschen zu sprechen. Und diesmal ohne Angst vor *ihm.*

»Ich … reise nur für ein paar Wochen nach Norden. Ich begleite einen Freund. Wir arbeiten schon seit einigen Jahren zusammen, als Saisonarbeiter in den Küstenstädten. Er hat lange im Süden gelebt und sorgt sich jetzt natürlich um seine Familie.«

»Wer nicht«, murmelte Farrin. »Wo lebt seine Familie denn?«

»In der Nähe des Kreidehafens«, sagte sie vage. »Ich habe den Namen des Dorfes vergessen. Aber er fällt mir sicher gleich wieder ein. Woher stammst du denn?«

»Balin.«

»Ist das irgendwo bei Toljan?«

Farrin runzelte wieder die Stirn und Summer nahm sich augenblicklich zusammen und schlug einen beiläufigen Plauderton an. »Ich weiß so gut wie gar nichts über das Nordland«, sagte sie entschuldigend. »Es war ein sehr kurzfristiger Entschluss, meinen Freund zu begleiten. Aber es gefällt mir, was er über seine Heimat erzählt. Er sagt, dort gibt es Dörfer, die an den Klippen in den Fjorden hängen. Und magische Wasserfälle.«

Farrin zog verärgert die Brauen zusammen. »Ist das alles, was er vom Nordland erzählt? Die Wundergeschichten von Hexenwasser und Klippenvölkern, die auf euren Jahrmärkten zum Besten gegeben werden? Hat er nichts von den Städten erzählt? Vom Frachthafen in Reksig? Wir haben Städte und Häfen, gegen die eure Anlagen im Süden wie grob befestigte Strände wirken. Und hat er dir von Lady Malavins Kristallkammer mitten im Meer erzählt? Von der Sternwarte in Sajnes? Nein? Dachte ich mir fast. Tja, und deshalb sind und bleiben wir in euren Augen Wilde, die in den Wäldern um das Feuer tanzen.«

Die Vorstellung schien ihn allerdings eher auf eine grimmige Art zu amüsieren als zu kränken.

»Mein Freund liebt seine Heimat«, sagte Summer. »Er sagt, es ist ein schönes Land.«

An dem Licht, das dieser Satz in seinen Augen entzündete, erkannte sie, dass sie nicht nur die richtige Saite angeschlagen, sondern auch Farrins Melodie gefunden hatte.

»Nur schön? Nein, es ist das schönste Land von allen«, sagte er voller Überzeugung. »Man sagt, einst hat der Gott des Nordwinds das Schönste und das Gefährlichste, was er in anderen Ländern fand, gesammelt und über den Himmel getragen. Wölfe, so groß wie Pferde, Raubkatzen, die Menschenstimmen imitieren, um ihre Beute anzulocken. Grüne Flüsse aus Kristall, Berge, schwer von Goldadern und Diamanten. Gewaltige Wälder – und natürlich die Tierläufer. Das sind Menschen mit der Doppelnatur von wilden Tieren, gefährliche Krieger, die im Verborgenen leben. Um sie einzufangen, musste er seine ganze List einsetzen. Schließlich fand er auch noch Bäume, die nur im Winter blühen. All das nahm er den anderen Ländern und brachte es weit in den Norden. Dort hortete er seine Schätze und formte daraus unser Land.«

»Tierläufer«, wiederholte sie nachdenklich. »Bäume, die im Winter blühen.« Und zögernd fügte sie hinzu: »Blaue Blüten, die an Sterne erinnern; und die Früchte, die Ende Februar geerntet werden, sind klein wie Trauben. Ihr Fleisch ist ebenfalls blau und schmilzt auf der Zunge wie süßer Schnee …«

Erinnere ich mich? Summer schluckte und starrte in den Spiegel ihres Weins. *Oder hat Anzej mir das erzählt? Oder Finn? Oder Mia?*

Farrin strahlte. »Und jeder Reisende oder Gesandte zahlt ein Vermögen für Samen und Setzlinge. Und begreift nicht, dass dieser Baum nur bei uns gedeiht. Wenn ihr bis zum Winter bleibt, dann solltest du die Früchte kosten, Taja. Du wirst staunen.«

»Ich … werde sie kosten. Erzählst du mir noch mehr? Ich …

weiß so wenig über das Land. Ehrlich gesagt, weiß ich nicht einmal, wie das Nordland auf einer Landkarte aussieht.«

Diese Offenheit schien ihn zu entwaffnen und gleichzeitig zu erstaunen. Er runzelte wieder zweifelnd die Stirn, doch dann setzte er sich auf den Boden und schüttete zu Summers Überraschung einen Schluck Wein auf die Planken. Als er sie mit einer Geste aufforderte, sich ebenfalls zu setzen, kniete sie sich neben ihn. »Stell dir vor, dass das ganze Land so ähnlich aussieht wie der Fußabdruck eines Menschen, der nur vier Zehen hat. Na ja, oben vielleicht eher wie der Abdruck einer Echsenklaue – mit spitzen Krallen statt Zehen.« Mit dem Finger strich er durch die Flüssigkeit, bis die Pfütze eine Form annahm, den Umriss eines zerklüfteten Landes, das tatsächlich entfernt an einen Fußabdruck erinnerte. »Unten, am Bogen der Ferse, liegt der Kreidehafen. Fährt man allerdings weiter, an der Außenkante des Fußes entlang, auf halber Strecke zum kleinen Zeh, dann landet man in einem kleineren Hafen, vor der Stadt Kars. Hier verläuft die äußerste Grenze von Lord Teremes' Reich. Und genau in der Mitte des Fußes, da liegt meine Heimat, Balin. Wie du siehst, weit weg vom Meer.«

»Und die Zitadelle?«, fragte Summer.

»Nicht einmal das weißt du?« Farrin deutete mit dem Zeigefinger an die nördlichste Stelle, die Spitze der größten Kralle.

»Toljan ist eine Halbinsel?«, entfuhr es Summer. Ihre Laune sank auf der Stelle. Hatte Anzej ihr mit Absicht verschwiegen, dass sie durch das ganze Land reisen sollten? *Natürlich? Was denkst du denn? Dass ein Dieb die Wahrheit sagt?* Heute klang die Stimme der neun Leben hämisch.

Farrin nickte. »Die größte Halbinsel. Das letzte Königreich. König Beras verwaltete den gesamten nördlichsten Teil des Landes, also ganz Toljan. Seine weiße Zitadelle war das Symbol der Unbesiegbarkeit. Hochhäuser mit Mauern, die so glatt sind, dass sich das Meer in ihnen spiegelt, umgeben von Steilwänden, die auf ihrer Rückseite bis ins Meer abfallen. Rund um Toljan ist das Meer ein Kessel voller Klippen, Strudel und Untiefen. Und unzähligen Klippen, die wie Haizähne aus dem Wasser ragen. Deshalb nennen manche die Halbinsel auch ›Haimaul‹. Es ist so gut wie unmöglich, die Zitadelle von der Seeseite einzunehmen.«

»Nun, der schwarzen Lady ist es trotzdem gelungen«, bemerkte Summer.

Farrins Gesicht verdüsterte sich. Er stürzte den restlichen Wein hinunter und stellte den Becher so hart auf dem Boden ab, dass es klackte.

»Eine Freiwillige hat die Raubfürstin so genannt«, setzte Summer vorsichtig hinzu. »Ganz Anakand fürchtet sich vor ihr. Von Kneipe zu Kneipe werden die Geschichten um sie abenteuerlicher. Man sagt, sie hat in einigen Lords starke Verbündete gefunden.«

Farrin schnaubte. »Zu viele«, murmelte er.

Summer hoffte, er würde ihr noch mehr verraten, aber der junge Offizier schwieg.

»Stimmt es, dass sie vielleicht gar nicht existiert?«, fragte sie. »Dass sie nur ein Schauermärchen ist, weil nichts erschreckender ist als ein unsichtbarer Feind?«

Im Zwielicht des beginnenden Morgens sah sie, dass seine Augen den bernsteinfarbenen Ton von Raubtieraugen hatten. Sie waren umschattet, als hätte Farrin, der Krieger, viele durchwachte Nächte hinter sich.

»Besser, du glaubst an sie«, knurrte er. »Und überleg dir gut, auf welcher Seite du stehst, wenn du *ihr* begegnest.«

Summer fröstelte. Es war zu nah, so, als hätte sie mit ihren Fragen den sicheren Grund einer harmlosen Unterhaltung verlassen. Nun balancierte sie auf einem schmalen Grat zwischen Misstrauen und Freundschaft. Sein Blick war so durchdringend, dass sie nicht wagte, wegzusehen.

»Was willst du damit sagen?«, fragte sie leise.

»Dass wir unseren Feind kennen«, erwiderte er. »Viel zu gut sogar. Dass wir jeden Mann und jede Frau brauchen können. Denn wir müssen sie besiegen. Und danach wird nichts so sein wie zuvor. Nichts, Taja.«

»Willst du mich anwerben? Und mich überreden, mir das Lindenblatt in den Arm stechen zu lassen? Damit ich an Zauberei glaube und nicht denke, dass das Lindenblatt nur dazu dient, die eigenen Toten auf dem Schlachtfeld wiederzufinden?« Noch während sie den Satz aussprach, spürte sie, dass sie einen Schritt zu weit gegangen war. »Ich verstehe nicht viel davon«, lenkte sie ein. »Wie gesagt, für mich ist es nur eine kurze Reise. Und ganz sicher werde ich mich dabei nicht auf irgendeine Seite stellen.«

»Noch nicht, Taja«, erwiderte Farrin düster. »Aber solltest du je in Schwierigkeiten geraten, dann erinnere dich an meine Worte. Und flieh, solange du noch kannst.«

Summer versuchte sich an einem Lächeln, das ihr nicht besonders gut gelang. »Ich … werde darüber nachdenken.«

Farrin stand auf und streckte ihr die Hand hin, um ihr aufzuhelfen. Summer gab vor, die Geste nicht zu bemerken, sondern stand auf, ohne die Berührung zuzulassen.

»Danke für den Wein. Und … viel Glück.«

»Das wünsche ich *euch*«, erwiderte er mit großem Ernst. Er wollte sich schon abwenden, doch aus irgendeinem Grund konnte Summer ihn nicht so gehen lassen – düster und verstimmt, den Kopf voller Groll und dunkler Gefahren.

»He, Farrin!«, rief sie ihm zu. »Noch eine letzte Frage. Stimmt es wirklich, dass ihr im Nordland keine Lieder kennt?«

Er stutzte kurz, dann erhellte die Ahnung eines Lächelns seine Miene. »Machst du Witze, Taja aus Beleter?«, fragte er spöttisch. »Das Nordland hat das Singen erfunden! Da könnt ihr mit euren schwermütigen und sentimentalen Süd-Balladen einpacken.« Und während er zu den anderen Offizieren hinüberging, pfiff er eine schnelle Melodie, die Summer ergriff wie eine Woge aus Bildern und sie vollkommen überschwemmte.

*

Der alte Mann mit dem Instrument betrachtete immer noch das Meer, über dem bereits der helle Schleier des Morgens lag. Er blickte nicht sonderlich interessiert zu Summer auf, als sie neben ihm auftauchte. »Ich mag deine Musik!«, sagte sie. »Warum hast du aufgehört zu spielen?«

Er wandte sich wieder dem Meer zu, machte aber keine Anstalten, zu seinem Instrument zu greifen. »Weil es Morgen ist«, gab er mürrisch zur Antwort. »Die Zeit des Spielens ist vorbei.«

»Noch ist die Sonne nicht aufgegangen. Spielst du noch ein Lied? Für mich?«

»Ich habe kein Lied für dich übrig. Wenn du Musik hören willst, dann sing gefälligst selbst.«

»Bitte!« Sie hoffte, ihre Stimme würde nicht so flehend klingen, doch offenbar konnte sie dem Musiker nichts vormachen. Er hob die Brauen und musterte sie so durchdringend, dass Summer unbehaglich zumute wurde.

»Du siehst aus, als hättest du ein Gespenst gesehen«, bemerkte er. »Aber die Musik wird dich nicht retten.«

»Doch!«, sagte Summer heftig. »Ich muss ein paar Takte hören, eine Melodie. Ich habe etwas Wichtiges vergessen, aber es ist zum Greifen nahe – und wenn ich Musik höre, dann fällt es mir wieder ein. Ich weiß es!«

Er zuckte mit den Schultern. »Und warum sollte mich das interessieren? Ich bin kein Wohltäter, nur ein alter Buchhalter, der so schlecht sieht, dass er seine Arbeit in den Hafenkontoren aufgeben musste. Hilft mir etwa jemand?«

Summer ballte die Hände zu Fäusten. Am liebsten hätte sie den Alten am Kragen gepackt und ihn angeschrien, ihr zu gehorchen. Doch sie beherrschte sich und wiederholte noch einmal mit aller Eindringlichkeit: »Bitte!«

»Sing. Ich höre zu«, meinte er nach einer Weile gönnerhaft. »Und dann sehen wir weiter.«

Summer biss sich auf die Unterlippe und betrachtete das seltsame Instrument, das er in den Armen hielt wie ein Kind. Die Erinnerung, die sie suchte, flatterte am Rand ihres Bewusstseins, doch wenn sie nicht bald danach griff, würde sie wieder auf das Meer hinausfliegen und für immer versinken.

»Was ist?«, fragte der Musiker. »Mutig genug, mich zu belästigen, aber zu feige, dir selbst zu helfen?«

Summer blickte sich um. Die Offiziere beachteten sie nicht. Farrin war verschwunden und der Wind trug jedes gesprochene Wort davon.

Sie stellte sich neben den Mann, atmete durch und begann zu summen. Leise erst, doch dann, als sie eine Melodie hatte, schloss sie die Augen und wagte sich ein wenig weiter vor. Wort für Wort fand sie das Lied wieder, fügte Strophen hinzu, von denen sie nicht wusste, ob sie sich erinnerte oder sie lediglich erfand. Auf die erste, noch stockende Strophe folgte ein Refrain. Es war ein

Lied über einen einbeinigen Mann, der Tänzer sein wollte, und eine Frau, die stets auf Händen lief, weil sie Angst vor dem Himmel hatte.

Wie eine zweite Stimme setzte plötzlich das Instrument des Alten als Begleitung ein – höher, als die von Summer, und so voller Leidenschaft, dass Summer ein Schauer über den Rücken lief.

Als sie ein Lachen hörte, öffnete sie die Augen und blickte in faszinierte Gesichter: ein paar Matrosen, die einige Augenblicke in der Arbeit innehielten, und mehrere Reisende, die mit den Füßen den Takt auffingen und nun zu klatschen begannen. Auf dem Zwischendeck reckten die Söldner die Hälse. Es war wie auf Morts Bühne. Und Summer holte Luft und sang, herausfordernd nun, mit kehliger Stimme. Sie musste lachen, als der Musiker einen Wirbel spielte, der wie das Wiehern eines Pferdes klang. Sie stampfte mit den anderen zum Takt und drehte sich. Und mitten in der Drehung verwandelten sich vor ihren Augen

die Schiffslaternen in Kristalllüster und das Meer um sie herum in schwarzen Marmor. Sie befand sich in einer Festgesellschaft – Männer und Frauen in Gewändern, wie Summer sie nur von alten Gemälden kannte, umgaben sie. Die fremdartig geschnittenen Kleider aus Samt reichten bis zum Boden. Betäubender, eisfrischer Blumenduft lag in der Luft, Goldstickereien glänzten an Handgelenken – und Silbermünzen, die bei jedem Schritt klimperten, an Jacken und Westen. Die Frauen trugen Muschelschmuck an den Stirnen, die Männer hatten schwarze Augen und langes dunkles Haar, das an die Mähnen von Pferden erinnerte. Mit einem dieser Männer tanzte Summer, doch sie sah ihm dabei nicht ins Gesicht, viel zu bemüht war sie, die Tanzschritte zu erlernen. »Sieh nicht auf die Füße, hör nur auf die Musik, sie führt dich!«, sagte er mit einem Lachen – und sie ließ es zu, dass er sie dichter an sich heranzog und im Schwung herumwirbelte. Sein Haar streifte über ihre Hände, die auf seinen Schultern lagen. Doch als sie aufblickte, sah sie sein Gesicht nicht. Als wäre in diesem Bild ein leerer Fleck oder eine besonders unscharfe Stelle. Sie mochte ihn, und noch mehr mochte sie die Musik. All das war neu und faszinierend für sie – so, als hätte sie noch nie zuvor eine Melodie gehört. Sie spürte Glück, vielleicht ebenfalls zum ersten Mal: ein zitternder Falter in ihrer Kehle. Staunend schaute sie sich beim Tanzen um; betrachtete den Saal, den sie nun in aller Deutlichkeit sah. Und erblickte sich selbst, hundertfach gespiegelt in den polierten Marmorwänden und den schmalen Spiegeln. Sie trug ein schlichtes Kleid, das dennoch kostbar wirkte – und so weiß, dass es zu gleißen schien. Der Stoff war leicht wie Seide und Federschlag, er bauschte sich und wirbelte bei jedem Schritt. Ihr Haar floss über ihren Rücken bis zu den Hüften, goldrote Wellen, in die eisblaue, sternförmige Blüten geflochten waren. Und obwohl sie im Spiegelbild ganz deutlich Summers Züge erkannte, ihr Lachen und die rauchbraunen Augen, lag in ihrem Blick und in ihrer Haltung etwas ganz anderes. Die Person, die sich hier selbst gespiegelt sah, war stolz und auf eine beinahe überhebliche Weise furchtlos. Barfuß tanzte sie auf dem Steinboden, als wäre sie das Maß aller Dinge in diesem Raum. Kein Zweifel, das war keine Rolle. Diesmal war sie es selbst. Verwundert löste sie sich aus der Umarmung ihres Tanzpartners und blieb inmitten der Menschen stehen. Sie betrachtete ihre Hände, entdeckte Schwielen an der Rechten, die von einem Schwertgriff stammten. Oder vielleicht von einem Degen oder Messer? Statt Gesichtern starrten sie leere Flecken an wie weiße Masken, während sie sich nach dem Mann umblickte, der sie das Tanzen gelehrt hatte. Sie hatte so viele Fragen an ihn, doch sie konnte ihn nicht entdecken. Ein Mann in der Menge trug seltsamerweise eine Matrosenmütze, ein anderer eine geflickte Wetterjacke aus Segelstoff. Und im Hintergrund bewegte sich der Marmor, als würde er zu Wasser zerfließen. Dann entdeckte sie ein Gesicht, das sie kannte

und wurde durch den Anblick von Anzej so jäh in die Wirklichkeit zurückgerissen, dass sie das Gleichgewicht verlor und taumelte. Und auch diesmal war Anzej mit einem Satz zur Stelle, um sie vor einem Sturz zu bewahren und sicher aufzufangen.

Der alte Musiker lächelte ihr anerkennend zu. Applaus brandete auf. »Noch ein Lied«, rief ihr ein Matrose zu, doch Anzej zerrte sie bereits unbarmherzig aus der Menge.

»Bist du verrückt geworden?«, zischte er ihr ins Ohr. »Noch auffälliger kannst du dich wohl nicht benehmen?«

Summer war viel zu überrumpelt, um zu reagieren. Vor ihren Augen irrlichterte noch das Bild der Festgesellschaft. *Die blauen Blüten, die nach Schnee und Weihrauch duften … und an den Fenstern Eisblumen …*

Am Niedergang des Zwischendecks blieb Anzej stehen. Seine Finger lagen wie Eisenklammern um ihre Oberarme.

»Was machst du hier?« Sein wütender Blick war wie eine Ohrfeige, die sie wieder in die Gegenwart zurückbrachte.

»Ich brauchte frische Luft«, gab sie ebenso unfreundlich zurück.

»Und warum weckst du mich dann nicht, sondern läufst einfach weg? Summer, ich habe mir Sorgen gemacht!«

»Warum? Hast du befürchtet, ich springe ins Wasser und schwimme davon?«

An ihm haftete noch der Geruch der Kammer – Waffenöl und feuchtes Holz. Und plötzlich konnte sie seine Nähe nicht mehr ertragen. Grob entwand sie sich ihm.

»Fass mich nie wieder so an«, fauchte sie. »Und wage es nie wieder, mich hinter dir herzuzerren wie ein Kind, das du zurechtweist!«

Anzej erstarrte, als hätte er einen Hieb erhalten. Er kniff irritiert die Augen zusammen und musterte sie. So blass hatte sie ihn noch nie gesehen, und aus irgendeinem Grund verspürte sie eine grimmige Genugtuung. Obwohl das Schiff immer noch schwankte, stand sie aufrecht, ganz und gar erfüllt von der Gestalt aus einer anderen Zeit.

»Was ist los mit dir?«, fragte er. »Hast du in der Kammer schlecht geträumt? Hast du wieder … Dinge gesehen?«

Erzähl ihm nichts! Der Gedanke flackerte so abrupt in ihrem Inneren auf, dass sie zusammenzuckte. *Das bin nicht ich*, dachte sie verwundert. *Es ist die andere, die, die ich gewesen bin! Aber warum warnt sie mich?*

»Nichts ist los. Ich habe mich nur unter die Leute gemischt und Erkundigungen eingeholt. Du warst schließlich Jahre nicht mehr im Nordland. Du hast keine Ahnung, wie es heute dort aussieht. Ich weiß jetzt wenigstens, wo die Kampflinien liegen und von welchen Orten wir uns fernhalten sollten.«

Ein hässlicher Verdacht stieg in ihr auf. In diesen Sekunden sah sie ihn mit den nüchternen, kühlen Augen der Frau im weißen Kleid. Und fand ihn plötzlich nicht mehr fürsorglich und anziehend, sondern auf eine lauernde Weise gefährlich. Hier, im Licht der aufgehenden Sonne, wirkten seine Züge fremder denn je. *Wusstest du jemals, wie es im Nordland aussieht, Anzej?*

»Weißt du, worüber ich mich wundere?«, sagte sie. »Dass es

so viele schöne Dinge in deiner Heimat gibt, von denen du mir nichts erzählt hast. Die Kristallkammer zum Beispiel, die Sternwarte und die wilden Menschen in den Bergen. Sie sind faszinierende Geschöpfe. Im Kindesalter verbinden sie sich mit einem Raubtier und verlassen ihre Gemeinschaft. Erst viele Jahre später, wenn sie gelernt haben, mit dem Raubtier in sich selbst zu leben, kehren sie heim.«

Und diese Geschichte habe ich nicht von dir, dachte sie staunend. *Und auch nicht von Farrin, Mia oder Finn.*

»Du erinnerst dich?«, fragte er fassungslos. »An das Nordland?«

»Vielleicht«, erwiderte Summer. »Vielleicht auch nicht.«

Anzej schluckte schwer. Ratlos blickte er sich um, als könnten die Wellen ihm eine passende Antwort einflüstern. Dann schüttelte er den Kopf und streckte ihr die Hand hin. »Komm mit mir in die Kabine, Summer«, bat er mit dieser Sanftheit in der Stimme, die sie immer noch berührte. »Es tut mir leid, dass ich dich so angefahren habe. Und ja, ich benehme mich vielleicht wie ein Idiot, wenn ich dich von deiner kleinen Aufführung wegzerre, aber versetze dich in meine Lage: Eben halte ich noch ein fieberndes, verstörtes Mädchen im Arm, bis es einschläft. Und das Nächste, was ich sehe, ist eine leere Bettseite – im ersten Moment dachte ich tatsächlich, dir sei etwas passiert! Aber jetzt stehe ich vor einer Frau, die mit mir umspringt wie mit einem Diener und mich so feindselig anschaut, als würde sie mich am liebsten schlagen. Es ist, als würde man jemanden lieben, in dem zwei völlig verschiedene Leute stecken.«

Summer verschränkte die Arme und hob das Kinn. »Du liebst mich?«

»Hätte ich sonst mein Leben aufs Spiel gesetzt? Und ich hätte mich auch nicht mit dem Blutmann persönlich angelegt, um dich zu schützen.«

Das Schlimme war, dass er absolut aufrichtig klang. Und einen Moment lang hätte sie nichts lieber getan, als sich in die Sicherheit ihrer Freundschaft zu flüchten und jeden Zweifel zu vergessen.

»Wenn ich nicht gewesen wäre, dann wärst du jetzt tot«, fügte er hinzu. »Vergiss das nicht, wenn du mich schon verdächtigst und verurteilst.«

Summer schluckte und senkte den Blick. Ihr war schwindelig, Bilder vermischten sich in ihrem Kopf. Und ihr Puls hämmerte gegen ihre Schläfen.

»Es ist erstaunlich, wie oft du zur richtigen Zeit am richtigen Ort bist, um mich zu retten«, sagte sie. »Du lernst meine Sprache so schnell, dass es unheimlich ist. Stammst du … wirklich aus dem Nordland, Anzej?« Und leiser fügte sie hinzu: »Oder ist das das tiefste Geheimnis deiner Seele, dass du ein noch besserer Lügner bist als ich? Wer … bist du, Anzej?«

Sie konnte sehen, wie ein Muskel an seinem Kiefer sich verhärtete, als er die Zähne zusammenbiss.

»Wer bist *du*, Summer?«, antwortete er mit rauer Stimme. »Vielleicht bist *du* es ja, die meine Sprache gelernt hat? Oder vielleicht gibt es mich gar nicht und du bildest dir nur ein, mit mir zu sprechen? Vielleicht sind wir ja beide verrückt?«

Angst flackerte in ihr auf, als sie sein Gesicht sah. Eine Sekunde lang hatte es sich verändert. Die Schatten um seine Augen waren tief wie Augenhöhlen, und ein Flirren tanzte auf dem Umriss seiner Schultern und seiner immer noch ausgestreckten Hand. »Komm mit mir in die Kabine«, wiederholte er. Doch diesmal schwang in seinen besorgten Worten ein Unterton mit, der sie aufrüttelte wie ein warnender Ruf. *Gib ihm nicht die Hand. Berühre ihn nicht. Es sind seine Berührungen und seine Küsse. Sie lassen dich vergessen.* Es war dieser Moment, als sie endlich begriff, was das Schiff tatsächlich war: ein Gefängnis mit Gittern aus unendlich tiefem Wasser.

»Summer!«, forderte er sie noch eindringlicher auf. Doch sie trat einen Schritt zurück, und dann noch einen weiteren. Über Anzejs Schulter hinweg entdeckte sie Farrin. Er stand oben auf dem Vorderschiff, gemeinsam mit den Beratern und Offizieren. Misstrauisch beobachtete er die Szene. Fragend hob er die Brauen und Summers Angst verflog ein wenig. Sie war auf diesem Schiff nicht allein. Ein Wink von ihr und Farrin würde zu ihr kommen.

Sie schüttelte den Kopf und sah Anzej direkt in die Augen.

»Nein«, sagte sie fest. »Mein Platz ist hier oben.«

Anzej hielt die Hand noch ein, zwei Sekunden ausgestreckt, dann zog er sie enttäuscht zurück und ballte die Hand zur Faust.

Ohne ein weiteres Wort drehte er sich um und ließ sie an Deck zurück.

Wellen und Flügel

Sie hatte die Nähe der anderen Menschen gesucht und sich zu den anderen Passagieren auf das Vorderschiff verkrochen. Immer wieder hielt sie Ausschau nach Farrin und den Offizieren, doch sie hatten das Deck verlassen und saßen vermutlich in den Kajüten auf dem Achterdeck. Bei jedem Geräusch fuhr sie herum, weil sie fürchtete, es könnte Anzej sein. Fieberhaft versuchte sie, sich einen Plan zurechtzulegen, doch das Wasser um sie herum machte ihr bewusst, dass sie in der Falle saß. Sie blickte sich um und entdeckte eine Seilleiter, die sich am vorderen Mast hinaufspannte. Und oben, weit über den Segeln, entdeckte sie ganz unverhofft einen Ort, an dem sie sich immerhin für eine Weile verbergen konnte.

Das Meer wurde stürmischer, Wasser schwappte an Bord und hinterließ eine Spur aus winzigen, zappelnden Fischen, die die Passagiere eilig aufsammelten und als Proviant verstauten.

»Los, runter vom Deck! In die Frachträume!«, befahl ein Matrose. Summer sprang mit den anderen auf, doch dann huschte sie zur Seite und begann im Sichtschutz eines Segels zu klettern.

Sie hatte die Höhe schon immer geliebt, aber noch nie war ihr so bewusst geworden, wie viel Sicherheit sie ihr gab. Atemlos erreichte sie das Krähennest und kletterte hinein. Es war, als würde eine Last von ihren Schultern rutschen. Unter ihr wirkte das Schiff klein wie eine Schale, kaum sichtbar zwischen den Segeln, die sich wie dunkelrote Wolken unter ihr bauschten. An diesem Tag wallte dichter Nebel über die Wellen. Dennoch sah man von Zeit zu Zeit die anderen Frachter in größerer Entfernung – Schemen, die sich durch Nebelschwaden schoben. *Genauso sieht es in meinem Gedächtnis aus*, dachte Summer niedergeschlagen.

Sie rollte sich auf dem Boden des Krähennests zusammen. Hier war es windstill, beinahe warm, eine kleine, sichere Kammer. Sie schälte sich aus ihrer Jacke und rollte sie zu einem Kopfkissen zusammen. Über ihr war nur der Himmel, und sie konnte sich einbilden, in einem windgebeutelten Baum sitzen.

Fieberhaft versuchte sie, sich zu erinnern. Konnte sie tatsächlich ein Leben in einer längst vergangenen Zeit geführt haben? Die Lösung schien zum Greifen nahe, ein Zipfel eines flatternden Segels, das Wind fangen wollte, aber nicht den richtigen Winkel fand.

*

Heute glich ihr Traum der Sequenz eines knatternden Projektors. Ein Film lief ab – die Szene mit dem Blutmann.

Sie stand ihm gegenüber, in dem Hinterhof in Anakand, aber sie trug das weiße Kleid und hatte langes Haar. Sie wusste, sie müsste Angst haben, weglaufen, aber stattdessen starrte sie die Erscheinung nur an, studierte die Maske, den Mantel, die Haltung. Die Handschuhe waren fleckig, doch es waren keine dunklen Flecken, sondern helle, wie von Wasser oder Bier. Und noch etwas passte so gar nicht zum Schrecken ihrer Nächte.

Das Schwert.

Das Bild des Projektors zuckte.

Das Schwert.

Es wiederholte sich noch einmal.

Das Schwert in seiner rechten Hand.

Seiner rechten Hand.

Seiner rechten …

Und dann blieb das Bild ratternd stehen, als sei der Projektor kaputt, überlagert von einem anderen Traumbild, dem richtigen, das ihr Angst einjagte, solange sie sich erinnern konnte. Die Erkenntnis überspülte sie wie eine kalte Woge aus dem tiefsten Meer.

»Er war es nicht«, murmelte sie. »Er kann es gar nicht gewesen sein. Er hat das Schwert … in der falschen Hand.«

Sie tauchte so mühsam aus dem Schlaf hoch, als würde sie gegen Wellen kämpfen. Und mit jedem Meter, den sie dabei eroberte, wurde ihr klar, dass sie das Opfer einer Täuschung geworden war. Es war so einfach, dass sie sich schämte, es nicht gleich durchschaut zu haben. Es waren die Handschuhe der Werberin gewesen. Anzej musste sie ihr abgekauft haben. Und wen hatte er dafür bezahlt, den Blutmann zu spielen?

Benommen richtete sie sich auf. Eine Segeltuchdecke rutschte ihr von den Schultern. Das Aroma von Waffenöl und salzgetränktem Holz umwehte sie. Noch bevor sie die Augen aufriss, wusste sie mit siedend heißem Schreck, was das bedeutete: Anzej war hier! Ihre Wange war noch warm von seiner Haut. Weil sie an ihn geschmiegt dagelegen hatte, den Kopf an seine Schulter gelehnt. *Seit wann ist er hier? Warum bin ich nicht aufgewacht?*

Sie öffnete die Augen. Und schlug die Hand vor den Mund, um nicht zu schreien.

Diesmal war sie ganz sicher, absolut wach zu sein. Unter ihr das

Flappen von schlaffen Segeln. Und an ihrem Rücken die Wand des Krähennests, an die sie sich nun presste. Der Mond tauchte die Szene in Geisterlicht.

Vor ihr überlagerten sich zwei Wirklichkeiten, durchdrangen sich wie auf einer Doppelbelichtung: Anzej, so wie sie ihn kannte. Er lag schlafend auf der Seite, ihr zugewandt und den Arm zur Seite gestreckt. Seine Jacke hatte er ausgezogen, der Pullover war hochgerutscht und entblößte einen Teil seines Rückens.

In der anderen Wirklichkeit war er nackt.

Um ihn herum, an den Innenwänden des Krähennests, entdeckte sie die Raupen, die sie schon einige Male gesehen hatte. Und inmitten dieses Nestes, das heimelig und gespenstisch zugleich wirkte, lag Anzej unter einer transparenten, schimmernden Decke. Nur dass es keine Decke war, eher ein Schleier. Ein flirrender Schleier, der … lebendig wirkte.

Summer rang nach Luft. Sie beugte sich ein wenig vor und erstarrte. Nein, es war auch kein Schleier. Eher … eine Art Haut? Sie blinzelte und das Trugbild verschwand, als hätte der Seewind es weggetragen. Die Raupen, dieser seltsame Glanz – aufgelöst. Da war nur noch Anzej, der sich regte und die Augen aufschlug. Obwohl es tiefe Nacht war, erkannte sie jede Einzelheit.

»Was … machst du hier?«, flüsterte sie. »Wie hast du mich gefunden?«

Was bist du?

»War nicht schwer, dich zu finden«, antwortete er und gähnte. »Wir hassen schließlich beide das Wasser.« Keine Rechtfertigung, keine Erklärung, warum er ihr ohne zu fragen so nahe gekommen war. *Du und ich im Kartenhaus …* Nur Anzej hatte das Lied gekannt. Hatte er selbst die Rolle des Blutmannes gespielt, um Summer zum Hafen zu treiben? Nein, die Gestalt war größer gewesen. Vermutlich war es einer der Kartenspieler aus der Kneipe gewesen. Und Anzej hatte ihm und den anderen sicher das Lied beigebracht, um die Illusion für Summer perfekt zu machen.

»Du zitterst ja. Ist dir kalt?«, fragte er besorgt. »Ich habe Decken aus der Kabine mitgebracht.«

Langsam schüttelte sie den Kopf.

»Hast du wieder von *ihm* geträumt?«

Summer spannte sich noch mehr an. »Ich glaube schon«, antwortete sie vorsichtig. »Aber ich kann mich nicht mehr genau erinnern.«

»Gut«, sagte er und lächelte. »Hier bist du sicher. Hast du noch Fieber?«

Irgendetwas sagte ihr, dass sie nicht zurückzucken durfte, als er die Hand nach ihr ausstreckte und ihre Stirn berührte. Vielleicht lag es am Hunger, am Durst und der Erschöpfung, dass ihr genau in diesem Moment wieder schwindelig wurde. Die Berührung fühlte sich an wie Heimkommen, und die Vertrautheit zwischen ihnen war wieder da, als hätte jemand ein Licht angeknipst. Und als er sie sacht zu sich herunterzog, wehrte sie sich nicht. Plötzlich war alle Furcht wie weggeblasen. Als seine Lippen ihre Schläfe berührten, übermannte sie die völlig widersinnige Sehnsucht, wieder zu Anzej zu gehören und alles zu vergessen.

Es sind tatsächlich seine Küsse!, schoss es ihr durch den Kopf. *Sie betäuben mich und sie rauben mir die Gedanken!*

Und deine Träume?, sagte eine warnende Stimme in ihrem Inneren. *Gib Acht auf deine Träume! Hüte sie gut, Summer!*

Sie hoffte, er würde nicht merken, wie ihr Herz raste, während sie sich mit aller Macht gegen das Netz aus klebrigen Fäden stemmte, das sich bereits um ihre Gedanken wob.

Unter ihrem Jochbein spürte sie Anzejs langsamen Herzschlag und sah mit einem Mal die vergangenen Wochen mit einer Schärfe, die schmerzte: Wie eine Schlafwandlerin war sie ihm gefolgt. Bereitwillig, aus der Sehnsucht heraus, zu jemandem zu gehören. *Idiotin! Du hast ihm alles geglaubt. Alles!*

»Bist du mir noch böse?«, flüsterte er ihr ins Ohr.

»Nein«, antwortete sie.

Sieh ihn an!, schrie die Stimme der Frau, die sie vor so vielen Jahren gewesen war. *Sieh, was er ist!* Sie gehorchte und schlug die Augen auf. Und lernte etwas ganz und gar Neues über sich. Es war nicht schwierig, in diese andere Wirklichkeit zu blicken. Direkt vor ihren Augen reflektierte das Licht des Oktobermonds auf einer durchbrochenen Fläche. Sie glich Libellenflügeln, die feine Struktur, der Glanz. Als hätte ein Künstler sich dazu inspirieren lassen, einen Mantel aus Tausenden von Flügeln zu erschaffen. Und Anzej hatte sich darin eingehüllt. Nein, mehr noch, es war ein Teil von ihm. Mit einem Frösteln entdeckte sie eine Stelle an seinem Oberarm, an der die zarte Libellenhaut mit seinem Fleisch verwachsen war. Was ihr jedoch endgültig vor Entsetzen den Atem nahm, war seine Haut. Sie wirkte beinahe transparent. Sie bildete sich ein, die Knochen durch die Haut schimmern zu sehen. Den Jochbogen unter seiner Wange, die Zähne. *Lady Tod*, schoss es ihr durch den Kopf. *In meinem Traum meinte sie gar nicht mich, sondern ihn!*

Rasch schloss sie die Augen und kämpfte mit aller Kraft den Impuls nieder, aufzuspringen und zu flüchten. Stattdessen ließ sie den Kopf mit jedem Atemzug schwerer werden, als würde sie wieder in den Traum zurücksinken. Zart strichen seine Fingerspitzen über ihre Stirn, und wieder musste sie alle Kraft zusammennehmen, um ruhig zu bleiben.

»Vertraust du mir, Summer?«, hörte sie ihn flüstern.

Sie kämpfte eine jähe Aufwallung von Wut nieder, dann konzentrierte sich auf alles, was sie je in Morts Truppe gelernt hatte. »Ja, ich vertraue dir, Anzej«, murmelte sie, als sei sie schon wieder an der Schwelle zum Schlaf.

Und an der Art, wie er sich entspannte, erkannte sie, dass ihr dieses Mal die beste Lüge von allen gelungen war. Sie harrte aus, mit zusammengekniffenen Lidern und beherrscht ruhigem Atem. Nach einer Ewigkeit ließ auch die letzte Anspannung in seinen Armen nach. Sie wartete weitere hundert Atemzüge, bis sie ganz sicher war, dass er wieder schlief.

Unendlich vorsichtig löste sie sich von ihm, rollte sich auf die Knie.

Fernes Motorengeräusch erschreckte sie so sehr, dass sie auf die Füße schnellte. Anzej schlief weiter. Sie spähte über den Rand des Krähennests. Und sah weit weg am Horizont – das Nordland! Die Küste war ein weißer Streifen im Mondlicht. Und zwischen Horizont und Schiff ankerte ein längliches Boot. Und ein kleineres Boot hielt gerade auf das Schiff zu.

Summer warf einen letzten Blick auf Anzej, dann schnappte sie sich die Matrosenjacke und kletterte nach draußen.

*

Der Wind drehte und trug die Geräusche nicht länger dem Krähennest zu. Doch unten an Deck angekommen, hörte sie Stimmen. Einige Matrosen machten sich an Leinen zu schaffen und in den Kajüten auf dem Achterdeck brannte Licht. Ein Matrose hielt eine Laterne über eine Seilleiter, die ins Wasser führte. Summer glitt hinter eine Truhe, duckte sich und schob ihre zitternden Hände in die Jackentaschen. Sie stutzte, als das Feuerzeug in ihre

Finger glitt. Jetzt merkte sie auch, dass die Jacke zu groß war. In der Hast hatte sie danebengegriffen und Anzejs Matrosenjacke angezogen. Und in der linken Tasche …

Metall und Papier? Sie schloss die Hand darum, zog sie vorsichtig heraus – und war fassungslos. Woher hatte Anzej so viel Geld?

»Einholen!«, befahl ein Matrose.

Hastig stopfte Summer die Silbermünzen und Scheine wieder in die Tasche und versuchte, sich ein Bild von dem Geschehen zu machen. Das Schiff lag vor Anker – und offenbar booteten ein paar Leute in das Motorboot um, das in Sichtweite wartete. Die Offiziere? Farrin hatte erzählt, dass er und die Berater nicht zum Kreidehafen fuhren. Das war ihre Chance! Sie musste mit Farrin sprechen und sich ihnen anschließen. Sie musste …

Ruderschläge erklangen und der Matrose holte die Seilleiter ein. *Verdammt!* Es war zu spät. Der letzte Mann hatte das Schiff eben verlassen. Summer brach der Schweiß aus. Einen Moment hatte sie den wirren Gedanken, den Matrosen zu überwältigen und die Leiter selbst wieder herunterzulassen, aber das wäre natürlich das Dümmste, was sie tun konnte. Sie duckte sich und huschte zur Reling. Unten erkannte sie zwei Leute in einem größeren Ruderboot. Pantherhaar glänzte im Licht einer Laterne. Summer leckte sich über die trockenen Lippen. Am liebsten hätte sie gebrüllt, um Farrin zur Umkehr zu bewegen, aber sie wusste, dass sie nicht nach ihm rufen durfte. Vielleicht weckte sie damit Anzej. Auf jeden Fall aber würden die Matrosen sie dann entdecken. Und für die Offiziere gab es ganz sicher keinen Grund, nur wegen ihr umzukehren. *Aber ich muss runter vom Schiff!*

Mit jedem Meter, den sich das Ruderboot entfernte, schwand auch die letzte Hoffnung, dem Gefängnis zu entfliehen.

Und als sie auf die glänzende Haut des Wassers blickte, wurde ihr mit einem Schaudern klar, dass es nur eine Möglichkeit gab.

Seltsamerweise war da kein Gefühl der Panik. Vielleicht, weil die Frau im weißen Kleid sicher war, im Wasser nicht zu sterben. Und mit der Schärfe von gesplittertem Glas erkannte Summer, dass das Einzige, was noch zählte, das Nordland und die Entscheidung war, nie wieder die Augen vor einer Wahrheit zu verschließen.

Mit einem raschen Blick vergewisserte sie sich, dass die Matrosen ganz mit ihrer Arbeit beschäftigt waren, dann nahm sie Anlauf – und sprang.

Der Fall schien eine Ewigkeit zu dauern. Ihr Zwerchfell kribbelte und in dem dunklen Spiegel des Wassers erkannte sie ihr verzerrtes Bild, das mit einem Mal zersplitterte. Die Nässe empfing sie mit einem Schlag, der ihr fast die Sinne raubte. Ihre Haut brannte vom Aufprall. Während die Wucht sie wie einen Korken unter Wasser in die Tiefe drückte, schrie sie beim Gedanken an die Haie in einem wirbelnden Sog aus Wasser und Luftblasen. Mit aller Kraft ruderte sie nach oben und tauchte prustend auf. Sie hasste das Wasser, aber wenn es sein musste, konnte sie offenbar tatsächlich schwimmen. Zwar nur unbeholfen, eher wie ein Hund, der paddelt, aber immerhin blieb sie an der Oberfläche. Salz brannte in ihrer Nase und ihren Augen. Ein paar Meter neben ihr ragte das Schiff bedrohlich auf wie ein schlafendes Seeungeheuer. Und während ihre Füße im Bemühen, über Wasser zu bleiben, in die schwarze Unendlichkeit unter ihr stießen, kämpfte sie dagegen an, nicht aus voller Kehle nach Hilfe zu brüllen. Das brauchte sie auch nicht, die Offiziere hatten sie bereits entdeckt.

Und dann wimmerte sie doch leise auf – als in der Nähe ein glänzendes schwarzes Dreieck die Wasseroberfläche durchschnitt, wieder abtauchte und einen unheilvollen Wirbel zurückließ. Der Moment hatte genügt, alles bis ins kleinste Detail wahrzunehmen: die dreieckige Scharte in der Flosse, die grauweiß gestreifte Fischhaut. An ihren Beinen fühlte Summer, wie sich das Wasser um sie herum in einer trägen Schwingung verschob, als würde ein gewaltiger Körper es verdrängen.

»Hör auf zu zappeln«, befahl ihr die Offizierin, die neben Farrin im Boot saß, barsch. »Sonst denkt er, du bist ein verletzter Fisch, und beißt gleich zu.« Jetzt hätte Summer doch beinahe aufgeschrien, doch eine Welle schwappte in ihren Mund und ertränkte jeden Laut. Das Ruderboot war herangeglitten, nun klatschte ein Seil gegen ihre Stirn und sie krallte sich hinein. Dann wurde sie schon von kraftvollen Armen zum Boot gezogen, während ihre Beine in Erwartung von messerscharfen Zähnen kribbelten, als würden sie brennen. Einige Sekunden später lag sie keuchend im Boot, über sich zwei erstaunte Gesichter.

»Du?«, sagte Farrin. »Bei allen Wassergöttern, Taja! Warum fällst du denn mitten in der Nacht vom Schiff?«

Summer hustete. »Ich bin nicht gefallen«, würgte sie hervor. »Sondern gesprungen. Der … Matrose wollte mich … nicht zur Leiter lassen. Aber ich will mit euch fahren. Ich habe es mir überlegt.«

Die beiden starrten sie an, als hätte sie verkündet, dass sie mitten in der Nacht beschlossen hatte, einen Hai zu streicheln.

»Bringen wir sie zurück«, entschied die Offizierin.

Summer krallte sich in Farrins Arm.

»Du hast mich gefragt, auf welcher Seite ich stehe, und ich habe darüber nachgedacht und mich entschieden. Du hast gesagt, ihr könnt jeden Mann und jede Frau brauchen! Gilt dein Wort nichts?«

»Du hast was?«, zischte ihm die Offizierin zu.

Jetzt war Farrin tatsächlich sprachlos. Summer warf einen bangen Blick auf den Vordermast und das Krähennest, dann griff sie in ihre Tasche und zerrte eine Handvoll Geld heraus.

»Wenn ihr mich nicht haben wollt, dann bezahle ich eben für die Überfahrt«, sprudelte sie heraus. »Setzt mich am Ufer ab, ich finde schon jemanden, der meine Dienste zu schätzen weiß.«

»Sehen wir aus wie ein Transportboot? Wenn du Kriegsdienst leisten willst, melde dich gefälligst als Freiwillige und steig im Kreidehafen aus«, knurrte die Frau. Ihre Zornesfalte zwischen den Augen war noch tiefer geworden.

»Augenblick mal, Lux«, meldete sich Farrin wieder zu Wort. »Vielleicht kann sie uns tatsächlich nützlich sein.«

»Noch mehr Verrückte können wir nicht gebrauchen.«

»Mag sein, aber immerhin spricht sie einige Sprachen. Sie hat sich sogar mit einem Mann aus Nikala unterhalten – der Alte mit der Pferdekopfgeige – und dann ein Lied auf Nordländisch gesungen, ich habe sie beobachtet. Und das kann uns nützen, du weißt, wie viele Rekruten aus verschiedenen Ländern wir haben. Von den Gesandten und den Beratern ganz zu schweigen.«

Summer hielt unwillkürlich den Atem an. Also hatte Anzej ihre Sprache gar nicht gelernt. Sie selbst war es, die seine nach und nach immer besser verstanden hatte. *Oder habe ich mich nur wieder an sie erinnert?* Aber offenbar beherrschte sie auch andere Sprachen, ohne sich dessen bewusst zu sein. Jetzt erst fiel ihr auf, dass sie sich tatsächlich nie gewundert hatte, warum sie Menschen in allen Städten verstand und allenfalls verschiedene Dialekte wahrnahm. Ihre Zähne begannen ganz von selbst zu klappern.

Lux blickte zum Motorboot. Jemand schwenkte dort ein Licht, als wollte er sie zur Eile antreiben. Die Meeresströmung hatte das Ruderboot bereits achterwärts abgetrieben. »Wie auch immer, wir haben ohnehin keine Zeit, sie zum Schiff zurückzubringen«, meinte die Offizierin und griff zu den Riemen. »Und du hättest sie sowieso mitgenommen, was? Du hast einen härteren Dickschädel als der Käpten.«

Farrin lachte. »Kein Wort gegen den Käpten! Und verwechsle Klugheit und Stärke nicht mit Sturheit.«

Lux murmelte etwas, das nicht gerade freundlich klang, und stach dann mit dem Zeigefinger in Summers Richtung.

»Und du, Haifischfutter, steck gefälligst dein Geld wieder ein. Da, wo wir hinfahren, wird es dir nichts nützen.«

Summer gehorchte und verstaute das nasse Knäuel wieder in der Tasche. Mit jedem Ruderschlag wurde ihr leichter ums Herz.

»Freu dich nicht zu früh«, sagte Farrin, als hätte er ihre Gedanken erraten. »Ob du wirklich mitkommen kannst, entscheidet allein der Käpten.«

Summer schluckte. »Scheint ja nicht gerade einfach zu sein, ihn zu mögen«, sagte sie heiser.

»Sagen wir so, es ist nicht einfach, ihn zu überzeugen.« Er beugte sich vor. »Was ist mit deinem Freund?«, fragte er leise.

»Er ist ein Lügner, Dieb und Verräter. Leider habe ich das zu spät erkannt.« Diese Worte kamen aus vollem Herzen.

Auf dem Motorboot erwartete etwa ein Dutzend Leute das Ruderboot. Farrin sprang als Erster an Deck und lief mit großen Schritten zu der tiefer gelegenen Kajüte im Mittelteil. Summer versuchte, die Fetzen einer Diskussion mit mehreren Leuten aufzuschnappen, aber der Wind trieb die Worte in eine andere Richtung. Doch schließlich sah sie unendlich erleichtert, wie Farrin zurückkam und ihr die Hand hinhielt. Diesmal nahm Summer sie und ließ sich an Bord ziehen.

Das Motorboot startete, der Lärm erschien ihr ohrenbetäubend. Der Sog der schnellen Fahrt drückte sie zur Seite. Mit immer noch klappernden Zähnen sank sie auf einer Kiste zusammen. Die Jacke klebte kalt auf ihrer Haut. Über die schäumende Furche hinweg, die der Motor durch das Wasser zog, blickte sie besorgt zum Schiff zurück und war erleichtert, dass sich im Krähennest nichts regte. Der Wind stand günstig. Und keiner der Matrosen schien bemerkt zu haben, dass jemand über Bord gesprungen war.

Du wirst mich nie mehr finden, Anzej, dachte sie und zog die nasse Jacke enger um die Schultern. Sie stutzte, als dabei etwas Kantiges gegen ihr Schlüsselbein drückte. Sie musste eine Weile tasten, bis sie die gut versteckte Innentasche gefunden hatte. Ihr Zeigefinger strich über Karton – und glatten Lack. Ein Stapel durchweichter Karten steckte in der Tasche. Summer zog sie hervor und musste plötzlich gegen die Tränen ankämpfen, als sie den letzten Beweis von Anzejs falschem Spiel sah. In den Händen hielt sie das Kartenspiel aus der Kneipe in Anakand. Ganz obenauf lag die Herzkönigin, deren aufgemalter Schnurrbart nun mit den abperlenden Wassertropfen zerlief.

Die zweite Wirklichkeit

Sie erwachte mit demselben verhassten Geräusch von Wasser um sich herum, nur dass diesmal auch Motorlärm hinzukam und ihr bewusst machte, wo sie sich befand. Gerade überlegte sie noch, was sie geweckt hatte, als ihr schon wieder etwas Hartes gegen den Oberarm stieß. »Was soll das? Ich bin wach!«, murmelte Summer unwillig. Ihre Wimpern waren verklebt von einer Salzkruste und es fiel ihr schwer, die Augen zu öffnen. Sonnenlicht fiel auf die nassen Planken, auf denen sie zusammengerollt lag. Wenige Handbreit von ihrer Nase entfernt entdeckte sie eine eisenbeschlagene Stiefelspitze – und über ihr, im Gegenlicht, erhob sich eine schlanke Gestalt mit langem Haar. »Guten Morgen«, sagte der Schatten. Als Echo antwortete ihr ein raues, kehliges Knurren – direkt neben Summer.

So schnell war sie noch nie auf die Beine gekommen. Und als sie endgültig begriff, wer vor ihr stand, kam es ihr so vor, als wäre seit der Begegnung in Maymara keine Sekunde vergangen. Wieder stand sie Auge in Auge der bewaffneten Frau gegenüber. Auch das Gefühl entsprach genau dem, das sie damals empfunden hatte: fliehen zu wollen und dennoch nicht wegzukönnen. Und plötzlich war auch der Blutmann wieder ganz nah, sein Eisatem, die graugrünen Augen voller Hass und die Klinge auf der Haut.

An den Fingerknöcheln konnte sie den Atem des Jagdhundes spüren, aber sie wagte nicht, die Hand wegzuziehen.

»Hallo, Tanzmädchen«, sagte die Frau ruhig. »Kommst ja ganz schön rum.«

Es geschah selten, aber in diesem Moment fiel Summer absolut nichts ein, was sie hätte erwidern können. *Das* war die Beraterin von Lord Teremes? Das Einzige, was sie von der strengen Erscheinung in Maymara unterschied, war die Tatsache, dass sie ihr Haar diesmal nicht straff zurückgebunden hatte. Der Wind verwirbelte ihre langen nussbraunen Strähnen und gab ihr das Aussehen einer Windsbraut.

»Seltsam. Jedes Mal, wenn ich dich treffe, hast du einen anderen Freund, dem du dann davonläufst. Und? Was hat der hübsche Blonde verbrochen, mit dem du dich gestern an Deck gestritten hast?«

Offenbar hatte die Frau sie also längst erkannt, hatte sie sogar beobachtet. »Er ... ist nicht mein Freund«, antwortete Summer. »Wir waren nur ... Reisegefährten. Hören Sie, ich kann Ihnen erklären, was in Maymara passiert ist. Ich wollte nicht ...«

»Verschone mich mit Märchen«, unterbrach die Frau sie barsch. »Und das Gesieze kannst du auch bleiben lassen. Höflichkeit zählt nur zwischen Leuten, die einander achten. Und ich halte herzlich wenig von Leuten, die ihre Freunde im Stich lassen.«

Siedend heiß schoss Summer das Blut in die Wangen. Der Hieb hatte gesessen.

»Im Übrigen ist es mir völlig egal, warum du in Maymara weggelaufen bist«, fuhr die Frau seelenruhig fort. »Ich sagte dir ja bei unserer Begegnung, dass ich nicht die Stadtpolizei bin. Wenn du nichts verbrochen hattest, gut. Wenn doch, Glück gehabt, dass du entkommen bist. Nicht meine Angelegenheit.«

Summer starrte sie überrascht an. Und stellte fest, dass ihr plötzlich leichter ums Herz wurde.

Die Frau kniff die Augen zusammen. »Die Wunde an der Schläfe ist wirklich erstaunlich gut verheilt«, bemerkte sie verwundert. »Seltsam, nicht einmal eine Narbe ist zurückgeblieben.« Ihr scharfer Blick war unangenehm, wie eine Berührung auf Summers Stirn. Und ohne dass sie es wollte, kam wieder das Bild von Finn hoch. Finn, der wie eine Marionette ohne Fäden bewusstlos an der Hausmauer lehnte. Und Mort, der vielleicht nicht mehr lebte.

»Was ist aus dem Theater geworden? Aus den Schauspielern? Geht es Finn gut?« Die Fragen rutschten ihr heraus, ohne dass sie es verhindern konnte. Die Beraterin runzelte die Stirn, doch Summer hätte auch so gewusst, wie unpassend sie angesichts ihres Verhaltens wirken mussten.

»Keine Ahnung, Mädchen. Ich war, wie du dich vielleicht erinnerst, auf den Weg zum Hafen. Ich kann dir nur sagen, dass dein Freund mehr als enttäuscht von dir war, als er wieder zu sich kam. Kann ich ihm nicht verübeln.«

Sie wusste wirklich, wie man den wunden Punkt traf. Doch die Nachricht, dass Finn wirklich nicht schlimm verletzt gewesen war, hatte trotzdem etwas Tröstliches.

Der Hund starrte sie immer noch lauernd an. Und auch seine Herrin musterte Summer, als wollte sie abwägen, ob sie sie nicht doch lieber den Haien vorwerfen sollte.

»Ich weiß nicht, wer du wirklich bist, aber ich werde dich im Auge behalten«, meinte sie nach einer Weile. »Erlaube dir nur einen Fehler oder die kleinste Feigheit und Jola wird sich freuen, ihre Fänge an deiner Gurgel wetzen zu dürfen.«

Es war keine leere Drohung und Summer wusste, dass jede

Rechtfertigung fehl am Platz gewesen wäre. Die Schauspielerin hätte klein beigegeben, aber die Frau im weißen Kleid schien der Meinung zu sein, dass sie und diese Frau auf Augenhöhe waren. Sie hielt dem Blick aus seidengrauen Augen stand und hob das Kinn.

»Warum hast du mich überhaupt mitgenommen, wenn du mir nicht traust?«, fragte sie. »Ich könnte ja tatsächlich ein Spion der Raubfürstin sein. Oder eine Verräterin.«

Bist du verrückt?, schalt sie sich. *Du verspielst noch deinen Platz auf dem Boot.*

Die Frau bekam noch schmalere Augen und verschränkte die Arme. Und dann überraschte sie sie ein weiteres Mal.

»Im Krieg sind Verräter manchmal nicht die schlechteste Wahl. Siege werden nicht wie auf dem Schachbrett von schwarzen und weißen Figuren errungen. Schlachten werden mit List geschlagen, mit Entscheidungen, die immer wieder neu getroffen werden. Menschen sind nun mal Menschen, alles andere wäre blinder Optimismus. Und ein guter Verräter kann wertvoller sein als ein vor Ehrgefühl geblendeter Kämpfer.«

Das Bild von Anzej huschte durch Summers Gedanken und versetzte ihr einen jähen Stich. »Verräter verdienen kein Verständnis«, sagte sie scharf. »Und wertvoll sind sie nie.«

Zum ersten Mal blitzte echtes Interesse im Blick der Frau auf.

Sie beugte sich vor. »Und hier hast du die Antwort auf die Frage, warum ich dich mitgenommen habe. Möglich, dass du genau das bist, wofür ich dich nach unserer ersten Begegnung halte, eine talentierte Verräterin, feige und doppelgesichtig. Aber einen Menschen nur nach seiner ersten Tat zu beurteilen, wäre ziemlich dumm. Viel wichtiger ist seine letzte. Sie zeigt, wer man wirklich ist.«

Summer musste zugeben, dass die Beraterin sie nicht nur einschüchterte, sondern auch faszinierte. Ihr Stolz und ihre Worte hatten die Klarheit einer polierten Messerklinge.

»Wären die Menschen dann nicht doch in Schwarz und Weiß zu unterteilen?«, wandte sie vorsichtig ein. »Vielleicht stimmt es manchmal. Aber was sagt die letzte Tat schon aus? Wenn man den Tod vor Augen und nichts mehr zu verlieren hat, kann jeder mutig sein.«

Und du selbst, Summer? Wie mutig warst du, als du Todesangst hattest?

»Aber die meisten sind es nicht«, sagte die Frau leise und so eindringlich, dass Summer ein Schauer über den Rücken lief. Sie fühlte sich ertappt und auf eine unangenehme Weise beschämt. »Und wenn ihre letzte Maske fällt«, fuhr die Beraterin fort, »wirst du keine Barmherzigkeit dahinter sehen, keinen Mut und keine Liebe.«

Maske.

Summer blinzelte. Das Meer im Hintergrund gleißte mit einem Mal viel heller und über ihren Rücken und ihre Schultern glitt so etwas wie ein elektrischer Impuls. Die Feindseligkeit des Hundes war nun fast mit Händen zu greifen. Er sträubte das Nackenfell und zog sich in der Drohhaltung einige Schritte zurück. *Er spürt meine andere Wirklichkeit,* dachte Summer. *Ich muss vorsichtig sein*. Sie atmete durch und drängte alle Bilder, die an die Oberfläche kommen wollten, gewaltsam zurück.

»Nun, es wird sich ja zeigen, wen ich in mein Boot geholt habe«, schloss die Frau nachdenklich. »Ach ja, und die anderen beiden Gründe, warum ich dich mitgenommen habe: Erstens, weil ich mich auf Farrin verlasse. Er meint, du seist ein guter Dolmetscher, und im Lager kann man sicher einen gebrauchen. Für die

Proviantlisten, die Zelte, die Befehle für die Soldaten aus dem Ausland. Und zweitens«, sie zog vielsagend die Brauen hoch, »bin ich einfach neugierig, warum mein Hund dich nicht ausstehen kann.«

»Moira?« Schritte näherten sich, dann tauchte Farrin bei ihnen auf. Er lächelte nicht, aber als ihre Blicke sich trafen, zwinkerte er Summer kaum merklich zu. Es tat unendlich gut, wenigstens einen Freund auf dem Boot zu haben. »Ich sehe, du hast Taja schon kennengelernt«, sagte er zu der Beraterin. »Sie kommt aus Beleter.«

Moira zog den linken Mundwinkel zu einem ironischen Lächeln hoch. »*Taja* also. Na gut. Kann sie reiten?«

Summer schüttelte irritiert den Kopf.

Moira schnaubte und warf Farrin einen spöttischen Blick zu. »Tja, dann viel Spaß mit ihr.«

»Das ist also dein Käpten«, flüsterte Summer, sobald die Beraterin außer Hörweite war.

Farrin nickte. »Allerdings. Lux nennt sie so, weil sie mit ihr nur im Kommandoton spricht. Die beiden können sich nicht leiden.«

»Warum überrascht mich das nicht? Und was sollte die Frage nach den Pferden?«

Farrin grinste. »Wieder etwas, was du nicht weißt? Im Süden sind sie längst Legende, aber im Nordland haben wir tatsächlich noch wilde Pferdeherden. In Lord Teremes' Armee gibt es Reitertruppen. Und manchmal nutzen wir die Tiere auch als Transportmittel.«

Summer versuchte, sich eine Reitertruppe vorzustellen, doch alles, was ihr dazu einfiel, war ein altes Schlachtengemälde.

»Dann kämpft Lord Teremes wie ein Krieger aus grauer Vorzeit«, bemerkte sie. »Und du behauptest, ihr seid keine Wilden in den Wäldern? Habt ihr noch nie etwas von modernen Transportmitteln gehört? Zügen?«

Farrin ließ sich nicht aufziehen, sondern zuckte nur betont arrogant die Schultern. »Natürlich, Südländerin. Aber auf unwegsamem Gelände taugen auch unsere Züge nichts, da braucht man vier Hufe oder zwei Füße. Der alte Hafen liegt versteckt in einer Bucht. Von dort aus kommt man bis zum ersten Lager bei der Stadt Kars nur zu Fuß oder mit dem Pferd. Und für einen Fußmarsch haben wir zu wenig Zeit.«

Summer holte tief Luft. Erst das Wasser und dann auch noch Pferde! Mit einem flauen Gefühl blickte sie wieder zu Moira, die nun am Bug mit dem anderen Botschafter sprach. Farrin musste ihre Gedanken erraten haben.

»Leg nicht jedes Wort von ihr auf die Goldwaage«, sagte er. »Moira wirkt unfreundlich, aber sie ist die beste Strategin in fünf Ländern. Man nennt sie ›das scharfe Auge des Friedens‹. Ihre Kunst ist es, Kriege zu verhindern – auch wenn sie dafür manchmal recht … hm … ungewöhnliche Methoden anwendet.«

»Das kann ich mir vorstellen«, murmelte Summer.

»Wir haben Glück, dass wir sie in Anakand nicht verpasst haben«, fuhr Farrin fort. »Lord Teremes hätte ihr am liebsten ein halbes Heer als Begleitung geschickt, aber sie hat darauf bestanden, von ihrer Stadt aus ohne Eskorte zu reisen – an der Küste entlang, von Hafen zu Hafen, ganz allein. Lux denkt deshalb, dass sie exzentrisch oder verrückt ist und sich für unverwundbar hält.«

Beinahe unmerklich stahl sich bei diesen Worten ein leichtes Lächeln in seine Mundwinkel.

»*Du* hältst sie nicht für verrückt«, stellte Summer fest.

»Oh nein«, sagte er mit unverhohlener Bewunderung. »Sie ist

nun mal jemand, der immer seinen eigenen Weg geht. Ich denke, sie wollte sich die Leute ansehen, die Söldner, die Stadtherren, die für diesen Krieg zahlen, wollte die Stimmung in den Städten erleben, die Gerüchte, die Angst. Und sicher weiß sie, dass sie nicht unverwundbar ist. Aber vielleicht fürchtet sie sich einfach nicht so sehr vor dem Tod wie wir.«

»Wenn sie so etwas wie eine Diplomatin ist und versucht, Kriege zu verhindern, warum legt Lord Teremes dann so großen Wert auf ihren Rat? Er will doch den Krieg führen, um die Zitadelle zu erobern, oder nicht?«

Farrin wurde wieder ernst. »Weil sie die Einzige ist, die dieser Raubfürstin schon einmal begegnet ist.«

»Dann gibt es sie also tatsächlich!«

Farrin nickte. »Aber ich gebe dir einen guten Rat. Frag sie lieber nicht nach Lady Mar.«

*

Der Weg führte in Sichtweite der Küste entlang, vorbei an Sandbänken und zerklüfteten Felsnadeln, die in bizarren Formationen aus dem Meer stachen. Überraschenderweise glühte der Spätherbst im Norden immer noch feuerfarben. Wie ein rotes Band säumten Purpureichen in der Ferne die Linie der Hügel. Das Wasser leuchtete taubenblau, und wenn es ruhiger war, konnte man dicht unter der Wasseroberfläche die Haie beobachten, die dem Schiff neugierig wie ein Rudel Hunde folgten.

Es war ein neues Gefühl von Fieber, das Summer auf dem Boot kaum schlafen ließ. Die Wut über Anzejs Verrat war kein bisschen verraucht. Aber das Verwirrende war, dass sie trotz allem gegen das Gefühl ankämpfen musste, auch einen Freund verloren zu haben. Selbst wenn sie es sich niemals eingestanden hätte, Anzej fehlte ihr.

Dazu kam ein neuer, kühlerer Zorn, wenn sie an den Blutmann dachte. Es war seltsam, aber ihre Angst vor ihm hatte sich bei der Begegnung mit dem falschen Blutmann in etwas anderes verwandelt. Statt sich zu fürchten, suchte sie in ihren Träumen nach ihm. Seitdem die Frau im weißen Kleid wieder ein Teil von ihr war, war sie nicht länger eine Fliehende. Sondern eine Suchende.

Es war einfach, in der Gemeinschaft unterzutauchen. Sie sog Farrins Berichte über das Nordland und die Zitadelle in sich auf. So oft sie dazu Gelegenheit bekam, warf sie einen Blick auf die Landkarten und prägte sich jeden Namen ein. Manche erkannte sie wieder, andere waren ihr völlig fremd. Moira saß mit dem zweiten Berater – einem hageren Kriegsstrategen – meistens abseits, doch sie hörte sehr wohl den Gesprächen zu. Summer entging nicht, wie oft Farrin versuchte, Moira mit seinen Geschichten ein Lächeln zu entlocken. Erfolg hatte er damit allerdings nie. Summer dagegen fühlte oft Moiras misstrauischen Blick auf sich ruhen. Und ertappte sich dabei, wie sie Moira ebenso verstohlen beobachtete.

Immer häufiger sahen sie nun kleine, der Küste vorgelagerte Inseln mit langen Bänken von grauem Sand. Gefleckte Robben schliefen dort in der Herbstsonne oder tummelten sich in Gruppen im Wasser. Manchmal machten die Haie Jagd auf sie. Dann schossen plötzlich ein gewaltiger Raubfischkörper und eine winzige, zappelnde Robbe aus dem Wasser, wanden sich in einem bizarren Tanz in der Luft, umkreisten einander elegant und fielen zurück in ihren Kampf um Überleben und Tod. Moiras Hund bellte wie verrückt und Summer hielt sich die Ohren zu und saß erstarrt vor Entsetzen da. Und dennoch konnte sie nicht anders, als sich von dem Schauspiel gefangen nehmen zu lassen. Und mehr noch: Irgendetwas in ihr war sicher, dass sie den Anblick von Robben, die um ihr Leben tanzten, kannte.

In den ersten Tagen hatte sie sich noch davor gefürchtet, in diese andere Wirklichkeit zu blicken. Vielleicht aus Angst, dass Anzej darin auftauchen würde – in seiner unheimlichen Gestalt. Doch als sie es endlich wagte und dem Knistern der Raupen lauschte, kehrten einige Erinnerungen auf leisen Sohlen zu ihr zurück – fast so, als hätte Farrins zaghaftes Werben um die Kriegslady in Summer ein Echo gefunden. *Ein Kuss, der nach Rauch und Begehren schmeckte, eine Hand auf ihrer Hüfte, der Duft von Zedern und das Elfenbeinbett, in dem sie diesmal nicht allein lag. Seide kühlte ihre Haut – und ein Atem strich über ihre Halsbeuge. Und da waren warme Lippen, deren Kuss sie staunend wie zum ersten Mal erfuhr.* Aus diesen Träumen erwachte sie mit glühenden Wangen und seltsamerweise so traurig über einen unendlichen Verlust, dass ihr sogar die Haie gleichgültig waren.

*

Als sie am vierten Tag ihrer Reise den alten Hafen erreichten, hätte Summer alles erwartet, nur keine Gruppe von Soldaten mit struppigen, bereits gesattelten Pferden. Die Eskorte hatte offenbar seit Tagen in Zelten am Hafen und oben auf der Anhöhe des felsigen Hafenrunds kampiert. »Na wunderbar«, knurrte Moira, während das Boot in ruhiges Wasser fuhr. Felsnadeln bildeten ein natürliches Tor, im Becken dahinter war das Wasser glatt wie ein Spiegel und so tief, dass es schwarz wirkte. »Ich hatte Lord Teremes gesagt, er soll mir einen Mann mit ein paar Pferden schicken, keine Armee, die jedem Späher schon von Weitem auffällt.«

»Hätten wir Lord Teremes gehorcht und uns von Anakand aus zum Hafen von Kars eskortieren lassen, bräuchten wir jetzt keine Späher zu fürchten«, wandte Lux ein. Jähzorn blitzte wieder in ihren Augen auf, als Moira an ihr vorbeiging, ohne ihr zu antworten.

Summer, die sich an den Bootsrand klammerte, starrte dagegen mit klopfendem Herzen dem Land entgegen. Das Boot legte an einem steinernen Pier an, der schon so verwittert und von Napfmuscheln zerfressen war, dass er zu einem Bestandteil der Felsen geworden war. Nur weniges deutete darauf hin, dass hier in früherer Zeit ein Hafen gewesen war. Farrin und Summer sprangen als Erste vom Schiff, beide unendlich erleichtert, wieder festen Boden unter den Füßen zu haben. Allerdings schien das Land noch schlimmer zu schwanken als das Schiff. Summer ging ein paar Schritte, dann ließ sie sich mit zittrigen Beinen auf dem Boden nieder. Muschelschalen und rauer Stein drückten sich in ihre Knie und Handflächen, und plötzlich

war sie einfach nur glücklich, hier zu sein. Unter ihren Handflächen war polierte Glätte – seltener, grün geäderter Marmor. Der ganze Landungssteg war damit verkleidet. Abendsonne legte einen rötlichen Glanz darauf, und ein Mann, dessen leise Stimme zärtlich und jung klang, raunte ihr zu: »Siehst du dort? Genau zwischen den Felsnadeln steht nachts das Südlicht.«

»Wirst du ein Lied darüber schreiben?« Das war ihre eigene Stimme. Sie klang etwas dunkler und hatte einen spöttischen Tonfall – doch es schwang etwas Weiches, Sehnsuchtsvolles darin mit.

»Gib du mir die Worte, ich habe die Melodie dafür«, entgegnete der Mann. Und er sang ihr leise ins Ohr: »Du und ich, wir gehen fort ...«

»Taja, komm endlich!«, rief Farrin.

Sie schnappte nach Luft, kämpfte aber sofort den Schwindel nieder und kam auf die Beine. Mit Unbehagen stellte sie fest, dass Moira, die bereits auf einem Pferd saß, sie scharf beobachtete.

»Schaffst du die paar Meter, ohne dass du ins Wasser fällst, oder muss ich dich ein Stück tragen?«, fragte Farrin.

Summer schüttelte den Kopf und setzte sich in Bewegung. Ein scharfes Platschen ließ sie erschrocken zurückblicken. Im Wasser glaubte sie wieder den riesigen grauweißen Hai mit der schartigen Rückenflosse unter das Schiff huschen zu sehen. Und ein Blinzeln lang bildete sie sich ein, auch ein weiches Kindergesicht unter Wasser zu sehen, doch es musste eine Täuschung durch die Spiegelung der aufziehenden Wolken gewesen sein.

*

Das stämmige kleine Pferd hasste sie eindeutig ebenso sehr wie Moiras Hund. Vielleicht sogar ein wenig mehr. Mit angelegten Ohren und vorgestrecktem Hals schritt es unter ihr aus, angespannt bis in den letzten Muskel, als versuchte es, so viel Abstand wie möglich zwischen sich und seine Reiterin zu bringen. Der Weg vom Hafen zu den Anhöhen über der Küste führte durch Gestrüpp und einen Wald, der sich an den Hang krallte und mindestens hundert Jahre lang wild gewuchert haben musste. Schlangenmisteln hatten sich wie Schlingpflanzen um die Stämme gewunden und versperrten mit ihren hängenden Zweigen die Sicht. Nur manchmal, wenn ein Huf auf Stein traf, konnte man erahnen, dass sich hier einst eine gemauerte Serpentine befunden hatte, die Farrin »Piratenweg« nannte. Der Wald schien Augen zu haben, und obwohl es ein warmer Herbsttag war, glaubte Summer

Eisatem im Nacken zu spüren. Auch das Pferd wurde immer nervöser. Als sie einmal in die Mähne griff, um nicht abzurutschen, berührten ihre Finger das Fell am Hals. Das Pferd zuckte zusammen, quiekte auf und buckelte so plötzlich, dass Summer das Gleichgewicht verlor und unsanft zwischen Ranken und Ästen landete. Sie fluchte und setzte sich auf. Sträucher kratzten über ihren Arm. Ein Huf stampfte direkt neben Summers Fuß auf. Und Moiras Hund stand vor ihr. Summer presste die Lippen zusammen. Ausgerechnet Moira hatte ihren Sturz gesehen! Und natürlich saß sie auf ihrem Pferd so sicher und selbstbewusst wie eine Kriegerin aus dem Nordland. Summer machte sich schon auf eine spöttische oder wütende Bemerkung gefasst. Doch Moira fragte nur: »Verletzt?«

Summer schüttelte unwillig den Kopf und rappelte sich auf.

»Ich fange das Pferd wieder ein«, sagte sie.

Moira winkte unwillig ab. »Du hast keine Ahnung von Pferden, das soll einer der Soldaten machen. Bis dahin verschwenden wir keine Zeit. Wir müssen vor Anbruch der Dunkelheit im Lager sein. Steig auf.«

Summer starrte auf die Hand, die Moira ihr hinstreckte. *Zu nah*, dachte sie. Sie sah sich nach Farrin und den anderen um, aber sie waren bereits weit vorausgeritten. Die beiden Soldaten, die hinter Summer und Moira den Weg heraufkamen, zügelten ihre Pferde und starrten sie voller Ungeduld so finster an, als würden sie sie am liebsten mit Stöcken weitertreiben.

»Brauchst du eine schriftliche Einladung?«, schnappte Moira.

Zögernd ergriff Summer die Hand. Sie war sehnig und packte so fest zu, dass es schmerzte. Moiras Pferd begann augenblicklich zu schwitzen, als Summer sich mühsam in den Sattel zog, aber die Kriegslady hatte ihr Reittier unter Kontrolle und hielt es mühelos im Zaum. »Ich will wirklich wissen, warum Tiere dich nicht mögen«, murmelte sie.

Als das Pferd loslief und ein Stück bergauf kletterte, blieb Summer gar nichts anderes übrig, als sich an Moira zu klammern. Durch den Mantel hindurch spürte sie das Schulterholster, das die Beraterin über ihrer Schachbrettweste trug. Und auch der Griff der Pistole drückte gegen ihren linken Arm. Der Gedanke, dass die Waffe geladen war, machte sie nervös. »Wie weit ist es bis zum Lager?«

»Nicht weit genug für dumme Fragen«, erwiderte Moira und schnalzte, um das Pferd anzutreiben.

Je weiter sie nach oben kamen, desto mehr zog sich der Himmel zu. Nebel erhob sich und die Luft roch nach Feuchtigkeit. Nach einer Stunde, die Summer wie ein halbes Leben vorkam, setzte zu allem Überfluss ein feiner Nieselregen ein. Alle Geräusche bekamen einen gedämpften Klang. Als Moira plötzlich das Wort an Summer richtete, war es ihr, als käme die Stimme von weit her.

»Warum trägst du eigentlich Lord Teremes' Zeichen nicht auf der Haut?«

Zumindest war es diesmal eine Frage, auf die Summer sich die Antwort bereits zurechtgelegt hatte. »Auf dem Schiff blieb mir keine Zeit dafür, es stechen zu lassen.«

»Nun, dann kannst du es im Lager ja gleich nachholen.«

»Ja, das kann ich.« Summer hoffte, Moira würde nicht merken, wie unbehaglich sie sich bei dieser Vorstellung fühlte. »Aber andererseits – ich bin doch keine Söldnerin«, gab sie vorsichtig zu bedenken.

»Einfache Sache, entweder du gehörst zu uns oder nicht.«

Summer biss sich auf die Unterlippe und verkniff sich eine scharfe Bemerkung. »Farrin hat erzählt, du liebst den Frieden über alles«, sagte sie stattdessen. »Ich frage mich schon die ganze Zeit, warum du dann Lord Teremes helfen willst. Damit dienst du doch nur dem Krieg.«

Eigentlich hatte sie erwartet, dass Moira sie sofort in ihre Schranken weisen würde, aber die Lady schwieg eine ganze Weile – ganz so, als würde sie angestrengt darüber nachdenken, ob sie wirklich mit Summer reden sollte. Offenbar kam sie zu dem Ergebnis, dass Summer einer Antwort würdig war.

»Um Frieden muss man immer kämpfen«, antwortete sie schließlich. »Nichts geschieht von allein. So einfach ist das.«

Ihre Stimme klang bei diesen Worten nicht mehr ganz so kühl und beherrscht. Etwas Trauriges und Bitteres schwang darin mit und Summer hätte viel dafür gegeben, ihre Gedanken zu erfahren. Immerhin, eine Antwort hatte sie erhalten. Vielleicht war das die Chance, etwas mehr über die unnahbare Frau herauszufinden? Eine Weile lauschte Summer den von Flechten und Moos gedämpften Hufschlägen, dann räusperte sie sich: »Du kennst den Krieg zu gut, nicht wahr?«

»Wie sollte ich nicht? Der Krieg war mein Vater. Und meine Waffe meine Mutter.«

»Warst du … eine Soldatin?«

»Hast du auf dem Boot nicht gründlich genug spioniert?«, spottete Moira. »Es ist kein Geheimnis. Ich gehörte über zwanzig Jahre lang der Garde eines Lords an – den Jägern. Schon als Kind wurde ich als lebende Tributzahlung an die Jägertruppe weggegeben. Ich habe zum ersten Mal für meinen Lord gekämpft, als ich kaum ein Gewehr halten konnte.«

»Dann warst du so etwas wie eine Leibeigene?«

»So etwas wie«, erwiderte Moira trocken und trieb das Pferd wieder an. »Aber das ist Vergangenheit.«

Vorne erreichte Farrin das Ende des Serpentinenweges und verschwand über die Kuppe aus ihrem Sichtfeld.

»Deshalb sagt er, du fürchtest dich nicht vor dem Sterben.«

»So. Sagt er das?« Die Tatsache, dass Moira sofort wusste, von wem Summer sprach, zeigte ihr, dass sie Farrin die ganze Zeit über beobachtet hatte. Das, und das leichte Lächeln, das bei diesen Worten in ihrer Stimme mitzuschwingen schien.

»Du kennst also die schwarze und die weiße Seite«, sagte Summer. »Trägst du deshalb das Schachbrettmuster? Um dir dessen immer bewusst zu sein?«

Unter ihren Händen spürte sie, wie Moira sich ein wenig anspannte. Doch zu ihrer Überraschung hörte sie ein leises Lachen.

»Du bist wirklich nicht dumm, Taja. Oder Sulamar … oder wie auch immer du wirklich heißt. Ja, das Muster soll mich immer daran erinnern, meine Strategien niemals wie auf einem Spielfeld zu wählen. Denn Schachfiguren oder Schafe mögen schwarz oder weiß sein. Aber Menschen sind es niemals.«

Jetzt musste auch Summer lächeln. *Wenn wir uns anderswo begegnet wären, könnten wir vielleicht Freunde sein.*

»Jede Kriegspartei denkt doch, sie gehöre zur weißen Seite«, sagte sie.

Moira zuckte mit den Schultern. »Natürlich, aber das spielt keine Rolle. Schwarz und Weiß dienen nur dazu, um Freund von Feind unterscheiden zu können. Sonst müssten beide Parteien sich eingestehen, wie sehr sie einander in Wirklichkeit gleichen. Gier, Grausamkeit und Güte sind auf beiden Seiten sehr gerecht verteilt.« Und leiser fügte sie hinzu: »Manchmal denke ich, es gibt die Dinge, die wir sehen, gar nicht. Nur die Unterschiede zwischen den Dingen. Weil sie das Einzige sind, was wir wirklich wahrnehmen können.«

»Dann ist auch die Raublady keine Schauergestalt. Lady … Mar?«

Moira holte scharf Luft.

»Ich weiß, ich soll nicht nach ihr fragen«, lenkte Summer hastig ein. »Farrin hat mir eingeschärft, dich nicht auf sie anzusprechen.«

Moira schwieg, während das nervöse Pferd die Kuppe mit einem Stolpern hinter sich brachte. Vielleicht bildete Summer es sich nur ein, dass die Luft auf der Anhöhe plötzlich kälter wurde?

Wald wechselte sich hier mit Wiesenstreifen ab. Am Rand einer kleinen Lichtung warteten Farrin und Lux auf ihren Pferden. Erst als sie sahen, dass die Gruppe dabei war, aufzuschließen, ritten sie weiter und verschwanden wieder zwischen Bäumen.

»Bei Lady Mar ist es etwas ganz anderes«, sagte Moira scharf. Das war wieder die unnahbare, harte Frau, die Summer kennengelernt hatte. »Eine grausamere Herrscherin gibt es nicht. Manche nennen sie auch Lady Tod. Und das zu Recht.«

Summer schluckte. Mit einem Mal war ihr unwohl zumute. Die Nähe zu Moira fühlte sich bedrohlich an.

»Stimmt es, dass du sie gesehen hast?«, fragte sie zaghaft.

»Oh ja«, murmelte Moira. Und es klang so, als würde sie frösteln. »Und auch nein.«

Das Pferd begann zu tänzeln. Vibrationen von Gedanken und Erinnerungen schienen Summer zu umgeben. Vielleicht waren es Moiras Gedanken, die sie nun auffing. Der Wald und das Gras schienen wieder von diesem seltsamen Glanz umgeben, der alle Ränder unscharf werden ließ. Sie sah Lady Tod vor sich – die roten Locken und der Totenschädel. Knochen unter gläserner Haut.

»Wenn du die Fürstin wirklich gesehen hast, kann sie nicht

Lady Tod sein«, sagte sie leise. »Lady Tod hat kein Gesicht. Und in ihren Adern fließt Asche statt Blut.«

Das Pferd blieb auf Moiras Zeichen hin abrupt stehen, warf erschrocken den Kopf hoch und drohte durchzugehen, doch Moira hielt es mit eiserner Hand. Mit zitternden Flanken stand es da. Moira verlagerte ihr Gewicht und wandte sich halb zu Summer um. Über ihre Schulter hinweg sahen sie sich aus unmittelbarer Nähe an.

»Wer zum Teufel bist du?«, fragte Moira.

Summer schluckte. In den grauen Augen sah sie Schleier. Und Asche, die im Wind verwehte.

»Ich weiß es nicht«, flüsterte sie. »Aber ich muss es herausfinden.«

Jolas warnendes Knurren riss sie aus ihrer Erstarrung. Im selben Moment ertönte ein Donnerschlag, gefolgt von dem Prasseln von Ästen. Ohne Vorwarnung ging genau neben ihnen ein Baum in Flammen auf. Das Pferd stieg auf die Hinterbeine und Summer klammerte sich an Moira wie eine Ertrinkende. Gewehrsalven hallten in der Abenddämmerung, und aus dem Augenwinkel sah Summer eine weitere Rauchsäule, die sich hinter der nächsten Baumgruppe in den Himmel schraubte. Und wieder lernte Summer etwas: Angst zu bekommen brauchte Zeit, das Entsetzen aber war sofort da.

»Verdammt«, presste Moira zwischen den Zähnen hervor. »Das Lager!« Die zwei Soldaten, die hinter ihnen geritten waren, keuchten auf, im nächsten Moment stürzten sie von Schüssen getroffen von den Pferden.

Moira riss das Pferd herum, lenkte es in die Deckung – dann gab sie die Zügel frei. Im nächsten Augenblick flog der Boden unter ihnen in holprigem Zickzack dahin – Strauchwerk, Stein – und niedrige Äste, die Summers Beine peitschten. Als sie ein Stück Wiese erreichten, spannte sich das Pferd und sprang über einen aufgeworfenen Erdwall, den eine der Explosionen hinterlassen hatte. Keuchend kam es auf der anderen Seite an und galoppierte weiter. Es war reines Glück, dass Summer über Moiras Schulter blickte und die winzige Bewegung im Dickicht bemerkte. Ein Schütze in schwarzgrauer Kleidung, kaum sichtbar in den Schatten. Mit angelegtem Gewehr zielte er direkt auf Moira. »Runter!«, kreischte sie. Und als Moira nicht sofort reagierte, krallte sie ihre Finger in die Holsterriemen und riss Moira mit aller Kraft zur Seite. Das Pferd bockte mitten im Lauf und katapultierte sie mit zusätzlichem Schwung aus dem Sattel. Ein helles »Ping« ertönte, als das Geschoss, das für Moiras Herz bestimmt gewesen war, am Steigbügel abprallte. Sie fielen gemeinsam und überschlugen sich auf aufgewühlter Erde. Moira zog noch im Abrollen ihre Waffe und feuerte im Liegen, aber der Angreifer war bereits wieder abgetaucht. In diesem Moment gab es wieder eine Explosion ganz in ihrer Nähe. Beißende Rauchschwaden vermischten sich mit dem Nebel und nahmen den Angreifern die Sicht. Moira packte Summer am Handgelenk und riss sie hoch. Seite an Seite rannten sie geduckt an einer Reihe von Sträuchern entlang. Dann, ehe Summer verstand, was die Kriegslady vorhatte, wurde sie bereits unsanft über einen Erdwall gestoßen und rutschte über Schlamm und Blätter tief in die Erde. Es war ein Loch unter einem halb entwurzelten Baum.

»Kopf runter und rühr dich nicht von der Stelle!«, flüsterte Moira ihr von oben zu. »Ich hole Hilfe.«

»Bist du verrückt?«, zischte Summer und sprang auf. »Bleib hier, wir verstecken uns, bis …«

Doch Moira lief bereits los. Das Letzte, was Summer über den

Wall hinweg von ihr sah, war ihr flatternder Mantel, der sich in Rauch und Nebel auflöste. Ein Schuss ertönte und Summer warf sich in die Höhle zurück, kroch so weit hinein, wie sie konnte, und schützte ihren Kopf mit den Armen. Erdklumpen lösten sich aus den Wurzeln und regneten auf sie herab. Plötzlich war der Tod so nah, dass sie ihn spüren konnte, ein kühler Hauch von tausend Flügeln. Sie wusste nicht, warum sie von einer Sekunde auf die andere so sehr weinen musste, dass es sie schüttelte, und für einige verrückte Sekunden gleichzeitig beinahe … *glücklich?* … war.

Schwarzer Honig

Zusammengerollt lag sie zwischen den Wurzeln und wartete auf den nächsten Einschlag. Doch eine Ewigkeit verging, ohne dass etwas geschah. Im Gegenteil, der Kampflärm schien sich zu entfernen, die Schreie wurden weniger. Und dann hörte sie etwas, obwohl es eigentlich zu leise war, um es wahrzunehmen. Und tatsächlich fühlte sie es eher – ein Echo in ihrem Kopf, während ihre Ohren immer noch wie mit Watte gefüllt waren. Jemand … rief? Einen … Namen?

Jetzt schreckte sie hoch und lauschte. Irgendwo in der Nähe: ein Laut, der an ihrem Inneren zerrte, als hätte jemand sie gerufen.

Vorsichtig entspannte sie ihre verkrampften Muskeln und ließ die Arme, mit denen sie immer noch ihren Kopf schützte, ein Stück sinken.

»Moira?«, flüsterte sie.

Wieder dieser Laut. Jetzt war er deutlicher, ein Stöhnen. *Bitte nicht Moira! Und auch nicht Farinn oder einer von den anderen!* Vorsichtig kroch sie ein Stück am Rand der Höhle hoch und lugte hinaus.

Immer noch trieben Rauchfetzen über die Wiese, als wollten die Gespenster der Gefallenen ihren Tod nicht wahrhaben und würden nun orientierungslos über das Gras irren. Der Geruch verbrannter Treibladungen war erstickend dicht. Noch einmal stöhnte jemand in der Nähe auf, dann ein rasselnder, mühsamer Atemzug, gefolgt von einem … fadendünnen Summen! Eine Melodie voller Verzweiflung. So summte jemand vor sich hin, der durch einen finsteren Wald schritt und sich Mut machen wollte. Die Einsamkeit darin brachte etwas in Summer zum Klingen Selbst wenn sie vorgehabt hätte, sich sofort wieder in die Sicherheit der Höhle zu verkriechen, wäre sie dazu nicht fähig gewesen. Da draußen fürchtete sich jemand. Und dieser Jemand brauchte Hilfe.

Verbirg dich! Lass ihn, er geht dich nichts an, vielleicht gehört er sogar zu den Leuten dieser grausamen Fürstin, beschwor die Stimme des Katzenlebens sie. Aber heute hörte Summer nicht zu, sondern kroch auf Ellenbogen und Knien über den Wall und robbte weiter über das nasse Gras. Das Summen kam von rechts, wo ein weiterer geborstener Baum stand. Abgerissene Äste lagen im Gras. Der Stamm rauchte noch vom Einschlag.

Das Erste, was Summer entdeckte, war eine Stiefelspitze, die aus dem Gras emporragte. Kein Eisenbeschlag, also konnte es nicht Moiras Stiefel sein. Dann entdeckte sie die Hand. Fahle Finger krampften sich um eine Wurzel, die wie eine hölzerne Schlinge aus der Erde ragte, als wollten sie sich am Leben festhalten. Summer vergaß Moira, Farrin und den Krieg. Und auch jede Gefahr, in der sie selbst schwebte. So schnell sie konnte, kroch sie auf Knien und Händen zu dem zersplitterten Baum. Unter dem Baum lag ein junger Mann. Auf den ersten Blick erkannte Summer, dass er kein Verwundeter mehr war, sondern ein Sterbender. Der Schuss hatte ihn in die rechte Seite der Brust getroffen, und er presste eine Hand auf die Wunde. Sein Gesicht hatte die Farbe von weißer Asche, die Augen wirkten darin dunkel und riesig, und sein Blick irrte bereits ziellos umher. Zwischen abgehackten Atemstößen versuchte er immer noch, dieses Lied zu summen.

Hastig überbrückte Summer die letzten Meter, kniete sich neben ihn. Sie zögerte auch dann keine Sekunde, als sie das Lilienzeichen auf seinem Unterarm sah, das ihn als Soldat von Lady Mar auswies, sondern legte ihre Hand auf seine eiskalte Linke.

»Ich bin hier!«, flüsterte sie ihm zu. »Ich lasse dich nicht allein.«

Das Summen verstummte abrupt. Sie hatte nicht erwartet, dass er sie tatsächlich noch bewusst wahrnehmen würde. Umso mehr überraschte sie seine Reaktion. Er riss die Augen auf und sah sie mit klarem Blick an. Grenzenlose Erleichterung glättete seine Züge und ließ Summer erahnen, wie er ausgesehen hatte, wenn er glücklich war.

»Du bist es!«, brachte er mühsam heraus. »Du bist gekommen!« Und dann lächelte er und alles an ihm wurde weich und jung. Summers Blick verschwamm und klärte sich erst wieder, als die Tränen über ihr Gesicht liefen. *Er verwechselt mich!* Und trotzdem antwortete sie: »Ja, ich bin es.« Noch während sie diese Worte aussprach, übermannte sie eine solche Zärtlichkeit für den Jungen, dass sie sein Lächeln erwiderte. »Lieg ganz ruhig. Hab keine Angst«, raunte sie ihm zu. »Ich bleibe bei dir.«

Seine Linke, die eben noch die Wurzel umklammert hatte, entspannte sich. Summer ließ es zu, dass er ihre Hand ergriff und ihre Finger sich ineinander verflochten. Sein Atem wurde flacher. Vorsichtig beugte sie sich über ihn und strich ihm behutsam das nasse Haar aus der Stirn. In seinen Augen sah sie das verzerrte Spiegelbild des verwundeten Baumes und eine winzige Gestalt – sie selbst.

»Wie schön du bist, Eljana«, murmelte er und schloss die Augen.

Das Verrückte war nicht, dass sie mit einem Mal losgelöst von allem waren, einsam dahintreibend auf einer Insel im Nebel. Ohne Furcht, ohne Gestern und Morgen. Das Verrückte war, dass sie den Namen erkannte.

Weil es ihr Name war.

Weil der Junge sie und niemand anderen damit meinte.

Schwindel erfasste sie. Sie war froh um den Halt, den seine Hand ihr gab, denn um sie herum begann die Zeit zu fließen. Die Wirklichkeit wurde zu einem Mahlstrom und jedes Luftholen fühlte sich so zäh an, als müsste sie unter Wasser atmen. Und mitten in diesem Sog erblühte die Erinnerung wie eine schwarze Blume, schön und beängstigend zugleich. Mit schlafwandlerischer Sicherheit wusste sie, was sie nun tun musste. Und dennoch beobachtete sie sich selbst erstaunt, während sie sich zu dem verwundeten Söldner hinunterbeugte und ihn sacht auf den Mund küsste.

Und dann schien die Zeit rückwärts zu fließen.

Von ihren Lippen löste sich etwas wie ein dunkler Puls, wie schwarzer Honig oder vielleicht auch nur ein neues, wortloses Lied. Flügelschlag von tausend nebelhaften Faltern klapperte an ihrem Ohr, sie konnte die staubigen Flügel wie Liebkosungen auf ihrer Haut spüren, ihrer Stirn, ihren Brauenbögen. Dann hörte jeder Gedanke auf zu sein, Sehen wurde zu Spüren und Spüren zu Wissen:

Der Name des Jungen war Noret, und er stammte aus einem Dorf, das auf dem Territorium eines Lords namens Joras lag. Summer hatte noch nie davon gehört, aber sie wusste, dass das Dorf Inmar hieß, mehr noch: Sie sah die Häuser mit den schäbigen Schieferdächern vor sich. Sie sah ihn dort als Kind, auf den staubigen Straßen und an einem Bach, wo er Forellen fing. Sie sah das Mädchen mit den Sommersprossen, das er seit seiner Kindheit liebte. Seinen älteren Bruder, der ihn oft verprügelte, und den Augenblick, in dem sich Noret ohne Bedauern von seiner Mutter verabschiedete, um in der Armee des Lords seinen Dienst anzutreten. Sie spürte seine Langeweile, seine Hoffnungen auf Ruhm, seine unendliche Gier nach Geld und die törichte Sehnsucht, sich in einem Krieg zu beweisen. Seine Betrügereien, seine Lügen und Wünsche, alle Grausamkeiten, seine Träume, Freuden und sein Leid – all das wehte durch sie hindurch wie das Gespenst eines Lebens, das bereits Vergangenheit war.

Norets Herzschlag, der ihr ganzes Inneres ausfüllte, wurde schwächer. Es war keine Angst in diesem Übergang, nur ein Geschenk, das sie ihm machen konnte: Die Würdigung seines Lebens auf dem letzten Stück seines Weges. Ihre Lippen kribbelten unter dem Kuss und wurden kühl, als sein Herz aufhörte, zu schlagen. Seine Hand erschlaffte.

Ebenso behutsam, wie sie ihn geküsst hatte, löste Summer ihre Lippen von seinen. »Leb wohl, Noret«, flüsterte sie. Und flüchtig durchzuckte sie der Schmerz, einen geliebten Menschen verloren zu haben. Doch dieser Abglanz echter Trauer verblasste so schnell, wie er aufgeflackert war, und ließ nur ein sanftes Bedauern zurück.

Langsam richtete sie sich auf, schwach und auf eine ruhige Weise ernüchtert und leer. *Ich habe ihm seinen Tod gebracht. Mit einem Kuss. Ich bin Eljana und Fira und Almar und trage tausend andere Namen. Jeder, der mich ruft, gibt mir einen Namen. Aber eines bleibt immer gleich: Ich schenke den Tod!*

Sie hörte Schüsse, roch den Rauch und nasses Gras, doch es war ihr gleichgültig. Alles erschien nichtig und unwirklich. Behutsam, als könnte er noch etwas fühlen, löste sie Norets Hand aus der ihren. Sie wollte sie gerade auf seine Brust legen, als etwas zwischen seinen Fingern herausfiel und im Gras landete. Er hatte nichts in der Hand gehalten – natürlich nicht. Aber nun lag dort eine verpuppte Raupe in einem rubinroten Kokon. Ein Geschenk aus ihrer anderen Wirklichkeit. Ohne dass sie wusste, warum, musste sie lächeln. Ihre Finger zitterten, als sie das zerbrechliche Gebilde vorsichtig hochhob. Fasziniert betrachtete sie die feine Struktur, die Glätte, die wie Lack wirkte, und die Naht, die bald schon einen Falter freigeben würde. Sie holte ihr Messer hervor, zog es aus der Lederhülle und legte es ins Gras. Behutsam schob sie die Puppe in die feste Lederhülse hinein. Sie passte genau, als wäre die Hülle nur zu ihrem Schutz angefertigt worden. Sie wusste nicht, warum sie sie dort verstaute, aber im Augenblick musste sie ihren Verstand beschäftigen, um ihn nicht auf der Stelle zu verlieren. Vorsichtig bettete sie die Hülse neben das Kartenspiel in der versteckten Innentasche, während ihre Gedanken wie ein glühender Tornado immer um dieselbe Erkenntnis wirbelten. *Deshalb habe ich also Angst davor, jemandem zu nahe zu kommen und ihn zu küssen. Weil er sterben würde. Deshalb habe ich schon beim Gedanken an einen Kuss Verlust geschmeckt. Weil mein Kuss den Tod bringt. Finn hätte sterben können!*

Und warum konnte ich Anzej küssen? Sie schloss die Augen und gab sich selbst die Antwort: *Weil er etwas anderes ist als Finn. Weil er … so ist wie ich.*

Mit einem Mal hörten der Schwindel und alle wirren Gedanken auf, als hätte jemand einen Fluch von ihr genommen. Sie war müde wie nach einer langen Reise, die vor einem Jahr und fünf Monaten aus dem Nichts begonnen hatte. Da war nicht einmal mehr der Schatten von Angst, als sie an Anzejs anderes Gesicht dachte. Im Gegenteil. Die Fäden fanden sich und verwoben sich mit allem, was sie über sich und ihn wusste, zu einem neuen Bild.

Wir sind von einer Art. Deshalb waren wir uns von Anfang an so vertraut. Sie hatten eine gemeinsame Sprache – und beherrschten alle anderen Sprachen, ohne es zu merken. *Vielleicht, weil der Tod alle Sprachen spricht?* Summer schob die Hand tief unter ihre Jacke und legte sie behutsam auf die Innentasche über ihrer linken Brust. Die Puppe schien eine pulsierende Wärme abzustrahlen – wie ein kleines Herz. Jetzt wurde ihr auch klar, warum sie vor wenigen Minuten in Tränen ausgebrochen war und diesen verrückten Funken Glück verspürt hatte: Sie hatte die Nähe der anderen gespürt, andere wie sie.

Weitere Fäden fanden sich zu dem Muster, doch die Farben nahmen nun einen grellen Ton an, nichts schien richtig zusammenzupassen. Anzejs Kuss. Ihr brachte er nicht den Tod, sondern Vergessen. *So viel zu seinen Schwüren, mich zu lieben*, dachte sie grimmig. *Wir haben uns beide nicht geliebt, aber ich Idiotin habe ihm jedes Wort geglaubt, weil ich es nicht besser wusste!* Er hatte lediglich seine ganze List eingesetzt, um sie ins Nordland zu bringen – das Land, an das sie sich schemenhaft erinnerte. *Aber warum wollte er um jeden Preis verhindern, dass ich mich erinnere?*

»Wer bist du?«, hallten Moiras Worte ihr in den Ohren.

»Du weißt, ich töte dich, wenn du versagst«, raunte Lady Tod.

Und Moiras Stimme sagte: *»Man nennt sie Lady Tod.«*

Lady Tod.

Summer rang krampfhaft nach Luft und kam benommen auf die Beine.

… in der weißen Zitadelle?

Als hätte der Gedanke ihre Welt wieder aus den Angeln gehoben, schien sich die Lichtung um sie zu drehen. Die Stimmen der vielen Mädchen, die sie gewesen war, vermischten sich in ihrem Kopf und schrien ihr Fragen zu. Doch über allem stand schweigend die Frau im weißen Kleid. Schrecklich und schön war sie und sah Summer mit der eisigen Ruhe eines Spiegelbildes an.

Ich muss nachdenken, dachte Summer. *Ich muss mich wieder in die Höhle verkriechen und nachdenken. Ich muss …*

Plötzlich konnte sie den Anblick des Soldaten nicht länger ertragen. Sie nahm das Messer aus dem Gras und wandte sich von ihm ab, bereit, bis ans Ende der Welt zu fliehen.

Und blickte in graugrüne Augen, die vor Hass zu glühen schienen.

*

Diesmal wusste sie mit Sicherheit, dass er es war. Erinnerung und Wirklichkeit passten genau zusammen. Die Traumgestalt überlagerte seinen Körper. Der Blutmann aus ihren Albträumen war in einen altertümlichen langen Mantel gekleidet und seine behandschuhte Hand umklammerte den Schwertgriff. Der Mann aus dem Heute trug zwar eine grauschwarze Jacke mit verwaschenem Tarnmuster. Aber auch er hatte dunkle Lederhandschuhe. Und er hielt das Messer in der richtigen Hand.

Die Angst kam wie ein Reflex aus so vielen Nächten und überwältigte sie. Jede Einzelheit brannte sich in ihr Gedächtnis ein. Sein Gesicht, das mit dunkler Erdfarbe geschwärzt war. Das dunkelbraune Haar, das ihm in wirren Wellen über Stirn und Augen fiel. Zwischen den Strähnen blitzte der hasserfüllte Blick hervor.

»Dachte ich mir doch, dass du zurückkommen würdest«, sagte er gefährlich leise. Ohne Vorwarnung stürzte er sich auf sie. Summer war so überrascht von seiner Schnelligkeit, dass sie viel zu spät reagierte. Sie konnte gerade noch das Messer aufschnappen lassen, als er schon bei ihr war und ihr die Waffe aus der Hand schlug. In irgendeinem tauben Winkel ihres Bewusstseins blitzte eine weitere Frage auf: *Kann er mich überhaupt töten? Ist ein Todesbote nicht unsterblich?*

Schmerz zuckte ihren Arm hoch und machte ihr auf ernüchternde Art klar, dass sie sehr, sehr sterblich war. Ihr Messer flog davon und fing blitzend das Gold von Feuer und Abendrot. Der zweite Hieb nahm ihr die Luft und brachte sie zu Fall. Keuchend trat sie um sich, biss nach seiner Hand und wand sich in seinem Griff. Als sein Arm sich um ihren Hals legte, wurde ihr für einen Moment schwarz vor Augen. Verzweifelt wehrte sie sich gegen den Würgegriff. Er lockerte sich tatsächlich ein wenig – als Hufgetrappel in der Nähe ertönte. Summer holte Luft und schrie aus voller Kehle: »Farrin!«

Was ein Fehler war.

Das Pferd brach aus dem Unterholz, doch der Reiter war nicht Farrin, sondern ein Soldat, der die gleiche Tarnjacke trug wie der Blutmann. *Er gehört zu ihnen!*, schrie eine panische Stimme in ihrem Kopf. *Zu Lady Tods Leuten!* Der Reiter erfasste die Situation mit einem Blick und Summer hasste ihn für sein triumphierendes Grinsen. Er trieb sein Pferd direkt auf Summer zu. Der Blutmann ließ sie los und schleuderte sie so grob zur Seite, dass sie stürzte. Dann schnellte er auf den Reiter zu.

Summer dachte nicht nach, sondern rappelte sich auf und floh. Ihr Atem brannte in ihren Lungen. Hinter sich hörte sie den überraschten Ruf des Reiters. Dann Hufgetrappel, Schreie und die Geräusche eines Kampfes. Gleich darauf wurde Galoppschlag lauter. Als Summer im Rennen einen Blick über die Schulter werfen wollte, brachte der Aufprall einer Pferdeschulter sie zu Fall. Sie sah noch, wie der Boden auf sie zuraste, dann löste sich die Welt in Ascheregen auf.

Teil III

Indigo

Fesseln

Noch bevor sie die Augen öffnete, ahnte sie, dass es diesmal kein gnädiges Erwachen aus dem Albtraum geben würde. Im Mund schmeckte sie lehmige, bittere Erde. Ihre Schulter schmerzte und ihr Kopf pochte, als wäre das Pferd direkt über ihre Stirn geprescht. Und auch ihre Rippen hatten offenbar Druckstellen und blaue Flecken. Vielleicht stammten sie noch vom Sturz von Moiras Pferd, allerdings fühlte es sich eher so an, als hätte sie quer über einem Sattel gelegen. Was vermutlich auch der Fall war. Immerhin konnte sie den Kopf heben – offensichtlich … saß sie? Sie biss die Zähne zusammen und versuchte sich ein wenig mehr aufzurichten. Lehnte sie an einem Baum? Nein – es war eher ein Fels. Steinige Kanten drückten gegen ihre Schultern. Mühsam öffnete sie die Augen. Und wünschte sich sofort, sie hätte es nicht getan.

Der Kopfschmerz wurde zu rasendem Kopfschmerz, ihr Blut hämmerte gegen ihre Schläfen. Diesmal war alles echt, die Fesseln an ihren Handgelenken – und *er*. Nur wenige Meter von ihr entfernt saß er auf felsigem Boden, die Ellenbogen auf die Knie gestützt, das Messer locker in der Linken. In dem immer noch geschwärzten Gesicht leuchteten die wütenden graugrünen Augen unmenschlich hell. *Es sieht aus wie ein wildes Tier*, dachte sie voller Entsetzen.

»Was … willst du von mir?« Selbst ihre Stimme klang nach Staub und Erde und sie musste husten. Die Tatsache, dass er schwieg und sie nur finster anstarrte, verunsicherte sie mehr, als jede Antwort es hätte tun können. Eine Weile saßen sie da und musterten sich stumm. Er hatte die Jacke ausgezogen, doch diese schrecklichen dunklen Handschuhe trug er immer noch. Vergeblich suchte sie nach der Sicherheit und Stärke, die sie gestern noch empfunden hatte. Die Frau im weißen Kleid war so weit fort, als hätte sie niemals existiert. Aber es gab doch immer noch den Kuss, den sie Noret geschenkt hatte, oder nicht? *Ich bin Eljana*, dachte sie verzweifelt. *Ich habe die Macht, zu töten!* Doch sie stellte ernüchtert fest, dass sie sich nur noch hilfloser fühlte. Beunruhigt beobachtete sie, wie der Blutmann das Messer nachlässig in der Hand drehte. Sein rechter Unterarm war verbunden. Und am linken Oberarm entdeckte sie eine längst verheilte Wunde, von der nicht einmal eine Narbe bleiben würde. Vermutlich war das die Schussverletzung, die Moira ihm in Maymara zugefügt hatte. Aber hätte die Narbe nicht anders aussehen müssen? Frischer?

Summers Blick wanderte zum Unterarm. Dort prangte dasselbe Lilienzeichen, das Noret getragen hatte.

Reden, Summer! Ablenken! Zeit gewinnen! Sie hob das Kinn und versuchte ihre Stimme fest klingen zu lassen. »Du gehörst also zu ihnen. Zu den Soldaten der Lady.«

Er kniff misstrauisch die Augen zusammen, als würde er überlegen, ob die Frage einen doppelten Boden hatte.

»Du … trägst das Lilienzeichen«, fügte Summer hinzu.

Er bemühte sich nicht einmal, sie mit Worten zu verspotten, sondern fuhr mit dem Messer mit verächtlich langsamer Geste unter den Verband an seinem rechten Unterarm. Es gab kaum ein Geräusch, als die Klinge den Stoff durchtrennte.

»Du weißt genau, dass mir dieser Krieg völlig gleichgültig ist«, sagte er. Das war die nächste Überraschung. Seine Stimme. Es war nicht die raue Stimme eines Henkers, im Gegenteil. Sie hatte einen angenehmen Klang, der so wenig zu ihrem Bild vom Blutmann und zu der martialischen Erscheinung passte, dass sie völlig irritiert war. Er klang jung, und als sie ihn nun genauer betrachtete – die muskulösen Arme und den schlanken Körper – kam sie zu dem Schluss, dass er sicher noch keine zwanzig war.

Nun hob er den rechten Arm und Summer sah, dass der Verband lediglich eine zweite Tätowierung verborgen hatte: Lord Teremes' Zeichen, das Lindenblatt. Allerdings war diese Tätowierung seltsam verblasst, als wäre sie dabei, sich aufzulösen.

Er tarnt sich nur als Soldat, dachte Summer. Lindenblatt und Lilie – beide Zeichen waren lediglich so etwas wie Passierscheine. Vermutlich hatte er seine Uniform auch nur einem anderen Soldaten gestohlen – so wie das Pferd und den Armeerucksack, der neben ihm im Staub lag.

»Warum hast du mich vor dem Soldaten gerettet?«

»Warum wohl?«, fragte er spöttisch. »Damit er mir nicht zuvorkommt.«

Ihr Bemühen, sich mit aller Kraft gegen die Fesseln zu stemmen, quittierte er mit einem humorlosen Lächeln. War es nur die Panik oder auch die jähe Welle von Wut, die sie dazu brachte, ihn anzuschreien? »Du verfolgst mich seit Maymara! Was willst du von mir? Wer bist du?«

»Sag du es mir doch«, erwiderte er trocken. »Namen sind doch so wichtig für dich.«

»Ich kenne deinen verdammten Namen nicht! Ich weiß nur, dass wir uns schon einmal begegnet sind, auf einem Richtplatz. Aber ich weiß nicht, wann – und auch nicht, was wir ...«

Sie prallte zurück, als er aufsprang und auf sie zustürzte. Sie wusste nicht, was schlimmer war: Die Klinge so nah, dass sie das Metall riechen konnte, oder sein Blick.

»Du lügst!«, schrie er. »So viele Jahre und du lügst immer noch!«

Tränen schossen ihr in die Augen. »Ich lüge nicht!«

»Dann sag meinen Namen!«

Jetzt war das Messer so nah, dass sie es nicht mehr scharf sehen konnte. Sie spürte nur die Kälte der Klinge und konnte seine schnellen, stoßweisen Atemzüge sehen, weißer Nebel, der vor seinem Mund verwehte. *Ist er wahnsinnig? Wenn er wahnsinnig ist, ist jetzt schon alles verloren.*

»Indigo?«, flüsterte sie. Es war der einzige Name aus ihrer Erinnerung, der ihr einfiel.

Die Klinge sank herab. Der Blutmann richtete sich auf und trat einen Schritt zurück. Er war hochgewachsen, größer als Anzej, und sicher auch stärker. Sie hatte erwartet, dass er seinen ganzen Zorn an ihr auslassen würde, doch dieser Mann vor ihr wirkte wie das Opfer eines Diebes, überrumpelt und ratlos.

»Ich erinnere mich an nichts mehr«, sprudelte sie heraus. »Ich war verletzt und habe mein Gedächtnis verloren. Das Erste, was ich weiß, ist, wie ich aus den Trümmern eines eingestürzten Hauses geborgen wurde. Es hatte ein Erdbeben gegeben, in der Stadt Telis. Sie haben mich aus einem Loch im Fundament des Hauses gezogen. Ich war dort eingeklemmt und sie mussten viele Stunden lang Steine wegschaffen, bis sie mich bergen konnten. Niemand in der Stadt wusste, wer ich bin. Sie ... sie haben Steckbriefe aufgehängt und nach Leuten geforscht, die mich kennen, aber bei der Polizei meldete sich niemand. Ich weiß nicht, wer ich bin.« Sie schluckte krampfhaft und fügte leiser hinzu: »Manchmal ... träume ich von dir. Du hast ein Schwert. Und immer willst du ... mich töten.«

»Du hast mich getötet!«, herrschte er sie an. »Tausendmal und mehr. Bei jedem Tod schwor ich mir, dass du für diesen Verrat bezahlen wirst.«

Jetzt war sie es, die ihn fassungslos anstarrte. »*Ich* habe *dir* etwas angetan?«

Seine Hand schnellte auf sie zu. Sie schrie auf. Grob packte er ihr Kinn und hob es an, zwang sie, ihm in die Augen zu sehen. Der Geruch des Handschuhleders rief sofort wieder die Erinnerung an den Überfall in Maymara wach. Spätestens jetzt hätte sie gewusst, dass er es wirklich war.

»Du willst mir wirklich weismachen, du weißt nichts mehr? *Nichts*?«

In seinem Griff konnte sie nicht einmal nicken. So hielt sie seinem prüfenden Blick einfach stand und hasste sich dafür, dass sie sich die Blöße gab, vor ihm zu weinen. Jede Sekunde dehnte sich zu einer Unendlichkeit. Dann ließ er sie abrupt los, richtete sich auf und fuhr sich mit den Händen durch das Haar. Aufgewühlt, mit rotgeränderten Augen stand er da und schien um eine Entscheidung zu ringen. Eine Sekunde hatte Summer die Hoffnung, dass sie vielleicht doch den Hauch einer Chance hatte, zu entkommen. Im selben Augenblick stieß er einen Fluch aus und schüttelte den Kopf.

»Noch einmal falle ich nicht darauf rein«, knurrte er. »Nicht auf dich und nicht auf deine Spiele.«

Das Pferd, das an einem Baum angebunden war und bisher mit aufgestütztem Huf gedöst hatte, hob den Kopf und spitzte beunruhigt die Ohren. Kein Zweifel, aus der Ferne hörte man Kampflärm. Vielleicht Explosionen.

»Du … du wirst nicht davonkommen«, stammelte Summer. »Ich war nicht allein bei dem Angriff. Ich reise mit Lord Teremes' Offizieren. Sie werden mich suchen.«

Sein Lachen klang so zynisch, dass Summer fröstelte.

»Deine Freundin mit der Schachbrettweste? Mach dir keine Hoffnungen, dass sie mich ein weiteres Mal mit einer Kugel erwischt.«

»Wenn sie nicht gewesen wäre, dann wäre ich jetzt tot.«

»Und damit hätte ich dem Kerl, den du völlig eingewickelt hattest, sicher einen Gefallen getan. Aber auch so habe ich ihm ein schlimmes Schicksal erspart. Er sollte mir auf Knien danken.«

Wieder war von fern Geschützfeuer zu hören. Zu ihrer grenzenlosen Erleichterung schob er plötzlich das Messer in eine Lederscheide, die an seinem Oberschenkel festgeschnallt war, und ging zum Pferd. *Gewonnene Zeit!* Vielleicht würde sich ja doch eine Möglichkeit ergeben, zu fliehen. Wenn sie nur wüsste, wo sie war! Jetzt erst erfasste sie ihre Umgebung. Offenbar war sie die ganze Nacht lang bewusstlos gewesen. Es war heller Morgen, und um sie herum war felsiges Land, Bäume mit gedrillten Ästen, die ihr Laub bereits verloren hatten. Was, wenn sie längst auf dem Gebiet der Raubfürstin waren? Konnten die anderen sie dann finden? Würden sie sie überhaupt suchen? *Leben sie überhaupt noch?*, flüsterte eine gemeine Stimme in ihrem Hinterkopf. Jetzt musste sie wieder gegen die Tränen ankämpfen.

Der Blutmann zurrte den Sattelgurt fest, rückte das Gewehr, das in einer Ledertasche am Sattel befestigt war, zurecht und schnallte den gestohlenen Armeerucksack fest. Dann holte er ein weiteres Seil hervor und kam auf sie zu. Alle Härchen in ihrem Nacken stellten sich auf, als er direkt neben sie trat und die Fesseln, die sie an den Felsen banden, zu lösen begann. »Wohin bringst du mich?«

»Weg von der Militärgrenze.«

»Willst du mich wieder aufs Pferd binden wie ein Stück erlegtes Wild?«

Er stieß ein verächtliches Schnauben aus. »Verräter verdienen kein Pferd. *Ich* reite. *Du* gehst zu Fuß.«

*

Sie hatte sich vor vielen Menschen gefürchtet, manche von ihnen verachtet oder sich über sie geärgert, aber noch nie hatte sie jemanden so sehr gehasst. Vor Durst klebte ihr die Zunge am Gaumen und ihre Handgelenke pochten bei jedem Ruck am Seil, während sie hinter dem Pferd herstolperte.

Der Weg führte bergauf durch Felsgänge, die so schmal waren, dass die Knie des Blutmanns den Stein streiften. Meißel- und Frässpuren an den Wänden zeigten, dass dieser Gang von Menschenhand in den Fels geschlagen worden war, Hufschlag hallte so laut, dass Summer sicher war, dass sie schon weitab von den Kampflinien sein mussten. Dennoch hatte sie das unbehagliche Gefühl, von unsichtbaren Augen beobachtet zu werden. Fieberhaft versuchte sie Anhaltspunkte zu finden, wohin er sie brachte. Er hielt sich in nordöstlicher Richtung. Wenn sie sich die Karte des Nordlands in Erinnerung rief – diesen Abdruck eines Klauenfußes mit vier Zehen, dann bewegten sie sich wohl in Richtung der Fjorde. Allerdings nicht so weit nordwärts, dass sie zur Zitadelle stoßen würden. Ganz offensichtlich versuchte er die Kampflinien zu meiden. Das Pferd lief in schnellem Schritt – sorgfältig darauf bedacht, den Abstand zwischen sich und ihm so groß wie möglich zu halten. Und der Blutmann machte keine Anstalten, es zurückzuhalten. Pausen gönnte er ihr nur, wenn das Pferd Ruhe brauchte. Er antwortete nicht auf ihre Fragen und überließ ihr nur schweigend etwas Wasser aus einer Feldflasche und ein paar Stücke gedörrtes Fleisch, die er in dem gestohlenen Rucksack fand.

Sobald er nicht hinsah, machte sie sich fieberhaft an den Fesseln zu schaffen, doch sie musste schnell einsehen, dass es nicht so einfach sein würde, sie zu lösen. Das, was ihre Handgelenke unauflösbar aneinanderband, war eine Art Metallscharnier mit einem winzigen Schloss. Ein weiteres Seil war wie ein Gürtel um ihre Taille geschlungen und ebenfalls mit diesem Schloss verbunden. *Als würde er fürchten, dass ich ihn hinterrücks erwürge*, dachte sie grimmig.

Während sie Rast machten, versuchte sie sich alles ins Gedächtnis zu rufen, was sie über Schlösser wusste. Wie sich Handschellen öffnen ließen, hatte sie schon ganz am Anfang ihres Katzenlebens von einem Varietézauberer gelernt, bei dem sie ausgeholfen hatte. Dieses Schloss hier schien über einen ähnlichen Federmechanismus zu verfügen. Doch so sehr sie sich bemühte, die Feder mit Holzstückchen oder Knochensplittern kleiner Tiere herunterzudrücken, jeder Versuch misslang. Nach kurzer Zeit musste sie mit überdehnten Handgelenken aufgeben. Sie brauchte Draht! Ob der Seemann, dem ihre Jacke gehört hatte, so etwas in einer der vielen Taschen aufbewahrte?

Die Außentaschen waren leer, doch sie hatte Anzejs Geld noch. Das deutete darauf hin, dass der Blutmann sie nur auf Waffen durchsucht hatte. Allerdings nützten ihr die runden Geldstücke hier gar nichts. Wenn sie sich vorbeugte, konnte sie in der versteckten Brust-Innentasche das Kartenspiel spüren, das gegen ihr Schlüsselbein drückte. Vielleicht kam sie an das Feuerzeug, das sie vor einigen Tagen bei den Karten verstaut hatte? Doch so sehr sie sich auch verrenkte, sie kam nicht an die Tasche heran.

Als ihr Entführer am ersten Abend endlich einen Rastplatz für die Nacht gefunden hatte – eine Höhlung am Fuß eines Felswegs, die einmal als Werkzeuglager gedient haben mochte – , machte er auch ihre Hoffnung zunichte, dass er ihr über Nacht die Fesseln abnehmen würde. Er band sie lediglich vom Sattel los und sie ließ sich auf einem Berg aus getrocknetem Laub nieder, den der Herbstwind von irgendwelchen Anhöhen herunter bis in die Höhle getragen hatte. Nie hätte sie geglaubt, dass sie sich einmal nach dem kleinen Waschbecken und dem abgestandenen Wasser aus dem Hochhaus in Maymara zurücksehnen würde. Und für die halb verrottete Matratze hätte sie nun alles gegeben. Dennoch fiel sie sofort in einen tiefen Schlaf.

Die Bilder, die durch ihren Geist flackerten, glichen eher verwackelten Filmaufnahmen als Träumen. Unscharfe Gesichter huschten an ihr vorbei, ohne endgültig Form anzunehmen, und alle Stimmen klangen verzerrt, als würde der Film viel zu langsam laufen. Sie erwachte von einem Knacken in ihrer Nähe und schreckte hoch. Um sie herum war es dunkel, nur ein schmaler Streifen Mondlicht fiel auf ihre Füße. Angespannt lauschte sie, doch sie hörte nur das Schnauben des Pferdes, das irgendwo in der Nähe stand und döste. Sofort streckte sie sich wieder nach ihren Taschen, aber sie musste enttäuscht einsehen, dass der Kerl das Seil so geschickt um ihre Handgelenke geknotet hatte, dass ihr kaum Bewegungsfreiheit blieb. Sie verkniff sich einen Fluch, dann kam sie auf die Knie und tastete über den Boden. Ihre Finger strichen über Kies. Vielleicht lagen hier irgendwo noch Reste der Bauarbeiten herum? Drähte?

»Gib dir keine Mühe«, kam es leise aus dem Höhlenschatten.

Summer prallte zurück. Ihr zur Wirklichkeit gewordener Albtraum saß wieder einige Meter von ihr entfernt im Dunkeln und hatte sie die ganze Zeit beobachtet! Sie fröstelte und schob sich, so weit es ging, aus seiner Reichweite. Trockene Blätter raschelten zwischen ihrem Rücken und der Höhlenwand.

»Schläfst du überhaupt nicht?«

»Wozu?«, kam es unfreundlich zurück.

Immerhin war es tatsächlich einfacher, wenn sie seinen drohenden Blick nicht sah und auch nicht das Messer. *Denk nach, Summer! Wenn er dich töten wollte, hätte er es längst getan.*

»Habe ich nicht wenigstens das Recht zu wissen, warum du mich quälst und verfolgst?«

»Rechte? Du?« Er lachte.

Nun, den Gefallen, auf seinen Spott zu reagieren, würde sie ihm nicht tun.

»In dem Dorf, der Reiter mitten in der Nacht – das warst tatsächlich du, nicht wahr? Du bist mir mit dem nächsten Zug aus Maymara gefolgt und hast dir ein Pferd besorgt. Wir waren zu Fuß unterwegs, und so konntest du den Vorsprung aufholen.«

»Schon möglich.«

»Wie … hast du meine Spur gefunden?«

»Du meinst wohl *eure* Spur.«

Jetzt hätte sie doch gerne sein Gesicht gesehen. *Aber was würde das bringen? Seine Miene verrät nichts*, dachte sie niedergeschlagen.

Sie hörte ein Geräusch, als würde er im Rucksack wühlen, eine Sekunde Stille – und dann fiel etwas Weiches, Haariges gegen ihre Wange. Erschrocken keuchte sie auf und versuchte zur Seite auszuweichen, doch das Seil hinderte sie daran. Das haarige Etwas rutschte über ihr Hosenbein und landete auf ihrem Rist. Es war tatsächlich Haar! Und sie ahnte schon, woher es stammte.

»Du hast genug Spuren hinterlassen«, sagte er. »Ich musste den Leuten unterwegs nur die richtigen Fragen stellen. Der Friseur, an den du dein Haar verkauft hast, war ziemlich geschwätzig. Und dein blonder Schönling ist vielen Frauen aufgefallen.« Jetzt bebte die Stimme wieder vor unterdrücktem Zorn. Summer richtete sich unwillkürlich noch mehr auf.

»Aber du hast mich schon länger gesucht, nicht wahr? Und in Maymara hast du mich auf Morts Bühne gesehen. Der Zuschauer mit den Handschuhen, das warst doch du ... Indigo?«

Sie hörte, wie er scharf den Atem einsog. Und sie war beinahe überrascht, dass er dennoch antwortete: »Ich wusste, du würdest dort sein, wo es Tanz und Musik gab. Und ich wusste, du würdest dich nicht für die Ewigkeit vor mir verbergen können. Irgendwann würden sich unsere Wege wieder kreuzen.« Kalter Triumph schwang in seinem Lachen mit. »Und diesmal hatte ich Glück.«

Summer biss die Zähne zusammen. Es tat immerhin gut, zu fühlen, dass sie immer noch wütend werden konnte.

»Wenn es nur um mich ging, warum musstest du dann auch noch das Theater zerstören? Du bist nach der Vorstellung zurückgekommen, um mich zu suchen – und als du mich nicht gefunden hast, hast du es niedergebrannt.«

»Und wie gut der alte Holzschuppen brannte! Na ja, ist nicht schade darum. Das Stück war ohnehin nur billiges Schmierentheater.«

Summer ballte die Hände zu Fäusten. Sie hatte vorgehabt, ruhig zu bleiben, aber jetzt konnte sie nicht anders, als ihm entgegenzuschleudern: »Was haben Mort und die anderen dir getan? Mort hat im Theater gelebt. Unter dem Dach. Und er war sicher nicht schnell genug, um vor einem Feuer zu fliehen. Bedeutet ein Menschenleben dir überhaupt nichts?«

»Noch weniger als dein Leben«, kam die Antwort. »Und das will etwas heißen.«

Sie schnellte hoch und spürte kaum, wie die Seile in ihre Handgelenke schnitten. »Mörder!«, schrie sie ihn an. »Bestie!«

Er lachte leise auf. »Na also. Das klingt doch schon eher nach dir. Du kannst dich verstellen, aber verleugnen kannst du dich nicht. Weißt du was? Ich glaube dir kein Wort deiner rührseligen Geschichte vom großen Vergessen.«

Summer hielt den Atem an, als er aufstand und auf sie zukam. Kurz sah sie seinen Umriss im Mondlicht, dann verschluckte der Schatten ihn wieder. Doch diesmal wich sie nicht zurück. Plötzlich erklang seine Stimme links von ihr.

»Du spielst dein Spiel mit mir«, raunte er ihr zu. »Du weißt genau, was du mir angetan hast. Mir und wer weiß wie vielen anderen auch. Nehmen wir nur deinen blonden Schönling. Hast du ihm auch sein Leben gestohlen?«

»Ich habe dir dein Leben nicht gestohlen! Wenn das, was ich träume, wahr ist, dann lebst du schon länger, als du es verdienst.«

Und damit war sie zu weit gegangen. Sie spürte es, noch während sie die Worte sprach. Im nächsten Moment traf ein Stoß gegen die Schulter sie so heftig, dass sie zu Boden ging. Sein Zorn war beinahe greifbar, ein blau glühender Wirbel am Rand ihrer Wahrnehmung, der ihr den Atem nahm. Einen panischen Augenblick war sie sicher, dass er sie schlagen würde oder – noch schlimmer – dass er gerade das Messer zückte. Instinktiv krümmte sie sich zusammen. Aber nichts geschah. Nur die Dunkelheit zwischen ihnen schien zu brodeln. Als er wieder zu sprechen begann, hörte sie an seinem Tonfall, wie viel es ihn kostete, ruhig zu bleiben.

»Du kannst mich anlügen, so viel du willst«, zischte er. »Aber merk dir eines, verspotten lasse ich mich von dir nicht!«

Schritte knirschten auf Kies und trockenem Laub. Seine Gestalt erschien am Höhleneingang – eine Silhouette vor dunklem Grau. Er blieb stehen und wandte sich noch einmal zu ihr um. »Apropos Lüge, warum solltest du ins Nordland zurückkehren, wenn du dich tatsächlich an nichts erinnerst? Ach, und noch etwas: Nenn mich nie wieder Indigo!«

*

Anfangs versuchte sie noch, Zeichen zu hinterlassen. Im Gehen hob sie einen Stein auf und brachte Kratzer als Wegmarkierungen am Felsen an. Einmal gelang es ihr, ein paar der Münzen, die sich immer noch in Anzejs Matrosenjacke befanden, herauszufischen und als Wegweiser auf den Boden fallen zu lassen. Doch die Elstern waren schneller als ihre Freunde und das Gebiet, durch das ihr Entführer sie schleppte, war so unbewohnt und zerklüftet, dass sie die Hoffnung, Farinn oder die anderen würden sie hier suchen, schon bald aufgab. *Also allein mit dem Albtraum*, dachte sie niedergeschlagen. Vergeblich versuchte sie, die zweite Wirklichkeit herbeizurufen. Aber es war, als hätte es Anzej und die Begegnung mit Noret niemals gegeben. Seit der Nacht in der Höhle wagte sie nicht mehr tief zu schlafen, sondern dämmerte lediglich dahin und schreckte beim kleinsten Geräusch hoch – nur um dann wieder diesen finsteren, prüfenden Blick auf sich zu spüren. Er sprach nicht mehr mit ihr, doch oft spürte sie, wie genau er sie beobachtete.

An dem Tag, an dem die Felsspalte deutlich breiter wurde, entdeckte sie unter rotem Herbstlaub Eisenbahnschwellen. Offenbar wanderten sie an einer stillgelegten Bahnlinie entlang. Der Weg durch die Felsen war dafür geschlagen, aber nicht vollendet worden. Fieberhaft suchte sie in ihrem Gedächtnis die Karte ab, doch sie erinnerte sich nur an Farrins Worte über eine geplante Transportlinie vom zweiten Fjord aus zur Stadt Kars. Wenn das die Linie war, bewegten sie sich auf den mittleren der drei großen Fjorde zu. Immerhin führte der Weg sie nicht zur Zitadelle.

Wasserplätschern ertönte in der Nähe – ein Bach unter einem Felsvorsprung. Der Blutmann steuerte darauf zu, sprang vom Pferd und führte es zum Ufer. Summer blieb nichts anderes übrig, als dem Tier zu folgen. Doch das Seil war lang genug, dass sie nicht ins Wasser waten musste wie der Rappe, der erst mitten im Bachlauf stehen blieb, wo er die Nase sofort ins Wasser tauchte. Summer kniete sich auf das knisternde Herbstlaub von Purpureichen und beugte sich ebenfalls vor, um zu trinken. Aus dem Wasserspiegel vor einer Bachschwelle blickte ihr ein müdes Gesicht entgegen. Ihr Haar, das ihr nun wieder bis über die Ohren reichte, stand in wirren Locken, die vor Staub und trockenem Schlamm starrten, vom Kopf ab. *Ich habe mich ebenfalls in ein wildes Tier verwandelt*. Sie sah nicht besser aus als der Blutmann mit seiner Tarnfarbe. Auch ihr Gesicht war inzwischen geschwärzt, als trüge sie Kriegsbemalung. Nur die Tränen hatten ein bizarres Muster auf ihren Wangen hinterlassen. Sie schöpfte Wasser und trank gierig. Dann wusch sie sich, so gut es ging. Das eisige Nass linderte das Pochen an ihren Handgelenken. Schmutzwolken bauschten sich im Wasser, doch nach und nach wurde es klarer. In der Hoffnung, gleich die Summer wiederzusehen, die sie kannte, wartete sie, dass das Wasser sich beruhigte – und prallte mit einem Aufschrei zurück. Das Pferd erschrak und machte einen Satz zur Seite, das Seil spannte sich und drohte Summer wieder zum Wasser zu ziehen. Nur aus dem Augenwinkel sah sie, wie der Blutmann das Pferd im letzten Moment zurückhielt. »Was soll das?«, rief er zu ihr herüber.

»Ein … Ungeheuer!«, stieß sie hervor. Über ihr raschelte es auf dem Felsvorsprung. Zweige bewegten sich auf der Anhöhe, als hätte jemand sie beim Weggehen gestreift. Das Ungeheuer musste oben im Baum gesessen und sie beobachtet haben!

»Das war doch nur ein Tierläufer«, sagte der Blutmann unwillig.

»Ein Tierläufer?« Summer schüttelte den Kopf. »Nein, das kann nicht sein! Das sind doch Menschen – oder nicht? Aber das Ding im Wasser hatte schwarzblaue Haut und weiß glühende Augen wie ein Dämon. Und Fänge und Krallen!«

Sie wagte den Blick nicht von den Eichen zu wenden. Der Blutmann schien zu stutzen, jedenfalls klang er verwundert, als er antwortete: »Natürlich. Sie sind Menschen. Aber ihr Spiegelbild zeigt ihr anderes Ich.«

Jetzt fuhr Summer zu ihm herum. »Ihr Spiegelbild sieht aus wie …«, begann sie, doch dann vergaß sie alles, was sie hatte sagen wollen. Mitten im Bach stand ein Fremder und blickte sie ebenso irritiert an wie sie ihn. Zumindest war das nicht mehr der Blutmann, von dem sie am Tag meist nur den Rücken und bei Nacht den schattenhaften Umriss sah. Und er hatte nichts, gar nichts mehr mit dem grausamen Henker ihrer Albträume und Ängste gemein.

Er hatte sich Schmutzkrusten und Tarnfarbe vom Gesicht gewaschen und sich das nasse Haar mit den Fingern aus dem Gesicht gekämmt. Seine Augen waren ein wenig umschattet. *Und er ist tatsächlich ganz bestimmt nicht älter als ich!*, dachte sie halb schockiert, halb fasziniert.

Nachdenklich musterte er Summers Gesicht, als würde er darin nach der Auflösung eines Rätsels suchen. Seine Rechte lag auf dem Hals des Pferdes, unter der Mähne. Beruhigend strich er über das Fell, und wie immer war die Sanftheit, mit der er das Tier behandelte, ein irritierender Gegensatz zu der Grobheit, die er im Umgang mit Summer an den Tag legte.

Das Seltsamste war, dass Summer den Blick nicht von ihm abwenden konnte. Sein Gesicht zu betrachten, berührte sie auf seltsame Weise. *Wenn ich ihn anderswo getroffen hätte, ohne zu wissen, wer er ist, dann würde ich ihm zulächeln. Er… würde mir sogar gefallen.*

Die Brauen waren gerade, was die Klarheit seiner Gesichtszüge noch betonte. Nur auf seinem rechten Jochbogen fand sich eine Unregelmäßigkeit – eine alte Narbe. Halbmondförmig und leicht erhaben stand sie in deutlichem Kontrast zu der dunkleren Haut.

Und plötzlich raste ihr Herz, und irgendetwas tief in ihrer Erinnerung regte sich und war zum Greifen nahe. *Ich kenne ihn wirklich! Die Halbmondnarbe und…*

Ihr Blick wanderte zu seiner Linken, die die Zügel hielt. Er hatte die Handschuhe ausgezogen. Auf dem Handrücken zeichneten sich Narben ab. Sie waren ebenfalls leicht erhaben, und ihre Form ähnelte der weißer, gefiederter Blätter. Waren das die Spuren von Brandwunden? Sie waren nicht hässlich, man hätte sie ohne Weiteres für Initiationszeichen eines Stammes halten können, doch daran, wie schnell er die Hand nun zurückzog und in der Jackentasche verbarg, erkannte Summer nur allzu deutlich, dass er diese Narben als Makel empfand.

Brüsk wandte er sich von ihr ab, als könnte er ihren Anblick nicht länger nicht ertragen. »Gewöhn dich daran, dass sie uns beobachten«, meinte er, während er die Handschuhe aus der Tasche zog und sie hastig überstreifte. »Wir sind mitten in ihrem Revier – den Tierläuferbergen.«

Ein flüchtiger Verdacht blitzte in Summer auf, doch als sie sein Spiegelbild betrachtete, löste er sich sofort wieder auf. Nein, wenn Tierläufer Spiegelbilder wie Dämonen hatten, dann gehörte er nicht zu ihnen. Im Wasser sah sie nur ihn.

»Werden sie uns nichts tun?«, fragte sie mit banger Stimme. »Farrin sagte, sie lassen niemanden in ihr Gebiet.«

Er zog den linken Mundwinkel zu einem ironischen Lächeln hoch. »Tja, siehst du da drüben die alten Schwellen? Das hier sollte mal eine Bahnlinie mitten durch ihr Gebiet werden. König Beras musste nach einem Jahr aufgeben. Seine Arbeiter wurden nie wieder gefunden.«

Summer fröstelte und ließ den Blick über die Anhöhen streifen.

Er führte das Pferd aus dem Bach und machte sich bereit, wieder aufzusteigen.

»He, warte!«, rief sie ihm zu. »Wäre es nicht besser, wenn wir … beide reiten? Dann wären wir schneller.«

Schon während sie diesen Vorschlag aussprach, wusste sie, dass es ein Fehler gewesen war. Seine Mundwinkel zuckten, als müsste er sich ein spöttisches Lachen verkneifen. »Natürlich wären wir dann schneller«, sagte er trocken. »Aber erstens denke ich nicht daran, das Pferd noch einmal mit deiner Nähe zu quälen. Und zweitens« – er zog sich in den Sattel und blitzte ein arrogantes Lächeln zu ihr herüber – »muss ich im Fall eines Angriffs ja nur schneller sein als du.«

*

Es war eine weitere interessante Lektion, die Summer über sich selbst lernte. Den Blutmann bis zur Mordlust zu hassen und gleichzeitig Angst vor den Tierläufern zu haben, gelang ihr nicht. Also entschied sie sich dafür, sich ganz und gar auf den Blutmann zu konzentrieren. Seltsamerweise ließ er das Pferd an diesem Tag langsamer gehen, aber sie konnte und wollte sich nicht vorstellen, dass er das Tier nur zurückhielt, um sie zu schonen. Immer mehr

Bäume säumten den breiter werdenden Schluchtengraben. Hier und da entdeckte Summer Zeichen an den Zweigen, Stöcke und Vogelfedern, vielleicht Wegmarkierungen der Tierläufer, deren Blicke sie im Nacken spürte. Als hätte der Gott des Windes sich von ihrer Laune inspirieren lassen, zog sich der Himmel mit bleigrauen Wolken zu, der Wind drehte und die Temperatur sank innerhalb weniger Stunden. Als der Blutmann am Abend das Pferd zum Stehen brachte und aus dem Sattel sprang, schmolz Frost unter Summers Sohlen und die ersten Schneeflocken verirrten sich auf den kahlen Platz zwischen drei Tannen.

Schweigend beobachtete Summer ihn dabei, wie er das Pferd absattelte und unter den Tannen trockene Zweige für ein Lagerfeuer sammelte. Er durchsuchte seine Jackentaschen, dann fluchte er und begann den Armeerucksack zu durchwühlen. Ein Schlafsack kam zum Vorschein, die letzten Reste von Trockenfleisch, ein Kompass, weitere Seile und Ersatzmunition für das Gewehr, das im Sattelholster steckte. Doch das, wonach er suchte, schien er nicht zu finden. Das Pferd schnaubte eine weiße Wolke in die Luft und scharrte ungeduldig mit dem Vorderhuf, bis es die letzten Reste aus einem Haferbeutel bekam. Summer musterte den Blutmann aus schmalen Augen. Mit Genugtuung stellte sie fest, dass er mehr fror als sie. Offenbar hatte er nicht mit dem schnellen Wetterwechsel gerechnet. Und die Tarnjacke schien nicht warm genug für eine Nacht im Freien zu sein.

»Kein Feuerzeug für ein Lagerfeuer?«, fragte sie nach einer Weile.

Ein vernichtender Blick traf sie. »Zumindest das kannst du ja nicht gestohlen haben«, knurrte er.

»Das brauche ich auch nicht. Ich habe mein eigenes.«

Er runzelte die Stirn und musterte sie voller Misstrauen. Weißer Atem klirrte vor seinem Gesicht. »So? Ich habe dich nach Waffen durchsucht, und ich habe keines bei dir gefunden.«

»Vielleicht hast du nicht in der richtigen Tasche nachgeschaut.«

Und als er nicht antwortete, setzte sie hinzu: »Binde mich los, dann kannst du Feuer machen.«

Er lachte auf und wühlte in den Satteltaschen weiter. »Netter Versuch.«

»Ich meine es ernst! Mit gebundenen Händen komme ich nicht an die Innentasche heran …«

Jetzt stand er auf und kam zu ihr. Als er neben ihr in die Hocke ging, spannte sie schon ihre Muskeln, um ihn anzuspringen, ihn zu treten oder ihm mit den gebundenen Händen einen Fausthieb zu verpassen, doch die Klinge, die sich wie beiläufig auf ihre Kehle richtete, ließ sie verharren.

»Welche Tasche?«, fragte er ruhig.

»Binde mich los!«, fuhr sie ihn an. »Glaubst du, ich kann dir hier in der Wildnis wirklich weglaufen?«

»Das glaube ich nicht nur, das weiß ich. Es wäre das erste Mal, dass du so hilflos wärst, wie du dich gibst. Also entweder sagst du mir jetzt, wo das Feuerzeug ist, oder ich suche selbst so lange, bis ich es gefunden habe.«

Jetzt schoss ihr das Blut in die Wangen. »Ein mieser Vorwand, um mich anzufassen!«

Er lachte wieder und diesmal klang es nicht einmal unfreundlich.

»Interessanter Gedanke«, meinte er spöttisch. »Aber wenn ich das wollte, hätte ich bessere Gelegenheiten dazu gehabt. Also?«

Summer biss die Zähne zusammen. »Links«, murmelte sie. »Innentasche. Die dritte von unten, die mit dem Kreuzverschluss. Aber ich warne dich, lass deine Finger von mir!«

Er hob nur belustigt die linke Augenbraue und beugte sich vor. Das Messer bewegte sich keinen Millimeter.

Er hätte tatsächlich genug Gelegenheit gehabt, mich anzufassen, dachte sie. *Aber offenbar hat er mich nur flüchtig nach Waffen durchsucht. Um mir nicht zu nahe zu kommen und mich nicht berühren zu müssen?*

Eine Haarsträhne streifte ihre Wange. Sie wollte den Kopf wegdrehen, aber aus irgendeinem Grund verharrte sie. Nur einmal war sie ihm so nah gewesen. Aber je mehr sie versuchte, die Szene in Maymara heraufzubeschwören, desto verwirrter war sie, wie wenig es ihr gelang. Stattdessen schielte sie nach links und betrachtete verstohlen sein Profil: die hohe Stirn, eine leicht gebogene Nase, die seine Wildheit noch unterstrich. Sein Mundwinkel hatte einen leichten Aufwärtsschwung, was seinem Mund einen stets leicht ironischen Ausdruck gab. Und die Tatsache, dass sie nicht wegsehen konnte, sondern auf eine seltsam vertraute Weise fasziniert war, verwirrte sie mehr, als sie zugeben wollte. Und als er sie für einen Moment ansah und ihre Blicke sich trafen, war er es, der so rasch wieder wegschaute, als würde ihn die Nähe zu ihr ebenso irritieren.

Er war ein talentierter Taschendieb. Sie spürte die Berührung kaum, hörte nur das Klacken eines Fingernagels auf dem Metallstift. Dann hatte er das Feuerzeug schon herausgefischt – und dazu die lederne Messerhülle und den Stapel Spielkarten. Seine Miene verdüsterte sich, als er die Karten betrachtete. Jetzt erst sah Summer, dass er den linken Handschuh ausgezogen hatte. Er behielt nur das Feuerzeug in der Hand und warf den Rest achtlos auf den Boden. Mit bangem Herzen spähte Summer zur Lederhülse ihres Taschenmessers. Sie lag schräg auf einem Stein, neben der Herzkönigin mit dem verschmierten Schnurrbart, die

Summer schadenfroh zuzulächeln schien. Das letzte Licht des Tages fing sich in der Hülse und zeigte, dass sie leer war. Jetzt war Summer wieder zum Heulen zumute. *Wo ist meine rote Schmetterlingspuppe? Habe ich vielleicht doch nur geträumt?* Und plötzlich wünschte sie sich nichts so sehr, als dass Anzej sie suchen und finden sollte – er mochte sie belogen haben, aber offenbar war er wirklich die einzige Verbindung zu der Frau mit dem weißen Kleid und zu ihrer zweiten Wirklichkeit.

Als der Blutmann das Messer zurückzog, streiften seine Finger zufällig die Haut unterhalb des linken Ohrs. Ihr Herz begann ohne Vorwarnung zu rasen. Doch es war keine Angst. Stattdessen wehte wie ein Windstoß eine Erinnerung mitten durch sie hindurch.

... ein Duft, den sie liebte: würziger Rauch und Winterblüten. Und eine Berührung an ihrem Hals, eine zärtliche Hand, die sie ...

Das Bild entschwand so schnell, als hätte jemand eine Leinwand vor ihren Augen weggerissen. Benommen blinzelte sie, dann wurde die Welt vor ihren Augen wieder klar.

Der Blutmann entfernte sich ein paar Schritte von ihr und kniete sich neben die Feuerstelle. Er bemerkte nicht, das Summer blass geworden war und nach Luft schnappte, seine ganze Konzentration richtete sich darauf, die Flamme zum Zünden zu bringen, aber immer wieder leuchtete nur der Funke auf. Ein ums andere Mal betätigte er den Mechanismus – vergeblich. *Wie meine Erinnerungen*, dachte Summer. *Nutzlose Funken, aber kein Licht im Dunkeln.* Mutlosigkeit drohte sie zu übermannen. Fieberhaft tastete sie nach den Bildern, die in irgendeinem Winkel darauf warteten, endlich entdeckt zu werden. Aber irgendetwas Lebendiges saß in diesem Winkel und zerrte sie mit ebenso starken Schattenfingern wieder zurück ins Vergessen, als wollte es um jeden Preis verhindern, dass Summer sie sah.

Er fluchte, ließ das Feuerzeug auf den Boden fallen und streifte den Handschuh wieder über die Linke. Summer erhaschte nur einen kurzen Blick auf die Narben, bevor das Leder sie erneut bedeckte.

Frag ihn! Frag ihn nach der Vergangenheit, bevor sie dir wieder entgleitet! »War … ich das?« Sie wunderte sich, wie viel Mut es sie kostete, ihm diese Frage zu stellen. Und ihr wurde klar, dass sie die Antwort vielleicht gar nicht wissen wollte. Was, wenn sie tatsächlich gewesen war, was er in ihr sah – eine Diebin und Lügnerin. *Und eine, die dazu fähig war, einem Menschen Hände und Gesicht zu verbrennen?*

Er hielt mitten in der Bewegung inne und sah sie fragend an.

»Diese … Verletzungen an deinen Händen«, fügte sie zaghaft hinzu. »Habe ich sie dir beigebracht? Damals, als wir uns kannten?«

Es sah fast so aus, als würde die Vorstellung ihm amüsieren, doch dann senkte sich ein Schatten über seine Miene. »Nein. Die stammen von einem Unfall, als ich noch ein Kind war. In der Schmiede meines Vaters.«

Vielleicht lag es an ihrer Anspannung, aber sie musste lachen – aus Erleichterung, dass zumindest eine Befürchtung nicht zutraf. »Dein Vater war … *Schmied*? Aus welcher Zeit stammst du nur?«

Im selben Moment merkte sie selbst, wie sie für seine Ohren klingen musste. Natürlich hörte er einen falschen Ton heraus.

»Ja, Schmied«, erwiderte er gereizt. »Du brauchst dich gar nicht darüber lustig zu machen. Das war früher ein ehrenwerter Beruf. Und stell dir vor, mit Messer und Gabel konnten wir damals auch schon umgehen.«

»So habe ich es nicht gemeint. Ich … erinnere mich nur nicht an die Zeit, in der wir uns kannten. Ich suche nach den Erinnerungen, aber ich finde nichts. Weißt du, warum ich ins Nordland zurückgekommen bin? Weil das Einzige, an das ich mich erinnere, blaue Winterblüten sind, die nur hier wachsen. Und daran, dass ich mit jemandem getanzt habe. Warst … du das?«

Wieder sah er sie mit dieser Verwunderung an, in die sich nun auch der Hauch eines Zweifels mischte. Und für einen Moment glaubte sie eine weitere Traumgestalt zu sehen, die sich über sein Bild legte. Diesmal war es nicht der Blutmann mit dem Schwert, sondern ein junger Mann, der lachte, während er einen Schlag mit einem Degen parierte. Sie konnte sein Gesicht nicht erkennen, aber die Anmut seiner flinken Bewegungen war ihr so vertraut, als hätte sie sie hundert Jahre lang beobachtet.

»Wie … lange hast du mich gesucht?«

»Menschenleben«, antwortete er mit heiserer Stimme. Nun schwang Trauer in der Stimme mit – und etwas Sanftes, das sie an ihm nicht kannte. *War er diese Stimme, die mir vorgesungen hat?* Als er sich abwandte und die Zügel vom Ast der Tanne losband, musste sie sich ins Gedächtnis rufen, dass er immer noch der Blutmann war. *Du hattest sein Messer schon an der Kehle. Er will dich töten. Und Mort und die anderen hat er bereits auf dem Gewissen.*

Als er dem Pferd in die Mähne griff, dachte sie, er wollte es wegführen, aber dann erkannte sie, was er wirklich vorhatte.

»He!«, rief sie. »Wo willst du hin?«

»Weg von dir. Du redest mir zu viel.«

»Nein! Du lässt mich hier nicht alleine!« Sie wollte aufspringen und zu ihm rennen, doch sie merkte, dass er das Seil um die Tanne geschlungen hatte. Jetzt, wo sich die Fesseln an ihren Handgelenken spannten, war es wieder einfach, ihn zu hassen.

»Du verdammter Bastard! Hier wimmelt es von Tierläufern! Und von Raubtieren!«

Mit einem lässigen Schwung trat er gegen das Feuerzeug, das

am Boden lag. In hohem Bogen flog es zu ihr und landete zwischen den Karten.

»Mach Feuer«, meinte er trocken. »Vertreibt zumindest die Schneekatzen.«

Dann zog er sich mit einem mühelosen Schwung auf den bloßen Rücken des Rappen und stob im Galopp so schnell davon, als würde er vor ihr fliehen.

*

Sie wusste nicht, wie lange sie geflucht hatte und wie viele Schimpfnamen sie ihm gab. Aber es half nichts. Das Feuerzeug war tatsächlich nutzlos. Sie musste einsehen, dass der Stamm der Tanne zu dick war, um ihn mit dem Seil durchzuscheuern. Und dass der Blutmann den Knoten so weit über ihrem Kopf platziert hatte, dass sie nicht an ihn herankam. Immerhin fand sie in Reichweite einen Stock, den sie mit beiden Händen halten konnte. Besser als gar keine Waffe. Die Dunkelheit senkte sich auf sie herab wie ein schwarzer Samtstoff, durch den kein Stern hindurchschimmerte. Hinter den Tannen erwachten Geräusche: schleichende Schritte, die ihre Angst ihr vielleicht vorgaukelte. Knacken von Ästen. Sie versuchte nicht daran zu denken, was Farrin ihr alles über die Tierläufer erzählt hatte: »Sie hassen Menschen. Aber man sagt, sie lieben Menschenfleisch.«

Doch es zeigte sich kein Tierläufer, und nach einer Weile beruhigte sie sich ein wenig und ließ es zu, dass ihre Schultern sich entspannten. *Denk logisch, Summer*, ermahnte sie sich. *Er kommt sicher gleich zurück. Warum sollte er mich wirklich in Gefahr bringen? Er will irgendetwas Bestimmtes von mir, sonst hätte er mich nicht am Leben gelassen.* Sie schloss die Augen und lauschte in die Dunkelheit nach Hufschlag – hörte den Schnee fallen. Das sachte Wispern von Flocken, die auf dem Boden auftrafen. Einige landeten wie ein kühles Kitzeln auf ihren bloßen Füßen. Sie zog die Beine nicht an den Körper, sondern dachte an Noret, an die Frau in Weiß, an alles, was sie war oder vielleicht auch nicht war. Doch auch diesmal suchte sie vergeblich nach der zweiten Wirklichkeit. Stattdessen wurde die Einsamkeit so wirklich, dass sie sie körperlich spüren konnte, ein leises Ziehen in der Brust. Um sich abzulenken, sang sie leise und stockend vor sich hin.

Ich und du im Kartenhaus,
kann keiner hinein, kann keiner hinaus …

Doch dann verstummte sie und schniefte. Das fröhliche Lied war eine schlechte Wahl. Und dann, in der bedrohlichen Stille, die sie nun umgab, kamen ihr einige Worte in den Sinn. Es war ein unerwartetes Geschenk, das sie lächeln ließ. Es waren ihre eigenen Worte! Sie hatte sie selbst gefunden, vor so langer Zeit. Vorsichtig, als könnten sie ihr entfliehen wie scheue Tiere, begann sie sie flüsternd zu formen, wurde mutiger, sobald sie sicher war, dass sie bleiben würden. Und dann sagte sie das Gedicht – ihr Gedicht! – immer und immer vor sich hin wie eine Beschwörung gegen die Dunkelheit:

Ich singe
nicht mehr im Dunkeln,
die Gespenster bleiben draußen,
solange die Angst ihnen
nicht
die Türen öffnet.

Sie wurde ruhig. Und seltsam getröstet nickte sie tatsächlich ein. Während sie in diesem kühlen Halbschlaf dahindämmerte, bildete sie sich ein, Hufschlag und gedämpfte Stimmen zu hören, und als sie erwachte, war es früher Morgen und neben ihr lag, eingeschlagen in ein welkes Blatt, ein Streifen gebratenes Fleisch. Sie nahm es an sich und verschlang es, ohne auch nur aufzublicken. Es war noch warm vom Feuer und schmeckte kräftig wie Wild. Nie hatte sie etwas Köstlicheres gegessen. Dann erst hob sie den Blick und war überrascht, wie unendlich erleichtert sie war, dass der Blutmann tatsächlich zurückgekehrt war. Auch wenn sie ihn auf den ersten Blick fast nicht erkannt hätte. Er trug eine schwarze Felljacke. Und eine Mütze aus Schneekatzenfell. Der Rucksack war verschwunden.

Jetzt kam sie sich vor wie ein kleines Kind, das sich wegen einer Gespenstergeschichte zu Tode gefürchtet hatte. Er hatte ein Tauschgeschäft gemacht. Offenbar schätzten die Tierläufer Schlafsäcke und andere Gegenstände weitaus mehr als Menschenfleisch. Vermutlich hatte er die ganze Nacht an einem warmen Lagerfeuer gesessen. *Bastard!*

»Und? Hast du dich bei den Tierläufern gut aufgewärmt?«, rief sie zu ihm hinüber.

»Allerdings«, antwortete er ohne einen Funken Schuldbewusstsein, während er dem Rappen den Sattel auflegte. »Ich hatte keine Lust zu erfrieren.« Er strich dem Pferd beiläufig über das Fell, bevor er den Sattelgurt anzog. Die Wut kochte so jäh in Summer hoch, dass sie fühlte, wie ihr das Blut aus den Wangen wich.

»*Ich* hätte erfrieren können!«, fauchte sie.

Er lachte, als hätte sie einen wirklich guten Scherz gemacht. »Du erfrierst aber nicht.«

Mit einem Kopfnicken deutete er auf ihre bloßen Füße. Das

Schlimme war, er hatte recht. Bei jedem anderen hätten die Zehen nach dieser Nacht blau gefroren sein müssen, sie aber spürte nur ein wenig Kühle. Plötzlich war sie zutiefst verunsichert. Hatte sie in den vergangenen Tagen vergessen, wie man fror? *Habe ich es je gewusst*? Sie erschrak über diesen Gedanken. Doch die nächste Schlussfolgerung war noch viel beunruhigender: *Hatte ich wirklich Hunger, als ich eben das Fleisch gegessen habe? Oder habe ich es nur getan, weil es menschlich ist, so zu reagieren? Versuche ich nur, mich wie ein Mensch zu benehmen?*

Anzejs zweites Gesicht erschien vor ihr, und unwillkürlich starrte sie ihre Hände an, als erwartete sie, Knochen durch transparente Haut schimmern zu sehen. Doch nichts war anders. Nachdenklich fuhr sie mit dem Fuß durch den Schnee – und traf auf die Karten, die seit gestern eingeschneit waren. Sie schob sie mit dem Zeh zur Seite und sie fächerten sich vor ihr auf. Ein winziger Stich ließ sie zusammenzucken. Als sie den Fuß anhob, grinste sie ein winziges, rundes Silbergesicht mit schrägen Augen an. Es hatte sich zwischen den Karten verfangen und war kaum größer als eine Münze. Weder sie noch der Blutmann hatten es bemerkt.

Mit einem raschen Blick vergewisserte sie sich, dass er sich auf das Pferd konzentrierte, dann umfasste sie das runde Ding mit den Zehen, zog es heran und nahm es in die Hand. Eine raue Rückseite, und etwas Spitzes hing daran. Am liebsten hätte sie gejubelt, an der Rückseite war ein fester Draht! Das Ding war damit an einem Fetzen schwarzen Stoffs befestigt. Vorsichtig drehte sie die Silberscheibe zwischen den Fingern und betrachtete sie genauer.

Und dann verpuffte ihre Euphorie auf der Stelle.

In der Hand hielt sie den silbernen Katzenkopf, der Morts schwarze Glücksmaske geschmückt hatte. Die Ritzungen der Augen und Schnurrhaare waren schon ganz glatt gerieben, so oft hatte der alte Theaterdirektor darübergestrichen. Jemand hatte das silberne Abzeichen grob von der Stoffmaske heruntergerissen. Summer hielt die Luft an. Der Kerl in Anakand, der ihr den Blutmann vorgespielt hatte. Er hatte eine schwarze Maske getragen. Anzej hatte ihn dafür bezahlt, Summer Angst zu machen. Und Anzej war es gewesen, der den Katzenkopf abgerissen und in der Innentasche versteckt hatte. Die Erkenntnis war wie ein Schlag in die Magengrube, der ihr die Luft nahm. *Das heißt, er war in Morts Theater. Er hat die Maske mitgenommen.*

Hufschlag schreckte sie aus ihren Gedanken. Schnell verbarg sie den Katzenkopf in ihrer Hand, als der Schatten des Blutmanns auf sie fiel. Sie hörte das Leder von Sattel und Riemen knarren, als er sich weit hinunterbeugte und das Seil löste. Während sie noch die Karten und die Lederhülse zusammenraffte, befestigte er das Seil bereits am Sattelhorn und ritt los, ohne sich nach ihr umzusehen.

»Wo bringst du mich hin?«, rief sie ihm hinterher. Für die Antwort blickte er nicht einmal über die Schulter. »Du wirst dich erinnern, wenn du es siehst. Und dann wirst du mir wiedergeben, was du gestohlen hast – oder dafür bezahlen.«

Wofür ich bezahle oder nicht, bestimmst ganz sicher nicht du, dachte sie grimmig, als sie aufstand und dem Pferd barfuß über das vereiste Gras folgte. Worte konnten Angst machen, wie Gift wirken oder wie Schläge verletzen. Aber Summer stellte fest, dass alle Worte anders klangen, wenn man ein Stückchen Macht in der Hand hielt, und sei es nur so klein wie eine Metallnadel.

narben

Auch an diesem Tag ritt er langsam, was ihr die Gelegenheit gab, sich auf den Draht zu konzentrieren. Es kostete sie einen abgebrochenen Fingernagel, um das Stück Metall im Laufen geradezubiegen, doch der zweite Teil der Aufgabe – es mithilfe ihrer Zähne als Hebel so in Form zu bringen, dass ein kleiner Haken entstand – gelang ihr besser, als sie erwartet hatte. Bei der ersten Rast nutzte sie die Minuten, in denen der Blutmann das Pferd am Bach tränkte, um den Draht in das winzige Schloss zu fädeln. Als sie spürte, wie der Haken einrastete und die Feder im Schließmechanismus dem Druck des Drahts nachgab und sich schließlich ganz herunterdrücken ließ, hätte sie am liebsten gejubelt. Das Schloss öffnete sich auf ihren behutsamen Zug hin und schnappte mit einem leisen Klacken auf. Die Fesseln lockerten sich augenblicklich. Summer atmete auf. Es fühlte sich jetzt schon an wie Freiheit. Und es kostete sie Überwindung, die Schlingen nicht sofort abzuschütteln und davonzulaufen, sondern die Berührung der Seile noch eine Weile freiwillig zu ertragen.

Als sie weiterwanderten, hielt Summer die Seilschlaufen mit den Händen in ihrer Position, während sie den Blutmann betrachtete. *Halte Ausschau nach einem Fluchtweg*, befahl ihr ihre Katzenstimme, die ihr schon bei so vielen Fluchten geholfen hatte.

Achte darauf, dass das Pferd dir nicht folgen kann. Geh am besten durchs Wasser. Dir macht die Kälte nichts aus. Dem Blutmann schon.

Immer noch liefen sie an den verlassenen Bahnschwellen entlang, doch nach und nach verloren sich auch diese Zeichen von Zivilisation. Der Bach wurde breiter, Trauerweiden standen am Ufer wie Frauen mit langem Frosthaar, die sich im Spiegel des Wassers betrachteten. Hinter der Weidengruppe reihten sich Felsspalten auf wie Türen zu einem steinernen Saal. Summer wählte einen der Durchgänge, aus dem Wasser floss und in den Bach mündete. Das war ein gutes Zeichen, zeigte es doch, dass es tatsächlich ein Durchgang und keine geschlossene Höhle war. Jetzt musste sie nur noch sicherstellen, dass der Blutmann sich nicht genau dann nach ihr umsah, wenn sie wegrannte.

Sie wurde langsamer und stolperte absichtlich, damit das Seil deutlich ruckte. Wie erwartet, blickte er sich nach ihr um. In dem kurzen Moment, in dem sich ihre Blicke begegneten, blitzte der Funken eines Zweifels in ihr auf. War es klug, jetzt wegzulaufen? Etwas in der Vergangenheit verband sie.

Und offenbar sollst du dafür mit dem Leben bezahlen, setzte sie sofort dagegen. Und dennoch schwirrte die Erinnerung an seine Nähe wie ein lästiger Falter um ihren Kopf, ließ sie nicht in Ruhe. Versuchte sogar, Beweise dafür zu finden, dass er nicht so grausam war, wie es den Anschein hatte. Er hat mit dem Brand des Theaters nichts zu tun. *Aber er hätte mich in Maymara getötet! Er hat mich entführt und schleppt mich hinter seinem Pferd her wie eine Sklavin!*

Endlich fühlte sie wieder die Wut auf ihn – und den Impuls, so weit wegzulaufen, dass er sie nie wieder finden würde. Hastig streifte sie die Fessel und den Seilgürtel ab. Wie eine Schlange folgte das lange Seil dem Pferd, schleifte weiter auf dem Weg und verschwand mit einem letzten holprigen Schlängeln im hohen Gras. Jetzt konnte sie sich ein triumphierendes Lächeln nicht verkneifen. *Frei!*

Sie ging ein paar Schritte rückwärts und massierte ihre tauben Handgelenke, dann duckte sie sich – und glitt zur Seite auf den Bach zu. Das kalte Wasser umschloss ihre Knie und schon beim nächsten Schritt ihre Hüften. Gegen den Strom watete sie ein kleines Stück bachaufwärts – auf den Felsspalt zu. Zu ihrer Überraschung war das Wasser, das aus dem Felsspalt herausschoss, erstaunlich tief. Plötzlich stand sie bis zur Brust im schäumenden Strom und musste sich an den Felsrand klammern, um sich vorwärtsschieben zu können. Schatten fiel auf sie, als sie sich endlich in die Sicherheit flüchten konnte. Ein Echo von Tropfen umgab sie und vermischte sich mit ihrem keuchenden Atem, während sie vorwärtshastete. Auf der anderen Seite hörte sie fernes Rauschen wie von einem Wasserfall. Und Möwenschreie! Sie mussten also schon in der Nähe der Fjorde sein. Atemlos erreichte sie das Ende des felsigen Durchgangs und kletterte auf allen vieren über das steile Ufer. Ihre Hände hinterließen dunkle Abdrücke im reifüberzogenen Moos. Tosen von Wasser umgab sie, Sprühwasser nebelte sie ein, und zu ihrer Linken entdeckte sie tatsächlich eine Art Wasserfall, der sich wie ein windbewegter Vorhang aus Wellen und Gischt von den Felsen ergoss. Über flache Steinschwellen mündete der Wasserlauf im Bogen in den tosenden Bach. Deshalb war die Strömung also so stark gewesen! Mit einem raschen Blick erfasste sie die Umgebung und rannte dann nach rechts – dorthin, wo sich die Felsen in ein Labyrinth aus schmalen Gängen auflösten. Nur einmal hörte sie ein Knacken und verschwendete einen kurzen Gedanken an die Tierläufer.

Doch dann hörte sie … das Schnauben eines Pferdes? Aber er konnte unmöglich durch eine der schmalen Felsspalten gekommen sein! Ein Blick über die Schulter belehrte sie eines Besseren. Sie sah gerade noch, wie das Pferd in einer Kaskade von glitzernden Wassertropfen aus dem Wasser sprang. Bäche flossen aus seiner Mähne und auch der Blutmann auf dem Pferderücken war vollkommen durchnässt – die Pelzmütze hatte er verloren, zwischen den braunen Haarsträhnen schienen seine Augen besonders hell zu glühen und sein Mund war ein wutbleicher Strich. Seltsamerweise war Summers erste Reaktion nicht Furcht, sondern maßlose Enttäuschung und Zorn auf sich selbst. Und mitten in dieser Kränkung, bei ihrer eigenen Flucht versagt zu haben, leuchteten die Wassertropfen plötzlich im Glanz dieser anderen Wirklichkeit auf. Es war ein unerwartetes Geschenk. Und der Moment, in dem die Frau im weißen Kleid wieder bei ihr war, als wäre sie nie fortgewesen. *Hol ihn vom Pferd,* befahl sie. *Es wird Angst vor dir haben. Konzentriere dich auf das Pferd!* Noch im Laufen duckte sich Summer und hob ein abgerissenes Aststück vom Boden auf. Hinter sich hörte sie jedes Geräusch mit doppelter Schärfe: das Schnauben, den weichen Schlag von Hufen auf wassergetränktem Moos – und sogar den Schwung, mit dem das Seil die Luft zerschnitt. Sie sprang in dem Moment zur Seite, als das Seil ihre Schulter streifte und riss den Stock hoch. Das Seil verfing sich darin. Sie wirbelte herum und schlug dem Pferd mit aller Kraft auf den Hals. Im selben Moment, in dem das Tier auf ihre Berührung reagierte und erschrocken auf die Hinterbeine stieg, klammerte sie sich mit aller Kraft an den Stock und ließ sich mit ihrem ganzen Gewicht nach links fallen. Ein wirbelnder Strom von Momentaufnahmen: der Vorderhuf, der knapp ihre Schläfe verfehlte und nur ihr Haar streifte. Moosbrocken, die hoch in die Luft flogen und dann auf sie herunterregneten. Und das überraschte Gesicht des Blutmanns, der das Gleichgewicht verlor und vom Ruck seines eigenen Seils aus dem Sattel gezerrt wurde.

Summer stürzte sich auf ihn, noch bevor er ganz auf dem Boden aufgekommen war. Dann hatte sie bereits sein Messer aus der Lederscheide an seinem linken Bein gezogen und drückte die Spitze gegen die pochende Stelle an seinem Hals. Die Luft flirrte immer noch, doch alles andere schien eingefroren zu sein. Das Tosen des Wasserfalls wurde zum Rauschen ihres Blutes. Dann gab es nur noch den Blick des Blutmanns – ein Zorn, der dem Flirren um ihn einen dunkelblauen Ton gab, Düsternis inmitten vom Licht – und sein Messer in ihrer Hand. Sie hätte zustoßen können, doch sie schreckte davor zurück. Und auch die Frau in Weiß schwieg.

Schmerz zuckte durch ihr Handgelenk und durch ihre rechte Hüfte. Noch bevor sie sich dessen gewahr wurde, dass er sie überrumpelt und von sich gestoßen hatte, raste der Boden auf sie zu. Das Messer blitzte in der Luft, drehte sich und sprang in die Hand des Blutmannes wie ein Hund, der zu seinem Herrn zurückgefunden hat. Summer landete auf dem Rücken im Moos, trockenes Laub und Ästchen rieben an ihren Schultern. Für einige Sekunden lag sie nur da und rang nach Luft. Aus dem Augenwinkel sah sie das Pferd in der Nähe stehen. Mit hängendem Zügel, nervös die Ohren angelegt, jederzeit bereit, zu fliehen. Dann trat der Blutmann in ihr Blickfeld, in der einen Hand das Messer. In der anderen ein Seil. Sie wollte ihn beschimpfen, aber immer noch hatte sie nicht genug Luft. Und als sie sein arrogantes Grinsen sah, überschwemmte die Wut sie so, dass sie glaubte, ersticken zu müssen.

»War wohl nichts«, meinte er. »Tja, alles, was du über das Kämpfen gelernt hast, weißt du von mir, schon vergessen? Und schon damals bist du nicht schnell genug darin gewesen, mit einem Linkshänder zu kämpfen.«

Summer rollte zur Seite und kam auf die Beine. Das wäre der Moment gewesen, um zu fliehen. *Wieder einmal?*, dachte sie bitter. Doch etwas hatte sich verändert. Die zweite Wirklichkeit umgab sie ganz und gar. Sie fürchtete sich zwar noch vor ihm, aber die Todesangst war verschwunden – und mit ihr das Phantom ihrer Nächte. Wie zwei Gegner, die sich vor dem ersten Schlag abschätzten, standen sie sich gegenüber.

»Du hättest zustoßen sollen, als du die Chance dazu hattest«, sagte der Blutmann. »Dann hättest du mich zumindest geschwächt.«

Seine Lippen waren blau. Wasser rann aus seinem Haar und die Pelzjacke aus schwarzem Wolfsfell glänzte nass und lag auf seiner Haut an, als wäre sie ein Teil von ihm. Er musste frieren, sie aber spürte nicht einmal den Wind. *Warum hast du ihn jemals gefürchtet?*, dachte sie voller Verachtung. *Er ist nur ein Mensch.*

Ihr Blut wurde kühl, ihr Herzschlag gefährlich ruhig.

Ein Mensch, der meine Nähe so sehr fürchtet, dass er sich nur sicher fühlt, wenn ich ihm nicht nahe kommen kann?

»Du *bist* schwach!«, erwiderte sie. »Nichts weiter als ein Feigling. Deshalb musstest du mir in Maymara im Dunkeln auflauern und mich fesseln wie ein Tier. Du musst große Angst vor mir haben.«

Zufrieden sah sie, dass sein Stolz ebenso leicht zu verletzen war wie ihrer. »Merk dir eines«, zischte sie. »Bevor du mich noch einmal fesselst, töte ich dich.« Diesmal war ihre Stimme rau, ein Drohen. Der Blutmann blieb eine Armlänge vor ihr stehen.

»Nur zu«, sagte er.

Summer hob das Kinn. *Ich bin Eljana und ich trage so viele andere Namen. Ich kann dir Lebensjahr für Lebensjahr rauben. Ich rufe die Zeit zu Hilfe, die deine Hand zittern lässt und deinen Rücken beugt.*

»Du weißt nicht, mit wem du dich hier anlegst!«

Seine Lippen verzogen sich zu einem sarkastischen Lächeln. »Mit dem Tod?«, sagte er voller Verachtung. »Oh ja. Ich zittere vor Angst.«

Sein Lachen peitschte ihren Zorn wieder hoch, ließ das Blut in ihren Adern noch kälter werden.

»Fang auf!«, rief er und warf ihr sein Messer zu. Es zuckte auf sie zu und es war ein Wunder, dass sie es am Griff fing, als sie es ohne nachzudenken aus der Luft fischte.

»Jetzt bist du die Stärkere. Also töte mich, wenn du dich traust!«, sagte er und breitete die Arme aus. Seine Pelzjacke klaffte auf, darunter klebte nur noch der nasse Hemdstoff auf seiner Haut. »Das willst du doch, oder?«, setzte er herausfordernd hinzu. »Und wer weiß, vielleicht warte ich ja nur darauf?«

Na los!, sagte die Frau im weißen Kleid und lachte. Und obwohl irgendeine andere Stimme in ihr schrie, dass es ein Fehler war, riss Summer das Messer hoch und schnellte los. Sie spürte das Knirschen von halb gefrorenem Moos unter ihrem Fußballen, als sie sich abstieß und sich auf ihn stürzte. Natürlich war er schneller. Und natürlich hatte auch die Frau in Weiß es gewusst. Seine Hand schoss vor und entwand ihr das Messer, bevor sie die Bewegung richtig wahrnahm. Doch Summer ergriff mit der anderen Hand blitzschnell sein Seil. Er war zu überrascht, um sie von sich zu stoßen, als das Seil seinen Nacken zwang, sich nach unten zu beugen. Dann war sein Mund ganz nah. Und Summer wusste nicht mehr, was sie eigentlich vorgehabt hatte. Sie wurde ganz und gar zu der Frau in Weiß, klammerte sich mit all ihrer Kraft an ihn – und küsste ihn.

*

Was mache ich da?, schoss es Summer durch den Kopf. *Ich will ihn doch gar nicht töten, ich …* Doch es war zu spät. Ihre Lippen lagen auf den seinen, und so sehr sie auch versuchte zurückzuweichen – die Frau in Weiß umschlang seinen Hals und seinen Nacken so fest, als wollte sie ihn nie mehr loslassen. Es hatte nichts, gar nichts mit dem zu tun, was zwischen ihr und Noret geschehen war. Es hatte nichts Dunkles, Machtvolles. Es glich einem schäumenden Meer aus Rot, dessen Wogen Summer mit sich rissen und in denen sie zu ertrinken drohte. Der nächste Schock war die Erkenntnis, dass auch die Frau in Weiß ihn überhaupt nicht töten wollte.

Zu ihrem Entsetzen umarmte der Blutmann sie nach der ersten Überraschung und zog sie an sich. Um ihr das Messer in den Rücken zu stoßen?

Doch stattdessen … erwiderte er den Kuss voller Leidenschaft und Verzweiflung. Alles, was sie je über sich zu wissen geglaubt hatte, verglühte in einem Sog aus Farben und Erinnerungsflackern. Es waren nicht die Bilder seines Lebens, die sie wahrnahm – so wie es bei Noret gewesen war. Es waren ihre! Ihr Herz spielte verrückt und ihre Knie sackten weg, doch der Mann, den sie nicht töten wollte, hielt sie umfangen, während die Klinge seines Messers flach zwischen ihren Schulterblättern lag. Und dann konnte sie nicht anders, als den Kuss, der plötzlich zu ihrem gemeinsamen geworden war, zu erwidern. Staunend nahm sie wahr, dass sie in seinen Armen zu jemand anderem wurde. Nun war sie

Summer im weißen Kleid, stark und arrogant wie eine Kriegerin, hinterhältig und feige wie eine Diebin, eine Frau, die Angst hatte und kämpfen konnte, die liebte und lachte und tanzte. Sie versank in seinem Kuss und trank die Vergangenheit von seinen Lippen wie eine Verdurstende, und es waren Erinnerungen an …

… einen Wintertag, als er versuchte, ihr mit einem Degen eine Finte beizubringen und sie sich schließlich lachend im Schnee küssten. Flocken in seinem Haar und …

… seine Haut, die nach dem Rauch von Zedernfeuern einer vergangenen Zeit duftete und nach einer Handvoll …

… blauer Winterblüten, die er unter seinem Hemd trug, um sie ihr zu schenken.

… seine Hände, ohne Handschuhe, Finger, die auf den Saiten einer Gitarre tanzten, und seine Stimme, die von zwei Menschen in einem Kartenhaus sang. Und auch …

… seine Narben auf den Händen, eine leichte Unebenheit unter ihren Lippen. Und die Zartheit, mit der …

… seine Hand nun über ihre Wange strich, als sie sich zögernd aus diesem Kuss lösten. Das Leder des Handschuhs war warm auf ihrer Haut, und sie schmiegte die Wange in seine Hand. Irgendwo in einem Winkel ihres Selbst wusste sie, dass sie sich vor seinen Händen gefürchtet hatte, aber sie verstand nicht mehr, warum. Sie sah nur seine Augen: Das Grau wie von hellem Felswasser, in dessen Untiefen das Grün von Wasserpflanzen und Geheimnissen leuchtete. Da war kein Hass mehr, nur ein Schmerz, so viel älter als ein Menschenleben, der sie traurig machte.

Sie strich über die Narbe an seinem Jochbein und entfachte damit für einen Moment ein Lächeln in seinem Gesicht.

Ihre Hand glitt zu seiner Brust und blieb dort liegen.

Ich kannte ihn, als er glücklich war. Ich habe sein Lachen so oft gesehen, ich …

Sie stutzte. Unter ihrer Hand das nasse Hemd und die Wärme seiner Haut, Atemzüge und das Rauschen von Blut, aber …

Ihr Lächeln verlosch gleichzeitig mit seinem … *Kein Herzschlag!*

Sie zog die Hand zurück, als hätte sie etwas Verbotenes berührt.

»Ich kann dich gar nicht mehr töten«, flüsterte sie. »Du … du bist bereits tot!«

Er biss die Zähne so fest zusammen, dass seine Kiefermuskeln hervortraten. Alles Weiche verschwand aus seiner Miene. Er ließ sie los und stieß sie von sich. Mit einer fahrigen Geste schüttelte er das Seil ab, das noch um seinen Nacken lag, und ging mit großen Schritten zum Pferd.

»Was ist damals geschehen?«, rief sie ihm hinterher.

Doch er sah sich nicht um und sie fürchtete, dass er sie tatsächlich hier zurücklassen würde – mit den Erinnerungen und tausend Fragen, die nur er ihr beantworten konnte. Das Pferd scheute, so grob schnappte er sich die Zügel.

»He! Indigo! Ich habe dich etwas gefragt!«

Wie erwartet brachte dieser Name ihn dazu, auf ihren Ruf zu reagieren. Er fuhr herum. Sie war sicher, dass er gleich auf sie zustürzen und sie schlagen würde, aber sie wusste, sie würde nie wieder vor ihm zurückzuweichen. Schon holte er Luft, um ihr etwas entgegenzuschleudern – als sein Blick durch etwas abgelenkt wurde, was sich hinter ihr abspielte. Innerhalb eines Herzschlags wurde er aschfahl im Gesicht. Und bevor sie sich umdrehen konnte, sprang er schon vor und riss sie zu Boden. Summer keuchte auf, als sein Gewicht sie in das Moos drückte. Irgendwo hörte sie einen dumpfen Schlag, dann packte er sie bei den Schultern, rollte mit ihr herum und riss sie wieder hoch. Nur wenige Zentimeter entfernt – dort, wo sie eben noch gestanden hatte, steckte eine … Harpune? … im Boden. Nein, eher ein Speer. Nur dass an der abgeflachten Kante auf beiden Seiten Haifischzähne aufgereiht waren. Mit Fasern fest verzurrt, bildeten sie mörderisch scharfe Sägekanten.

Die Sekunde, in der sie einen Blick nach links warf, dehnte sich zur Ewigkeit.

Es waren drei Angreifer – sie standen auf einem der Felsen und blickten zu ihnen herunter. Es waren Menschen , oder zumindest menschenähnlich – doch ihre Haut war weißer als der Schnee, fast durchscheinend, und die Augen leuchteten in Meerfarben. Hier, inmitten von Fels und moosigem Grün, wirkten sie seltsam deplatziert, wie im falschen Element.

Sie spürte kaum, wie der Blutmann aufsprang, wie hypnotisiert beobachtete sie die Wesen.

Gefleckter Robbenpelz mit aufgenähten Verzierungen *(aus Fischhaut?)* glänzte in der Sonne auf, als das Größte von ihnen mit einem flinken Satz vom Felsen sprang, sich mühelos abfederte und wieder aufrichtete.

Das Pferd wieherte schrill neben Summer auf. Sie sah rollende Augen und angelegte Ohren. Als sie auf die Beine kam, scheute das Tier zur Seite und versuchte, nach ihr zu schnappen, doch der Blutmann dirigierte es unbarmherzig direkt neben sie und hielt es zurück.

»*Tanahe!*«, zischte das Wesen und deutete auf Summer.

»Steig endlich auf!«, befahl der Blutmann. Sie packte seine Rechte und ließ sich vor ihm in den Sattel ziehen.

Im selben Moment, als die anderen zwei Angreifer ihre Haifisch-Speere in ihre Richtung schleuderten, riss der Blutmann das Pferd herum und zwang es aus dem Stand in den Galopp. Summers Finger gruben sich in die Mähne. Wasser spritzte hoch auf, als das Pferd mit einem Satz in den Bach sprang und sich gegen den Strom durch das Wasser arbeitete. Ein weiterer Haifischspeer traf neben ihnen auf dem Wasser auf und tauchte wie ein tödlicher Raubfisch ein. Plötzlich wurde der Bachgrund flacher. Die Steigbügel tanzten haltlos um Summers Füße und stießen schmerzhaft gegen ihre Knöchel, doch der Arm des Blutmanns lag um ihre Taille und bewahrte sie davor, aus dem Sattel zu gleiten. »Ducken!«, schrie er ihr ins Ohr und sie gehorchte und hörte nur ein Sirren, das sie knapp verfehlte. Dann sah sie nur noch, wie sie direkt auf den Wasserfall zustürmten. »Nein!«, stieß sie hervor. »Dahinter ist Fels …«

Dann klatschte schon das Wasser wie ein Schwarm nasser Ohrfeigen auf sie herunter, durchtränkte ihr Haar und jeden Zentimeter ihrer Haut … und löste sich ebenso abrupt wieder auf. Das Pferd rannte weiter. Sein Hufschlag vervielfältigte sich zu einem bizarren Echo-Stakkato. Und als Summer sich staunend umsah, erkannte sie, dass sie durch einen von Menschenhand geschaffenen Tunnel galoppierten. Durch ein Loch in der Wand fiel Sonnenlicht und der Schatten einer Weide. *Das war die Abkürzung, über die er mich eingeholt hat*, dachte sie. *Er ist mitten durch den Wasserfall geritten.*

Dann hatten sie diese zerfallene Stelle des Tunnels schon passiert und tauchten in das Halbdunkel eines endlos scheinenden Gangs. Erst nach einer ganzen Weile ließ der Blutmann das Pferd langsamer werden, bis es schließlich in einen erschöpften, aber nervösen Schritt fiel. Erst jetzt merkte Summer, dass sie am ganzen Körper zitterte.

»Was war das?«, fragte sie mit schwacher Stimme. »Tierläufer?«

»Nein. Tandraj«, murmelte er. »Sie leben dort, wo es Wasser gibt – in den Felshöhlen der Fjorde. Normalerweise bekommt man sie nie zu Gesicht. Und wenn, dann sind sie harmlos. Aber gegen dich haben sie offensichtlich etwas.«

Summer schwieg. Immer noch hielt er sie fest – sein Arm um ihre Taille. Sein Atem, der über ihre Wange streifte – *und kein Herz.*

Viele Hufschläge lang rang sie mit sich, um ihm die Frage zu stellen, deren Antwort sie vielleicht gar nicht wissen wollte. Aber sie musste sich eingestehen, dass sie zu feige war. *Zu feige, aus seinem Mund zu hören, dass du in der Vergangenheit vielleicht nicht das einzige Opfer warst?*

»Du ... hast das Theater nicht niedergebrannt«, sagte sie stattdessen leise.

»Warum zum Henker sollte ich wohl unschuldige Leute töten oder ihnen das Haus über dem Kopf abbrennen?«, erwiderte er unwillig. Seine Hand an ihrer Taille ballte sich zur Faust. Und sie spürte eine Kluft zwischen sich und ihm, die so breit war, dass vier Menschenleben nicht ausgereicht hätten, um sie zu überbrücken. Es kostete sie unendlich viel Mut, ihn wieder anzusprechen. »Ich bin zwar nicht an deinen Narben schuld. Aber daran, dass ... dein Herz nicht mehr schlägt?«

Das Pferd stoppte abrupt und schüttelte unwillig den Kopf, als sie sich wieder in die Mähne krallte. Der Blutmann schob sie von sich und sie wehrte sich nicht, als sie aus dem Sattel glitt. Scharfkantiger Kies drückte in ihre Fußsohlen. Das Pferd nutzte seine Chance und brachte sofort mit einigen Seitwärtsschritten genügend Abstand zwischen Summer und sich.

Der Blutmann gab ihr keine Antwort. Im Halbdunkel des Tunnels war er nicht viel mehr als ein Schemen.

»Wir … haben uns geliebt, nicht wahr?«

»Ich habe *dich* geliebt.«, antwortete er mit rauer Stimme. »*Du* hast mich nur verraten.«

Summer biss sich auf die Unterlippe. Und auf ihren Schultern wurde die Last einer alten Schuld unendlich schwer. »Es tut mir leid«, sagte sie leise. »Und ich wünschte, ich wüsste noch etwas davon. Aber ich erinnere mich an … eine Gitarre und die blauen Blumen, die du unter deinem Hemd versteckt hattest und …«

»Hör auf.« Diesmal war es kein Befehl. Schmerz ließ seine Stimme leise klingen und fand sein Echo in ihrer eigenen Brust.

Er schwieg so lange, dass sie für einige Sekunden daran zweifelte, dass er überhaupt noch hier war und sie nicht nur mit einem Hirngespinst sprach.

»Wohin willst du mich bringen?«, fragte sie in die Stille.

»An einen Ort, den du kennst.«

»Einen Ort, an dem wir glücklich waren?«

Sie konnte spüren, dass dieser Satz ihn traf. Ein blauer Glanz von Trauer lag plötzlich auf der Dunkelheit.

»Und was dann?«, fragte sie weiter. »Willst du an mir Rache nehmen? Für eine Tat, an die ich mich nicht erinnere?«

»Ich will keine Rache«, antwortete er heiser. »Ich will mein Herz zurück.«

Sie sprang zurück, als das Pferd losstürmte. Kies und scharfkantige Flintsteine spritzten unter den Hufschlägen auf und trafen ihre Wange und Schulter. Sie erschrak und wartete schon darauf, dass gleich die Fesseln an ihren Handgelenken sich spannen und sie von den Füßen reißen würden, dass sie stürzen und über den Kies geschleift würde, doch dann fiel ihr ein, dass sie ja gar keine Fesseln mehr trug. Sie sah das Blitzen von Funken, die die Hufeisen aus dem Boden schlugen, und konnte es nicht fassen. Er ließ sie gehen?

Der Galoppschlag entfernte sich, wurde zu Trab, dann zu Schritt, bis das Pferd schließlich stehen blieb. Summer spannte sich an, um wegzulaufen, doch diesmal verfolgte er sie nicht. Sie konnte sein Warten spüren, Vibrationen in der Luft, flüchtige Bilder wie Spiegelungen, die in der Dunkelheit zwischen ihnen zitterten und vergingen. Und sie begriff, dass er ihr zum ersten Mal tatsächlich glaubte.

Zögernd setzte sie einen Fuß vor den anderen. Machte einen Schritt. Und noch einen. Blieb unschlüssig stehen.

Es fühlte sich zumindest nicht verkehrter an, als wieder zu fliehen. Sie suchte nach dem Hass, den sie gestern noch verspürt hatte. Und fand ihn nicht mehr.

Vorsichtig setzte sie sich wieder in Bewegung, bis ihre Schritte ein wenig sicherer wurden. Kies wisperte unter ihren Sohlen, aber offenbar hörte er gut genug, um zu wissen, in welche Richtung sie ging. Und sobald sie ein Stück aufgeholt hatte, setzte auch das Pferd seinen Weg im Schritt fort.

Elfenbeinmund

Sie fürchtete sich vor dem Moment, in dem sie ihm wieder bei Licht in die Augen sehen würde. Vielleicht ließ sie deshalb den Abstand so groß werden, dass sie nur noch dem fernen Hufschlag folgte wie eine Blinde. Er bat sie nicht, schneller zu gehen, und nach einer Weile glaubte sie, dass er sogar froh darüber war. Sie war zu weit weg für Fragen. Als der Hufschlag abrupt aufhörte, schreckte sie aus ihren Grübeleien auf, doch dann sah sie, dass er lediglich den Tunnel verlassen hatte. Mittagslicht machte das Ende des Tunnels zu einem gleißenden Tor in die Unendlichkeit, so als würde sie durch das falsche Ende eines Fernrohrs blicken. Ein leuchtendes Miniaturbild: das weiß gefleckte Grün einer Wiese, auf der die Schneeschicht dahinschmolz; und dahinter das tiefe Kobaltblau des Nordmeers. Der Blutmann zeichnete sich davor ab – ein schwarzer Reiter aus ferner Vergangenheit. Als hätte er ihren Blick gespürt, zügelte er das Pferd und wartete auf sie. Summer senkte den Kopf und betrachtete ihre Füße, die immer noch nicht froren, und drehte den kleinen Katzenkopf in ihrer Hand, fieberhaft nach den richtigen Worten suchend.

Sie war so darin versunken, dass sie das Geräusch erst nicht erkannte. Ein scharfer Hall inmitten von fernem Möwenkreischen. Sie blieb stehen. Ein Warnruf, nein, Gebrüll. Und ein weiterer …

Schuss? Ein schrilles Wiehern ertönte, dann galoppierte das reiterlose Pferd wie ein Schattenriss vor dem Tunnelausgang vorbei. Weitere Schüsse fielen – und Summer begann zu rennen.

Es war wie eine Szene aus einem Albtraum, in dem sie lief, so schnell sie konnte, aber kaum von der Stelle kam. Ihr Herz hämmerte gegen ihre Kehle und jeder Atemzug schmerzte, und dennoch schien der Tunnelausgang keinen Meter näher zu rücken. Nur die Geräusche wurden lauter. Stimmengewirr, ein gebrüllter Befehl. Und als sie endlich sehen konnte, was sich draußen abspielte, flüchtete sie sich sofort in den Schatten im Schutz des Tunnelrandes. Links von ihr: Hufspuren und aufgewühlte Erde. Und ein paar Meter weiter krümmte sich der Mann ohne Herz in der spärlichen Deckung eines Felsens und versuchte das Gewehr mit nur einer Hand nachzuladen. Die andere hielt er an die Brust gepresst. Blut rann zwischen seinen Fingern hervor und malte rote Muster in den Schnee. Summer schlug die Hand vor den Mund, doch irgendeinen Laut des Entsetzens musste sie von sich gegeben haben, denn er blickte auf und entdeckte sie. Sorge flackerte über seine Züge. »Zurück!«, formte er mit den Lippen. »In den Tunnel!«

Dann wich jede Farbe aus seinem Gesicht, das Gewehr entglitt seinen Händen. Er holte keuchend Luft, sackte zusammen und blieb reglos auf der Seite liegen.

»Erledigt ihn.« Ein sachlicher Befehl, der von rechts kam. Vier Männer. Schwarze Gesichter, schwarzgraue Uniformen. Soldaten der Lady, die nun auf den freien Platz traten. Einer hob das Gewehr. Es blieb keine Zeit für einen Plan oder auch nur einen vernünftigen Gedanken. Nicht einmal für Angst. »Wartet!«, schrie Summer und rannte zu dem Verletzten. Sie ließ sich neben ihm auf die Knie fallen und packte seinen linken Ärmel. Bei einem flüchtigen Seitenblick sah sie, dass der rechte Ärmel hochgerutscht war. Der Schreck fuhr ihr durch die Brust, als sie sich an die zweite Tätowierung erinnerte – Lord Teremes' Lindenblatt –, aber nun entdeckte sie, dass sie verschwunden war.

»Er ist einer von euch!«, schrie sie und schob den linken Ärmel hoch, bis das Lilienzeichen sichtbar wurde. Schwer atmend hielt sie inne. *Das war das Dümmste, was du tun konntest,* schoss es ihr durch den Kopf. *Sie werden uns beide erschießen.*

Doch die Wirkung ihrer Worte übertraf alle ihre Erwartungen. Die Waffe sank so schnell herab, als hätte der Soldat sie am liebsten von sich geworfen. Die vier starrten sie an, als hätten sie ein Gespenst gesehen, und rissen wie in plötzlichem Begreifen die Augen auf. Dann wandten sie die Blicke ab und zogen sich hastig zurück. Summers Nacken begann zu kribbeln. Jetzt wich auch ihr das Blut aus den Wangen. *Hinter mir?* Panik drohte in ihr aufzuwallen. *Die Tandraj? Sind sie uns durch den Tunnel gefolgt?*

Der Blutmann stöhnte auf, doch sie legte ihm warnend die Hand auf die Schulter. »Nicht bewegen«, flüsterte sie ihm zu. Vorsichtig tastete sie nach seinem Messer und zog es aus seinem Beinholster. Dann packte sie den Messergriff, so fest sie konnte, und wirbelte herum.

Sie hatte alles erwartet, nur keine Maske aus geschliffenem Malachit.

Der Mann, der sie trug, war schlank und groß. Er war kein Soldat, schon seine Haltung zeigte, dass er es nicht nötig hatte, sich mit einer Waffe zu verteidigen. Er wirkte wie ein Lord. An seinem schwarzen Hemd mit dem strengen Stehkragen glänzten Silberknöpfe. Der Saum seiner schmalen Hosen bedeckte seine bloßen Füße kaum. Doch trotz der Maske und der teuren Kleidung hätte sie ihn überall erkannt. Sie wusste nicht, ob sie erleichtert oder erschrocken sein sollte. Erst als er auf sie zutrat, fiel ihr wieder ein, warum sie ihm davongelaufen war. Sie sprang auf und hob ihm das Messer entgegen. Sie wünschte sich nur, ihre Hand hätte dabei nicht so gezittert.

»Keinen Schritt näher!«, spie sie ihm entgegen. »Was auch immer du bist, bleib uns vom Leib.« *Uns*. Das letzte Mal, als sie dieses Wort ganz selbstverständlich gebraucht hatte, hatte sie Anzej damit gemeint. Es war beinahe zum Lachen.

»Ist er das?«, fragte Anzej und deutete auf den Liegenden. »Der Blutmann?« Seine beiläufige Freundlichkeit hatte etwas Gefährliches. Es war seltsam, dass die Maske seine Stimme nicht dämpfte. Summer hörte sie so klar, als kämen die Worte direkt aus dem steinernen Mund.

»Natürlich nicht! Er ist nur ein Soldat.« *Immerhin, das Lügen habe ich nicht verlernt.* Und mit schneidendem Sarkasmus fügte sie hinzu: »Der Blutmann hat seine Aufgabe schon in Anakand erfüllt. Du musst es ja am besten wissen. Schließlich hast du ihn dafür bezahlt, mich wieder in deine Arme zu treiben. War es einer der Kartenspieler?«

»Ja. Und er war sein Geld wert«, antwortete Anzej ruhig.

Summer biss die Zähne zusammen. »Warum hast du das getan?«, presste sie hervor.

»Es war die einzige Möglichkeit, dich zum Mitkommen zu überreden.«

»Überreden!« Sie spuckte ihm dieses Wort voller Verachtung vor die Füße. »Lady Tod hat dir befohlen, nach mir zu suchen, nicht wahr? Was wollt ihr von mir?«

Anzej betrachtete das Messer. Trotz der Maske konnte sie erkennen, dass seine Augen sich verengten. Sie warf einen hektischen Seitenblick zu den Soldaten. Aber keiner von ihnen machte

Anstalten, einzugreifen. Sie standen in einiger Entfernung, immer noch krampfhaft darum bemüht, Summer nicht anzusehen. Seltsamerweise waren sie totenblass. Einem von ihnen lief ein Schweißtropfen über die Schläfe. *Als hätten sie Todesangst.*

Also war es eine Sache zwischen Anzej und ihr. Es war, als spielte sie in einem völlig grotesken Theaterstück mit, ohne zu wissen, wer darin welche Rolle hatte. *Der Mann, der mich küsste und in einen Kokon aus Fürsorge hüllte, ist mein Feind. Und den, der mich vor wenigen Stunden noch gefesselt hinter sich hergeschleift hat und mir damit drohte, mich zu töten, den verteidige ich nun mit dem blanken Messer.*

»Wie konntest du mich finden?«, fragte sie.

»Du wolltest gefunden werden. Ich habe deinen Ruf gehört. Du warst in Not und hast dir gewünscht, dass ich dir zu Hilfe komme.«

Sie erinnerte sich daran, dass sie sich tatsächlich für einen Wimpernschlag lang gewünscht hatte, dass Anzej bei ihr wäre.

»Du klangst verzweifelt«, fuhr Anzej mit dieser freundlichen Stimme fort, die ihr nun Angst machte. »Bist du wirklich sicher, dass dein Soldat dort nichts damit zu tun hatte?«

Eine Gänsehaut stellte jedes Härchen an ihren Armen auf. Und sie hörte auf die warnende Stimme in ihrem Inneren, die ihr sagte, dass sie jede Erinnerung an die Tage mit dem Blutmann und den Kuss im tiefsten Winkel ihres Bewusstseins vergraben musste.

»Natürlich war ich verzweifelt! Weil Lord Teremes' Soldaten mir auf den Fersen waren. Er hat mich vor ihnen gerettet. Und zum Dank erschießt ihr ihn?«

Ohne es zu wollen, war sie laut geworden.

Anzej hob die Hände, als würde er sich ergeben. Sie kannte die ironische Geste. Wie oft hatte er sie im Scherz gemacht, und es schmerzte, sie nun zu sehen.

»Du brauchst mich nicht anzuschreien, Summer. Was habe ich dir getan?«

»Frag Mort, was du ihm angetan hast«, erwiderte sie mit harter Stimme. »Hat Lady Tod dir auch befohlen, über Leichen zu gehen?«

Gerne hätte sie jetzt sein Gesicht gesehen, doch die Maske verbarg jede Regung. Nur sein Tonfall verriet, dass ihre Wut ihm etwas ausmachte. »Du … wirst es verstehen«, antwortete er leise. Er gab den Soldaten ein Handzeichen und sie stürzten davon, als hätten sie nur darauf gewartet, sich von Summer entfernen zu dürfen. »Manchmal ist etwas ganz anders, als es scheint«, fügte Anzej hinzu.

Er deutete nach rechts, zum Meer. Summer zögerte, seiner Aufforderung zu folgen. Was, wenn er sie nur lange genug ablenken wollte, um ihr das Messer abzunehmen? Erst als er demonstrativ ein paar Schritte zurücktrat und die Arme verschränkte, wagte sie einen Blick über die Schulter.

Das endlose Rasenstück führte direkt zur Spitze eines Fjordes. Und vor dem leuchtenden Herbstblau des Meeres trat gerade eine Frau auf das Plateau. Eine Fürstin? Einige Männer begleiteten sie. Offiziere, vielleicht auch ein Lord. Silberstickereien glänzten auf glattem Leder und Samt. Dagegen wirkte das Kleid der Frau geradezu schlicht. Wie Anzej trug auch sie eine Maske. Poliertes Kupfer glänzte in der Mittagssonne auf. Ein Windstoß zerzauste ihre kastanienbraunen Locken und ließ ihr Kleid flattern – nachtschwarze Seide ohne jeglichen Schmuck.

Die Frau hielt in der Bewegung inne, als sie Summer entdeckte. Sie holte tief Luft, als müsste sie um Fassung ringen, doch dann wandte sie sich wieder ihren Begleitern zu. Irritiert zog Summer die Brauen zusammen. Sie … kannte die Frau! Diese Geste, mit der sie ihren Begleitern nun beiläufig, aber nachdrücklich befahl, sich zurückzuziehen, das erhobene Kinn, die Linie der Schultern …

Sobald die Männer gegangen waren, wandte sich die Frau Summer zu – und nahm die Maske ab.

Das Messer fiel aus Summers Hand und bohrte sich in den Schnee. Die Zeit kehrte sich um, wirbelte in den Himmel und stürzte auf Summer zurück.

»Beljén!«, flüsterte sie mit erstickter Stimme. Und das Mädchen, dessen Ebenbild sie in Anna, in Mia und Charisse und all den anderen Frauen, die sie kannte, vergeblich und sehnsüchtig gesucht hatte, legte alles Königliche in seiner Haltung ab und begann zu rennen. »Tjamad!«, rief sie. »Tjamad!«

Im nächsten Moment lagen sie sich in den Armen. Und Summer schloss die Augen und vergrub das Gesicht in Beljéns Haar. Szenen einer gemeinsamen Zeit erwachten wieder zum Leben. *Zwei Mädchen in einem grauen Palast, die sich flüsternd die Geschichten fremder Menschen erzählten und sich wünschten, all das selbst erlebt zu haben. Freundinnen, die gegen die Regeln der Zorya verstießen und heimlich die Lieder der Menschen sangen.*

Zorya! Wieder durchrieselte sie das freudige Erschrecken des Wiedererkennens. *Das bin ich! Nein … das sind wir.*

»Zorya«, wiederholte sie. Das Wort schmeckte nach Heimat und nach einer längst vergessenen Zeit voller Geborgenheit. Das Heimweh, von dem Anzej in Anakand gesprochen hatte – plötzlich verstand sie, was er damit gemeint hatte.

»Endlich bist du wieder zu Hause«, flüsterte Beljén. »Ich habe nie daran geglaubt, dass du tot bist. Ich wusste immer, du kehrst zurück!« Und ernster geworden, setzte sie hinzu: »Anzej hat uns berichtet, dass du alles vergessen hast. Aber du brauchst keine

Angst zu haben, du hast mich. Ich werde dir alles erzählen. Du wirst dich erinnern.«

Zu Hause. Noch wagte sie nicht, das Wort in Besitz zu nehmen. Viel zu fremd war es und so flüchtig, dass sie fürchtete, sie würde gleich aus einem ihrer Träume erwachen und wieder einsam sein.

Der Blutmann stöhnte auf und kam zu sich, doch bevor seine tastende Hand das Gewehr fand, war Anzej schon bei ihm und nahm die Waffe an sich.

»Ihm darf nichts passieren!«, flüsterte Summer Beljén zu. »Er hat mich gerettet – vor Lord Teremes' Kriegern! Und vor den Tandraj. Sie hätten mich getötet, wenn er nicht gewesen wäre.«

Beljéns Augen wurden groß. Sie löste sich vorsichtig aus Summers Umarmung und setzte ihre Maske wieder auf. Dann holte sie aus den Falten ihres Kleides etwas hervor. Ein zartes, helles Gebilde, schon leicht vergilbt an den Rändern, und so dünn, dass das Licht hindurchschien.

»Deine Maske«, sagte sie zu Summer und drückte ihr das hauchdünne Gesicht aus Elfenbein auf die Haut. »Das ist das erste Gesetz, an das du dich erinnern musst: Wir zeigen den menschlichen Dienern niemals unser Gesicht.«

Summer wurde schwindelig. Das kühle Material schmiegte sich an ihre Wangen und ihre Stirn und nahm innerhalb eines Lidschlags ihre Hautwärme an – so als wäre sie tatsächlich ein Teil von ihr. Langsam ahnte sie, warum sie als Einzige in Morts Theater die Theatermaske gern getragen hatte.

Wie aus weiter Ferne hörte sie Beljéns Stimme. Befehlsgewohnt und herrisch klang sie nun. Sie rief einen Namen. Und zu Summers maßloser Überraschung trat ein grauhaariger Lord heran und verbeugte sich tief vor ihr.

»Kümmert euch um den Verletzten!«, befahl Beljén. »Nehmt

ihn fest, verbindet seine Wunde. Aber krümmt ihm kein Haar, verstanden? Du stehst mit deinem Leben dafür ein, dass ihm nichts geschieht. Lady Tjamad will ihn später verhören.«

Lady Tjamad.

Vage erinnerte Summer sich daran, dass Anzej ihren Namen schon einmal ausgesprochen hatte – damals, als sie ihn auf dem Balkon gefunden hatte. *Also kannten wir uns doch. Von Anfang an.*

Der Blutmann kam endgültig zu sich und wehrte sich mit aller Kraft, als mehrere Soldaten zu ihm sprangen, doch die Wunde schwächte ihn und schließlich wurde er überwältigt. Es gab Summer einen Stich, den Schmerz in seinem Gesicht zu sehen.

Wehr dich nicht!, hätte sie ihm am liebsten zugerufen. *Warte ab, ich helfe dir!* Aber Anzej war immer noch in der Nähe und beobachtete sie voller Argwohn. Und so zeigte sie keine Reaktion, sondern stand nur da und beobachtete, wie zwei Soldaten den Verletzten davonschleppten. *Er stirbt nicht*, versuchte sie sich zu beruhigen. *Er kann nicht sterben, er ist nur geschwächt.* Doch der Blick, den der Blutmann ihr nun zwischen wirren Haarsträhnen über die Schulter zuwarf, traf sie mitten ins Herz. Eine Anklage, eine wütende Frage. Sie wusste, er dachte nun, dass sie ihm die ganzen Tage etwas vorgespielt hatte, um Zeit zu gewinnen, bis die anderen Zorya sie fanden. *»Weil du mich getötet hast! Tausendmal und mehr«*, hallten seine Worte in ihrem Gedächtnis wider. Langsam ahnte sie, dass er womöglich wirklich weitaus mehr Grund hatte, sie zu töten als sie zu küssen.

Sie schluckte krampfhaft und war plötzlich unendlich froh, sich hinter einer Maske verstecken zu können.

Beljén trat wieder zu ihr. »Ihm wird nichts geschehen.« An ihrer Stimme hörte Summer, dass sie lächelte. »Du hast einen weiten Weg hinter dir, kleine Schwester.«

Vielleicht war es dieses Wort, vielleicht aber auch nur Beljéns mitfühlender Tonfall, aber jetzt fiel der letzte Rest Anspannung von ihr ab. Zurück blieben unendliche Erschöpfung und das überwältigende und betäubende Gefühl, endlich an einem Ziel angelangt zu sein.

»Wie lange … war ich weg?«, fragte sie zaghaft. *Ich fühle den Elfenbeinmund beim Sprechen gar nicht auf meinen Lippen!*

»In Menschenjahren gerechnet? Zweihundert Jahre«, erwiderte Beljén so emotionslos, als würde sie von Minuten sprechen. »So lange habe ich deine Maske aufgehoben. Und manchmal habe ich zu ihr gesprochen, so, als könntest du mich hören.« Sie lachte und legte den Arm um Summers Schulter. »Komm«, raunte sie ihr zu. »Lady Mar wartet auf dich.«

*

Die kleine Flotte von Motorbooten, die sie als Eskorte begleitete, schnitt mit scharfen Kielen das Wasser. Es gab kaum eine Bugwelle, während sie dahinglitten – erst den Fjord hinter sich ließen, dann ein ganzes Stück vom Festland entfernt an der zerklüfteten Küste entlangfuhren. Seltsamerweise saßen Beljén und Summer im kleinsten Gefährt. Nicht viel mehr als ein flaches Ruderboot mit einem winzigen Motor, das beängstigend tief im Wasser lag. Nur ein Bootsführer war bei ihnen. Summer hatte jeden Bezug zur Zeit verloren. Als würde sie sich benommen durch einen Nebel bewegen, nahm sie nur Beljén deutlich wahr. Doch auf all ihre Fragen schüttelte die Zorya bedauernd den Kopf. »Lady Mar will nicht, dass wir miteinander sprechen, bevor sie dich befragt hat. Sie wollte nicht einmal, dass ich dich zur Zitadelle bringe, aber ich hätte mir um nichts in der Welt nehmen lassen, dich selbst abzuholen.«

»Warum wollte sie es nicht?«

Beljén zuckte mit den Schultern. Eine mädchenhafte, unbekümmerte Geste, die so gar nicht zu ihrer fürstlichen Rolle passte. »Auch daran wirst du dich schneller erinnern, als dir lieb ist, Tjamad. Freundschaften sind unter den Zorya nicht gern gesehen. Nichts, was zu menschlich ist, soll uns von unserer Aufgabe ablenken.«

»Den Tod zu bringen?«

Beljén nickte und legte den Zeigefinger auf die polierten Bronzelippen ihrer Maske. Doch dabei zwinkerte sie Summer verschwörerisch zu. *Wir waren trotzdem Freunde*, dachte Summer. *Und wir sind es noch. Wir haben beide nicht gehorcht.* Und aus irgendeinem Grund musste sie lächeln.

Sie blickte sich um und versuchte zu erraten, auf welchem Boot sich der Blutmann befand, aber dann drückte Beljén auffordernd ihre Hand und deutete nach Norden. Und dann gab es nur noch die Zitadelle. »Hast du so etwas schon einmal gesehen?«, flüsterte Beljén.

Summer konnte nur stumm den Kopf schütteln. Sie hatte sich eine Festung vorgestellt, doch das, was sich an der äußersten Spitze der Halbinsel erhob, schüchterte sie ein und faszinierte sie im selben Atemzug. Eine gewaltige Wehrstadt, die wie eine bedrohliche Skulptur aus Glas, Stahl und poliertem Stein wirkte. Acht schlanke Hochhäuser ohne ein einziges Fenster strebten weiß und schwindelerregend hoch in den Himmel. Das Erstaunliche war ihr geringer Durchmesser – und die Tatsache, dass der Grundriss bei manchen Gebäuden wabenförmig zu sein schien. Die Mauern waren so blank, dass sich Himmel und Meer darin spiegelten. Das neunte Hochhaus in der Mitte war gedrungener und erinnerte eher an einen Turm. Es ragte am höchsten in die

Wolken. An seiner Spitze war ein Aufbau wie ein Rondell. Eine geometrische, zu gedrungene Tulpe, deren abgerundete Steinwände sicher irgendetwas Besonderes umschlossen. Als einziges Gebäude hatte es Fenster. Summer konnte den Kopf gar nicht so weit in den Nacken legen, um ganz nach oben blicken zu können. Allein die Festungsmauer, die direkt vor ihr aus der Steilküste emporwuchs, war sicher vierzig Meter hoch. Die Höhe der Häuser konnte sie nur schätzen. Hundertfünfzig Meter? Zweihundert? Vor dem Himmel mit den dahinziehenden Wolken sah es so aus, als würde die Wehrstadt innerhalb der Mauern schwanken.

Wie ein archaischer Gegensatz wirkte dagegen das unendliche Feld von Felszähnen, die aus dem Wasser rund um die Halbinsel ragten. Die Boote wurden nun nach einem komplizierten Plan hindurchmanövriert. Es war noch Ebbe, es roch nach Tang und Meeresboden. Doch die Strudel und Strömungen der einlaufenden Flut zerrten die Boote gefährlich nahe zu den Felsen. An einigen Stellen griffen die Soldaten zu den Rudern und hielten die Boote damit auf Sicherheitsabstand. Nach und nach entfernten sich die Patrouillenboote, bis nur noch das kleinste Boot im Sichtschutz von dreieckigen Felszähnen auf die Steilwand zusteuerte. »Fahren wir nicht mit ihnen?«, fragte Summer.

Doch Beljén schüttelte den Kopf. »Die Ebbe steht günstig. Wir nehmen den direkten Weg.« Der Motor wurde ausgeschaltet, dann nahm eine starke Strömung das Boot mit sich und steuerte es genau auf eine breite Felsspalte zu, die wie ein flaches Fischmaul aussah. Bei Flut hätte sie sicher ganz unter Wasser gelegen.

»Halte dich fest und duck dich«, sagte Beljén. Summer wurde flau im Magen, als das Boot in den Strudel gezogen wurde. Bevor sie gehorchte, warf sie einen letzten Blick zur Seite. Hatte sie nicht eben eine Haifischflosse im Wasser untertauchen sehen?

Doch das, was sie jetzt sah, war so unglaublich, dass sie sicher war, zu träumen. Mitten auf einem der gezackten Felsen kauerte ein Kind. Ein Mädchen. Höchstens sechs Jahre alt, mit wilden schwarzen Locken, die ihr wie ein geringelter Schmuck nass auf den Schultern und an der Stirn klebten. Ihre Augen waren von einem verstörend hellen, beinahe unmenschlichen Blau. Die Kleine starrte Summer ausdruckslos an, ohne ein einziges Mal zu zwinkern. Das Seltsamste aber war die Kleidung. Schuppen glänzten im Nachmittagslicht. Das Kind war mit Fischhaut bedeckt. Nur Gesicht und Hals waren bloß. Das Boot zog ruckartig zur Seite. Summer wurde gegen Beljén gedrückt. Und als sie sich nach dem Felsen den Hals verrenkte, war das seltsame Kind verschwunden.

»Hast du das gesehen?«, fragte sie. »Da war ein Mädchen!«

Im selben Moment wurde es dunkel, nur das Kribbeln in ihrem Zwerchfell gab ihr das Gefühl, zu fallen. Das Boot drehte sich im Schwung um sich selbst. Es roch nach gärenden Algen und Muschelschalen. Und alle Geräusche begannen zu hallen.

»Keine Angst«, sagte Beljén. »Wir sind gleich da.«

Ein Kegel von Taschenlampenlicht glitt über schwarze Muschelbänke und glatteres Wasser. Die huschenden Körper von Haien warfen Schatten auf den Steinboden tief unter der Wasseroberfläche. Das Boot trieb weiter und landete in einer Halle. Eine riesige Kathedrale unter Wasser. Tropfsteine hingen von der Decke. Die Reliefs, die die Gezeiten in den Felswänden hinterlassen hatten, wirkten wie verzerrte Bogenfenster. Darunter erinnerten Wasserflecken an Gesichter mit hohlen Augen. Nasse Bärte aus langen Algen vervollständigten die seltsame Illusion.

»Wir nennen das hier den Tempel der Haie«, sagte Beljén leise. »Man erreicht den Tempel nur während weniger Wochen im Jahr, und dann auch nur in der kurzen Zeitspanne, wenn das Wasser bei

Ebbe so tief steht wie jetzt. Und man braucht ein besonders flaches Boot dafür.«

In diesem Moment stieß das Boot gegen einen hölzernen Anleger, der in die Mitte des Beckens hineinragte. Beljén stand auf. »Komm!«, sagte sie. Summer ergriff ihre Hand und versuchte, nicht zum Wasser zu blicken. Dutzende von Haien strichen um Boot und Anleger herum. Graue Körper, deren raue Haut über die Bootshaut schabte. Die matten Fischaugen schienen sie lauernd zu beobachten.

»Hast du das Kind gesehen?«, flüsterte sie Beljén zu. »Es stand draußen auf dem Felsen.«

»Ein Kind? Nein, das muss eine Erinnerung sein«, erwiderte Beljén verwundert. »Niemand wagt sich hierher. Und keiner würde es überleben, so nahe am Haitempel auf den Felsen herumzuklettern. Der König, der diese Zitadelle erbaute, hielt sich die Haie wie ein Rudel Wachhunde. Bis heute werden sie gefüttert und haben verlernt, sich von Menschen fernzuhalten. Sie sind daran gewöhnt, alles zu fressen, was rund um die Zitadelle ins Wasser fällt. Sie würden vielleicht sogar uns zu nahe kommen, obwohl Tiere die Nähe des Todes wittern und fürchten. Also halte dich dicht hinter mir!«

Der Weg führte über schmale in den Fels geschlagene Treppen, die nur für einen Menschen Platz boten, in schwindelerregende Höhen. Von oben sah das Haibecken noch gespenstischer aus. Und hinter einem weiteren Felsdom verborgen schimmerte etwas Goldenes hervor.

»Ist das … ein Schiff?« Das Echo flüsterte von allen Seiten auf Summer ein.

»Lady Mars Goldene Barke«, wisperte Beljén, ohne sich umzusehen. Dann schaltete sie die Taschenlampe aus. Es war beklemmend, in der Dunkelheit weiterzugehen. Summer schätzte, dass sie zweihundert Stufen oder mehr nach oben geklettert waren. Ihre Finger glitten über eine abgerundete Backsteinwand, die rechts von ihr in die Höhe strebte. Ein sonores Brummen wie von Generatoren hallte irgendwo in der Ferne. Ihre Beine waren so schwer, dass sie sicher war, jeden Augenblick zu stürzen, aber sie biss die Zähne zusammen und tastete sich weiter nach oben wie in einem Fiebertraum. Dann hörte sie, wie Beljén vor ihr etwas flüsterte. Ein Rechteck aus Licht öffnete sich. Hände streckten sich ihnen entgegen und zogen sie in eine Halle aus purem Licht. Wasser plätscherte in der Nähe, und als Summer sich umblickte, sah sie einen riesenhaften, kunstvollen Brunnen aus gläsernen Muscheln, über die klares Wasser rann. Benommen blieb sie auf dem Rücken liegen und schnappte nach Luft. *Bin ich … wirklich zu Hause?* Doch es wollte sich keine Erleichterung einstellen. Und auch keine Freude.

»Na endlich!«, sagte eine weißhaarige Frau mit einer Maske aus schwarzem Ebenholz. »Bringt sie nach oben.«

tribunal

Sie konnte sich nicht erinnern, auf welchen Wegen man sie in das Zentrum der Zitadelle gebracht hatte. Zu viele Hände hatten sie berührt und getragen. Zu viele Gänge zweigten ab und zu viele Spiegel blendeten sie. Das Geräusch einer klackernden Fahrstuhlmechanik hallte noch in ihrem Kopf wider und sie glaubte auch das Meer gesehen zu haben. Nun fand sie sich in einem Saal wieder, der erstaunlich schlicht gehalten war. Die Wand, die sich um den kreisrunden Grundriss des Raumes schloss, bestand aus einer Art getöntem Glas, durch das man nicht nach draußen blicken konnte. Stattdessen spiegelte die dunkelgraue Oberfläche. Summer erhaschte darin einen Blick auf sich selbst: eine abgerissene Gestalt in schlammverkrusteten Hosen und einer Seemannsjacke. Die Elfenbeinmaske wirkte neben ihrem zerzausten, wirren Haar so fehl am Platz wie eine Kostbarkeit, die man achtlos zwischen Unkraut und Gestrüpp hatte fallen lassen.

Vielleicht war der Saal früher ein Altarraum gewesen. Zumindest schmückte den Boden ein schwarz-weißes Mosaik, das den heiligen Styx darstellte. Die silbernen Augen des Porträts schienen Summer vorwurfsvoll anzustarren. Die Lords und Diener, die im Raum standen, hatten offenbar Ehrfurcht vor dem Heiligenbild. Sie achteten darauf, das Mosaik nicht zu betreten. Die Zorya dagegen verschwendeten keinen Gedanken an diese Art von Respekt. Bloße Füße standen auf der Stirn des Heiligen, auf seinem eisgrauen Haar und den Schultern. Summer schluckte, als sie die unzähligen, ausdruckslosen Masken sah. Fünfzig mochten es sein, vielleicht auch hundert. Seltsam war, dass niemand von ihnen ein Wort sagte. *Warum begrüßen sie mich nicht? Warum freut sich niemand, mich zu sehen?*

Sie hörte keine Schritte, als die Menge sich teilte. Die Menschen verbeugten sich tief, nur die maskierten Gestalten blieben aufrecht stehen. Beljén legte den Arm um ihre Taille und drückte sie an sich.

»Fürchte dich nicht«, wisperte sie ihr zu. »Und falls doch, zeige es ihr nicht.«

Summer hätte ihr gerne geantwortet, dass es ihr leichter fallen würde, diesen Ratschlag zu beherzigen, wenn Beljéns Hand nicht so gezittert hätte, doch sie schwieg, als die Lady erschien.

Wie in Summers Traum hatte sie rotes lockiges Haar. Man hätte hinter der Eisenmaske ein junges Mädchen vermuten können, doch sie schritt mit der Zielstrebigkeit und Geschmeidigkeit einer Jägerin durch die Reihen. Summer zweifelte nicht daran, dass sie barfuß war, doch ihre Füße wurden von einem langen schwarzen Umhang verdeckt. Mit einem trockenen Rascheln schleifte er über das Mosaik. Auch die Hände waren verborgen – unter schwarzen Samthandschuhen.

Auf dem rechten Auge des Heiligen, mitten auf der silbernen Iris, blieb Lady Mar stehen. Ihre Augen – das einzige Lebendige in dem strengen Eisengesicht – schienen aus grauem Rauch zu bestehen und ihr Blick war wie ein Speer aus Eis. Summer ertrug ihn nicht und schlug die Augen nieder.

»Geht«, sagte Lady Mar. Ihre Stimme war scharf, ein Peitschenknall, der im Raum nachhallte. Eiliges Scharren setzte ein, Schleifen von Stoff und Sohlen. Und als Summer ihren Mut zusammennahm und vorsichtig wieder aufblickte, hatten die Menschen den Raum verlassen. Nun sah sie sich nur noch der Front maskierter Gestalten in schwarzen Gewändern gegenüber. *Wie eine Trauergemeinde*, dachte sie mit einem Schaudern. *Aber warum wirken sie so unbewegt? Ich gehöre doch zu ihnen!* Plötzlich schnitt ihr das Heimweh wieder in die Seele, das überwältigende Gefühl, in diese Gemeinschaft zu gehören, und der Kummer darüber, dass sie trotzdem eine solche Distanz wahrten.

»Danke Beljén«, sagte Lady Mar nun ohne jede Spur von Freundlichkeit in der Stimme. Beljén zögerte sichtlich, doch dann ließ sie Summers Hand los und schritt mitten über Styx' Kinn und Mund zu den anderen. In der Menge entdeckte Summer Anzejs grüne Maske. In seinen Augen konnte sie nicht lesen, ob er sie feindselig oder mitleidig ansah. Dann trat Lady Mar an sie heran und Summers Herz begann zu rasen. Die Todesfrau roch seltsam körperlos, nur etwas Ascheduft entströmte ihren Kleidern. Mit langsamen Schritten ging sie um Summer herum.

Summer konnte nicht anders, als an die Masken aus dem Theater und die Worte des Rezitators zu denken: *»Und in die Umarmung von Lady Tod sank König Licht. Hinab in die Unterwelt, die darauf lauerte, das Feuer seiner Sonnenkrone auszulöschen.«*

Plötzlich brach ihr der Angstschweiß aus. Sie suchte nach der Frau in Weiß, doch die hatte sich in irgendeinen Winkel ihres Inneren gekauert und gab keinen Laut von sich.

»Was siehst du, Tjamad?« Lady Mar war direkt vor ihr stehen geblieben. So nah, dass Summer den kalten Metallgeruch der Eisenmaske wahrnehmen konnte. Ließ unterdrückte Wut die Stimme so sachlich klingen?

Summer versuchte zu schlucken, doch ihre Kehle war so trocken, dass es schmerzte. »Masken«, brachte sie mit einem seltsamen Krächzen hervor. »Schwarze Gewänder.«

Sie wusste nicht, ob es ein gutes Zeichen war, dass die Zorya nun zu murmeln und zu flüstern begannen. Auf Lady Mars Wink verstummten sie. Summers Hände zuckten in einer instinktiven Abwehr nach oben, als die Lady nach ihrer Elfenbeinmaske griff. Doch sie besann sich und ließ es zu, dass die Todesfrau ihr die Maske abnahm. Ein Klappern ertönte, als das Elfenbein zu Boden fiel. Noch nie hatte sie sich so nackt gefühlt.

Dann nahm die Lady mit der behandschuhten Hand ihre eigene Maske ab. Es klirrte, als das Eisen über das Mosaik rutschte und dann schaukelnd liegen blieb.

»Und jetzt?«, fragte die Lady leise.

Summer blinzelte. Alle Härchen auf ihrer Haut sträubten sich, als stünde sie in einem elektrischen Feld. Und die zweite Wirklichkeit war so plötzlich da, als hätte jemand im Raum ein Licht eingeschaltet.

Vor ihr: die grauen Augen und Haut wie aus Glas. So durchsichtig, dass sie die Knochen des Schädels darunter sehen konnte. Zähne schimmerten durch die Oberlippe, Wangenknochen unter der transparenten, blutleeren Haut. Die Lady lächelte – ein verstörendes Doppelbild von Leben und Tod – und trat an Summers Seite. Mit einer Geste umfasste sie all die anderen Zorya im Raum. Alle griffen zu ihren Masken und nahmen sie ab. Und Summer *sah*.

Da war kein Schwarz mehr, keine Menschengewänder. Vor ihr standen die Todesboten in ihrer wirklichen Gestalt. Und die meisten – lächelten ihr zu! Geborgenheit hüllte sie ein wie eine Umarmung, als wäre alles, was sie von den anderen noch getrennt hatte, aufgehoben. Summer schluckte schwer, um nicht zu weinen. *Deshalb habe ich immer die Theater gesucht, die Gruppen.* Doch nicht einmal die Verschworenheit einer Theatertruppe kam auch nur im Entferntesten der Verbundenheit nahe, die sie nun zu den anderen Zorya fühlte.

Sie betrachtete die Gesichter – ältere und jüngere. Nur vereinzelt waren es Männer, der Großteil bestand aus Frauen. Viele von ihnen waren von gewöhnlichen Menschen nicht zu unterscheiden, so wie Beljén. Aber es gab auch einige, die Lady Tod ähnelten. Gläserne Gestalten, Knochen unter durchsichtiger Haut. Anzej war nicht so fremdartig wie sie, und dennoch sah sie auch bei ihm einen Hauch dieser Verwandlung, die sie im Krähennest des Schiffes so verstört hatte.

Doch etwas hatten alle Zorya gemeinsam. Und mit dem Kummer, der plötzlich in ihrer Brust aufblühte wie eine Flamme, verstand Summer, was sie selbst in jeder Sekunde ihres Katzenlebens vermisst hatte, ohne es zu verstehen.

Jede Zorya besaß einen pulsierenden Flügelmantel.

Beljén war in einen irisierenden Glanz gehüllt. Sie anzusehen, schmerzte beinahe in den Augen. Tausende winziger Schmetterlingsflügel reihten sich aneinander zu einem kostbaren Mantel in Goldorange mit kleinen schwarzen Tupfen. Und Summer erinnerte sich, wie oft sie Beljén »Feuerfalter« gerufen hatte, nach dem Schmetterling, der ihr diese Farben lieh.

Tränen stiegen ihr die Augen, während sie sich umsah. Kein Mantel glich dem anderen. Da war Anzejs Libellenmuster, das matte Braun von Nachfaltern, das farbige Leuchten von Bläulingsflügeln.

Die weißhaarige Zorya, der die Ebenholzmaske gehörte, trug einen Mantel aus Tausenden von schwarz-weißen Schachbrettfaltern, was in Summer sofort die Erinnerung an Moira aufblitzen ließ. Es gab die gelb geränderten dunklen Farben des Trauermantel-Falters, durchsichtige Diptera-Flügel und die schlanken Flügel von Wespen.

Eine Bewegung aus dem Augenwinkel erhaschte Summers Aufmerksamkeit. Ein Pulsieren in der Menge, das ihr vorher nicht aufgefallen war. Inmitten der anderen, die reglos dastanden, hob eine Zorya in einer langsamen Bewegung die Arme über den Kopf, kreuzte die Handgelenke. Der Mantel schloss sich vor ihr wie ein Vorhang, dann verblasste sie und verschwand. Ein, zwei Atemzüge lang blieb ihre Stelle leer, dann erschien sie wieder und ließ die Arme sinken. Die Erinnerung war so plötzlich wieder da, als hätte Summer es nie vergessen. Die Zorya war fortgegangen, um dem Ruf eines Sterbenden zu folgen. Der Mantel war es, der sie innerhalb eines Lidschlags zu den Sterbenden trug – durch Raum und Zeit, an jeden Ort der Welt.

Jetzt wallte der Schmerz so jäh in ihr auf, dass sie sich nicht einmal gegen ihn wappnen konnte. Er kam aus ihrem Inneren, das Begreifen eines Unrechts, eines Diebstahls, der sie in ihrem tiefsten Sein verwundet hatte. Sie rang nach Luft, so sehr glaubte sie an diesem Verlust zu ersticken. Und als sie sich von den Zorya abwandte, weil sie es nicht länger ertragen konnte, war da Lady Mar. Die Herrin des Todes war in den schillerndsten Hautmantel von allen gehüllt – hauchfeine, kaum sichtbare Flügel von Eintagsfliegen. Millionen mussten es sein, die sich zu dem transparenten Glanz verwoben. Das war zu viel.

Summer schlug die Hände vors Gesicht. Aus ihrem Inneren kam ein Laut, der kaum menschlich klang, das verdichtete Leid von zweihundert Jahren.

»Mein Mantel!«, schluchzte sie mit erstickter Stimme. »Er ist fort! Da sind nur noch … Wunden!«

Und als wäre der Albtraum erst durch diese Worte Wirklichkeit geworden, spürte sie die Stellen, an der ihr kostbarster Besitz von ihrem Körper getrennt worden war – feine Schnittlinien an den Schultern, an den Armen.

»Ich weiß«, sagte die Herrin des Todes.

Summer spürte kaum, wie Lady Mars Arme sich um sie legten, doch der Mantel aus Eintagsfliegenglanz kühlte ihre brennenden Male und linderte den schlimmsten Schmerz.

»Ich … hatte auch einen Flügelmantel! Ich gehöre zu euch!«

»Ja, du bist immer noch eine Zorya«, antwortete Lady Mar. Ihre Stimme klang nun wie Asche und Rauch, sanft und weich. »Jeder Mensch hat seinen Tod und ruft ihn bei einem Namen. Der Mantel befähigt uns, bei ihnen zu sein. Und zurückzukehren. Doch dich hat irgendjemand bestohlen.«

Durch den Tränenschleier sah Summer die nächste Zorya in der Menge verblassen und wiederkehren. Ein Puls des Vergehens, von dem sie sich abgeschnitten fühlte.

»Weißt du, wer es war?«, fragte Lady Mar.

»Nein.«

Lady Mar nickte, als hätte sie keine andere Antwort erwartet. Ihre Hände schlossen sich um Summers Gesicht.

»Dann erinnere dich«, sagte sie mit rauer Stimme.

Sie beugte sich vor und küsste Summer. Ihr Mund schmeckte nach Jahrtausenden verblühender Leben. Und Summer fiel wieder ein, dass der Kuss das wahre Element der Zorya war – um zu erkennen, zu beherrschen und zu beenden.

Vorsicht!, warnte die Stimme der neun Leben sie. Es war nur ein winziges Echo, doch es hielt sie davon ab, sich ganz zu verlieren. Dennoch floss aller Widerstand aus ihren Muskeln. Ihre Lider wurden schwer. Und als Lady Mar flüsterte: »Zeig uns, was geschehen ist. Wer hat dir das angetan?«, da wurden Erinnern und Erzählen eins.

»Ich war … mit Beljén in einem Saal aus grauem Stein. Ein Schloss im Süden. Laken verdeckten die Möbel, wir lebten in leeren Räumen. Es war Spätherbst.«

»Limanaj«, sagte die Lady. »Der Sommerpalast einer Königin, die mir damals diente. In jenem Jahr haben wir dort Quartier genommen. Und dann?«

Irgendetwas in Summer sträubte sich. Als würde die Lady mit einer Taschenlampe in Winkel leuchten, die Summer vor ihr verbergen wollte. Verbergen musste. *Aber warum?*

»Ich … weiß nicht«, murmelte sie.

Hände in Samthandschuhen legten sich auf ihre Schultern. »Du weißt es«, sagte die Rauchstimme. »Denn du *bist* dort! Sieh dich um.«

Summer wurde schwindelig. Der Raum drehte sich, und als sie die Augen wieder öffnete, war sie …

… in einem Zimmer. Sie hieß Tjamad. Und Beljén war bei ihr. Ihre Masken lagen nebeneinander auf dem Fensterbrett und sie betrachteten einen Fuchs, der unter dem Fenster über die Wiese schnürte. Ein Schwarm von dunklen Faltern umgab Summer. Totenkopffalter. Sie wusste, dass sie nur ihr gehörten und dass Beljén sie nicht sehen konnte. So wie Tjamad die Feuerfalter ihrer Freundin nicht wahrnahm. Jede Zorya hatte ihren eigenen Schwarm, der sie ständig umgab.

Lange bevor ihr Schwarm zu einer aufgeregten, schwirrenden Wolke wurde, hörte Tjamad den Ruf. »Lamaya!«, flüsterte die Stimme eines Mannes. Sie stand auf und lächelte Beljén zu, die kaum den Blick hob in der Gewissheit, dass Tjamad in we-

nigen Momenten wieder zurückkehren würde. Und Tjamad hob die Arme, bis ihr Flügelmantel sich um sie schloss wie Blätter einer staubigen, noch geschlossenen Tulpe. Das Letzte, was sie sah, waren die winzigen Totenkopfmuster, die sich aus Tausenden samtiger Flügel zusammensetzten, dunkles und helles Braun – und Tupfen von Bernsteingold. Dann nahm der wohlvertraute Sog sie mit. Atem floss aus ihrem Mund, als würde sie mit hoher Geschwindigkeit durch Zeit und Raum gezogen. Und als sie wieder einatmete, fühlte sie unter ihren bloßen Sohlen nicht mehr das polierte Parkett, sondern spiegelglatten Marmor. Sie senkte die Arme und der Mantel fiel auseinander. In der Menschenwelt stand die Zeit still. Und vor ihr lag der Mann, der sie gerufen hatte, auf einem Bett, das einem Thronpodest glich, mitten in einem Festsaal.

Es war seltsam, dass sie in der Erinnerung sein Gesicht nur als unscharfe Fläche wahrnehmen konnte. Aber sie wusste noch, dass er viel zu jung war, um den Alterstod zu sterben. Er war schwerkrank und litt an Fieber, das er nicht überleben würde.

Durch den weißen Seidenschleier, der den Kranken vor den Blicken der Feiernden schützte, erkannte Summer die eingefrorene Szene, die sich im Raum abspielte: lachende Münder, Arme, im Tanz erhoben, Röcke im Schwung erstarrt. Musiker, deren Instrumente das Kerzenlicht reflektierten. Eine Gitarre mit Perlmuttintarsien, Violinen und Zimbeln. Blumen überall und Lüster und Farben, die sie blendeten und faszinierten wie ein Licht die Motten.

Tjamad beugte sich zu dem Sterbenden hinunter, doch als ihre Lippen nur noch wenige Fingerbreit von seinem Mund entfernt waren, zögerte sie. Etwas vibrierte in der Luft und schwang in ihr nach, berührte sie so sehr, dass sie weinen und lachen wollte. Ein … Ton? Nein, der Nachklang von mehreren Tönen, die eine Harmonie bildeten. Sie hielt inne und verstieß gegen das erste Gebot der Zorya: Keine Fragen.

»Was ist das?«, fragte sie den Sterbenden.

»Musik«, antwortete er mit schwacher Stimme. »Und Tanz. Das ist das Leben.« Und er flehte: »Lass mir nur noch einen Moment! Lass mich nur noch dieses eine Lied hören.«

Und als sie nickte und damit gegen das zweite Gebot der Zorya verstieß, begannen die Tänzer sich wieder zu bewegen, und die Musik überschwemmte Tjamad mit einer leuchtenden Kaskade von Tönen und nie gekannten Empfindungen, Licht tanzte auf den Blütenblättern von Rosen und Winterastern. Der Duft überwältigte sie und der Klang der Melodie füllte sie ganz und gar aus. Wie leer muss ich sein, um all das zu fassen?, dachte sie. Und sichtbar geworden, trat sie unter die Tanzenden. Die Menschen wichen vor ihr zurück. Wie fehl am Platz sie hier wirken musste – ein Mädchen mit offenem Haar im schwarzen Gewand, barfuß. Den Flügelmantel sahen die Sterblichen nicht und sie spürte sein Gewicht nicht mehr, während sie mitten in die Klänge schritt.

Die Gesichter im Festsaal ihrer Erinnerung waren ebenfalls nur Flecken. Die Szene verwischte. Summer zog die Brauen zusammen. In ihrem Inneren schien sich eine Feder zu spannen, schmerzhaft stark, als versuchte sie mit aller Gewalt etwas zurückzuhalten. Ihr Kopf schmerzte.

Doch Lady Mars Finger drückten sich mitleidlos wie Knochenzangen in ihre Schultern. »Erinnere dich! Was geschah dann?«

Summer rang nach Luft und tauchte wieder in die Bilder ein.

Zeit musste vergangen sein. Als sie zu dem Bett des Sterbenden zurückkehrte, war sie atemlos und glücklich, als hätte sie tatsächlich getanzt. Voller Sehnsucht blickte sie zurück in den Saal, da hustete der Kranke und bat mit schwacher Stimme: »Schenk mir nur einen Tag, Herrin. Küss mich morgen. Und ich zeige dir alle Musik, den Tanz. Das Leben und das Licht, ich schenke es dir!«

Das Erschrecken war wie ein Eishauch, der sie zittern ließ. »Nein«, murmelte Summer. »Das kann ich nicht getan haben! Ich kenne die Regeln. Ich hätte doch nie …«

»Scht! Zeig mir, was war!«

»Einen Tag!«, sagte die Zorya am Thronbett mit herrischer Stimme.

Entsetztes Flüstern wallte auf, ein Zischen wie von Schlangen. Und ein Schwirren wie von Tausenden von Flügeln. Summer keuchte und riss die Augen auf. Hilfe suchend blickte sie über Lady Mars Schulter und sah Beljéns blasses Gesicht. Riesengroß waren ihre Augen und die Hände hatte sie vor den Mund geschlagen. Ein Abbild des Schreckens, den sie selbst gerade fühlte. Sie stand vor einem Tribunal! Und verhandelt wurde über ihre Verfehlung. Anzej biss sich auf die Unterlippe. Und sie verstand, warum er mit seinen Küssen und seiner Nähe den Schleier über ihre Gedanken gezogen hatte. Hätte sie sich erinnert, was sie getan hatte – niemals wäre sie ihm gefolgt.

»Ganz wie ich es mir dachte«, sagte Lady Mar. Und jetzt bebte ihre Stimme vor Zorn. »Und jetzt gib mir das Geheimnis, das du immer noch vor mir zu verbergen suchst. Sag mir, was danach geschah!«

Der Kuss der transparenten Lippen auf ihrer Stirn brannte wie weiße Glut. Summer keuchte auf, wand sich im Griff der Todesfrau, bis ihre Beine unter ihr nachgaben. Doch Lady Tod ließ sie nicht los. Gemeinsam sanken sie auf die Knie. Blinzelnd sah Summer aus dem Augenwinkel die Spiegelung; eine schwarze Gestalt mit rotem Haar und Knochenhänden, die wie eine dunkle Mutter ein zusammengesunkenes Mädchen aufrecht hielt, als wollte sie es nur liebevoll stützen. Summers Körper war willenlos, doch das Mädchen aus Maymara, das immer noch ein Teil von ihr war, stemmte sich mit aller Macht gegen das suchende Tasten fremder Gedanken und hielt die Tür einer verborgenen Kammer mit aller Kraft zu.

»Ich ließ ihn einen Tag am Leben. Und dann noch einen«, flüsterte Summer. »Ich fragte ihn nach seinem Namen und er sagte, er heiße Tors, doch seine Freunde nannten ihn Indigo – weil er die blauen Indigofalter liebte, die im Mai im Nordland zu finden sind. Es war schon fast Winter und ich hätte diese Falter so gerne gesehen. Er zeigte sie mir, denn er sammelte alle Arten von Faltern und getrocknete Blüten. Aber die Schmetterlinge waren tot, blasse, kleine Wesen unter Glas. Ich dachte noch, wie traurig es ist, dass sie nicht mehr fliegen. Indigo handelte noch einen Tag heraus, um mir seine ganze Sammlung zu zeigen. Obwohl er Fieber hatte, stand er auf. Einen weiteren Tag lang brachte er mir das Tanzen bei, und dann schenkte ich ihm einen weiteren Tag, damit er mich einige Lieder lehrte. Ich … konnte nicht widerstehen. Er lachte mit mir. Das Dasein als Mensch war so anders als unseres. So einsam und jämmerlich abgeschnitten von allen anderen. Und doch … so erstaunlich! Und ich ließ ihn noch einen Tag und noch einen gewähren und er erholte sich von dem Fieber. Ich lernte die Menschen kennen, ich … mochte sie. Und irgendwann begann mir das Leben als Mensch zu gefallen. Indigo lehrte mich, so zu sein wie sie. Ich war die Herrin seiner Burg. Wir reisten zu seinem Landsitz und …«

Während sie erzählte, war alles wieder ganz nah: die Reisen, das Elfenbeinbett, das er ihr schnitzen ließ. Der Duft von Orangen und Winterblüten und jede Nacht ein Fest bis in die Morgenstunden. Sie legte das Schwarz ab und trug Kleider in Rot und leuchtendem Blau. Am besten aber gefiel ihr das Weiß. Sie war süchtig nach Helligkeit und Farben, die sie trank wie den Wein, den Indigo ihr in goldverzierten Gläsern reichte. Er liebte sie für jede Stunde, die sie ihm schenkte. Er lag ihr zu Füßen und tat alles, um sie zu zerstreuen. Sie war sein Tod und zweifelte keinen Tag an ihrer Macht über ihn.

Bis … sie eines Tages in ihrem Elfenbeinbett erwachte. Soldaten packten sie und zerrten an ihr. Sie wehrte sich und stieß eine Karaffe von einem Tisch. Klirrend zerschellte sie auf dem Steinboden. Brennende Fesseln drückten in ihre Handgelenke. Und sie begriff, dass Indigo sie hintergangen hatte. Es war ein Wintertag, als er sie aus einem blaugoldenen Haus herausführen und zum Richtplatz vor eine Burg bringen ließ. Sie trug ihr weißes Kleid. Sie war geschwächt, verwirrt und erfüllt von einer inneren Glut, die in ihrem Kopf wütete wie ein Phönix, der immer wieder verbrannte und von Neuem aus der Asche stieg. Und vor ihr stand ihr Henker mit dem Schwert.

»Er … hat mir die Flügel genommen«, wimmerte sie. »Mit dem Schwert.«

Es hatte einen falschen Klang, als sie das sagte. Aber diesmal fragte Lady Tod nicht weiter.

»Und mit den Flügeln nahm er dir deine Kraft und deine Erinnerungen«, ergänzte sie nur in ihrem nüchternen Tonfall. »Du wurdest verwundbar und schwach wie ein Mensch. Was noch, Tjamad?«

»Eine … Kiste. Meine Knie liegen an meinen Wangen, ich kann nicht atmen und mein Herz scheint nicht länger zu schlagen. Es ist dunkel und ich denke, ich bin tot. Und«, sie schauderte, »Knarren von Holz und Wasserrauschen. Ein schwimmender Sarg. Er … hat mich mit einem Schiff über das Meer gebracht. Dann … Geruch von nassem Stein, Mörtel. Dunkelheit, Stille. Und traumloser Schlaf. Bis alles bebte und Sonnenlicht mich weckte. Ich … liege eingemauert in Telis. Und ich weiß nichts.«

Die Lady ließ sie los und erhob sich. Und Summer glitt zu Boden wie eine Marionette. Sie wollte sich hochstemmen, aber ihre Arme gehorchten ihr nicht mehr. Mosaiksteine drückten sich kühl an ihrer Wange ab.

»Dann wissen wir jetzt, wer die Fäden in diesem Spiel zieht«, wandte sich Lady Mar an die Umstehenden. »Wir haben einen Unsterblichen, der seine Zorya um seinen Tod betrogen hat. Und offenbar weiß er zu viel über uns und hat eine Möglichkeit gefunden, uns zu schaden.«

»Lord Teremes selbst?«, fragte eine Zorya. »Er hat sicher seinen Namen geändert.«

»Ich glaube nicht«, erwiderte Lady Mar. »Er ist klug, er hatte Jahrhunderte Zeit, zu lernen und seine Strategie zu entwickeln. Ich denke, er ist eher jemand, der sich im Hintergrund hält.«

Summer hörte die Worte wie durch eine Wand aus Watte. Nur langsam begriff sie das ganze Ausmaß der Katastrophe. Der Krieg wurde nicht zwischen Lords und einer Raublady geführt. Die Lords waren nur Verbündete in einem Kampf gegen den Tod selbst. Und der Mann, dessen Tod hätte Summer sein müssen, war es, der die Zorya bedrohte. *Der Blutmann?*, fuhr es ihr durch den Kopf. *Ist er … Indigo?* Sie hätte etwas sagen müssen, auch das letzte Geheimnis gestehen, doch die wispernde Stimme in ihrem Inneren verbot ihr, auch nur ein Wort zu sagen. *Warum?*, dachte sie. *Warum schütze ich ihn?*

»Tötet mich nicht.« Noch während sie diese Worte flüsterte, wurde ihr klar, dass sie wieder wie ein Mensch sprach. Obwohl sie nur zu deutlich spürte, dass sie immer noch eine Zorya war. Und dass der Tod nicht die schlimmste Strafe wäre. Viel mehr fürchtete sie sich davor, von den anderen verstoßen zu werden. »Ich habe das Gesetz gebrochen, ich habe mich betrügen lassen, aber ich wollte nicht …«

»Du hast Schlimmes durchgemacht«, unterbrach Lady Mar sie mit erstaunlich sanfter Stimme. Stoff raschelte, dann strich die Hand im Samthandschuh liebkosend über ihr Haar. »Hab keine Angst mehr, Tjamad. Ich verzeihe dir. Du bist hier in Sicherheit.«

Das Schluchzen stieg ganz von selbst in Summer auf und schüttelte sie. Beruhigend legte Lady Mars Hand sich auf ihre Stirn. Durch den Samtstoff hindurch fühlte Summer, wie gletscherkalt und knochig die Finger waren, doch ihre Berührung war tröstlich und warm. »Wie sehr bildest du dir ein, menschlich zu sein, dass du sogar glaubst, Fieber zu haben?«, fragte Lady Mar verwundert. »Du bist eine Zorya. Gewöhne dich wieder daran.«

der innere zirkel

Keine Gemeinschaft der Menschen hatte sie jemals auch nur annähernd so umfangen gehalten wie die Zorya. Selbst die Theatertruppe war nur ein Abglanz der Nähe gewesen, die sie jetzt erlebte. Es war, als hätte ihre Haut sich aufgelöst und sie würde den Pulsschlag jeder anderen Zorya so spüren wie ihren eigenen. Es gab kein Sein, das völlig getrennt von den anderen existierte, nur ein Wir. Keine Zorya benötigte einen Raum nur für sich selbst, wie es bei Menschen üblich war. Manche schliefen zu zweit oder zu dritt nebeneinander und ihre Flügelmäntel überlagerten einander. Ganz selbstverständlich ließ Summer sich fallen und wurde zu einem Teil dieses riesigen, pulsierenden Schwarms, der keine Grenzen und keinen Streit kannte. Hände strichen ihr über Wangen und Stirn und der Dämmerschlaf, in den sie mehrere Tage immer wieder verfiel, war erholsam und heilend. Gemeinsam mit so vielen anderen lag sie in einem riesigen runden Raum im Zentrum der Zitadelle. Wie der Altarraum des heiligen Styx hatte auch er glatte Glaswände. Nur waren sie nicht verspiegelt, sondern matt und fensterlos. Lediglich das Licht der zweiten Wirklichkeit erhellte sie.

Sobald Summer ins Bewusstsein zurückdämmerte, sah sie die anderen Zorya im Raum. Wie sie selbst, schliefen auch sie nicht in Betten, sondern auf blanken Marmorblöcken, bedeckt nur von ihren Mänteln und schwarzen Laken aus Seide. Hier trugen sie keine Masken, denn das nördlichste Haus der Zitadelle wurde der Innere Zirkel genannt und gehörte nur den Zorya. Es gab Stunden, da befand sich außer Beljén und Summer niemand im Raum, aber meistens war sie von der tröstlichen Gegenwart der anderen umgeben. Es waren nicht immer dieselben Zorya, denn ihr Schlaf- und Wachrhythmus folgte nicht der Nacht oder dem Tag, sondern dem Rhythmus ihrer Aufgabe. Ein Todeskuss erschöpfte sie, danach schliefen sie, ansonsten waren sie wach. Manche Zorya sah Summer zwei oder drei Tage nicht, dann kamen sie in den Ruheraum zurück, legten Masken und menschliche Kleidung ab und schliefen so tief, dass kein Atem zu hören war.

Summer lernte, dass sie keine Nahrung benötigte. Sowohl der Hunger als auch das Frieren waren eine Illusion gewesen, der sie bereitwillig gefolgt war, im Glauben, ein Mensch zu sein. Nur das Fieber, das sie tatsächlich glühen ließ, konnte sich niemand erklären. Beljén flößte ihr einen Trank ein, der zwar nach Asche und viel zu altem Wein schmeckte, sie jedoch stärkte. Es war, als würde ihre Wunde am Rücken erst jetzt verheilen, nur der Schmerz des Verlustes blieb und flackerte jedes Mal wieder auf, wenn Beljén oder eine der anderen Zorya für einen Moment verblasste, um nach ihrer Reise wieder aufzutauchen.

»Ist es bei uns immer so erschreckend ruhig?«, murmelte Summer, als sie einmal aus einem Traum von Schmetterlingen und Eintagsfliegen erwachte. In der absoluten Stille hörte sich ihre Stimme unnatürlich laut an.

»Erschreckend ruhig?«, fragte Beljén verwundert. »Es ist nur nicht unerträglich laut und chaotisch wie bei den Menschen.«

Summer schloss die Augen wieder und ließ sich auf den Stein

zurücksinken. Nun, in diesem einen Punkt hatte Anzej nicht gelogen: Die Zorya kannten keine Musik. Keine Lieder, keine Farben, keine Vergnügungen. Alles war nüchtern und jeder sprach gedämpft und bewegte sich ohne einen Laut. Lediglich wenn sie einander von den Leben erzählten, die sie den Menschen genommen hatten, wisperten ihre Stimmen wie ein unendlicher murmelnder Fluss. Doch selbst dann hörte Summer keine Sehnsucht heraus, keine Leidenschaft, allenfalls Verwunderung.

Früher war das alles, was ich wollte, dachte sie. *Früher hat es genügt.*

Es war paradox, aber so glücklich sie war, zu Hause zu sein, so sehr sehnte sie sich flüchtig auch nach den Kaschemmen, nach wüstem Streit und lautem Lachen und sogar nach der Gefahr. Und da war immer noch der Kuss des Blutmanns, das Geheimnis, das sie selbst vor Beljén sorgfältig verbarg.

»Singst du mir etwas vor?«, bat sie Beljén, als diese unvernünftige Sehnsucht sie wieder einmal übermannte.

Aber Beljén schüttelte entschieden den Kopf. »Die Lieder haben dich deinen Mantel gekostet und deine Unsterblichkeit. Deine Wunden heilen zwar schneller als bei den Menschen und schmerzen weniger, aber dein Flügelmantel schützt dich nicht mehr. Wenn eine Kugel dein Herz trifft, dann stirbst du wie ein Mensch. Und alles wegen ein bisschen Menschenmusik!«

»Daran haben aber die Lieder keine Schuld, Beljén. Wir können singen, ohne dass wir dadurch in Lebensgefahr geraten, und es tut niemandem weh, wenn wir ein bisschen fröhlich sind, glaub mir!«

Ihre Freundin sah sich nach den anderen Zorya im Raum um und seufzte. Dann beugte sie sich vor und sagte kaum hörbar:

»Du hast dich wirklich nicht verändert. Damals hast du dir jedes Lied gemerkt, das die Sterbenden vor sich hin gesummt haben. Die meisten Lieder waren traurig, aber dich faszinierten sie. Du hast sie mir heimlich zugeflüstert.«

Summer lächelte. »Ja, ich erinnere mich.«

»Du hast dich sehr für die Menschen interessiert.«

»Du doch auch, Beljén! Du warst diejenige, die sich auf ein Fest dieser Königin geschlichen hatte und später versucht hat, mir zu zeigen, was ein Tanz ist.«

»Scht! Nicht so laut, Tjamad.« Aber dennoch konnte sich nun auch ihre Freundin ein Lächeln nicht verkneifen. »Und du wolltest tatsächlich wissen, wie es ist, zu altern«, wisperte sie mit blitzenden Augen. »Mit Ruß hast du mir Falten ins Gesicht gezeichnet.« Schlagartig verschwand ihr Lächeln wieder, als hätte ein plötzlicher Gedanke es ausgelöscht wie ein kalter Luftzug eine Kerzenflamme. Sie schluckte schwer und blickte auf ihre Hände. »Damals war alles anders, Tjamad. Wir dachten, wir seien unverletzlich und unangreifbar.«

Da war er wieder. Indigo. Niemand hatte in den letzten Tagen seinen Namen ausgesprochen oder ihr Vorwürfe gemacht, und dennoch spürte Summer, wie alle Zorya im Raum sich zu ihr umwandten. Die Schuld senkte sich wieder wie eine Last auf ihre Seele. »Ich weiß«, erwiderte sie laut und deutlich. Sie blickte von Gesicht zu Gesicht. Manche von ihnen gläsern wie das der Lady, andere so menschenähnlich, dass nur die Flügel sie verrieten. Und manche changierten zwischen beiden Erscheinungsformen hin und her. Aber unter all den Zorya keine einzige feindselige Miene, kein böser Blick. Im Gegenteil, das Mitgefühl umgab sie und beschämte sie. Plötzlich brannten ihre Augen wieder vor Fieber und Beljén legte ihr die Hände auf die Schultern und drückte sie sacht zurück auf den Stein. »Ruh dich aus und werde gesund.

Lady Mar will, dass du wieder ganz zu dir kommst und dass deine Wunden heilen. Alles andere wird sich finden.«

Summer nickte benommen und legte sich auf die Seite. Es tat gut, die heiße Wange am Stein zu kühlen.

»Wie viele gibt es von uns, Beljén?«, murmelte sie. »Ich habe siebzig gezählt. Aber es sterben doch so viele Menschen, jeden Tag, jede Stunde ...«

Immerhin war es ihr mit dieser Frage gelungen, Beljén wieder zum Lachen zu bringen. Ihre Freundin schüttelte mit einem missbilligenden Schnalzen den Kopf, als sei Summer ein unverständiges Kind. »Da hätten wir auch wirklich viel zu tun! Natürlich sind das nicht alle Zorya. Nicht einmal ein Bruchteil davon! Es gibt unzählige von uns. Wie viele, weiß wohl nur die Lady allein. Die meisten erwachen nur für einen einzigen Todeskuss und erlöschen danach wieder. Andere existieren länger und werden für mehrere Tode gerufen. Nur den wenigsten gibt Lady Mar eine unsterbliche Existenz. Wir hier«, sie umfasste mit einer anmutigen Geste die Gestalten im runden Zimmer, »sind diejenigen, mit denen Lady Mar sich umgibt. Sie hält sich gerne unter Menschen auf, sie ist mit uns zu Gast bei Königen und Lords, und manchmal auch bei Kaufleuten oder sogar in den Häusern der Ärmsten. Manchmal begleiten sie dabei nur zehn von uns, manchmal hundert.«

»Wo leben wir sonst?«

»Wo wir wollen. Überall und nirgends. Auf der Goldenen Barke. Auf der ganzen Welt. Zwischen den Zeiten. In den Sekunden und Minuten. Ich kann es dir nicht sagen, denn ich war seit jeher mit Lady Mar in der Welt der Menschen. So wie du auch.« Sie beugte sich über Summer und umarmte sie. »Ich bin so froh, dass sie dir verziehen hat. Ich hatte Angst um dich, weißt du?«

Summer schloss die Augen. *Und du hättest noch viel mehr Angst, wenn du wüsstest, dass ich immer noch ein Geheimnis hüte.*

*

In den ersten Fiebertagen träumte sie stets nur von den Flügelmänteln der anderen, ganz so als würde die zweite Wirklichkeit durch ihre Lider schimmern. Doch in dieser Nacht fand sie sich mitten …

… im Schnee wieder. Er war so tief, dass ihr Kleid bis zu den Knien nass war und der Saum bereits wieder gefroren. Sie lag halb im fedrigen Weiß begraben und spürte den Schnee zwischen ihren Schulterblättern und ihr rasendes Herz. Die Atemlosigkeit des Lachens und des Kampfes, den sie eben hinter sich gebracht hatte. Ihre Lippen waren kühl, und der Mund, der sich nun ungestüm auf ihren presste, schien so heiß, als würden die Lippen glühen. Der Kuss war rau und leidenschaftlich, die Hand, die auf ihrer Hüfte lag, so warm, dass ihre Haut an dieser Stelle pochte. Als sie nachgab und ihre Lippen öffnete, wurde sein Kuss zärtlicher. Nur mühsam widerstand sie der Versuchung, sich ganz fallen zu lassen. Sie schlug die Augen auf, befreite sich übermütig von seinen Armen, schob den Mann, der halb auf ihr, halb neben ihr im Schnee lag, von sich. Der Himmel über ihnen war ultramarinblaues Glas, klirrend kalt, wie kurz vor dem Zerspringen. Und vor diesem Blau: sein Gesicht. Ihr Entführer mit dem Lilienzeichen. Der Blutmann. *Nein, er sah zwar genauso aus und war ebenso jung wie der Blutmann, vielleicht siebzehn oder achtzehn. Aber noch war er nicht der Henker aus ihrem Traum. Noch war er einfach nur*

der Mann, der sie liebte und der sich eher die Hand abgehackt hätte, als ihr ein Leid anzutun. Und sie betrachtete ihn mit derselben Zärtlichkeit wie er sie. Sein dunkelbraunes Haar, in dem der Schnee hing, war viel länger und verstärkte die Aura von Wildheit, die ihn umgab. Die umschatteten Augen wirkten vor diesem Himmel mehr grau als grün. Zum ersten Mal sah sie ihn wirklich lachen. Es war ein schönes, leicht schiefes Lachen. Und es gab seinen Zügen etwas Weiches und Raues zugleich. Als sie von ihm abrückte, stieß ihre Hand gegen kaltes Metall. Neben ihr im Schnee lag der Degen. Sie hatten gefochten, aber natürlich hatten sie es auch heute nicht lange ausgehalten, im Kampf auf verschiedenen Seiten zu stehen. Nachdem er Summer entwaffnet hatte, riss sie ihn zu Boden. Fast wäre es ihr gelungen, ihn auf den Rücken zu werfen.

»Was ist?«, fragte er »Gibst du jetzt endlich auf?«

Sie schüttelte den Kopf und er stürzte sich wieder auf sie, versuchte sie im Schnee niederzuringen, um einen weiteren Kuss zu rauben. Und da war seine Hand, die unter ihr Kleid fand und ihr über Taille und Rücken strich. Und seine Lippen, die nach Schnee schmeckten und nach etwas Dunklem, Glühendem, nach Begehren und nach dem Taumel ihrer Nächte. Sie schlang die Arme um seinen Hals und seine Brust, drängte sich an ihn und spürte, wie bei ihrem Kuss sein Herz schneller schlug. Irgendwo in der Nähe rauschte das Meer und …

Sie verharrten beide mitten im Kuss. Lauschten.

… ein Ruf. Pferdegetrappel.

Beide fuhren sie hoch. »Er darf uns nicht sehen«, flüsterte er ihr zu. Hastig rappelten sie sich auf, kletterten aus der Schneekuhle und rannten Hand in Hand zwischen den blühenden Winterbäumen hindurch auf ein weißes Pferd zu. Eine Möwe kreiste über ihnen und sah neugierig auf das fliehende Paar hinunter.

Ihr Geliebter griff nach den Zügeln, doch als sie nach dem Steigbügel hangelte und das Fell berührte, brach der Schimmel erschrocken aus und riss sich los. Und sie konnten nur noch dem fliehenden weißen Pferd nachschauen, dessen Hufe den Schnee aufwirbelten.

Er fluchte. Jetzt war er blass geworden. Das Spiel war vorbei.

»Dort entlang! Hinter dem Blumenhaus trennen wir uns. Du nimmst das Fenster!«

Sie nickte nur, und schon rannten sie wieder durch den Schnee. Als sie einen gehetzten Blick über die Schulter warf, sah sie ihre Fußspuren: Sohlenabdrücke seiner Reiterstiefel neben den kleineren Abdrücken ihrer bloßen Füße. Ein letzter, hastiger Kuss, dann war er schon dabei, sie wieder einmal zu verlassen. »Warte!«, flüsterte sie. Doch er hörte das leise Wort nicht. Bevor er sich davonstehlen konnte, öffnete sie den Mund, um leise seinen Namen zu rufen und …

… sie tat es nicht, sondern erwachte mit schmerzhaft fest zusammengekniffenen Lippen und einem Herzen, das so sehr raste, als wäre sie tatsächlich eben gerannt. *Indigo?* Sein Name war so schnell aufgeflammt, dass sie ihn nicht sofort wieder in die Dunkelheit zurückstoßen konnte. Erst nach und nach begriff sie, wo sie sich befand. Nicht im Schnee und auch nicht in dem Elfenbeinbett, von dem sie so oft träumte, sondern auf dem Steinblock, der ihre Lagerstatt geworden war. Die Empfindung aus ihrem Traum ließ sich nicht so leicht vertreiben. Ein Ziehen wie Sehnsucht und Freude in einem. Und sie begriff, dass alles, was sie jemals für Finn oder Anzej zu empfinden geglaubt hatte, tatsächlich nur ein zaghaftes Suchen gewesen war. Nach dieser Liebe aus ihrem früheren Leben. *Habe ich ihm die Ewigkeit geschenkt, weil ich ihn liebte?* Sie schloss die Augen und zwang den Schnee wieder herbei, das fliehende weiße Pferd. Nach und nach entspannte sie sich wieder und fand …

… Feuer. Einen warmen Raum ohne Fenster. Die Wände waren mit kunstvoll bemalten Ledertapeten in dunklem Blau bedeckt. Haut schimmerte im Licht des Kaminfeuers, die einzige Lichtquelle im Raum. Diesmal lag Summer im Elfenbeinbett, an dessen Kopfende zwei Schwanenskulpturen thronten. Nein … sie saß mit angezogenen Beinen auf dem Bett, neben dem jungen Mann, gegen den sie vor wenigen Stunden noch mit dem Degen gefochten hatte. Er schlief, lang ausgestreckt. Die grauschwarzen Pelze von Robben, auf denen sie beide lagen, ließen seinen Teint heller erscheinen, als er war. Decken aus wattierter Seide bedeckten nur seine Beine und seinen Bauch, seine Oberarme und die Brust lagen frei. Sein Haar, das er lang trug wie alle Nordländer zu dieser Zeit, vermischte sich mit ihren rotblonden Wellen. Seine Lider bebten leicht, Wimpern warfen Schatten. Die Brauen waren zusammengezogen, als würde er noch im Traum kämpfen. Sie liebte es unendlich, ihn im Schlaf zu betrachten, in den wenigen, verbotenen Stunden, die ihnen blieben. Doch diese Nacht hier war anders. Heute weckte sie ihn nicht mit ihren Küssen. Sondern beobachtete ihn mit einer Kühle, die ihn frösteln ließ. Er bekam Gänsehaut auf Armen und Brust. Langsam hob sie den Arm und breitete ihren Flügelmantel über sie beide. Tausende winziger bernsteingelber Totenköpfe umgaben sie. Dann schloss sie die Augen und legte die Fingerspitzen sachte, ohne ihn zu wecken, auf seine Brust. Er

stöhnte gequält auf und murmelte etwas Undeutliches, aber er wachte nicht auf. Als sie die Augen wieder öffnete, hielt sie sein Herz in der Hand. Im Licht der zweiten Wirklichkeit war es ein pulsierendes Weiß, schwer wie Marmor, heiß wie ein Stück glühender Kohle. Ihre Totenkopfschwärmer, die bisher ruhig an den Wänden und auf dem Bett gesessen hatten, flatterten erschrocken auf. Die Zorya auf dem Bett kümmerte sich nicht darum. »Du gehörst mir allein«, flüsterte sie mit dem Herzschlag in ihrer Hand. Dann wanderte ihr Blick langsam zum Feuer.

Summer schreckte aus ihrem Halbschlaf hoch. Fröstelnd, aber zum ersten Mal völlig klar und ohne eine Spur von Fieber. *Habe ich sein Herz gestohlen, weil er Indigo ist? Damit er nicht sterben kann, selbst wenn ich ihm den Kuss der Zorya gebe?* Seide knisterte neben ihr, als Beljén sich umdrehte und ihre Wange an Summers Schulter schmiegte.

»Schnee«, murmelte ihre Freundin im Schlaf. »Feuer … Indigo.«

Hat Beljén es ebenfalls gesehen? Sie verbannte das, woran sie sich eben erinnert hatte, zurück in die Dunkelheit und blickte sich voller Angst um. Zehn Zorya zählte sie auf Anhieb, alle schliefen ruhig und tief. Einzig ihre Mäntel hoben und senkten sich bei jedem Atemzug, ein fahles Leuchten ging von ihnen aus. Nur Beljén regte sich wieder und murmelte, als würde sie immer noch etwas sehen, das den anderen im Raum verborgen blieb. Summer dachte nicht lange nach, sie beugte sich über sie und küsste sie sanft auf die Augenlider. »Vergiss diesen Traum«, flüsterte sie ihr ins Ohr.

Und zu ihrer eigenen Überraschung entspannten sich Beljéns Züge und ihr Atem wurde ruhig.

Ich bin tatsächlich wie Anzej, dachte Summer halb entsetzt, halb ernüchtert. *Ich betäube meine Freundin mit einem Kuss, damit sie meine Träume nicht sieht. Deshalb hat Anzej immer meine Nähe gesucht – wenn wir uns berühren, sind die Grenzen zwischen unseren Träumen aufgehoben.* Vorsichtshalber rückte sie von Beljén ab, denn so sehr sie es versuchte, der Blutmann ließ sich nicht so einfach wieder in das Vergessen sperren. Dazu war ihr viel zu elend zumute. *Er hasst dich zu Recht. Du hast ihm tatsächlich das Herz gestohlen.* Das Verwirrendste aber war, dass sie die Sehnsucht nach ihm immer noch spürte. Wie ein anderes Fieber, das weitaus verheerender und süßer war als alles, was sie je erfahren hatte. Es war die verrückte, besitzergreifende Liebe der Frau in Weiß.

Plötzlich hielt sie es in dieser Stille nicht länger aus. Bis vor wenigen Minuten war sie geborgen gewesen, nun aber war ihr dieses grenzenlose Sein inmitten der anderen viel zu nah. Hastig rutschte sie vom Stein und rannte lautlos zu der Wendeltreppe in der Mitte des Raumes. Erst als sie schon auf halbem Weg nach unten war, fiel ihr ein, dass sie nichts anhatte und dass kein Mantel sie schützte. Hier war niemand, der sich an ihrer Nacktheit stören würde, aber wenn sie die Gemächer der Zorya verlassen wollte, dann musste sie etwas zum Anziehen finden. Und sie musste den Zirkel endlich verlassen, um zum Blutmann zu gelangen.

Sie wollte gerade wieder die Treppe nach oben stürzen, als ein orangefarbenes Flimmern sie innehalten ließ. Ein Fuß erschien, dann noch einer. Beljén kam mit verschlafenen Augen die Wendeltreppe hinunter.

»Wo willst du denn hin?«, murmelte sie und gähnte.

»Ich … weiß es nicht, einfach raus hier.« Diesmal schmeckte ihre Lüge schal.

Beljén runzelte die Stirn. »Hast du schlecht geträumt?« Summer suchte in ihrem Tonfall nach irgendeinem Hinweis, dass Beljén sich erinnerte, aber es deutete nichts darauf hin.

»Nein. Ich … brauche nur Luft. Und etwas zum Anziehen. Ich wollte mir eine Seidendecke holen.«

»Jetzt? Mitten in der Nacht willst du raus? Aber warum?«

Jetzt balancierte sie tatsächlich auf einem schmalen Grat. Jede weitere Lüge würde sie von Beljén entfernen. Und schon allein der Gedanke gab ihr einen Stich. Aber wenn sie ihr alles sagte, dann verriet sie *ihn* – ohne zu wissen, was wirklich geschehen war. Ohne das Rätsel gelöst zu haben, warum sich alles in ihr dagegen sträubte, ihn auszuliefern. Nein, sie durfte auch vor Beljén nicht mit offenen Karten spielen. Nun, aber vielleicht würde schon eine Karte genügen?

»Beljén, ich muss jemanden suchen.«

»Wen denn? Anzej? Er ist zur Zeit im achten Turm und …«

Heftig schüttelte Summer den Kopf. »Nein, es ist eine verrückte Idee, aber ich muss zu dem Soldaten, der mich vor den Tandraj gerettet hat.«

Sie hatte mit größerer Überraschung gerechnet. Beljén runzelte nur die Stirn. »Und das kann nicht warten, bis du gesund bist?«

»Ich bin gesund und hellwach, Beljén!«

»Hm, dann müssen wir ins zweite Haus, zu Lord Joras. Aber was willst du von dem Soldaten?«

»Nur mit ihm reden. Ihm danken. Er hat mich schließlich gerettet. Ist das so ungewöhnlich?«

Beljén ließ sich mit der Antwort Zeit und dachte offenbar angestrengt nach. Dann zuckte sie mit den Schultern: »Für eine Zorya, die so lange unter Menschen gelebt hat wie du, vermutlich nicht.«

Sie grinste, als würde sie an der Idee Gefallen finden, und sah sich verstohlen nach der Treppe um. »Lady Mar hat untersagt, dass wir uns den Menschen zeigen, wenn es nicht unbedingt nötig ist«, sagte sie mit einem verschwörerischen Zwinkern. »Andererseits ist Lady Mar gerade im achten Turm und beratschlagt mit Lord Kallan über die neuen Truppen. Ich schätze, wir haben also mindestens eine Stunde Zeit. Aber«, sie grinste noch breiter und hob in ironischem Tadel die linke Augenbraue, »eine Zorya, die etwas auf sich hält, geistert auf gar keinen Fall wie ein Gespenst in Laken gewickelt durch die Räume der Lords!«

Offenbar gab es doch einige wenige Dinge, in denen die Zorya den Menschen so ähnlich waren, dass es fast zum Lachen war. Die winzige Kleiderkammer hätte auch ein Teil von Morts Theater sein können. Eine nackte, vor sich hin funzelnde Glühbirne gab spärliches Licht. Der Spiegel in der Ecke war fleckig von Fliegenschmutz. Und die Kleider, die hier aufgehängt waren, rochen nach Lavendel, als fürchtete man, die Motten würden sie sonst zerfressen.

»Hier, dein Kleid.« Beljén reichte ihr eine Wolke aus verblichenem Schwarz. Ein Seidenkleid, das mit seinem schlichten Schnitt dem aller anderen glich. Summer streifte es über und band sich den ebenfalls schwarzen, breiten Gürtel um, der so eng geschnürt war wie ein Mieder.

»Und das hier ist ebenfalls für dich. Danach hast du mich einmal im Halbschlaf gefragt.«

Summer begann zu strahlen, als ihre Freundin ihr die Gegenstände in die Hand drückte: das Kartenspiel, den silbernen Katzenkopf und die leere Lederhülle ihres Klappmessers.

»Lady Mar hat angeordnet, dass deine Jacke und alles, was du sonst noch bei dir hattest, verbrannt werden soll, aber ich dachte, die Dinge bedeuten dir sicher noch etwas.« Beljén kicherte wie ein Mädchen, dem ein Streich geglückt war. Und Summer wusste mit einem Mal wieder, warum sie ihre Freundin mehr geliebt hatte als ein Menschenmädchen seine Schwester.

»Danke«, sagte sie aus vollem Herzen und ließ die Sachen in einer der beiden unauffälligen Seitentaschen in den Rockfalten verschwinden. »Und jetzt los!

Beljén sprang vor und packte sie am Arm. »Moment! Vergiss deine Maske nicht!«

Summer stürzte zum Spiegel, neben dem die Maske auf einem Stuhl lag. Sie erschrak vor einer Fremden mit weit aufgerissenen braunen Augen. Es war wie ein Schnappschuss aus der Vergangenheit. Vor ihr stand nicht das gejagte, geschundene Mädchen mit dem Kurzhaarschnitt, sondern die Sommerkönigin aus Morts Stück. Ihr Haar war wie durch Zauberhand in den wenigen Tagen wieder lang geworden. Jemand hatte die rotblonden Wellen sogar zu einer komplizierten Frisur geflochten, damit ihr die Strähnen nicht in die Stirn fielen. Wann war das geschehen? Als sie geschlafen hatte? In dem schwarzen Kleid sah sie stolz aus und würdevoll – und auf eine unterschwellige Art auch gefährlich. *Ich bin wieder eine Zorya*, dachte sie und lächelte. *Lady Tjamad.*

»Schläfst du?«, mahnte Beljén. »Die Zeit läuft!«

*

Von außen hatte die Zitadelle schon wie eine bizarre Skulptur gewirkt, doch innen war sie ein beängstigendes Wunderwerk. Eines, das den Fieberträumen eines Größenwahnsinnigen entsprungen war. Ein solches Gebäude konnte sich nur jemand ausdenken, der davon fantasierte, das ganze Land bis zum letzten Bewohner zu beherrschen und der keine Geheimnisse duldete. Sie verließen den Inneren Zirkel über verglaste Brückengänge, die die Türme noch unterhalb der Festungsmauer miteinander verbanden.

Die Wände des Fahrstuhls, der sich im zweiten Turm mit einem mechanischen Klacken von Stockwerk zu Stockwerk schob, waren ebenfalls gläsern. Summer blickte durch mehrere ebenso transparente Wände in achteckige Räume, die den Aufzug wie Bienenwaben umgaben. Sie sah Soldaten und Offiziere, die in ihren Unterkünften in Feldbetten lagen, Waffenkammern und Vorratsräume und mit Vorhängen verdeckte Badezimmer. Nur wenige Diener waren bereits wach, und einige Wachleute, die durch die Wände hindurch mit Ferngläsern das Land beobachteten. Auch Summer selbst konnte durch mehrere Mauern den Nachthimmel sehen und weit entfernt die zerklüftete Küste erahnen. Deshalb hatte die Zitadelle keine Fenster: Nur von außen waren die Mauern glatt und weiß, und niemand konnte hineinsehen. Doch innen war es ganz anders. Und wie durchsichtige Adern durchzogen Verbindungsbrücken und Aufzüge die Zitadelle.

Hier kann man kaum etwas verbergen, dachte Summer. Beljén spürte ihre Unruhe und drückte ihre Hand fester.

»Lass mich reden«, ermahnte Beljén sie, als die Türen des Aufzugs sich im elften Stock öffneten. Dann raffte sie ihren Rock und verwandelte sich innerhalb eines einzigen Schrittes.

Die Lady mit der Bronzemaske, die nun schnurstracks auf eine geschlossene Tür zuging, schien von einer dunklen, bedrohlichen Aura umgeben zu sein. Und ihre Stimme war tiefer und so herrisch, dass sogar Summer zusammenzuckte.

»Aufmachen!«

Ohne langsamer zu werden, schritt sie weiter, und wie von Zauberhand öffnete sich die Tür. Summer beeilte sich, ihr zu folgen.

»Ich will Lord Joras sprechen!« Beljén wandte sich an niemand

Bestimmten. Aber die Diener im Raum stürzten allesamt davon. Kaum zwei Minuten später erschien der Lord in einem bodenlangen Mantel, den er sich sicher nur hastig übergeworfen hatte. Man konnte ihm ansehen, dass er geweckt worden war und alles andere als begeistert darüber war. Aber er beherrschte seinen Zorn sofort, als er sah, wen er vor sich hatte. »Lady Beljén!« Er verbeugte sich.

»Ich habe euch einen Verletzten überantwortet«, begann Beljén ohne Umschweife. »Wir wollen ihn sehen. Sofort.«

Der Lord richtete sich nur sehr zögernd aus seiner Verbeugung wieder auf. *Das ist kein gutes Zeichen,* dachte Summer.

»Er … ist nicht hier.«

»Sind die Gefängnisse etwa nicht in Eurem Trakt?«, schnappte Beljén.

»Das schon«, sagte der Lord gedehnt. »Aber es wurde beschlossen … wegen der besonderen Umstände … dass er eine andere Verwahrung bekommt.«

»Besondere Umstände?«, rief Summer. »Was soll das heißen?« Beljén wollte sie mit einem scharfen Blick zum Schweigen bringen, aber Summer trat vor und fuhr fort: »Er war verletzt. Meint Ihr das? Ist er auf einer Krankenstation?«

Reiß dich zusammen!, ermahnte sie sich. Aber sie konnte nicht einmal vor sich selbst verbergen, wie beunruhigt sie war.

Die Stirn des Lords begann verdächtig zu glänzen. Und er war auf der Hut, als er antwortete: »Nun, er … hat Euer Gesicht gesehen, Lady Tjamad. Wie Ihr wisst, steht darauf die Todesstrafe. Aber da Ihr ihn noch verhören wolltet und Lady Beljén befohlen hat, dass ihm nichts geschehen soll, haben wir ihn nicht bei den Soldaten untergebracht, die gestern hingerichtet wurden.«

Summer wurde kalt. »Die Soldaten, die ihn angeschossen haben?«

»Und die Euch bedroht haben, Lady Tjamad«, sagte Lord Joras mit Nachdruck. »Ja. Sie haben ihre Strafe erhalten.«

»Ihr habt sie hinrichten lassen, weil sie mich ohne Maske gesehen haben?« Ihre Stimme hallte in dem Raum wider. Lord Joras wurde blass. Ein Schweißtropfen versickerte in seinem Mantelkragen.

Beljéns Finger schlossen sich schmerzhaft fest um Summers Handgelenk. »So lautet nun mal das Gesetz der Lords«, sagte sie beinahe freundlich zu Lord Joras. »Und jetzt zurück zu meiner Frage, wo ist der Verletzte?«

Lord Joras' Kiefer mahlten. Im Raum war es totenstill, doch Summer war sich bewusst, dass alle Diener die Szene mit angehaltenem Atem verfolgten.

»In den Kammern der Winde«, sagte Lord Joras schließlich. »Im ersten Turm. Ihm wurde kein Leid zugefügt. Und seine Wunden wurden verbunden. So wie Ihr es befohlen habt.«

»Gut«, sagte Beljén.

Summer konnte förmlich sehen, wie Lord Joras ein Stein vom Herzen fiel. Sie verbiss sich jeden weiteren Kommentar, doch kaum hatten sie die Räume verlassen, konnte sie sich nicht mehr beherrschen. »Ihr lasst Leute töten, weil sie unsere Gesichter sehen?«

»Nicht wir, die Lords«, erwiderte Beljén. »Sie haben ihre eigenen Gesetze im Umgang mit den Zorya. Wir mischen uns nicht ein.«

»Aber die armen Kerle haben doch nur mein Gesicht gesehen! Das war ein völlig sinnloser Tod!«

»Es ist zu spät«, meinte Beljén lakonisch. »Wie ich schon sagte, misch dich bei den Menschen nicht ein.«

»Zählt ein Leben hier denn gar nichts?«, entfuhr es Summer.

»Ich verstehe nicht, was du meinst, Tjamad!« Beljén sah sie so verständnislos an, dass ihre ganze Empörung in sich zusammenfiel.

»Hast du denn … überhaupt kein Mitleid?«, fragte sie fassungslos.

Beljén hob die Schultern. »Natürlich bedaure ich es. Sie hatten einfach Pech. Aber *mit* einem Menschen leiden? Nein. Das ist auch gar nicht unsere Aufgabe. Menschen sterben alle auf die eine oder andere Weise, manche sinnlos, manche genau im richtigen Moment und aus den richtigen Gründen. Wir sind nicht dazu da, sie zu retten.«

Summer schluckte schwer. Sie verbarg die Hände in den Taschen und schloss die Finger um Morts Katzenkopf. Irgendwo in ihrem Inneren war etwas wie eine unscharfe Stelle, eine kleine Kluft, die sie immer noch – oder wieder? – von den Zorya zu trennen schien. Und so sehr sie dagegen ankämpfte, es gelang ihr nicht, die Verbindung zu Beljén ganz wiederzufinden.

Doch dann nahm ihre Freundin ihre Hand und erinnerte sie daran, dass sie immer noch zusammengehörten. »Dein Soldat lebt ja noch«, flüsterte sie ihr zu. »Ich hätte mich auch hier nicht einmischen dürfen. Und das sollte unser Geheimnis bleiben!«

*

Der erste Turm war eindeutig viel älter als die anderen. Er bestand fast ganz aus echtem Mauerwerk, nur wenige durchsichtige Wände waren im Nachhinein eingesetzt worden. Im hinteren Teil führte eine schmale Treppe in die Höhe. Summer sah sie nur durch eine Zwischentür. Offenbar ein alter Aufgang, der nicht mehr genutzt wurde, denn im Zentrum des Turms gab es einen Aufzug.

»Noch vor vierzig Jahren existierte nur dieser eine Wehrturm«, erklärte Beljén. »Er war die Zitadelle. Die anderen acht Häuser ließ König Beras erbauen. Heute wird der alte Turm kaum noch genutzt – außer als Aussichtspunkt, aber es ist wegen der Windwirbel zu gefährlich, auf dem Dach zu stehen.«

Summer hörte kaum hin, als Beljén weitersprach, sondern fieberte jedem Stockwerk entgegen, das der unerträglich langsame Aufzug erklomm. Er war mit Holz verkleidet und bei jedem Ruckeln jammerte das Metallgitter, das als Tür diente, erbärmlich quietschend vor sich hin. Ab dem vierzigsten Stockwerk wurde es dunkler. Hier oben gab es nur altes Mauerwerk und keinen Ausblick nach draußen. Mit einem letzten wehleidigen Klackern hielt der Aufzug vor einer Treppe, die leicht schwankte, weil sie nur an Seilen aufgehängt war.

Schon nach wenigen Stufen ließ Summer Beljén hinter sich und rannte die Stufen hinauf. Keuchend erreichte sie einen düsteren Rundgang, der nur über schmale Fensterscharten verfügte, aber sie waren so schmierig, dass auch bei Tag kaum Tageslicht hindurchgedrungen wäre. Eine Metallstiege führte zu einer Dachklappe voller Spinnweben. *Und noch weiter oben ist das Rondell, das ich vom Boot aus gesehen habe*, dachte Summer, während sie auch noch die Stiege hinter sich brachte. *Dort ist er?* Plötzlich hämmerte ihr Puls gegen ihre Schläfen und sie glaubte seinen Kuss auf ihren Lippen zu spüren.

»Tjamad, warte!«, rief Beljén. Doch da stieß Summer schon mit zitternden Händen die Klappe auf und trat auf verzogene Dielen. Ein zweiter Rundgang. Das Nächste, was ihr auffiel, war der Geruch nach Branntwein, obwohl nirgendwo eine Flasche stand. Im Halbdunkel beleuchtete eine altmodische Öllampe einen schartigen Tisch. Dort lag, halb verborgen unter einem hingeworfenen

Lappen, ein Schlüsselbund. Zumindest lugten ein Teil eines Messingrings und ein Schlüsselkamm darunter hervor.

»Mylady«, sagte eine tiefe, heisere Stimme. Der Wächter, der vor den Tisch trat, konnte eine Verbeugung lediglich andeuten. Noch nie hatte Summer einen so beleibten Mann gesehen. Der Ledermantel, den er trug, glich einem Feldzelt, in dem vier Soldaten Platz gefunden hätten. In seiner Jugend war er sicher drahtig und stark gewesen, aber davon zeugten nur noch die muskulösen Unterarme, die mit verblassten Tätowierungen übersät waren.

Beljén trat neben sie, ein wenig atemlos, aber ebenso würdevoll und streng wie vorhin. »Name?«, fragte sie knapp und strich sich den Rock glatt.

Der Mann musterte sie aus dunklen, fast schwarzen Augen, bevor er mit dem Kopf eine zweite Verbeugung andeutete. Offenbar rasierte er sich selten. Weiße Bartstoppeln sprossen an dem Kinn, das nahtlos in den Hals überging. Eine Narbe zog sich schräg über seinen ganzen kahlen Schädel.

»Tellus Kansen. Immer zu Euren werten Diensten, Mylady«, brummte er. Beljén schien den leicht sarkastischen Unterton nicht zu bemerken. Aber Summer horchte sofort auf.

»Gut, Tellus also. Führe Lady Tjamad zu dem Gefangenen«, befahl Beljén.

Irrte sich Summer oder zuckten die dichten weißen Brauen spöttisch ein Stück nach oben? Die stechenden, sehr wachen Augen wirkten in dem aufgedunsenen Gesicht seltsam fehl am Platz. So als gehörten sie einem flinkeren, jüngeren Mann.

Aber er fragte so langsam, als sei er schwer von Begriff: »In die Kammern der Winde?«

»Gibt es noch andere?«, kam es mit schneidender Stimme von Beljén.

Der Wächter drehte sich zur Seite und stützte sich auf dem Tisch ab. Dann wies er mit großer Geste zu einer Stahltür, die halb in die Wand versenkt war.

»Ich würde euch ja gerne gehorchen, Mylady«, antwortete er und hustete. »Aber ich besitze keinen Schlüssel zu den Kammern. Die Gefängnisverwaltung von Lord Joras hat sie. Ich bin nur dafür zuständig, dass hier keiner verhungert und dass die Wasserleitungen im Winter nicht einfrieren. Für das erste habe ich einen Essensaufzug.« Wieder eine Geste, diesmal in Richtung einer Klappe am anderen Ende des Raumes. »Und die Leitungen drehe ich hier unten auf. Die Gefangenen bekomme ich nie zu Gesicht.«

Summer spähte verstohlen zum Tisch. Der Lappen war verschwunden und ebenso der Schlüssel, der darunter gelegen hatte. Ein geschickter Trick. Ärger wallte in ihr auf. Doch sie hielt sich zurück und überließ Beljén das Reden.

»Ich bedaure, Euch nicht helfen zu können«, fuhr er fort. »Aber ich bin nur ein Diener und …« Während er noch redete, schrak Beljén zusammen und wandte den Kopf, als hätte sie von fern einen Ruf gehört. Sie trat einen Schritt zurück, hob wie in Trance die Arme und verblasste. Eine Sekunde lang erinnerte noch ein flüchtiger Glanz in der Luft daran, dass sie hier gewesen war. Das und die Bronzemaske, die auf dem Boden zurückgeblieben war. Beunruhigt blickte Summer wieder zu dem alten Wächter. Und war erstaunt, dass er Beljéns Verschwinden überhaupt nicht zur Kenntnis nahm. Er blickte nun sie an, als sei sie von Anfang an allein hier gewesen. Ein Atemzug verging, zwei, und Beljén tauchte nicht wieder auf.

»Kann ich noch etwas tun, Mylady?« Es klang kein bisschen unterwürfig. Eher wie eine Aufforderung, endlich zu gehen. Unter der Maske presste Summer die Lippen zusammen. *Das würde dir so passen, alter Mann!* Es war leicht, wie eine Zorya aufzutreten. Sie kam so nah an ihn heran, dass er es als Drohung wahrnehmen musste. Der Geruch von altem Leder und Pfeifentabak stieg ihr in die Nase.

»Hör auf, dein Spiel mit mir zu spielen«, sagte sie warnend. »Ich habe gesehen, dass du einen Schlüssel hast. Und ich befehle dir, mich zu dem Gefangenen zu bringen.«

Lord Joras hätte nun sicher zu schwitzen begonnen, aber dieser Wächter hatte offenbar weit weniger zu verlieren. Wäre er ein Wolf gewesen, hätte sich sein Nackenfell jetzt drohend gesträubt. Er wich keinen Zentimeter zurück, sondern starrte Summer direkt in die Augen. »Befehlt, soviel Ihr wollt. Und ich erkläre es Euch gerne ein zweites und ein drittes Mal. Ich kann Euch nicht in die Kammern der Winde bringen. Es sei denn, ihr könnt durch die Stahltür da hinten gehen – und dann noch durch zwei weitere.«

»Du lügst!«, herrschte Summer ihn an. »Dafür könnte ich dich verhaften lassen.«

Jetzt lachte er. Ein raues, atemloses Lachen, das in ein ungesundes Husten überging. »Nur zu!«, meinte er. »Die Betten in den Kammern der Winde sollen weitaus bequemer sein als die Wächterpritsche hier unten. Oder«, seine wulstigen Lippen verzogen sich zu einem humorlosen Lächeln, »meint Ihr, ich schlottere um das, was von meinem Leben noch bleibt? Seht mich an, Mylady. Sie lassen mich hier oben in diesem zugigen Loch sitzen und die Gefangenen bewachen, weil ich der Einzige bin, der diese elende Kälte aushält und der weiß, wie man diesen klapprigen Essensaufzug wartet. Und wenn der Henker Pech hat«, er klopfte sich auf die Brust, was wieder ein rasselndes Husten hervorrief, »wird er nicht mehr viel zu tun haben. Also belustigt mich ruhig weiter mit Euren Drohungen. Ich hatte hier oben schon lange nichts mehr zu lachen. Oder holt einfach den Gefängnisverwalter mit den Schlüsseln.«

In den Taschen ballte Summer die Hände so fest zu Fäusten, dass Morts Katzenkopf sich tief in ihre Handfläche drückte. Stumm maßen sie sich mit Blicken. Atem fror in der eisigen Luft.

Aber obwohl Summer dem Alten am liebsten die Hände um den dicken Hals gelegt und zugedrückt hätte, musste sie widerwillig zugeben, dass er ihr imponierte. *Mort war genauso*, schoss es ihr durch den Kopf. Was ihr schlagartig klarmachte, dass sie als Zorya keine Chance hatte. Sie musste wiederkommen. Ohne Beljén. Mühsam kämpfte sie ihren Zorn und die Enttäuschung nieder.

»Sagst du mir wenigstens, ob es ihm gut geht?«, fragte sie freundlicher. »Ich meine den Gefangenen mit der Schusswunde. Du musst doch gesehen haben, wie sie ihn hergebracht haben.«

Zum ersten Mal blitzte so etwas wie Interesse in den dunklen Augen auf.

»Der Junge, ja«, antwortete er lauernd. »Der ist oben. Ehrlich gesagt: *Nur* er ist da oben.«

Das Wissen darum, dass der Blutmann nur wenige Meter von ihr entfernt war, ließ ihr Herz schneller schlagen.

»Und?« Sie konnte das Beben in ihrer Stimme nun kaum unterdrücken.

»Geht ihm ganz gut, schätze ich«, fuhr der Alte fort. »Jedenfalls hat er geflucht wie ein Schmied und sich gewehrt, als er vor einigen Tagen hergebracht wurde. Einem Soldaten hat er ein blaues Auge verpasst.«

Sie konnte nicht anders, unter der Maske huschte ein Lächeln über ihr Gesicht. Der Alte bemerkte das Strahlen ihrer Augen. Es schien ihn zu überraschen und gleichzeitig zu irritieren. Er runzelte die Stirn und drehte geistesabwesend an einem Ring, den er am linken Ringfinger trug. Summer erfasste mit einem Blick das Zwischenstück aus neuerem Metall, das nachträglich eingefügt worden war, damit der Ring immer noch an den dick gewordenen Finger passte. Und unter dem straff gespannten Wollhemd, das im klaffenden Spalt seines Mantels zu sehen war, zeichnete sich ein weiterer Ring ab, der wohl an einer Halskette oder einem Band um seinen Hals hing. Und damit wusste Summer alles, was sie wissen musste.

Sie spürte das Flirren, noch bevor Beljén mit einem tiefen Ausatmen wieder neben ihr erschien. Genau an der Stelle, wo ihre Maske lag. Und als sie die Arme herabsinken ließ, stand sie wieder maskiert vor dem Wächter.

Bevor sie etwas sagen konnte, hatte Summer schon ihre Hand genommen. »Wir können gehen«, sagte sie und zog Beljén einfach mit sich. »Ich habe alles erfahren, was ich wissen wollte. Tellus Kansen wird dem Soldaten meinen Dank ausrichten.«

Über die Schulter warf sie einen Blick zurück und war zufrieden. Der Alte musterte sie so nervös, als würde er nur zu gut wissen, dass das nicht das letzte Wort der Zorya mit der Elfenbeinmaske gewesen war.

Die Kammern der Winde

Der Todeskuss hatte Beljén erschöpft. Auf dem langen Rückweg zum Inneren Zirkel hatte Summer sie um die Taille umfangen gehalten. Und als sie auf den Marmorblock niedersank und die Maske abnahm, war ihr herzförmiges Gesicht bleich; tiefe Schatten lagen unter den Augen. Summer setzte sich neben sie und nahm sie in die Arme. »Ich war auf dem Schlachtfeld«, murmelte Beljén. »Es war ein Soldatenmädchen, das für Lord Teremes kämpfte. Sie hat mich gerufen, aber dann, als ich sie küsste, hat sie sich so sehr ans Leben geklammert, dass ich fast zu geschwächt war, um zurückzukehren.«

»Dann schlaf«, sagte Summer und strich ihr über die Locken.

Beljéns Kopf sank schon schwer auf ihre Schulter und Summer bettete ihre Freundin vorsichtig auf den Stein. Sie legte sich neben sie und breitete den Mantel aus Feuerfaltern über sie beide. Als sie selbst die Augen schloss, erhaschte sie Fragmente von Beljéns Traum: ein verwüstetes Feld, Truppen, die gegeneinander kämpften. Die Soldaten der Lady, mit schwarzgrauer Tarnfarbe im Gesicht. Und die Truppen von Lord Teremes, deren Gesichter im Gegensatz dazu weiß wirkten. *Schachfiguren*, dachte Summer. Und obwohl sie nun wusste, auf welcher Seite sie stand, gab der Gedanke an Moira und Farrin ihr einen Stich.

In dieser Nacht war es einfach. Die Zorya im Raum schliefen ebenso tief wie Beljén, reglos wie Statuen. Kein Lid zuckte, als Summer hinausschlich. Heute trug sie ihr Haar offen, es fiel ihr in langen Wellen bis über den Gürtel. Die Taschenlampe, die sie in der Umkleidekammer gefunden hatte, wog schwer in ihrer Hand, während sie zum ersten Turm eilte.

Es erstaunte sie nicht, in der Wächterkammer Licht zu sehen.

Die Pritsche mit dem Haufen von Felldecken war unberührt. Und Tellus saß hellwach am Tisch, auf einem grob zurechtgehauenen Holzklotz, der ihm als Stuhl diente.

»Ihr kommt spät, Mylady«, bemerkte er mürrisch.

»Und trotzdem hast du auf mich gewartet.«

Sie machte die Taschenlampe aus und trat zu ihm. »Wie sieht es aus, Tellus. Kommen wir heute ins Geschäft? Was willst du? Ein Geschenk?«

Er schnaubte verächtlich. »Geld? Das ich hier oben ausgeben kann, um mir ein schönes Leben zu machen? Ich hätte Euch etwas mehr Verstand zugetraut. Nein, Euer Geld wird Euch bei mir genauso viel nützen wie Eure Drohungen.«

Summer lächelte. »Ich weiß. Ich meinte das hier, als ich von einem Geschenk sprach.«

Sie holte das Kartenspiel hervor und legte es direkt vor ihm auf den Tisch. Er gab ein spöttisches Grunzen von sich. »Einen Satz welliger alter Karten? So hoch schätzt Ihr meine Dienste ein?«

»Mach dich nicht darüber lustig!«, sagte sie mit Nachdruck. »Diese Karten bedeuten mir viel. Vielleicht ebenso viel wie dir dein Stolz. Auch wenn du es dir kaum vorstellen kannst, sie haben mich viel gekostet.«

Die dunkelbraunen Augen musterten sie lauernd. »Eine von

euch, die so schnell gekränkt ist wegen ein paar speckiger Spielkarten? Mal ganz was Neues. Nun, in diesem Fall vielen Dank.«

Summer nickte. Der Einsatz für das Spiel zwischen ihnen beiden lag nun auf dem Tisch. Seine Neugier war geweckt. Aber damit hatte sie das Spiel noch lange nicht gewonnen. Erst musste sie ihn aus der Reserve locken.

»Darf ich ihn jetzt sehen?«

Wie erwartet, schlug er sofort zurück. Er verschränkte die Arme, was bei seiner Körperfülle nicht einfach war, und sagte unfreundlich: »Ich habe wirklich keine Schlüssel zu den Stahltüren. Ich bin hier nur der Verwalter der Vergangenheit und der Toten. Besser gesagt der zukünftigen Toten.«

Summer runzelte die Stirn. »Was soll das heißen?«

»Hat Euch das niemand erzählt? Dieser Turm hier war früher die eigentliche Zitadelle. Und da oben, in dem Rondell, in dem die Kammern sind, war der sicherste Ort im ganzen Land. In Friedenszeiten beriet sich dort König Beras mit seinen Leuten. In Kriegszeiten verbarrikadierten sie sich. Man kann die Treppe abhängen. Und selbst wenn Ihr alles hier oben verbrennt, was aus Holz ist, sind die Kammern der Winde unzerstörbar. Tja, früher wurden von da oben die Geschicke des Landes verwaltet. Aber jetzt ist es ein Ort, an dem die Vergessenen ihr Leben beenden.«

Jetzt streifte sie doch ein Hauch von Angst. »Die Gefangenen werden getötet?«

Tellus lachte rasselnd. »Wo denkt Ihr hin, Mylady. Die Fenster der Kammern sind nicht einmal vergittert. Aber die Mauern sind zu glatt, um daran runterzuklettern. Und der Wind – oh, er ist die wahre Folter. Er reißt einem jedes Wort von den Lippen. Kein Wort aus den Nachbarzellen dringt herein, und jeden, der nur seinen Kopf aus dem Fenster streckt, reißt der Windwirbel erst nach oben wie eine Lumpenpuppe, bevor er ihn dann unten auf die Felsen schmettert. Nicht einmal die Möwen wagen sich in diesen Windstrudel. Und jetzt stellt Euch vor, Ihr hört Tag für Tag nur das Heulen des Windes und seid allein mit der unendlichen Weite des Himmels und den kalten Sternen. So weit weg von allen anderen, dass Ihr nach einer Weile selbst vergesst, wer Ihr seid. Und irgendwann hört Ihr, dass der Wind zu Euch spricht. Er flüstert Euch zu, dass Ihr springen sollt.« Tellus' Stimme war leise geworden, so als spräche er zu sich selbst. *Und was er erzählt, ist seine eigene Geschichte*, dachte Summer. *Auch wenn es ihm vielleicht gar nicht bewusst ist.* Wie einsam musste er sein, um so verbittert zu klingen und doch einer Fremden so viel zu erzählen? Und sicher hatte er seit vielen Monaten oder vielleicht sogar Jahren kein freundliches Wort mehr gehört. »Tja, so sieht es aus, Mylady«, schloss Tellus und hustete dumpf. »Früher oder später sind die Zellen leer. Kaum einer hält es länger als ein paar Monate da oben aus.«

»Keiner außer dir«, sagte sie leise.

Er blinzelte etwas zu oft und schluckte. Stieß verlegen die Karten an und betrachtete die Herzkönigin. Dann fasste er sich wieder. Das Misstrauen kehrte in seine Züge zurück.

»Warum wollt Ihr so dringend zu diesem Soldaten?«

»Er hat mich gerettet.«

»Oh, er wird sich über Euren Besuch bestimmt freuen!«, höhnte Tellus. »Ein schöner Dank für Eure Rettung, dass er sein Leben da oben beschließen darf. Was hat er denn verbrochen? Eure Maske gestohlen, um Euer Gesicht zu sehen?«

Summer senkte den Kopf.

Tellus schnaubte verächtlich, dann wischte er die Karten so heftig zur Seite, dass sie über den Tisch rutschten und zu Boden flatterten. Es war, als würde der ganze Mann sich verhärten wie Granit. »Nehmt Eure Karten wieder mit, Mylady. Wenn Ihr etwas von mir wollt, dann gebt mir etwas, was Euch wirklich etwas kostet!«

Summer musste sich beherrschen, um ihre Rolle weiterzuspielen. Oder vielleicht war es gar keine Rolle, denn bei dem Gedanken, dass es ihr vielleicht nicht gelingen würde, in die Kammern zu kommen, stiegen ihr nun tatsächlich Tränen in die Augen. Am liebsten hätte sie den Alten angeschrien, aber dann holte sie nur krampfhaft Luft, als ringe sie mit sich, tastete mit fahrigen Fingern nach der Maske und nahm das Elfenbeingesicht ab. Sie blinzelte und die Tränen, denen sie nun freien Lauf ließ, rannen über ihre Wangen. *Mort wäre stolz auf mich.* Dann hob sie den Kopf und sah Tellus unglücklich an. »Bist du jetzt zufrieden? Mehr kann ich dir nicht geben!«

Die theatralische Geste verfehlte ihre Wirkung nicht.

Dem Wächter klappte der Mund auf. Im ersten Schreck wurde er blass und wollte aufspringen, doch er fiel ächzend auf den Holzklotz zurück. Summer konnte seine Gedanken fast wie auf einer Leinwand über seine Stirn flackern sehen. Der verbotene Blick in das Gesicht einer Zorya. Die Todesstrafe. Der kleine Schritt, der ihn selbst in die Kammern der Winde bringen konnte. Nun, offenbar hing er doch am Leben.

Doch dann überraschte der Alte sie maßlos. »Du meine Güte, du bist ja noch ein halbes Kind«, murmelte er fassungslos. »Nicht älter als der arme Kerl da oben. Und du kannst weinen? Aber man … man sagt doch, ihr seid keine Menschen!«

Jetzt starrten sie sich beide verblüfft an. Dann fing sich Summer und wischte sich mit dem Ärmel über die Wangen. »Ich kann weinen«, sagte sie mit brüchiger Stimme. »Und du kannst dir ja denken, um wen. Jetzt kennst du mein Geheimnis. Ja, wir können menschlich sein, vielleicht sogar menschlicher als eure Lords. Wir lieben und wir leiden wie ihr. Und wir weinen, wenn uns etwas das Herz zerreißt. Vielleicht sind wir weniger mächtig, als du glaubst. Nicht Lady Mar hat befohlen, ihn einzusperren, sondern Lord Joras! Und stell dir vor, ich hatte die verrückte Idee, dass ich den Soldaten vielleicht retten oder zumindest trösten kann. Ich würde alles tun – alles! –, um ihm dieses Schicksal zu ersparen. Er hat nichts getan, außer mein Leben zu retten. Und dabei habe ich unglücklicherweise meine Maske verloren. Es … war nicht seine Schuld. Es war meine.«

Tellus strich sich verlegen über den Lederkragen seines Mantels und berührte dann verstohlen den Ring, den er an der Kette um den Hals trug. Heute lag er über dem Wollhemd. Wie Summer schon vermutet hatte, war es ein Ring, der auf einem schmalen Frauenfinger seinen Platz gehabt hatte. Einen Moment zögerte sie noch, ihren letzten Trumpf auszuspielen und diese alte Wunde zu berühren, aber dann machte sie sich klar, dass es vielleicht ihre einzige und letzte Chance war. Es war ihr gelungen, die Kerkertür seines Herzens ein winziges Stückchen aufzuschieben. Jetzt musste sie nur noch das richtige Losungswort finden, damit sie über die Schwelle treten durfte. *Er ist einsam. Er hat geliebt und verloren. Und im Herzen ist er immer noch ein Krieger, dessen Kraft ihn verlassen hat und den niemand mehr ernst nimmt.*

»Ich weiß, in deinen Augen muss es lächerlich wirken«, sagte sie. »Aber wie solltest du es auch verstehen? Du bist ein Krieger. Sicher hast du nie in deinem Leben geliebt und nie erfahren, wie es ist, jemanden zu verlieren, den du liebst. Aber weißt du was? Du kannst mich verspotten, soviel du willst, mir ist es gleichgültig.«

Jetzt weinte sie tatsächlich, mitgerissen von dem Strom ihres

Kummers, der sich selbstständig machte und die Szene umso glaubwürdiger wirken ließ. Sie wandte sich ab und machte sich daran, zu gehen, aber sie ließ sich Zeit dabei, strich sich fahrig den Rock glatt, als versuche sie, die Fassung wiederzugewinnen.

Kurz bevor sie bei der Tür war, hörte sie ein Räuspern.

»He, warte mal!« Sie drehte sich nur zögernd um und warf ihm einen misstrauischen, scheuen Blick zu. Er knetete seine Finger, und es kostete ihn offenbar viel, einen Entschluss zu fassen. Schließlich zog er die Brauen zusammen und war wieder der bärbeißige Wächter.

»Ach, komm schon her«, fuhr er sie an und winkte sie zum Tisch. »Ich kann verheulte Weiber nicht leiden. Hier, setz dich erst einmal und nimm einen Schluck. Das beruhigt.«

Es war nicht ganz die Reaktion, auf die sie gehofft hatte, aber sie gehorchte dennoch und nahm an dem kleinen Tisch Platz, während Tellus zu einem Regal watschelte und mit zwei Gläsern und einer halb leeren Flasche ohne Etikett zurückkam. Ächzend ließ er sich wieder auf dem Klotz nieder, schenkte ein und schob ihr das Glas zu. »Runter damit«, meinte Tellus. »Lange her, dass ich mit jemandem angestoßen habe.«

Summer sah zu, wie er die klare Flüssigkeit hinunterkippte und tat es ihm nach. Und wünschte sich im nächsten Moment, sie hätte das Zeug heimlich unter den Tisch geschüttet. Es war das flüssige Gegenstück zu einer Explosion von Schießpulver und Tannenzapfen. Direkt in ihrem Rachen und ihrer Nase. Tellus lachte heiser, während sie sich hustend auf dem Stuhl krümmte.

»Das ist nicht lustig«, fauchte sie ihn an, sobald sie wieder Luft bekam. »Ist das deine Art, dich hier langsam umzubringen?«

Tellus grinste immer noch. »Vertreibt den Kummer«, meinte er nur und lehnte sich an die Wand. »Los«, forderte er sie auf. »Erzähl mir was. Irgendwas. Von mir aus ein paar Lügen. Ich habe schon seit mindestens hundert Jahren keine Geschichte mehr gehört.«

Summer wollte widersprechen, aber dann verstand sie, was er ihr gerade angeboten hatte. Kein Spiel diesmal, sondern ein Tauschgeschäft. Sie räusperte sich und nickte. »Weißt du, dass ich Schauspielerin war?«, begann sie. »In einem Theater in Maymara.«

»Ist nicht wahr«, sagte Tellus ironisch. »Eine Lady auf der Bühne.« Um seine Augen bildete sich ein Fächer aus listigen Fältchen.

»Doch, es stimmt wirklich«, beharrte Summer. »Hör zu!«

*

Das Erstaunlichste war, dass sie selbst die Zeit dabei vergaß. Es freute sie zu sehen, wie Tellus Morts Stück durchlebte, die Sommerkönigin vor sich sah und die schöne Charisse mit den langen Beinen. Die karge Wächterkammer füllte sich mit den Liedern, die sie ihm vorsang. Und dabei merkte sie, wie sehr sie ihr gefehlt hatten. Als sie schließlich verstummte, schwiegen sie beide lange.

»Ich … habe nicht mehr viel Zeit«, sagte Summer eindringlich. »Tellus, kannst du mich wirklich nicht zu ihm lassen? Fünf Minuten nur. Ich muss ihn sehen.«

Der Alte seufzte und rieb sich die Augen.

»Erst erzähle ich dir auch etwas, Lady Tjamad.« Unter dem Tisch ballte sie die Hände zu Fäusten. *Ich habe keine Zeit!* Aber als er weitersprach, verstand sie, dass es ihm nur darum ging, seine Ehre als Wächter nicht zu verlieren.

»Ich kannte den alten König Beras«, begann er. »Und ich war

dabei, als die anderen Zitadellentürme erbaut wurden. Das ganze Bauwerk ist ein Wunder, denn es beherrscht den Wind und macht ihn zu einer Waffe. Unten über dem Wasser mag nur ein Lüftchen gehen, aber da oben, zwischen den einzelnen Türmen, ist der Sog der Windkanäle so stark, dass kein Feind jemals eine Leiter an die Mauern stellen könnte. Nicht umsonst galt die Zitadelle lange Zeit als uneinnehmbar. Wenn … sie auch ihre Schwachstellen hat.«

Summer widerstand der Versuchung, ihn sofort mit Fragen zu bestürmen. Stattdessen nickte sie nur und wartete.

»Nimm zum Beispiel diesen alten Trakt hier«, fuhr Tellus fort. »Früher gab es hinter der ersten Stahltür noch eine Art Aufzug. Alle anderen Aufzüge beziehen ihren Strom aus den Generatorräumen unten im Fels. Die Strömungen treiben tief im Wasser die Turbinen an. Aber dieser Aufzug hier oben war ein rein mechanisches Wunderwerk, das nur mit Gewichten und Gegengewichten funktionierte. Doch dann hat König Beras ihn entfernen lassen. Keine Ahnung, warum. Das Einzige, was davon noch übrig ist, ist ein Katzenschacht, ein Wartungsgang, den die Techniker früher benutzt haben. Zumindest denke ich, dass es den noch geben muss. Ist schon fast zwanzig Jahre her, dass ich das letzte Mal da reingepasst habe. Es gab auch eine Klappe zu einem der Räume da oben. Aber dafür müsste man wirklich sehr gelenkig sein. Na ja, und selbst wenn es den Schacht noch gäbe, bräuchte man für die Zwischentüren der Kammern natürlich noch die passenden Schlüssel. Wenn man zum Beispiel zu einer Kammer wollte, die mit einem weißen Kreidekreuz markiert ist.«

Summers Herz schlug längst bis zum Hals. Doch immer noch biss sie sich auf die Lippen und beherrschte sich.

»Ich weiß nicht, ob ich eine Lady um so etwas bitten darf«, sagte Tellus nach einer unerträglich langen Pause. »Aber wie du siehst, habe ich ziemliche Schwierigkeiten, mich zu bücken. Wärst du also so freundlich und würdest die Karten wieder auf den Tisch legen?«

Summer sprang auf und raffte die Karten zusammen. Sie blickte nicht auf, als sie Tellus mühsam aufstehen hörte. Schlurfende Schritte und ein Klacken ertönten. Sie schoss hoch und legte den Kartenstapel auf den Tisch. Und entdeckte, dass dort ein Schlüsselbund lag. Mit drei Messingschlüsseln.

»Tja, Zeit für meinen Rundgang«, meinte Tellus und gähnte. »Es hat mich gefreut, dich kennenzulernen, Lady Tjamad. Komm doch bei Gelegenheit mal wieder zu Besuch.«

Ohne sie anzusehen, ging er mit schweren Schritten an ihr vorbei, passierte die Pritsche und verschwand hinter der Rundung des langen Gangs. Am liebsten hätte sie einen Jubelschrei ausgestoßen.

Die Schlüssel klirrten, so sehr zitterten ihre Hände, als sie den Schlüssel an sich nahm. Ohne eine Sekunde zu verlieren, stürzte sie in die Richtung, aus der das Schnappen gekommen war. Und fand in einer Nische einen Spalt – ein Stück bewegliche Wand, die Tellus für sie aufgeschoben hatte. Dahinter befand sich ein winziger Raum. Kaum mehr als ein Quadratmeter. Der Lichtkegel ihrer Taschenlampe erfasste erst ein paar Steigeisen in der Wand. Und weiter oben einen noch schmaleren Schacht mit einer rostigen Metallleiter.

*

Der Schacht roch wie eine Gruft, in der seit Jahrzehnten nur noch Knochen vor sich hin moderten. Rost knirschte unter ihren Sohlen und ihre Schultern streiften rauen Stein. Es war schwierig, mit dem Seidenkleid zu klettern. Schließlich stopfte sie den Saum, so gut es ging, in den Gürtel. Sie mochte vielleicht zwanzig Meter hinter sich gebracht haben, vielleicht auch mehr, als tatsächlich eine Klappe in Sicht kam. Zwei Metallbügel waren mit einem Vorhängeschloss verbunden. Summer nahm den Schlüsselbund und schob über ihrem Kopf den kleineren Schlüssel in das Schloss. Als sich der Schlüssel endlich mit einem Knirschen drehte, wurde sie mit einem Rostregen mitten ins Gesicht belohnt. Angewidert spuckte sie Rost und Metallsplitter aus und stemmte sich mit der Schulter gegen die Klappe. Sie war erstaunlich schwer. Summer fluchte und biss die Zähne zusammen und endlich ächzte ein verborgenes Scharnier. Die Klappe erwies sich als Steinplatte eines Bodens in einer Art – Nische? Wenn sie geschlossen war, würde wohl niemand darunter einen Schacht vermuten. Summer klappte den Stein zur Seite und kletterte auf Händen und Knien aus dem Schacht. Es war, als würde man aus der Unterwelt in eine schwebende Welt aus Mondlicht und eisfrische Luft eintauchen. Es duftete! Nach Meer und dahinziehenden, regenschweren Wolken. Summer setzte sich auf die Fersen und konnte einige Augenblicke nur Atem holen und staunen. Das waren keine düsteren Kerkerzimmer. Viel eher ein Palast. Obwohl neue, grob gemauerte Trennwände das riesige Rondell in Segmente unterteilten, konnte man noch deutlich erkennen, dass sich die Prunkräume früher wie die Blüten einer gewaltigen Blume um eine frei stehende Wendeltreppe gruppiert hatten. Die Fenster waren hohe Triforen mit spitz auslaufenden Giebeln. Im oberen Teil schmückten sie durchbrochene Ornamente aus Stein, die noch die alte Pracht von königlichen Kammern erahnen ließen. Und an den gewölbten Decken fing Summers Taschenlampe ein goldrotes Mosaikmuster ein. Ein Windstoß strich am Fenster vorbei. Und Summer lief ein

Schauer über den Rücken. Es war tatsächlich ein Flüstern und Heulen. Als würden die Gespenster der Gefangenen immer noch um das Gemäuer streichen. Einen Moment lang schnürte ihr die Angst die Kehle zu, als sie sich ausmalte, dass der Blutmann gar nicht mehr hier war, sondern längst aus dem Fenster gestürzt war bei dem Versuch, hinauszuklettern. Sie sprang auf und rannte von Tür zu Tür. Endlich stieß sie auf eine Metalltür, die sich mit einem der Schlüssel öffnen ließ. Und entdeckte die Tür mit dem weißen Kreuz direkt gegenüber. Ihre Kehle war mit einem Mal so trocken, dass das Schlucken wehtat. Einen Augenblick überlegte sie noch, ob sie es wirklich wagen konnte, zu ihm in die Kammer zu gehen. Ob sie nicht Gefahr lief, von ihm sofort aus dem Fenster gestoßen zu werden, aber dann erinnerte sie sich an den Traum von Schnee und seinem Lachen und vergaß, dass sie vernünftig und vorsichtig sein wollte. Hastig zerrte sie sich den Rock aus dem Gürtel, dann stieß sie den Schlüssel in das Schloss, drehte ihn so grob um, dass es knirschte. Und war überrascht, dass die schwere Tür sich ohne einen Laut und ohne Widerstand öffnete.

*

Es war paradox, aber im ersten Moment war sie einfach nur unendlich glücklich, ihn zu sehen. Er war nicht aus dem Fenster gestürzt. Er saß auf dem breiten Fensterbrett, mit angezogenen Beinen. Und gefährlich nah am Sog der Windwirbel, die schon an seiner Jacke zupften und ihm das Haar über die Stirn wehten. Bewegungslos wie eine Statue verharrte er, während Wolken mit leuchtenden Mondrändern hinter ihm vorbeizogen. Früher mochte in diesem Raum einmal das Prunkbett eines Königs gestanden haben, nun aber lagen nur ein Haufen Decken und

Felle auf einer Matratze auf dem Boden. Ein seltsamer Kontrast zu den vergoldeten Mosaikböden. Die Steinornamente im Fenster schnitten das Mondlicht in staubige Streifen. Das matte Licht ließ die Umrisse des Mannes, der in die Ferne sah, wie gezeichnet wirken. Summer hielt den Atem an.

Wenn ich ihn rufe, verliert er das Gleichgewicht und fällt, dachte sie.

Oder er stürzt sich auf dich und zahlt dir heim, dass du sein Herz geraubt hast wie ein Adler, der sich über einen Fuchs hermacht, sagte eine weniger mutige Stimme.

Als hätte er ihre Gedanken gehört, drehte er den Kopf zu ihr. Er zuckte nicht zusammen und verlor auch nicht das Gleichgewicht. Mit einer geschmeidigen Bewegung schwang er die Beine vom Fensterbrett und stellte sich vor das Fenster. Sein Gesicht lag im Mondschatten, sie erkannte nur, dass er einen Verband am Körper trug. Plötzlich fühlte sie sich, als hätte sie Lampenfieber. Sie wollte zu ihm gehen, wagte es aber nicht. Sie wollte sein Gesicht sehen, mit ihm reden, aber sie schien vergessen zu haben, wie man sprach.

»Wie bist du hier hereingekommen?«, fragte er mit rauer Stimme.

»Ich habe einen Wärter bestochen.« Und in einem Anfall von Feigheit fügte sie hinzu: »Er … steht vor der Tür.«

Er stieß die Luft durch die Nase aus, als wäre ihm ihre Antwort ein richtiges Lachen nicht wert. »Tja, dann wissen wir ja jetzt beide wieder, wo wir stehen.«

Nun, den Sarkasmus hatte er auch im Gefängnis nicht verloren. Summer wollte schon antworten, als er den Kopf brüsk von ihr abwandte. Mondlicht fiel auf sein Gesicht. Und sie erkannte, was sein abweisender Tonfall wirklich zu bedeuten hatte. Er konnte es nicht ertragen, sie anzusehen. Und sie konnte sich denken, warum. Vor wenigen Tagen hatte er noch ein Mädchen mit kurzem Haar und Matrosenjacke vor den Soldaten der Lady gewarnt. Nun stand vor ihm die Frau, die er vor Jahrhunderten geliebt und dann gehasst hatte. Eine Lady mit langem Haar. *Vermutlich bemerkt er nicht einmal, dass mein Kleid heute schwarz ist und nicht weiß.*

Oder sah er sie ebenfalls gemeinsam im Schnee? Lachend, eng umschlungen?

Ihr Kuss am Wasserfall war wieder ganz nah. *Und das Verrückte ist, ich will ihn immer noch umarmen.*

Vorsichtig machte sie einen Schritt zur Seite, noch einen, näherte sich ihm in einem Bogen, bis sie beide vor dem Fenster standen. Diesmal hielt er ihrem Blick stand. Und zum ersten Mal gestand sie sich ein, dass er ihr gefiel. So wie er heute war – mit seiner ganzen Wildheit und sogar mit seinem Zorn und dem schmerzlichen Zug, der um seinen Mund lag. Die Sehnsucht, ihm nahe zu sein und ihn zu berühren, erblühte so jäh in ihr, dass sie es war, die nun wegsehen musste.

»Du bist Indigo«, sagte sie.

»Vielleicht ja, vielleicht nein«, kam die Antwort mit harter Stimme. »Ich wäre ziemlich dumm, es dir zu verraten.«

Seine Feindseligkeit fühlte sich wie eine Ohrfeige an.

»Ich habe dich nicht reingelegt. Und ich wusste nicht, dass die anderen Zorya mich suchen. Nicht einmal, dass ich zu ihnen gehöre.«

Er hob das Kinn etwas höher und blickte auf sie herab. »Zorya«, sagte er kühl. »Interessant. Nach so langer Zeit erfahre ich, wie du dich wirklich nennst.«

»Tja, dann kannst du mir ja auch verraten, ob du der Mann bist, der mich betrogen hat. Und der mich töten wollte.«

»Der Mann, der *dich* betrogen hat?«, brauste er auf. »Hörst du dir eigentlich selbst zu? Was hast du mit meinem Herzen gemacht? Hast du es verschlungen wie ein Dämon?«

»Ich weiß es nicht!«, schnappte sie. »Schon möglich. Vielleicht. Wie soll ich es herausfinden, wenn du mir nichts von dir … von uns erzählst?«

»Was ist ein Gefangener wert, der alles erzählt? Vielleicht fragst du in Herzensdingen besser deinen blonden Freund?«

Summer biss sich auf die Unterlippe. Jetzt war sie wieder so weit, ihn für seine Arroganz am liebsten schlagen zu wollen. Nicht einmal Anzej hatte es geschafft, sie so schnell in Wut zu versetzen.

Die Luft zwischen ihnen schien aus kochendem Wasser zu bestehen. Und plötzlich gab es nur noch zwei Wege. Der erste führte aus dem Gefängnis hinaus. Der zweite weiter in einen Streit hinein, der sie wie eine Strömung voneinander wegtreiben würde, bis sie sich endgültig verloren.

Doch Summer zögerte. Vielleicht war es nur eine Täuschung, eine Spiegelung des Mondlichts in seinen Augen. Aber in seinem Blick war etwas, das sie wie ein Funke berührte. Ein Ausdruck, der seine Feindseligkeit Lügen strafte. Und Summer vergaß ihren Zorn und wählte den dritten Weg.

Sie ließ die Taschenlampe zu Boden fallen und trat auf ihn zu. Vorsichtig, um seine Wunde nicht zu berühren, umarmte sie ihn.

»Hör mir einfach nur zu, ohne mich anzuschreien. Ich habe von uns geträumt. Ich erinnere mich. Es war keine Lüge. Ich habe dich wirklich geliebt!«

Es war seltsam, keinen Herzschlag zu spüren, und dennoch fühlte sie, dass sich etwas in ihm veränderte. Er schluckte schwer, und der Hass, der eben noch in ihm vibriert hatte, schlug in etwas anderes um, das sie nicht benennen konnte. Sie wünschte sich so sehr, dass er sie ebenfalls umarmte, doch er stand nur da und rührte sich nicht.

»Warum soll ich dir glauben?«, fragte er mit heiserer Stimme.

»Weil es wahr ist!«, antwortete sie mit einem Anflug von Ärger. »Ich hatte es vergessen, aber ich habe immer nach deinen Küssen gesucht, nach dir!«

»Bist du sicher, dass ich es war?«

»Wer sonst sollte es gewesen sein?«, rief sie empört aus.

»Der Mann, in dessen Armen du gelegen hast.«

»Es waren *deine* Arme! Ich bin sicher, dass du es warst, den ich liebte. Ich war glücklich mit *dir*!«

Und so besitzergreifend, dass ich dein Herz für mich haben wollte.

Sie schloss die Augen und hielt ihn weiter fest, als müsste sie ihn davor bewahren, in einen Abgrund zu stürzen.

Und dann, als sie ihr Mut schon beinahe wieder verließ, fühlte sie, wie die Anspannung von ihm abfiel. Zögernd, als würde er tatsächlich fürchten, jeden Halt zu verlieren und unendlich tief zu fallen, legte er die Arme um sie.

Seine Hand glitt zu ihrem Nacken. Handschuhleder auf ihrer Haut, aber heute machte es ihr nichts aus. Im Gegenteil. Sie lächelte und sog die Wärme seines Körpers ganz in sich ein, jeden Atemzug und jede Berührung. Sie hob den Kopf und sah ihm in die Augen. Der Schnee und die Winterblüten waren wieder ganz nah. Und dann wartete sie nicht langer, sondern umschloss sein Gesicht mit ihren Händen, zog ihn sanft zu sich herunter und küsste ihn. Zart diesmal und ohne die zornige Leidenschaft ihrer Begegnung am Wasserfall. Und ohne die geringste Angst. Er zögerte nur kurz, dann erwiderte er den Kuss. Sie hatte nicht gewusst, wie zärtlich er sein konnte. Seine Lippen waren weich und warm und jetzt war es Summer, die das Gleichgewicht verlor, doch sie stürzte nicht tief – der warme Strom von Empfindungen fing sie auf und trug sie davon. Nur widerwillig tauchte sie wieder in die Wirklichkeit zurück.

»Bitte sag es mir«, flüsterte sie. »Ich muss es wissen. Bist du … Indigo?«

Er zögerte lange, doch dann antwortete er. »Nein.«

Sie spürte zwar den leisen Zweifel, aber jetzt und hier wollte sie nicht darauf hören.

»Wie heißt du dann?«

Er lächelte nicht, aber als er nun ihr Gesicht betrachtete, lag in seinem Blick eine Sehnsucht, die sie wie ein warmer Hauch umhüllte.

»Loved«, sagte er leise »So hast du mich genannt. Weißt du es wirklich nicht mehr?«

Der Klang des Namens machte sie benommen. Wie eine Musik, die sie wahrnahm, bevor sie sie hörte.

»Und wer bin ich?«

»Shena – Flamme. So habe ich dich genannt – wegen deiner Haare, aber auch, weil du aufbrausend warst, so stolz – und weil du so sehr für das Leben gebrannt hast.«

Er beugte sich vor, um sie zu küssen. Einen Moment waren sich ihre Lippen wieder ganz nah. Doch im letzten Augenblick verharrte er. Der Schatten, den sie so gut an ihm kannte, huschte über seine Miene. Abrupt ließ er sie los und wandte sich von ihr ab. »Geh«, sagte er mit harter Stimme.

zorya

Die erste Ahnung des Morgenlichts strahlte am Horizont, als sie zu den Zorya zurückkehrte. Niedergeschlagen klopfte sie sich Staub und Schmutzreste aus dem Schacht vom Kleid. *Loved.* Sein Name hallte in ihrem Kopf wider, gesprochen mit tausend Stimmen – flüsternd, zärtlich, wütend, traurig. Sie konnte sich nicht an die Situationen erinnern, in denen sie ihn früher ausgesprochen hatte, aber an jeden einzelnen Tonfall. Und *Shena*? Bei Shena war es völlig anders. Shena klang fremd, als hörte sie es zum ersten Mal. *Es ist nicht der Name, mit dem er mich an sein Krankenbett gerufen hat. Und er sagt auch, er sei nicht Indigo. Aber würden meine Erinnerungen mich belügen?* Es war verrückt, dass sie trotz der Zweifel und trotz allem, was sie mit ihm erlebt hatte, nicht aufhören konnte, nur an diesen Ausdruck in seinen Augen zu denken. Und daran, wie sein Gesicht sich in ihren Händen angefühlt hatte. *Habe ich mich … verliebt? Oder ist auch das nur eine Erinnerung?* Ihr Herz begann schneller zu schlagen, als sie an den Kuss dachte, seine Arme. Nein, das war ein Kuss aus der Gegenwart gewesen. *Und er hat dich weggestoßen.* Jetzt war ihr elend zumute und sie wollte nur noch eines: zu den Zorya, eine von ihnen sein, eintauchen in den Gleichklang, wo es keinen Schmerz gab und keinen verletzten Stolz. Sie raffte den zerknitterten Rock und begann zu rennen.

Sie erreichte das Ende der Passage zum Zorya-Turm, sprang über die beiden Stufen und landete mit einem Satz auf dem Steinboden. Dann fegte sie nach rechts zur Treppe. Und prallte mit voller Wucht gegen jemanden, der ihr ebenso schnell entgegengerannt war, ohne sie zu sehen. Malachit klackte gegen ihre Elfenbeinmaske, dann stürzten sie beide. Anzej kam sofort wieder auf die Beine und riss sich die Maske vom Gesicht. Keuchend holte er Luft. »Da bist du ja endlich! Ich suche dich schon überall! Du …« Sein Blick glitt verwundert über ihr Kleid. »Wo warst du?«

Das geht dich nichts an!, hätte sie ihm am liebsten entgegengeschleudert.

»Ich habe mich nur umgesehen.«

Anzej hob zweifelnd die Brauen. »Im Gerümpelkeller? Oder«, er deutete auf ihre Füße, an denen Roststaub und Schmutz hafteten, »in irgendeinem Maschinenraum?«

Er streckte ihr die Hand hin, um ihr aufzuhelfen, aber sie ignorierte ihn und sprang auf die Beine. Das Misstrauen in seiner Miene zeigte ihr nur zu deutlich, dass er sich mit ihrer vagen Erklärung ganz bestimmt nicht zufrieden geben würde. Aber bevor sie sich etwas einfallen lassen konnte, sagte er: »Lady Mar will dich sehen. Im achten Haus. Sofort.«

Unter der Maske konnte sie spüren, wie sie blass wurde.

»Sofort? Aber so kann ich nicht zu ihr. Ich muss mich umziehen. Ich beeile mich …«

»Dafür hast du jetzt keine Zeit mehr«, fuhr Anzej ihr ungeduldig dazwischen. »Sie wartet ohnehin schon. Und eines kann ich dir sagen, sie wartet nicht gerne.«

*

Das achte Hochhaus war der westlichste, dem Land zugewandte Teil der Zitadelle. Irritierenderweise hatten hier sogar die Verbindungsgänge durchsichtige Böden. Im obersten Stockwerk blieb Anzej vor einer Metalltür stehen und drehte sich zu Summer um. »Es geht um Indigo«, sagte er nur. Summers Herz setzte einen Schlag lang aus und begann dann zu rasen. *Weiß sie es vielleicht längst?*

Anzej drückte die schwere Klinke in Form einer Haifinne nach unten. Summer versuchte ein letztes Mal vergeblich, sich das Kleid glatt zu streichen und das Haar zu ordnen, dann nahm sie Haltung an und folgte ihm über die Schwelle.

Sie hatte so etwas wie einen Thronsaal erwartet, aber der oberste Raum des Turmes war ein achteckiger Sitzungssaal mit samtgepolsterten Stühlen und einem hufeisenförmigen Tisch. Darauf stand ein Modell des Nordlands. Fähnchen und Farben markierten die Kampflinien, Lager und eroberten Gebiete. Lady Mar und ein Dutzend Offiziere standen mit Ferngläsern an der Glasfront und betrachteten die Rauchsäulen, die sich in der Ferne in den rosenfarbenen Morgenhimmel schraubten.

Niemand drehte sich nach Anzej und Summer um. »Komm her!«, sagte Lady Mar nur, ohne ihr Fernglas abzusetzen. »Und ihr könnt gehen. Auch du, Anzej. Warte vor der Tür.«

Anzej warf Summer einen ermutigenden Blick zu und ging zusammen mit den Menschen hinaus. Es war gespenstisch, dass auch ihr Schritt lautlos war. Der schwarze Teppich verschluckte alle Geräusche. Die Tür schloss sich mit einem gedämpften Schnappen.

Dann war Summer mit der Todesfrau allein.

Lady Mar wandte sich zu Summer um und hielt ihr das Fernglas hin.

»Hier! Schau dir Lord Teremes' Heerlager an. Südlich von der Kampflinie.«

Sie klang barsch, der Ärger über Summers Verspätung war ihr nur zu deutlich anzumerken. Summer trat mit weichen Knien zu ihr und nahm das Fernglas an sich. Morgenrot färbte die zerklüfteten Ufer. Durch das Fernglas sah sie erst hügeliges Land, dann, viel zu nah, schwarze Rauchsäulen. Und schließlich erahnte sie weiter im Süden ein Feld voller Zelte.

»Das ist der Anfang«, erklärte Lady Mar. »Bisher waren es nur Grenzgefechte, aber es ist Lord Teremes tatsächlich gelungen, die Truppen meiner Lords zurückzudrängen. Jetzt hat er seine Feste verlassen und rückt nach Nordosten vor. Er will die berühmteste aller Festungen für sich haben. Nur, weil ich hier bin.« Das klang amüsiert.

Summer klammerte sich an das Fernglas und hoffte, die Lady würde ihre Nervosität nicht spüren. Sie fühlte den Blick aus den grauen Augen und wurde unter ihrer Maske rot vor Scham und Furcht. Was dachte die Lady wohl über eine Zorya, die es wagte, mit wirrem Haar und zerknittertem, staubigem Kleid bei ihr aufzutauchen? *Und wenn sie wüsste, bei wem ich gerade war …*

Jetzt hatte sie das Gefühl, zu wenig Luft zu bekommen.

»Ohne Maske würdest du besser sehen«, bemerkte Lady Mar spitz.

»Ich … sehe genug«, antwortete Summer. Und möglichst beiläufig setzte sie hinzu: »Was will Lord Teremes mit diesem Krieg erreichen?«

»Weißt du das wirklich nicht? Lord Teremes ist nur eine Marionette. So wie die ganzen Söldner aus dem Süden und die Stadtherren von Maymara, Anakand und den anderen Städten, die für diesen Krieg bezahlen.« Die Pause, in der die Lady sie wieder von der Seite betrachtete, dehnte sich ins Unerträgliche. Summer zuckte zusammen, als der Befehl kam.

»Schau mich an, Tjamad!«

Zögernd nahm sie das Fernglas herunter und wandte sich zu der Todesfrau um. Die ausdruckslose Eisenmaske war matt, nur in den Augen glänzte etwas Drohendes, Dunkles auf.

»Nur du kennst den Mann, der hinter all dem steht«, sagte Lady Mar. »Offenbar ist dein Indigo ehrgeizig. Er ist unsterblich geworden und hat Blut geleckt. Er bildet sich ein, er könnte uns besiegen und Herr über Leben und Tod werden. Und er hat sich lange darauf vorbereitet. Ich habe es bereits geahnt, in den Jahren, in denen du verschwunden warst. Ich spürte, dass du lebst. Irgendwo. Und ich war zornig auf dich, Tjamad. Ich dachte, du hättest mich betrogen und würdest dich absichtlich vor uns verbergen. Die Sucher fanden zwar heraus, dass du im Nordland warst, aber sie stießen nicht auf deine Spur. Als hättest du sie absichtlich verwischt.«

»Ich … habe mich nicht absichtlich vor euch versteckt. Ihr habt es doch erfahren! Ich wurde von Indigo schwer verletzt über das Meer verschleppt und war bewusstlos.«

»Erstarrt, ja, ohne Herzschlag, wie im Winterschlaf. Und ich glaube dir auch, dass es genauso war, wie du es uns berichtet hast. Trotzdem müssen wir den Folgen ins Auge sehen. Indigo hat in dieser Zeit nämlich nicht geschlafen. Vor einiger Zeit ist wieder eine Zorya verschwunden, und vor drei Jahren noch eine. Beide waren bei ihrem letzten Kuss irgendwo im Nordland. Und seit zehn Tagen sind vier Zorya aus dem Inneren Zirkel nicht wiedergekehrt! Das war Indigos Kriegserklärung an mich. Ich nehme an, sie haben das gleiche Schicksal erlitten wie du. Kein Sucher konnte sie finden. Und vielleicht gibt es bereits schon sechs Menschen mehr, die sich damit die Unsterblichkeit gestohlen haben. Vielleicht ist Lord Teremes sogar einer davon. Als du vor etwas mehr als einem Jahr erwacht bist, spürte ich bereits, dass etwas im Gange ist. Und ich hatte damals schon den Verdacht, dass du der Schlüssel zu dem Ganzen bist.«

Summer senkte den Kopf. Die Schuld traf sie härter denn je. Am liebsten hätte sie sich zu den anderen Zorya geflüchtet. Sie sehnte sich unendlich danach, einfach zwischen ihnen unterzutauchen und ein Teil von ihnen zu sein. Und nicht das Mädchen, das Lady Mar nun musterte, als wolle sie ihm bis auf den Grund seiner Seele blicken.

»Als du nach dem Erdbeben in Telis erwacht bist, empfand ich deine furchtbare Angst und Verwirrung«, fuhr die Lady fort. »Da begriff ich, dass du zumindest in dieser Hinsicht kein falsches Spiel mit mir gespielt hattest, sondern dass dir etwas Schreckliches zugestoßen war. Ich schickte wieder Sucher aus, um dich zu finden. Und verbündete mich währenddessen mit einigen Lords, um mir einen guten Stützpunkt zu schaffen – im Nordland, wo du und die beiden anderen verschwunden seid.«

Falsches Spiel. Falls die Lady von ihrem Geheimnis wusste, war das ihr letztes Angebot an Summer, ihr alles zu sagen.

»Nimm die Maske ab, Tjamad!«

Sieht sie, wie sehr meine Hände zittern? Nimm dich zusammen! Unter ihren heißen Fingern war das Elfenbein wie Eis.

»Ich sehe, du hast dich schon gut erholt«, bemerkte die Todesfrau. »Und? Wie steht es mit deinen Erinnerungen? Ist dir wieder eingefallen, womit dich Indigo verletzen konnte? Wie konnte er dir den Mantel nehmen?«

Nicht nur die Schärfe in Lady Mars Tonfall ließ Summer zusammenzucken.

»Das Schwert«, sagte sie leise.

Lady Mars Mantel rauschte auf wie Millionen von Flügeln, als sie sich abwandte und ungeduldig einige Schritte an der durchsichtigen Wand entlangging. Als sie stehen blieb und wieder zu Summer herumwirbelte, sah es aus, als würde sie direkt über den fernen Schlachtfeldern schweben.

»Wenig wahrscheinlich, Tjamad«, fuhr sie sie an. »Wir sind unverwundbar, nichts kann unserem Mantel etwas anhaben! Nichts! Kein Feuer, kein Schwert, keine Säure. Also hat unser ehrgeiziger Freund mit deiner Hilfe wohl etwas herausgefunden, was uns wirklich schaden kann. Etwas, was uns verwundbar macht, wie man an dir und den verschwundenen Zorya sieht. Offenbar hat er lange experimentiert und fühlt sich jetzt stark genug, um gegen mich zu Felde zu ziehen. Wir müssen ihm das Handwerk legen, bevor er noch mehr Schaden anrichtet.«

Sie nahm ihre Maske ab und stand vor Summer als die zornige Herrscherin des Todes. Die grauen Augen schienen zu glühen. Und dennoch war Summer erleichtert. Es ging nicht um ihr Geheimnis. Sondern um ihre Aufgabe als Zorya.

Der Flügelmantel knisterte wieder, als Lady Mar zu den Feldlagern deutete. »Er ist irgendwo da draußen, in Lord Teremes' Lager.«

»Und Ihr wollt, dass ich ihn finde.«

»Es geht nicht darum, was *ich* von dir will«, donnerte Lady Mar. »Sondern darum, dass du die Verantwortung für deine Verfehlung übernimmst und deine Arbeit zu Ende bringst. Nur zu diesem Zweck habe ich euch geschaffen. Er beginnt uns zu schwächen.«

Es war seltsam, aber Summer gelang es in diesem Moment nicht, nur mit den Augen einer Zorya zu sehen. Da war so viel mehr. Farrin kam ihr in den Sinn und Moira, die dafür berühmt war, Kriege zu verhindern. Unter dem Vorwand, ihre Maske zu betrachten, senkte sie hastig den Blick. Loved. *Oder Indigo? Ist er es wirklich nicht? Und welche Rolle habe ich dabei gespielt?* Ohne dass sie es wollte, huschte die Szene aus ihrem Traum durch ihre Gedanken. Sein Herz schlug in ihrer Hand.

»Ich muss mich erst an alles erinnern«, sagte sie. »Aber … wenn ich ihn fände, dann würdet Ihr diesen Krieg beenden?«

Zaghaft hob sie den Blick. Die Lady verschränkte die Arme und legte den Kopf schräg, als müsste sie über eine völlig widersinnige Frage nachdenken. »Den Krieg? Warum sollte ich? Den Krieg führen die Lords.«

»Aber sie kämpfen für Euch, in Eurem Namen. An der Küste kennt man Euch nur als die Raublady, die König Beras besiegt hat.«

Jetzt war es ihr gelungen, Lady Mar zu verblüffen. »Ich wusste nicht, wie viel du vergessen hast«, sagte sie verwundert. »Denkst du wirklich, ich will die Kriege der Menschen gewinnen? Nur weil sie mich auf ihre Schlachtfahnen malen?«

Sie lachte.

»Dann … ist es für Euch nur ein Spiel?«

Auch diese Frage schien die Lady zu amüsieren. »Schlachtfelder sind die Schachbretter des Todes, wenn du so willst«, meinte sie leichthin. »Du müsstest mich doch kennen. Ich beobachte das Spiel gerne und studiere die Strategien der Menschen. Sie faszinieren mich – auf eine andere Art als dich. Und manchmal, ja, suche ich mir einige Könige aus oder Bauern oder Damen und schicke sie aufs Spielfeld.«

Schlagartig wurde sie wieder ernst. »Aber hier geht es um etwas anderes! Es geht um Indigo. Um dich und damit um alle Zorya. Meine Lords haben sich nur blenden lassen von der Aussicht auf Macht. Sie spielen längst ihr eigenes Spiel.« Als Summer schwieg, fügte sie hinzu: »Sei ehrlich zu mir Tjamad. Und sprich ganz offen. Wir Zorya haben keine Geheimnisse voreinander.«

Dieser Satz traf wie ein Hieb. Summer schluckte und drehte die Maske in den Händen. Die Pause wurde zu lang, und sie suchte fieberhaft nach einer weiteren Frage.

»Also tragen … wir die Schuld daran, dass so viele Menschen in diesem Krieg sterben?«

Lady Mar lachte. Und in diesem Lachen lagen Güte und Grausamkeit, nur einen Atemzug voneinander entfernt. »Würdest du sagen, der Wind hat Schuld, wenn im Sturm Leute umkommen? Oder das Meer, wenn es einen Deich zerstört? Nein, Tjamad. Die Lords denken, sie gehorchen meinen Befehlen. In Wirklichkeit treffen sie die Entscheidungen selbst. Ich fordere nicht und ich widerspreche nicht. Sie nehmen es als Zustimmung oder als Ablehnung, ganz so, wie es in ihre Pläne passt. Die Regeln schaffen sie selbst und sind der Meinung, es sei meine Idee gewesen. Nimm zum Beispiel Lord Joras. Ich sage ihm, dass ich die Maske in Gegenwart von Menschen niemals abnehme, und er macht ein Gesetz daraus, dass niemand einer Zorya ins Gesicht sehen darf. Er ist es, der die Todesstrafe dafür verhängt. Und warum? Um mir seinen großen Respekt zu zeigen, um vor mir zu kriechen in der Hoffnung, dass ich meinem eifrigsten Diener dafür ein Stückchen mehr Macht gebe. Ich sage, ich will die Zitadelle, und er und meine anderen Verbündeten beginnen zu kämpfen und legen sie mir zu Füßen. Obwohl ich sie mir holen könnte – ich hätte nur König Beras fragen müssen. Ich bin sicher, ihm hätte die Aussicht auf eine Herrin wie mich so gut geschmeckt, dass er sofort mein Verbündeter geworden wäre.«

»Dann verführen wir die Menschen?«, sagte Summer. *So wie Indigo mich zum Leben verführt hat?*

Ein scharfer Blick traf sie. »Ich kann aus den Menschen nur das hervorlocken, was sie in sich tragen. Meistens ist es Gier und das Streben nach Macht. Ich bin noch dabei, herauszufinden, was sie gerade daran so fasziniert. Vielleicht erhoffen sie sich dadurch Unsterblichkeit? Aber nicht alle Menschen sind sich darin gleich. Ich war bei einigen zu Gast, die gerade meine Gegenwart zum Anlass nahmen, aller Gier zu widerstehen. Andere behandelten mich und euch wie Freunde und nicht wie Herrscherinnen. Wieder andere lernten durch mich das Leben erst zu schätzen und liebten es umso mehr, statt es an Machtstreben zu vergeuden. Ich war bei armen Leuten und bei Reichen zu Gast, und die Menschen überraschen sogar mich immer wieder. Ich sage dir etwas: Wer verführt werden will, braucht überhaupt keinen Verführer, nur eine Gelegenheit. Und natürlich bekommen sie die Gelegenheit auch von mir. Und offenbar denkt Indigo da ganz ähnlich. Warum sonst hätte er so leichtes Spiel mit dir gehabt?«

Summer biss sich auf die Unterlippe und schwieg. Die Lady zupfte sich die Samthandschuhe von den Händen und ließ sie dort zu Boden fallen, wo sie stand. Dann trat sie zu Summer und legte ihr die Hand an die Wange. Sie war kalt und warm zugleich. Trotz allem tat es gut, die Verbundenheit zu spüren.

»Du denkst, es ist ein Vorwurf an dich?«, sagte die Lady freundlich. »Ja und nein, Tjamad. Du bist noch jung in deiner Zeit. Als Indigo dich gerufen hat, warst du noch nicht lange zur Zorya erwacht. Du hast dich noch blenden lassen. Das kann geschehen. Auch Beljén wäre nicht dagegen gefeit gewesen. Wie du jetzt weißt, kann ich die Faszination für das Menschliche durchaus teilen.«

»Ich bin erwacht? Was bedeutet das?«

Lady Mars Finger strichen ihr sanft über die Wange. »Meine arme Zorya«, sagte sie leise. »Du hast mit deinem Mantel so viel von dir selbst verloren. Man merkt dir an, wie sehr du noch Mensch zu sein versuchst. Aber das wird sich legen. Bald schon.«

Der Blick aus grauen Augen war so intensiv wie eine Berührung. Ein Tasten in ihren Gedanken, und Summer zuckte unwillkürlich vor der liebkosenden Knochenhand zurück. *Frag sie etwas, wechsle das Thema!*

»Lady Mar – was sind wir wirklich? Woher kommen wir? Werden wir geboren, wie die Menschen?«

»Ganz sicher nicht. Die meisten von euch erschaffen sich selbst.«

»Wie?«

»Du warst jemand, der so verzweifelt leben wollte, dass er einer anderen Zorya die Existenz stahl. So entsteht ihr. Ich schenke euch so etwas wie ein Leben. Ihr bringt dafür den Tod. So lange, bis ihr ein Mädchen oder eine Frau küsst, deren Willen zu leben stärker ist als ihr.«

»Dann war ich also ein Mensch, bevor ich zur Zorya wurde?«, fragte sie mit zitternder Stimme. »Wer?«

»Eine Fischerstochter. Du bist ertrunken. Unter Wasser hast du dich an die Zorya geklammert, die dich erlösen wollte.«

»Deshalb fürchte ich mich also vor dem Wasser.«

»Oh nein, nicht deshalb«, meinte Lady Tod. »Zorya mögen im Allgemeinen kein Wasser. Wir sind Geschöpfe der Luft. Sie ist unser Element. Wir haben Flügel, keine Flossen. Asche im Wind ist uns lieber als Gischt auf dem Meeressand. Im Wasser herrschen andere Gewalten als wir. Es ist das Element der Tandraj. Sie sind uns so fremd, dass wir nicht einmal ihre Sprache verstehen. Sie haben ganz andere Formen des Verlöschens als den Tod, den wir kennen. Das Wasser, das ihr Element ist, steht für das Leben. Wir können es nutzen, um uns davontragen zu lassen, aber Wesen wie die Tandraj hassen uns und wir sie. Manchmal führen wir gegen sie Krieg – um Städte, um Gebiete, um die Vorherrschaft. Das sind die einzigen Kämpfe, die ich wirklich um unsretwillen ausfechte. Das war seit Anbeginn der Zeit so und wird immer so sein. Nein, dein menschliches Leben ist damals unwiderruflich erloschen, und auch jede Erinnerung daran. Ich habe dich verwandelt. Du bist zu etwas anderem geworden, nur dein Lebensfunke ist geblieben. Und ich habe ihm eine Gestalt gegeben, die den Menschen gefallen würde.« Sie senkte die Stimme. »Würdet ihr euch wirklich erinnern, Menschen gewesen zu sein, dann würdet ihr nur versuchen, wieder zu dem zu werden, was ihr wart.«

»Und nur Mädchen und Frauen können auf diese Art zur Zorya werden? Was ist mit … Anzej? Bringt er nicht den Tod?«

Lady Mar schüttelte den Kopf. »Die männlichen Zorya haben andere Aufgaben. Sie sind mein Verbindungsglied zu den Menschen. Sie sind aus Wind gemacht, und den Lebensfunken haben sie selbst gefunden. Sie sind mit uns verbunden, sie können jede Zorya aufspüren, die sich finden lässt. Sie sind die Einzigen, deren Flügelmantel in der Lage ist, eine andere Zorya darin einzuhüllen und sie an jeden Ort zu bringen. Es geschieht manchmal, dass eine Zorya nicht sofort zurückfindet. Dann ruft sie den Sucher. Und die Sucher sind es auch, die jede neu erwachte Zorya zu mir bringen.«

»Aber für jede, die erwacht, stirbt eine andere«, sagte Summer. »Und wer … schenkt uns diesen Tod?«

Lady Mar trat einen Schritt zurück und betrachtete ihre Hand, die Knochenglieder unter der durchsichtigen Haut. Dann ließ sie den Blick über das Land schweifen. In der Ferne stieg immer noch Rauch auf.

»Wir verlöschen einfach wie Funken im Wasser«, sagte sie mit dumpfer Stimme. »Wir hören auf zu sein. Und das Letzte, was wir spüren, ist Einsamkeit.«

»Und die Menschen? Was geschieht mit ihnen? Ich meine … nach unserem Kuss?«

Lady Mar zuckte mit den Schultern, eine seltsam menschliche Geste.

»Wer weiß? Man sagt, sie haben Seelen.«

»Und wir nicht?«

Es war nur eine winzige Veränderung in der Atmosphäre. Das Vibrieren von unterdrücktem Zorn. Lady Mar verschränkte die Arme und starrte sie an, als wäre ihre Geduld am Ende.

»Vielleicht hast du eine Antwort darauf, Tjamad! Du hast schließlich nach dem menschlichen Sein gestrebt. Die Todbringerinnen sollen den Menschen ähneln, doch sie dürfen sich niemals wünschen, welche zu sein. Sie dürfen niemals über Leben und Tod entscheiden. Ihr seid auf der Welt, um das Leben der Sterblichen zu würdigen und es zu vollenden. Nicht, um euch zu verlieben und euch dann betrügen zu lassen.«

Summer konnte nichts dagegen tun, dass ihr nun die Tränen in die Augen stiegen. Das Seltsame war, dass ihre beiden Gestalten sie in diesem Moment beinahe zerrissen. Da war die Zorya, die nichts so sehr wollte, wie zu Lady Mar und den anderen Zorya zu gehören. Und die sich nun wieder so schuldig fühlte, dass ihr Herz zu brennen schien. Und die andere Gestalt, das Mädchen, das sich nur zu gut an den Kuss erinnerte und nichts so sehr wollte, wie aus diesem Raum zu fliehen. »Ist das … ein weiteres Tribunal?«, brachte sie schließlich hervor. »Ihr habt mir doch verziehen!«

»Und nur deshalb existierst du noch«, kam es barsch zurück. »Ich schätze es nicht, wenn meine Zorya sich wie Menschenfrauen verlieben. Ich habe in deine Erinnerungen gesehen. Du hast vor Liebe gebrannt.«

Die Todesfrau schien größer geworden zu sein. So groß, dass sie das Land und das Meer überragte. Summers Finger schmerzten, so fest hatte sie sie ineinander verflochten. Noch nie hatte sie sich so klein und schutzlos gefühlt. Und so durchschaut. *Aber es kann nicht sein. Sie kann es doch nicht wissen.* Und gleichzeitig warnte sie die Stimme der Zorya: *Du lügst Lady Mar an! Die Herrin über alles, was dich ausmacht!* Sie suchte verzweifelt nach einer Antwort, einer Ablenkung, aber eine unsichtbare Hand schien ihr die Kehle zuzudrücken.

»Du musst ihn finden«, sagte Lady Mar eindringlich. »Glaub mir, ich wünschte, irgendeine andere von uns könnte deine Aufgabe übernehmen. Aber er hat dich gerufen und deinen Namen ausgesprochen, deshalb kannst nur du Indigos Tod sein. Und du bist auch die Einzige, die ihn erkennen kann.«

»In meinen Erinnerungen ist sein Gesicht ein weißer Fleck«, wisperte sie. Zumindest war es keine Lüge.

Lady Mar lachte trocken auf. »Natürlich. Du hast sein Gesicht absichtlich ausgelöscht, damit keine von uns ihn finden kann, wenn sie in deine Träume blickt. Was im wahrsten Sinne des Wortes vergebliche Liebesmüh war, denn selbst wenn ich wüsste, wer er ist, könnte ich ihn nicht töten. Ich könnte höchstens einen meiner Lords auf die Idee bringen, ihn foltern und so lange leiden zu lassen, bis er seine Unsterblichkeit verflucht und nach seiner Zorya schreit.« Ihre Stimme wurde leise und gefährlich. »Und glaube mir, ich würde es tun. Aber ihm den Tod geben kannst dennoch nur du. Du wirst ihn erkennen.«

Summer hatte gelernt, dass eine Zorya nicht fror, aber trotzdem wurde ihr Körper nun taub vor Kälte. Jetzt konnte sie nicht mehr verhindern, Loved vor sich zu sehen. *Sie wird dir in die Augen schauen und ihn finden …*

Aber die Lady hatte sich abgewandt und starrte auf das Land. »Du bist immer noch sehr menschlich, Tjamad. Aber das wird vergehen. Eine Weile können meine Lords die Truppen von Lord Teremes sicher noch in Schach halten. Ich kann dir also noch etwas Zeit geben. Aber nicht viel.« Sie setzte die Eisenmaske auf und ging zur Tür. Dort wandte sie sich noch einmal um. »Wir sind verwundbar geworden, Tjamad«, sagte sie leise. »Dein Feind schläft nicht. Denke daran, es ist bloß eine Frage der Zeit, bis Beljén oder einer anderen Zorya dein Schicksal widerfährt. Und nur du kannst uns unsere Unverwundbarkeit zurückgeben.«

*

Sie wusste nicht, wie lange sie noch vor der Wand gestanden hatte, die Maske in der Hand, ratlos und völlig niedergedrückt von dieser alten Schuld. *Das Schwert kann es nicht gewesen sein*, hallten Lady Mars Worte in ihr nach. *Vielleicht war er es wirklich nicht,* dachte sie.

Sie schrak zusammen, als jemand neben sie trat. Es war Anzej.

»Geht es dir gut?«, fragte er freundlich. »Du bist blass.«

Hastig setzte sie ihre Maske wieder auf und trat einen Schritt zur Seite, wich seiner Hand aus, die sie am Arm berühren wollte.

»Lass mich!«

Anzejs Rechte schloss sich fester um seine Malachitmaske. »Du bist mir also immer noch böse?«

»Allerdings! Du bist ein noch größerer Lügner als ich.«

»Du hast mir die meisten Lügen angeboten«, erwiderte er ungerührt. »Das Bergwerk zum Beispiel. Du hast mir jedes Stichwort geliefert, ich musste sozusagen nur noch nicken. Und ich habe nicht gelogen, als ich behauptete, du würdest hier in Sicherheit sein.«

Widerwillig musste sie zugeben, dass er recht hatte. *Und ich habe es mit Finn und den anderen genauso gemacht. Alle Geschichten, die ich über mich erzählt habe, sind aus den Bildern entstanden, die sie mir anboten.*

»Die Narben an deinem Rücken … Sie stammen von ihr, von Lady Mar, nicht wahr?«

Ein Schatten fiel auf sein Gesicht. »Sie rührt Menschen nicht an, aber über uns hat sie Macht, ja. Ich war der einzige Sucher, der dich kannte. Nachdem du erwacht warst, brachte ich dich zu ihr. Du erinnerst dich nicht daran, denn deine Existenz als Zorya begann mit deiner ersten Begegnung mit Lady Mar. Als du verschwandst, schickte sie mich ins Nordland, um dich zu finden. Aber du warst nicht mehr dort. Lady Mar dachte, ich würde lügen und du hättest sie ein zweites Mal betrogen. Sie war so wütend, dass sie mich bestrafte und in einer Höhle zurückließ. Und nach deinem erneuten Erwachen vor eineinhalb Jahren schickte sie andere Sucher. Erst als sie dich nicht fanden, weckte sie mich.«

»Deshalb warst du völlig mit Staub bedeckt und nackt.«

Er nickte und zuckte mit den Schultern. »Sie ließ mir keine Zeit. Wir dachten beide, ich würde mich nicht unter den Menschen bewegen müssen. Ich wäre neben dir erschienen und hätte dich sofort mitgenommen. Aber dann fand ich dich in diesem Hochhaus, verletzt – ohne deinen Mantel. Und ohne die geringste Ahnung, wer du bist.« Er seufzte und Summer war sicher, dass ihn die Erinnerung daran wirklich mitnahm. »Es war unmöglich, dich ohne Mantel einfach mitzunehmen. Also musste ich dich auf dem Weg der Menschen zur Zitadelle bringen. Es war gefährlich für dich.

Und offenbar war Indigo dir schon auf den Fersen. Aber …«, er lächelte, »… du hast es mir auch nicht immer einfach gemacht.«

Irgendetwas in ihr wollte das Lächeln erwidern. Die Zeit unter Menschen verband sie mehr, als sie zugeben mochte.

Er hat genauso gehandelt, wie ich es getan hätte. Bis auf eines.

»Warum hast du das Theater niedergebrannt? Aus Wut, weil du mich nicht gefunden hast?«

Sein Lächeln verschwand. »Und wenn es so wäre, Tjamad? Es ging um alles für mich. Glaubst du, ich stünde noch hier, wenn ich Lady Mar auch diesmal enttäuscht hätte? Ich war so sicher, dass ich dich aufgespürt hatte – dein Glanz war überall! Ich habe gesucht und sogar alle Schränke und jede Truhe aufgerissen, weil ich fürchtete, du liegst dort irgendwo, eingesperrt und vielleicht sogar gefesselt. Dann kam ich zu den Käfigen. Du weißt, wie Tiere auf uns reagieren. Sie machten mir zu viel Lärm, also trieb ich sie hinaus und suchte auch noch den Dachboden ab. Ganz oben war eine Kammer. Eine Lampe brannte auf dem Tisch. Aber auch dort warst du nicht.«

Jetzt hatte sie einen Kloß in der Kehle, und so ein flaues Gefühl im Magen, dass sie kaum zu fragen wagte.

»Das war Morts Kammer. War er dort?«

Anzej runzelte die Stirn. »Nein, die Kammer war leer, nur das Licht brannte noch. Und als ich dich auch da oben nicht fand, da war ich so wütend, dass ich die Lampe vom Tisch schlug. Und das alte Holz fing sofort Feuer.«

Summer atmete auf. Mort war bestimmt hinuntergegangen, um nach dem Rechten zu sehen. Und wenn das oberste Stockwerk zuerst gebrannt hatte, war er vielleicht heil rausgekommen.

»Warum die Maske? Ich meine die schwarze Glücksmaske, die du aus dem Theater mitgenommen hast. Wozu?«

Anzej verzog den linken Mundwinkel zu dem Räuberlächeln, das sie an ihm gemocht hatte. Er zuckte mit den Schultern.

»Sie war für dich. Lady Mar hat mir keine Zeit gelassen, deine Elfenbeinmaske mitzunehmen. Keine Zorya geht gern ohne ihre Maske unter Menschen. Ich stellte mir vor, dass du unglücklich bist, so ausgeliefert zu sein.«

So sorgen die Zorya also füreinander, dachte sie. Einen Moment war sie ratlos. Auf eine Art konnte sie Anzejs Handeln verstehen. Aber verzeihen konnte sie ihm nicht.

»Du hast das Leben eines Menschen zerstört. Das Theater war alles, was Mort hatte!«

Er sah sie völlig verständnislos an.

Seltsamerweise traf es Summer wie ein Verrat. »Dann war es also wirklich nur ein Auftrag, Anzej. Gut. Du hast mir sehr gut vorgespielt, ein Mensch zu sein.«

Anzej senkte rasch den Blick. Dann schüttelte er verärgert den Kopf. »Was hast du nur immer mit diesen Menschen? Hast du immer noch nicht begriffen, worum es hier wirklich geht? Weißt du nicht, was du getan hast?«

Jetzt war sie tatsächlich froh, eine Maske zu tragen. *Er hat Loved gesehen. Beljén wird nichts verraten, aber was, wenn er mir zu nahe kommt und spürt, dass ich ein Geheimnis habe? Was, wenn er nachforscht?*

Sie hob das Kinn und sah ihm direkt in die Augen. »Daran brauchst du mich nicht zu erinnern«, fuhr sie ihn an. »Gut, du hast deine Aufgabe erledigt. Lady Mar ist zufrieden mit dir. Und ich bin glücklich, wieder zu Hause zu sein. Dafür danke ich dir.«

Immer noch suchte sie nach einer Regung in seiner Miene, aber Anzej setzte nur die grüne Maske auf und wies auf die Tür.

»Ich bringe dich zurück, Tjamad.«

»Danke, ich finde allein zum Zirkel. Und ab jetzt komme ich bestens ohne deine Hilfe aus. Also geh mir aus dem Weg.«

Er schluckte schwer. Sein Blick fiel auf ihre Hände, die sie in den Seidenstoff ihres Rockes gekrallt hatte. Er stutzte und betrachtete den Staub auf dem teuren Stoff. »Wo warst du wirklich?«, fragte er lauernd.

Im Bruchteil einer Sekunde überschlug sie sämtliche Möglichkeiten. *Er wird es ohnehin herausfinden. Also versuche es mit der Wahrheit. Zumindest mit der halben.*

»Im Kerker«, antwortete sie. »Ich habe den Soldaten gesucht, der mich vor den Tandraj gerettet hat. Lord Joras hat ihn ja verhaftet. Aber ich kam heute leider zu spät.« Jetzt war es sogar gut, dass ihre Stimme leicht zitterte. »Lord Joras hat ihn hinrichten lassen. Ihn und die anderen Soldaten, die mich ohne Maske gesehen haben.«

»Was wolltest du von ihm?«

»Hast du alles vergessen?«, entfuhr es Summer. »Hat dir das Leben unter Menschen so wenig bedeutet? Ich wollte mich einfach bei ihm bedanken!«

Anzej schnaubte. »Wie menschlich«, sagte er verächtlich und ließ sie stehen.

Teil IV

loved

Die goldene Barke

Nach dem Gespräch mit Lady Mar beobachteten die Zorya sie mit noch wachsameren Augen und nahmen Summer noch inniger in ihrer Mitte auf. Erwartung lag in der Luft. Und die Hoffnung, dass auch ihre letzten Erinnerungen an Indigo wiederkehren würden. In diesen Tagen wagte Summer nicht zu den Kammern zu gehen und schlief keine einzige Stunde, aus Sorge, irgendeine der anderen könnte ihre Träume sehen und erraten, worüber sie sich den Kopf zerbrach. So wachte sie über Beljéns Schlaf und versuchte währenddessen mit aller Kraft, Indigos Gesicht heraufzubeschwören. Aber es war und blieb ein verschwommener Fleck. Allerdings hatte der Mann dunkles Haar. Und er war so hochgewachsen und kräftig, dass er tatsächlich auffallende Ähnlichkeit mit Loved hatte. Sogar Handschuhe trug er – wenn das vermutlich auch nicht viel sagte, denn die anderen Männer jener Zeit waren ähnlich gekleidet. Sie ertappte sich dabei, wie sie Erklärungen suchte und Loved glauben wollte.

Lady Mar kannte sie offenbar gut. Stunde für Stunde verwob sie sich mehr mit der Gemeinschaft. Schon nach zwei Tagen kannte sie jede Zorya, die sie traf, mit Namen und konnte die besondere Nähe jeder einzelnen auch mit geschlossenen Augen spüren – Gilam mit dem leuchtend blauen Mantel, die zierliche Wij mit den

Bienenflügeln und Halimar, deren Haar dieselbe Farbe hatte wie ihre Mottenflügel. Tag für Tag fand sie ein Stück von sich wieder. Dass die Macht, die sie als Zorya ausstrahlte, keine Rolle mehr für sie war, bemerkte sie an dem Tag, an dem sie sich zum ersten Mal wieder davonstahl und zum ersten Turm eilte.

Diesmal begegneten ihr im untersten Stockwerk einige Diener. Und erst als sie im Fahrstuhl stand, wurde ihr bewusst, dass sie sie mit Lady Mars Augen betrachtet hatte. Als faszinierende menschliche Figuren auf dem Spielbrett des Lebens, doch so weit von ihr entfernt, dass ihr Schicksal sie nicht berührte.

Aber da gab es die andere Seite. Als sie wenige Minuten später voller Ungeduld zur Wächterkammer hochstürmte, wusste sie nicht, wer sich insgeheim mehr über das Wiedersehen freute. Tellus oder sie. Nicht, dass der alte Wächter es ihr gezeigt hätte. »Ah, Lady Tjamad«, knurrte er nur und setzte eine mürrische Miene auf. »Na ja, setz dich von mir aus, aber bitte heul mir nicht wieder den Tisch voll.« Aber seine Augen leuchteten und ihr fiel auf, dass er sich sorgfältig rasiert hatte. Die Karten lagen säuberlich aufgestapelt auf dem Tisch, als hätte er darauf gehofft, bald wieder Gesellschaft zu haben. Summer nahm ihre Maske ab und legte sie auf das weinfleckige Holz.

»Der Einzige, der heute weinen wird, bist du, Tellus.« Sie griff nach den Karten. »Wenn du siehst, dass du deine Meisterin gefunden hast.«

*

Es war kalt geworden in den Kammern. Bald würde es hell werden und Summer konnte die Mosaikböden und die Fensterverzierungen heute viel deutlicher sehen. Bevor sie zu Loved ging, spähte sie in die Räume, die nicht abgeschlossen waren, und fand in einem davon aufgestapelte Decken und Stühle. Mit zwei Decken im Arm trat sie dann auf Zehenspitzen in Loveds Kammer. Tellus war nicht der Einzige, der auf eine Rückkehr gehofft hatte. Auch Loved war wach. Er saß unter dem Fenster, mit dem Rücken an die Wand gelehnt, die Arme auf die Knie aufgestützt, und beobachtete die Tür. Auf den ersten Blick fiel ihr auf, dass er keinen Verband mehr trug. Obwohl er ihr weder zulächelte noch sie begrüßte, sah sie doch, dass ein flüchtiges Leuchten über seine Miene huschte.

Er sagte nichts, als sie zu ihm kam und sich schweigend neben ihn setzte. Mit bangem Herzen saß sie da und suchte nach Worten. Sie schielte verstohlen nach links und verglich ihn wieder mit dem Mann, der im Thronsaal auf dem Krankenbett gelegen hatte. *Er ist ihm so ähnlich,* dachte sie niedergeschlagen. Und gleichzeitig nahm sie seine Nähe wahr und wünschte sich, sie könnte einfach seine Hand nehmen und alles andere vergessen.

»Ich möchte dir glauben, dass du nicht Indigo bist«, sagte sie nach einer Weile. »Bitte erzähl mir, was damals geschehen ist.«

Loved schüttelte den Kopf. »Wir stehen hier nicht auf Augenhöhe, Shena«, erwiderte er ruhig. »Ich bin ein Gefangener. Und ich werde den Teufel tun und dir das Messer in die Hand geben, mit dem du mir die Kehle durchschneiden kannst.«

»Du warst es doch, der *mir* in Maymara die Kehle durchschneiden wollte! Und darf ich dich daran erinnern, dass ich vor wenigen Tagen noch deine Gefangene war?«

Zu ihrer Überraschung sah sie, dass er leicht errötete. Er zupfte an den Handschuhen. Etwas Düsteres schien ihn zu umgeben. In der zweiten Wirklichkeit nahm sie es als schattiges Vibrieren wahr, als würde auch er einen inneren Kampf mit sich ausfechten.

Sie nahm trotzdem ihren Mut zusammen und fuhr fort: »Hast du mich zweihundert Jahre lang so sehr gehasst und gesucht?«

»Nicht jeden Tag«, antwortete zögernd. »Es gab natürlich Jahre, da habe ich nichts anderes getan, als dich zu suchen. Und Jahre und auch Jahrzehnte, da war ich damit beschäftigt, dich zu vergessen. Ich versuchte, das Beste aus der Ewigkeit zu machen. Ich reiste viel. Aber du warst wie ein Fieber, das immer wiederkam. Immer wenn ich Musik hörte, musste ich hingehen und dich im Publikum suchen.«

»Bis du mich gefunden hast.«

»Ich hätte dich unter jeder Maske sofort erkannt.«

Er sah sie von der Seite an. Sie spürte den Blick wie eine Berührung.

Der Überfall in der Gasse von Maymara erschien wieder vor ihren Augen und ließ sie frösteln. Als hätte er es gespürt, wandte er den Blick ab und biss sich auf die Lippen.

»Ich hielt es im Theater nicht aus«, sagte er leise. »Es ist eine Sache, jemanden so lange zu suchen. Und eine ganz andere, ihn dann plötzlich zu finden. Und dann auch noch … so. Mit langem Kleid und dem Schmuck im Haar.« Seine Stimme wurde leiser und verlor an Klang, als würde ihm etwas die Kehle zuschnüren. »Es war, als wäre kein einziger Tag vergangen seit … damals.«

»Und du bist mir gefolgt. Um mich zu töten.« *Dafür, dass ich dein Herz genommen habe.*

»Ja und nein. Ich hatte mir eingeredet, dass ich mich nur rächen will. Ich verließ das Theater und trank in irgendeiner Kaschemme zu viel Schnaps. Ich war durcheinander, und als ich zum Theater zurückkam, warst du fort. Aber ich wusste, wo ich dich suchen musste. Dort, wo die Musik spielte. Und da sah ich dich. Tanzend mit diesem … blonden Bühnenvogel.« Die letzten beiden Worte spuckte er mit so großer Verachtung aus, dass Summer aufhorchte. »Und als ich euch folgte und sah, dass du ihn küssen wolltest, da ... wusste ich wieder, dass ich dich hasste.«

»Das hört sich eher an, als hättest du es nicht ertragen, dass ich jemanden küsse«, sagte Summer langsam. »Ehrlich gesagt hört es sich sogar so an, als würdest du mich ... immer noch lieben.«

»Nein«, kam es von Loved zurück. »Ich habe nur gedacht, dass du dem Kerl das Gleiche antun wirst wie mir.«

Beinahe hätte sie gelacht. »Genau. Und deshalb hast du ihn niedergeschlagen. Gib es zu. Du warst rasend eifersüchtig. Vielleicht wolltest du mich tatsächlich töten, aber du hättest es ohnehin nicht getan. Du hättest ja sonst auch jede Chance verspielt, dein Herz zu finden.«

Damit war sie offenbar einen Schritt zu weit gegangen. Er sprang auf und durchmaß den Raum mit großen Schritten. Als er sich zu ihr umwandte, funkelten seine Augen in dieser Wut, die sie nur zu gut an ihm kannte. *Umso seltsamer, dass ich mich überhaupt nicht mehr vor ihm fürchte.*

»Was willst du von mir, Shena?«

»Hilf mir, mich zu erinnern! An dich. Und ... an uns.«

»Dann hol mich hier raus! Vorher wirst du kein Wort von mir hören.« Er hob die Brauen. »Und schon gar nicht über ... Indigo.«

Er lachte, als sie blass wurde und empört aufsprang.

»Genau so kenne ich dich, Shena«, sagte er mit einer Freundlichkeit, die sie noch mehr reizte. »So schnell wütend, wenn ein Mensch dir nicht gehorcht.«

»Nenn mich nicht Shena!«, fuhr sie ihn an. »Ich kenne sie nicht und ich erinnere mich nicht an diesen Namen. Ich heiße Summer.«

Sie stutzte. *Warum nicht Tjamad?*

»Summer, aha. Dein Bühnenname.« Er lachte herablassend. »Du willst also ein Spiel mit mir spielen? Das kannst du haben!« Mit zwei Schritten war er bei dem zierlichen Stuhl, der in der Ecke des Zimmers stand. Er packte die Lehne, kippte das Möbelstück – und trat dann mit voller Wucht gegen das Stuhlbein. Es krachte, als es aus dem Rahmen brach.

Summer zuckte zusammen. *Was hat er vor? Er wird doch nicht auf mich losgehen?* Er war gerade dabei, das nächste Stuhlbein zu bearbeiten. Ihre Hand glitt zu den Schlüsseln in ihrer Rocktasche, aber selbst wenn sie jetzt losliefe, käme sie nicht an ihm vorbei. Schon kam er mit den beiden Holzstücken in den Händen auf sie zu. Summer wich ein paar Schritte zurück. »Was soll das? Der Wächter wird …«

Er warf ihr das eine Stuhlbein zu und sie fing es auf und betrachtete ihn noch ratloser als zuvor.

»Du willst dich doch unbedingt erinnern«, sagte er. »Und ich habe keine Lust auf eine Unterhaltung. Also zeig mir, was du davon noch weißt!«

Er sprang vor, das Stuhlbein wirbelte so schnell auf sie zu, dass sie es nur unbeholfen abwehren konnte. Holz traf auf Holz. Dann war ihre Hand leer und das Stuhlbein lag auf dem Boden.

»Für den Anfang katastrophal«, bemerkte er trocken. »Hast du vergessen, dass ich mit der linken Hand kämpfe?«

Summer ballte die Hände zu Fäusten. Dann hob sie das Stuhlbein auf, schätzte die Entfernung ab – und stürzte auf ihn zu.

Selten war sie so außer Atem gewesen. Und zu ihrer Verblüffung geschah etwas mit ihr. Und auch mit Loved. Hatten sie sich anfangs noch als Gegner gegenübergestanden, wurde es zunehmend zu einer spielerischen Lektion. »Zur Seite beugen«, wies Loved sie zurecht, als das Stuhlbein wieder einmal durch die

Luft segelte. »In dem Moment, in dem du siehst, dass ich den Arm hochreiße, musst du mir schon die Schulter zuwenden.« Er musste grinsen, als sie einmal über ihren Rock stolperte. Nach dem zwanzigsten Versuch verging ihm sein Spott allerdings. Es gelang ihm nicht mehr so leicht, sie zu entwaffnen, und als sie es einmal schaffte, ihn ein paar Schritte zurückzutreiben, sah sie, dass er anerkennend die Brauen hochzog. Ein paar Sekunden später standen sie sich mit gekreuzten Waffen direkt gegenüber, erhitzt, begeistert vom Kampf und außer Atem. In seinen Augen sah sie klein und verzerrt ihr Spiegelbild. Und auf seinen Lippen lag ein ironisches Lächeln. »Offenbar hast du doch nicht alles vergessen.« Holz traf mit einem Klacken auf das Mosaik, als er sie mit einem überraschend schnellen Schwung entwaffnete. Aber erst als er vortrat und sie an sich zog, begriff sie, dass er auch seine Waffe weggeworfen hatte. Und dann war es plötzlich nicht mehr wichtig, wer sie beide waren. Sie versanken nur noch in diesem Kuss. Diesmal stieß er sie nicht von sich. Er hielt sie fest, auch dann noch, als sich ihre Lippen zögernd voneinander gelöst hatten. Eng umschlungen standen sie da und tranken die Nähe des anderen. Seine Hand strich über ihr Haar und sie schmiegte sich an ihn und kostete jede Sekunde aus. Erst als sie die Augen öffnete und sah, dass das Morgenrot auf dem Gold des Mosaiks reflektierte, machte sie sich vorsichtig los. »Ich muss gehen, Loved. Aber ich … ich komme wieder. Sobald ich kann.«

Sie wollte sich abwenden, aber er hielt sie an der Hand zurück.

»Summer?« Sie lächelte, als er diesen Namen aussprach. *Das bin ich noch,* dachte sie. *Ebenso sehr wie Tjamad.*

Er sah sie traurig an. »Ich meinte es ernst vorhin. Ihr könnt mich einsperren wie ein Tier, aber niemand – niemand! – wird mich dazu zwingen, zu erzählen, was ich nicht erzählen will. Also frag mich nicht nach dem Richtplatz!«

*

Es war, als würde sie in eine völlig andere Welt zurückkehren. Aufgewühlt von ihrem Kuss und den Gefühlen, die sie nicht länger leugnen konnte, und hin- und hergerissen zwischen Sehnsucht und Zweifel, fühlte sie sich inmitten der Zorya so fremd, dass sie fürchtete, sie würde sich sofort verraten. »Lord Teremes' Truppen rücken weiter vor«, erzählte ihr an diesem Tag die braunhaarige Wij aufgeregt. »Lord Joras hat heute Morgen die Truppen noch verstärken lassen, aber lange kann er nicht mehr standhalten.« Sie verstummte und sah Summer hoffnungsvoll und fragend an.

»Ich … brauche noch Zeit«, sagte Summer leise. *Würde ich ihn wirklich verraten, wenn er Indigo wäre?* Allein der Gedanke erschreckte sie.

Wij legte ihr die Hand auf den Rücken, genau dort, wo ihre unsichtbaren Narben waren, und auch zwei andere Frauen kamen zu ihr, berührten sie sanft an der Schulter und strichen ihr über das Haar. Und plötzlich war es einfach, sich wieder in diese verlockende Nähe der Gemeinschaft einzufinden.

In dieser Nacht vergaß sie offenbar dennoch, dass sie eine Zorya war. Denn sie schlief tatsächlich ein. Und bevor sie sich darüber klar wurde, was sie tat, spürte sie wieder Loveds Lippen auf ihrer Haut, den Kuss, atmete seinen Duft nach Wärme und Wildheit ein und war glücklich. Zu spät sagte ihr eine warnende Stimme, dass es der falsche Ort war, um zu träumen. Im selben Augenblick fasste eine Hand ihre Schulter und rüttelte sie so energisch wach, dass sie hochfuhr.

Beljén war blass und starrte sie aus großen Augen an. Sie legte den Zeigefinger über die Lippen und griff nach Summers Hand. Dann zog sie sie von dem Stein und eilte mit ihr nach draußen und die Treppe hinunter.

»Beljén, ich kann es dir erklären …«

»Scht!«, kam es zurück. »Kein Wort!«

Im nächsten Moment stieß ihre Freundin sie schon in die Kleiderkammer. Das kalte Licht der Glühbirne stach in Summers Augen.

»Du hast davon geträumt, einen Menschen zu küssen«, flüsterte Beljén fassungslos. Summer wurde auf der Stelle rot.

»Ist es etwa der Soldat?«

»Nein! Es ist nur ein Schauspieler aus Maymara, den ich einmal kannte.« Die Lüge war ihr so schnell über die Lippen gekommen, dass sie selbst staunte. »Es ist nur eine Erinnerung, Beljén«, beteuerte sie. »Es hat nichts zu bedeuten.«

»Aber du hast ihn tatsächlich geküsst. Hast du ihn etwa … geliebt? Du? Eine Zorya? Einen Menschen?«

Summer hielt Beljéns bohrendem Blick kaum stand. Sie blickte auf ihre Hände. »Ja«, sagte sie dann.

Beljén holte Luft und ließ sich auf den Stuhl neben den Kleiderhaken fallen. »Lady Mar hat uns gesagt, dass du wahrscheinlich in Indigo verliebt warst. Aber das war etwas anderes. Du warst seine Zorya und er konnte dich umgarnen. Aber wie konntest du denn einen anderen …«

»Ich dachte, ich sei ein Mensch, Beljén. Du kannst es mir nicht zum Vorwurf machen. Ich dachte auch, ich habe Hunger oder kann frieren. Und ich wusste nichts mehr von Indigo. Und noch viel weniger von unseren Gesetzen.«

Beljén sprang auf und legte die Hände auf ihre Schultern. »Ich mache es dir doch gar nicht zum Vorwurf! Ich will nur nicht, dass die anderen es sehen und Lady Mar erzählen. Sie lässt dir alle Zeit, die du brauchst, aber sie würde unendlich wütend werden, wenn sie wüsste, dass du von Menschenküssen träumst, statt dich endlich an Indigo zu erinnern.« Der Griff an ihren Schultern verstärkte sich. »Du musst vorsichtiger sein!«

Summer hob den Blick. »Wie kann ich das?«

»Indem du nicht mehr schläfst«, sagte Beljén mit verschwörerischer Miene, was ihr herzförmiges Gesicht noch hübscher wirken ließ. »Und … wenn du doch einmal Ruhe brauchst, solltest du einen Ort aufsuchen, an dem die anderen dir nicht zu nahe sind. Komm mit!«

Wenig später waren sie auf dem Weg aus dem Inneren Zirkel. Summer wurde nervös, als sie sah, dass Beljén zielstrebig auf die Brücke zum ersten Turm zusteuerte. *Sie weiß es*, dachte sie. Aber Beljéns Ziel war nicht der Fahrstuhl und die Kammern der Winde, sondern die halb versteckte Treppe im Hintergrund, die Summer schon einmal aufgefallen war.

»Wir müssen erst zum Brunnenzimmer«, erklärte Beljén. »Es liegt ein bisschen versetzt unter dem Turm. Aus den Grundfelsen am Meeresboden sprudelt eine Süßwasserquelle. König Beras' Vater ist es gelungen, den Brunnen zu bauen. Er versorgt bis heute die ganze Zitadelle mit Wasser.«

Das Brunnenzimmer erkannte Summer sofort wieder. Aber die schmale Eisentür, die sich für Beljén und sie vor wenigen Tagen geöffnet hatte, war fest verschlossen. Beljén ging daran vorbei, setzte sich auf den Rand des Brunnens und schwang kurzerhand ihre Beine hinein. Es war ein seltsamer Anblick, eine Lady in Maske und schwarzem Kleid wie ein Schulmädchen über den Brunnenrand klettern zu sehen.

»Mach das nur nie, wenn Diener hier sind«, ermahnte Beljén Summer. Dann verschwand sie im Brunnen. Summer stürzte ihr nach – und entdeckte die eisernen Steigklötze, die an den Brunnenwänden entlang nach unten führten. Hand über Hand kletterte Beljén in die Tiefe. Summer knotete hastig den Rocksaum über ihrer Hüfte zusammen und folgte ihr. Der Weg führte in die Dunkelheit, dem Echo von fallenden Tropfen entgegen. Alle zehn Meter fand sich ein breiterer Vorsprung, auf dem sie durchatmen konnten. Als das Brunnenloch weit über ihr nur noch wie eine verlöschende Sonne wirkte, hielt Beljén an und griff nach Summers Hand. »Hier, fühlst du das?«

Summers Fingerspitzen strichen über Backsteine. Und in jedem von ihnen steckte ein eiserner Bogen, um den sie bequem ihre Hand schließen konnte.

»Loser Stein«, meinte sie. »Jemand hat so etwas wie Griffe in die Steine getrieben.«

»Nicht jemand«, sagte Beljén triumphierend. »Das waren Halimar, Wij und ich. Damit wir nicht immer an den Menschen vorbeimüssen, wenn wir zur Barke wollen.«

»Dorthin bringst du mich also!«

»Allerdings. Nimm mit einer Hand die Backsteine raus und reihe sie auf dem Vorsprung auf. Aber vergiss nicht, sie auf dem Rückweg wieder einzusetzen, wenn du allein unten warst!« Gemeinsam wuchteten sie die Steine aus der Wand und tatsächlich war nach zehn Steinen ein schmaler Durchgang entstanden. Beljén ging voraus und schaltete jetzt erst eine Taschenlampe ein. Das Licht fiel auf eine schwindelerregend steile, baufällige Treppe, die sich am gemauerten Brunnenschacht entlangzog. Jeder Schritt bekam ein Echo, als sie hinunterstiegen. Der Steg war überschwemmt und den fleckigen Heiligengesichtern an den

Wänden stand das Wasser bis zur Oberlippe, was ihre grünen Algenbärte hin- und hertreiben ließ. Es platschte, als würden die Haie ungeduldig im engen Becken umherschwimmen. Beljén führte sie nicht zum Tempel hinunter, sondern über einen Seitensteg in den nächsten Kathedralenraum. Auch ohne das Licht der Taschenlampe hätte Summer den warmen Goldschimmer der Barke sofort gesehen. Das Schiff füllte den ganzen Höhlenraum aus. Ein gebogener, schlanker Sichelmond, der nur darauf wartete, die Wellen zu schneiden.

»Wie habt ihr es hier untergebracht?«

»Die Barke ist immer nur so groß oder so klein, wie Lady Mar es will«, erwiderte Beljén. »Und sie gehört uns allen.«

Sie erreichten einen hohen Felsvorsprung und Beljén sprang leichtfüßig auf das vergoldete Deck.

Die Barke hatte tatsächlich keinen Bezug zum wirklichen Raum. Als sie Beljén staunend unter Deck folgte, sah Summer ein endlos scheinendes Prunkzimmer, geschmückt mit geschliffenem Bernstein. Die goldgelben Plättchen bedeckten wie ein Mosaik auch die Liegefläche, die wie ein flacher Quader aus dem Boden wuchs.

»Hier kommt ihr her, wenn ihr für euch sein wollt?«

»Das ist unser Zuhause«, erwiderte Beljén mit einem Lachen. »Sie hat eine eigene Seele, aber im Gegensatz zu den Zorya hütet sie die Geheimnisse, die sie sieht. Wenn du dich irgendwo an deine Vergangenheit erinnern willst, dann wird es dir hier am besten gelingen. Komm hierher, wenn du schlafen und träumen willst. Die anderen wissen, dass sich hin und wieder eine von uns auf die Barke zurückzieht.«

Summer lächelte. »Danke!«

Beljén nickte und wurde mit einem Mal ernst. »Erinnere dich

an Indigo!«, sagte sie eindringlich. »Du wirst deine Aufgabe doch erfüllen? Nicht wahr? Du lässt uns nicht im Stich.«

Da war es wieder. Das unbarmherzige Gewicht auf ihrer Seele. »Ich … muss mich erinnern«, erwiderte sie zögernd.

Beljén konnte die Enttäuschung kaum verbergen. »Warte nicht zu lange«, sagte sie bekümmert.

Summer blickte ihrer Freundin nach, als sie denselben Weg zurückging. Eine flinke, anmutige Gestalt, deren Flügelmantel die Höhle in warmes Licht tauchte. An der Treppe drehte sie sich noch einmal um und winkte Summer zu. »Denke daran, zurückzukehren, bevor die Diener morgens ins Brunnenzimmer kommen!« Das Echo warf ihre Stimme wie einen gespenstischen Doppelgesang zurück. Summer nickte nur. Gerade wollte sie in den Bernsteinraum zurückgehen, als sie stutzte. Ihr Blick fiel auf die Felsschwelle neben der Barke. Nasse winzige Abdrücke von Kinderfüßen. In einer Tropfenspur führten sie direkt zum Wasser. Summer spähte über die Reling, ging über das ganze Deck, doch sie entdeckte niemanden und sah auch keine Bewegung im Wasser. Nachdenklich ließ sie die Gegenstände in ihrer Tasche durch ihre Finger gleiten. Morts Katzenkopf schmiegte sich kühl und glatt in ihre Handfläche. Sie zog ihn hervor und betrachtete das grinsende Gesicht eine Weile. Dann sprang sie von Bord auf den Felsvorsprung und legte das Schmuckstück genau neben die Fußspuren.

*

Beljén hatte recht gehabt. Die Barke hatte eine Seele. Und sie bewahrte die Erinnerung an alle Zorya in sich, ohne sie preiszugeben. Summer spürte die Gegenwart aller anderen, als sei sie Teil eines riesigen Schwarms. Geborgen schlief sie so tief, dass kein Traum sie störte.

Als sie wenige Stunden später erwachte und schweren Herzens die Barke verließ, war der Katzenkopf verschwunden. Aber neben frischen Fußspuren lag im Tausch etwas Weißes, Winziges. Summer bückte sich und hob den seltsamen Gegenstand auf. Er passte kaum zwischen ihre Finger und sah auf den ersten Blick aus wie eine Koralle. Aber dann drehte sie ihn dicht vor ihren Augen hin und her und stellte verblüfft fest, dass sie einen Milchzahn in der Hand hielt.

dajεε

Es wurde einfacher mit der Barke. Und auch schwerer. Es war, als stünde sie mühsam balancierend auf einem straff gespannten Seil. Die eine Seite führte zu den Zorya, in die verlockende Ichlosigkeit der Gemeinschaft, in der sie geborgen war wie nirgendwo sonst. Auf der anderen Seiten stand Loved. So versuchte sie, in der Mitte das Gleichgewicht zu halten, niedergedrückt von ihrer Schuld und der Sehnsucht, wieder ganz zu den Zorya zu gehören. Und voller Angst um eine Liebe, die sie mit jedem Tag deutlicher fühlte, aber sich nicht einzugestehen wagte.

Sie wählte stets die Nacht für ihre verbotenen Ausflüge. Doch jedes Mal erwartete Tellus sie schon. Und jedes Mal war Loved wach. Sie waren beide immer noch auf der Hut. Das Düstere, das ihn umgab, das Misstrauen wurde nicht weniger und in manchen Stunden stritten sie sich, weil Summer ihn mit Fragen bedrängte.

Jedes Mal verschränkte er die Arme und schüttelte den Kopf. »Dann machen wir doch ein Tauschgeschäft«, schlug er vor. »Sag du mir, was du mit meinem Herzen gemacht hast, dann erzähle ich dir alles, was du wissen willst.«

Und Summer biss sich auf die Lippen und schwieg, ratlos und so verzweifelt, dass sie ihn am liebsten geschlagen hätte.

Aber dennoch gab es dieses andere zwischen ihnen, denn sobald sie schwiegen und die Vergangenheit erschöpft losließen, gab es nur das Jetzt. Und genug Raum dafür, dass sich ihre Hände fanden und sie einander festhielten, als wären sie beide hoffnungslos verloren und der einzige Halt des anderen.

»Wenn du schon nichts über dich sagst, dann erzähl mir wenigstens von mir«, forderte ihn Summer nach einem dieser mühsamen Kämpfe auf.

Aneinandergelehnt saßen sie an der Wand, auf den Decken, die Summer ihm mitgebracht hatte. Durch das Fenster sahen sie zu, wie der Windwirbel den Regen wie einen flatternden Schleiervorhang in steilen Spiralen nach oben trieb.

Loved seufzte. »Ich sah dich zum ersten Mal in einem Festsaal. Es war tiefer Winter. Und du hattest keine Schuhe an, sondern bist barfuß über den Marmor gelaufen.«

Indigos Fest. Er war dort! Er ist es doch.

»Und wenn ich wüsste, wer er ist, würde ich einen Lord auf die Idee bringen, ihn foltern zu lassen«, erklangen Lady Mars Worte in ihrem Kopf. Angst zitterte in ihr hoch und sie fasste seine Hand fester.

»Ich dachte mir, das Mädchen ist wohl aus dem Süden und muss verrückt sein«, fuhr er fort. »Du wusstest nicht, dass Suppe glühend heiß sein kann. Und auch nicht, wie Brot schmeckt. Manchmal kamst du mir so vor, als seist du eben erst geboren worden und müsstest lernen, was es heißt, zu leben. Du hast dich verraten mit allem, was du getan hast. Eine Weile glaubte ich, du seist eine Frostfee, die die Welt der Menschen erkundet.« Er lachte. »Aber eine Fee wäre sanft und freundlich gewesen. Du dagegen warst überheblich. Kühl. Und dann wieder aufbrausend. Anfangs haben wir uns so oft gestritten, dass ich dachte, du kannst mich nicht leiden. Du wolltest keinen Ratschlag von mir annehmen und hast dir einen Spaß daraus gemacht, mein Pferd zu verscheuchen. Tiere konnten dich nicht leiden. Nur den Ziervögeln warst du gleichgültig.«

»Wenn ich dich nicht mochte, warum habe ich dir dann überhaupt gefallen?«

»Wer sagt, dass du mir gefallen hast? Soll ich dir die Wahrheit sagen? Ich habe dich nur geküsst, um dich bei einem Streit endlich zum Schweigen zu bringen.«

Summer fuhr hoch. »Was?«

Er grinste diebisch. »Das hier«, sagte er sanft und deutete auf die Stelle zwischen ihren zusammengezogenen Brauen. »Das liebte ich. Die kleine Zornesfalte, wenn du verärgert oder ratlos warst. Und deine Art, mich anzusehen. Wie jetzt. Als wolltest du mir an die Kehle springen.«

Plötzlich glühten ihre Wangen. Sie senkte den Blick.

»Und ... ist es dir gelungen, mich ... zum Schweigen zu bringen?«

»Nein. Du hast mich so oft ausgelacht, dass ich dich meistens am liebsten erwürgt hätte. Es schien dir Spaß zu machen, mich zu reizen. An einem Tag hast du mich zu einem Fechtkampf herausgefordert. Ich habe dich besiegt und du warst so wütend darüber, dass du meinen Degen genommen und ihn zerbrochen hast.«

Summer schloss die Augen. Ihre Erinnerungen zeigten ein Liebespaar. Küsse und keinen Streit. Lieder und Gedichte. Es passte alles nicht zusammen.

»Ich verstehe es immer noch nicht! Wenn wir uns so wenig mochten, wie konnte es dann geschehen, dass wir uns ineinander verliebt haben?«

Sie sah auf und bemerkte, dass er sie schon die ganze Zeit angesehen hatte. Mit einem seltsam intensiven Blick, der sie mehr denn je in seinen Bann schlug und sie gleichzeitig verwirrte. Die Luft schien zu flirren, als gäbe es noch eine dritte Wirklichkeit, von der sie bisher nur geträumt hatte. Sie erschauerte, als seine Fingerspitzen an der weichen Stelle direkt unter ihrem Ohr entlangstrichen und seine Hand gleich darauf zart ihren Nacken streichelte.

»Zum Beispiel so!«, sagte er. Und küsste sie.

Diesmal war es anders als sonst. Dunkler – und auch betörender.

Sie nahm kaum wahr, dass sie nicht mehr saßen, sondern eng umschlungen auf die Decken und Felle auf dem Boden zurückgesunken waren. Und als seine Hand ihre Schulter berührte und das Kleid ein Stück herunterschob, da spürte sie Haut und keine Handschuhe mehr. Sacht küsste er ihre Schulter und sie betrachtete seine Hand mit den Narben. Und als er nicht zurückzuckte, als sie mit dem Finger darüberstrich, war es ein besonderes Geschenk. Er drängte sie nicht, er lockte sie nur Schritt für Schritt weiter, in ein neues Land, das sie bisher nur aus der Ferne betrachtet hatte. Sie erinnerte sich daran, aber dennoch war es neu für sie, diese Schwelle zu übertreten. Er lächelte, als sie die Schnüre an seinem Hemd löste und mit den Fingerspitzen seine Haut erkundete. Nur die Stelle auf seiner Brust, wo kein Herz schlug, mied sie voller Scheu. Dann strichen seine Lippen über ihren Hals und sie verlor sich ganz in den Empfindungen, die nichts, aber auch gar nichts mit dem Dasein einer Zorya zu tun hatten. Noch nie war ihr so bewusst geworden, dass sie lebte, dass sie einen Körper hatte, der in Loveds Umarmung nun auf eine erstaunliche Weise zu erblühen schien. Es war tatsächlich eine dritte Wirklichkeit, zeitlos und unendlich schön. Und als sie aus ihrer Umarmung auftauchten, zählte es nicht mehr, dass sie eine Zorya ohne Flügel war und er der Mann ohne Herz. Hier waren sie nur Menschen.

Heute war das graugrüne Licht seiner Augen hell und warm. »Erinnerst du dich jetzt?«, fragte er.

Sie musste lächeln. »Ich ... bin mir nicht sicher«, murmelte sie. »Küss mich noch einmal.«

*

In dieser Nacht war sie zu aufgewühlt und zu verwirrt, um zu den Zorya zurückzukehren. Stattdessen flüchtete sie sich in die Barke und rollte sich auf der Bernsteinliege zusammen. So glücklich, dass es beinahe schmerzte, und zugleich so unglücklich, als hätte sie wieder einen Verrat begangen.

»Wer bin ich?«, flüsterte sie der Barke zu. »Ich will eine Zorya sein, ich gehöre zu ihnen. Ich weiß, ich muss meine Aufgabe erfüllen. Aber warum liebe ich dann wie ein Mensch?« *Und was ich auch tue, ich werde immer eine Seite verraten*, setzte sie in Gedanken hinzu.

Nicht einmal die tröstliche Umarmung des Schiffes konnte sie beruhigen. Nur ein Lied, das ihr wieder in den Sinn kam und ihr zeigte, dass die Frau in Weiß sich dieselbe Frage wie sie gestellt hatte. »Mein wahres Sein«, flüsterte sie. Sie setzte sich auf, zog die Beine an den Körper und sang, bis sie wie ein Mensch müde wurde und endlich einschlief.

Sommerblätter
abendschwarz
trinken
Gedanken –
in ihren Venen kreisend
mein wahres Sein.

Sie erwachte von einem schabenden Geräusch. Etwas strich an der Barke entlang. Als Summer aus dem Bernsteinraum kletterte, entdeckte sie im Wasser den riesigen Hai mit der schartigen Rückenflosse. Das matte Auge schien sie zu betrachten. Dann ertönte schräg hinter ihr ein leises Patschen wie von kleinen Füßen. Wasser spritzte in einer Fontäne bis auf das Deck.

»Bist du die Frau von Tänzer Licht?«, ertönte eine Kinderstimme.

Summer stürzte zur Heckseite der Barke und beugte sich tief über die Reling. Unten im Wasser schwamm das Mädchen mit den schwarzen Locken, das sie schon einmal auf den Felsen gesehen hatte. Der Hai glitt träge heran und das Kind stieß sich ohne Angst flink an dem massigen Körper ab und kletterte wieder auf den Felsvorsprung. Es trug eine Art Schwimmanzug aus zusammengenähten Fischhäuten. Sogar jeder einzelne Finger war darin eingenäht. Und jetzt erkannte Summer, dass das Kind große Ähnlichkeit mit den hellen Gestalten der Tandraj hatte. Die Augen, die in diesem verstörenden Blau leuchteten, und die weiße Haut. Aber warum wagte sich ein Tandraj-Mädchen so nahe an die Zorya heran? *Vielleicht bin ich doch menschlicher, als ich dachte. Ich müsste die Tandraj doch hassen.*

»Tänzer Licht? Ich … weiß nicht genau. Vielleicht kann ich es dir sagen, wenn du mir erzählst, wer das ist?«

Das Kind runzelte die Stirn, als wäre es unvorstellbar, dass jemand nicht wusste, von wem es hier sprach. »Na, der Mann, der die Toten holt! Der Einzige, der selber nicht stirbt. Und du legst ihm die Toten dann auf die Tannenschwelle.«

Summer war so überrumpelt, dass sie lachen musste. »Oh«, meinte sie. »Tja, wenn das so ist, dann … ja. Bin ich eindeutig die Frau von Tänzer Licht.«

Jetzt strahlte das Mädchen sie an und grinste dabei so breit, dass Summer die Zahnlücken sah. Das erklärte den winzigen Milchzahn, den sie im Tausch gegen Morts Katzenkopf erhalten hatte.

»Weißt du, ich habe dich gleich erkannt«, sagte das Mädchen voller Stolz. »Als du vom Schiff gesprungen bist. Du hast geglänzt wie ein Schmetterling, der unter Wasser fliegt. Du hast das Licht ins Meer gebracht. Die anderen Haie sind alle von dir weggeschwommen. Da wusste ich, dass du bestimmt was mit Tänzer Licht zu tun hast.«

»Ja, ich weiß, du folgst mir schon ziemlich lange.«

»Wir!«, sagte Mädchen leicht eingeschnappt. »Zia ist auch noch da.«

»Dein Hai heißt Zia?«

Jetzt schien sie das Kind wirklich verärgert zu haben.

»Das ist nicht ›mein Hai‹, sondern meine Schwester. Wir bleiben immer zusammen.«

»Du stammst von den Fischen ab? Oder können die Tandraj die Gestalt wechseln?«

Das Mädchen sah sie an, als hätte Summer nicht alle Tassen im Schrank. »Mein Vater und meine Mutter sind bestimmt keine Fische«, erklärte sie würdevoll.

»Entschuldige, ich wollte dich nicht beleidigen.« Und mit einem Lächeln fügte sie hinzu: »Frierst du nicht schrecklich? Magst du zu mir auf die Barke kommen?«

Das Kind schüttelte empört den Kopf. Zia strich nervös vor ihm herum. Summer fröstelte, als der gewaltige Haikopf sich aus dem Wasser hob. Das Haimaul klaffte auf und zeigte einen roten Schlund mit Reihen von Zähnen, so lang wie Summers Finger. Doch das Mädchen streckte die Hand nach dem Ungeheuer aus, ohne hinzusehen, und tätschelte die dreieckige Nase.

»Alles gut, Zia, die tut mir nichts!« Sie beugte sich vor, als der Hai ins Wasser zurücksank. Und da erst sah Summer das Spiegelbild des Mädchens. Weiß glühende Augen und ebenso weißes Haar, schwarzblaue Haut und dämonische Züge. Unwillkürlich trat sie einen Schritt zurück.

»Du … bist ja gar kein Tandraj-Mädchen. Du gehörst zu den Tierläufern.«

Das Kind setzte sich wieder auf die Fersen und grinste. »Doch, ich bin schon eine Tandraj! Meine Mutter hat Tandrajblut. Aber mein Vater ist ein Tierläufer.« Und so ernsthaft, als würde sie Summer damit ein gewichtiges Geheimnis verraten, fügte sie hinzu: »Ich bin etwas ganz Besonderes. Die Tierläufer und die Tandraj sind Feinde. Die Tierläufer können Tandrajblut riechen und sie jagen sie. Aber trotzdem gibt es mich. Obwohl das eigentlich nicht geht.«

Summer verging das Lächeln. *Sie kann beides sein*, dachte sie bitter. *Warum muss ich mich entscheiden?* Und sie ertappte sich dabei, wie sie das Mädchen glühend beneidete.

Die Kleine deutete auf Zia. »Ein richtiger Tierläufer hätte nämlich keinen Hai als Schwester oder Bruder. Sondern nur Tiere aus dem Wald. Aber dann kam Zia immer wieder in den Hafen, als ich auch da war. Und irgendwann bin ich zu ihr hingeschwommen.«

Summer sah sich um. »Und deine Eltern? Sind sie hier auch irgendwo in der Nähe?«

»Nö, die sind in Anakand.«

Jetzt war Summer sprachlos. Die Kleine war tatsächlich ganz auf sich allein gestellt.

»Bist du nicht einsam? Wie heißt du denn überhaupt?«

»Dajee. Und ich bin nicht einsam, ich habe ja Zia. Und wenn es hier zu kalt wird, schwimmen wir nach Anakand zurück. Warst du schon oft im Rückwärtsland?«

Summer schüttelte den Kopf. »Diesen Teil von Tänzer Lichts Reich kenne ich nicht. Ich .... lege ihm nur die Toten auf die Schwelle. Und er verrät mir nicht, was dann mit ihnen geschieht. Sagst du es mir?«

Das Mädchen errötete vor Stolz, mehr zu wissen als die Frau auf dem goldenen Schiff.

»Tänzer Licht holt sie von der Schwelle aus Tannenzweigen. Und dann bringt er sie in einen Wald, in dem alles umgekehrt ist. Die Blumen sind alle verwelkt und werden dann von Tag zu Tag schöner. Die Früchte, die an den Bäumen hängen, sind erst reif und werden grün. Sie schrumpfen und werden dann zu Blüten. Und die Schmetterlinge falten sich zusammen und kriechen irgendwann in einen Kokon, um sich in Raupen zu verwandeln.«

»Aber was hat es für einen Sinn, wenn ihr dorthin kommt? Was machen die Toten dort?«

»Na, lernen! Tänzer Licht lehrt alle Toten die Kunst des Rückwärtslebens. Sie bleiben so lange bei ihm, bis sie wieder zu Kindern werden. Und dann trägt Tänzer Licht jedes Kind wieder zur Schwelle aus Tannenzweigen und du holst es und legst es vor einer Höhle ab, in der ein Mann und eine Frau leben, die ein Kind haben wollen. Und ab da leben die Kinder wieder vorwärts.«

»So kommt ihr ja nach jedem Leben wieder neu auf die Welt.«

Seltsamerweise war es diese Geschichte, die Summer in ihrer Zerrissenheit tröstete und so tief berührte, dass ihr Tränen in die Augen stiegen. *Wer sagt, dass ich mich endgültig entscheiden muss? Es gibt so viele Welten und so viele Arten zu sterben. Vielleicht ist Dajees Geschichte ebenso wahr wie das, was die Zorya über den Tod zu wissen glauben? Und vielleicht*, setzte sie zaghaft hinzu, *wenn er nicht Indigo ist … Kann ich beides sein. Raupe und Schmetterling.*

»He, Kleine!«, rief sie dem Kind zu. »Besuchst du mich wieder? Aber pass auf, dass du nur kommst, wenn ich alleine bin. Es gibt hier ein paar … Tänzerinnen, die die Tandraj nicht mögen.«

Das Kind strahlte vor Freude, die Summer sofort ansteckte.

»Bringst du mir wieder was mit? Ich mag Kaninchen«, rief sie und sprang ins Wasser. Summer fröstelte, als sie die winzige Hand an der riesigen Rückenflosse des Hais sah. Dann tauchten beide ab, bis sie nur noch Schatten im tiefen Wasser waren.

*

»Worum spielen wir denn heute?«, brummte Tellus und starrte angewidert auf die drei winzigen weißen Kegel neben dem Kartenstapel. »Zähne? Geht es dir noch gut, Lady Tjamad?«

»Sie haben mich viel gekostet«, erwiderte Summer ungerührt. »Besorge du mal Kaninchen aus Lord Joras' Küchen, ohne dass es jemand merkt.«

Der alte Wächter schüttelte den Kopf. »Das muss ich wohl nicht verstehen«, sagte er, während er die Karten austeilte.

Noch bevor sie voller Vorfreude und Erwartung eintrat, spürte sie schon, dass die Luft in den Kammern wie vor einem Gewitter knisterte. Loved saß am Fenster, mit finsterem Blick, unruhig wie ein gefangenes Raubtier. Er blickte kaum auf, als Summer eintrat. »Lange her«, bemerkte er knapp.

Nach der letzten Nacht, die sie hier verbracht hatten, war es wie ein Sprung von heißem in eiskaltes Wasser. Sie ballte die Hände zu Fäusten und versuchte ruhig zu bleiben, obwohl sie am liebsten sofort wieder gegangen wäre.

»Du weißt, ich kann mich nicht jede Nacht davonstehlen.«

»Wozu solltest du auch?«, kam es sarkastisch zurück. »Ich sitze ja ohnehin hier und bin dazu verdammt, auf dich zu warten.« Er sprang vom Fensterbrett und griff nach einem der Stuhlbeine. Wütend schleuderte er es aus dem Fenster. Der Wind ergriff das Stück Holz sofort und wirbelte es mit solcher Wucht nach oben, dass Summer ihm kaum mit den Augen folgen konnte. »Wie lange soll das noch so weitergehen? Bin ich nur der Narr, mit dem du spielst?«

»Hör auf!« Jetzt schrie sie auch. »Dasselbe könnte ich dich fragen. Sind deine Küsse nur ein Mittel zum Zweck, damit du hier rauskommst?« *Bitte nicht*, dachte sie im selben Moment. *Sag jetzt nicht das Falsche. Brich mir nicht das Herz.*

Er schluckte schwer und fuhr sich durch die Haare. Dann sah er sie mit dem traurigen Blick eines gefangenen Tieres an. »Es ist, wie es ist«, sagte er heiser. »Hier ist einfach nicht der Ort, an dem zwei Leute einander vertrauen könnten oder sollten. Manchmal vergesse ich das. Tut mir leid.«

Das war nicht die Antwort, die sie sich erhofft hatte. Aber seine Worte trafen sie noch auf ganz andere Weise. *Ich vertraue ihm nicht*, dachte sie niedergeschlagen. *Obwohl ich es so gerne würde.* Wieder lag ihr die Frage auf der Zunge, aber sie schwieg. *Sei keine Idiotin*, dachte sie. *Er wird immer Nein sagen, wenn ich ihn nach Indigo frage. Wenn er es nicht ist. Und wenn er es ist, wird er sich hüten, es zu gestehen. Denn dann wäre ich sein Tod.*

Wäre ich das?, setzte sie hinzu. *Könnte ich ihm den Tod bringen?* Es war dieselbe Frage, die sie sich hundertmal an jedem Tag stellte. Und hundertmal verneinte.

Sie senkte den Blick auf seine Hände und die Narben, die er nicht mehr unter Handschuhen verbarg.

»Du bist kein Narr«, sagte sie verärgert. »Und ich spiele nicht mit dir. So wie du nicht mit mir spielst, habe ich recht?«

Erleichtert spürte sie, wie das Gewitterknistern sich auflöste. Wortlos griff er nach ihrer Hand und trat zu ihr. Und sein Kuss war Antwort genug.

»Haben wir uns nur wegen der Küsse geliebt?«, fragte sie. »Wegen der Nächte?«

Jetzt zuckte um seine Lippen ein amüsiertes Lächeln. *Er ist wie Tag und Nacht*, dachte sie.

»Komm«, sagte er. »Ich erzähle dir eine Geschichte!«

Sie ließ es zu, dass er sie zum Fenster zog. Ohne zu zögern, setzte sie sich ihm gegenüber, so nah am Windwirbel und doch geborgen im breiten Steinrahmen. Von hier aus konnte sie nur das Meer sehen. In dieser Nacht war es klar und weit.

»Ich war ein Kind, als ich mir die Hände verbrannt habe«, begann er. »Und wegen der Narben sah es so aus, als könnte ich nicht mehr in der Schmiede arbeiten. Mein Vater war ein harter Mann. Er hatte Angst davor, mich als Arbeitskraft zu verlieren. Nur deshalb hörte er auf den Rat eines Arztes. Ich wunderte mich darüber, dass der Arzt nur mit mir sprach, statt meine Hände und die Narbe in meinem Gesicht zu behandeln. Es war das erste Mal, dass jemand mir keine Befehle gab, sondern wirklich wissen wollte, wer ich bin. Er gab meinem Vater den Rat, mir eine Gitarre zu kaufen, weil es die einzige Möglichkeit sei, meine Hände beweglich zu halten. Und er sollte mir freie Stunden geben, um das Fechten zu üben, denn meine Handgelenke müssten kräftig und geschmeidig werden, sonst würde ich in der Schmiede bald nichts mehr leisten können.« Er fächerte seine Hände vor sich auf und betrachtete sie nachdenklich. »So kam ich zur Musik und lernte auf der Gitarre zu spielen. Ich liebte nichts so sehr wie die Stunden, in denen ich trainierte und spielte. Und dann lernte ich eines Tages eine Frostfee kennen. Ich dachte, wir hätten gar nichts gemeinsam außer unseren Nächten und unserem Streit. Aber als ich ihr auf der Gitarre vorspielte, da begann ihr Gesicht zu leuchten. Wir waren uns ähnlicher, als wir je für möglich gehalten hätten. Und eines Nachts ist sie aufgestanden und hat sich Papier und Feder genommen.« Er grinste, als sei ihm gerade etwas eingefallen. »Ach ja! Das hat mir auch immer an dir gefallen! Dass du dir nie die Mühe gemacht hast, einen Morgenmantel überzuziehen.«

»Ich war nicht nackt! Ich hatte meinen Flügelmantel. Du konntest ihn nur nicht sehen.«

»Richtig. Ich vergaß«, sagte er und nickte. »Ein unsichtbarer Mantel ist natürlich etwas ganz anderes. Jedenfalls hast du in jener Nacht angefangen, Worte für neue Lieder aufzuschreiben. Es waren seltsame Gedichte, fremdartig wie eine exotische Sprache. Sie reimten sich nicht und dennoch war eine Melodie darin. Ich liebte deine Worte, schon als ich sie das erste Mal hörte. Das warst ganz du. Und ich beschloss, dir auch meine wahre Stimme zu zeigen und habe die Musik für deine Gedichte erfunden. Küsse allein verlöschen so schnell. Aber unsere Seelen haben einander gehört.«

Seelen. Allein für diesen Satz liebte sie ihn.

»Es waren also nicht nur die Küsse«, fuhr er ernst fort. »Es war alles zusammen. Dein Lachen, deine Wut und deine Art zu streiten, als ob du einen Krieg gewinnen müsstest. Die Ernsthaftigkeit, mit der du dich bemüht hast, das Fechten zu erlernen. Die Vorsicht, mit der du die Winterblüten in deinen Händen gehalten hast, die Faszination für alles, was lebt und vergeht.«

Das sind also die Lieder, dachte sie. *Jetzt beginnt es zusammenzupassen.*

»Singst du ein Lied für mich?«, bat sie. »Eines, für das ich die Worte geschrieben habe?«

Zu ihrer Überraschung änderte sich die Stimmung auf einen Schlag. Als hätte ein eisiger Wind die Wärme ausgelöscht, fiel wieder der Schatten über seine Miene, und sie wusste beim besten Willen nicht, was sie Falsches gesagt hatte. Er warf ihr einen Blick zu, als hätte sie ihn gebeten, aus dem Fenster zu springen.

»Bedaure«, murmelte er. »Ein gefangener Vogel singt im Käfig nicht für Publikum.«

Summer schüttelte den Kopf und sprang vom Fensterbrett. »Dann gehe ich wohl besser«, gab sie ebenso frostig zurück. »Und störe dich nicht dabei, deine Lieder hier ohne mich zu singen.«

»Summer?« Sie war schon an der Tür. Nur widerwillig blieb sie stehen. »Du glaubst mir immer noch nicht, stimmt's?«

Es war eine Feststellung, keine Frage. Sie drehte sich um.

»Nicht ganz«, gab sie zu. »Ich würde es so gerne, aber in meinen Träumen erkenne ich Indigos Gesicht nicht. Doch er ist genauso groß und dunkelhaarig wie du. Und er liebte die Musik.«

»Und?«, meinte Loved. »War er Linkshänder?«

Summer stutzte. Dann klappte ihr vor Verblüffung der Mund auf. »Nein!«, rief sie.

Loved zog den linken Mundwinkel zu einem ironischen Lächeln hoch und blickte wieder aufs Meer hinaus. »Tja, dann denk mal darüber nach.«

*

Sie rutschte fast ab, als sie die Leiterstiegen hinunterkletterte, so fahrig war sie. Unten angekommen, schob sie nicht den versteckten Durchgang auf, sondern blieb an die Wand gelehnt stehen.

Sie schloss die Augen und rief sich jede einzelne Sequenz, die sie während des Tribunals durchlebt hatte, wieder ins Gedächtnis.

Indigo auf dem Thronpodest. Seine Hände, behandschuht wie die aller Männer zu jener Zeit. Dann machte er die Geste, mit der er alles umfasste, was sie sah und hörte, ihr die Musik und das Licht versprach – und es war die rechte Hand. Ein paar Tage später saß Indigo in seiner Prunkkammer an einem Schreibtisch. Er hatte immer noch kein Gesicht, aber sie erkannte deutlich, dass er den Brief auf altmodische Art mit einer Schwanenfeder mit rechts schrieb. Mit derselben Hand reichte er ihr einen Weinbecher, trank selbst aus einem, dirigierte seine Musiker, pflückte Winterblüten vom Baum und spielte Schach mit ihr.

»Loved ist nicht Indigo!«, sagte sie zu der Dunkelheit. Dann überwältigte die Erleichterung sie so jäh, dass ihre Knie nachgaben und sie an der Wand entlangrutschte, bis sie auf dem Boden saß. Wie groß die Last gewesen war, spürte sie erst jetzt, als sie von ihr wich und sie schwebend und losgelöst in die Schwärze blickte und einfach nur noch glücklich war. *Ich kann tatsächlich beides sein! Ich liebe – und ich bin eine Zorya mit meinem ganzen Herzen. Ich kann meine Aufgabe erfüllen und dennoch Loved küssen.*

Ein Knistern ließ sie aufhorchen. Dem Geräusch folgend, tastete sie nach ihrem Rock, zog ihn aus dem Gürtel, bis er wieder über ihre Beine fiel. Das Knistern wurde lauter und kam eindeutig aus ihrer rechten Tasche. Dort, wo sie immer noch die leere Lederhülse ihres Taschenmessers verwahrte. Wie lange hatte sie nicht mehr an die rote Puppe gedacht, die sie auf dem Schlachtfeld gefunden und darin verborgen hatte? Die Hülse war immer noch leer, aber ein bernsteinfarbener Schein fiel auf ihre Finger. Sie blinzelte und sah genauer hin. Und hätte vor Freude beinahe aufgeschrien. Fühler tasteten sich daraus hervor, dann winzige Insektenbeine. Ein Totenkopffalter kletterte aus der Hülse, leuchtend in der zweiten Wirklichkeit und so schön, dass es Summer die Kehle zuschnürte. Sie blickte ihm nach, als er sich in die Luft erhob und freute sich über das honigfarbene Zittern, das seine Flügel auf die Schachtwände warfen. Ein zweiter Falter kroch aus der Hülle, und ein dritter. Falter für Falter schlüpfte aus diesem seltsamen Kokon und fand sich zu den anderen. Mit jedem von ihnen füllte sich Summers Herz ein wenig mehr.

»Ich habe euch wieder!«, flüsterte sie. *Als hätten sie nur darauf gewartet, dass ich Gewissheit bekomme.* Und als der ganze Schwarm dieser Geisterfalter sie einhüllte und die Flügel ihre Wangen streiften, lachte sie und weinte gleichzeitig. Den Mantel hatte sie für immer verloren. Aber ihre Zorya-Falter waren zurückgekehrt.

*

Als sie aus der geheimen Kammer trat, war es, als sei sie erst in dieser Sekunde endgültig aus dem Grab erwacht, in dem Indigo sie vor zweihundert Jahren eingeschlossen hatte. Es war nicht mehr die Schuld, die sie ermahnte, Indigo zu suchen, sondern der unbändige Wunsch, ihre Aufgabe zu erfüllen. Und plötzlich war alles ganz einfach und klar.

Die Schwärmer folgten ihr, als sie zum Tisch ging und die Schlüssel neben die Karten legte. Wie immer war Tellus auf seinem Rundgang und gab vor, nicht zu bemerken, dass seine Schlüssel Verwendung fanden. Aber heute konnte Summer ihm den Gefallen, sich davonzustehlen, nicht tun.

»Tellus! Ich muss mit dir sprechen!

Das Schlurfen irgendwo im Rundgang verstummte abrupt. Sie konnte sein Zögern förmlich spüren, dann setzte er sich wieder in Bewegung. Sein gekränktes Gesicht sprach Bände, als er an der Biegung des Rundgangs auftauchte. Obwohl er nicht lange gelaufen war, war er außer Atem und blass.

»Was?«, fragte er mürrisch. Dann weiteten sich seine Augen. Er starrte sie an, als würde er sich fragen, ob sie es wirklich war.

»Was ist denn da oben passiert, Lady Tjamad? Du siehst aus, als hättest du ein paar Glückssterne verschluckt und gleichzeitig einen Jenseitsschrecken bekommen!«

Summer lächelte. *Nahe dran, Tellus. Wie immer.* »Ich brauche deine Hilfe. Um eine wichtige Frage zu klären, die mich so beschäftigt, dass ich sicher die nächsten zwei Tage nicht schlafen kann.«

»Warum du beim Kartenspielen verlierst wie ein Anfänger?«

»Es hat etwas mit einem Spiel zu tun«, entgegnete sie vorsichtig. »Einem Gedankenspiel. Nehmen wir an, du machst deinen Erkundungsgang. Und du lässt den Essensaufzug herunter und siehst, dass der Gefangene da oben schon zum wiederholten Mal sein Essen nicht angerührt hat. Was wäre dann?«

Von einem Moment auf den anderen glaubte auch sie, einen anderen Tellus zu sehen. Den Krieger mit den scharfen Augen, der sich niemals täuschen ließ. Seine Stirn furchte sich, und Summer hatte den Eindruck, dass er im Geiste Pläne entwarf und Pfeile einzeichnete und jeden Winkelzug seiner Antwort genau durchdachte. Langsam kam er zum Tisch und hob eine Karte von dem Stapel ab. Er räusperte sich umständlich, so wie immer, wenn er zum Sprechen ansetzte. »Dann … würde ich melden, dass er vermutlich aus dem Fenster gesprungen ist. Lord Joras würde irgendwelche Soldaten zu mir schicken, die nach oben gehen und die Kammer aufschließen würden. Und sie würden sie leer vorfinden. Wäre nicht der Erste. Es schneit schon, und bald ist es in den Kammern erbärmlich kalt. Vielleicht würde irgendein unglücklicher Fischer eines Tages die Überreste von dem armen Kerl mit einem Netz vom Meeresgrund holen. Aber wahrscheinlich nicht. Denn vermutlich haben ihn dann schon längst die Aale und Krabben gefressen.«

Summers Herz begann höher zu schlagen. Ihre Geisterfalter umflatterten sie aufgeregt. Aber sie wusste, sie durfte ihn nicht drängen. »Schlimmes Schicksal.«

Tellus zuckte mit den Schultern. »So ist das Leben. In den Kammern des Vergessens hält es niemand lange aus, ohne verrückt zu werden. Ich meine – verstehen könnte ich ihn gut. Schließlich hat er seit Wochen keine Menschenseele mehr gesehen. Und er hatte keinerlei Hoffnung auf Errettung. Aber Menschen brauchen Hoffnung mehr als alles andere. Ohne sterben sie. Auf diese Weise oder eine andere.« Er sah ihr direkt in die Augen. »Nur darum geht es doch. Die Hoffnung«, wiederholte er. Sie schluckte und erwiderte sein verstecktes Lebewohl mit einem Nicken.

Er wandte sich ab und hob den Kartenstapel vom Tisch ab. »Ach, es ist schon ein Elend mit dem Alter. Ich werde vergesslich. Hoffentlich fällt mir spätestens übermorgen wieder ein, wo ich die Schlüssel zu den Verbindungstüren hingelegt habe.«

Ohne sie anzusehen, legte er den Kartenstapel wieder in die Mitte des Tisches, gähnte wie ein Löwe und streckte sich ächzend.

»In letzter Zeit wollen meine Knochen nicht mehr so recht. Ich brauche immer länger für meine Runde. Der Husten wird von Tag zu Tag schlimmer und die Pumpe will auch nicht mehr so richtig. Wenn es so weitergeht, dann brauche ich morgen eine ganze Stunde für einen einzigen Rundgang, wenn nicht sogar zwei.«

Ächzend ging er zum Regal und holte Fäustlinge und eine Fellmütze aus einer Schachtel hervor. Summer blickte auf den Kartenstapel. Das letzte gemeinsame Spiel. Die obersten Karten waren verrutscht, und als sie sie mit dem Zeigefinger anstieß, glitten sie ganz herunter. Auf dem schwarzen Herzass, das Summer an Lord Teremes' Lindenblatt-Zeichen erinnerte, lagen die Schlüssel.

So gern hätte sie dem alten Wächter für seine Güte gedankt. Aber sie wusste, dass sie ihm damit alles nehmen würde, was ihm geblieben war – den letzten Rest seiner Ehre als Wächter. Oder vielleicht auch nur die Illusion davon. Also nahm sie die Schlüssel schweigend an sich. Obwohl sie seinen Blick im Rücken spürte, drehte sie sich nicht mehr um. Sie zögerte nur kurz, als er sich räusperte. »Du … bist ein guter Mensch, Lady Tjamad«, brummte er.

Mensch.

Jetzt stiegen ihr doch die Tränen in die Augen. Rasch setzte sie ihre Maske auf.

»Der gute Mensch bist du, Tellus«, erwiderte sie aus vollem Herzen. »Es gab nie einen besseren.«

Blutherz

Sie brauchte kein Wort zu sagen. Als sie mit hoch erhobenem Kopf in den Inneren Zirkel schritt, umringt von ihren Faltern, erwachte jede Zorya im Raum, setzte sich auf und glitt von ihrem Steinblock. Flügelmäntel bauschten sich und knisterten. Und als hätten auch die Zorya, die nicht im Raum waren, den stummen Ruf gehört, kamen sie durch die Türen oder erschienen nach einem Todeskuss in diesem Raum. Summer blieb stehen, nahm die Maske ab und wartete. Mit vor Aufregung roten Wangen tauchte Wij auf. Halimar war da, und auch Anzej, der ernst wirkte und ein wenig bleich. Aber er lächelte ihr zu und heute konnte sie das Lächeln erwidern. Und natürlich erschien schon bald auch Beljén. Sie rannte auf sie zu und umarmte sie. Diese Berührung brach den Bann. Im nächsten Moment umringten sie alle. Hände legten sich auf ihre Schultern, Fingerspitzen strichen über ihre Wangen und ihre Stirn. Mantelsaum streifte mit einem Kribbeln ihren Rist, ihre Knöchel und Arme. Sie brauchte nichts weiter zu tun, als die Augen zu schließen und zuzulassen, dass die Grenzen zwischen ihr und den anderen verblassten. Sie dachte nicht an Loved in diesem Moment. Sie sah nur einen Mann und sah ihn nicht. *Indigo.*

»Indigo«, flüsterten die Zorya. »Tors Indigo.« Ein Chor, der sie immer dichter umschloss. Sie spürte, dass Lady Mar vor ihr stand, bevor sie die Augen öffnete. Die Zorya wichen nur ein wenig im Kreis zurück, um der Lady Platz zu lassen.

»Ich bin bereit«, sagte Summer mit fester Stimme.

Heute lächelte die Todesfrau. »Willkommen zu Hause, Tjamad. Ich sehe, du hast wieder zu dir gefunden. Und wirst du ihn auch wirklich erkennen?«

»Das werde ich, sobald ich in Lord Teremes' Lager bin und ihn sehe. Und ich weiß, wie ich zu ihm komme.« Die Zorya waren so still geworden, dass ihre eigene Stimme ihr wie Donnerhall vorkam. »Ich brauche eine Tätowierung. Und die Uniform eines Soldaten aus Lord Teremes' Armee.«

Jetzt setzte ein Murmeln ein, das sofort wieder verstummte, als Lady Mar zu ihr trat und ihr die Hände auf die Schultern legte. »Ich werde die Lords beauftragen, für alles zu sorgen.« Bevor sie ging, küsste sie Summer auf die Stirn. Und heute war es kein Kuss wie von scharfem Eisen, sondern ein warmer, leichter Hauch, der Summer endgültig willkommen hieß.

*

Als hätte in der Zitadelle die Zeit bisher stillgestanden, gingen die Vorbereitungen nun umso schneller. So schnell, dass Summer kaum Zeit blieb, ihre eigenen Pläne zu machen. Nur wenige Stunden, nachdem die Sonne aufgegangen war, wurde sie aus dem Kreis der Zorya, in den sie eben erst wieder ganz heimgekehrt war, herausgerissen und zu Lord Joras in den zweiten Turm gerufen. Begleitet von ihren Faltern und Beljén eilte sie mit der Elfenbeinmaske über dem Gesicht über ölverschmierte Treppen tief in die Unterwelt des Turms. Dort führte ein Offizier sie in eine Kammer voller Soldatenkleidung und ließ sie allein. Summer wählte die Stücke aus, die ihr passten. Die meisten waren in einem helleren Braun gehalten, was sie an Farrin und Lux erinnerte. Manche der Westen und Jacken hatten geflickte Stellen und Summer versuchte nicht daran zu denken, dass es die Kleider von gefangenen Soldaten waren, die unweit von hier irgendwo in den Gefängnissen saßen. An der Tür erschien Halimar mit ihrer Silbermaske und winkte ihr, sich zu beeilen. »Im achten Turm warten Lord Joras' Berater.«

Als Summer wenige Stunden später endlich wieder in den Inneren Zirkel zurückkehrte, hatte sie den Kopf voller Pläne, Anweisungen und Berichte, und auf ihrem rechten Unterarm pochte noch rot die Tätowierung mit Lord Teremes' Lindenblatt und einigen Codes und Zahlen. »Soll ich dir die Haare abschneiden?«, fragte Wij, als Summer in der Kleiderkammer ihren Rucksack vorbereitete.

»Nein, nicht heute. Lass mich einfach allein. Ich muss mich noch vorbereiten.«

Wij runzelte die Stirn. »Dir bleibt keine Zeit bis morgen. In vier Stunden erwartet dich Lady Mar wieder im achten Turm.«

Das war eine schlechte Nachricht. Plötzlich drohte ihr alles aus den Händen zu gleiten. Fieberhaft überschlug sie die Möglichkeiten, die sie sich zurechtgelegt hatte. Sie richtete sich auf, tat so, als würde die Nachricht sie nicht überraschen, und nickte.

»Gut. Ich … werde noch zur Barke gehen. Allein. Bitte stört mich nicht.« Wij nickte. Sie trat auf Summer zu und drückte sie kurz an sich. »Danke«, sagte sie. »Ich wusste immer, du lässt die Deinen nicht im Stich.«

Summer hoffte so sehr, dass Dajee schon in der Nähe der Barke herumstreichen würde, aber es waren nur einige andere Haie, die sie weit unten dahingleiten sah. Sie erinnerte sich daran, dass das Mädchen ihr einmal erklärt hatte, wie sie es rufen konnte. Entschlossen hob sie einen Stein auf, zerschlug ihn, bis eine scharfe Bruchkante entstand, und ritzte sich in den kleinen Finger. *Hoffentlich stimmt es, dass Zia mich überall finden wird,* dachte sie und tauchte den Finger ins Wasser. Ein kleiner Hai musste in der Nähe gelauert haben, er kam so schnell heran, dass Summer nur noch zurückstolpern konnte. Er schnappte tatsächlich nach ihr, obwohl sie eine Zorya war. Offenbar hatten diese Raubfische sich an ihre Nähe bereits gewöhnt. Erst als sie schon aufgeben wollte und zu dem Steg hinübereilte, fieberhaft auf der Suche nach einem anderen Plan, tauchte das Kind plötzlich außer Atem und mit rotem Gesicht auf.

»Dajee! Ich habe auf dich gewartet.«

»Ich weiß«, keuchte die Kleine. »Aber die Haie hier sind richtig gemein.«

»Danke, dass du trotzdem hergekommen bist. Hör zu, ich habe nicht viel Zeit. Tänzer Licht bittet dich um Hilfe. Wirst du ihm helfen?«

Die Kleine sperrte den Mund vor Staunen auf. Dann nickte sie andächtig.

*

Tellus hatte sie kommen gehört, denn er war nicht zu sehen, als sie kaum zwei Stunden später in den Wächterraum stürzte und mit fahrigen Fingern den versteckten Hebel suchte, mit dem sich die Wand ein Stück verschieben ließ. Tellus hatte sein unausgesprochenes Versprechen gehalten. Das in die Wand versenkte Schloss war offen. Ihre Geisterfalter schwirrten voraus, als wollten sie sie zur Eile antreiben. Sie ließ die Tasche, die sie bei sich hatte, unten im Schacht stehen und nahm nicht einmal die Maske ab.

Heute überraschte sie Loved, als sie in die Kammer stürzte. Im ersten Moment lächelte er, dann wurde er schlagartig ernst. »Ist etwas passiert?«

»Allerdings! Ich bringe dich hier raus. Es ist alles vorbereitet. Aber wir müssen uns beeilen, die Ebbe setzt bereits ein.« Diesmal war es ihr gelungen, ihn wirklich sprachlos zu machen.

»Zieh deinen Mantel aus«, forderte sie ihn auf. »Und jetzt wirf ein paar Decken aus dem Fenster. Und am besten noch ein Kleidungsstück von dir. Sie müssen glauben, dass du aus dem Turm gesprungen bist.«

Loved starrte sie immer noch ungläubig an. Aber dann reagierte er und sprang auf.

Er stellte keine Fragen, auch dann nicht, als er den schmalen Schacht sah.

»Wirf deinen Mantel runter und klettere voraus!«, befahl Summer. »Unten steht eine Tasche. Darin ist ein Dienermantel. Zieh ihn an und verstau deinen eigenen Mantel in der Tasche. Ich komme nach!«

Loved nickte und stürzte zum Schacht. Er fluchte, als er sich die Knie anstieß, aber irgendwie schaffte er es, sich hinunterzuzwängen. Summer wartete, bis er weit genug unten war, dann kletterte sie hinterher. Mit aller Kraft zog sie die Steinklappe nach unten und fing das Gewicht mit Schulter und Nacken ab. Dann ließ sie die Platte vorsichtig herunter und holte den Marmorbrocken und den Pflock hervor, mit dem sie den Riegel blockierte und mit dem Stein wie mit einem Hammer tief hineintrieb.

Tellus war immer noch auf seinem Rundgang. Sie konnte hören, wie er betont laut an einer Aufzugsklappe rüttelte. Hastig legte sie die Schlüssel auf den Tisch neben die Karten. Und entdeckte einen zusammengefalteten Zettel, der vorher noch nicht dort gelegen hatte. Sie faltete ihn auf und musste lächeln, als sie die Skizze mit den vielen Pfeilen und den Stockwerksmarkierungen sah. Ein Plan mit den vergessenen Schächten aus der Zeit, als der erste Turm noch der einzige gewesen war.

Wenig später waren sie unterwegs nach unten. Loved im Dienermantel, sie im schwarzen Gewand der Zorya, die Elfenbeinmaske auf dem Gesicht. Sie wählte die hinterste Wendeltreppe. Zwar war auch sie einsehbar, aber zumindest lag sie auf der meerzugewandten Seite und im Augenblick richteten sich alle Blicke – auch die der Zorya – auf das Land. Dennoch kam es ihr endlos lange vor, bis sie endlich die unteren Räume erreichten. Außer einigen Dienern, die den Fußboden scheuerten, war niemand im Brunnenzimmer. Sie hoben die Köpfe und erschraken beim Anblick der Zorya. Sofort sprangen sie auf die Beine und verbeugten sich.

»Verschwindet«, sagte Summer barsch. »Wagt es nicht, euch hier vor Ablauf einer Stunde wieder blicken zu lassen.« Sie sah nicht zur Seite, aber sie konnte sich denken, wie sie auf Loved wirkte: die Zorya aus der Vergangenheit, die sich ihrer Macht vollkommen bewusst war. Die Diener verschwanden so schnell, als hätte sie Löwenzahnsamen davongepustet.

Summer verschwendete keine Zeit, sondern nahm die Maske ab und schob sie in die Rockfalte. »Schnell! Wir müssen in den Brunnen klettern!«

Erst als sie endlich den Durchgang erreichten, fiel ihre Anspannung ein wenig von ihr ab. Das Licht ihrer Taschenlampe erfasste die steile Treppe. »Da runter! Zum Tempel der Haie«, flüsterte sie und schenkte Loved ein triumphierendes Lächeln.

Auf halbem Weg löste sich ein Stück Stein unter ihrem Fuß, sie schwankte, doch schon lagen Loveds Arme um ihre Taille und hielten sie fest. Atemlos verharrte sie einige Sekunden in seiner Umarmung. Im Schein der Taschenlampe leuchtete der Narbenmond auf seiner Wange auf. Seine Lippen wirkten umschattet und schön und sie ertappte sich dabei, sich nach einem Kuss zu sehnen. Die Spiegelungen des Haibeckens glommen in seinen Augen.

»Danke«, sagte er.

»Du schuldest mir keinen Dank. Beeile dich einfach!«

Aber sie musste alle Entschlossenheit zusammennehmen, um ihn wieder von sich zu schieben. Obwohl die Stufen eng waren, drängte sie sich an ihm vorbei und ging voraus. Atemlos erreichten sie wenige Minuten später den Holzsteg. Im Becken sah sie schon den Umriss des riesigen Hais. Und auf dem Steg, wo bereits das lächerlich kleine Ruderboot wartete, das Dajee irgendeinem Fischer gestohlen hatte, entdeckte sie auch winzige, nasse Fußspuren. Dajee war wohl zu schüchtern, um sich gleich zu zeigen, aber Zia schwamm so nah heran, dass ihre Rückenflosse zum Greifen nahe war. Summer holte hastig das Seil aus der Tasche und lief zum Steg. Im Wasser sah sie Dajees winzige Hand, ein paar Finger, die sich um eine Seitenflosse des Hais schlossen, während sie die Seilschlaufe über den Haikopf zog.

Loved zögerte, als der Raubfisch mit dem Maul gegen das Ruderboot stieß. Die anderen Haie schwammen aufgeregt hin und her und brachten das Wasser in Bewegung. Aber sie hielten einen Abstand zu Zia.

»Folge ihr einfach«, erklärte Summer. »Sie wird dich gegen die Strömung aus dem Felsschlund ziehen. Von dort aus ruderst du zu einem Felsen, der aussieht wie eine Welle, die sich eben überschlägt. Dort musst du im Sichtschutz ausharren, bis es dunkel wird. Erst dann kannst du an Land rudern. Zia wird dir den Weg durch die Felszähne zeigen. Wenn die Strömung zu stark wird, dann halte dich an ihrer Rückenflosse fest. Und ...«

»Ich allein?«, fragte er. »Und was ist mit dir?«

Sie strich sich mit der Hand über die Stirn. »Ich ... kann nicht. Noch nicht.« Sie wich seinem Blick aus und reichte ihm das Seil. »Es ist der einzige Weg aus der Zitadelle. Wenn es dunkel wird, wird jemand oben beim Kontrollposten sein, der das Meer beobachtet, und ihn ablenken, solange es geht. Mit etwas Glück kommst du so unbemerkt bis zur Bucht.«

»Aber ...«

»Bitte frag nicht«, bat sie ihn leise. »Ich setze alles aufs Spiel, indem ich dich hier rausschmuggle. Ich kann heute nicht mitkommen.«

»Ich habe dich schon einmal verloren«, sagte er ernst. »Und ich warte nicht noch einmal zweihundert Jahre, bis ich dich wiederfinde.«

»Ich finde dich. Im Frühling. Am alten Hafen«, gab sie ebenso leise zurück. »Und ich werde auch dein Herz finden und gebe es dir wieder! Ich verspreche es.«

Er nickte nur und dann schwiegen sie. Es war alles gesagt, jetzt gab es keinen Grund mehr, mit dem Abschied zu warten, und plötzlich war Summer zum Weinen zumute.

»Dajee?«, fragte sie. »Komm, trau dich. Er beißt nicht.« Das Kind, das sich immer noch schüchtern hinter der riesigen Haiflosse verbarg, kam hervor. Es sah mit großen Augen zu Loved.

Dann klappte ihm die Kinnlade nach unten.

»Das ist ja gar nicht Tänzer Licht!«

»Natürlich ist er das«, erwiderte Summer. »Der Mann, der nicht stirbt.«

»Nein!«, rief Dajee so laut, dass ihre Stimme wie ein schrilles

Echo von den Wänden widerhallte. »Tänzer Licht hat einen langen grünen Bart!«

»Er hat sich eben rasiert.«

Vor Empörung riss die Kleine den Mund auf und wurde ganz blass. »Tänzer Licht würde sich nie rasieren! Dann würden ihn die Toten ja gar nicht erkennen.«

Summer wurde auf der Stelle glühend heiß. *Es darf nicht schiefgehen! Beruhige sie! Schnell!*

»Na gut, du hast mich ertappt«, lenkte sie ein. »Er konnte nicht kommen. Aber das hier ist sein ... Bruder.«

Dajee verzog das Gesicht zu einem wütenden Schmollen. *Verdammt, das darf nicht wahr sein!*, schoss es Summer durch den Kopf. *Ich lüge die halbe Welt an und dann scheitere ich an einem Kind?*

»Dem helfe ich aber nicht!«, rief Dajee. »Du hast gesagt, Tänzer Licht kommt hier runter!«

Sie sprang auf.

»He, warte!« Summer erwischte das Kind gerade noch am Arm, bevor es ins Wasser springen konnte. Und lernte, warum das bei einem Mädchen wie ihm keine gute Idee war. Ein stechender Schmerz zuckte durch ihren Arm. »Au! Spinnst du?«

Auf ihrem Handgelenk zeichnete sich ein kleiner Zahnkranz ab. Dajee funkelte sie an. »Du sollst mich nicht anfassen!«, kreischte sie. Das Echo prasselte von allen Seiten auf sie herunter.

»Ich will doch nur einen winzigen Gefallen von dir«, rief Summer empört. »Du hast es versprochen!«

Aber Dajees Gesicht verzog sich noch mehr zu einer trotzigen Zornesfratze, die sie wie ein ganz gewöhnliches, wütendes Kind aussehen ließ. »Ich helfe dir aber nicht!«, brüllte sie. »Und sein Bruder ist hässlich!«

Der Hai peitschte durch das Wasser. Dann war das Mädchen schon verschwunden und ließ Summer sprachlos zurück.

Sie hätte alles erwartet, aber nicht, dass Loved lachte.

»Das hätte ich dir gleich sagen können. Warum hast du mir nicht gesagt, dass du ein Tierläufermädchen einspannen wolltest? Ich hätte dir die richtige Geschichte dafür geben können.«

»Ach wirklich?«

»Na ja, ich habe immerhin dreißig Jahre lang in den Tierläuferbergen gelebt.«

Jetzt konnte sie ihn nur noch verblüfft anstarren. »Und warum erzählst du mir das erst jetzt?«

»Du hast wirklich etwas für mich gewagt«, antwortete er. »Jetzt bin ich kein Gefangener mehr. Und damit sind wir auf Augenhöhe. Vertrauen gegen Vertrauen, Summer.«

Er nahm ihre verletzte Hand und drehte die Handfläche nach oben, begutachtete die Bisswunde. Gerade als er begann, ihr den Ärmel hochzuschieben, fiel ihr das Tattoo ein.

»Es geht schon«, sagte sie und zog die Hand weg. Er runzelte die Stirn. Hatte er das Lindenblatt gesehen?

»Und ein Gefangener bist du leider immer noch«, fuhr Summer hastig fort. »Was machen wir jetzt? Vielleicht kann ich Dajee noch einmal anlocken. Oder …«

Ein Ruf ließ sie beide zusammenzucken. »Tjamad?« Eine weit entfernte Stimme. Summer krampfte die Hand um die Lampe. *Verdammt, es geht alles schief!*

Es war Loved, der sofort reagierte, indem er einfach zur Taschenlampe griff und sie ausschaltete.

»Sie suchen mich jetzt schon«, flüsterte Summer verzweifelt. »Viel zu früh. Komm, ich verstecke dich. In den Generatorräumen, da ist um diese Zeit meistens niemand, der …«

»Summer, warte!« Sein Mund war direkt an ihrem Ohr, die Worte nur ein Wispern. »Kümmere dich nicht um mich. Ich komme zurecht.«

»Tjamad? Bist du da unten?« Sie zuckte zusammen, so laut hallte das Echo von oben. Sie kannte die Stimme. Es war Halimar.

»Ja!«, schrie sie zurück. »Ich ... komme gleich hoch. Meine ... meine Taschenlampe ist mir runtergefallen.« Dann senkte sie die Stimme zu einem kaum hörbaren Flüstern. »Aber die Haie! Und die Gegenströmung. Wie willst du das schaffen?«

»Ich sagte doch schon. Ich komme schon zurecht.«

»Beeil dich!«, rief Halimar.

Summer zuckte zusammen. Jetzt hatte sie keine Wahl mehr. Sie drückte Loved die Taschenlampe in die Hand. »Versteck dich, bis wir fort sind!« Dann drehte sie sich um und wollte davoneilen. Weit kam sie nicht. Er packte ihr Handgelenk und hielt sie zurück. Und dann waren da nur noch Dunkelheit und Loveds Arme und der Duft seiner Haut. Der warme Strom seines Atems streifte ihre Lippen. »Ich will dich ja nicht beleidigen«, raunte er. »Aber von einem richtigen Abschied hast du wirklich keine Ahnung.«

Sie wollte etwas erwidern, aber da küsste er sie schon mit einer wilden Zärtlichkeit, dass sie vergaß zu atmen. »Siehst du?« Sie hörte das Lächeln sogar in seinem Flüstern. »*Das* ist ein Abschied unter Liebenden!«

Liebende. Sie hatte nicht gewusst, dass ein Wort wie Liebe und Schmerz gleichzeitig sein konnte. Und obwohl sie endlich wieder ganz und gar eine Zorya war, hätte sie sich am liebsten an Loved geklammert, um ihn nie wieder loszulassen.

»Ich bin schon da!«, rief sie Halimar zu und ließ Loved los. Sie machte möglichst viel Krach, während sie die Treppen nach oben eilte. »Ich habe irgendwo dort unten meine Taschenlampe verloren! Wahrscheinlich hat ein Hai sie gefressen.« Und als sie die Zorya mit dem Mantel aus Mottenflügeln erreichte, lächelte sie, obwohl ihr zum Weinen zumute war, und folgte ihr mit brennendem Herzen, voller Wehmut, den Kuss, der noch in ihr nachhallte, loslassen zu müssen. *Genau das ist Leben,* dachte sie, während sie ihre Maske wieder aufsetzte. *Leid und Liebe, eng umschlungen, wie Geliebte. Genau danach habe ich mich bei jedem Todeskuss gesehnt. Aber warum habe ich dann jetzt plötzlich Angst?*

*

Die Anspannung fiel erst von ihr ab, als sie im Spiegel ihr neues Ich betrachtete. Die kurzen Haare, die Armeekleidung und das blasse Gesicht. »Hallo Blissa«, sagte sie zu ihrem Spiegelbild. Und ein wenig war es auch so, als sei Taja aus Beleter zurückgekehrt. Ein letztes Mal bat sie darum, dass Loved unversehrt aus dem Tempel der Haie fliehen konnte, dann ließ sie alles los, was sie vor Lady Mar hätte verraten können, und stand auf. Ihr Schwarm flog voraus, während sie die Maske aufsetzte, die jetzt gespenstisch fehl am Platz wirkte. Dann machte sie sich auf den Weg.

Der achte Turm erschien heute menschenleer. Am unteren Teil, vor dem Haupttor, das Summer noch nie durchschritten hatte, standen die Zorya in einer stummen Versammlung.

Lady Mar winkte sie heran. »Beljén und Anzej werden dich bis zur Militärgrenze am Fluss begleiten. Sie werden dich an einer Stelle absetzen, an der du schnell entdeckt wirst. Der Rest … liegt bei dir.«

Die Sorge der anderen umwallte sie wie ein Luftzug, der nach zu schweren Blüten roch. Das Schweigen, das eingesetzt hatte, ließ Summer wieder einmal doppelt so deutlich empfinden, wie sehr ihr Mantel ihr fehlte. Ihre Schwärmer umflatterten sie so dicht, als wollten sie sie trösten.

In der Menge entdeckte sie Anzejs Gesicht. Und heute verspürte sie sogar so etwas wie Zuneigung, ein Abglanz ihrer früheren Freundschaft, als sie seine besorgte Miene sah. Alle Befürchtungen eines schlimmen Endes auf dem Schlachtfeld spiegelten sich darin.

»Du kennst unseren Plan«, fuhr die Lady fort. »Indigo wird sich seinem Schicksal nicht freiwillig ergeben. Also gehe kein Risiko ein. Finde ihn. Warte, bis er schläft. Und dann rufe die Sucher.«

Sie hob die Hand und Anzej trat vor. Und mit ihm drei weitere Zorya-Männer. Zwei von ihnen hatten Mäntel aus Libellenflügeln wie Anzej. Nur der vierte war ganz in das Gelbschwarz eines Kardinalfalters gehüllt. »Talid, Kor, Rilaj – und Anzej kennst du ja. Sie werden auf deinen Ruf warten. Aber denke daran, sie sind Söhne des Windes und können nicht schneller bei dir sein, als der Wind brauchen würde, um eine Feder über die Entfernung zu dir zu tragen. Also wähle den Zeitpunkt gut. Und du weißt, sie können dir den Weg zu Indigo freimachen und ihn schwächen, damit du deine Aufgabe erfüllen kannst, aber zurückbringen können sie dich nicht.«

»Ich weiß«, sagte Summer. »Ich werde mich in Sicherheit bringen. Macht euch keine Sorgen, ich finde den Weg zurück schon allein.«

Lady Mars eisige und zugleich warme Knochenhände legten sich auf Summers Schultern. Die Schwärmer beruhigten sich, waren ebenso umfangen und geborgen in dieser Berührung.

»Du wirst noch eine Weste erhalten«, sagte die Lady. »Du trägst sie unter deiner Kleidung, direkt auf der Haut. Sie kann Kugeln abhalten und wird dein Herz schützen.«

»Danke, Lady Mar.«

Die Todesfrau seufzte. »Danke mir nicht. Ich wünschte, ich könnte dich besser behüten. Und ich wünschte, ich hätte dir damals, als ich dich erschuf, das Blutherz genommen. Vielleicht hättest du dann Indigos Ruf besser widerstanden.«

Summer runzelte die Stirn. »Was meint Ihr damit?«

Lady Mars schmale Lippen verzogen sich zu einem gläsernen Lächeln, während unter der Haut der Totenschädel an seinem ewig gleichen Grinsen festhielt. Ihre Hand strich über Summers rötliches Haar.

»Früher war ich dir sehr ähnlich«, sagte sie zärtlich. »Die Zorya waren den Menschen näher als heute. Und das brachte uns in Gefahr. Denke nicht, Tors Indigo war der Erste, der mit seinem Tod haderte. Oh nein! Den meisten gelang es nicht, uns zu verletzen, aber manche schwächten uns durch Verführung und Lügen, die unsere Herzen zu glauben bereit waren. Ich beschloss, dass ich unangreifbar sein würde, kein Feuer, sondern Asche. Damals gab ich mein Herz auf. Ich nahm es aus meiner Brust und sah zu, wie es verbrannte, spürte, wie alles Fließen in meinen Adern verlosch. Das, was einem Menschen ähnlich war, starb in jener Nacht.«

Summer starrte in das Totengesicht und spürte, wie sie blass wurde. Vorsichtig, als sei sie nur verlegen, wich sie zurück und entzog sich Lady Mars Händen. Sie hatte nicht mehr an Loved denken wollen, aber jetzt sah sie sich wieder auf dem Elfenbeinbett sitzen, mit Loveds Herz in der Hand. Und sie erinnerte sich daran, wie entschlossen ihr Blick zum Feuer geschweift war.

»Erschreckt es dich?«, fragte Lady Mar verwundert.

»Ja«, erwiderte Summer.

»Viele von uns haben diesen Weg gewählt. Es lebt sich für uns einfach besser ohne Herz. Nur du kannst diesen Weg leider nicht gehen, weil dein Mantel dir gestohlen wurde.«

Summer blickte zu den gläsernen Gesichtern, die viele der Zorya Lady Mar so ähnlich machten.

»Wenn wir keinen Mantel mehr haben, der uns schützt, haben wir mit den Menschen viel gemeinsam.« Lady berührte sacht ihre Brust, dort, wo ihr Herz gewesen war. »Dann sind wir an derselben Stelle am verwundbarsten. Die Menschen verlieren ihr Herz schnell und gern an andere Menschen oder sogar an leblose Dinge. An Leidenschaft und sogar an Geld. Sieh dir die Lords an, die unter meinem Befehl kämpfen. Sie geben ihr Herz hin für Macht und Geld, die ich sie erahnen ließ. Aber oft genug reicht auch schon ein Liebesschwur.«

»Können wir … Herzen rauben?«, fragte Summer mit schwacher Stimme. »Den Menschen, meine ich?«

Ein Tuscheln rauschte auf. Eine Empörung, die sogar Beljén ergriff.

»Natürlich könnten wie es«, erwiderte Lady Mar amüsiert. »Aber so etwas würde eine Zorya niemals tun.«

Summer senkte hastig den Blick. *Ich habe es getan!* »Was würde geschehen? Wenn eine Zorya ein Herz verbrennen würde?«

»Es wäre wie ein Fluch. Er würde weiterleben, aber sein Leben würde an der Stelle verharren. Wie eingefroren wären die Jahre. So lange, bis seine Zorya aufhörte zu existieren. Wenn sie unsterblich wäre, wäre auch dieser Mensch dazu verdammt, ewig zu leben. Erst wenn sie verlöschte, könnten zumindest seine Jahre wieder ihm gehören und weitergehen. Er würde seine Zeit leben, bis er stirbt. Aber glaube mir, es wäre kein glückliches Leben ohne Herz.«

Schwarz und weiß

Es war befremdlich, die Zitadelle durch eines der Nordtore auf dem Landweg zu verlassen. Und mit jedem Schritt, den sie sich von den Zorya entfernte, fühlte sie sich einsamer. Schweigend hatten sie sich von ihr verabschiedet. Nun begleiteten sie nur noch Beljén und Anzej sowie eine von Lord Joras' Truppen. Die Soldaten vermieden es, sie anzusehen, obwohl sie immer noch die Maske trug.

Die kugelsichere Weste lag zu eng an, aber das war nicht der Grund, warum es Summer so vorkam, als würde sie nicht genug Luft bekommen. Es war vor allem diese neue Schuld, die so schwer auf ihrem Herzen lastete. *Denk an Indigo*, redete sie sich zu. *Wenn du im letzten Kuss sein Leben siehst, wirst du wissen, was damals auf dem Richtplatz geschah, und vielleicht kannst du dann auch verstehen, wie du Loved so etwas Entsetzliches antun konntest.*

In welch sicherem Kokon sie in den vergangenen Tagen und Wochen gelebt hatte, bekam sie zu spüren, als sie die Halbinsel endgültig verließen. Lord Teremes' Truppen waren weit vorgedrungen. Explosionen ertönten in der Ferne und diesmal war der Rauch nicht nur eine malerische dunkle Säule, die man aus sicherer Entfernung durch das Fernglas betrachtete. Er war erschreckend nah, und der stechende Geruch hing in der Luft.

»Wir umgehen das erste Lager und stoßen in zwei Tagen zum Fluss«, erklärte Beljén. »Dort werden wir die Soldaten an der Grenzlinie ablenken. Und dann müssen wir dich verlassen.« Sie bemühte sich zwar um einen beiläufigen Tonfall, aber sie drückte bei diesen Worten Summers Hand so fest, dass es wehtat.

*

Sie erreichten den Fluss spät in der Nacht, erschöpft von der Anspannung der vergangenen Tage. Die Truppen, die am Fluss die Stellung hielten, waren von einem Boten informiert worden. Es war gespenstisch, wie genau und ohne zu zögern sie nach dem Plan, den Lord Joras und die Lady entworfen hatten, agierten. Auch Summer kannte ihre Rolle. Lange vor Morgengrauen, als Lord Joras' Soldaten sich schon bereit machten und ihre Gewehre luden, umarmte sie zum letzten Mal ihre Freundin. Es war Teil des Plans, dass Beljén heute ein auffallendes Kleid aus elfenbeinfarbener Seide trug. Das Gewehr in ihrer Rechten war ein irritierender Gegensatz dazu. »Ich wünschte, ich könnte dir meine Unverwundbarkeit schenken«, sagte Beljén mit erstickter Stimme. Und brach zu Summers Bestürzung in Tränen aus. Summer küsste sie und strich ihr über das Haar. Um keinen Preis hätte sie zugegeben, wie sehr ihr der Abschied selbst zu schaffen machte. »Mach dir keine Sorgen um mich«, fügte sie hinzu. »Ich werde ihn bald finden. Und in ein paar Tagen bin ich wieder bei euch.«

Auch Anzej war blass. Er blieb abwartend in einiger Entfernung stehen, aber Summer trat zu ihm und umarmte ihn ebenfalls. *Zwei Zorya, die ein Stück Menschenleben teilen*, dachte sie und musste lächeln. »Viel Glück«, flüsterte er ihr ins Ohr. Und sie nickte, drückte ihm ihre Maske in die Hand und huschte davon. Im Schatten des aus Felsbrocken und Stämmen aufgerichteten Verteidigungswalls lief sie, bis sie weit genug entfernt vom Geschehen war. Auf der gegenüberliegenden Seite erkannte sie nun einen weiteren Wall mit Schießscharten und der Lücke, die Lord Joras' Männer ausgespäht hatten. Die erste Explosion erschütterte die Luft und sprengte ein Stück Wall auf der Gegenseite, doch Summer wartete ab, bis auch Lord Teremes' Truppe auf die überraschende Attacke mitten in der Nacht reagierte und ebenfalls das Feuer eröffnete. Aus der Ferne sah sie, wie Beljen, die hinter dem Wall kauerte, ihr das Zeichen gab.

Summer zählte noch bis zehn, dann rannte sie geduckt los.

Das Wasser war um diese Jahreszeit bereits zu kalt, als dass ein Mensch länger als wenige Minuten darin ausgehalten hätte. Wie erwartet, trieb die Strömung sie ein weiteres Stück ab, aber sie vermied es, zu deutliche Bewegungen zu machen. Endlose Minuten harrte sie flach liegend im Uferwasser aus.

Rufe trieben über den Fluss. »Da! Eine von ihnen!« Dann krachte eine Salve von Gewehrschüssen los. Summer kroch am anderen Ufer an Land und schaute zu Beljén. Das Ablenkungsmanöver war ein atemberaubendes Schauspiel. Beljén stand stolz aufgerichtet auf dem Wall. Ihr helles Kleid leuchtete im Licht von Scheinwerfern und flatterte im Wind. Die ausdruckslose Bronzemaske und das Gewehr an ihrer Schulter gaben ihr die Anmutung einer grimmigen Kriegsgöttin. Schuss für Schuss feuerte sie, während keine einzige Kugel von der Gegenseite sie verletzte. Summer erreichte den Wall und kletterte auf Händen und Knien zu der durchbrochenen Stelle. Kurz bevor sie hindurchschlüpfte, warf sie einen letzten Blick über die Schulter und sah, wie Anzej hinter Beljén trat. Sie warf das Gewehr fort und hob die Arme.

Anzej umarmte sie und hüllte sie in seinen Mantel ein. Dann verblassten sie beide und waren fort.

*

Im Lager herrschte die kühle Hektik eines gut koordinierten Kampfes. Alle Augen waren noch auf das gegenüberliegende Ufer gerichtet, als Summer sich zwischen den Zelten durchschlug. Als ein Soldat sie entdeckte und auf sie zukam, ließ sie sich fallen, als sei sie völlig erschöpft.

»Blissa Tomlin!« Sie zeigte ihm die Tätowierung und ihre Nummer. »Sie haben mich gefangen genommen. Aber ich konnte fliehen.« Die Augen des jungen Soldaten wurden groß, dann stürzte er davon. Jetzt konnte sie nur noch hoffen, dass ihre Doppelgängerin nicht genau in diesem Lager war, aber die Chancen waren nicht hoch. Wenn sie Lord Joras' Spionen glauben konnte, befand sich das vierte Regiment gerade viel weiter nördlich.

Der Plan ging auf. Wenige Stunden später saß sie bereits in einem der nächsten Lager vor einer älteren Offizierin in einem Armeezelt. Die Frau betrachtete die Tätowierung, die bereits verheilt war und so wirkte, als trüge sie sie schon seit Wochen und Monaten. Dann blickte sie wieder in die Liste und verglich mit gerunzelter Stirn die Zahlen. »Du warst im vierten Regiment, Blissa. Hier steht aber, dass du vor zwei Wochen gefallen bist.«

Summer senkte den Blick auf ihre Hände. Sie hätte froh sein müssen, dass der Zufall ihr nun keinen Strich mehr durch die Rechnung machen konnte, aber ihr tat es leid um das Mädchen.

»Dacht ich auch«, antwortete sie, Blissas Tonfall genau imitierend. »Aber es stimmt nicht. Ich bekam nur einen Schlag auf den

Schädel und wusste ein paar Tage gar nichts. Ich bin ganz woanders aufgewacht und war gefesselt. Erst gestern konnte ich mich befreien und über den Fluss abhauen.«

»Bemerkenswerte Leistung«, sagte die Offizierin. »Erklär mir, was genau passiert ist.« Summer gab den Bericht zum Besten, den sie mit Lord Joras immer wieder durchgegangen war. Eine wasserdichte Geschichte über Verhaftung und Flucht. Mit verlockend genauen Ortsangaben und weiteren Hinweisen, die der Offizierin wertvoll erscheinen mussten, sie aber auf eine falsche Fährte bezüglich Lord Joras' nächster Strategie führen würden. Als sie zum Ende kam, wusste sie, dass sie damit gewonnen hatte.

Mit einem Passierschein verließ sie in Begleitung des Soldaten, der sie gefunden hatte, die Sperrzone am Fluss, erreichte die Truppenunterkünfte und war endgültig auf der anderen Seite angelangt.

Sie blieb nicht, sondern schlüpfte schon wenige Stunden später zwischen den Zelten davon und schlug sich sofort weiter, entfernte sich von den Kampflinien und hielt auf Lord Teremes' Lager zu. Sie lief nachts, begleitet vom Licht der zweiten Wirklichkeit, das ihre Falter ihr schenkten, und verbarg sich am Tag. Sie kam über verwüstete Felder, die bereits schneeüberweht waren. Im Laufen rief sie sich immer wieder das Modell des Nordlandes in Erinnerung, die Markierungen und vor allem Lord Teremes' Lager. Schritt für Schritt folgte sie dem Wegplan, den sie sich auf einer Karte eingezeichnet und dann eingeprägt hatte. Dennoch hatte sich die Lage in diesen wenigen Tagen schon wieder verändert. Sie war überrascht, schon sehr bald Lord Teremes' Lager auf einer Anhöhe zu sehen. Auf den graugrünen Militärzelten prangte Lord Teremes' Lindenblatt. Aber auch die Stadtzeichen von Maymara und andere Landeswappen waren darauf zu sehen. Eine

Weile blieb Summer stehen und verschnaufte. *Da unten ist er*, dachte sie. *Irgendwo in der Nähe von Lord Teremes.*

*

Sie war bereits fast bei den ersten Wachzelten, als sie hinter sich ein Klicken hörte und abrupt stehen blieb. »Hände hoch!«, sagte eine junge Stimme, die ziemlich nervös klang. Summer gehorchte und drehte sich langsam um. Ein hagerer Soldat hatte auf sie angelegt. Und offenbar waren seine Nerven nicht besonders gut. »Wo kommst du her?«, blaffte er. »Keiner verlässt das Lager!«

Der Zeigefinger des Mannes zuckte am Abzug. Jetzt war Summer doch froh, das sie unter ihrer Militärjacke die Schutzweste trug.

»Vom Frontlager«, sagte sie. »Ich hab einen Passierschein. Und ich …«

»Schnauze!«, brüllte er. »Name?«

In seinen rot geränderten Augen irrlichterte etwas Unheilvolles. Als hätte er zu viel gesehen, was er nicht ertragen konnte.

»Blissa Tomlin.«

»Code?«

»24AZ98.«

»Nummer?«

»343/4«

Er hatte hohle Wangen, die sich bei jedem Einatmen noch etwas mehr vertieften. Ohne das Gewehr zu senken, kam er zu ihr und schob mit der linken Hand grob ihren Ärmel hoch. Sein Blick wanderte zwischen der Tätowierung und ihrem Gesicht hin und her.

»Was hattest du hier draußen zu suchen?«

»Ich habe Informationen über die Zitadelle. Genauerer Bericht nur an den zuständigen Vorgesetzten.«

»Wer soll das hier sein?«

»Farrin Okland«, sagte sie so ruhig wie möglich.

Selbst wenn er dich verhaftet, ist es eine Methode ins Lager zu kommen. Ich habe einen Passierschein und ich bin registriert. Und wenn er bis jetzt nicht geschossen hat, wird er es nun auch nicht tun.

Sie konnte beinahe sehen, wie seine Gedanken hinter der Stirn wanderten.

»Du lügst«, blaffte er. «Okland ist nicht mehr im Dienst.«

»Runter mit dem Gewehr, Callas!«, rief eine Frau. Der Soldat zuckte merklich zusammen und ließ tatsächlich zögernd das Gewehr sinken. Summer blickte nach rechts und entdeckte zu ihrer unendlichen Erleichterung ein bekanntes Gesicht.

Lux. Eben war sie aus einem der Zelte getreten und kam nun mit großen Schritten auf Summer zu. Ihre Zornesfalte war seit ihrer letzten Begegnung noch tiefer geworden.

»Na sieh mal an«, meinte die Offizierin. »Die Dolmetscherin ist zurückgekehrt.« Sie gab dem Soldaten einen Wink.

»Alles in Ordnung, Callas. Ich übernehme sie.«

Nur widerwillig zog er sich zurück. Nachdem er gegangen war, wandte sie sich Summer zu und musterte sie von Kopf bis Fuß. »Hallo Taja! Wir dachten, wir sehen dich nie wieder. Wo warst du?«

»Lange Geschichte. Beim Angriff hatte ich mich versteckt. Und dann wurde ich gefangen genommen – und konnte fliehen. Aber was ist mit Farrin? Ist ihm etwas passiert?«

Lux zuckte mit den Schultern. »Wie man's nimmt. Moira macht ihm das Leben schwer. Und ich weiß nicht, was ihn gerade mehr zur Weißglut bringt. Die Verletzung am Bein oder die Tatsache, dass Moira ihn suspendiert hat. Sobald sie sich sehen, streiten sie sich. Na ja, die Tatsache, dass du noch lebst, könnte ihn zumindest aufmuntern.«

*

Farrin saß hinter einem der Zelte. Summer hätte ihn beinahe nicht wiedererkannt. Er war unrasiert und hatte tiefe Schatten unter den Augen. Zusammengesunken und mürrisch stützte er sich auf dem Tisch auf. Vor ihm stand eine halb leere Flasche Branntwein. Und daneben stapelten sich Papiere.

»Farrin!« Ihr Ruf ließ ihn aufblicken. Ungläubig blinzelte er, dann sprang er auf. Zumindest versuchte er aufzustehen, doch sein linkes Bein war am Knie geschient. Durch seine Bewegung schreckte er Jola auf, die unter dem Tisch lag. Natürlich knurrte sie, als sie Summer entdeckte. Dafür begrüßte Farrin sie umso herzlicher. »Taja aus Beleter! Und wir dachten alle, wir sehen dich nie wieder! Wo bist du nur abgeblieben?«

Summer lachte und stürzte zu ihm. Seine Umarmung war viel zu fest und stank nach Branntwein, aber immerhin war es Farrin und sie war unendlich glücklich, ihn zu sehen.

»Erst auf dem Feld, dann auf der Flucht. Und du? Was hat dich denn erwischt?«, entgegnete sie.

Er ließ sich auf die Bank zurücksacken. »Kannst es dir aussuchen. Moira. Oder die Kugel, die für sie bestimmt war. Gibt sich beides nichts.«

»Du hast sie gerettet? Vor wem?«

»Die Spione aus der Zitadelle schlafen nicht. Lord Teremes' Berater sind begehrte Zielscheiben geworden.« Er lachte bitter. »Und das ist der Dank dafür. Sie hat mich bis auf Weiteres suspendiert.«

»Du bist ja auch verletzt.«

Farrins Drachenaugen wurden noch dunkler.

»Kapierst du nicht, Taja? Sie will mich nicht mehr um sich haben. Ich soll überhaupt nicht mehr mit ihr an die Front. Und Lord Teremes hört auf sie. Deshalb darf ich mich neuerdings hier nur mit Verwaltungskram herumschlagen und habe nichts zu tun. Ich bin gerade noch gut genug, um auf ihren verdammten Hund aufzupassen.«

Ihren Hund vertraut sie niemandem an, dachte Summer bei sich. *Nur dir.*

»Wo ist Moira?«

»Weg.« Farrin nahm einen Schluck aus der Flasche. »Unterwegs mit Lord Teremes. Sie kommt in ein paar Tagen zurück.«

*

Einerseits fiel es ihr erstaunlich leicht, sich zwischen den Soldaten einzufinden. Andererseits spürte sie inmitten der vielen Menschen mehr denn je, wie sehr sie wieder zur Zorya geworden war. In manchen Momenten ertappte sie sich dabei, die Soldaten aus derselben Distanz zu betrachten, wie Lady Mar es tat. Nur bei Farrin war es anders. Lux verschaffte ihr einen Platz in der Nähe von Farrin. Für einen Dolmetscher gab es in diesem Lager genug zu tun. Lux nahm sie mit, wenn sie ihre Dienste benötigte, aber Summer hatte eher den Verdacht, dass sie den verbitterten Offizier ablenken sollte. Einen besseren Platz hätte sie nicht finden können. Der Kälteeinbruch gab ihr in diesen Tagen eine gute Ausrede, ihr Gesicht, so gut es ging, zu verbergen. Sie zog den Schalkragen ihres Pullovers bis über den Mund hoch, als würde sie frieren, und trug eine Mütze. So studierte sie verstohlen jedes einzelne Gesicht. Kein einziges kam ihr vertraut vor, nur einmal entdeckte sie Callas, der sie misstrauisch musterte und dann auf dem Absatz kehrtmachte. Lux und Farrin hatten ihre Tätowierung nicht gesehen. Und sie hatte den Namen Blissa nicht erwähnt.

Am dritten Tag schöpfte sie wieder Mut, als Lord Teremes von der Kampflinie zurückkehrte. An diesem Abend wurde ein Sieg gefeiert und Summer versuchte, nicht daran zu denken, was es für die Ihren bedeuten könnte, sondern suchte umso aufmerksamer nach Indigo. An diesem Abend war sogar Farrin besser gelaunt. Verhaltene Feststimmung lag in der Luft, die ersten Feuer wurden geschürt. Und am Himmel leuchteten Streifen eines seltsamen weißgrünen Lichtes auf, das Farrin endlich wieder zum Lächeln brachte. »Polarlicht«, meinte er zu Summer. »Das habt ihr im Süden nicht.«

An diesem Abend legte Summer die Weste ab, die sie immer noch fast erstickte, und mischte sich mit Farrin unter die Feiernden. Feuerschein huschte über die Gesichter. Wild briet über den Flammen. Von Weitem sah sie einen hünenhaften blonden Krieger mit geschorenem Haar und einem ebenso blonden Bart. An seiner Schläfe prangte eine Tätowierung, das Lindenblatt.

»Ist das Lord Teremes?«, raunte sie Farrin zu. Jola knurrte wieder einmal, weil sie Summers Stimme hörte.

»Ja, das ist er.«

Summer richtete sich auf und beobachtete, wie der Lord von Feuer zu Feuer ging und den Offizieren und Soldaten die Hände schüttelte, mit ihnen sprach und trank. Ihr Blick glitt zu den Leuten, die ihn begleiteten. Und dann stutzte sie.

Sie sah den Mann nur halb von hinten und dennoch war es, als würde ein Blitzlicht die Stelle erhellen, an der er sich befand. Im ersten Moment fuhr ihr der Schreck in die Knochen. *Loved?*

Der Mann, der einen sehr schlichten, fast schon abgetragenen Mantel trug, trat zu einem Feuer in der Nähe. Und seine geschmeidigen Bewegungen, die langen Beine, überhaupt die ganze Gestalt kannte sie so gut, als hätte sie ihn eben erst verlassen.

Natürlich, beruhigte sie sich. *Loved und Indigo sehen sich ähnlich. Er ist es nicht, er würde mich nicht verraten.*

»Wer ist das?«, fragte sie mit schwacher Stimme.

»Der da? Geresa. Nicht weiter wichtig. Irgendein Schreiber von Lord Teremes.«

Das kam so betont gleichgültig, dass Summer aufhorchte. Es musste Indigo sein. Alles passte: Er begleitete Lord Teremes und hielt sich dabei im Hintergrund. *Und Farrin weiß, dass dieser Mann, der sich Geresa nennt, Lord Teremes' wichtigster Berater ist, aber natürlich würde er es mir nicht sagen.*

In diesem Moment zückte der Mann ein Messer und schnitt sich ein Stück vom Wildbraten herunter – mit der linken Hand. Summer konnte nichts tun, sie antwortete nicht auf das, was Farrin zu ihr sagte, denn die Welt um sie wirbelte und versank in einem schwarzen Sog. Und jetzt war es, als würde ihr eigenes Herz verbrennen. *Er hat mich also doch belogen! Und ich wollte ihm unbedingt glauben.*

*

Sie folgte ihm in weitem Abstand. Ein Messer in der Hand, ohne zu wissen, was sie nun tun sollte. Irgendwo in einem Winkel ihres Herzens hoffte sie so sehr, dass ihre Wahrnehmung ihr einen Streich gespielt hatte. Dass es doch eine Erklärung gab. Irgendeine andere als diese. *Jede andere!* Sein Weg führte ganz zum Rand des Lagers. Ein Stück hinter einem länglichen Zelt dösten einige Pferde in einem Pferch. Sobald sie Summer witterten, legten sie die Ohren an und trabten ein Stück davon. Der Mann verschwand in einer der schäbigeren Unterkünfte. Summer pirschte sich an die Zeltklappe heran. Vorsichtig setzte sie das Messer an und durchtrennte die Schnur, die die Klappe in der Position hielt. Dann warf sie mit bebendem Herzen einen Blick hinein.

Wieder saß er halb abgewandt. Studierte einige Blätter. Dann legte er sie auf dem Tisch ab und verschwand hinter einem Vorhang im hinteren Teil dieser improvisierten Schreibstube.

»Hey!«

Noch während Summer zurückzuckte, hörte sie, wie ein Gewehr durchgeladen wurde.

Fünf Meter von ihr entfernt stand Moira. Mit einem Blick erfasste sie die Situation: die durchtrennte Schnur, das Messer in Summers Hand.

»Was zum Teufel machst du da?«

Summer rang sich ein Lächeln ab. »Moira! Ich bin's nur.«

»Runter mit dem Messer. Wirf es her.«

Er hält sich im Hintergrund. Und Moira bewacht ihn persönlich und entwirft mit ihm die Strategien. Er kannte nur mich, sie aber ist Lady Mar schon einmal begegnet.

Mit einem Seitenblick ins Zelt vergewisserte sie sich, dass der Mann das Gespräch nicht hörte. Er befand sich immer noch im hinteren Teil des Zeltes. Dann gehorchte sie und ließ zögernd das Messer fallen.

»Und? Weißt du inzwischen, wer du bist? *Blissa* aus Beleter?«, sagte Moira frostig. »Diesmal ein Soldatenname, um dich bei uns einzuschleichen? Tja, manchmal lohnt es sich, auch dann genau zuzuhören, wenn ein unerfahrener Soldat etwas Seltsames bemerkt.«

Summer leckte sich über die Lippen. »Nein, das ist mein richtiger Name. Taja ist mein Rufname für meine Freunde.«

»Dann zeig mir das Lindenblatt.«

Summer schob den Ärmel herunter. »Es stimmt, Moira. Ich kann es erklären, ich bin wirklich Blissa!«

Moiras Augen verengten sich. Sie hob das Gewehr und legte auf Summer an.

»Dann hast du dich aber auffallend verändert. Blissa aus Beleter war ebenfalls an Bord der *Nymphea.* Dumm für dich, dass ich mit ihr gesprochen habe. Und ein Blick in die Listen genügt, um zu wissen, dass Blissa gefallen ist.«

Jetzt verstand Summer, dass sie heute tatsächlich einer Feindin gegenüberstand. Schwarz und Weiß, heute gab es nichts dazwischen.

»Seltsam, dass deine Tätowierung so schnell verblasst«, setzte Moira scharf hinzu. »Sie müsste doch ein Menschenleben halten. Du bist eine von *ihnen*!«

Es geschah so viel in dieser Sekunde. Ein dumpfer Schlag, der Moira zu Boden gehen ließ. Summer, die alle Muskeln spannte und sich zur Seite warf. Ein Schuss, den sie noch im Fallen hörte. Der Aufprall. Und dann das Gewehr, das auf sie zuschlitterte und im Gras liegen blieb – und Moira, die bewusstlos hingestreckt dalag. *Ist sie tot? Wer …*

Im selben Moment begann die Dunkelheit um das Zelt zu kochen. Stampfende Schritte erklangen, Soldaten rannten herbei. »Er ist zum Bach gelaufen!«, rief eine Stimme, die ihr seltsam vertraut vorkam. Summer kroch auf allen vieren in die Deckung des nächsten Zeltes. Hundegebell erklang, Soldaten rannten in Richtung Bach. Taschenlampen gingen an. Licht glitt über zwei Leute, die zu Moira sprangen und sie auf den Rücken drehten.

Und der Mann, der Indigo war, trat vor das Zelt und sah sich um. Im Licht einer Taschenlampe leuchtete sein Gesicht auf, losgelöst, als würde eine Maske vor dem dunklen Hintergrund schweben. Geblendet vom Licht sah er Summer kurz direkt in die Augen, ohne sie in der Dunkelheit zu erkennen.

Nicht Loved, war ihr erster Gedanke.

Dann wirbelte die Zeit und erstarrte im selben Lidschlag. Mit einem Fingerschnippen waren alle Gesichter wieder da, alle unscharfen Flecken verschwanden aus ihrer Erinnerung.

Überall hätte sie ihn erkannt. Dunkelbraune Haare, die denen von Loved ähnlich waren, aber durch die sich an der Stirn schon einige graue Fäden zogen. Fast schwarze, etwas schräge Augen gaben seinem Gesicht mit dem spitz zulaufenden Kinn etwas von einem Luchs. Eine seiner Augenbrauen wurde von einer Schnittnarbe geteilt. Es irritierte sie, wie sehr seine Bewegungen tatsächlich an Loved erinnerten. Sie kannte Indigos Lächeln, seine Stimme, seine Versprechungen, seine Grausamkeit. Vor allem seine Grausamkeit.

Innerhalb eines weiteren Lidschlags war sie nur noch eine Zorya, die mit kühlem Kopf ihren Plan entwarf. *Keine Zeit, um auf die Sucher zu warten. Ich muss so zu ihm gelangen*. Der Lichtkegel glitt weiter, streifte ein anderes Zelt. Indigo zog sich wieder zurück. Und sie packte das Messer und dachte nur noch an die Stelle in seiner Brust, wo eine Verwundung ihn lange genug schwächen würde. *Ich muss um das Zelt herumlaufen. Hinten ist niemand. Und er ist jetzt noch allein da drin.* Sie kroch zur Seite und schnellte los. Und war so überrumpelt, als jemand unsanft auf ihrem Rücken landete und sie packte, dass sie nicht einmal Schmerz empfand. Ihr erster und einziger Gedanke war: *Das Zelt! Ich habe keine Zeit mehr!* Sie wand sich wie eine Schlange und erwischte mit ihrer Faust ein Kinn. Ein keuchender Schmerzenslaut ertönte. Ihr Messer verfehlte knapp eine Schulter, dann quetschte ein Knie ihr Handgelenk.

»Hör endlich auf!«, zischte ihr Angreifer. Er kam ihr bekannt vor, aber die Zorya wehrte sich mit aller Kraft.

»Lass mich!«, fauchte sie. »Ich muss zu ihm!« Er fluchte und packte nur noch fester zu. Das Messer glitt aus ihren Fingern ins Gras.

»Beim Bach ist niemand!«, rief jemand von jenseits des Zeltes.

»Was ist mit der Beraterin?«

»Niedergeschlagen.«

»Sucht auf der anderen Seite!«

Als hätte der Satz sie aus einer Trance geweckt, schreckte Summer auf. Und sah in Loveds Gesicht.

»Lass … mich los!«, presste sie zwischen zusammengebissenen Zähnen hervor. »Das ist Indigo.«

»Ich weiß.«

»Ich muss zu ihm!«

»Nein!«

Endlich gelang es ihr, sich aus seinem Griff zu befreien. Sie sprang auf und rannte. Doch hinter dem Zelt holte er sie ein. Die Böschung fiel so steil und plötzlich ab, dass Summers Fuß umknickte. Sie stürzte und riss Loved mit, dann rollten sie schon in den Graben, der den Pferdepferch von den Zelten trennte. Gestrüpp kratzte über ihre Stirn und die Hände, Stoff riss an Dornenranken. Sie keuchte auf, als sie unsanft auf einem Ast aufkam, den Loveds Gewicht gegen ihre Hüfte drückte. Oben im Lager stritten laute Stimmen, Schritte streiften durch das Gras. »Moira!« Das war Farrins Stimme.

Alles vorbei, dachte Summer. Paradoxerweise war sie nur maßlos enttäuscht – und ungeheuer wütend auf Loved.

»Weißt du, was du getan hast?«, zischte sie ihm zu.

»Ja, ich habe verhindert, dass du dich umbringst. Wenn du ihn küsst, stirbt er. Aber du auch.«

Sie blinzelte. »Was?«

Ein hastiges, schattiges Nicken. Jetzt kam zur Wut auch noch die Empörung. »Was redest du? Lady Mar hat mir verziehen. Ich bin eine von ihnen! Warum sollten sie mich töten?«

»Weil es der Lauf der Dinge ist«, stieß er flüsternd hervor. »So hast du es mir damals erklärt. Das Gesetz für diejenige von euch, die die Ordnung stört. Du wusstest es – und trotzdem konntest du nicht vom Leben lassen.«

Nur langsam sickerte der Sinn dieser Worte in ihr Bewusstsein. Loved deutete ihr Schweigen offenbar falsch. Er klang verzweifelt, als er wieder zu sprechen begann. »Wir haben keine Zeit für Erklärungen. Aber sagt dir der Name Wij etwas? Sie hat bei der Barke mit einer anderen Zorya darüber geredet.«

Alles in ihr sträubte sich dagegen, aber dann fielen ihr Beljén und Anzej ein, die Tränen beim Abschied. Und die Zorya, die so stumm wie … Trauernde? … gewirkt hatten. Und als sie endgültig begriff, war es wie ein Faustschlag, der sie mitten in den Leib traf und ihr alle Luft nahm.

»Glaub mir, es gibt niemanden, der Indigo lieber tot sehen würde als ich«, sagte Loved hastig. »Aber nicht um diesen Preis! Und jetzt entscheide dich, willst du leben oder sterben?«

Sie packte ihn am Kragen, ihre Fingernägel gruben sich so tief in das Leder seiner Jacke, dass es schmerzte.

»Loved!«, flüsterte sie mit erstickter Stimme, »ich will nicht sterben!«

Winterblüten

Es gab den Teil von ihr, der mit Loved zusammen floh und um jeden Preis überleben wollte. Der auf der Hut war, der sich duckte und kroch, der das Tor des Pferdepferchs öffnete, mitten unter die Tiere trat, sie in die Ecke drängte und mit dieser erzwungenen Nähe so in Panik versetzte, dass sie ausbrachen und im Lager für einen weiteren Tumult sorgten. Es war derselbe Teil, der sie dazu brachte, ohne zu zögern hinter Loved auf das gestohlene Reittier zu klettern, das Schaum vor dem Maul hatte und sich so sehr fürchtete, dass es im Pfeilgalopp dahinschoss. Doch der andere Teil nahm all das nur wie einen Traum wahr. Wie aus weiter Ferne beobachtete sie die zwei Fliehenden , denen es gelang, das Lager zu verlassen und in einem dicht bewaldeten Streifen hinter den Kampflinien unterzutauchen.

Erst im Morgengrauen, als sie unter dem Zweigdach einer Weide Unterschlupf suchten, kam der Schock. Sie weinte lange und Loved fragte nicht, sondern hielt sie nur in den Armen. Ihre Falter ließen sich nicht blicken und sie war unendlich froh darum.

»Sie wussten alle, dass ich mich nicht daran erinnere, was mich erwarten würde!«, flüsterte sie. »Aber sie haben mich in dem Glauben gelassen, dass ich nur meine Aufgabe zu Ende bringe. Sie haben mich ahnungslos ins Messer laufen lassen! Warum habe ich mich nicht gewundert, dass Beljén und die anderen niemals von einem Wiedersehen gesprochen haben? Weißt du, warum?«

Loved schüttelte nur stumm den Kopf und sie schniefte und stieß hervor: »Weil es für mich selbstverständlich war, dass ich zurückkehre! Weil ich ihnen vertraute und ein Teil von ihnen war. Und für die Zorya war es genauso selbstverständlich, dass ich für meine Verfehlung verlöschen werde.« Sie lachte bitter auf. »Lady Mar verzeiht, oh ja! Aber sie ändert nicht den Lauf der Welt für eine Zorya. Ich hatte überhaupt keine Wahl! Das Urteil über mich war längst gesprochen.«

»Das nennt man Verrat«, sagte Loved ruhig und strich ihr über die Wange. »Es tut weh, aber der Schmerz kann vergehen.«

Das war der nächste Schock. Dass ihr genau in dieser Sekunde wieder bewusst wurde, was sie ihm angetan hatte. *Du musst es ihm sagen*. Aber sie biss die Zähne zusammen und schwieg. *Nicht auch noch er. Ich kann es nicht ertragen, ihn auch noch zu verlieren.*

»Wie hast du mich gefunden?«, fragte sie stattdessen.

»Ich saß einen Tag lang in den Höhlen fest. Und als die Flut kam, verkroch ich mich in den hinteren Teil. Dort, wo die Barke ist. Zwei Zorya waren dort. Und sie sprachen über das, was dich erwartet, wenn du Indigo findest. So erfuhr ich, dass er noch lebt. Zum Glück sprachen sie auch darüber, auf welchem Weg du zu Lord Teremes' Lager kommen würdest. Und als ich bei der nächsten Ebbe endlich aus den Höhlen kam, habe ich alles darangesetzt, um über die Schleichwege der Tierläufer schneller im Lager zu sein als du und Indigo zu finden, bevor du es tust.« Er senkte die Stimme. »Und es war verdammt knapp!«

»Warum hast du mir nicht schon früher gesagt, was du über mich weißt?«

»So lange vertrauen wir einander noch nicht, Summer«, antwortete er ernst. »Trotz allem war ich immer noch ein Gefangener und völlig in eurer Hand. Jetzt sind wir zum allerersten Mal einfach nur du und ich.«

Du und ich. Summer dachte eine Weile über diese Worte nach. Es hörte sich schön an. Aber gleichzeitig war da immer noch das *Wir* der Zorya, das sie aufwühlte und das sie am liebsten von sich gestoßen hätte.

»Sagst du mir jetzt, was damals wirklich passiert ist? Mit … Indigo?«

Sie konnte spüren, wie seine Arme um sie schwerer wurden, als würde die Last dieser Erinnerungen ihn niederdrücken.

»Na gut«, meinte er nach einer Weile. »Ich stand in seinen Diensten. Ich … war so etwas wie sein Adjutant, sein Vertrauter. Ich habe ihm das Fechten mit der linken Hand beigebracht, weil er eine Verwundung erlitten hatte. Zwar konnte er mit der rechten Hand noch schreiben, aber er hatte kaum genug Kraft, eine volle Weinflasche damit zu heben.«

»Hat er dich aus der Schmiede freigekauft?«

»Oh ja. Und ich liebte ihn dafür. Heute denke ich, er hat sich in mir wiedererkannt. Wir sehen uns ein wenig ähnlich.« Er räusperte sich und sprach leiser und mit bebender Stimme weiter. »Er gab mir den Auftrag, dich zu beschützen und dir die Zeit zu vertreiben. Er erzählte mir, du seist seine Verlobte. Aber wir verliebten uns und ich glühte jedes Mal vor Eifersucht, wenn ich sah, wie du mit ihm gelacht und getanzt hast. Indigo war kein Mann, der verzieh. Ich wusste, er würde mich töten, wenn er erfuhr, dass wir uns küssten. Und dann … hast du mir anvertraut, dass du eine Botin bist. Indigos Todesbotin. Und dass du einen Flügelmantel hast. Ich weiß nicht, ob ich dir das wirklich geglaubt habe. Ich sah den Mantel ja nicht.

Du erzähltest mir, du wolltest ein Mensch sein, und hast dich gefürchtet, von deiner Herrin bestraft zu werden. Und du erzähltest mir, du würdest sogar ein Leben stehlen, um ein Mensch zu sein. Ich lachte darüber. Einmal… waren wir zusammen am Hafen und ich zeigte dir die Stelle, an der der Südstern steht.«

»Daran erinnere ich mich«, sagte Summer leise. »Wir wollten zusammen fortgehen.«

»Es sollte eher eine Flucht werden. Dorthin, wo weder Indigo noch deine Herrin uns finden würden. In der Nacht, als wir diesen Entschluss fassten, war ich glücklich.«

Summer senkte den Blick und lehnte den Kopf an seine Schulter. *Die Nacht, in der ich sein Herz gestohlen habe*. Ihre Wangen glühten und plötzlich fröstelte sie wieder, als hätte sie Fieber.

»Wie immer verließ ich dich, bevor es hell wurde. Ich ging zurück in die Burg. Und kaum eine Stunde später trat Indigo in mein Zimmer…«

»Er hatte mich fesseln lassen. Das war der Morgen, an den ich mich auch noch erinnere. Sie brachten mich zum Richtplatz. Und da warst du!«

Loveds Stimme wurde leise und ausdruckslos, als er weitersprach.

»Er hatte mir befohlen, dich hinzurichten. Der Henker gab mir seinen Mantel und sein Schwert. Und auch seine Handschuhe. Und ich spielte mit. Weil es die einzige Möglichkeit war, dich zu verschonen.« Er schluckte schwer. »Ich löste heimlich deine Fesseln. Ich wunderte mich noch, wie locker sie gebunden waren. Du hättest dich selbst befreien können. Ich flüsterte dir ins Ohr, ich würde dich absichtlich verfehlen und mich dann auf die Soldaten stürzen. Und du solltest laufen. Aber du… warst so seltsam. So kühl. Du hattest nicht einmal Angst.«

»Ich hatte Angst! Todesangst.«

»Indigo stand oben am Fenster und beobachtete die Szene. Ich hasste ihn unendlich. Dann hob ich das Schwert und rechnete mir dabei schon aus, wie ich den Henker töten würde, der nicht weit entfernt war. Wie ich dir den Weg freimachen würde. Doch dann … riss ein Schmerz mir das Schwert aus der Hand. Ich spürte noch, wie sich ein Dolch zwischen meine Schulterblätter bohrte, dann fiel ich. Als … ich wieder zu mir kam, wurde ich fortgetragen. Einige Männer schleppten mich zum Graben wie einen toten Hund. Ich konnte nicht sprechen, nicht einmal blinzeln, ich war wie tot, nur meine Augen sahen noch. Und der Anblick, der sich mir bot, zerstörte alles, woran ich in meinem Leben geglaubt hatte. Indigo und du auf dem Richtplatz. Er hatte dir aufgeholfen und nun lagst du in seinen Armen. Eng umschlungen, wie ein Liebespaar, standet ihr da. Du hast ihm zugelächelt und dann schweifte dein Blick zu mir. In diesem Moment starb ich ein zweites Mal. Kalte Verachtung lag in deinem Blick. Und Triumph.«

Er schluckte schwer. »Und da begriff ich, dass du die ganze Zeit mit mir gespielt hattest. In Wirklichkeit war es Indigo, den du liebtest. Ich kam zu dem Schluss, dass du mein Herz gestohlen hast, um dein Menschenleben zu bekommen. Und dass Indigo von Anfang an davon wusste.«

»Wie kannst du das glauben? Ich erinnere mich doch – daran, dass *wir* uns liebten!«

»Aber vielleicht können die Erinnerungen auch euch Zorya trügen?«

Die Vorstellung traf sie wie eine Ohrfeige mit eiskalter Hand. *Was, wenn es wirklich so ist? Ich habe ja auch Indigos Gesicht ausgelöscht. Und alle anderen Gesichter. Und was, wenn ich gar nicht von Indigo auf einem Schiff verschleppt wurde? Was, wenn ich die Erinnerung an die Fahrt auf der* Nymphea *benutzt habe, um die Lady zu täuschen? Aber warum?*

»Ich erwachte Tage später – im Graben liegend, Schnee auf meiner Brust«, fuhr Loved mit brüchiger Stimme fort. »Ein paar Raben saßen um mich herum. Ich wusste nicht, warum ich noch sah und hörte und mich aufrichten konnte. Da war kein Herz mehr.« Er nahm ihre Hand und legte sie auf seine Brust. »So wie jetzt.«

Summer zog die Hand hastig zurück und legte die Arme um ihre Knie. Am liebsten hätte sie sich verkrochen, weit fort von ihm. *Was habe ich getan? Warum weiß ich nichts mehr davon?*

»Ich kroch in den Burghof«, schloss Loved nach einer Weile. »Ein paar Diener lagen dort, die Raben hüpften auf den Tischen herum und machten sich über die Reste eines Gelages her. Doch alle Menschen … waren tot. Dort gestorben, wo sie gesessen oder gelegen hatten. Im ganzen Haus lebte niemand mehr. Und du und Indigo, ihr beide wart verschwunden.«

Summer hob den Kopf. Es kostete sie viel, ihm in die Augen zu sehen. Sie sah Trauer darin, aber keinen Hass.

»Wie konntest du es ertragen, Indigo im Lager wiederzusehen, ohne dich zu rächen?«

»Ich liebe dich eben mehr, als ich ihn hasse«, erwiderte er schlicht. »Du kannst mir glauben, als ich ihn gestern sah, da war es, als würde ich wieder den Dolch im Rücken spüren. Ich ließ ihn nicht aus den Augen. Und während ich ihn dabei beobachtete, wie er mit Lord Teremes sprach, lachte und sein Leben lebte, habe ich mir die ganze Zeit vorgestellt, wie ich ihn verschleppen würde, um ihm dann in einem Versteck mit einem glühenden Eisen seine Verräterseele auszubrennen.« Das Lodern in seinen Augen war beängstigend. »Aber es ging um dich.« Nachdenklich blickte er zu dem Pferd hinüber, das an einen Baum gebunden dastand und nervös mit den Ohren spielte. »Solange du ihn nicht tötest, geschieht auch dir nichts. Und deshalb soll er leben. In alle Ewigkeit.«

Es klang bitter, wie er das sagte, aber auch gefasst. Die Stille, die auf seine Worte folgte, war gespenstisch. Die Zeit schien zu verharren. Kein Zweig regte sich, nicht einmal Schnee fiel. *Wie in einem bizarren Traum*, dachte Summer. *Aus dem ich nicht aufwachen kann.*

Sie schrak zusammen, als er abrupt den Kopf wandte und sie wieder ansah. »Komm, verlieren wir keine Zeit. Suchen wir uns einen Unterschlupf, an dem wir sicher sind, bis die Schlacht vorbei ist.«

»Du meinst den Ort, an den du mich verschleppen wolltest?«

Über sein Gesicht breitete sich ein Lächeln. »Das wäre eine Möglichkeit. Vertrau mir, ich weiß, wie wir an den Kampflinien vorbeikommen.«

Vertrau mir. Sie rang sich ein Lächeln ab, obwohl im selben Augenblick ein hässlicher Verdacht in ihr aufstieg. Sie beobachtete ihn, während er zum Pferd hinüberging und den gestohlenen Armeerucksack am Sattel festschnallte.

»Loved?« Er hielt inne und wandte sich wieder zu ihr um.

»Sag mir die Wahrheit. Hast du mich … nur deshalb von ihm weggeholt? Damit du mich dorthin bringen kannst, wo ich mich erinnere?«

Im ersten Moment sah es so aus, als würde er wütend werden, so fassungslos starrte er sie an. Und dann überraschte er sie mit einem spöttischen Lachen und erinnerte sie daran, dass sie ihn auch für seinen hinterhältigen Humor liebte.

»Nein«, meinte er knapp. »Wenn ich ehrlich sein soll, hatte ich nur einen einzigen Grund dafür.« Er grinste. »Ich kann nicht zulassen, dass du einen anderen küsst! Du bist *mein* Mädchen, vergiss das nicht.«

*

Diesmal nahm Loved keine Rücksicht auf das Pferd. Wenn Summer hinter ihm auf dem Rücken des Falben saß, schwitzte das Tier vor Nervosität und lief, als ginge es um sein Leben. Sie ritten in Richtung Südosten, über verlassene Schlachtfelder, auf denen sich Krähen in Scharen um die frischen Gräber sammelten. Am dritten Tag wurde der Weg zu steil und felsig und Loved ging dazu über, das Pferd am Zügel zu führen.

»Bleib dicht bei mir«, sagte er zu Summer, als sie vor einem schmalen Durchgang standen. »Und sag mir, wenn du ein Federzeichen an einem Baum entdeckst.«

Sie betraten eine andere Welt. Ein Labyrinth voller Schleichwege, Pässe und Wälder, die so dicht und unzugänglich waren, dass der Krieg sie unberührt gelassen hatte. Staunend lernte sie in diesen Tagen einen ganz anderen Loved kennen. Einen Mann, der sich in der Wildnis so sicher bewegte, als sei er ein Teil von ihr. Und der ihr an den Abenden, wenn sie in ihrem Lager in einer Höhle oder unter Bäumen eng umschlungen auf Fichtenzweigen lagen, Geschichten vom Nordland erzählte, um sie die Zorya vergessen zu lassen. Der Schock und die Enttäuschung saßen immer noch tief. Sobald sie die Augen schloss, sah sie Beljén vor sich. Sie träumte von Anzej, der sie küsste, und von Lady Mar, die sich über sie beugte und ihre Knochenhand auf Loveds Brust legte. »*Geliehene Zeit!*«, raunte sie.

»Hast du wieder von ihnen geträumt?«, fragte Loved, als er sie aus einem dieser unruhigen Träume weckte. Sie konnte nur nicken. Und ertrug es kaum, die Leere in seiner Brust zu hören.

»Schlaf weiter«, sagte Loved. »Ich halte die Träume fern.«

Und während sie die Augen schloss, fragte sie sich, wann sie sich wieder unmerklich daran gewöhnt hatte, wie ein Mensch müde zu werden und zu schlafen.

*

Noch bevor sie die Augen öffnete, wusste sie, dass sie nicht mehr allein waren. Ein Zweig knackte. Ein Zischen ganz in der Nähe. *Anzej?* Sie schoss hoch und starrte mit aufgerissenen Augen auf den Höhleneingang. Sie erschrak bis ins Mark, als sie einen trockenen Knall hörte. Funken stoben in die Höhe und verloren sich im Nachthimmel. Loved hatte direkt vor der Höhle ein Lagerfeuer entfacht. Seine Silhouette zeichnete sich dunkel vor den Flammen ab. Und als die Flammen wieder in sich zusammenfielen, sah sie weitere Gesichter im Schein: Tierläufer. Zwei schwarzhaarige, erstaunlich schöne Mädchen mit den dunklen Augen von Raubtieren und ein älterer Mann, der mit seinen geschmeidigen Bewegungen und dem Blau seiner Augen so sehr an eine Schneekatze erinnerte, dass Summer sich einbildete, er sei halb Mensch, halb Tier. Sie trugen Fellmäntel und Stiefel und hatten vom Feuer gerötete Gesichter. Als Summer zum Höhleneingang trat, verstummte das Gespräch und alle wandten sich ihr zu.

»Sie sieht ja wirklich aus wie ein Mensch«, flüsterte das ältere Mädchen dem Mann zu. Die andere junge Frau lachte. Sie trug einen Mantel aus Bärenfell, der ebenso schwarz war wie ihr langes Haar. »Sag ihr, sie kann ruhig näher kommen«, sagte sie zu Loved. »Wir beißen nicht.«

»Sag es ihr selbst. Sie versteht eure Sprache. Um genau zu sein, versteht sie jede Sprache.«

Diese Nachricht schien ihnen nicht zu gefallen. Summer entging nicht, wie sie sich innerlich sofort zurückzogen. Ernst geworden, musterten sie Summer, als würden sie abschätzen wollen, ob sie Freund oder Feind war. *Genau wie Dajee.*

Sie versuchte sich an einem gewinnenden Lächeln und ließ sich neben Loved am Feuer nieder. »Ich bin Summer«, sagte sie.

»Soquad«, brummte der Mann. »Und das sind meine Töchter, Kilja und Pala.« Summer betrachtete die helle Haut dieser Menschen, die glatten Züge, und stellte sich mit einem Frösteln die andere Seite ihres Wesens vor. Sie schienen Summer nicht weiter zu beachten, aber jedes Mal, wenn sie den Kopf hob, sah sie die schwarzen Augen der Mädchen auf sich gerichtet. Ihre Nasenflügel bebten, als würden sie wittern. Und Summer fragte sich, ob sie sie vielleicht deshalb nicht mochten, weil sie wie die Tiere ihre Nähe nicht ertrugen. Für einen flüchtigen Moment konnte sie nicht anders, als sich nach der Gesellschaft der Zorya zu sehnen, zu denen sie nie wieder gehören würde. Und als hätte dieser Gedanke sie herbeigerufen, erschienen die Totenkopfschwärmer wieder vor ihr. Tanzten direkt im Feuer, ohne zu verbrennen, als wollten sie sie daran erinnern, wer sie immer noch war.

Der alte Mann klatschte auffordernd in die Hände. »Hast du uns nicht versprochen, für uns zu singen?« Loved blitzte Summer ein Lächeln zu und begann zu ihrer Überraschung damit, ein Lied zu singen, das sie nur zu gut kannte. »Ich und du im Kartenhaus …«

Und sie erinnerte sich an die Kammern der Winde und lächelte über dieses besondere Geschenk. Er hatte eine klare Stimme mit einem energischen Klang, den Summer als Schwingung auf der Haut und tief im Zwerchfell fühlen konnte. Er sang die Worte mit genau der richtigen Ironie und ließ doch die Zartheit in den Zeilen spürbar werden. Sein Gesicht wirkte im Feuerschein weich und gleichzeitig auf eine herbe, fremde Weise schön. *Er ist glücklich*, dachte Summer fasziniert. *Und wenn ich ihn jetzt zum ersten Mal sehen würde, ich würde mich wieder hoffnungslos in ihn verlieben.* Doch offenbar war sie nicht die Einzige. Die Mädchen beobachteten ihn mit strahlenden Augen. Und es lag ein Flirren in der Luft, Vibrationen zwischen den Blicken, ein Lächeln, das die Schwarzhaarige Loved schenkte und das er ihr flüchtig zurückgab.

*

Die Wärme glomm nur noch tief im verkohlten Holz, als die Tierläufer verschwanden und sie sich in die Höhle zurückzogen. Loved trunken von den Liedern, Summer mit einem seltsam leeren Gefühl in der Brust, das ihr die Laune verdarb.

»Ich habe ihnen das Pferd gegeben«, erklärte Loved. »Dafür bekommen wir morgen vier oder fünf Felle und einen Mantel für mich.« Er seufzte. »Tja, im Gegensatz zu dir kann ich erfrieren. Und die Winterstürme stehen uns erst noch bevor.«

Behaglich streckte er sich auf den Zweigen aus und rückte dann ein Stück zur Seite, um ihr Platz zu lassen. Doch sie setzte sich ein Stück entfernt von ihm hin.

»Du bist so vertraut mit den Tierläufern, als würdest du zu ihnen gehören.«

»Na ja, diese drei kennen mich vom Hinweg zu Lord Teremes' Lager. Ihnen verdanke ich, dass ich schnell genug sein konnte. Und außerdem war ich lange Zeit ein Teil der Stämme. Ich kehre immer wieder ins Nordland zurück. Ich weiß nicht, warum, es zieht mich hierher.« Er seufzte und griff nach dem Armeerucksack, legte ihn sich als Kopfstütze zurecht. Weißer Nebelatem trieb vor seinem Gesicht.

»Vielleicht, weil du hier glücklich bist?«

Er lachte. »Ich bin immer glücklich, wenn ich singe. Aber du hast recht. Die Tierläuferberge sind so etwas wie ein Zuhause geworden.« Er wurde ernst und betrachtete sie lange. »Wir können auch hierbleiben, bis alles vorbei ist.«

»Was?«

»Sieh mich nicht so entsetzt an. Wäre das so schlimm? Sie haben mir angeboten, dass wir beim Stamm überwintern können. Ich dachte nur … wenn du nicht zum Fjord willst.«

»Damit du den Mädchen den ganzen Winter über schöne Augen machen kannst?« Die Worte waren ihr herausgerutscht und sie schalt sich sofort dafür. Andererseits ärgerte sie sich maßlos, besonders über das Grinsen, das jetzt auf seinem Gesicht erschien.

Genüsslich langsam verschränkte er die Arme hinter dem Kopf und überkreuzte lässig die Beine.

»Eifersüchtig, Frostfee?« Er hob die Brauen. »Das gefällt mir!« Das Grinsen wurde breiter.

Summer schoss das Blut in die Wangen.

»Mindestens so eifersüchtig wie du«, antwortete sie kühl. »Du wolltest mich gleich umbringen, nur weil ich Finn küssen wollte! Wie viele Tierläufermädchen hast du denn schon geküsst?«

»Vermutlich genauso viele wie du junge, hübsche Schauspieler«, kam es mit trägem Spott zurück. »Jede Woche eine andere, um genau zu sein. Mal sehen, ein Jahr hat zweiundfünfzig Wochen. Das ganze mal zweihundert …«

Er brach in Gelächter aus, als sie hochschnellte und sich auf ihn stürzte. »Au!«, schrie er, als sie ihm einen Schlag in die Rippen versetzte. »Ich mache es ja wieder gut. So viele Nächte und Küsse, bis meine Schuld abgearbeitet ist, versprochen!«

Sein Nebelatem streichelte ihr Gesicht. »Dann fang gleich damit an«, zischte sie ihm zu. Sie vergrub die Hände in seinem Haar und küsste ihn so stürmisch, dass er zusammenzuckte.

»Willst du mich umbringen oder küssen?«, beschwerte er sich. Und während sie noch überlegte, ob sie ihm wirklich wehgetan hatte, lag schon seine Hand auf ihrem Rücken – Haut auf Haut, unter ihrem Pullover. »Weißt du, was praktisch ist?«, sagte er. »Dass du nicht frierst, selbst wenn ich dich mitten im Schnee ausziehe!« Seine Hand glitt nach oben, doch Summer entwand sich ihm. »Der Einzige, der hier friert, bist du!«

Er wehrte sich, als sie ihre kalten Hände unter seinen Pullover schob, aber sie ließ nicht von ihm ab. Und bald vergaßen sie beide, dass es viel zu kalt war. Lachend rangen sie miteinander, versanken in der Wärme geraubter Küsse, bis ihre Berührungen nach und nach sanfter wurden.

Zum ersten Mal liebten sie sich unbeschwert, ohne Geheimnisse, ohne die Furcht vor Entdeckung und ganz ohne das Misstrauen, das in der Zitadelle jeden ihrer Gedanken überschattet hatte. Und obwohl es Nacht war, erschien es Summer, als seien sie sich bisher nur im Halbdunkel begegnet und würden einander zum ersten Mal im Sonnenlicht sehen – lachend und glücklich.

Noch lange nachdem Loved eingeschlafen war, spürte sie diesen Empfindungen nach. Der Mantel, den Loved über sie gebreitet hatte, war ihr bis auf die Hüfte heruntergerutscht und sie nahm ihn und deckte Loved damit zu. Ihre bloße Haut leuchtete fahl im Schneelicht der Nacht. Dunkel zeichnete sich auf ihrer Hüfte Loveds Hand ab. Sie lächelte und strich mit den Fingerspitzen über die Narben auf seinem Handrücken.

»Ich und du«, sang eine leise, selige Stimme in ihrem Kopf.

Und eine strenge, störende Stimme ermahnte sie: *Sag es ihm, sag es ihm bald!*

*

Nach mehreren Tagen lichtete sich der Wald und sie erreichten eine lang gezogene Felsschlucht. »Hier kann man fast schon das Meer hören«, sagte Loved. »Und an das hier müsstest du dich erinnern.«

Summer sah sich skeptisch um. Überhängende Felsränder gaben der Schlucht die Anmutung eines Tunnels. Sie war sicher, noch nie hier gewesen zu sein. Doch dann erkannte sie, dass Loved gar nicht die Schlucht gemeint hatte, sondern die Winterbäume. Etwa dreißig davon krallten sich hier in den felsigen Grund. Sie hatten gedrillte helle Äste, die zwar blattlos waren wie die aller anderen Bäume im Winter, aber dafür voll von Knospen und Blüten. Eisblaue Blüten, kaum größer als Münzen. Es sah aus, als hätte jemand einen Sack voll blauer Sterne über den Zweigen ausgeschüttet. Der Wind drehte und der Duft fing sich in Summers Nase. Frisch wie gerade erst gefallener Schnee war er, ein wenig fruchtig, mit einer betäubenden Note von Weihrauch. Und mit ihm kehrte der Festsaal zurück, in dem sie getanzt hatte. Und ein ganzer Winter voll heimlicher Küsse. Sie lächelte und umschloss Loveds Hand. »Ja, die Blüten kenne ich noch gut.«

Nach vier Stunden Fußmarsch kamen sie zum südlichsten Fjord des Nordlandes. Sie umrundeten ihn ein Stück und stiegen dann über zerklüftete Anhöhen bergab.

Gegen Mittag erreichten sie ein verstecktes halbrundes Plateau.

Früher war es größer gewesen, aber irgendwann, vor hundert Jahren oder mehr, war ein Stück der Anhöhe heruntergebrochen. Der Grundriss der Burgruine war jedoch immer noch deutlich zu sehen, schwarze Steinstümpfe, die aus dem Schnee ragten. Eine halbe Mauer stand noch zwischen Winterbäumen und auch die Reste eines Turms.

»Der … Richtplatz«, flüsterte Summer. Es war wie ein weiterer Schock, ein kalter Schauer, als würde ihre ganze Haut erfrieren. Sie ließ Loveds Hand los und rannte zu der Ruine. Ihr Schwarm fegte voraus und blieb über einer bestimmten Stelle in der Luft. Und zweihundert Jahre verschwanden mit einem Lidschlag. Wie in ihren Albträumen überlagerten sich die Zeiten. Nur der Schnee gehörte beiden Wirklichkeiten. Ruinen und abgesacktes Land – und darüber wie ein transparentes Bild eine Burg, erbaut aus neuen, hellen Steinen, die sich in den Himmel erhob. Direkt davor befand sich der quadratische Platz, auf dem sie gekniet hatte.

Sie hatte erwartet, dass ein Strom von Gefühlen sie mitreißen würde, aber sie spürte nur dieses eisige Frieren.

Gestern noch hatte sie sein Herz gestohlen. Und heute erschien ihr das, was ihr widerfuhr, wie die Strafe dafür. Sie wollte ihm die Wahrheit sagen, aber die brennenden Fesseln raubten ihr den Verstand. Im Schatten sah sie, wie er das Schwert hob, und schloss die Augen. Ein paar Atemzüge später löschte die Schneide, die durch ihren Flügelmantel fuhr, auch die letzten Erinnerungen aus.

Das ist alles? Sie starrte immer noch auf den Richtplatz, doch das war alles, was sie sah. *Aber Lady Tod sagte, das Schwert kann es nicht gewesen sein. Und ich weiß, dass Loved es nicht war. Es war*

Indigo. Sie rief sich Indigos Gesicht ins Gedächtnis, spielte die Szene ihrer Erinnerung wieder und wieder durch. Aber es passte nicht.

Sie zuckte zusammen, als Loved ihr die Hand auf die Schulter legte. »Erinnerst du dich? An … Indigo?«

Sie schüttelte heftig den Kopf. »Nein! Er kommt überhaupt nicht darin vor.«

Er ließ sich seine Enttäuschung nicht anmerken. »Komm«, sagte er und schenkte ihr ein Lächeln. »Lassen wir die Ruine. Ich zeige dir den Ort, an dem wir glücklich waren.«

Hand in Hand brachten sie den abschüssigen Hang, der im Bogen nach links von der Ruine wegführte, hinter sich. Früher mochte hier ein Weg gewesen sein, aber im Lauf der Jahrhunderte hatte die Natur das Joch aus Wegsteinen und zurechtgestutzten Bäumen und Büschen abgeschüttelt. Trotzdem erkannte Summer die parzellenartige Struktur des alten Winterbaumhains sofort. Er lag weiter unten, gut versteckt auf einem zweiten Plateau, eingebettet zwischen schroffen Felswänden. Von der Anhöhe aus war der Hain nicht sichtbar, erst als sie die Felsen ein ganzes Stück umrundeten und von der anderen Seite wieder ein Stück bergauf kletterten, kamen die Bäume in Sicht. Früher waren es Hunderte gewesen, nun fehlte auch an dieser Stelle ein Stück des Felsens. Trotzdem war der Anblick überwältigend: ein Meer aus gedrillten Zweigen und knorrigen Stämmen. Wurzeln, die sich an den Abhang klammerten. Und Abertausende von blauen Sternen vor dem Weiß und dem Kobaltblau der See.

»Komisch«, sagte Loved. »Ich sehe keinen einzigen Schneefalter. Alles müsste voll von ihnen sein. Genau um diese Jahreszeit schlüpfen sie.«

»Das Blumenhaus!« Summer deutete auf eine sichtgeschützte

Kuhle, die zu geometrisch war, um natürlich entstanden zu sein. »Hier stand es. Ein winziger Palast, acht Zimmer hatte er nur. Und er war mit blauen Fliesen und Blattgold verziert, so wie die Häuser im Süden.« Während sie sprach, erstand das Gespenst des Miniaturpalastes vor ihren Augen.

Loved nickte. »Er war Indigos ganzer Stolz. Seine Arbeiter hat es zwei Jahre und einige Leben gekostet, um das Fundament so tief in den Fels zu setzen. Du hast darin gewohnt. Indigo hat ihn dir überlassen. Wir beide nannten ihn nur unser Kartenhaus. Ganz unten, im Gewölbe, hast du dir einen Schlafraum einrichten lassen.«

Um mich vor Lady Mar zu verkriechen?, dachte Summer mit einem flauen Gefühl.

»Und egal, was Indigo tat, er hielt sich immer einen Fluchtweg offen. Er war besessen von der Idee, jemand könnte versuchen, ihn umzubringen. Sogar mir hat er nicht über den Weg getraut.« Loved ließ den Blick über das Gelände schweifen. »Deshalb hat er hier auch einen Maulwurfgang anlegen lasse. Das war mein Glück. So konnte ich nachts ungesehen zu dir gelangen. Komm mit!«

»Loved? Hast du Indigo gemocht? Oder ihn nur gefürchtet?«

Der Schatten, der in den letzten Tagen nicht mehr aufgetaucht war, legte sich wieder über seine Miene. »Als ich noch jünger war, habe ich ihn bewundert wie einen Vater. Ich war stolz darauf, ihm ähnlich zu sein. Und später … war er überzeugt davon, ich würde ihm gleichen. Aber obwohl wir dieselben Dinge liebten, war ich völlig anders als er. Er hat es nur nicht bemerkt. Und ich fürchtete mich davor, es ihn spüren zu lassen.«

Er seufzte und strich sich unwillig das Haar aus der Stirn, als wollte er Indigos Gespenst vertreiben. »Sprechen wir nicht von ihm«, sagte er. »Lass uns lieber nachsehen, ob der Eingang noch da ist.«

*

Er war so gut versteckt, dass wohl niemand außer Loved ihn je wiedergefunden hätte. Er räumte eine Stelle zwischen zwei Felswinkeln von Steinen frei und nahm einen Klappspaten aus seinem Rucksack. Abwechselnd gruben sie, aber es wurde Abend, bevor sie in der halb gefrorenen Erde auf Holz stießen. Schwarze Mooreiche, die die Jahrhunderte überdauert hatte, ohne aufzuquellen oder zu modern. Loved holte eine Kapsel mit Sprengstoff aus dem Armeerucksack, aber in diesem Moment gelang es Summer, das rostige alte Eisenschloss mit dem Spaten zu zerschlagen. Mit einem kräftigen Stoß mit dem Spaten hebelte sie die Klappe auf. Widerwillig gab das Erdreich das Tor zur Unterwelt frei.

Loved sah sie ernst an. »Bist du bereit?«, fragte er. Sie nickte hastig und wischte sich die nassen, geschundenen Finger an der Jacke ab. »Bereit. Gehst du vor?«

Eine Steintreppe führte noch tiefer in die Erde. Ohne ein Wort fassten sie sich an den Händen und tasteten sich im Kegel der Taschenlampe Schritt für Schritt in ihre Vergangenheit zurück. Der Geruch von Stein und altem Holz schlug ihnen entgegen. Und noch etwas roch trocken und auch ein bisschen muffig. Altes Leder? Pergament? Ein schmaler Gang führte an zwei winzigen Kammern vorbei und von dort zu einem Durchgang, der erst in Höhe der Knie begann. Immer noch kam ihr nichts bekannt vor.

»Das war der Eingang hinter dem Spiegel.« Loveds Stimme klang dumpf, Staub hinterließ einen hellen Streifen auf seinem Mantel, als er sich durch den Spalt schob. Summer nahm ihren ganzen Mut zusammen und folgte ihm. Das Erste, was ihr auffiel, waren Gewölbebogen. Und Tapeten aus Leder. Endlich wagte sich eine Erinnerung aus der Dunkelheit ins Licht. »Blau und gold«, flüsterte sie andächtig. »Indigo hat sie nach meinen Zeichnungen bemalen lassen. Ich liebte dieses Blau!« Sie nahm Loved die Taschenlampe aus der Hand. Und während sie in das riesige Zimmer hineinging, sich langsam drehend, erfasste die Taschenlampe Stück für Stück ihrer Vergangenheit.

Das Verrückte war, dass die Zeit hier unten so stillzustehen schien wie eine letzte Lebenssekunde. Der Spiegel neben dem Kamin war zwar angelaufen, aber unversehrt. Der Kamin war verstopft. Zu viel war im Laufe der Jahre in den Schacht geweht worden, schwarze Erde, Laub und Steine, die die Gewölberäume auch von oben verschlossen hatten. Der Anblick des Kamins schnitt Summer in die Seele. *Loveds Herz. Hier hat es zum letzten Mal geschlagen.*

Rasch wandte sie sich ab. Und entdeckte das Bett. Zwei Schwanenskulpturen am Kopfende schickten sich an, sich anmutig in die Lüfte zu erheben. Die filigranen Federn waren aus Tausenden von Elfenbeinplättchen geschnitzt. Natürlich hatte das Bett keine Matratze, sondern war glatt und hart wie das Lager einer Zorya. Indigos teuerstes Geschenk. Es war, als hätte Summer das Elfenbeinbett gerade erst verlassen – nein, als hätte man sie eben hier überrascht und aus dem Bett gezerrt. Im Morgengrauen, als die Soldaten hereinstürmten und sie fesselten, während sie noch halb im Traum war und der Platz an ihrer Seite noch warm von Loveds Haut. Die staubige Seidendecke hatte zwar die Farbe und feine Struktur verloren, aber sie lag immer noch auf dem Boden. Daneben lagen die nun matten Scherben der Karaffe, die sie im Kampf mit den Soldaten vom Tisch gestoßen hatte.

Ich empfinde … nichts, dachte sie verwundert. *Als wäre ich völlig leer!*

Stattdessen war es Loved, der den Anblick nicht ertrug. Er trat entschlossen zum Bett und riss mit einem wütenden Schwung alles herunter, was noch darauflag: Felle, Seide und zusammengesackte Kissen. Eine Staubwolke erhob sich in die Luft. Muffiger Geruch nach Erde und altem Tier. Dann holte er das Feuerzeug und die Harzkerzen hervor, die die Tierläufer ihnen geschenkt hatten, entzündete sie und platzierte sie neben dem Kamin. »Ich muss den Kamin freiräumen«, sagte er unwillig. »Zwar können wir das Risiko nicht eingehen, ein Feuer anzumachen, aber wir brauchen zumindest einen Schacht, durch den Luft hereinkommt.«

*

Es war ein unwirkliches Gefühl, spät in der Nacht auf das Bett zu kriechen. Sie hatten es an die Wand geschoben, als wollten sie das Zimmer so sehr wie möglich verändern. Ihre eigenen Felle und Mäntel lagen nun darauf. Die restlichen Möbel und den Spiegel hatten sie in den kleinen Kammern verstaut. Der Kamin war vom gröbsten Unrat befreit.

»Hier findet uns niemand«, sagte Loved. »Zumindest nicht, bis der Sturm auf die Zitadelle vorbei ist. Danach können wir immer noch bei den Tierläufern überwintern. Oder wir versuchen in ein paar Wochen, nach Kars zu kommen. Mit etwas Glück schaffen wir es vor den Eisstürmen, dann fahren die Schiffe noch.«

»Nach Süden?« Ihr eigenes Flüstern kam ihr unendlich laut vor.

Die Zukunft schimmerte vor ihr auf – eine Verlockung aus Farben und Wärme. *Wenn du es nicht sagst, wird er es nie erfahren*, flüsterte eine eifrige, verschwörerische Stimme in ihr. Alles wäre so einfach. *Nur eine Lüge mehr, und ich muss dazu nicht einmal den Mund aufmachen. Sicher wird er sein Herz eines Tages vergessen.* Doch als sie die Augen wieder öffnete, gähnte der Kamin ihr wie ein Bestienmaul entgegen. Und wie winzige Mahnbriefe mit Totenkopfzeichnungen saßen ihre Schwärmer auf dem Kaminsims, als wollten sie sie nicht vergessen lassen, wer sie trotz allem war. Eine stumme Anklage, die ihr klarmachte, dass sie am Grund ihrer Existenz angekommen war. Im Keller ihrer Seele.

Loveds Hand lag warm auf der pochenden Kuhle zwischen ihrer Kehle und ihren Schlüsselbeinen. Seine Finger strichen gedankenverloren über die Haut. Und natürlich nahm er sofort wahr, wie ihr Puls plötzlich zu rasen begann. »Was ist?«

Noch nie hatte sie etwas so viel Mut gekostet. Doch in die Augen sehen konnte sie ihm dabei nicht.

»Dein … dein Herz …«

Die Hand lag abrupt still.

»Ja? Erinnerst du dich?« Die Hoffnung in seiner Stimme war kaum zu ertragen.

Kein Zurück mehr. Keine Lügen mehr.

»Ich … weiß wieder, was ich damit gemacht habe. Ich habe es verbrannt.«

Vorher war es still gewesen. Jetzt bekam die Stille das Gewicht von Granit. Die Totenkopfschwärmer flüchteten so schnell in den Schatten, als würden die Türen zu den dunkelsten Räumen aufgehen. Die Hand auf ihrer Kehle verhärtete sich.

»*Verbrannt?*«, fragte Loved fassungslos.

Es gab keine Möglichkeit der Erklärung mehr, keine Ausflüchte. »Ja. Und ich wünschte, ich könnte dir sagen, ich hätte es nur getan, um dich zu retten. Aber meine Erinnerung sagt mir etwas anderes. Ich war eine Zorya. Ich wollte dich besitzen. Und ich habe dein Herz gestohlen, damit der Tod dich nicht bekommt. Du warst abenteuerlustig und bei jedem Kampf in der ersten Reihe dabei. Indigo führte damals viele Kriege. Ich fürchtete, du würdest sterben. Ich wollte dich nicht verlieren. Und ich war eifersüchtig beim Gedanken, dass eine andere Zorya als ich dich küssen könnte. Das war ich, die Frau in Weiß, die Zorya, die dich als ihren Besitz betrachtet hat und dich ganz für sich haben wollte.«

Die Hand zog sich zurück, so langsam, als gehörte sie einem alten Mann. Jetzt erst wagte sie einen zaghaften Blick zur Seite.

Loved starrte nur in den alten Kamin, blass, die Zähne so fest zusammengebissen, dass die Muskeln an seinem Kiefer hervortraten. Summer hätte ihn gern umarmt, aber sie wagte es nicht.

»Das heißt, mein Herz ist … für immer …?«

»Ja.« Ihre Stimme war kaum mehr als Hauch. »Verloren. Solange es mich gibt, steht die Zeit, die dir zum Leben bemessen war, still. Wenn du mich nicht abgehalten hättest, die Sache mit Indigo zu Ende zu bringen, dann würde dein Leben weitergehen, bis du eines Tages …«

»Hör auf!« Die Wände warfen seinen Schrei wie ein dumpfes Grollen zurück. Er sprang auf und funkelte sie an. »Wie lange weißt du es schon?«

In seinen Augen lag all der Schmerz über den Verrat und ein maßloser Zorn auf sie. Und diesmal hatte sie keine Haut und keine schützende Rolle, in die sie schlüpfen konnte.

»Ein paar Tage … kurz bevor ich zum Lager aufgebrochen bin. Ich wollte es dir schon so oft sagen, aber …«

»Weißt du, was du getan hast?«

»Ich habe auch etwas verloren!«, rief sie. »Wir sind nicht mehr die Menschen, die wir waren, Loved! Die zwei, die sich damals geliebt haben, waren …«

Er stieß ein zynisches Lachen aus und schüttelte den Kopf. »Soll das eine Entschuldigung sein?«

»Nein, nur eine Frage. Lieben wir nur das, was vergangen ist?«

Loved fluchte und machte auf dem Absatz kehrt. Und stürmte ohne ein weiteres Wort hinaus.

*

Er kam in dieser Nacht nicht zurück. Sie hatte gedacht, dass sie in Maymara und in den anderen Städten einsam gewesen wäre, aber was richtige Einsamkeit war, erfuhr sie erst jetzt. Ohne ihn, ohne die Zorya, die sie trotz allem vermisste.

Heute lag sie mit der Frau in Weiß Seite an Seite, eng umschlungen. Zwillinge, die dennoch unterschiedlicher nicht sein könnten – Tjamad und Summer, die jede auf ihre Weise denselben Mann liebten. Die eine besitzergreifend und kompromisslos wie eine Zorya, die andere voller Hingabe, lachend und streitend, zwischen Nähe und Distanz balancierend wie ein Mensch. Beide Seiten hatten auf ihre Art recht und sie fühlte sich zerrissener denn je.

Sobald die letzte Harzkerze ausging, glomm der Raum nur noch in der zweiten Wirklichkeit. Aber nur wenn sie genau hinsah, konnte sie ihre Falter erkennen, die sich in Nischen und Ritzen verkrochen hatten. »Kommt zu mir«, flüsterte sie, doch diesmal gehorchten ihre Schwärmer ihr nicht. Obwohl sie nicht frieren konnte, deckte sie sich mit allen Fellen zu, die sie finden konnte. Zurückgeworfen auf sich selbst, schlief sie ein und träumte von dem Moment, in dem sie Loveds Herz in ihrer Hand gehalten hatte, um ihn ganz in Besitz zu nehmen – ohne zu ahnen, dass man Menschen auf diese Art am schnellsten verliert.

Das Lied der Dinge

In dieser Nacht schlief sie so tief, dass sie beim Erwachen lange nicht wusste, wo sie war. Traum und Wirklichkeit überlagerten sich, bis sie endlich wieder zu sich selbst fand. Sie erinnerte sich daran, dass sich das Menschenmädchen in ihr gestern nichts sehnlicher gewünscht hatte, als Loved zu folgen. Und daran, dass die Zorya dazu viel zu stolz gewesen war.

Jetzt stellte sie fest, dass zumindest für heute das Menschenmädchen den Kampf gewonnen hatte.

Immerhin hatte die windstille Nacht die Spuren nicht verwischt. Im Morgengrauen sah sie die Abdrücke seiner Stiefel im Schnee. Sie führten nicht zur Ruine, sondern direkt zum Plateaurand. Im ersten Moment fürchtete sie, er könnte gestürzt sein, aber als sie keuchend und atemlos an der Bruchkante ankam, entdeckte sie einen Steilweg, der im Zickzack an der Felswand hinunterführte. Nun, zumindest war es so etwas Ähnliches wie ein Weg. Abgerissene Wurzeln zeigten, dass Loved sich hier heruntergehangelt hatte. Eine halsbrecherische Kletterpartie brachte sie an eine halbmondförmige Ausbuchtung am Fjord. Kies und Sand bildeten hier eine lang gezogene Strandkuhle in Form eines schmalen Sichelmondes. Und ganz vorne, an der Spitze, entdeckte sie ihn. Er saß auf einem der Uferfelsen mit dem Rücken zum Land und blickte aufs Meer hinaus. Ein paar Schritte hinter ihm lag der Rucksack, als hätte er ihn einfach achtlos dorthingeworfen.

Summer nahm nicht den Weg über die Felsen, sondern die Abkürzung durchs eisige Meer, watete durch das knietiefe Wasser und kletterte dann neben Loved auf den Stein. Er sah sich nicht nach ihr um, richtete sich nur ein wenig mehr auf. Erst wollte sie sich an den Rand des Felsens setzen, aber dann rückte sie so nah an ihn heran, dass ihre Arme sich berührten.

»Wäre es dir lieber gewesen, wenn ich dich angelogen hätte?«, fragte sie.

Ein Südwind raute die Wasseroberfläche auf. Und unweit von ihnen tauchte kurz eine schartige Haifinne auf und verschwand wieder. Summer starrte auf die Wellen, aber Dajee tauchte nicht auf. Vielleicht hatte sie sich auch getäuscht.

»Weißt du, was das Verrückte ist?«, sagte Loved mit rauer Stimme. »Es ist völlig gleichgültig, was du sagst oder tust. Gestern war ich so wütend, dass ich dich am liebsten erwürgt hätte. Und ich hatte tatsächlich vor, fortzugehen. Aber ich konnte es nicht. Es ist, als würde ich unter einem Bann stehen, der mich dazu zwingt, dir mein Leben lang nachzulaufen.«

Jetzt musste Summer trotz allem lächeln. »Na ja, im Augenblick laufe ich dir nach. Und ich weiß, ich kann nicht wiedergutmachen, was ich getan habe. Aber bitte beantworte mir eine Frage – nur damit ich dich wirklich richtig verstehe. Du hast mich aus vollem Herzen gehasst, obwohl nichts in deiner Brust schlug. Du liebst mich so sehr, dass du sogar Indigo gehen lassen konntest. Du liebst auch Musik und Poesie – auf eine andere Art. Und als ich dich bei den Tierläufern gesehen habe, warst du glücklich. Und das alles empfindest du mit einem Herzen, das nicht mehr in deiner Brust schlägt. Vielleicht …«

»… hängt mein Glück und Unglück gar nicht davon ab?« Er betrachtete die Narben an seinen Händen. Dann nahm er ihre Hand und strich mit dem Daumen abwesend über ihren Handrücken. Unsichtbar für Loved flatterten ihre Falter vor dem Felsen dicht über dem Wasser dahin.

»Ich meinte ganz ernst, was ich gestern sagte«, sagte Summer. »Ich habe auch etwas verloren, das ebenso kostbar war. Ich habe meine Narben auf dem Rücken. Aber es sind nur Narben. Keine Wunden mehr.«

»Und ich habe wieder die ganze Nacht darüber nachgedacht, warum du mich damals auf dem Richtplatz mit solcher Verachtung angesehen hast. Mir den Kopf darüber zermartert, warum du in Indigos Armen gelegen hast. Aber dann erkannte ich, dass die Antwort gar keine Rolle spielt. Du hast recht! Wir sind beide nicht mehr, wer wir waren. Vor so vielen Jahren hieß ich Amand. Ich war der Sohn eines Schmieds, siebzehn Jahre alt, ein Junge mit dem Kopf voller Abenteuer. Ich habe mich in die Verlobte meines Herrn verliebt, ein stolzes Mädchen, kälter und schöner als eine Frostfee. Unbeugsam und herrisch, auch grausam und eifersüchtig, aber mit einer Seele voller Gedichte, die sie erst mit mir entdeckte. Aber heute bin ich Loved. Und neben mir sitzt das Mädchen, das tausend Gesichter hat und Geschichten erzählt, das Musik und Tanz liebt, eine zarte Seele hat, das aufs Tiefste verletzt wurde und dennoch lacht. Ein Mädchen, das mich nicht verrät und das mir vertraut. Und dieses Mädchen liebe ich über alles.«

Es war, als hätte er sie geküsst.

»Und ich liebe den Mann, der mich gestern am liebsten erwürgt hätte.«

Jetzt blitzte ihr Loved einen lachenden Blick zu. Er zog ihre Hand an seine Lippen und küsste ihre Finger.

»Tja, was meinst du? Versuchen wir es miteinander? Der sture, hitzköpfige Nordländer und die Schauspielerin aus Maymara, die ihm so gerne davonläuft?«

Davonlaufen. Ihr Lächeln verschwand. Der Schatten senkte sich auf ihre Seele. Ihre Falter flüchteten so schnell, als hätte ein kalter Wind sie vertrieben. »Ich bin immer noch eine Zorya. Und ich werde nie etwas anderes sein. Ich … lebe von geliehener Zeit. Wir werden immer auf der Flucht sein.«

Loved schien wenig beeindruckt. »Dann leben wir eben nur von Tag zu Tag. Und machen das Beste aus jeder Minute, solange wir können. Kein schlechter Plan, oder?«

Sie dachte darüber nach. Und stellte fest, dass die Frau in Weiß immer noch einen großen Teil ihrer Seele beherrschte. Denn nun griff sie mit aller Leidenschaft und Besitzgier nach dem Leben mit Loved. *Es gehört mir!*, dachte sie mit grimmiger Entschlossenheit. *Das Leben mit ihm. Und eines Tages werde ich vergessen, was ich bin*!

Sie wandte sich ihm zu, strich ihm eine Strähne aus der Stirn und fuhr mit dem Zeigefinger die Linie seines Kinns nach.

»Ich warne dich«, sagte sie. »Es könnte etwas Festes mit uns werden. Im schlimmsten Fall wirst du mich eine Ewigkeit nicht mehr los. Ich bin zwar Schauspielerin, aber deswegen noch lange kein Mädchen für nur eine Saison!«

Loved sah sie verblüfft an, dann warf er den Kopf in den Nacken und lachte schallend.

*

Es war ungewohnt, nicht länger von der Vergangenheit zu sprechen, sondern nur noch von dem, was gerade war und sein würde.

Sie erwähnten die Vergangenheit auch dann nicht, als Loved von einem Tauschbesuch bei den Tierläufern zurückkam und ein weißes Pferd mit Militärsattel im Schlepptau hatte. Herrenlos war es umhergeirrt. Als es vor Summer scheute, erinnerten sie sich beide an einen anderen Schimmel, der im Schnee davongaloppiert war, aber keiner erwähnte ihn. Loved sattelte das Pferd ab und brachte es in der Turmruine unter. Später am Nachmittag beobachtete Summer von fern, wie das robuste Tier den Schnee beiseitescharrte, um an das Gras darunter zu gelangen.

Vielleicht war es der Anblick des Militärpferdes, der sie wieder an die Zorya erinnerte. An diesem Tag scheuchte sie ihre Falter so weit weg, dass sie nicht wiederkamen. Sie folgten ihr nur in weitem Abstand. Mit aller Gewalt versuchte sie, sie ganz zu vergessen, indem sie sich einredete, dass es nur erstaunlich dunkle Schneefalter waren.

An klaren Tagen ging sie hinunter zum Meer und legte Geschenke für Dajee zwischen die Felsen. Mal eine Kaninchenkeule, mal ein Schneehuhn, das Loved gefangen hatte. Sie hatte sich nicht getäuscht. Mit schlafwandlerischer Sicherheit hatte das Haimädchen auch diesmal ihren Glanz gefunden und war ihm gefolgt. Das Essen verschwand jedes Mal. Nur die über den ganzen Strand verstreuten Fellfetzen und blutigen Federn zeugten davon, mit welcher Gier das Mädchen alles verschlang, was essbar war. Nur einmal sah Summer das Kind am Strand und machte sich Sorgen, weil es bläuliche Lippen hatte.

»Dajee, warte!«, rief sie. Das Mädchen blieb stehen, geduckt, bereit, wieder zu dem Hai ins Wasser zu springen, der nervös vor dem Felsen auf und ab schwamm. »Ich bin dir nicht mehr böse, weil du mich gebissen hast. Willst du nicht zu mir ins Trockene kommen? Wenigstens nachts, wenn es am kältesten ist. Ich…

würde dir auch Geschichten erzählen. Und es gibt etwas zu essen.«

Das Mädchen schüttelte so entrüstet den Kopf, dass die nassen Locken flogen. »Komm du doch zu mir«, rief es herausfordernd. »Ich habe eine schöne Klippenhöhle gefunden. Mit ganz vielen Krebsen! Und Grottenolmen, die ganz leicht zu fangen sind. Die halten Winterschlaf und schwimmen nicht weg.«

»Nein danke«, erwiderte Summer so angeekelt, dass die Kleine den Kopf in den Nacken warf und so sehr lachte, dass Summer all ihre Zahnlücken zählen konnte.

»Gehst du mit Zia nicht in den Süden?«, fragte sie dann. »Bald friert das Meer zu!«

Doch das Wildkind schnellte schon los, landete mit einem Bauchplatscher im Wasser und glitt mit dem großen Hai davon.

»Mach dir keine Sorgen um das Tierläuferkind«, versuchte Loved sie an diesem Abend zu beruhigen. »Es hat seine Instinkte. Und wenn es wirklich auch Tandrajblut in den Adern hat, dann ist es dem Wasser näher als der Luft. Mach dir lieber Sorgen um mich. Ich friere erbärmlich.«

»So empfindlich, Nordländer?«, spottete sie.

Sie schob ihre Hand unter die Felldecke, hob sie ein Stück und küsste Loveds Brust. Der Zedernrauch, den sie vor Jahrhunderten so geliebt hatte, war Vergangenheit. Doch sie liebte den Duft, den seine Haut heute verströmte, um vieles mehr: Winterblüten und Wildheit.

*

Es war der zehnte Tag, als die Luft sich veränderte. Stechender Rauchdunst vermischte sich mit dem Seewind. Und als sie zum

Plateaurand traten und nach Norden spähten, sahen sie weit in der Ferne die Ahnung einer Rauchsäule, die in den Himmel stieg. Kaum drei Stunden später spülte eine Strömung von Norden tote Fische an den Strand. Weiße Bäuche dümpelten in den Wellen. »Die Zitadelle«, sagte Loved. »Die Fische sehen aus, als hätte die Druckwelle einer Explosion sie umgebracht.«

Summer nickte nur, dann gingen sie stumm in das Gewölbe zurück. Ihr Schwarm folgte ihr diesmal und hielt sich so dicht an ihr, als suchte er Schutz bei ihr.

»Wir sollten vielleicht doch bei den Tierläufern untertauchen«, meinte Loved. »Von dort aus können wir den Weg durch die Berge nehmen. Und sobald es ruhig genug ist, finden wir ein Schiff für uns.«

Summer schwieg.

»Du vermisst sie?«, fragte Loved leise. »Trotz allem?«

»Nein«, sagte sie barsch. Nur in ihrem Kopf hallten immer wieder zwei Worte wie ein höhnischer Refrain: *Geliehene Zeit.*

Er küsste die Stelle zwischen ihren Brauen, doch diesmal entlockte er ihr kein Lächeln damit.

»Weißt du was? Ich bringe dich auf andere Gedanken. Ich spiele ein Lied für dich.«

»Spielen? Wir haben keine Gitarre.«

An dem Blitzen in seinen Augen erkannte sie, dass er auf diesen Einwand gewartet hatte. Er zog sie zum Bett, bis sie nebeneinanderlagen. Dann nahm er sie in die Arme. Seine Brust drückte warm gegen ihre Schulterblätter. »Oh doch«, sagte er. »Dich!«

Seine Fingerspitzen trommelten einen kleinen Wirbel auf die weiche Stelle unter ihrem Schlüsselbein. Seine Linke strich über ihren Bauch, als würde er tatsächlich sanft über Gitarrensaiten streichen. Jetzt musste sie doch lachen. »Das kitzelt.«

»Nein, es klingt! Stell dir vor, du schwingst mit wie eine Saite. Und jetzt hör zu!«

Sie schloss die Augen und spürte nur noch seinen Händen und der Stimme nach, die ihr eine sehr nordische, fröhliche Melodie ins Ohr summte. Sie entspannte sich. Und tatsächlich verschwanden die trüben Gedanken zumindest für einige Minuten.

»Ich glaube, ich klinge tatsächlich«, flüsterte sie nach einer Weile.

»Gut«, raunte Loved. »Dann hast du jetzt die Melodie. Und das ist der passende Text dazu. Mein Lied der Dinge, die jetzt so sind, wie sie sind.« Er räusperte sich und sang diesmal mit einer sanfteren, klaren Stimme:

Trugst mit dir fort
den Teil
meines Herzens,
den du bewohnst
mein Leben lang…

Teil V

Schnee und Asche

Mitternacht

Sie sah das Schimmern durch ihre geschlossenen Augenlider hindurch. Und natürlich wusste sie, wer es war. Mehr noch – ihr wurde klar, dass sie insgeheim schon darauf gewartet und sich vor diesem Moment gefürchtet hatte. Und trotzdem sammelten sich unter ihren Lidern Tränen der Wut und Enttäuschung.

»Hat *sie* dich geschickt?«, fragte sie, ohne die Augen zu öffnen.

»Nein«, antwortete Anzej ebenso leise.

Wie verrückt, dachte sie. *Wir versuchen beide, Loved nicht zu wecken, als wäre das alles, was jetzt noch zählt.*

»Du konntest mich unmöglich finden«, zischte sie. »Ich habe dich nicht gerufen. Im Gegenteil, ich habe dich so gründlich aus meinen Gedanken verbannt, als wärst du tot!«

Sie machte sich darauf gefasst, dass er sie verspotten oder ihr eine scharfe Antwort geben würde, aber er klang nur seltsam gedrückt.

»Ich hätte dich auch nie gefunden – wenn du mir damals auf dem Schiff nicht von den blauen Blüten erzählt hättest. Erinnerst du dich? Ein Passagier hat auf einer Pferdekopfgeige für dich gespielt. Du hast gesungen. Und dabei kam diese Erinnerung zurück.«

Summer schwieg, aber sie roch wieder den Seewind und hörte

die fremdartigen Klänge des Instruments. *Es wäre einfacher, wenn ich Anzej wirklich hassen und die mit ihm verbrachte Zeit bereuen könnte*, dachte sie niedergeschlagen.

»Ich habe lange über die Blüten nachgedacht«, fuhr Anzej fort. »Es gibt nur wenige Stellen im Nordland, an denen es sehr viele Winterbäume gibt. Am dichtesten wachsen sie im ersten Fjord und in den Tierläuferbergen. Ich musste nicht lange in den Chroniken von König Beras suchen, um herauszufinden, wem die Burgruine am Hang vor zwei Jahrhunderten gehört hat. Und ein Stück unter seiner Burg hatte er einen Winterbaumhain anlegen lassen. Unten am Strand waren Spuren im Schnee. Vielleicht hätte ich dich nicht gefunden, wenn du Schuhe getragen hättest. Aber die Abdrücke von Füßen mussten ja von einer Zorya stammen. Dann habe ich die Spuren am Steilweg gefunden. Der Rest war Glück und Instinkt.«

Jetzt erst öffnete sie die Augen. Eine Träne versickerte im Fell, das ihr als Kopfkissen diente. Ihre Geisterfalter saßen an den Wänden und rührten sich nicht vom Fleck. Behutsam, um Loved nicht zu wecken, setzte sie sich auf.

Anzej lehnte lässig an der Wand. Sein vorsichtiges Lächeln erinnerte Summer daran, dass er ihr einmal gefallen hatte und ihr Freund gewesen war.

Und er hätte tatenlos zugesehen, wie ich Indigo küsse und sterbe! Er hat dich nicht einmal gewarnt.

Endlich gewann der Zorn wieder die Oberhand. Lautlos glitt sie aus dem Bett und ging mit großen Schritten zu dem Durchgang in der Wand. Sie musste nicht einmal schauen, wohin sie trat, ihre Sohlen kannten jede Fuge und jeden Stein. Gefolgt von ihrem Schwarm, huschte sie durch den langen Gang und die Treppe hinauf. Sie sah sich kein einziges Mal nach Anzej um, wusste sie doch, dass er ihr mit seinem lautlosem Schritt folgte. Auf der Mitte der Treppe blieb sie stehen und drehte sich zu ihm um. Er war so dicht vor ihr, dass sie zusammenschrak.

»Tjamad«, sagte er leise. »Bitte hör mich wenigstens an. Ich …«

»Du wusstest vom ersten Augenblick, dass ich sterben würde, sollte ich Lady Mars Befehl gehorchen. Was hättest du mir wohl noch zu sagen?«

»Ja, ich wusste es«, erwiderte Anzej ruhig. »So wie alle anderen Zorya auch. Jeder von uns kennt den Preis für ein geschenktes Menschenleben. So ist das Gesetz der Zorya seit Anbeginn der Welt.«

»Und wie praktisch, es auszunützen, dass ich mich an dieses Gesetz nicht erinnert habe.«

»Hätte es etwas geändert?«

Diese Kaltblütigkeit nahm ihr wieder einmal den Atem. »Alles hätte es geändert! Einfach alles! Dann hätte ich nämlich eine Wahl gehabt!«

»Die haben wir nie«, sagte er sanft. »Und auch du hast dich entschlossen, deine Aufgabe zu Ende zu bringen.«

»Und dabei zu sterben? Das würde euch so passen!« Sie musste sich klarmachen, dass ihre Stimme schon viel zu laut in dem alten Gemäuer hallte, und atmete krampfhaft tief durch.

»Was willst du jetzt tun? Mich wieder zu Lady Mar schleppen? Versuch es nur! Und richte ihr und den anderen aus, dass ich Tors Indigo von ganzem Herzen ein langes Leben wünsche.«

Es war ein Scheingefecht und sie konnte die Bitterkeit ihrer Worte beinahe schmecken, aber die Genugtuung, die sie dabei empfand, sie trotz allem auszusprechen, tat gut. *Vielleicht bin ich wie Tellus,* dachte sie. *Ich brauche wenigstens die Illusion, eine Macht zu haben, die ich längst verloren habe.*

Anzej zog die Unterlippe zwischen die Zähne und senkte den Kopf.

»Warten die anderen draußen?«, schleuderte Summer ihm entgegen. »Hat sie wieder ihre Lords geschickt, um mich einzufangen? Oder lässt sie sich diesmal dazu herab, selbst herzukommen?«

»Lady Mar weiß überhaupt nicht, dass ich hier bin«, murmelte er. »Ich bitte dich nur, mir zuzuhören. Wenn du danach sagst, dass ich wieder gehen soll, dann gehe ich. Und ich werde Lady Mar nicht verraten, wo du bist.«

Alles hätte sie erwartet, nur das nicht. *Glaub ihm nicht*, flüsterte ihre Katzenstimme, die sie schon so lange nicht mehr gehört hatte. *Er lügt, um dich einzuwickeln.*

»Dann lass mal hören«, sagte sie vorsichtig. »Sag, was du zu sagen hast. Und dann verschwinde und lass uns in Ruhe.«

Er schluckte schwer und strich sich mit müder Hand das Haar aus der Stirn. Zum ersten Mal fiel ihr auf, wie erschöpft er aussah. Selbst sein Flügelmantel wirkte … fahl?

»Wir verlieren«, erklärte er. »Gestern kam es zum Angriff. Lord Teremes und seine Verbündeten haben die Zitadelle eingenommen. Wir wissen nicht, wie es ihnen gelungen ist. Manche mutmaßen, dass sie die Tandraj für sich gewinnen konnten, um die Haie und die Strömungen unter Kontrolle zu bringen. Ein Teil unserer Truppen konnte sich zurückziehen. Aber die Hälfte der Türme wurde gesprengt.«

Die Rauchsäule. Und die toten Fische. Loved hatte es gleich gewusst. *Und Tellus? Konnte er sich in Sicherheit bringen?*

»Auf Seiten aller Lords gab es große Verluste. Und Lady Mar hat sich mit den Zorya auf die Barke geflüchtet.«

Jetzt konnte sie nicht anders, als an Beljén und die anderen zu denken. Ihre Totenkopffalter zitterten in der Luft und flüchteten dann in die Dunkelheit. Summer zuckte mit den Schultern und bemühte sich um einen gleichgültigen Tonfall. »Damit musste Lady Mar rechnen. Auch eine Zitadelle hat Schwachstellen. Was soll's? Den Schaden haben doch nur die Menschen. Sie wird eine andere Festung finden. Und andere Lords, die ihr dienen. So war es und so wird es immer sein, nicht wahr?«

Im Zorya-Licht glommen Anzejs Augen in diesem beängstigenden Grün, das an phosphoreszierende Wesen in einem sehr tiefen Meer erinnerte.

»Die Niederlage war nicht das Schlimmste«, sagte er tonlos. »Wir sterben, Tjamad. Indigo nimmt den Zorya nicht mehr nur die Flügel … er tötet sie.«

Jetzt wurde Summer kalt, obwohl sie doch gar nicht frieren konnte.

»Eine Zorya nach der anderen verschwindet und kehrt nicht wieder. Noch weitere zwei von uns. Und noch fünf andere, die nur Lady Mar kennt. Und es werden mehr. Jeden Tag. Sie spürt, dass … sie schreckliche Qualen leiden. Angst. Und ein Brennen wie von Feuer. Endlose Einsamkeit. Und dann: das Nichts. Sie verlöschen. Durch Menschenhand!«

Summer tastete nach dem Türrahmen und stützte sich daran ab.

Es passiert tatsächlich. Die schlimmsten Albträume werden wahr.

»So viel Mitleid für das Sterben von ein paar Zorya? Wir verlöschen doch ohnehin alle, wenn Lady Mar es befiehlt.« Aber der sarkastische Tonfall wollte ihr nicht mehr gelingen. Und auch Anzej ging nicht darauf ein.

»Aber wie kann er …?«, fragte sie.

»Wenn du es nicht weißt, dann weiß es niemand«, antwortete er ruhig.

»Beljén? Hat er sie … auch …?«

»Nein, sie ist noch bei uns.«

Noch.

Jetzt bekam sie wirklich Angst. »Das heißt, es gibt bereits mehrere Unsterbliche? Und ihre Zorya sind tot?«

»Ja. So sieht es aus. Lady Mar sammelt die letzten Truppen noch einmal zu einem großen Sturm. Sie hat die Hoffnung, zumindest die gefangenen Zorya zu befreien, bevor sie getötet werden. Oder Indigo zu finden. Sie kann ihn nicht töten, aber sie könnte ihn in Ketten legen, damit er zumindest keine weiteren Morde begeht. Ihm den Tod bringen kannst nur du. Aber das muss ich dir ja nicht erklären.«

»Ich verstehe«, sagte Summer mit belegter Stimme. »Mein Leben gegen das der Zorya. Deshalb bist du hier. Eine charmante Einladung zum Totentanz?«

Anzej schenkte ihr ein schmales, amüsiertes Lächeln, und für eine Sekunde sah sie wieder den Mann vor sich, der sie zum Streiten und Lachen gebracht hatte. Auf eine andere Art als Loved.

»Nein. Ich bin hier, um dir Lebewohl zu sagen. Ich wollte nur, dass du weißt, was geschieht. Wenn es dir nichts bedeutet, dann werde ich dich nicht überreden, uns zu helfen. Vielleicht ist unsere Zeit einfach vorbei und die Zeit der Unsterblichen gekommen.«

»Ich kann euch nicht helfen, Anzej! Aber ihr findet ihn. Im Lager nannte er sich Geresa und tarnte sich als Schreiber. Er hat schräge Augen und ein spitzes Kinn, er erinnert an einen Luchs. Und seine linke Augenbraue ist gespalten von einer Narbe.«

Sie hörte ihre eigenen Erklärungen, aber sie klangen seltsam hohl. Anzej sah sie unverwandt an und sie verstummte schließlich.

»Deine Entscheidung«, sagte Anzej.

Sie senkte den Kopf, dann drückte sie die Handballen gegen ihre Augen. Ihr Kopf schmerzte plötzlich, als hätte sie tagelang nicht geschlafen.

»Ich … muss nachdenken, Anzej.« Von ihm kam keine Antwort mehr. Und als sie die Hände herunternahm und aufblickte, war sie allein.

Auf Zehenspitzen schlich sie zurück zum Kaminzimmer und kroch wieder zu Loved ins Bett. Ihre Geisterfalter setzten sich auf die Elfenbeinstreben, auf ihre Hände, in ihr Haar. Selten hatte sie hier so lange in der zweiten Wirklichkeit ausgeharrt, aber jetzt betrachtete sie in ihrem Licht Loveds Profil, seinen traumweichen Mund, der leicht zu lächeln schien. Er erwachte nicht, als sie sich an ihn drängte und ihr Gesicht in seiner Halsbeuge vergrub, aber wie immer umarmte er sie wie ein Schlafwandler und zog sie an sich. Einige der Felle waren verrutscht und ihr rechter Fuß lag auf glattem Elfenbein. *Hier hat es begonnen*, dachte sie. *Genau in diesem Bett, nach unserer ersten gemeinsamen Nacht, habe ich beschlossen, dass ich ein Mensch sein will und nicht zu den Zorya zurückkehren werde.*

Ein Totenkopfschwärmer kletterte über ihren Arm. »Raus hier!«, wisperte sie und alle Falter flatterten erschreckt hoch und verblassten. Jetzt umhüllte sie die Dunkelheit einer menschlichen Nacht. Aber das Schlimme war, dass sie sich immer noch – oder wieder? – wie eine Zorya fühlte. In der Schwärze sah sie Beljén, Halimar, Wij und all die anderen.

Gestohlene Zeit. Davon leben wir beide, Indigo und ich.

Noch nie hatte sie es sich eingestanden, aber sie und Indigo waren gar nicht so verschieden. *Wir beide haben alles dafür getan, um Lady Tod zu betrügen.*

Loved spürte ihre Unruhe und regte sich. Im Halbschlaf strich seine Hand über ihr Haar. »Was ist, Frostfee?«, murmelte er. »Kannst du wieder nicht schlafen?«

»Doch. Ich habe nur … schlecht geträumt. Schlaf weiter.«

Und Loved und ich werden immer Fliehende sein, gefangen in der Unsterblichkeit.

Das Schlimme am Zweifel war, dass er sich anschlich wie eine Schneekatze und dann umso fester zupackte.

Während sie an Loved geklammert dalag und seinem Atem lauschte, versuchte sie sich eine Welt ohne Tod vorzustellen. Versuchte zu ergründen, wie es den Unsterblichen ergehen würde. Nicht heute, aber in hundert Jahren, oder in zweihundert. Wenn eine Zorya nach der anderen verschwand. Und die Menschen zu den neuen Göttern geworden waren. Obwohl es wehtat, an ihre Freundin zu denken, stellte sie sich vor, wie Beljén verletzt und sterbend dalag. In der Einsamkeit, die die letzte Stunde der Zorya so schrecklich machte. Und dann sah sie Loved vor sich, wie er aufwachte in einem leeren Bett. Bei dieser Vorstellung fühlte sie sich menschlicher denn je.

Sie wusste nicht, wie viele Stunden vergangen waren, aber es musste sicher schon Mitternacht sein, als sie den schlafenden Mund ihres Geliebten küsste und aufstand. »Träum weiter«, flüsterte sie ihm mit der Stimme der Zorya zu. »Ich liebe dich, Loved!«

*

Der betäubende, frische Duft der Eisblüten umwehte sie und der Schnee drückte sich zwischen ihren Zehen hindurch, als sie zum mondbeschienenen Plateau schritt.

Anzej saß dort mit dem Rücken zu ihr im Schnee und blickte aufs Meer hinaus. Er sah aus wie eine Märchengestalt. Sein Flügelmantel umgab ihn und schien mit dem Flirren des Schnees zu verschmelzen. Winterwind strich ihm durch das Haar. Sie setzte sich neben ihn. So verharrten sie lange Zeit und betrachteten den Horizont. Nach und nach kehrten ihre Totenkopffalter zu ihr zurück, wagten sich in ihre Nähe, bis sie Summer schließlich wieder umgaben. Sie wusste, dass Anzej ebenfalls von einem Schwarm begleitet wurde, der nur ihm gehörte.

»Nein, es sind keine gewöhnlichen Libellen«, sagte er, ohne dass sie die Frage gestellt hatte. »Sondern Königslibellen, grün und türkis, mit durchsichtigen Flügeln. Wusstest du, dass viele Menschen sie für Boten der Unsterblichkeit halten?«

Summer lächelte, obwohl ihr Herz schwer wurde.

»Hast du wirklich nie gezweifelt? Kam dir nie der Gedanke, dass du mich retten oder verschonen könntest? Kein einziges Mal, Anzej?«

Er seufzte. »Oh doch. Auch wenn du es mir vielleicht nicht glaubst. Ich habe gelitten und ich habe mehr als einmal daran gezweifelt. An dem Abend, bevor wir aufs Schiff gingen, hätte ich dich beinahe endgültig gehen lassen. Auf eine Art liebte ich dich. So wie ein Zorya lieben kann.«

»Das war nicht genug!«, stieß sie hervor.

Jetzt erst wandte er den Kopf. Seine Augen glühten, Flügelschatten unsichtbarer Libellen huschten über seine Stirn.

»Ich habe dich nur nicht wie ein Mensch geliebt. Mach mir das nicht zum Vorwurf. Ich bin, wer ich bin, Tjamad. Ich wollte niemals menschlich sein. Selbst dann nicht, als ich mich mit Lady Mars Erlaubnis wie ein Mensch unter ihnen bewegt habe. Und wie ich es drehe und wende, es gab keinen anderen Weg für dich und mich. Es war deine Entscheidung, Lady Mar zu betrügen. Ich war dein Sucher. Und du hast gegen unser Gesetz verstoßen.«

Seine Stimme klang bei diesen Worten gedrückt, aber ohne Schuld.

Ich habe ihn nie richtig gekannt, dachte sie. *Weil ich ihn nur mit Menschenaugen betrachtet habe.*

Sie suchte nach dem Groll, den sie gegen Anzej verspürt hatte, aber sie fand ihn nicht mehr.

»Jede Zorya hat ihre eigene Zeit«, fuhr Anzej fort. »Manche leben ewig. Manche nur für einen Kuss. Es darf nicht geschehen, dass sie wie Menschen von fremder Hand sterben. Niemand hebt die Welt aus den Angeln, niemand ändert den Lauf der Dinge.«

»Oh doch! Die Menschen«, stieß Summer hervor. »Indigo. Die anderen Unsterblichen. Sie werden Lady Tod von ihrem Thron stoßen.«

»Tja, und das unterscheidet uns nun von dir«, konterte Anzej. »Als Einzige von uns hast du die Wahl. Das ist alles, was ich dir geben kann, Summer.«

Dass er sie bei diesem Namen nannte, erschütterte sie. Namen hatten eine eigene Macht in ihrer und in seiner Welt. Und vielleicht war es das, was den Ausschlag gab.

Ich habe tatsächlich eine Wahl. Zum ersten Mal in meinem Leben fliehe ich nicht, sondern kann mich entscheiden. Und was ich auch tue, es wird schrecklich sein. Und endgültig.

Sie griff nach Anzejs Hand. Ihre Hände umschlossen sich so fest, als wollten sie sich aneinander festhalten.

»Du kennst mich besser, als du zugibst«, sagte sie.

»Vielleicht. Auf jeden Fall habe ich gelernt, dass es sinnlos ist, dir keine Wahl zu lassen. Du wirst immer das tun, was du willst. Wahrscheinlich gefällt mir gerade das an dir.«

Jetzt musste sie lächeln. »Weißt du noch, wie wir auf den Zug aufgesprungen sind?«

Er lachte leise. »Oh ja. Du hättest mich kaltblütig an die Polizisten in Maymara ausgeliefert.«

»Nein, ich habe dir eine faire Chance zur Flucht gegeben. Na ja … zumindest eine Chance. Aber du bist trotzdem zu mir zum Bahnsteig gekommen und musstest dich auch noch mit dem Kontrolleur prügeln.«

»Er hatte dir einen Tritt verpasst, schon vergessen? Ich fand, das gehört sich nicht im Umgang mit einer Zorya. Außerdem gab es nur den einen Weg für uns. Wir mussten den Zug erwischen, um dem Mann zu entfliehen, der dich verfolgte. Und … der jetzt in deinem Bett liegt. Das ist er doch, nicht wahr?«

Die letzte Fröhlichkeit verhallte. Betreten schwiegen sie beide. Summer schloss die Augen. *Nur einen Weg. Und kein Zurück mehr.*

»Wie auch immer ich mich entscheide, wir werden uns nie wiedersehen.« Es war eine Feststellung, keine Frage.

»Nein«, antwortete Anzej kaum hörbar. »Unsere Wege trennen sich für immer. Hier und jetzt.«

Vielleicht wird Loved mir eines Tages verzeihen. Die Ewigkeit reicht nicht aus, um den Hass zu überwinden. Aber ein Menschenleben genügt, um Kummer und Verlust zu heilen. Es muss genügen!

»Du bist mir einen Gefallen schuldig, Anzej«, brachte sie mit erstickter Stimme hervor. »Nicht als Zorya, aber als der Mann, der mich geküsst hat.«

»Warum weinst du, Summer?«

»Weil ich trotz allem ein Mensch bin!«, rief sie. »Mit dem Herzen einer Zorya. Und weil ich eben erst begriffen habe, was das wirklich bedeutet. Ein Mensch lebt, bis er eines Tages stirbt.

Manche früher, manche später. Ich … werde zu Tors Indigo gehen und ihm sein Leben nehmen, um das er mich betrogen hat.«

Seine Hand schloss sich fester um ihre.

»Sag der Lady, ich werde Indigo finden«, fuhr sie hastig fort. »Sie soll in der Deckung bleiben und keinen weiteren Angriff planen. Zumindest nicht die nächsten zwei Tage.«

»Das ist aber nicht der Gefallen, um den du mich bittest«, sagte er leise.

Sie schluchzte auf, ihre ganze Brust eine leere Unendlichkeit, in der wie eine sterbende Sonne nur noch der Verlust pulsierte.

Anzej rückte näher an sie heran und legte den Arm um sie. »Wirst du dich von ihm verabschieden?«

»Nein!« Heftig schüttelte sie den Kopf und wischte sich über die Wangen. »Loved hatte recht. Ich war noch nie gut im Abschiednehmen.«

Und außerdem bin ich dazu viel zu feige. Wenn ich ihn noch einmal sehe, dann werde ich nicht gehen können.

»Geh ins Haus und hol den Rucksack, der neben der Tür hängt, Anzej. Und dann verwische meine Spuren, wenn ich zum Meer gehe. Schwöre mir, dass du bei ihm bleibst und ihn beschützt, als wäre es dein eigenes Leben. Und wenn … alles vorbei ist, dann zeig dich ihm und sage ihm, dass sein Leben wieder ganz ihm gehört. Ich konnte ihm sein Herz nicht zurückgeben, aber er soll für uns beide leben. Bitte ihn darum, dass er mir verzeiht. Und sage ihm, ich habe ihn geliebt.«

*

Es war ein mühsamer Weg durch den Schnee. Sie hielt sich an den Ästen der Winterbäume fest, während sie zu dem Steilweg watete. Und immer wieder sah sie sich um in der bangen Befürchtung, Loved könnte trotz ihres Kusses erwacht sein und sie suchen. Doch bald hatte sie auch den Abhang hinter sich gelassen und kletterte in Richtung Strand. Es war noch tief in der Nacht, als sie ihn mit aufgeschürften Händen und Fußsohlen erreichte.

Die Uferfelsen waren von einer dünnen Eisschicht überzogen und zu rutschig, um sicher zu stehen, also watete sie bis zu den Knien ins Meer. Die scharfen, muschelähnlichen Panzer von Seepocken drückten in ihre Fersen.

Sie ging noch tiefer ins Wasser und versuchte zu verdrängen, wie sehr sie den nassen Atem des Meeres verabscheute. Ihre Zehen ertasteten eine scharfkantige Muschel. Sie bückte sich und hob sie auf. Eine Weile überlegte sie, dann zog sie die Schale mit einer schnellen Bewegung über ihren Unterarm. Es tat nicht einmal weh, so taub war ihre Haut schon von der Kälte. Aus dem Schnitt quoll Blut und tropfte ins Meer. *Beeil dich, Dajee*, dachte sie und tauchte den Arm ins Wasser.

Sie waren so schnell da, dass sie trotzdem erschrak. Nicht Zia, sondern drei andere Haie. Summer hielt den Atem an. *Bitte*, flehte sie. *Lass es keinen von König Beras' Haien sein.*

Ein riesiger Fischkörper schoss auf sie zu – und drehte dicht vor ihr ab. Die Welle drängte sie einen Schritt zurück. Unter der Wasseroberfläche sah sie im Mondlicht die matten, wie toten Augen eines anderen Raubfisches, dann schreckte auch er vor der Zorya zurück und verschwand wieder im tieferen Wasser. Summer nahm ihren ganzen Mut zusammen und ließ sich weiter ins Wasser gleiten. Bis zur Brust, bis zu den Schultern. Unter ihren Sohlen der raue Fels. Dann hob die nächste sanfte Welle sie vom Boden hoch und sie begann in ihrer unbeholfenen Art zu schwimmen. Der Widerwillen gegen das Wasser war so groß, dass sie beim Salzgeschmack würgen musste. *Und in einem solchen Wasser bin ich früher ertrunken?* Bei der Vorstellung streifte ein Anflug von Panik sie, aber sie machte sich klar, dass sie schwamm und nicht ertrinken würde. Die Küste war immer noch nah genug, und offenbar gab es hier keine gefährlichen Strömungen. Nur endlose Wellen und den dunklen Glanz bewegter Wasserhaut. Sie fragte sich, wie ein Mensch die Kälte wahrnehmen mochte. Wie lange würde es dauern, bis er bewusstlos und unterkühlt auf seinen letzten Herzschlag wartete? Fünf Minuten? Länger? Unwillkürlich paddelte sie schneller. Die Haie umkreisten sie, doch sie scheuten sich immer noch, näher zu kommen. Aber die Wasserbewegung und der Sog ihrer Flossenschläge machten es ihr schwer. Sie schluckte Wasser und hustete. Hektisch begann sie zu strampeln, als eine Welle über ihren Kopf rollte und sie unter Wasser drückte. Für einen Moment wusste sie nicht mehr, wo oben und unten war und ob sie mit jeder Bewegung noch tiefer sank. Dann packte eine kleine Hand ihren Fußknöchel. Summers Atem entwich ihrem Mund in einer sprudelnden Wolke. Salz brannte in ihrer Nase und ihren Augen. Würgend und hustend kam sie an die Wasseroberfläche und wäre sofort wieder untergegangen, hätte ein dünner Arm, der sich um ihre Kehle legte, sie nicht an der Wasseroberfläche gehalten. »Wenn du so strampelst, vertreibst du Zia. Was machst du hier im Wasser? Ich dachte, du magst es nicht?«

Im selben Moment strich der riesige Haikörper so dicht an ihrem Bein entlang, dass sie erstarrte.

Die Totenkopfschwärmer umschwirrten aufgeregt ihren Kopf.

»Zia hat mich geweckt«, sagte Dajee ohne große Begeisterung und gähnte. »Ich habe auf der Insel so fest geschlafen. Ich dachte schon, dir sei etwas passiert. Aber dann habe ich auch dein Leuchten im Wasser gesehen.«

Ihr Gesicht wirkte winzig. Ihre Locken trieben wie schwarzer Tang um ihre Schultern. Die Fischschuppen ihres Schwimmanzugs glänzten silbern im Mondlicht.

»Ich danke euch so sehr, dass ihr gekommen seid«, sagte Summer aus tiefster Seele.

»Du hast Glück, dass ich noch da bin«, bemerkte die Kleine spitz. »Zia wollte schon längst ins südlichere Meer aufbrechen, dorthin, wo es im Winter wärmer ist als hier. Aber ich wollte noch bis morgen warten. Warum hast du mich gerufen?« Jetzt trat ein hoffnungsvolles Funkeln in ihre Augen. »Hast du mir etwas mitgebracht?«

»Dajee, ich… nein, ich habe diesmal kein Geschenk für dich. Aber ich brauche deine Hilfe. Bitte! Ich muss zur Zitadelle. In den Tempel der Haie.«

Das Mädchen riss die Augen auf und ließ sie los. »Spinnst du?« Ihre Miene verfinsterte sich. »Da haben sie gestern gesprengt. Die Wellen hat Zia noch bei den Inseln gespürt. Und hast du nicht die vielen toten Fische gesehen…«

»Doch, habe ich. Eben deshalb muss ich dorthin! Ich muss… etwas in Ordnung bringen.«

»Dann geh zu Fuß!«

»He!«, rief Summer. Sie erwischte gerade noch den Fußknöchel des Mädchens, bevor es davonkraulen konnte, und riss es mit aller Kraft zurück.

»Lass mich los!«, kreischte Dajee und trat nach ihr.

»Nicht, bevor du mir hilfst!«, fuhr Summer sie an. Wasser schwappte wieder gegen ihre Nase und brannte wie Feuer. »Es ist nicht für mich… es ist… für die Töchter von Tänzer Licht.«

Endlich erlahmten die Bewegungen. »Töchter?«, fragte Dajee misstrauisch. »Er hat doch gar keine Töchter.«

»Ach wirklich? Das werde ich ja wohl besser wissen als du, nicht wahr?«, schnappte Summer. »Ich bin schließlich seine Frau.«

Das schien die Kleine zumindest nachdenklich zu stimmen.

«Sind die Töchter auch so hässlich wie sein Bruder?«, fragte sie.

»Hässlicher. Deshalb weiß keiner von ihnen. Alle würden erschrecken. Aber Tänzer Licht liebt sie.« Summers Muskeln glühten bereits, prustend hielt sie sich an der Oberfläche. Trotzdem versuchte sie, die ganze Autorität einer Erwachsenen in ihre Worte zu legen. »Wenn du mich jetzt nicht zur Zitadelle bringst, dann wird Tänzer Licht unglücklich sein. Denn alle seine Töchter werden sterben müssen. Und im Gegensatz zu den Menschen können sie kein weiteres Leben beginnen. Und eines sage ich dir, Tänzer Licht wird so wütend auf die Menschen sein, dass er keinem von euch – keinem! – mehr das Land nach dem Tod zeigen wird. Kein Rückwärtsleben mehr, Dajee. Und keine Wiederkehr. Und wenn sie sich dann fragen, warum das so ist, werde ich ihnen sagen, dass ich es nicht verhindern konnte, weil – tja – ein kleines Mädchen namens Dajee zwar alle Schneehühner und Kaninchen verschlingt, die ich ihr an den Strand bringe, mir aber nicht helfen wollte, als es um die armen Töchter ging.«

Es war gemein, aber immerhin war es ihr gelungen, die Kleine betroffen zu machen. Zia drehte nervös ihre Runden, was zumindest die anderen Haie auf Abstand hielt.

Dajee kaute auf ihrer Unterlippe herum, dann schien sie zu dem Schluss zu kommen, dass sie lieber Summer helfen als Tänzer Licht verärgern wollte.

»Ich weiß aber nicht, ob es geht«, meinte sie. »Du wirst ziemlich lange die Luft anhalten müssen.«

»Mach dir keine Sorgen um mich. Bringe mich einfach nur hin.«

Das Mädchen schnaubte. »Na gut«, meinte es dann missmutig. »Aber Zia wird es nicht gefallen.«

*

Nie hatte sie sich vorstellen können, wie Dajees Leben an der Seite des Raubfisches aussah. Jetzt erfuhr sie, wie erschreckend es sein konnte. Die Kleine umklammerte ihre Taille mit erstaunlicher Kraft, aber ihre Arme schmerzten dennoch, so fest hielt sie sich an der riesigen Haiflosse fest. Unter ihr war Zia ein schlängelndes, davonschießendes Paket aus Muskeln und Geschwindigkeit. Das Wasser glitt so schnell an Summer ab, dass der Sog an ihren Hosen zerrte und der Militärgürtel tief in ihre Hüfte einschnitt. Die Geräusche des Meeres waren noch schlimmer als damals in der Koje im Bauch der *Nymphea*. Und jedes Mal, wenn Zia sie wieder zur Oberfläche trug, damit sie Luft schnappen konnte, verschluckte sie sich und musste husten.

Sie wusste nicht, wie lange sie diesen Albtraum schon durchlebte – eine Stunde? Länger? –, als sie beim Auftauchen in der Ferne die Zitadelle erblickte. Oder das, was von ihr übrig war. Nur fünf Türme standen ganz, und davon sahen drei aus wie Krieger, die sich nur noch mühsam auf den Beinen hielten. Sogar der erste Turm trug Wunden. Im oberen Teil, dicht unter dem Rondell, hatte eine Explosion ein schartiges Loch in die Mauern gerissen. Die prächtigen Fenster hatten sich in schwarze Höhlen eines Totenschädels verwandelt, so, als seien sie verbarrikadiert worden. *Der sicherste Teil der Zitadelle ist unversehrt.*

Dann tauchte Zia wieder unter. Die raue Haut des Hais schabte über ihre Ellenbogen. Hier, in Sichtweite der Wachposten, mussten sie tief tauchen. Der Druck auf ihren Ohren wurde unerträglich und das Pochen ihres Blutes so laut, dass es in ihrem Kopf dröhnte. *Du erstickst nicht*, versuchte sie sich zu beruhigen. *Dein Blut ist kalt, das Herz schlägt langsamer. Du hältst es länger aus, wenn du nicht in Panik gerätst.*

Die Strömung riss an ihr. Die Haie aus König Beras' Zitadelle kamen Zia viel zu nahe. Unter Wasser schrie Summer in einem Strudel aus Luftblasen auf, als eine Raubfischnase hart gegen ihren Fußknöchel stieß. Zia wich mit einer abrupten Bewegung aus.

Dann tauchten sie im Tempel der Haie auf. Er war ein Trümmerfeld. Eine Explosion hatte die Kathedrale zerstört. Tropfsteine und Felsen waren heruntergebrochen. Ein Haikadaver lag halb an Land geworfen neben dem zertrümmerten Steg.

Zia schob sich heran und Summer kroch auf zitternden Knien auf die geborstenen Planken. Im Licht ihrer Falter beobachtete sie, wie Dajee nach Luft schnappte und sich ängstlich an Zia klammerte.

»Das ist gruselig hier!«, japste sie. »Zurück kann ich dich aber nicht bringen.«

»Ich weiß, Dajee, ich danke dir! Und Zia natürlich auch.«

Das Mädchen zuckte nur lässig mit den Schultern, aber es konnte sich ein stolzes Grinsen nicht verkneifen. Trotz ihrer Angst blitzte die Abenteuerlust in ihrer Miene auf. Im Spiegel des Wassers sah Summer ihr wirkliches Gesicht: die schwarze Haut und die Dämonenfratze. Dann warf sich Zia im Wasser herum und das Spiegelbild des Mädchens, das Tierläufer- und Tandrajblut in den Adern hatte, zersplitterte, und da war nur noch Dajee, sechs Jahre alt, mit roten Wangen, nassen Locken und einem verschmitzten Zahnlückenlächeln. »Grüß Tänzer Licht von mir«, rief sie.

»Leb wohl«, sagte Summer leise. Doch da waren das Kind und der Hai bereits wieder untergetaucht.

Summer zog die Knie an den Körper und blieb eine Weile sitzen. *Wenn ich Indigo wäre, wo würde ich mich verstecken? Warum wäre es mir so wichtig gewesen, diese Zitadelle zu erobern?* »Weil der alte Turm immer noch der sicherste Platz ist«, flüsterte sie. »Und wenn ich die Macht hätte, Zorya das Leben zu nehmen, dann würde ich diese Macht nicht teilen. Ich würde dieses Geheimnis besser hüten als alles, was ich je besessen habe. Ich würde der Herr über Leben und Tod sein. Also würde ich mich zurückziehen. Dorthin, wo niemand mein Geheimnis ergründen kann.«

Jetzt wurde sie ruhig. Zu ruhig für einen Menschen. Mit schmalen Augen sah sie sich im Tempel um. Die Backsteinwand war nur ein wenig beschädigt. Irgendwo brummten die Generatoren. Also waren die Anlagen, die aus den unterirdischen Strömungen der Quellen den Strom gewannen, zumindest zum Teil noch intakt. Das hieß, es gab in der Zitadelle vielleicht noch Strom. Halb unter Trümmern begraben lag ein langes Stück eines Metallkabels. Das konnte ihr nützlich sein. Sie befühlte die Taschen ihrer Uniformjacke. Es war alles noch da: der Sprengstoff, wasserdicht verpackt in der Metallkapsel, das Feuerzeug, ein Messer und Tellus' Plan der verborgenen Schächte. Leider keine Schusswaffe. Aber auch ein Messer würde genügen, Indigo lange genug zu schwächen.

Falter aus Glas

Die Wucht der Explosion hatte einige der rostigen Steigeisen in dem Schacht gelockert. Mehrere brachen unter ihrem Gewicht, als sie nach oben kletterte. Ein Verbindungsschacht war verschüttet, aber sie schaffte es, einen schmalen Durchgang freizuräumen und sich auf den Ellenbogen kriechend weiterzuziehen. Die Kammer, in der sie wie erwartet landete, hatte sich in ein Lager für Metalltrümmer verwandelt. Sie hörte, wie Leute dort arbeiteten, Brocken herumwuchteten, sich Befehle zuriefen. Vorsichtig lugte sie hinter einer verbogenen Metallplatte hervor und entdeckte einige Soldaten.

Ein paar Minuten beobachtete sie die Männer und Frauen, eignete sich ihre Bewegungen an, die Müdigkeit, die Erschöpfung in den bleichen Mienen. Dann zog sie rasch die Stiefel an, schulterte das zusammengerollte Kabel und trat hinter dem Schuttberg hervor, als würde sie ganz selbstverständlich zu ihnen gehören. Ohne abzuwarten, bis jemand sie ansprach, fluchte sie, schüttelte sich das Wasser aus dem Haar und betrachtete missmutig ihre tropfnasse Jacke. »Seht euch die Sauerei nur an«, sagte sie zu einer Frau. »Geht bloß nicht da hinten zur Tür. Da ist ein Rohr gesplittert. Die ganze Brühe fließt von der Decke runter.«

Die Frau grinste nur und arbeitete weiter.

»He, wo willst du denn hin?«, rief ihr jemand nach. »Wir sind hier noch lange nicht fertig!«

Summer hob nur kurz die Drahtrolle an ihrer Schulter an, ohne stehen zu bleiben. »Ersatzteil für den Fahrstuhl. Die Sicherungsseile haben was abgekriegt.«

Dann hatte sie die Tür bereits erreicht. Niemand rief sie zurück. Sie senkte den Kopf und wurde unsichtbar, ein Teil der Leute hier, und steuerte auf den Fahrstuhl zu Wie sie richtig vermutet hatte, war er gesperrt und funktionierte nicht mehr. Ein Sicherungsseil war vor das Metallgitter gespannt.

Summer ging ruhig darauf zu, inspizierte mit fachmännischem Blick den Aufzug und legte geräuschvoll das Metallkabel ab. Einige Köpfe drehten sich zu ihr um. Wie abwesend strich sie sich über die Tätowierung und bückte sich unter dem Sicherungsseil hindurch. Aus dem Augenwinkel vergewisserte sie sich, dass keiner ihr Tun weiter verfolgte. Dann griff sie zu einem Stück Seitenverkleidung und hebelte es aus den beiden Führungsschienen. Der Spalt bot ihr eine improvisierte Steigleiter. Blitzschnell zog sie sich hoch und kletterte durch das Fenster im Kabinendach in den Fahrstuhlschacht. Sie ertastete die Eisenbügel, die zum nächsten Wartungsschacht führten, und begann zu klettern.

Ihre Muskeln waren taub, als sie endlich den dreißigsten Stock erreichte. Keuchend fiel sie mehr, als dass sie kletterte, in den verschmierten Wartungsschacht und kroch über staubigen Unrat weiter. Hier ließ sie die Stiefel zurück und fühlte sich gleich beweglicher und schneller. Das Rondell war gut bewacht, sie konnte die Tritte von Soldatenstiefeln hören, als sie sich zum letzten Steilgang vor der Treppe hochschob. Ein eisiger Luftzug strich hier entlang. Also war sie in der Nähe der geborstenen Stelle, dicht unter Tellus' Rundgang!

Ihr Herz begann schneller zu schlagen, als sie lauschte und dann vorsichtig die Klappe öffnete. Am liebsten hätte sie einen Triumphschrei ausgestoßen. Sie hatte die Wache umgangen! In Sichtweite war die Treppe, die vom Fahrstuhl nach oben führte. Dahinter fehlte ein Stück Wand. Der Wind nutzte die scharfen Bruchkanten als Flöte und spielte ein trauriges Lied. Die Treppe schwankte, aber sie hing noch sicher an den Stahlseilen. Neu war ein Flaschenzug neben der Treppe. Offenbar waren schwere Gegenstände in das Rondell gehievt worden. Scherben lagen am Fuß der Treppe und – Flügelstaub!

Summer rappelte sich auf und rannte auf die Treppe zu.

*

Es war ein seltsames Déjà-vu aus Maymara. Nur dass der Schlag diesmal nicht von der Seite, sondern von hinten kam. Der Schmerz zuckte weiß glühend durch ihren Kopf, dann ging sie zu Boden. Ihre Schwärmer taumelten und landeten neben ihr, wo sie benommen herumkrochen. Sie konnte nicht einmal schreien. Was ohnehin keine gute Idee gewesen wäre, denn dafür drückten sich die Hundefänge deutlich zu fest in ihren Hals.

»Hallo *Blissa Tomlin*«, sagte Moira süffisant. »Hab ich es mir doch gedacht. Wenn hier einer unbemerkt an den Wachen vorbeispazieren kann, dann ist es die Frau mit den tausend Gesichtern. War nur eine Frage der Zeit, bis du hier auftauchst, was?«

Summer biss die Zähne zusammen. *Das darf nicht wahr sein! Nicht jetzt! Nicht so kurz vor dem Ziel!*

In ihrem Kopf dröhnte der Schmerz und sie schloss vor Moiras kaltem Jägerblick die Augen.

Moira pfiff und Jola ließ endlich locker und machte sich geduckt davon. Es musste dem Hund alles abverlangt haben, dem Befehl seiner Herrin zu gehorchen und Summer so nahe zu kommen. Mit gesträubtem Fell verharrte er neben Moira.

Diese stieß mit dem Schlagstock auffordernd gegen Summers Fuß.

»Steh auf.« Das brauchte sie Summer nicht zweimal zu sagen. So schnell sie konnte, kam sie auf die Beine. Jetzt tanzten auch noch Blitze vor ihren Augen und ihr wurde schwindelig.

»Das würde ich lassen«, sagte Moira ruhig, als sie die winzige Bewegung in Richtung Messer bemerkte. In aller Ruhe entsicherte sie die Pistole. »Los, Hände hoch!«

Zähneknirschend gehorchte Summer. Schweigend, mit zornigen Blicken maßen sie einander. Die Kriegslady den Schlagstock fest in der Linken, die Schusswaffe in der Rechten, und Summer schwer atmend, bis in den letzten Muskel angespannt, während in ihr die ganze Wut und Enttäuschung einer Zorya kochte.

»Wie darf ich dich denn heute nennen?«, fragte Moira.

»Dasselbe könnte ich dich fragen«, zischte Summer. »Ich kannte mal eine Diplomatin namens Moira. Eine Kriegslady, der nichts so sehr am Herzen lag wie der Frieden. Aber jetzt führt sie Krieg! Für Lord Teremes und für einen Mann, der sich Geresa nennt. Dein ganzes Gerede über Menschen, die nicht schwarz oder weiß sind, ist offenbar gar nichts wert. Also, wie soll ich dich nennen? Lady Heuchlerin?«

Es war nur ein winziges Zucken der Nasenflügel, das Summer verstummen ließ. *Verdammt, was machst du? Das ist der falsche Weg. Du hast keine Chance gegen sie!*

Moiras Augen waren dunkel geworden, wie das Graumeer an einem stürmischen Tag. »Es sind keine Menschen, gegen die hier Krieg geführt wird«, sagte sie. »Ich kenne Lady Mar. Besser, als mir lieb ist. Ich habe gesehen, wozu sie in der Lage ist. Ich habe ihr wahres Gesicht gesehen. Es ist das Gesicht des Todes.«

Im Bruchteil einer Sekunde überschlug Summer ihre Möglichkeiten. *Sie hat mir geantwortet. Und mein Vorwurf hat sie getroffen. Sie hätte mich längst erschießen können, aber sie tut es nicht.* Jetzt fiel ihr auf, wie erschöpft Moira aussah. Ein gequälter Zug um Mund und Augen ließ sie älter aussehen, als sie war.

Summer befeuchtete ihre Lippen mit der Zunge.

»Ich weiß, ich kenne Lady Mar auch«, erwiderte sie vorsichtig. »Ebenfalls besser, als mir lieb ist. Ich habe sie zweimal betrogen, und ich würde es ein drittes Mal tun, wenn ich mein Leben retten könnte. Aber darum geht es nicht. Sieh mich an. Bin ich etwa nicht menschlich?«

»Bist du es?«, gab Moira hart zurück. »Du scheinst es zu sein. Immer wenn ich dich treffe, bist du in Schwierigkeiten, das ist sehr menschlich. Und das Schlimmste ist, dass ich dich sogar mochte. Aber du gehörst zu *ihnen*.«

»Ich bin also schwarz – und du bist weiß?«

Moiras Augen verengten sich. Innerlich trat Summer einen vorsichtigen Schritt zurück.

»Du weißt nicht, mit wem du redest«, sagte Moira gefährlich leise. Sie ließ den Schlagstock los. Ohne die Pistole zu senken, hob sie den linken Unterarm an ihren Mund und löste mit den Zähnen die Schnalle des ledernen Armschoners. Unwillig schüttelte sie ihn ab und hielt den Arm hoch, bis Summer eine Tätowierung sehen konnte. Es war eine weiße Lilie, die je nach Lichteinfall einen zarten grünblauen Schimmer bekam. Summer klappte der Mund auf.

»Du hast ihr gedient?«, flüsterte sie fassungslos. »Lady Mar? Du warst auf ihrer Seite?«

»Lange her«, sagte Moira knapp. »Und lange genug, um zu wissen, wer ihr seid. Sie herrschte fast zwanzig Jahre lang über meine Stadt. Also erzähl du mir nichts von Schwarz und Weiß!«

»Soll ich dir sagen, was ich an dir immer mochte?«, sagte Summer leise. »Dass du fair warst. Und jedem eine Chance gegeben hast. Auch mir, obwohl du mir nicht vertraut hast. Du hast sogar einen guten Verräter zu schätzen gewusst. Die Moira, die ich kannte, hätte mir wenigstens zugehört.«

»Was glaubst du, warum ich dich noch nicht erschossen habe? Du kannst es gerne versuchen. Nenn mir einen Grund, warum ich noch einmal dem Tod dienen sollte!«

»Du dienst ihm jetzt schon. Er nennt sich Geresa und er ist da oben, in den Kammern der Winde. Ganz allein, nehme ich an, denn er will sein Geheimnis vor euch hüten. Ihr habt Kisten nach oben verfrachtet, nicht wahr? Fändest du den Krieg immer noch so gerecht, wenn ich dir sage, dass darin gefangene und schwer verletzte Zorya sind? Du hast recht, Lady Mar ist eine erschreckende Herrscherin, und dennoch macht sie sich nur die Gier und das Machtstreben der Menschen zunutze. Sie hat nicht einmal die Macht, dem Mann dort oben den Garaus zu machen. Er will der Herr über Leben und Tod werden und er hat willige Helfer in euch gefunden.«

»Wer bist du wirklich?«, fragte Moira. »Lady Tods Tochter?«

Jetzt musste Summer trotz allem lachen. »Töchter und Söhne gehören dem Leben. Nein, ich bin nur eine Zorya. Ich sollte Indigo, den du Geresa nennst, den Todeskuss geben. Aber er betrog mich. Und nun ist er auf dem besten Weg, ein Lord Mar zu werden.« Als Moira schwieg, fuhr sie leise und eindringlich fort: »Ich bin nur gekommen, um ihm das zu bringen, was ohnehin sein Schicksal war. Wir bestimmen niemals über Leben oder Tod. Wir sind keine Richter. Wir sind dort, wo wir gerufen werden. Auch du wirst eines Tages nach einer von uns rufen. Aber was, wenn du rufst und niemand wird da sein? Was, wenn du müde bist? Willst du immer leben? Was werden die Menschen sein, die nicht sterben? Insekten, die in Bernstein gefangen sind, dazu verdammt, ewig zu atmen.« Ihre Arme schmerzten und sie ließ sie vorsichtig nach unten sinken. Und Moira ließ es geschehen. »Stell es dir vor, Moira, um mehr bitte ich dich nicht. Stell dir nur einen Moment vor, was es bedeutet, wenn ein Mensch Macht über den Tod hat.«

Moira senkte die Waffe nicht, aber zu Summers Überraschung schenkte sie ihr ein schmales Lächeln. »Entweder hast du dich sehr verändert, seit Farrin dich auf der *Nymphea* aufgelesen hat. Oder du hast dich bemerkenswert gut verstellt. Wo ist das doppelgesichtige Mädchen, das vor allem und jedem Angst hatte?«

»Das bin ich noch«, sagte Summer ernst. »Das und viel mehr. Wie jeder Mensch. Ich habe Angst, ich bin nicht besonders stark. Ich bin feige und ich lüge viel zu oft und schnell. Ich war Tjamad, eine Zorya, und nun bin ich Summer. Raupe und Falter.«

Ohne Flügel, setzte sie in Gedanken hinzu.

»Ich kann dich nicht gehen lassen«, sagte Moira. »Das weißt du. Wenn ich mich jetzt auf Lady Mars Seite schlage, dann wäre alles nichtig, wofür ich gelebt habe. Dann werden Menschen sterben.«

»Nicht um des Sterbens willen. Das Ende des Todes wird nicht das Ende des Leids bedeuten.«

Moira schluckte. Ein Schatten fiel auf ihre Züge.

»Ich hatte einen Freund«, sagte sie nachdenklich. »Er ist verwundet worden im Krieg um meine Stadt. Er … hieß Delur. Wir kannten uns, seit wir Kinder waren, wir sind gemeinsam an einen Lord als Tributzahlung abgetreten worden. Sechs Jahre alt waren wir damals. Und ich kann nicht zählen, wie oft wir einander gerettet haben. Er ist der einzige Mensch, der mir je wirklich etwas bedeutet hat. Ich saß bei ihm, als er auf dem Krankenbett lag. Es war so sinnlos. Die Wunde war schlimm, aber er hat die ersten drei Tage überlebt. Eine Weile schien es sogar, als ginge es ihm besser. In diesen Stunden redeten wir über all das, was wir uns nie gewagt hatten zu sagen. Über uns und darüber, dass zwischen uns viel mehr war als Freundschaft. Wir versprachen uns, dass wir uns nie trennen würden. Die Chancen standen gut. Der Krieg war vorbei, der Lord, dem wir gehört hatten, war darin umgekommen. Doch Lady Mar hatte das letzte Spiel mit uns noch nicht gemacht. Seine Wunde entzündete sich und ich konnte nur noch hilflos zusehen, wie er mit dem Tode rang.«

»Er hat mit dem Leben gerungen«, sagte Summer sanft. »Und verloren. Nicht Lady Mar oder eine von uns hat ihn verwundet, sondern ein anderer Mensch. Wir haben keine Waffen, wir können nur dort sein, wohin ihr uns ruft.«

Moira holte krampfhaft tief Luft. Und obwohl sie sich darum bemühte, ihrer Stimme diesen sachlichen Tonfall zu geben, der zu ihr gehörte wie das Schwarz und das Weiß, hörte Summer doch deutlich das Zittern heraus.

»Ich weiß noch, wie ich irgendwann sogar darum bat, dass er sterben kann«, sagte Moira. »Und bevor er einschlief, flüsterte er etwas, das ich nicht verstanden habe.«

»Den Namen. *Ihren* Namen.«

Moiras Waffe sank herab. »Kennst du sie?«

Summer schüttelte den Kopf.

Moira schluckte schwer und senkte den Kopf. Der Wind wehte das Haar vor ihr Gesicht, und als dieser Vorhang sich wieder hob, war ihr Gesicht immer noch unbewegt, aber nass von Tränen. »Zum Henker damit«, sagte sie und schniefte. »Aber es war einfach zu früh. Er war dreiundzwanzig. Wir hatten unser Leben noch vor uns. Das erste Mal ein Leben ohne Krieg.«

»Es ist immer zu früh«, erwiderte Summer. »Unser Schritt ist schneller als der des Lebens. Das Leben braucht Zeit, wir nicht.«

»Der Einzige, der Zeit ohne Maß hat, ist… wie nennst du ihn? Indigo?«

Summer nickte und richtete sich noch etwas mehr auf.

»Lass mich zu ihm, Moira«, bat sie. »Er sollte vor zweihundert Jahren an einem Fieber sterben. Seitdem lebt er von gestohlener Zeit. Aber kein Mensch darf für immer leben.«

Moira schluckte, dann hob sie wie in Trance ihre Waffe.

An jedem anderen Tag wäre Summer nun zurückgewichen, voller Angst. Doch heute war sie Indigos Zorya.

»Wenn du mich tötest, gewinnt Indigo«, sagte sie mit fester Stimme. »Für die Ausgewählten wird es keinen Tod mehr geben. Indigo und seine Verschwörer werden die Macht darüber haben und ewig leben. Ihre Feinde werden sterben, ihre Freunde und Verbündete nicht. Aber ist der Tod nicht etwas, das jedem Menschen gehören sollte? Das euch alle gleich macht? Indigo allein kennt das Geheimnis, wie er uns töten kann. Es hängt also an dir und mir.« Sie senkte die Stimme. »Was ist ein ewiges Leben wert, Moira? Ohne Erneuerung, ohne Werden und Vergehen. Eine Seele braucht das Wachsen und sie ist bereit, zu vergehen. Was wird aus ihr, wenn sie in der Ewigkeit gefangen ist? Wenn nichts mehr einen Wert hat, weil nichts vergänglich ist?«

Moira umklammerte den Griff ihrer Pistole so fest, dass ihre Knöchel weiß hervortraten. »Ich weiß nicht mehr, was richtig und was falsch ist.« Ihre brüchige Stimme vermischte sich mit dem Heulen des Windes. »Deshalb werde ich jetzt eine Weile aus dem Trümmerloch auf das Land schauen und nachdenken. Ich schätze, ich werde für ein oder zwei Minuten ziemlich abgelenkt sein und nichts hören und nichts sehen. In dieser Zeit werde ich beschließen, die Wache zu rufen. Dann werden wir – die Wache und ich – über diese Treppe da nach oben gehen, die Türen aufbrechen und in das Rondell kommen, um Indigo vor dir oder wem auch immer zu beschützen. Und ob ich dich oder jemand anderen in den Kammern der Winde vorfinde – ich werde keinen Unterschied machen. Ich werde schießen.«

Ein leises Klicken ertönte. Summer öffnete die Augen. Nur Jola stand da und starrte Summer immer noch feindselig an. Moira hatte sich von ihr abgewandt. Durch die Öffnung in der Mauer wehte der Schneewind, Flocken fingen sich in ihrem Haar. Ihre rechte Hand schloss sich immer noch fest um die Waffe, die nun zu Boden zeigte.

»Danke für den Vorsprung«, flüsterte Summer so leise, dass Moira es nicht hören konnte. Dann rannte sie.

*

An manchen Stellen waren die Stufen geborsten. Wind strich winselnd durch die Ritzen und Spalten, und von oben verirrten sich einige Schneeflocken zu Summer herunter. Der nasse Stoff klebte ihr am Körper und sie zog die Jacke aus und kletterte keuchend, so schnell sie konnte, weiter. Ihre Falter umschmeichelten ihre Schultern und ihre tastenden Hände. Sie erreichte den Aufgang, der zum Wächterraum führte. Fast hätte sie erwartet, Tellus zu sehen, der hier Karten spielte. Aber seine Habseligkeiten waren verschwunden, ebenso der Tisch und das Regal. Vielleicht war er gefangen genommen worden. Oder – das hoffte sie – rechtzeitig geflohen.

Sie huschte zur Nische. Leere Kisten waren an der Wand gestapelt. Sie musste sie wegräumen. Hastig fuhr sie dann mit den Fingerspitzen die Rille zwischen der getarnten Zarge und der Tür entlang auf der Suche nach dem versteckten Schloss. Der kleine Hebel hatte sich verkeilt und sie musste mit aller Kraft dagegenschlagen, bis er sich löste. Fieberhaft überlegte sie, wo sie den Sprengstoff anbringen würde, um das Schloss zu öffnen, als die bewegliche Wand zu ihrer maßlosen Überraschung nachgab. Vorsichtig drückte sie dagegen und stieß auf einen Widerstand. Erst als sie sich gegen die Tür stemmte, ließ sie sich zumindest so weit öffnen, dass sie sich durch den Spalt schieben konnte. Drinnen war es eisig. Und ihr bloßer Fuß stieß gegen etwas Kaltes. Und gegen … Leder? So schnell hatte sie ihre Taschenlampe noch nie hervorgeholt. Der blasse Lichtkegel fing eine Schulter ein. Und dann einen kahlen Kopf. Tellus! Er saß auf dem Boden, die Knie an den Körper gezogen, vornübergebeugt, als würde er schlafen. Doch er schlief nicht. Er musste sich beim Angriff in die Kammer geflüchtet haben. Summer schnürte es die Kehle zu. War es sein schwaches Herz gewesen? »Es tut mir so leid, Tellus«, flüsterte sie mit erstickter Stimme. Ihr Schwarm zitterte vor ihr in der Luft.

Geh weiter!, drängte eine unbarmherzige, warnende Stimme. *Du hast keine Zeit, Moira und die Wächter werden in wenigen Minuten bei Indigo sein!*

Hastig wischte sie sich mit den Handballen die Tränen von der Wange. Dann griff sie nach der ersten Leitersprosse und zog sich hoch.

Bilder ihres Katzenlebens zogen an ihr vorbei, während sie höher und höher kletterte – das Theater, Finn, Mia. Das Schiff und Anzej. Tellus natürlich, der sich über einen Sieg beim Kartenspiel freute. Ein wenig tröstete es sie, dass eine Zorya bei ihm gewesen war.

Und dann: Loved. Ihn sah sie so, wie sie ihn vor wenigen Stunden verlassen hatte. Ahnungslos schlafend. Und glücklich. Die Verzweiflung wallte wieder in ihr auf. Ihn konnte sie nicht loslassen, und so nahm sie seine ganze Wärme, seine Augen, sein Lächeln und all die Stunden Ewigkeit mit und hielt sie fest. *Nicht einmal Lady Tod kann mir all das nehmen.*

Der Katzenschacht wurde immer schmaler, bis ihr Rücken schon an der Wand entlangschrammte. Endlich, nach einer Ewigkeit, stieß sie auf die Klappe. Sie erklomm die letzte Sprosse und duckte sich, drückte ihre Schulter gegen den Stein. Der Riegel war noch mit dem Holzpflock verkeilt, so wie sie ihn bei Loveds Befreiung zurückgelassen hatte. Sie musste gegen den Stein drücken und mit dem Griff der Taschenlampe mit aller Gewalt gegen das Holzstück schlagen, bis es sich endlich löste. Sie keuchte bereits, doch jetzt verlor sie keine Zeit mehr. Mit aller Kraft stemmte sie sich mit ihrem Nacken und ihrer rechten Schulter von unten gegen die Platte. Schmerzhaft tief drückten sich ihre Sohlen in die Sprosse der Metallleiter. Sie biss die Zähne zusammen, schob die Klappe ein winziges Stück hoch und lauschte angestrengt. Ihre Totenkopffalter landeten auf den Sprossen und an der Wand und verharrten, ohne sich zu bewegen. Durch den winzigen Spalt drang ein seltsam vertrautes Geräusch – ein unregelmäßiges Klappern. Und der Streifen Licht, der durch den winzigen Spalt fiel, zitterte, als würde etwas Flatterndes eine Lichtquelle verdecken. Falter! In den Gefängnisräumen? Summer keuchte, ihre Muskeln brannten und ihre Beine zitterten vor Anstrengung, als sie mit äußerster Beherrschung die Klappe noch ein Stück weiter öffnete, bis sie einen Blick durch den Spalt werfen konnte. Jetzt erwachte ihr Schwarm wieder zum Leben, strömte durch die Lücke wie ein Rudel Hunde, das endlich die Spur aufgenommen hatte. Für einen Augenblick sah sie nichts als dunkle, staubige Flügel und tanzende Totenköpfe, dann war die Sicht wieder frei.

Kerzenlicht brach sich in riesigen gläsernen Kästen – wie Aquarien, nur dass sich unzählige Falter darin tummelten. Im Gegenlicht erinnerten sie an filigrane Skulpturen aus Schnee und blauem Eis. Schneefalter! Es mussten Tausende sein. In manchen Kästen lagen nur schneeweiße Kokons. Verpuppte Schneefalterraupen, die darauf warteten, bald zu schlüpfen. *Indigo* hatte sie also gesammelt! Deshalb hatten Loved und sie keinen einzigen dieser Schmetterlinge zu Gesicht bekommen. Hatte Indigo sie alle einfangen lassen? Doch von Indigo selbst war weit und breit keine Spur.

Summer biss die Zähne noch fester zusammen und ließ die Klappe nach hinten fallen. Mit einem viel zu lauten Schaben wurde sie von der Wand gebremst. Sie kletterte durch das quadratische Loch und sah sich auf allen vieren kauernd genauer um. Es war kein Gefängnis mehr, das, was sie sah, glich eher einem … Labor? Einige Zwischenwände waren entfernt worden, sodass sie in die ehemaligen Kammern der Winde blicken konnte. Die durchbrochenen Fenster, durch die sonst der Wind sein Heulen schickte, waren mit Holzplatten verschlossen. Es war fast unerträglich warm, als würden die vielen Falter durch ihr hektisches Flattern Hitze erzeugen. Tische mit Gerätschaften standen überall: Haken, Seile, Fangnetze.

Summer richtete sich vorsichtig auf und schlich an der Wand entlang. Verwundert betrachtete sie bauchige Gläser, gefüllt mit einem kristallinen Staub. Pinsel lagen daneben. Und dort, in einer Wanne, Tausende von toten Faltern und Flügeln. Sie glitzerten nicht mehr. Matt wie verwelktes Laub lagen sie da. Endlich begriff sie. Der Flügelstaub! Tors Indigo gewann hier den Staub der Schneefalter.

Auf einem Tisch Flügelstaub und mittendrin ein Abdruck – als hätte Indigo etwas eingestäubt. Und Summer musste nicht lange raten, was es war. Zu deutlich zeichnete sich im Staub der Umriss eines langen, gebogenen Messers ab.

Ihre Geisterfalter flatterten aufgeregt über dem Tisch, ohne dass sich ein einziges Staubkorn regte. Dann schwärmten sie abrupt nach rechts. Jetzt hörte sie es auch: ein Schleifen, in einer der Kammern, die noch Wände hatte.

Auf Zehenspitzen trat sie zurück zur Wand und schlich in ihrem Schatten dem Schwarm hinterher, glitt auf die Tür der zweiten Kammer zu. Sie stand offen. Und jetzt drang auch ein Flimmern hervor. Weißlich war es. Mit Schattenflecken. Mit einem Mal war ihr Mund ganz trocken und ihr Herz raste. *Eine Zorya! Und sie lebte noch.*

Sie zwang sich zur Ruhe, schob sich zur Tür und warf einen Blick hinein. Und musste die Hand vor den Mund schlagen, um nicht vor Qual und Entsetzen aufzuschreien.

Auf dem Boden entdeckte sie die leblosen, fahlen Fetzen eines Flügelmantels. Nur noch ein Abglanz der einstigen Pracht. Goldorange mit kleinen schwarzen Tupfen. »Nein«, flüsterte sie. »Nein, bitte nicht!«

Sie wagte den Blick nicht zu heben und musste sich dazu zwingen. Die Reste des abgeschnittenen Mantels lagen am steinernen Sockel eines Metallklotzes. Und darauf…

»Beljén!« Summer formte den Namen nur mit ihren Lippen, kein Laut kam aus ihrer Kehle.

Ihre Freundin war grau, alle Farbe war aus ihrem Körper gewichen. Nur das kastanienbraune Haar bildete einen grotesken, lebendig wirkenden Gegensatz zu dem leblosen Körper. Beljén lag auf der Seite. Nein, es war nicht länger Beljén, sondern nur noch eine Hülle. Aus Asche vielleicht oder aus verbranntem Papier. Die verdorrten Hände lagen auf der Brust, und auch ohne sie zur Seite zu ziehen, war Summer klar, dass sich darunter kein Herz mehr befand.

Sie hatte gewusst, was Trauer und Verlust bedeuteten, aber jetzt erfuhr sie, was grausame, glühende Rachsucht war. Der letzte Funke von Angst verglühte. Sie richtete sich auf und trat in den Raum. Ihre Falter zitterten in dem bläulichen Lichtschein. Und als Summer um Beljéns Bahre herumging, entdeckte sie in der Ecke einen weiteren Glaskasten, so groß wie eine Kleidertruhe, und darin eine weitere Zorya in der Gestalt einer etwa vierzigjährigen Frau mit weißem Haar.

Summer hatte sie nur ein einziges Mal gesehen, beim Tribunal. Die Zorya schien in einer kauernden Haltung zu schlafen, ihr Gesicht hatte einen gequälten Ausdruck und sie atmete flach und viel zu schnell. Ihr Seidenkleid war staubig vom Flügelstaub der Schneefalter, aber in der zweiten Wirklichkeit war sie nur in ihren Flügelmantel gehüllt, der aus ihren Schultern und Armen wuchs: schwarz-weiße Flügel von Schachbrettfaltern. Für einige schreckliche Augenblicke glaubte Summer sich selbst zu sehen – vor so vielen Jahren. *Er wird auch ihr die Flügel nehmen. Und danach, wenn sie sterblich geworden ist, auch noch ihr Herz. Sie wird sterben, wie Beljén – und so viele andere.*

Mit wenigen Schritten war sie bei ihr. Sie hämmerte mit der flachen Hand gegen das Glas, und tatsächlich schlug die Zorya die Augen auf. Ein weißer Ring lag um die Pupille und das Blau ihrer Iris war verblasst. Ihr Mund öffnete sich bei Summers Anblick. Eine Hand legte sich von innen gegen das Glas. Summer legte ihre von außen dagegen. Und sie hörten einander so deutlich, als würden sie ihre Masken tragen.

»Was ist geschehen?«, flüsterte Summer.

»Ich weiß es nicht«, antwortete die Zorya mit schwacher Stimme. »Ich wurde gerufen. Es war ein Mann mit einem blonden Bart und einem Lindenblatt auf der Schläfe.«

Lord Teremes, dachte Summer.

»Er ... war wie betäubt. Neben ihm stand ein Kelch, den er halb leer getrunken hatte. Vielleicht war Gift darin. Er nannte noch einmal halb besinnungslos meinen Namen und verlor das Bewusstsein. Ich beugte mich über ihn und küsste ihn. Aber ... seine Lippen ... Es war, als würde ich Lava trinken! Der Staub, den ich einatmete, versengte mich.«

»Der Flügelstaub der Schneefalter«, sagte Summer mehr zu sich selbst.

Die Zorya holte mühsam Luft. »Der Staub war auf seinen Lippen, in seinem Bart – überall! Und dann ... fiel ein Netz auf mich. Es brannte genauso schlimm. Ich versuchte es abzuschütteln und verhedderte mich darin. Ich wollte zu Lady Mar flüchten, doch ich konnte nicht. Ich stürzte und die Zeit ... lief weiter. Ich ... wurde sichtbar, ohne es zu wollen. Und dann war *er* da.« Bei den letzten Worten wurde ihre Stimme schwächer. Die Hand rutschte am Glas hinunter und ihr Kopf sank herab. Auf ihren Armen: rote Striemen wie von glühenden Fesseln. Ein Netzmuster. Und der Flügelstaub.

Paradoxerweise blitzte vor Summers Augen die Gestalt von Dajee auf. Und Zia, die nicht vorwärts, sondern rückwärts schwamm. *Das Rückwärtsleben. Das Gegenteil.* Jetzt war es, als hätte jemand ihr auch noch den letzten Schleier vor den Augen weggerissen. Es war erschreckend logisch. Die Winterbäume und die Schneefalter stellten die Gesetze von Leben und Tod auf den Kopf. *Im Winter blüht und wächst nichts. Alles Leben steht still. Kein Schmetter-*

ling fliegt, kein Vogel legt Eier. Nur die Winterbäume gehorchen diesem Gesetz nicht. Und auch die Falter existieren im Gegenteil. Sie sterben, wenn alle anderen Falter leben, und leben im Winter, obwohl es allen Gesetzen der Natur widerspricht. Und das gibt ihnen die Macht, als Gift gegen den Tod selbst zu wirken.

Ein Schlag gegen die Scheibe. Die Zorya hatte die Augen weit aufgerissen und hämmerte mit kraftlosen Fäusten gegen das Glas. »Flieh!«, formten ihre Lippen. »Er …«

Aber Summer hatte schon längst reagiert. Sie schnellte zur Seite und wirbelte herum. Eisen knirschte auf Stein, als ein Messer neben ihr herabschnellte und sie verfehlte. Wieder zuckte die Klinge herab und Summer machte eine interessante Entdeckung: Liebe konnte sie beim Kampf mit Finten täuschen und ablenken, aber der Zorn war ein sehr viel besserer Kampfmeister. Mit einer Mühelosigkeit, die sie selbst erstaunte, parierte sie den Schlag des Linkshänders so mühelos, dass sein eigener Schwung ihn aus dem Gleichgewicht brachte und zurücktaumeln ließ. Sein gebogenes Messer war matt vom Staub. Summers Nase brannte, als sie einatmete. Der Mann fing sich ab und richtete sich mit zornfunkelnden Augen wieder auf. Tors Indigo. Unter Millionen hätte sie die leicht schrägen Augen erkannt, das Gesicht, gut aussehend und mit einem etwas füchsischen Ausdruck. Das Haar hatte er straff zurückgekämmt. Und er spielte seine Rolle als Herr über Leben und Tod gut. Sein schwarzer, schmal geschnittener Mantel reichte bis zum Boden. Er sah aus wie ein Magier. Und das gebogene Messer, mit dem er sie angegriffen hatte, erinnerte an die Opfermesser alter Völker.

»Was suchst du hier?«, brüllte er sie an.

»Rate«, gab sie gefährlich leise zurück.

Sie konnte sehen, wie die Muskeln an seinem Kiefer sich spannten. Er sprang ohne Vorwarnung los, doch auch diese Lektion hatte sie von Loved gut gelernt. Sie überrumpelte ihn mit einer Seitwärtsdrehung und wieder wäre er um ein Haar gestürzt. »Ich hatte einen guten Lehrer«, sagte sie. »Einen Linkshänder. Vielleicht erinnerst du dich an ihn?«

Mit grimmiger Zufriedenheit beobachtete sie, wie der Zorn in seinen Augen erlosch. Zweifel huschten über seine Züge, dann Fassungslosigkeit. Und dann – endlich – erkannte er sie.

Sein Mund klappte auf.

»Das … das ist unmöglich!«, stammelte er. »Du bist tot! Ich habe dich eingemauert neben dem Grundstein meines Hauses in Telis!«

»Du weißt nicht alles über uns. Du hast nur darauf gehört, ob mein Herz noch schlägt. Das war ein Fehler. Manche Falter halten Winterschlaf, und auch die Zorya sind Kinder der Luft. Wenn das Entsetzen und die Kälte zu groß werden, dann erstarrt unser Herz. Aber Sterben ist mehr als das, Indigo. Sehr viel mehr! Du hättest mir wohl auch das Herz nehmen sollen, wie du es bei Beljén getan hast.«

Er wurde so blass, dass er plötzlich durchscheinend wirkte – ein Stück Papier, das jeder Windstoß mit sich forttragen würde. Sie hatte erwartet, dass er sie wieder angreifen würde, doch diesmal überraschte er sie tatsächlich. Er drehte sich einfach auf dem Absatz um und rannte hinaus. Als sie das Splittern von Glas hörte, wusste sie, was er vorhatte. Grund genug für Furcht, aber auch ohne einen letzten Blick auf Beljéns armen Körper wusste sie, dass die Zeit der Angst für immer vorbei war. Sie zerrte sich den nassen Rollkragen ihres Pullovers über Mund und Nase und stürmte durch den glimmenden Staub hinter Indigo her. Glasscherben lagen überall, aber sie spürte die Schnitte an ihren Sohlen nicht.

Ihre Augen und ihre Stirn brannten vom Flügelstaub. Sie kam gerade noch rechtzeitig, um zu sehen, wie Indigo auf einen Schalter neben der Treppe schlug und dann nach oben stürmte. Ein kreischender Alarmton erklang. Indigos Mantel flatterte, als er die Wendeltreppe hinaufstürmte. Wind heulte auf, als er die Dachklappe aufriss. Im Rennen riss sie ein langes Messer von einem Tisch, das fast wie ein Schwert wirkte. Über ihr fiel die Klappe zum Dach zu. Das Schaben eines Riegels erklang. Irgendwo aus der Richtung der Stahltür hörte sie rumpelnde Schläge. Sie legte das Langmesser beiseite, holte mit fliegenden Fingern die Metallkapsel mit dem Sprengstoff hervor.

Offenbar hatte sie den Winkel nicht gut eingeschätzt. Die Explosion hätte nur die Klappe aufsprengen sollen. Doch als Summer mit klingelnden Ohren und hustend hinter der Mauer hervorkam, die ihr als Schutz gedient hatte, sah sie, dass die beiden obersten Treppenstufen fehlten. Dort, wo die Klappe gewesen war, schimmerte durch den Rauch ein Stück Morgenhimmel.

Sie packte das längere Messer und stürzte nach oben. Indigo hatte den Fehler gemacht, direkt neben der Klappe zu warten. Die Wucht der Explosion hatte ihn zu Boden geschleudert. Zum Glück nicht allzu nah am Rand. Wind strich in einem Wirbel über die Fläche, harmlos, aber Summer wusste, dass sie nicht zu nah an den Rand der Plattform kommen durften. Tellus' Erzählungen von den Tornadowirbeln hatte sie noch deutlich im Ohr. Gerade als sie sich auf das Dach hochzog und aufsprang, kam auch Indigo wieder keuchend auf die Beine.

Summer verlor keine Sekunde mehr, sondern sprintete los. Sie hatte den Vorteil, dass Indigo immer noch überrumpelt und orientierungslos war. Doch dann überraschte er sie. Kurz bevor sie ihn erreichte, warf er das Messer von der linken in die rechte Hand und parierte ihren Vorstoß. Sie verloren beide um ein Haar das Gleichgewicht, als ein Windwirbel sie aus dem Gleichgewicht brachte. Einen Moment waren sie sich ganz nah, Indigos Augen weit aufgerissen. Dann traf sie ein Tritt oberhalb ihres linken Knies und schleuderte sie ein paar Schritte zurück.

Aus dem Augenwinkel erhaschte sie eine Bewegung. Ein Lidschlag der Ablenkung, in dem sie dennoch alles erfasste. Es war Moira. Der Wind wehte ihr braunes Haar senkrecht hoch und gab ihr das Aussehen einer Kriegsgöttin mit schmalen, berechnenden Augen. Summer spannte sich und wirbelte zu Indigo herum. Eine Sekunde zu spät. Den Biss des Eisens fühlte sie erst, als das Messer sich in ihre Haut bohrte und auf ihr Schulterblatt traf. Der Stich zuckte ihr durch den ganzen Körper, doch schlimmer war das Brennen. *Flügelstaub!*

Ihr Messer fiel ihr aus der Hand. Sie keuchte auf und ging in die Knie. *Nein! Das ist verkehrt! Ich muss …*

»Jola!«, befahl Moira. Und der Hund schoss los. Summer sah nur einen grauen Blitz, aber sie konnte nicht fliehen. *Ich bin sterblich!*, dachte sie nur noch. Dann schloss sie die Augen. Fell streifte sie, sie wartete auf den anderen Schmerz, doch dann war Jola fort – und Indigo schrie vor Überraschung und Empörung auf. Summer blinzelte und glaubte alles in Zeitlupe zu sehen: die Wucht des Aufpralls, Jolas Pfoten an seinem Schlüsselbein, Indigo, wie ihn der riesige Hund einfach fällte und er mit dem Hinterkopf auf das Dach schlug. Fänge, die sich in das linke Handgelenk bohrten. Das vom Staub matte, gebogene Messer, das seinen Fingern entglitt. Es schlitterte mit einem metallischen Schaben über das Dach, bis Moiras Stiefel es mit einem kompromisslosen »Klack« bremste.

»Hier ist er nicht!«, brüllte sie den Soldaten zu, die sich noch im Rondell befanden. »Sucht in den Kammern!«

Sie ließ die geborstene Klappe zufallen und stieß einen Pfiff aus. Jola ließ augenblicklich von Indigo ab und kam zu ihr zurück. Moira legte die Hand auf den Kopf der Hündin, liebkoste das windzerzauste Fell. Doch dabei sah sie Summer an, schweigend, mit festem Blick, den Fuß immer noch auf der Klinge.

Summer kämpfte gegen die beginnende Lähmung in ihrer Schulter an. Das Gift der Schneefalter brannte in der Wunde und auf ihrem Gesicht. Und auch an ihren Sohlen. Müdigkeit schlang sich um ihre Knochen wie eine Schlange aus Blei. *Das ist also das Letzte, was Beljén gespürt hat,* schoss es ihr durch den Kopf. Sie biss die Zähne zusammen und kroch zu Indigo.

Er lag immer noch auf dem Rücken. Die Arme von sich gestreckt wie jemand, der den Himmel umarmen will, den Mund leicht geöffnet, schutzlos wie alle Bewusstlosen. Seine Lider flatterten, als würde er gegen einen Albtraum kämpfen. Bald würde er wieder zu sich kommen. Mühsam zog sie sich neben ihm auf die Knie. Sie musste alle Kraft zusammennehmen, um Indigos Kopf und seine Schultern anzuheben und auf ihre Knie zu betten. Sein Kopf fiel zur Seite und sie stützte ihn, schob eine Hand zwischen seine Schulterblätter und zog ihn an sich. Schwer lag sein Kopf an ihrer Schulter. Erst jetzt fiel die Trance der Entschlossenheit, die sie bisher wie eine schützende Rüstung umgeben hatte, von ihr ab. Angst zitterte in ihrer Brust und ließ ihr Herz stolpern. *Das Ende*. Ein letztes Mal holte sie tief Atem, trank mit den Augen, so viel sie konnte, und nahm Abschied von allem. Der höchste Turm der Zitadelle trieb in einem Nebelmeer, doch hier oben war klarer Himmel, und Summer hatte den Eindruck, nach den verblassenden Sternen greifen zu können. Über dem Nordland ging gerade die Sonne auf und legte einen rosa Glanz auf die Wolkenränder. Noch nie war ihr das Leben so kostbar erschienen. *Vorbei*, dachte sie. *Du gehst den Weg der Menschen, Summer.*

Indigos Lippen waren blau vor Kälte. Er stöhnte wieder und blinzelte, regte sich in Summers Armen. *»Der Tod und die Liebe sind Nachbarn. Doch der Abschied wohnt in beiden Häusern.«* Sie wusste nicht, warum diese Textzeile aus Morts Theaterstück kurz durch ihre Gedanken geisterte, aber sie musste darüber lächeln. Eben hatte sie Indigo noch gehasst. Doch als er nun die Augen aufschlug und sie so ratlos ansah, als würde er sich nicht erinnern können, wich der Zorn von ihr. Die Vergangenheit verblasste, sogar Beljéns Gesicht, und sie nur war nur noch seine Zorya, deren Namen Tors Indigo vor so vielen Jahren gerufen hatte.

»Indigo!« Sanft strich sie ihm das Haar aus der Stirn. »Lamaya ist hier. Hab keine Angst.«

Und in dem Moment, in dem er sie erkannte, beugte sie sich mit einer seltsamen Zärtlichkeit über ihn und küsste ihn. Seine Lippen waren staubig und brannten ebenso wie das Schwert. Das Gift der Falter. Doch sie zuckte nicht zurück.

Die Zeit hob und senkte sich wie ein Atem und stand dann still. Und Lamaya sah.

Die Festung am Meer, die sie so gut kannte. Damals war sie noch keine Ruine, sondern gerade erst erbaut, die Mauern noch hell, die Bäume noch nicht gewaltig und groß. Sie sah Kriege, die vor mehr als zweihundert Jahren geführt worden waren, Bärenjagden und gefährliche Turniere. Und Indigo. Ein schmächtiges Kind mit großen, neugierigen Augen und einem Lachen, mit dem es jeden Menschen für sich gewinnen konnte. Er war der jüngste von fünf Brüdern, der einzige Sohn der neuen Herrin auf der Burg, nachdem die erste Frau des Lords gestorben war.

Und da die Erbfolge sich nach der Mutter bestimmte, war er somit der rechtmäßige Erbe und ein Dorn im Auge seiner Halbbrüder. Die Familie der verstorbenen Herrin trachtete ihm nach dem Leben. Schon im Alter von sieben Jahren zählte niemand mehr die heimtückischen Mordversuche, die ihn immer wieder geschwächt zurückließen. Doch stets entkam er wie durch ein Wunder.

Sie sah: *Indigo, acht Jahre alt, fiebrig in einem viel zu großen Bett liegend. Die Wunde, die ein angeblich verirrter Pfeil verursacht hatte, verheilte nur schlecht.*

Später, mit zwölf, ein Ausritt, bei dem eine Ahnung ihn ein Stück Wiese mit seltsam dicht stehenden Blumen umreiten ließ, während sein Diener mitsamt dem Pferd in eine Fallgrube stürzte. Der Diener war sein einziger Vertrauter gewesen.

Sie sah: *Indigo, der immer misstrauischer und einsamer wurde und zu einem Luchs heranwuchs, mit Instinkten, die ihn vor dem Tod bewahrten.*

Nach dem Tod seiner Eltern wurde er mit nur zwanzig Jahren der jüngste Lord, der jemals im Nordland an die Macht kam. Zwei seiner Halbbrüder flohen, zwei andere verbannte er. Immer weiter strebte er nach Macht. Er liebte eine Frau mit lohfarbenem Haar, doch er musste bald erkennen, dass ihn sogar die Liebe nur dem Tod näher brachte. Sein Herz brach, als seine Frau und sein Sohn am Fieber starben – oder vielleicht auch am Gift, das irgendeiner seiner Feinde in die Küche geschmuggelt hatte. Von diesem Tag an wurde er der Indigo, den alle den »Alchimisten« nannten. Exzentrisch und ohne Gnade, das Herz verschlossen wie eine Rüstkammer. Ein Mann, vor dem keiner seiner Gegner mehr sicher war.

Mit dreißig Jahren war er einsam, müde von der Macht und

süchtig nach Vergnügungen und Wundern. Auch das war Indigo – ein Mann, der Prunk liebte und Musik.

Schon zehn Jahre lang herrschte er und hatte so viele Feinde wie niemand zuvor. Aber Indigo war ein Luchs und passte sich an. Er verausgabte sich nicht länger im Kampf, sondern nutzte nun die Kunst der Intrige. Er studierte die Menschen ebenso genau wie die Insekten, die er hinter Glas aufbewahrte. Nächtelang schloss er sich in seinen unterirdischen Kammern ein, wo er die Wissenschaft der Giftmischereien studierte. Ein Alchimist, der davon träumte, Herr über das Leben und den Tod anderer zu sein. Er lernte die Schwächen seiner Gegner kennen, legte seine Netze aus und ließ sie an ihren eigenen Schwächen scheitern.

Dennoch gelang einem seiner Halbbrüder ein Attentat, bei dem Indigo beinahe starb. Während der Arzt seine Wunden wieder zusammenflickte, lag Indigo schon der Name seiner Zorya auf den Lippen, doch er verschloss seinen Mund und wurde wieder gesund. Nutzlos für das Schwert blieb sein rechter Arm.

Er erholte sich und entdeckte bei seinem Schmied einen Jungen, der beidhändig mit der Waffe umgehen konnte. Vierzehn Jahre war er alt, wirkte jedoch so erwachsen wie jemand, der schon zu viel im Leben gesehen hatte. Der Junge hieß Amand und trug Narben. Und in seinen Augen sah Indigo sein eigenes Schicksal gespiegelt.

Loved! Summers Herz krampfte sich zusammen, als sie ihren Geliebten mit Indigos Augen sah: ernst, konzentriert im Kampf mit der linken Hand. Noch nicht so groß, sondern noch schlaksig und erstaunlich jung. Und doch hatte er schon diesen intensiven Blick und das Lachen, das sie so sehr liebte.

Indigo kaufte ihn von der Schmiede los, kleidete ihn ein wie einen jungen Lord. Zum ersten Mal seit Jahren vertraute er jemandem, wenn auch nicht ganz und gar. Sie lachten gemeinsam und waren oft so vertraut wie Vater und Sohn. Zwei Jahre lang lernte Indigo von dem Jungen das Kämpfen mit der linken Hand, dann wirkten sie wie Spiegelbilder – beide hoch gewachsen, einander ähnlich geworden in ihren Bewegungen. Doch auch das Schwert in der linken Hand nützte Indigo nichts gegen seinen größten Feind.

Er kam in der Gestalt der Kalten Hand, einer Krankheit, die ihn husten und blass werden ließ. Doch noch widerstand er dieser Niederlage. Er ließ sein Bett mitten im großen Tanzsaal aufbauen und dort jede Nacht dem Tod zum Trotz ein großes Fest feiern. Auf dem Bett lag er wie auf einem Thronpodest, umgeben von Schleiervorhängen, und hielt sich an der Musik und dem Licht fest, um nicht zu sterben. Doch es half nichts.

Am zehnten Tag seiner Erkrankung sank er zurück in die Kissen und spürte die Kälte in seine Knochen kriechen. Er flüsterte den Namen einer Frau, die Zeit stand still und… sie erschien.

An dieser Stelle vermengten sich die Bilder zweier Leben. Wie im Wechselspiel von Indigos und ihren Erinnerungen sah Summer alles. Und die Vergangenheit wurde zum Hier. Und Jetzt.

Eben will Indigo die Augen schließen, als die Botin an seinem Bett erscheint. Ganz plötzlich ist sie da, so als hätte sie einfach einen Tarnmantel abgeworfen, der sie bisher unsichtbar machte. Seine Verwunderung darüber, dass der Tod nur ein Mädchen sein soll, ist grenzenlos. Einen Augenblick lang ist er sogar ver-

ärgert und gekränkt. Er, der so viele Attentate überlebt hat, soll nun von einem Geschöpf besiegt werden, das nicht einmal halb so alt ist wie er? Will Lady Tod, der er so oft entkommen ist, ihn damit verhöhnen? Ihm seine Schwäche noch einmal überdeutlich vor Augen führen und ihn Demut lehren? Und dennoch kann er der Todesbotin mit dem rotblonden Haar kaum widerstehen. Ihre Lippen … so süß und nah!

Töne klingen noch in der Luft nach, obwohl die Musiker in ihrer Bewegung eingefroren sind.

Die Botin, die sich schon zu ihm heruntergebeugt hat, um ihn zu küssen, richtet sich wieder auf.

»Was ist das?«, fragt sie leise.

»Musik«, antwortet er. »Und Tanz. Das ist das Leben.« Und dann fleht er sie an und das Leben ist ihm so teuer wie nie. »Lass mir nur noch einen Moment! Lass mich nur noch dieses eine Lied hören.« Sie zögert tatsächlich. Und blickt zu den Tanzenden. In diesem Moment erwachen sie aus ihrer Erstarrung. Die Musiker streichen wieder über Geigenbögen, Gitarren und Flöten erklingen. Die Augen des Mädchens werden groß, seine Lippen öffnen sich leicht vor Erstaunen. Er sieht die Lüster in den braunen Augen gespiegelt. Und erkennt den Funken der Faszination. Oh ja, wie gut kennt er den Zauber von Wundern, die man eben erst entdeckt! Es ist wie Verliebtheit, wie der erste Kuss, wie ein unbändiger Hunger, den man ganz plötzlich spürt. Und nun weiß er auch, warum nur dieses Mädchen und keine andere sein Tod sein kann: Im Grunde ihrer Seelen sind sie einander völlig gleich. Auch sie, das erkennt Indigo, der Luchs, hungert nach einem Leben, das es für beide nicht geben darf – für Indigo nicht mehr. Und für die Todesbotin nie.

Sie öffnet den Schleier, schreitet in den Saal und alle Augen richten sich auf das fremde Mädchen im Trauerkleid. Dies ist der Augenblick, in dem er seine Chance wittert.

Die Musik kommt aus dem Takt, die Wachen sehen besorgt zu ihm, aber Indigo richtet sich halb auf und befiehlt ihnen mit einem Wink, dort zu bleiben, wo sie sind.

»Tanzt mit ihr! Sie ist mein Gast!«, ruft er in den Raum.

Und während er beobachtet, wie sie durch den Raum geht und sich immer wieder umsieht, als würde sie nach den Tönen und Farben suchen, blitzt in seinen Gedanken ein verzweifelter Plan auf. Viele Tänzer weichen in einer seltsamen Scheu vor ihr zurück, aber Amand, sein Ziehsohn und junger Freund, der Einzige, dem er an manchen Tagen sogar sein Leben anvertraut hätte, fasst sich als Erster ein Herz und tritt zu ihr. Noch nie hat er den Jungen so geliebt wie jetzt. Er hört nicht, was er zu dem Tod in Mädchengestalt sagt, aber sie nickt und lässt sich von ihm durch den Raum führen. Erschöpft lässt Indigo sich in die Kissen zurücksinken und schließt die Augen. Und als sie wiederkommt, nach einer Stunde oder vielleicht auch einer ganzen Ewigkeit, hat er seinen Plan gefasst und bittet leise: »Schenk mir nur einen Tag, Herrin. Küss mich morgen. Und ich zeige dir alle Musik, den Tanz. Das Leben und das Licht, ich schenke es dir!«

Die Botin betrachtet die Musiker und die Blumen und hört das Lachen der Gäste durch den Schleier. »Einen Tag!«, sagt sie mit herrischer Stimme.

Und keiner von beiden spürt den Missklang im Gefüge der Zeit.

Im Takt des schwarzen Pulses rann die Zeit weiter. Zeigte die Zorya, die von Tag zu Tag mehr Aufschub gewährte. Und Indigo, wie er sie mit verführerisch süßen und klebrigen Fäden in das Leben einspann wie eine Spinne einen Falter. Wie er sie von Speisen und Wein kosten ließ und ihr Musik und die Poesie der besten Dichter bot, Sonne auf der Haut und Tage und Nächte voller Zerstreuungen.

Und gleichzeitig sah Summer sich selbst. Wie sie das Leben für sich entdeckte, die Farben der Worte und etwas, das ihr unsterblicher schien als die Zorya selbst: die Liebe, der wahre Grund, der sie Tag für Tag zögern ließ. Sie durchlebte alles noch einmal.

Die Stunden mit Loved und ihre Angst vor Lady Mar und der Entdeckung ihrer verbotenen Tat. Sorgfältig schirmte sie sich gegen die Sucher ab und genoss jede Sekunde, als könnte es ihre letzte sein. Und an dem Tag, an dem sie endgültig begriff, dass sie damit menschlicher war, als sie sich je erträumt hatte, war sie glücklich und traurig zugleich.

Summer zog Indigo noch näher an sich, als könnte sie diese Zeit festhalten. Doch sein Leben floss unaufhaltsam weiter durch sie hindurch.

Jeden Tag, den er gewinnt, ist Indigo glücklich wie nie zuvor, doch jede Nacht fürchtet er sich vor dem Ende. Längst ist sein Wille zu leben zur Besessenheit geworden. Doch er wäre nicht Indigo, der Listige, würde er nicht daran glauben, dass auch eine Botin nur ein weiterer Gegner ist, für den er nur die richtige Waffe finden muss. Und das Mädchen ahnt nicht, dass sie es in Wirklichkeit mit zwei Männern zu tun hat. Dem Indigo des Tages, der unbeschwerte, lachende Verführer, ihr Lehrer und gleichzeitig ihr demütiger Diener. Und dem anderen Indigo, dem Mörder und Giftmischer, der in seinen Laboren fieberhaft nach einem Mittel sucht, sie zu besiegen. Es ist ihm recht, dass sein junger Adjutant sie beschäftigt und ablenkt. Manchmal hört er sie beide lachen, sieht, wie sie im Hof mit stumpfen Degen das Kämpfen üben. Er vertraut Amand, und er weiß, er wird dem Mädchen nie zu nahe kommen, schließlich lässt er ihn ausdrücklich wissen, dass er selbst in die junge Frau verliebt sei. Amand berichtet ihm alles über sie, und so ist er über jede Stunde und jede Sekunde ihres Tuns unterrichtet.

Jeder Wein, den er ihr in diesen Wochen reicht, ist vergiftet. Er versucht es mit Arsen und Wolfskraut, mit dem Gift exotischer Frösche, von dem nur ein Tropfen genügt, um ein Pferd umzubringen. Er schreckt nicht einmal vor magischen Tinkturen und Beschwörungen zurück. Sie trinkt jeden Becher ganz aus und … nichts geschieht. Ein scheinbar verirrter Pfeil trifft sie mitten ins Herz, doch sie wankt nicht einmal und zieht sich den Pfeil selbst aus der Wunde, die sich schon nach wenigen Stunden verschließt. Nicht einmal eine Narbe ist zu sehen. Er legt Feuer, doch der Einzige, der zu Schaden kommt, ist ein Diener. Doch an dem Tag, an dem sie die erste Winterfrucht kostet, geschieht es. Sie sind in den Gärten des Blumenhauses, das Blau flirrt vor dem Schnee, so viele Schneefalter tummeln sich auf den sternförmigen Blüten. Es ist der kälteste aller Wintertage. Er und Amand tragen Pelze, aber das Mädchen erstrahlt wie immer in einem schulterfreien Kleid und trägt den Pelz einer Schneekatze nur zur Zierde. Barfuß steht sie im Schnee und der Wind macht ihr nichts aus. Als einer der Falter sich auf ihre Schulter setzt und sie ihn verscheucht, bleibt etwas Staub von seinen Flügeln auf ihrer Haut zurück. Zum ersten Mal sieht Indigo, dass auch eine Botin verletzlich ist. Sie schreit auf und fällt auf die Knie, verstört und erschrocken über ihre eigene

Schwäche. Amand stürzt zu ihr und hilft ihr auf – und in dieser Sekunde erkennt Indigo zweierlei: Dass es tatsächlich einen Weg gibt, seinen Tod zu besiegen. Und dass Amand ihn betrügt. Indigo versteht es, in Gesichtern zu lesen. Und als er nun die Sorge sieht und die nur schlecht verborgene Zärtlichkeit, mit der sein Ziehsohn das Mädchen stützt, erkennt er, dass sein Vertrauter dabei ist, ihm zu entgleiten. Wie immer lässt er sich nichts anmerken und spinnt seine Fäden im Hintergrund.

Die Botin wird krank, einen ganzen Tag lang ist sie geschwächt und blass, als hätte Gift sie berührt. Die Stelle an ihrer Schulter ist gerötet und pocht. Indigo gibt den Befehl, alle Schneefalter zu fangen, damit sie ihr kein Leid mehr antun können. Niemand wundert sich über diesen Befehl des exzentrischen Lords. Tagelang sind die Diener damit beschäftigt, mit Schmetterlingsnetzen durch den Schnee zu stapfen. Zehen erfrieren dabei, doch Indigo ruht nicht, bis auch der letzte Falter in sein Labor gebracht wird. Währenddessen hört er sich weiterhin Amands Berichte an, als würde er ihm immer noch vertrauen. Doch nun setzt er Spione auf seine Fährte. Was sie ihm erzählen, erschüttert ihn zutiefst.

Die Botin und Amand teilen das Bett miteinander. Sie küsst ihn, ohne dass er stirbt. Und mehr noch, Amand kennt Lamayas Geheimnis. Sie hat ihm verraten, dass Indigos Leben in ihrer Hand liegt. Und der Junge tut weiterhin so, als wäre er ahnungslos und Indigos gehorsamer Diener. Indigos Zorn ist unendlich. Und er kann daraus nur den einen Schluss ziehen, dass Amand ihn verraten hat und nun mit ihrer Hilfe vernichten will. Und vielleicht hat sie ihm ja die Unsterblichkeit geschenkt? In seinem Zorn kann er nicht anders, als seinem Ziehsohn einen erstaunten Respekt zu zollen. Viel hat der Junge von ihm gelernt. Er hat der

Todesbotin den Kopf verdreht. Sie wird auf ihn hören und Indigo küssen. Und dann wird er Indigos Platz einnehmen. Er glaubt sich verraten, und das ist der schlimmste Schmerz von allen.

Summer spürte die Enttäuschung, als hätte sie sie selbst erlebt. Als seine Zorya verstand sie sein Misstrauen. Sie überblickte sein ganzes Leben und war traurig, diese große Einsamkeit zu fühlen. *Wie wenig er vertrauen konnte!*, dachte sie.

Die Botin und Amand ahnen nichts, sie küssen sich und flüstern in den Nächten, ohne zu bemerken, wie oft sie zu unsichtbaren Ohren sprechen. Und Indigos Intrige zahlt sich aus. Die Todesbotin verrät Amand ein weiteres Geheimnis: Sie spricht mit ihm über ihre Verbindung zum Reich der Luft. Sie erzählt ihm, dass sie unverwundbar sei. Und dass sie einen unsichtbaren Flügelmantel trage, der an Schultern und Armen mit ihrer Haut verwachsen sei. Dieser Mantel sei ihre Verbindung zu den anderen Boten und zu Lady Tod. Als Amand sie fragt, ob sie ohne Flügel sterben würde, zögert sie, doch dann sagt sie ja, sie glaube schon, es könne nicht anders sein. Sie sagt ihm auch, dass sie ein Mensch sein und niemals zu den Ihren zurückkehren wolle. Und Amand reagiert genauso wie Indigo es an seiner Stelle getan hätte: Er verspricht ihr ein Menschenleben. Erzählt ihr, dass sie gemeinsam nach Süden fliehen werden und dass Lady Tod sie niemals finden wird. Und als sie tatsächlich beschließen, das Nordland zu verlassen, weiß Indigo, dass die Stunde zu handeln gekommen ist. Die Botin ist völlig überrascht, als er sie früh am Morgen fesseln lässt. Ihr Widerstand erlahmt schnell, denn die Fesseln sind mit Falterstaub bedeckt. Als sie ihn einatmet, werden ihre Augen groß, dann verliert sie das Bewusstsein.

Nun könnte Indigo ihr das Leben nehmen. Aber er ist grausam und immer noch tief verletzt vom Verrat seines Ziehsohnes. So befiehlt er Amand, die Botin zu töten, um seine Loyalität zu beweisen. Mit einem Schwert, das mit dem Flügelstaub präpariert ist. Der Junge weiß nicht, dass Indigo sein Geheimnis kennt. Ihm bleibt nichts anderes übrig, als auf dem Richtplatz zum Schwert zu greifen.

Immer wieder blickt er zu dem Fenster, hinter dem der Schatten einer Gestalt zu sehen ist. Indigo, wie er glaubt. Doch natürlich ist es nur ein Wächter, den Indigo in seinen eigenen Mantel gehüllt dort platziert hat. Er selbst steht in der Kleidung eines Wachmannes mit Kapuze kaum drei Meter hinter Amand und beobachtet ihn. Indigo ist ein Spieler. Er kennt die Menschen und weiß, dass Amand versuchen wird, ihn zu betrügen. Und dennoch hofft er im tiefsten Herzen, dass er sich irrt, dass der Junge nur ihm ergeben ist und seinem Befehl gehorchen wird. Er tut es nicht. Als die Botin auf den Richtplatz gebracht wird, sieht Indigo, wie Amand ihr heimlich die Fesseln löst. Dabei dreht er sich wie zufällig so, dass die Gestalt im Erker es nicht sieht. Dann flüstert er ihr etwas zu. Und die Botin, benommen zwar vom Gift der Falter, sieht erst die Fesselspuren an ihren Handgelenken an und dann ihn. Sie vertraut ihm. Sie unternimmt keinen Versuch zu fliehen. Und es ist wieder der Blick voller Liebe und Sorge, der Amand verrät. Er hebt das Schwert, um den Schlag nur vorzutäuschen. Das Mädchen senkt den Kopf. Mit zwei großen Schritten ist er bei Amand und stößt ihm den Dolch in den Rücken. Es tut ihm selbst weh, aber sein Leben hat ihn gelehrt, dass Verräter keinen Platz bei ihm haben. Amand fällt ohne einen Laut und die Botin kniet immer noch auf dem gefrorenen Boden, mit geschlossenen Augen und halb ohnmächtig vom Gift. Indigo hebt das Schwert auf und tritt lautlos zu ihr.

Er sieht den Flügelmantel nicht, doch er legt das Schwert in ihren Nacken und fährt mit flacher Klinge über ihren Rücken und die Oberarme. Kein Blutstropfen erscheint, Indigo glaubt nur ein verlöschendes Schimmern zu sehen. Sie ringt überrascht nach Luft, dann stößt sie einen klagenden Laut aus und fällt bewusstlos in den Schnee.

Indigo ruft nach seinen Männern und den Dienern. Sie stürzen auf den Richtplatz und beobachten mit stummem Entsetzen, wie Indigo nach Amands Puls fühlt. Nichts schlägt mehr in der Verräterbrust, der Junge ist weiß wie ein Laken und liegt still. Eine Welle von Trauer will Indigo ergreifen, doch dann reißt er sich los. Furcht erfüllt ihn: Wird Lady Tod ihn bestrafen? Jetzt hat er keine Zeit mehr zu verlieren. Die Männer zögern, als er ihnen mit barscher Stimme befiehlt, Amands Leichnam zur Seite zu schaffen. Schließlich gehorchen sie, packen den Toten an Armen und Beinen und tragen ihn davon.

Da kommt die Botin zu sich, sie öffnet die Augen. Sie sind braun und leer, bar jeglicher Erinnerung. Das Gift der Falter wirkt. Sie ist wie im Fieber, sie erkennt Indigo nicht, und er sieht, dass sie todgeweiht ist. Sie lässt sich von ihm auf die Beine helfen. »Wer bist du?«, flüstert sie.

»Dein Retter«, antwortet Indigo. »Siehst du den Henker, den sie gerade wegtragen? Er wollte dich töten. Aber ich kam gerade noch rechtzeitig, um dich zu retten. Ich habe deine Fesseln gelöst. Und jetzt bringe ich dich an einen sicheren Ort.«

Er legt den Arm um ihre Taille und zieht sie hoch. Sie steht schwankend da, an ihn geklammert, um nicht zu fallen. Sie wirft einen Blick auf Amand und immer noch ist kein Erkennen da.

Nur Feindseligkeit und der Zorn einer Überlebenden, die dem Henker entkommen ist. Sie wehrt sich nicht, als Indigo den Arm um sie legt und sie in das Labor führt. Schon nach zwei Schritten ist ihr Kopf so schwer, dass er auf seine Schulter sinkt. Vier, fünf Schritte schafft sie, dann bricht sie zusammen. Noch im Fallen hebt er sie auf und trägt sie tief in die Keller des Hauses. Dorthin, wo ihr Sarg schon bereitsteht.

Die Bilder flackerten schneller, während die Zeit um Summer herum immer noch in der Sekunde von Indigos Tod stillstand. Nur die Falter bewegten sich, fächelten mit ihren Flügeln Luft über ihre Wangen, ihre Stirn und Hände, während sie selbst spürte, wie sie schwächer und schwächer wurde. Es tat ihr weh, zu wissen, dass Loved genau diese Szene gesehen hatte: Seine Geliebte, die sich in Indigos Arme schmiegt. So gern hätte sie ihm alles erklärt. Doch selbst wenn es möglich gewesen wäre, jetzt noch vor ihrem Schicksal zu fliehen – sie wäre nicht mehr in der Lage gewesen, aufzustehen. Mit jedem Atemzug verlor sie mehr Kraft. Indigos Leben nahm sie nur noch durch einen Schleier wahr, Szenen jenes Tages und Blitzlichter aus den Jahren, die darauf folgten.

Indigo, wie er die Botin in die Kiste mit den zermahlenen Falterflügeln legt. Ihr Herz schlägt nicht mehr, doch zur Sicherheit streut er noch mehr Flügelstaub auf sie und verschließt die Kiste gut. Er schenkt seinen Männern die Freiheit und Geld und den besten roten Wein aus seinem Weinkeller. Zum Abschied veranstaltet er ein großes Fest. Er selbst feiert nicht mit, sondern reist heimlich ab. Natürlich ist der Wein vergiftet, kein Zeuge wird das Fest überleben. Nur die Diener, die ihm helfen, einige Kisten zum Hafen zu bringen, lässt er noch am Leben, solange er sie braucht. Er fährt über das Graumeer nach Anakand und von dort über Land nach Telis. Dort, in der Stadt der Dichter, lässt er mit seinem Reichtum ein Haus erbauen. Den Sarg seiner Botin mauert er im Fundament ein. Und ist für immer frei.

Die Unsterblichkeit schmeckt süß. Endlich fällt die Last des Herrschens von ihm ab und er kann tun, wofür er schon seit Kindertagen gebrannt hat. Er widmet sich der Musik und der Kunst. Er reist durch viele Länder und kehrt immer wieder nach Telis zurück. Lady Tod ist ihm nicht auf der Spur und mit jedem Jahr wird er sicherer. Er lernt alles, was ein Mensch lernen kann, jede Sprache jedes Landes, das er durchquert. Er kostet die Freiheit aus, er erwirbt unendlich große Vermögen und verliert sie, um neue zu erwerben, er wird in einer Gasse von einem Wegelagerer niedergestochen und stirbt auch am Stich in sein Herz nicht. Das Herz heilt in Tagen und er reist weiter. Er liebt Frauen, verlässt sie oder wird verlassen. Er findet Freunde und wird zum guten Menschen für fünfzig Jahre. Und spürt dann, dass ihm dieses Dasein nicht liegt. Und irgendwann, einige Jahrzehnte später, beginnt er wieder einen neuen Hunger zu fühlen. Einen, den er nur zu gut kennt, den Hunger nach wirklicher Macht. Die Sehnsucht nach Intrige, nach Sieg und Niederlage und Gefahr. Diesmal sind es die Kriegsherren, denen er folgt. Er bereist die Schlachtfelder und gewinnt Ruhm als Berater und Vertrauter der Könige und Lords. Nie hat er geahnt, wie viel mehr Macht es birgt, in der zweiten Reihe zu agieren und auch die Mächtigen zu Marionetten zu machen. Erst jetzt durchschaut er dieses Spiel und das Wesen der Menschen ganz. Und begreift langsam, dass er den größten aller Siege anstrebt: den Tod nicht nur zu besiegen, sondern endgültig in die Knie zu zwingen.

Er als Einziger kennt das Geheimnis der Schneefalter aus dem Norden. Und es gelingt ihm, Lord Teremes und andere Lords davon zu überzeugen, dass sie sein Wissen für ihren eigenen Ruhm nutzen können. Der Plan ist perfekt, und als einer von Lord Teremes' Männern nach einer schweren Verwundung tatsächlich nicht stirbt, sondern sich auf wundersame Weise erholt und kein Gift der Welt ihn mehr töten kann, da hat Indigo gewonnen. Die Lords wissen nicht, dass es Indigo gelang, seiner Botin in der Sekunde seines Todes die Flügel zu nehmen und ihn so zu retten. Immer mehr Herrscher glauben ihm, dass er ein Magier ist, dessen Zaubertrank sie in einen tiefen Schlaf sinken und unsterblich erwachen lässt, doch nur wenn er von Indigo selbst in einer geheimen Zeremonie verabreicht wird. Ein Lord, der das Zaubermittel stehlen lässt, wird nicht unsterblich, sondern stirbt. So festigt sich Indigos Ruf.

Es folgt eine Zeit der Vorbereitung und eine Zeit der Verschwörungen und geheimen Sitzungen. Lords und Ladys sind bereit, ihm zu glauben, denn sie sind alle gierig nach der Ewigkeit. Sie treten seiner Geheimgesellschaft der Ewigen bei und Indigo sieht sich schon als Herr über Leben und Tod. Doch Lady Tod hat begriffen, welches Spiel da jemand um ihre Macht spielt. Und auch sie zieht Verbündete zu Heeren zusammen und verschanzt sich in der Zitadelle. Doch es nützt ihr nichts. Mit dem Gift bringt Indigo seine Verbündeten an die Schwelle des Todes, um die Boten zu den Sterbenden zu locken und sie dann zu fangen. Doch er wählt sorgfältig aus, welchem Herrscher er das ewige Leben schenkt, schließlich will seine Macht gehütet sein. Aber nun ist er grausam geworden und nichts hält ihn davon ab, den Todbringerinnen nicht nur die Flügel, sondern auch das Herz zu nehmen.

Der Sturm auf die Zitadelle gelingt. Und so reicht er schließlich auch Lord Teremes den Giftbecher und der sterbende Herrscher ruft den Namen. Oben, in den Kammern der Winde, wo er sich verschanzt hat, um sein Werk in Heimlichkeit zu vollbringen. Die Botin ist eine Frau mit weißblondem Haar und Augen wie Aquamarine. Mit dem Netz hat er sie gefesselt. Nun holt er das lange, gebogene Sichelmesser …

Das letzte Bild war nur noch ein schwaches Aufflackern hinter Summers geschlossenen Lidern: der Augenblick, in dem sie selbst ihm vor wenigen Minuten entgegengetreten war. Im sichersten Teil der Zitadelle.

Das Erschrecken wie eine Eishand, die sich um sein Herz legt, als er die rotblonde Botin erblickt. Sie hat kürzeres Haar als damals und trägt Uniformhosen und einen schwarzen Pullover, der so nass ist, als käme sie direkt aus dem Meer. Und dennoch hätte er sie überall erkannt.

Der letzte Schlag des dunklen Pulses verhallte auf Summers Lippen. Indigos Herz stand still. Und der warme Atem, der seiner Nase noch entströmte, war nur noch der Erinnerungshauch von Leben, das sich nun für immer verflüchtigte.

Summer fühlte, wie der Mann in ihren Armen zusammensank und leichter und leichter wurde. Und als sie die Augen öffnete, löste er sich so schnell auf, als würden zweihundert Jahre in einer Sekunde auf ihn zurückfallen. Nichts blieb von ihm außer Asche, die im Wind davongetragen wurde. Die grauen Flocken vermengten sich mit ihrem Schwarm von Totenkopffaltern. Zuletzt blieb nur noch Indigos Kleidung, die der Wind aus Summers Händen zog und über den Rand des Daches wehte. Der Wirbel ergriff die Kleidungsstücke. Indigos Mantel tanzte noch ein paarmal rund um die Plattform, blähte sich, als würde ein unsichtbarer Narr darin stecken und sich in wilden Verrenkungen um die eigene Achse drehen. Dann sog der Luftstrom auch ihn erst in den Himmel und dann hinab in Richtung Meer. Innerhalb von Sekunden war Tors Indigo nicht mehr als eine Geschichte aus alter Zeit.

Summer blinzelte und stützte sich mühsam auf ihren Händen ab. Die Totenkopffalter begannen zu taumeln. Und sie konnte sich nicht länger aufrecht halten. Es war, als würde das ganze Gewicht des Himmels sie niederdrücken. Sie gab nach und sank zur Seite. Ihre Wange lag an kaltem Stein. Und jeder Atemzug war mühsamer als der vorige.

Aus dem Augenwinkel konnte sie nur noch hilflos beobachten, wie die letzten Aschereste sich mit ihren erlöschenden Faltern vermengten. Sie stürzten und zuckten und hörten auf zu flattern, bis nur noch der Wind sie trug, mit ihnen spielte und sie im Kreis um die Plattform herumwirbelte. Und sie selbst spürte ein Knistern in ihrer Brust, so als würde ihr Zoryaherz ebenfalls zu Asche zerfallen. Summer stöhnte, drehte sich auf den Rücken und blickte in den Himmel.

Sterben hatte auch für eine Zorya etwas Ruhiges und Sanftes. Es war, als hätte sie tief ausgeatmet und einfach nur vergessen, wieder einzuatmen. Ihr Herz blieb stehen und noch ein, zwei Sekunden sah sie ihr Leben – ihr vergangenes und ihr jetziges – ganz klar vor sich. Moira, Farrin und die arme Beljén, Anzej und das Haimädchen. Und immer wieder Loved. Seine Küsse, sein wildes, ungezähmtes Wesen. Seine Lieder, zerbrechlich, schön und ewig wie gefrorene Blüten. Sie erinnerte sich an den Tag, als er ihr den Strauß der ersten Winterblumen gebracht hatte. An das verschmitzte Lächeln, mit dem er die Blumen unter seinem Hemd hervorzog. »In deinem Haar sehen sie aus wie Eisblumen im Herbstlaub«, hatte er gesagt. Und hier, im letzten Aufglimmen ihres eigenen Lebens, fand sie das allererste Gedicht wieder, das sie geschrieben hatte:

Als du auf mich
zukamst,
musste ich lächeln.
Du hattest den Blütenstrauß
tief unter dem Hemd
versteckt,
doch
es duftete …
aus deinen Augen.

Es war, als wäre seit damals keine Sekunde vergangen. Sie saß mitten in der Nacht am Schreibtisch und betrachtete die Blüte, die bei ihrem leidenschaftlichen Kuss zerdrückt worden war. Und dort auf dem Schwanenbett: Loved, nackt und schlafend, im Traum lächelnd bei der Erinnerung an die vergangenen Stunden. Summer konnte die Augen nicht von der Linie seines Rückens, seiner Schultern lassen, immer noch fassungslos darüber, dass Liebe so viel Angst machte und sie dennoch so glücklich war.

Auch dieser Funke Leben verschwand.

Der Rest war atemloses, einsames Verlöschen.

das versprechen

Sie war tot. Sie atmete nicht. Ihr Herz lag still. Sie spürte bereits, wie es verging und unwiderruflich dahinwelkte. Alles, was sie je als Zorya gewesen war, hatte sich in Rauch aufgelöst. Der Tod war kalt. Unendlich kalt sogar. Von fern drangen Stimmen zu ihr, aber sie gehörten zum Leben und berührten sie nicht mehr. Und auch nicht der Schlag, der auf ihr Brustbein niedersauste. Voller Unwillen nahm sie wahr, wie sich ein Mund auf ihren presste und wie atemwarme Luft in ihre Lunge gedrückt wurde. Sie wollte den Kopf abwenden, aber sie hatte ja keinen Körper mehr. Kein Muskel gehorchte ihren Gedanken. Wieder der Schlag gegen ihre Brust. Ein Ruf direkt an ihrem Ohr und doch so weit entfernt. »… dammt noch mal auf!«

Irgendjemand wollte, dass sie atmete, und begriff nicht, dass sie tot war. Kein Herzschlag in ihrer Brust. Nur das Gefühl, als würden plötzlich Trommelstöcke auf ihren Rippen tanzen. Hämmerte jemand tatsächlich auf ihrer Brust herum? Nein, nicht *auf* ihrer Brust, sondern … *darin*! Tatsächlich. Sie musste sich geirrt haben, als sie keinen Herzschlag spürte. *Nein, das ist … unmöglich!*

Jetzt war sie zutiefst erschrocken. In ihrer Brust schlug tatsächlich ein Herz!

»Bist du taub? Atme endlich!«, hallte eine Frauenstimme in ihren Ohren. Und dann erst verstand sie, was mit ihr vor sich ging: Sie war dabei, zu ersticken. Aber sie hatte nicht die geringste Ahnung, was sie nun tun sollte. Ein Schlag gegen ihre Wange. Und noch eine Ohrfeige auf ihre andere. Mehr vor Empörung als aus Gehorsam riss sie den Mund auf – und holte Luft. Sie schnitt ihr eisig in die Lungen. Sie musste husten, es schüttelte sie, das Würgen kratzte in ihrem Hals. Sie hustete Ascheflocken – dunkelgraue, knisternde Gebilde, die sofort zu Staub zerfielen. Wieder und wieder spuckte sie Ascheflocken aus, als sei ihre ganze Brust damit gefüllt gewesen. Und als sie endlich frei atmen konnte, war die Luft ein Feind, dessen Waffen fünf Arten von Kälte waren: spitzes Frösteln, beißende Kälte, ein schmerzhaftes Ziehen auf der Haut, ein taubes Pochen und Nagen. Und während sie versuchte, dieser Kälte Herr zu werden, umarmte irgendjemand sie behutsam und doch fest. *Eine … Zorya?*

Sie riss die Augen auf und blickte in ein vertrautes Gesicht, das vor Erleichterung viel, viel jünger wirkte, als sie es in Erinnerung hatte.

»Na endlich!«, stieß Moira atemlos hervor. »Du hast mir einen ganz schönen Schrecken eingejagt. Für eine Sekunde dachte ich, er hätte dich tatsächlich erledigt.«

»Aber ich … bin tot«, krächzte Summer. »Das … das ist nicht mein Herz.«

Moira grinste. »So? Na, meins aber auch nicht. Los, Zeit für dich, zu gehen!« Sie legte Summers Arm um ihren Hals und wollte sie auf die Beine ziehen. Der Schmerz in der Schulter ließ Summer aufschreien. Gleichzeitig stellte sie fest, dass es nur noch ein gewöhnlicher Schmerz war. Eine einfache Wunde, nicht tief, aber unangenehm. Der Falterstaub brannte nicht länger darin und das fremde Herz in ihrer Brust schlug immer ruhiger, je öfter sie Luft holte. Sie bemerkte, dass Jola direkt neben ihr war. Doch diesmal knurrte der Hund sie nicht an, sondern schnupperte nur an ihrer Hand und leckte über die klammen Finger. Und im selben Moment, in dem ein Windstoß ihre Beine streifte und sie zum ersten Mal den schlimmsten Biss wirklicher Kälte spürte, begriff sie, dass sie ganz und gar menschlich war. Und auch, wessen Herz ihr dieses Leben geschenkt hatte. Beinahe hätte sie gelacht. Doch dann besann sie sich, dass noch längst nicht alles vorbei war.

»Die Zorya!«, flüsterte sie Moira zu, während ihr bereits schwindelig wurde. »Indigo hat sie mit einer List gefangen. In den Kammern der Winde. Eine habe ich gesehen, du wirst sie erkennen, in einem der Glassärge. Sie hat weißes Haar. Sie lebt noch. Du musst sie befreien! Und auch die Zorya in den anderen Kisten … lasst sie frei! Und dann … reißt die Bretter vor den Fenstern weg, zerschlagt alle Glasbehälter und lasst den Wind in die Kammern.« *Damit der tödliche Staub hinausgeweht wird. Und mit Indigos Asche und seinem Geheimnis im Meer sein Grab findet.* »Versprich es mir, Moira!«

»Was immer du sagst, Tanzmädchen. Aber jetzt sorge ich erst einmal dafür, dass du von hier verschwindest.«

*

Als sie das nächste Mal die Augen aufschlug, wurde sie getragen. Ihr Kopf lag an einer Schulter, die kräftiger und breiter war als die von Moira. Der Gang war unregelmäßig, als würde jemand leicht hinken.

»Farrin?«, murmelte sie.

»Sieht ganz so aus«, kam die Antwort. Sie öffnete die Augen und stellte fest, dass er sie in seinen Soldatenmantel gewickelt hatte, der auch ihre Füße bedeckte. Trotzdem fror sie, während Farrin sie die Treppen hinuntertrug. Soldaten strömten an ihm vorbei und hetzten die Treppen hoch. Rufe hallten in den Hallen. Alles bewegte sich in Richtung der Zitadellenspitze.

»Lasst mich durch!«, donnerte Farrin gegen den Strom an. »Ich habe hier eine Verletzte.«

»Bring mich einfach nur zum Haitempel«, flüsterte Summer. »Von dort aus komme ich allein zurecht.« Im selben Moment fiel ihr ein, dass sie keine Zorya mehr war. Und dass sie nie wieder so lange Zeit im eiskalten Wasser aushalten würde. Ihr menschlicher Körper würde unterkühlen und zugrunde gehen.

»Träum weiter, Südländerin«, spottete Farrin. »Erst einmal müssen wir die Blutung stillen. Und deine Zehen sind schon blauer als das Meer.«

»Hat Moira dir befohlen, mich in Sicherheit zu bringen?«

»Allerdings. Ich weiß nicht, was da oben auf dem Dach geschehen ist, aber sie hat zu mir gesagt, ich soll dafür sorgen, dass du Schuhe und Kleidung bekommst. Und dass jemand sich um deine Wunde kümmert. Und genau das tue ich.«

Es tat gut, die Augen wieder zu schließen und den Kopf an seine Schulter sinken zu lassen. »Gehorchst du immer so gut?«, murmelte sie.

»Nur meinem Käpten.«

Der alte Scherz brachte sie zum Lächeln. »Er scheint ja furchterregend zu sein.«

»Sagen wir so, ich würde ihn immer noch gerne beeindrucken. Auch wenn Käpten Moira nichts von mir wissen will. Aber tapfere Leute imponieren mir. Und man sollte sie nicht warten lassen.«

Summer schlang den linken Arm fester um seinen Nacken und streckte sich, bis ihre Lippen ganz nah an seinem Ohr waren.

»Sie hat jemanden geliebt, Farrin«, flüsterte sie ihm zu. »Vor langer Zeit. Und nun fürchtet sie sich davor, dass der Tod dich ihr ebenfalls nimmt. Deshalb hat sie dich im Lager suspendiert.«

Sie spürte, wie sein Herz bei diesen Worten schneller schlug. Und wurde sich auch wieder ihres eigenen Menschenherzens bewusst. Es fühlte sich anders an als das Herz einer Zorya. Ungestümer. Lebendiger. Daran würde sie sich erst noch gewöhnen müssen.

»Ja natürlich«, murmelte Farrin betont spöttisch. »Du willst mir hier wirklich weismachen, dass die Frau aus Stahl sich vor dem Tod fürchtet? Hör zu, Südländerin. Deine romantischen Balladen in allen Ehren, aber wir Nordländer wissen, wann wir uns die Finger besser nicht verbrennen.«

*

Moira wartete bereits ungeduldig an einer Anlegestelle an der Südseite der Zitadelle. Heute begleitete Jola sie nicht. Wellen warfen sich gegen die Felsen und spritzten hoch in den Himmel. Obwohl es erst später Nachmittag war, begann die Sonne bereits unterzugehen. Ein rötlicher Glanz lag auf dem Horizont. Und irgendwo weit draußen blitzte ein goldener Punkt auf. *Lady Mars Goldene Barke,* dachte Summer. Es war ein seltsames und auch trauriges Gefühl, dass sie den Zorya immer noch nah genug war, um das Schiff zu bemerken. Und gleichzeitig zu wissen, dass sie nie wieder zu ihnen gehören würde.

Seit dem gestrigen Morgen war die ganze Zitadelle in Aufruhr. Moira hatte ihr Versprechen gehalten und die Zorya mit dem weißen Haar befreit. Einige Minuten später war Lord Teremes mitten im Thronraum blass geworden und zu Boden gestürzt. Doch nur Summer wusste, was wirklich geschehen war, als sie von seinem so plötzlichem Tod erfuhr. Sie hatte sich noch tiefer in die Decken ihres Krankenlagers verkrochen und sich dieselbe Frage gestellt wie jetzt beim Blick auf die Barke: War die Zorya mit dem weißblonden Haar wieder zu den Ihren zurückgekehrt? *Natürlich*, sagte sie sich. *Und Lady Mar und die anderen haben sie mit offenen Armen erwartet.* Für einen winzigen, unvernünftigen Moment beneidete sie sie glühend darum.

»Los, beeilt euch!«, zischte Moira. Summer riss den Blick vom Horizont los und lief weiter über den nassen, muschelverkrusteten Felsen. Die pelzgefütterten Winterstiefel fühlten sich an, als hätte man ihr zwei Ziegelsteine an die Füße gebunden. Und auch mit den Fäustlingen konnten sie nicht viel anfangen. Das Verrückte war, dass sie trotzdem fröstelte, während sie Farrin zu dem kleinen Motorboot folgte. Der Verband an ihrer Schulter lag eng an, darunter pochte es meist nur noch, was sicher an dem bitteren, betäubenden Trank lag, den Farrin ihr vor wenigen Stunden eingeflößt hatte. Er achtete darauf, dass sie nicht ausrutschte und stürzte, während sie die letzte Distanz zum Boot überbrückten.

»Mach schon, Tanzmädchen«, drängte Moira sie. »Es ist nur eine Frage der Zeit, bis jemand nach dem Boot fragt.«

»Wohin bringst du mich?«

»In die kleine Bucht. Von dort aus wird Farrin dich zu einem der Außenlager begleiten. Es ist nicht weit. Dort bist du im Augenblick sicherer als in diesem Haifischbecken von Zitadelle.«

Obwohl Summer wusste, dass sie ganz sicher nicht Moiras Befehl gehorchen würde, wurde ihr warm ums Herz. Verstohlen musterte sie die Kriegslady. Und wünschte sich nichts so sehr, als sie wiederzusehen.

»Die Zitadelle ist seit gestern ein Pulverfass«, fuhr Moira fort.

»Und das ist erst der Anfang. Gerüchte von Lord Teremes' Tod sind bereits zu der Gegenpartei gelangt. Die einen sind davon überzeugt, dass Indigo ihn umgebracht hat und dann geflohen ist, die anderen beschuldigen Leute aus den eigenen Reihen, beide umgebracht zu haben. Und als wäre das noch nicht genug, stehen Lord Teremes' eigene Leute kurz davor, sich gegenseitig an die Kehle zu gehen. Tja, wenn ein Thron frei wird, beißen sich die Wölfe darum.«

»Was wirst du tun?«, fragte Summer.

Moira zuckte mit den Schultern. »Meine Arbeit«, sagte sie lakonisch. »Genau das, wofür ich hier bin. Brände löschen, schwelende Glut ersticken, Kämpfe beenden. Die Sieger und die Besiegten an einen Tisch bringen. Den Lords und den Soldaten eine Stimme geben. Und verhandeln, verhandeln, verhandeln, damit nicht noch mehr Blut fließt. Das ist mein Geschäft.« Stolz schwang in diesen Worten mit. Und das Wissen darum, dass ihr keine leichte Zeit bevorstand. »Aber erst einmal«, fügte sie hinzu, »lade ich dich am Ufer ab. Ich glaube nicht, dass irgendeine von euch noch gerne in der Zitadelle gesehen ist.«

Eine von euch. Summer erwiderte nichts.

Es war ein Wagnis, bei dem hohen Wellengang zur Bucht überzusetzen, und Summer klammerte sich fest, so gut sie konnte. Sie war froh, dass Farrin neben ihr saß und sie sich bei besonders hohen Wellen an ihn lehnen konnte. Gischt benetzte ihr Gesicht, als sie im Bogen auf die Bucht zuhielten. Sie hielt Ausschau nach Dajee und Zia, doch die beiden ließen sich nicht blicken. Die Felsen kamen ihnen mehr als einmal bedrohlich nahe, doch Moira war ein geschickter Steuermann. Konzentriert manövrierte sie das Boot zwischen den Steinzähnen hindurch in das ruhigere Wasser der kleinen Bucht. Als Summer endlich wagte, sich vorsichtig umzusehen, lag die Zitadelle schon weit hinter ihnen. Ein verwundeter Koloss, der immer noch in den Himmel strebte. Und durch die durchbrochenen Fenster des Rondells sah man an einigen Stellen wieder das matte Indigoblau des Himmels. Moira hatte veranlasst, dass die Verkleidungen der Fenster entfernt wurden.

Und trotzdem war es zu spät für Beljén. Sie hatte gedacht, sie hätte seit gestern alle Tränen geweint, die sie für Beljén und auch für den armen Tellus hatte, aber nun weinte sie wieder, während der Wind ihre nassen Wangen kalt werden ließ.

Moira brachte das Boot im Schutz eines kleinen Steinwalls seitlich an einen flachen Felsen heran. Hier war das Wasser ruhiger, aber dennoch schaukelte das Boot auf und ab.

Mit geschicktem Schwung warfen Moira und Farrin ein Seil um einen Vorsprung und stabilisierten das Boot. Summer ließ es nur zu gerne zu, dass Farrin sie über den gurgelnden Spalt zwischen Boot und Felsen hob. Ihre Knie zitterten, als sie endlich auf festem Boden stand. Farrin sprang sofort zurück auf das Boot und holte die beiden Rucksäcke. Den kleineren mit dem Proviant warf er an Land. Dann bückte er sich nach dem zweiten. Als er gerade mit dem Gepäck wieder von Bord springen wollte, schüttelte Summer den Kopf. »Nein«, sagte sie mit fester Stimme. »Ich gehe allein.«

Farrin richtete sich wieder auf. Er und Moira sahen sie an, als hätte sie einen Scherz gemacht, über den niemand lachen konnte.

»Was soll das?«, rief Moira.

»Ich danke euch beiden. Und dir ganz besonders, Moira. Aber hier trennen sich unsere Wege. Ihr habt eure Aufgabe. Und ich meine.« Sie musste schlucken, als sie wieder in die beiden Gesichter blickte, die ihr so lieb geworden waren. Mit der linken Hand nahm sie den Rucksack hoch und legte einen der Trageriemen vorsichtig über die unverletzte Schulter. »Lebt wohl.«

Hinter sich hörte sie die beiden streiten, Moiras empörte Stimme und Farrins besonnene.

»Lass sie, Moira!«

»Das werde ich ganz bestimmt nicht! Sie hat Fieber und weiß nicht, was sie tut!«

»Ich glaube, sie weiß es sehr genau.«

Summer ging schneller, ohne sich umzusehen. Der Wind rauschte in ihren Ohren und übertönte die Stimmen. Erst als Schritte hinter ihr erklangen, wusste sie, dass Moira sich nicht mit einem einfachen Lebewohl abspeisen ließ.

»He! Bleib stehen!«

Moira erreichte sie rennend und packte sie ohne Rücksicht auf ihre Schulter am Arm. »Was soll das? Bist du jetzt wirklich übergeschnappt? Ich werde nicht zulassen, dass du gehst.« Ihre grauen Augen waren ein Gewitterhimmel. Doch heute schüchterte die Kriegslady Summer nicht mehr ein.

»Doch, das wirst du«, erwiderte sie ruhig. »Weil es meine Geschichte ist. Und nicht deine.«

»Ach wirklich, Prinzessin? Du weißt ja nicht einmal, wie du allein zum Lager kommst! Du gehst jetzt schon in die falsche Richtung.«

»Es ist die richtige Richtung, Moira. Ich will nicht ins Lager. Sondern dorthin.« Sie deutete nach Südosten.

Endlich ließ Moira sie los. »Zum nächsten Fjord? Hast du den Verstand verloren? Dort gibt es nichts außer ein paar alten Ruinen. Meinst du, ich reiße mir mein Bein für dich aus, nur damit du Selbstmord begehst? Du wirst irgendwo im Schnee vor die Hunde gehen. Sobald die Betäubung aufhört zu wirken, wird jeder Schritt mit der Wunde zur Qual.«

Sie verstummte, als Summer ihr nicht widersprach.

»Es gibt jemanden, der dort auf mich wartet«, sagte Summer. »Der Mann, der mich in Maymara angegriffen hat. Und der dich in Lord Teremes' Lager niedergeschlagen hat, um mich zu retten. Er … heißt Loved.«

Es war seltsam, dass ihr bei diesen Worten das Blut in die Wangen schoss. Aber allein seinen Namen auszusprechen, tat unendlich gut. Sie war verletzt und müde, sie war sterblicher, als sie es jemals sein wollte, aber als sie an Loved dachte, war sie der glücklichste Mensch der Welt.

Jetzt war Moira tatsächlich fassungslos. Sie verschränkte die Arme und schüttelte missbilligend den Kopf. »Mann Nummer drei? Den von gestern nicht eingerechnet? Du lernst es wohl nie!«

Summer lachte. »Ich schulde ihm etwas. Ein Leben. Und einen Tod. Und außerdem … liebe ich ihn, Moira. Mach dir keine Sorgen um mich. Ich weiß, wo ich ihn finde.«

Die Kriegslady sah Summer lange an, dann entspannten sich ihre Züge. Sie seufzte tief. »Du bist ohnehin zu stur, um dich davon abbringen zu lassen. Aber dann lauf wenigstens nicht wie ein blinder Hase in die Wolfsmeute.« Mit einem schnellen Griff hatte sie die Pistole aus dem Holster geholt und drückte sie Summer in die Hand. »Entsichern mit dem Hebel«, erklärte sie knapp. »Und ich rate dir, überlege nicht zu lange, wenn es um dein Leben geht. Schieß, bevor dein Gegner dir zuvorkommt!«

Summer wog die Waffe in der Hand, dann steckte sie sie ein. »Danke.«

Moira nickte nur knapp und ging ohne einen Gruß. Immer noch strahlte ihre ganze Haltung Missbilligung aus. Doch Summer hatte sich ihr noch nie so nah gefühlt wie in diesem Augenblick. *Als könnte ich ihr Herz sehen*, dachte sie. *Ein warmes Licht, gut verborgen hinter Festungsmauern.*

»Moira?«, rief sie. »Warum hast du mir geholfen?«

Die Kriegslady blieb stehen und drehte sich noch einmal um. »Lange Geschichte. Vielleicht erzähle ich sie dir, wenn all das hier vorbei ist. Und du mir meine Waffe zurückgibst. Sie ist nämlich nur geliehen, nicht geschenkt!« Natürlich klang es wie eine ernsthafte Ermahnung, aber sie entfachte ein Lächeln in Summers Gesicht. Ein Versprechen war ein Versprechen. Und wenn es aus Moiras Mund kam, das wusste sie seit gestern ganz sicher, dann war es in Stein gemeißelt. Sie konnte sich nicht verkneifen, ihr noch einen Satz hinterherzurufen. »He, Diplomatin! Vergiss nicht, auch selbst mit jemandem Frieden zu schließen!«

Moira schnaubte verächtlich und winkte ab. »Noch mehr Belehrungen, Zorya?«, rief sie über die Schulter. »Wenn ich Ratschläge von einer Verrückten wie dir gebrauchen kann, dann sage ich es schon.«

Summer blickte ihr nach, bis sie das Boot wieder erreicht hatte. Farrin erwartete sie bereits. Und obwohl er wusste, dass Moira die letzte Frau auf der Welt war, die beim Einsteigen in ein Boot Hilfe benötigte, streckte er die Hand aus. Summer konnte nur ahnen, wie viel Stolz den Nordländer diese Geste kostete. Moira zögerte. Eine ganze Weile, die Summer wie eine Ewigkeit vorkam, standen die beiden nur da und blickten sich an, während der Wind an ihren Haaren zerrte und die Strömung das Boot gegen den Fels drückte. Dann streckte die Kriegslady die Rechte aus und ergriff die Hand des Offiziers. Und auch als sie nebeneinander im Boot standen, ließen sie einander nicht mehr los.

Libellen im Schnee

Nach einer Weile streifte sie die Fäustlinge ab und vergrub die Hände in den Taschen. Anfangs hielt sie die Waffe darin noch fest umklammert, doch nach einer Weile war sie sicher, dass sich niemand in diese felsige Küstengegend verirrt hatte. Zumindest dieser Gedanke beruhigte sie. Das Einzige, was ihr nun wirklich Angst machte, war die Vorstellung, dass Loved nicht mehr in der Ruine sein könnte. Ohne viel Hoffnung hatte sie nach Anzej gerufen, doch nur der Wind antwortete ihr. Was, wenn Loved zum Hafen aufgebrochen war? Was, wenn sie ihn nicht fand? »Beruhige dich«, redete sie sich selbst zu. »Selbst wenn er fort ist. Du hast ein ganzes Leben Zeit, ihn zu finden.« Doch die Sehnsucht war so stark, dass ihre eigenen Worte ihr wie eine Drohung vorkamen.

Die Nacht legte sich im Norden so schnell über das Meer und die Felsen, dass es ihr so schien, als wäre sie erst wenige Minuten unterwegs. Sie hatte aufgehört, ihre Schritte zu zählen, und konzentrierte sich ganz darauf, die Fersen nicht zu hart aufzusetzen. Moira hatte nicht übertrieben. Die Betäubung des Medizintranks begann nachzulassen, bei jeder unbedachten Bewegung pochte die Wunde. Summer biss die Zähne zusammen und erinnerte sich an all das, was Loved sie über das Leben außerhalb sicherer Mauern gelehrt hatte. Nach und nach schien es um sie herum heller zu werden, und als sie den Blick vom verschneiten Boden hob, sah sie, dass sich Polarlicht wie ein faltiger weißgrünlich leuchtender Vorhang über den Himmel gelegt hatte. Staunend betrachtete sie die Streifen aus Licht und ging dann langsam weiter.

Natürlich würde sie es nicht schaffen, ganz allein zum ersten Fjord zurückzukommen. Sie konnte nur hoffen, dass sie die Zeichen der Tierläufer zu deuten wusste und sie herbeirufen konnte, bevor die Kälte ihr wirklich gefährlich werden konnte. Sie war darauf vorbereitet, die ganze Nacht zu wandern und vielleicht einen weiteren Tag, um zu den Lagern zu stoßen und dann mit ihrer Hilfe wieder zum ersten Fjord zu kommen. Und sie wäre auch hundert Tage gegangen. Doch das war nicht nötig.

Erst glaubte sie ein Gespenst zu sehen, doch dann erkannte sie in der Ferne ein weißes Pferd. Die Zügel hingen bis auf den Boden. Und etwas weiter links, so nah am Ufer, dass die Gischt ihn erreichen musste, stand der Reiter und blickte in Richtung der Zitadelle, die sich nur noch als fahles Gespenst in der Ferne erhob. Sein Anblick schnürte Summer die Kehle zu. Sie kannte die Haltung, die Linie der Schultern, alles an ihm war so vertraut, dass sie vor Freude am liebsten geweint hätte.

Noch hatte er Summer nicht entdeckt. Und einen Moment hielt sie sich zurück und betrachtete ihn. Die letzten Augenblicke zwischen ihrem neuen Ich als Menschen und dem Wir, von dem sie nie wieder lassen wollte.

Loved senkte den Kopf und wandte sich brüsk von der Zitadelle ab. Er ging zum Pferd zurück, entschlossen zwar, aber mit hängenden Schultern, wie jemand, der weiß, dass er vergeblich kämpft. Jetzt hielt Summer es nicht mehr aus.

»Loved!« Ihre Stimme hallte über den Fels. Er fuhr herum.

Und sie ließ den Rucksack fallen und rannte auf ihn zu, ohne auf ihre Schulter zu achten.

Fassungslosigkeit huschte über seine Miene, dann Begreifen und unendliche Erleichterung. Sie wartete darauf, ihn endlich lächeln zu sehen, und darauf, seine Arme um sich zu spüren, aber ihr Geliebter überraschte sie so sehr, dass sie beinahe gestolpert wäre.

Sein Gesicht verdüsterte sich, er schüttelte den Kopf und trat einen Schritt zurück. Und dann drehte er sich einfach auf dem Absatz um und ging mit wütenden Schritten zum Pferd zurück!

»Halt!«, rief Summer. »Was machst du?«

Ruckartig blieb er stehen, fuhr zu ihr herum. Selbst im schwachen Schein des Winterlichts konnte sie sehen, dass seine Augen gerötet waren, als hätte er geweint. Seine Hände waren zu Fäusten geballt und er holte so krampfhaft Luft, als müsste er sich beherrschen, ihr keine Verwünschungen an den Kopf zu werfen.

»Ich kann dir verzeihen, dass du mein Herz verbrannt hast«, brach es aus ihm heraus. »Und dass du tust, was dir gefällt, ohne dich darum zu scheren, dass ich vor Angst um dich fast wahnsinnig werde. Aber dass du mitten in der Nacht aufstehst und dich davonmachst wie ein Dieb, um mich für immer zu verlassen ...«

»Loved, ich ...«

»Was?«, schrie er. »Was willst du mir jetzt erzählen? Dass du mich liebst? Dass dein letzter Gedanke mir gegolten hätte. Danke, Summer, aber das nenne ich nicht Liebe!«

Noch nie hatte sie ihn so aufgewühlt gesehen. Doch wie bei Moira, glomm hinter seinem Zorn etwas anderes, das sie berührte. Sie streckte die Hand nach ihm aus, aber er ging einen weiteren Schritt zurück und schüttelte den Kopf.

»Nein!«, sagte er mit belegter Stimme. »Nein, nie wieder, Summer. Jede Sekunde der letzten Tage habe ich zu allen Göttern des

Südens und Nordens gebetet, dass du noch lebst und dass ich dich finde. Und jetzt …« Erneut schüttelte er den Kopf. »Wann wirst du das nächste Mal aus meinem Leben verschwinden? Nein, ich habe dich zu lange geliebt und zu lange gehasst, um dich noch ein einziges Mal zu verlieren!«

Mit diesen Worten wandte er sich um und ging zum Pferd zurück.

»Du verlierst mich nicht mehr«, rief sie ihm hinterher.

»Ach wirklich?«, kam es zurück. »Sagt wer? Die Frau, die sich gestern Nacht aus meinem Bett davongeschlichen hat?«

Mit einer wütenden Bewegung, die sie so gut an ihm kannte, schnappte er sich die Zügel und machte tatsächlich Anstalten, aufzusteigen und davonzureiten. »Du Sturkopf, bleib stehen!«, schrie sie. Das Pferd scheute vor dem lauten Ruf und trabte mit hängendem Zügel ein Stück davon. Es fiel ihr schwer, mit den Stiefeln zu laufen, aber sie rannte zu ihm und packte ihn am Kragen.

»Du verlierst mich nicht mehr«, wiederholte sie.

Sie knöpfte ihren Mantel auf und nahm seine linke Hand. Widerstrebend ließ er zu, dass sie ihm den Handschuh auszog und die Handfläche auf ihr Brustbein legte. Seine Hand war warm und sie wünschte sich so sehr, ihn einfach zu umarmen. Doch in Anbetracht dessen, was sie ihm sagen musste, fühlte sie eine seltsame Scheu davor. »Hier ist dein Herz, Loved«, sagte sie leise. »Ich … habe es nicht verbrannt. Sondern es hier, bei mir, versteckt.« Sie wunderte sich, wie viel Mut es sie kostete, ihm die ganze Wahrheit zu erzählen. »Vielleicht wollte ich es dir damals wiedergeben. Ich weiß es nicht mehr. Aber jetzt kann ich es dir nicht mehr zurückgeben. Ich habe mein Leben als Zorya gestern verloren, und wenn ich auch noch dein Menschenherz verliere, dann sterbe ich zum zweiten und zum letzten Mal.«

Loved schwieg. Sie hätte so gerne gewusst, was er dachte, aber seine Miene war ebenso verschlossen wie vorhin. Und zu ihrer Enttäuschung zog er die Hand zurück und vergrub sie tief in der Tasche seines Mantels. »Dann lebst du also noch, weil ich lebe?«

»Für die Zorya bin ich erloschen. Und das heißt: Wir sind frei, Loved. Du und ich.«

»Frei?«, stieß er mit einem zornigen Lachen hervor. »Du hast Lady Tod betrogen. Schon wieder! Wenn ich mich richtig erinnere, war das schon beim ersten Mal ein Todesurteil.«

Endlich sah sie wieder den Loved, den sie kannte. Den Mann, der sie so sehr liebte, dass er sie eher von sich stoßen, als sie verlieren wollte.

»Ich habe sie betrogen, ja. Um einige Jahre, um ein Leben. Hast du etwas anderes erwartet von einer Frau, die so gut lügen kann wie ich?«

Er reagierte nicht auf diesen zaghaften Versuch eines Scherzes. Aber immerhin hörte sich das Schweigen diesmal nicht mehr so an, als würde er am liebsten davonlaufen. Sie trat noch näher an ihn heran und umschloss sein Gesicht mit ihren Händen. Er wollte unwillig den Kopf abwenden, aber diesmal ließ sie nicht zu, dass er ihr auswich. »Du hast mich zweihundert Jahre lang gehasst«, sagte sie mit fester Stimme. »Und ebenso lange hast du mich geliebt. Jetzt hast du ein ganzes Menschenleben lang Zeit, mir zu verzeihen.«

In seinen Augen irrlichterte der Schein des Polarlichtes.

»So lange wirst du aber nicht leben«, erwiderte er. »Die Zorya werden dich finden und sich an dir rächen. Weißt du, wie es ist, aufzuwachen und zu glauben, dass deine Liebe dich verlassen hat, um nie wiederzukehren? Ich ertrage es nicht noch einmal, Summer!«

Aber diesmal wehrte er sich nicht, als sie ihn umarmte.

»Natürlich wird Lady Tod uns finden«, sagte sie leichthin. »Wir sind Menschen. Früher oder später findet sie uns alle. Wenn du eines Tages deine Zorya rufst, dann wird sie zu dir kommen und uns beide finden. Sie wird uns küssen und das wird unser Ende sein.«

»Und wenn dir etwas zustößt, bevor mein Leben abgelaufen ist? Dann bleibe ich allein.«

»Tja, da muss ich dich leider enttäuschen. Seit gestern sind wir unauflöslich verbunden. Wenn einer stirbt, dann stirbt der andere auch. Vielleicht schon morgen. Vielleicht aber auch erst, wenn du alt und grau geworden bist.« Sie musste lächeln, als sie hinzufügte: »Bist du sicher, dass du den Rest deines Lebens wirklich nicht mit mir verbringen willst?«

Das Fell seines Mantels kitzelte an ihrer Wange, als er sich bewegte. Und dann legte er so behutsam die Arme um sie, als würde er befürchten, sie zu erdrücken. Nach einer ganzen Weile, als das Licht am Himmel bereits zu verblassen begann, küsste er die Stelle zwischen ihren Brauen, die er so liebte, und lehnte seine Stirn an ihre. »Um nichts in der Welt würde ich darauf verzichten«, flüsterte er zärtlich. Und endlich, endlich!, hörte sie ein Lächeln in seiner Stimme. Seine Lippen fanden ihre und sie versank in dem Glühen, das so viel wärmer und strahlender war als das Polarlicht. Sie erinnerte sich an so viele Küsse, doch dieser schmeckte rau und glücklich zugleich und verwandelte ihre Haut in ein einziges Flirren.

Sie zuckte erst zurück, als Loveds Hand über ihren Rücken strich und dabei den Verband berührte. Irritiert ließ er sie los. Dann, als er ihr blasses Gesicht sah, verstand er. »Du bist verletzt?«, rief er aus.

»Nicht schlimm. Indigo wollte mich erstechen, aber mein Schulterblatt war im Weg.«

»Indigo hat … Und das sagst du mir erst *jetzt*?«

Sie liebte ihn sogar dafür, dass er jetzt wieder wütend wurde.

»Bleib hier, ich hole das Pferd.«

»Ich kann laufen, Loved.«

»Schön möglich, aber du wirst es nicht! Als Zorya magst du jede Wunde gut weggesteckt haben, aber bei einem Menschen kann die Sache schnell ganz anders aussehen.«

Und ob sie wollte oder nicht, sie musste ihm recht geben. Inzwischen fröstelte sie nicht nur vor Kälte und ihre Knie waren so schwach, dass sie sich in den Schnee setzte, während Loved das Pferd einfing. Das Winterlicht spielte auf dem weißen Fell und erinnerte Summer an diesen anderen Tag, weit in der Vergangenheit. Und noch etwas Vertrautes blitzte im Schnee auf, nur wenige Schritte von ihr entfernt. Der Glanz von Flügeln, die es in dieser Jahreszeit nicht geben durfte. Eine Königslibelle erhob sich vor Summer in die Luft und schwirrte in einer immer weiter werdenden Spirale nach oben. Summer blickte sich um, aber Anzej zeigte sich ihr nicht. Sie konnte sich nur vorstellen, dass er irgendwo im Schnee stand und sie beobachtete. Es gab ihr einen Stich, dass die zweite Wirklichkeit für immer Vergangenheit war. »Es waren die Flügel der Schneefalter«, sagte sie in die Leere. »Ihr Staub betäubt die Zorya und nimmt ihnen den Willen, er ist das Gift, das euch sogar töten kann.« Sie wurde sich bewusst, dass sie tatsächlich nicht mehr »uns« sagte, wenn sie von den Zorya sprach. Doch sie hoffte so sehr, dass ihr Gefühl sie nicht trog und Anzej ihre Worte gehört hatte. »Leb wohl«, flüsterte sie. Doch die Libelle war bereits fort. Und mit ihr das letzte haardünne Band, das sie mit den Zorya verbunden hatte.

Der Schimmel spitzte die Ohren, als Loved ihn direkt neben Summer zum Stehen brachte. Summer zögerte, doch dann wagte sie es und strich behutsam über die samtige Nase. Wie zuvor schon Jola, wich auch dieses Tier nicht vor ihr zurück. Und es versuchte auch nicht, nach ihr zu schnappen. Stattdessen schnupperte es nur erwartungsvoll an ihrer Hand und wandte dann ohne weiteres Interesse den Kopf wieder von ihr weg. Ein seltsames Gefühl, dass es keine Wesen mehr gab, die sie einfach dafür fürchteten und hassten, was sie war.

Loved trat zu ihr. Sein Daumen fuhr zart über ihr Kinn, dann hob er es an und betrachtete ihre Lippen.

»Was ist?«

»Nichts. Oder vielleicht doch? Du warst nur einen Tag und eine Nacht lang fort. Und jetzt bist du mir so fremd, als hätte ich dich ein Jahr lang nicht gesehen. Mit blauen Lippen kenne ich dich nicht.«

Jetzt war es an Summer zu lächeln. »Dann wärm sie!«

menschenherz

In den Nächten des Dezembers und des Januars vergingen die Stunden unendlich langsam. Wie Bären im Winterschlaf verkrochen Summer und Loved sich in den unterirdischen Zimmern des Blumenhauses. Summer hatte sich an den endlosen Schnee gewöhnt und auch an die Angst, dass jemand sie hier finden könnte. Sogar das Frieren und die Tatsache, dass sie sich ohne Schuhe nicht in den Schnee wagen durfte, war zur Gewohnheit geworden. Doch eines vermisste sie: die Sorglosigkeit. Selbst in ihrem verwundeten Zustand als Zorya hatte sie sich kaum je so verletzlich gefühlt wie in diesen ersten Wochen als Mensch. Früher war Hunger nur die Illusion von echtem Hunger gewesen, und das Fieber nur ein Abglanz dessen, was sie jetzt erlebte, als die Wunde sich entzündete. Sie heilte nur langsam – so wie bei allen anderen Menschen. Zurück blieb eine Narbe, die bei jedem Wetterwechsel pochte.

»Das vergeht mit den Jahren«, tröstete Loved sie. »Bald spürst du die Narbe gar nicht mehr.« Und er hüllte sie in seinen Mantel, an dem noch der Schnee von draußen hing. So harrten sie aus, eng aneinandergeschmiegt, tot für die Welt, Haut an Haut überwinternd. In diesen endlosen Nächten, in denen der Schneesturm über dem Fjord sein Lied heulte und die stilleren Wasser zu Eis gefroren, kostete Summer jeden Kuss und jede Berührung aus, die sie in den unzähligen Jahren versäumt hatte. Doch wenn sie nach diesen zeitlosen Liebesnächten erwachte, spürte sie den Puls der Veränderung um so deutlicher.

Zwar verlor sie nicht alles, was sie als Zorya gewusst hatte, aber schon nach kurzer Zeit bemerkte sie, dass ihre eigene Sprache mehr und mehr dem Maymarer Küstendialekt glich und dass sie das Nordländische plötzlich wie eine Fremdsprache mit einem weichen Akzent sprach. Die Sprache der Tierläufer verschwand von einem Tag auf den anderen aus ihrem Gedächtnis. Am traurigsten stimmte sie, dass sie die Sprache der Zorya nicht mehr kannte – kein einziges Wort fiel ihr mehr ein.

Bei Loved war es anders. Das, was er in so vielen Jahren erlernt hatte, verlor er nicht. Aber Summer hörte ihm jetzt ganz deutlich an, dass das Nordländische seine Muttersprache war und er sich die anderen Sprachen nur angeeignet hatte. Zunehmend nach Worten suchend, erzählten sie einander Geschichten.

Voller Unruhe bemerkte Summer, dass die Zeit auch Loved berührte. Der Winter und die Sorge um sie ließen ihn älter erscheinen. Wenn er von einer seiner Erkundungstouren zurückkam, zeigten sich neben seinen Mundwinkeln feine Linien, die Summer vorher nie an ihm bemerkt hatte. *Wir verändern uns beide*, dachte sie erstaunt, wenn sie mit dem Zeigefinger diese neuen Weglinien der Zeit nachfuhr. *Von Tag zu Tag. Irgendwann wird sein Haar grau werden und meines blass wie vergilbte Seide.*

Sie wusste nicht, ob es den anderen Menschen ebenso ging, aber sie kam nicht gut damit zurecht, der Zeit ängstlich bei der Arbeit zuzusehen.

Einmal ertappte Loved sie mitten in der Nacht dabei, wie sie sich nackt im Schein der Taschenlampe in dem fleckigen Spiegel betrachtete, sich drehte und über die Schulter schielte, um die Narbe genau zu studieren. Er kam zu ihr und küsste erst ihre Schulter und dann ihre bläulichen Lippen. »Mach dir keine Sorgen, es heilt gut«, murmelte er. »Und die Narbe wird verblassen.«

»Vielleicht will ich das ja gar nicht«, erwiderte Summer nachdenklich. »Sie ist wie eine Art Siegel, findest du nicht? Ein Zeichen, dass ich wirklich ein Mensch geworden bin.«

»Ja, und zwar mein Mensch«, antwortete Loved und lachte. »Komm wieder ins Bett, Frostfee. Du wirst noch früh genug erfahren, wie sich eine richtige Erkältung anfühlt.«

Es war dieser Moment, in dem sie aufhörte, jeder verrinnenden Stunde und jedem Tag mit bangem Herzen nachzublicken. Stattdessen machte sie die Entdeckung, dass auch die Augenblicke eine Ewigkeit besitzen konnten:

… wenn Loved nachts im Traum etwas murmelte und nach ihr griff, als würde er gerade davon träumen, sie zu verlieren. Und die wohlige Schwere seines Arms auf ihrer Taille, während er beruhigt weiterschlief.

… das Schweigen, während sie gemeinsam aufs Meer hinausblickten, umweht vom Duft der blauen Winterblumen.

… der warme Atemzug, der über ihre Haut streifte, während er ihren Mundwinkel küsste.

… die vielen Momente, in denen sie sich liebten und es nur noch Haut und Leidenschaft und das Glühen ihrer Küsse gab.

*

Im Februar verblühten die Winterbäume. Der Wind nahm die verwelkten Blüten mit hinaus aufs Meer. Die Zweige und Äste blieben kahl zurück, keine einzige Winterfrucht wuchs heran.

Vielleicht würde es Jahre dauern, bis es wieder genug Schneefalter gab, damit die Bäume wieder Früchte tragen konnten.

Und an dem Tag im März, an dem der Eisgürtel um die Halbinsel brach und ein Bote mit einer Nachricht von Moira sie nach langer Suche fand, ließen Summer und Loved auch das Blumenhaus und diesen Teil ihrer Vergangenheit endgültig hinter sich zurück und brachen zum Hafen auf.

Moira hatte ihr Versprechen gehalten. Als sie nach einer anstrengenden Reise die Anhöhe über dem alten Hafen erreichten, sahen sie schon von Weitem den Rauch eines Lagers. Und als sie endlich den Steilweg durch den verschneiten Wald bewältigt hatten, erwartete sie im alten Hafen dasselbe Transportboot, das Summer vor einem halben Jahr ins Nordland gebracht hatte. Auf dem muschelbewachsenen Pier standen bereits die Kisten, die noch verladen werden mussten. Ein Mann wuchtete gerade einige Gepäckstücke an Bord. »Farrin!«, rief Summer und rannte zu ihm. Er sah hager aus, sein Gesicht erschien noch kantiger. Doch als er sich aufrichtete und Summer entdeckte, war er wieder der lachende, bärenhafte Mann, den sie an Bord der *Nymphea* kennengelernt hatte. Im nächsten Moment umarmte er sie schon. »Moira dachte schon, du schaffst es nicht rechtzeitig zum Hafen!«

»Das würde ihr wohl so passen«, erwiderte Summer mit gespielter Empörung. »Ich würde doch alles dafür tun, dein kaltes Nordland zu verlassen.«

Er grinste und ließ sie los. »Und du?«, fragte sie. »Willst du für immer hier festfrieren?«

Farrin zuckte mit den Schultern. »Na ja. Es schadet ja zumindest nicht, sich die andere Seite des Meeres genauer anzusehen. Obwohl euer sentimentales Südländergejammer mit Geigen und Flöten mich sicher taub machen wird.«

In diesem Moment betrat Moira den Pier. »Südosten«, sagte sie würdevoll. »Meine Stadt liegt weit im Südosten.«

Auch sie hatte sich verändert. Und das lag nicht nur daran, dass sie in Summers Ohren das Nordländische nun mit einem deutlichen Akzent sprach. Es war offensichtlich, dass anstrengende Wochen hinter ihr lagen. Sie lächelte nicht, als sie zu Summer und Loved trat, sondern hob nur eine Augenbraue.

»Freut mich, dass du heute zur Abwechslung mit dem Freund vom letzten Mal hier auftauchst«, bemerkte sie. »Das ist also der Mann, der dir in Maymara die Kehle durchschneiden wollte.«

»Derselbe Mann, dem du eine Kugel in den Arm gejagt hast«, erwiderte Loved ebenso kühl.

»Hat dir offenbar nicht geschadet. Zumindest hat es dich nicht davon abgehalten, mich in Lord Teremes' Lager niederzuschlagen.«

»Wenn ich mich recht erinnere, warst du gerade dabei, dein Gewehr durchzuladen und auf Summer zu zielen«, konterte Loved ungerührt.

Jetzt zuckte ein Lächeln um Moiras Mundwinkel.

»Du hast eine Schwäche für schlagfertige Männer, was?«, sagte sie zu Summer und winkte ihr zu, ihr zu folgen. »Viel Platz haben wir nicht«, rief sie über die Schulter. »Sucht euch selbst einen Schlafplatz bei den Kisten.«

Summer folgte Moira in die Kajüte unter Deck. Dort zog sie die Waffe aus der Tasche und hielt sie Moira hin. Moira nickte und steckte die Pistole ohne zu zögern ein.

»Wohin geht eure Reise?«, fragte sie und fuhr damit fort, kleinere Kisten und Gepäck unter den Sitzbänken zu verstauen.

»Nach Maymara.«

»Aha. Romantische Erinnerungen an den Überfall in der Gasse

wiederbeleben? Nein, im Ernst, was willst du dort machen? Wirst du wieder Schauspielerin sein?«

»Vielleicht.« Beim Gedanken an Mort und die anderen spürte sie wieder dieselbe Aufregung wie vor einigen Tagen, als sie mit Loved beschlossen hatte, zurückzukehren. »Ich hoffe sehr darauf, einige Freunde wiederzusehen. Und du? Reist du wirklich wieder in deine Stadt?«

»Wohin sonst?« Und diesmal täuschte auch Moiras sachlicher Ton nicht über die Sehnsucht in ihrer Stimme hinweg.

»Was wird aus … den Kämpfen hier? Aus den Unsterblichen, deren Zorya Indigo getötet hat?«

Moira seufzte schwer. »Das liegt nicht mehr in unserer Hand. Ich habe meinen Teil getan. Das Menschenmögliche, wenn du so willst. Der nördliche Teil und die Zitadelle stehen unter zentraler Verwaltung, wir haben einen Rat gebildet, und Lord Teremes' Nachfolger scheint seine Sache bisher gut zu machen. Die Parteien haben Friedensverträge und Abkommen geschlossen. Alles Weitere wird sich zeigen. Tja, und was das andere angeht – das ist Lady Mars Problem. Die Unsterblichen zu besiegen, ist nicht die Aufgabe von uns Menschen.«

»Es gibt keinen Sieg«, widersprach Summer. »Und keine Niederlage. Es gibt nur das Gefüge der Welt.«

»Willst du mir wieder erzählen, dass der Tod nicht grausam ist?«

»Ist das Leben weniger grausam?«, ereiferte sich Summer. An dem Grinsen, das die Kriegslady ihr nun zublitzte, erkannte sie, dass Moira sie nur aufzog.

»Wollen wir uns wieder streiten, Prinzessin?«

»Bist du mir nicht noch eine Erklärung schuldig? Warum hast du mir in der Zitadelle geholfen, obwohl du doch Lady Mar so verachtest?«

»Ach das?«, sagte Moira leichthin. »Ich würde dir ja gerne sagen, dass deine Ansprache mich restlos überzeugt hat. Aber die Wahrheit ist ziemlich unspektakulär. Du hast mich einfach an jemanden erinnert. An ein Mädchen, das ich kannte. Sie lebte in meiner Stadt. Ich habe sie während des Krieges kennengelernt, den Lady Mar um meine Stadt führte. Sie hieß Jade und sie hat ihren Feind geliebt, einen Jungen, der in Lady Mars Diensten stand. Auch ein Nordländer übrigens, genau wie der aufbrausende Kerl, an den du dein Herz verloren hast. Nach dem Krieg hat sie mit ihrem Freund zusammen die Stadt verlassen. Fast neun Jahre ist das jetzt her. Seitdem habe ich nichts mehr von ihnen gehört. Nun, jedenfalls, um zu dir zurückzukommen: Du bist zwar nicht halb so großmäulig wie sie. Und bei Weitem nicht so rebellisch. Wo sie wild war, wartest du erst einmal ab. Sie war nicht annähernd so talentiert darin, sich zu verstellen. Aber ähnlich seid ihr euch doch. Und sowohl ihre als auch deine Geschichte haben mir wieder einmal etwas bewusst gemacht. Manchmal muss man den Feind tatsächlich umarmen, um ihn zu besiegen.«

»Zum letzten Mal, ich habe Indigo nicht *besiegt*.«

Moira lächelte und zwinkerte ihr verschmitzt zu. »Aber ich habe dich umarmt.«

*

Möwenschreie vermischten sich mit dem Motorengeräusch und das Eis schabte an den Außenwänden, als das Motorboot sich durch den zerbrochenen Eisgürtel auf das freie Meer zuschob. In der Wintersonne glitzerten die Bruchkanten der Platten in luzidem Eisgrün. Summer genoss diesen Anblick. Immer noch verwundert spürte sie diesem neuen Rhythmus von Werden und Vergehen nach – jeder Augenblick eine Blüte, die aufging, welkte und ihr nur als Erinnerung blieb. *Und es ist gut so. Wenn ich noch einmal die Wahl zwischen Leben und Tod hätte, ich würde immer das Leben wählen.*

Bald ließen sie den Eisgürtel hinter sich und erreichten das freie Wasser. Summer fröstelte und zog die Schultern hoch, als ein Windstoß ihr in den Kragen fuhr. Loved trat von hinten an sie heran und legte seine Arme um ihre Taille. »Frierst du wieder, Frostfee?«

»Und wie! Wie hast du das dein ganzes Leben nur ausgehalten?«

Er lachte. »Ich habe ein dickes Fell. Und ich bin in einer Zeit geboren worden, als man die Kälte ertrug oder zugrunde ging.« Sein Atem an ihrer Wange schickte ihr einen Schauer über die Haut.

»Denk einfach an einen Ort, an dem die Sonne scheint«, raunte er ihr zu. »In Maymara verkaufen sie auf dem Markt schon die ersten Orangen aus dem Süden. Und wenn wir von der Stadt der Masken genug haben und es uns dort auch zu kalt ist, fahren wir einfach noch weiter bis zu den Südinseln. Dort ist niemals Winter. Los, mach die Augen zu und stell dir einen Sommerhimmel vor.«

Summer lehnte sich gegen ihn. Und plötzlich war ihr tatsächlich nicht mehr ganz so kalt. Da war der Glücksfunke in ihrer Brust, der sie wärmte, und der Puls ihres gestohlenen Lebens.

»Es ist spätnachts«, spann er seine Geschichte weiter. »Alles schläft. Nur noch die Liebespaare und die Diebe sind unterwegs. Und jetzt schau nach oben. Und? Kannst du ihn schon am Himmel sehen? Den Südstern?«

»Ich sehe uns beide«, antwortete sie. »An einem Inselhafen. Es ist Nacht, aber der Stein unter unseren Füßen ist noch warm vom

Tag. Wir sind barfuß, jemand spielt auf einer Gitarre. Und wir tanzen.«

Er lachte leise, dann legte er die Arme um ihre Brust und rieb ihre Oberarme, um sie zu wärmen. »Ein ganzes Leben lang, Summer. Und falls du mir eines Abends wieder einmal wegläufst, suche ich einfach dort, wo die Musik spielt.« Er küsste ihre Schläfe, und während sie die Augen immer noch geschlossen hielt, sang er halb flüsternd, halb lächelnd ein Lied aus ihrer Vergangenheit:

Liebte dich
unbewusst,
heimlich,
leise,

auf meine
mir damals
noch fremde
Weise,

liebte dich
körperlos,
dein Lachen,
dein Haar,

liebe dich
grundlos
und
immerdar.

Ein herzliches Dankeschön an Manfreda Bendrien, aus deren wundervollen Liebesgedichten ich mit ihrer Erlaubnis zitieren durfte. Folgende Fragmente, die ich meinen Figuren in den Mund gelegt habe, stammen von ihr:

»Kalter Atemhauch der Realität …«
»Ich singe nicht mehr im Dunkeln …«
»Trugst mit dir fort den Teil …«
»Du hattest den Blütenstrauß …«
»Liebte dich unbewusst, heimlich, leise …«